너도
학처럼

날아보고
싶지?

너도 학처럼 날아보고 싶지?

초 판 1쇄 2023년 05월 09일

지은이 계영수
펴낸이 류종렬

펴낸곳 미다스북스
본부장 임종익
편집장 이다경
책임진행 김가영, 신은서, 박유진, 윤가희, 정보미

등록 2001년 3월 21일 제2001-000040호
주소 서울시 마포구 양화로 133 서교타워 711호
전화 02) 322-7802~3
팩스 02) 6007-1845
블로그 http://blog.naver.com/midasbooks
전자주소 midasbooks@hanmail.net
페이스북 https://www.facebook.com/midasbooks425
인스타그램 https://www.instagram/midasbooks

ISBN 979-11-6910-224-7 03810

값 23,000원

미다스북스는 다음세대에게 필요한 지혜와 교양을 생각합니다.

계영수 장편소설

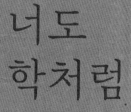

너도
학처럼

날아보고
싶지?

미다스북스

목차

———

너도 학처럼 날아보고 싶지?

|

1

　2007년 8월 서울의 여름은 끈적거리는 더위가 반복되는 공간 속에 있었다. 어스름의 저녁 색깔은 점점 더 어둡게 바뀌며 모두를 압박해 가는 것 같았다. 고온의 날씨는 여름의 한복판에서 모두를 지치게 하는 가운데 주위는 음습한 공기로 빨려 들어가고 있었다.

　지치면서도 빨리 움직여야 하는 타성, 기분 나쁜 것을 표정 지어서는 안 되는 일상, 무엇을 잃어버린 것 같은데 이를 잊고 있는 것으로 살아야 하는 규율 같은 모습의 거친 에너지를 뿜는 이 도시의 저녁 속에서 정인은 중심지의 높은 건물들 사이를 걸어가고 있었다. 높고 불빛이 훤한 빌딩들 사이를 지나 정인은 서울의 최고급 호텔인 M 호텔로 들어섰다.

정인은 로비 카페의 맞은편 테이블에 앉아 있는 한스 교수를 보았다. 간단히 서로 인사를 교환하고 몇 마디 의례적인 얘기를 나눈 후 정인은 천천히 미소를 띠며 말했다.

"사실 저는 선생님의 책을 한국어로 번역하게 되어 선생님을 처음 알게 되었던 사람입니다. 이미 7년도 지난 오래전의 일이었죠. 사실 그 책은 공식적으로는 제가 번역했다고 볼 수도 없었습니다. 왜냐하면, 저는 그 책의 초벌 번역자에 불과했기 때문이었죠. 원래 번역하기로 했던 철학 교수의 일정이 뒤틀리면서 제가 끼어들어 가게 된 것이었죠. 출판사는 그 교수님의 양해하에 독일어를 잘하는 사회학이나 철학전공의 대학원 학생을 물색하여, 1차 번역시키고, 그 내용을 교수님이 감수하여 출판하기로 하였던 것인데, 의외로 마땅한 기초 번역자를 찾기가 어려웠고, 약속된 출간 날짜는 다가오고 해서, 제가 그 일을 맡게 되었습니다. 저의 독일어 독해 수준은 훌륭하나, 대학원 학생이 아니었고 단지 사회학을 전공하고 있었던 대학 3학년 학생으로 교내 철학 클럽에서 활동한 경험이 참작되었을 뿐이었죠. 당연히 그 번역서는 그 교수님의 이름으로 번역자가 되어 출판하게 되었습니다."

한스는 독일의 사회철학자로 베를린의 대학교수로 바로 그 책의 저자였다. 그가 말을 받았다. "나는 그 책이 한국에서 출판되는 것을 나중에 알고는 있었지만, 나는 한국어를 모르므로 번역내용을 파악하기 어려웠고 나중에 출판사가 한국어로 출판된 번역서를 보내왔지만, 사실은 그 책이 당신이 번역한 것이었다는 것은 알 수는 없었소."

정인은 좀 당돌하게 대답했다. "선생님, 비록 학부 학생인 제가 번역했어도, 번역은 원서의 내용을 충실히 반영하려 하였고, 따라서 번역상의 왜곡은 없었다고 자부합니다."

"오, 나는 당신이 번역한 사실을 지금 이 자리에서 비로소 알게 되었다는 뜻으로 말했을 뿐이오. 그리고, 당신의 지금 내게 독일어로 말하는 내용으로 볼 때, 당신의 실력을 인정할 수 있을 것 같소. 당신은 아주 정확한 단어와 어법으로 독일어를 지금 나에게 구사하고 있다는 것을 알고 있지 않소?"

"그렇게 생각하신다니 다행이네요. 저는 선생님의 그 책을 번역하면서 처음부터 주제와 내용에 흥미를 느끼게 되었고, 서서히 빠져들게 되면서, 나중에는 선생님의 팬이 되다시피 했었죠. 그 책을 번역하는 동안, 선생님이 어떠한 뜻으로 이론을 전개하고 있었는지 알 것 같았고, 마침내 책의 번역을 끝냈을 때는 선생님의 이론을 다 이해할 수 있었다고 믿게 될 정도였죠. 그런데 제가 번역을 마친 후 몇 년이 지난 후에 선생님의 다른 저작도 저 스스로 읽게 되었는데..."

"그런데요?"

"다른 저서들을 읽게 되면서, 이상하게 처음 느꼈던 강렬한 인식들이 점차 옅어진다고 느끼게 되었습니다. 마치, 우리가 처음에 감동적인 영화를 두 번째 보았을 때 느끼는 감동이 덜하듯이... 그러나, 저에게는 그린 종류의 같은 내용의 반복적인 경험에서 나오는 자연스러운 싫증이 아닌, 선생님의 다른 책에서는 다른 느낌을 받았다는 것입니다. 마치, 선생님과 비슷하지만 다른 사람이 쓴 것 같은 약간의 낯섦 같은 것이랄까."

한스는 지금 처음 만나는 한국의 젊은 여성이 서슴없이 자기의 생각을 직설적으로 말하고 있는 상황에 속으로 적잖이 당혹해하고 있었으나 겉으로 내색을 할 수는 없었다. 그 대신 한스는 이렇게 대답했다. "아, 그렇게 느꼈나요?"

"네, 적어도 선생님의 책들을 원어로 이해한 사람으로서, 그리고 특히 그중의 한 권을 한국어로 번역하면서, 저는 철학 전공자 못지않게 선생님의 생각을 알고 있었다고 생각했었죠."

"그런데 지금 당신은 나에게 과거형으로 얘기하고 있다는 것을 의식하고 있소?"

"물론이죠." 정인은 다소 침울하게 대답했다. 처음에 한스 교수를 만나러 올 때의 흥분됨은 이미 사라진 상태였다. 정인은 혼자 생각했다. 왜 내가 흥분되는 마음이 생겼을까 오히려 이상한 기분이었다. 전혀 예상치도 못하게 이 시점에 이런 자리에서 한스 교수를 만나게 된 것에 대한 우연의 극적인 요소 때문에 흥분하게 된 것으로 스스로 해석했다.

"선생님은 제가 알기로는 그 책으로 독일 내에서뿐만 아니라, 전 유럽의 평단에서도 주목받게 됐는데, 적어도 저에게는 기존 독일 철학자들의 현학적인 요소가 별로 보이지 않고, 주장하는 내용도 다소 파격적인 긴박함을 주었었지요. 그런데, 다른 저작들에서는 그 책과는 표현과 주장하는 내용에 차이를 보여 주고 있었다는 것이었죠. 저는 무엇보다 그것이 궁금했었습니다."

한스 교수의 표정은 좀 침착하게 바뀌었는데, 그는 약간 생각에 잠기는 듯하였다. 이 이상하게 주선된 자리에서의 낯선 젊은 동양 여자와의 만남도 이해하기 어렵지만 만난 여성이 자신을 옛날부터 잘 알고 있을 뿐만 아니라 자신의 책을 실제로 번역하고 또한 자신의 다른 저작들과 비교하면서 비판하고 있는 이 기괴한 모습이 아주 비현실적으로 생각되었다.

"당신은 내 책 내용의 일관성의 유무에 집착하고 있는 것 같은데, 나는 일관성의 문제보다 주제의 시의성, 즉 주제와 관심의 요점이 시간에 따라 바뀌어야 한다는 것에 주목했고, 따라서 그에 따른 약간의 변화를 추구한 것이고, 이러한 논점은 꼭 나에게만 해당되는 것은 아니라고 생각해요. 그보다도, 내가 당신을 이 자리에서 만난다는 것은 전혀 뜻밖의 일이어서, 사실은 나는 지금, 이 순간에도 어찌할 바를 모르겠소. 당신의 이름을 지금 처음 알게 되었고, 공식적으로는 한국의 철학 교수의 이름으로 번역되었을지 모르나, 실제로는 당신이 내 책을 번역한 사람이라는 것은 도저히 상상 밖의 일이었소. 나는 오늘 당신과 내 책에 관해서 이야기를 나눈다는 것을 생각하지 못했고, 특히 당신의 내 책들에 대한 평가와 내가 하는 일에 대해 당신과 언젠가는 좀 더 얘기할 수도 있다고 보지만, 지금은 최소한 그런 분위기는 아닌 것 같소. 단지 당신이 번역한 내 책의 원래 출판된 시점을 고려해 보라고만 말하고 싶소."

"출판연도?"

"그렇소." 한스 교수는 지금 앞에 앉아 있는 이 젊은 한국 여성과 그의 학문을 논할 기분이 전혀 들지 않았을 뿐만 아니라 그녀의 당돌함에 당혹했었는데, 그것은 학계의 동료나 후배들로부터 받는 칭찬 혹은 비판과는 아주 질적으로 다른 것이어서 이제 그의 짧았던 서울 출장의 마지막 밤을 그녀와 함께 이 시점에 마주하게 된다는 것이 기이하게도 느껴지는 것이었다. 기이하다는 것 외에 다른 강한 의혹의 느낌도 있었다.

"나는 이번 한국 방문이 처음이오. 한국 정부와 재계 그리고 EU 산하의 경제와 사회를 연구하는 싱크탱크와의 교류를 위한 세미나에 참석차 오게 됐는데, 지난 며칠 동안의 짧은 시간에도 한국에 대해서 많은 것을 알게 된 것 같은 생각이 들 정도로 바빴고 또 많은 사람을 만났소. 그런데 당신을 만난다는 것은 나는 아직도 이해할 수가 없소."

사실은 정인도 당혹스럽기는 마찬가지였다. 아마도 한스 교수보다 더 당혹감을 느꼈을 것이다. 바로 그 시간에 만날 사람이 외국인이라는 것을 사전에 알고는 있었지만, 나중에 만나는 장소, 시각 외에 만나는 사람의 이름이 한스 크레이머 교수라는 것을 알게 되었을 때 그녀는 놀랐다.

정인은 만남을 주선한 쪽에 그가 만나야 할 사람의 직업을 물었다. 독일인으로 대학 교수쯤 되는 인물일 것이라 했다. 그렇다면 그 한스 교수는 정인이 이미 알고 있었던 사람임이 틀림없었다. 처음에 정인은 좀 망설였다. 그 망설임에는 이유가 있었다. 그러나, 그녀는 이 만남을 수락했다. 이런 뜻밖의 상황에서, 만나기가 좀 난처하거나, 꺼려지고, 무엇보다 수치스러울 수 있다는 부분과 그럼에도 아직 직접 만나지는 못했으나 이미 잘 알고 있다고 생각되는 인물에 대한 강렬한 호기심이 반반씩 교차하고 있다면, 만날 수밖에 없다는 결론에 도달했기 때문이다.

정인이 말했다. "교수님께 제가 교수님 책의 번역자라는 것을 밝히지 않고, 이 자리에 마주 앉아 있다면, 교수님은 조금은 더 편한 마음이 드실지 모르나, 제가 번역자였다는 말을 하지 않을 거였다면, 저는 오늘 교수님을 만나지 않았을 겁니다. 이것이 약간의 모순인데, 제가 번역을 끝내면서 느꼈던 책의 내용과 최근의 교수님 저작과의 차이의 이유를 본인에게서 직접 듣고 싶었던 충동이 사실은 저의 일차적인 목표였지요. 그래서 저간의 제 느낌과 질문을 동시에 좀 급하게 교수님께 초면임에도 불구하고 당돌하게 말씀드린 겁니다."

"아, 나는 기분이 나쁘다는 뜻으로 한 말은 아니고, 정인 씨의 의견과 느낌을 사실은 이해하고 있습니다. 언젠가, 정식으로 토론할 기회가 있을지 모르겠습니다만, 다시 말씀드리지만, 지금의 분위기는 좀 아닌 것을 양해해 주길 바랍니다."

"당연하죠. 누구보다 제가 그걸 잘 알죠. 오늘 제가 교수님을 만나는 목적은 교수님과 밤새 교수님의 철학을 논하고자 하는 것이 아니니까요. 저는 오늘 제 미션을 수행하러 온 것이니까요."

"미션? 영어로 미션이란 말이요?"

"그럼 저에게 다른 표현 방법이 있을까요?" 정인의 목소리 톤이 좀 날카롭게 바뀌었다. 그녀는 몸을 맞은편에 앉아 있는 한스 교수 쪽으로 굽혔다. "지금, 이 순간에 우리가 철학을 얘기한다는 것은 좀 우습죠? 제가 공연히 교수님께 부담을 드린 것 같아요. 자, 일단 오늘 우리의 만남을 축하하는 뜻에서 축배를 들까요?" 정인은 위스키 잔을 한스 교수의 잔에 부딪혔다. 그리고 입가에 미소를 지어 보았다. 그러나 그 미소는 쓸쓸해 보였다.

그들이 앉아 있는 라운지에는 이제는 열기가 좀 가라앉아, 조금 전만 해도 거의 꽉 찼던 넓은 로비의 좌석들은 이제는 많이 비어서, 좀 썰렁한 분위기가 되었다. 그러나, 그것은 진한 밤의 시간으로 향하고 있다는 뜻이기도 했다. 한스 교수와 정인은 조용히 자리에서 일어나 엘리베이터를 향해갔다. 둘은 호텔 35층에 있는 스카이라운지로 자리를 옮겼다.

이제 정인은 갔다. 지금 시각은 새벽 2시. 한스는 냉장고에서 위스키를 꺼내 얼음을 섞어 칵테일로 만들어 의자에 앉았다. 방안의 큰 창문을 통해 서울 시내가 다 내려다보였다. 밤의 네온사인은 아직도 꺼지지 않고 불빛을 비추고 있었다. 그는 생각에 잠겼다. 무언가 여러 가지 생각이 동시에 들었지만, 한마디로 표현하기 힘든 정인과의 짧은 만남이었다. 그는 그 이유를 분석해 보았다. 이 낯선 동양의 나라에서의 모든 경험은 무엇이었는지 분석을 해야만 할 것 같았다.

첫째로, 애초 그는 서울에서의 세미나에 참석을 좀 망설이고 있었다. 세미나의 주제나 목적이 그의 분야와 직접적으로 연관되지 않았으므로, 그는 처음에 고사했다. 그러나 한국 주최 측의 강력한 주장은 사회철학자가 참석 못 할 이유가 없고, 경제 분야뿐만 아니라 사회와 철학 분야에서도 한국과 EU와의 교류를 향후 더욱더 견고하게 증진해야 하므로, 특히 나 같은 중진 독일 사회철학자의 강연은 꼭 필요하다는 것이었다. 그리고, 강연의 주제까지 아예 보내왔다. 그것은 독일 사회철학이 어떻게 독일과 나아가 EU 국가들의 발전에 기여하게 되었는가 하는 것이었다. 나는 소위 발전론자가 아니므로 정말 한국에 가야 할 이유가 없었다. 그런데도, 왜 나는 이 낯선 도시에 와서 이상한 경험을 하게 됐는가? 진짜 이유는 내가 참여하고 있는 독일학 연구소라는 명칭의 싱크탱크에서의 나의 위상이 이번 강연으로 좀 부각이 될지도 모른다는 현실감 그리고 한국 정부와 재계의 주요 실력자들과 네트워킹에 대한 기대심리 같은 것이 작용하고 있었다는 것을 부인할 수 없었다.

둘째로는, 나의 강연 그 자체에 만족할 수 없었다는 점. 독일의 사회철학이 국가의 발전에 무슨 긍정적인 요소가 있었는가에 대해, 한국인들은 상당히 궁금해했던 것을 나는 알고 있다. 몇 년 전 새로 집권한 이 나라의 정권은 독일식 혹은 북유럽식 사회민주주의 경제체제에 많은 관심을 보였는데, 사실 나는 이미 독일이 보수화되고 있다고 생각하게 되었고, 한국에서는 내 생각과는 달리, 독일을 모델로 벤치마킹을 원했던 것 같다. 그런데, 철학이 벤치마킹의 대상이 되는 분야인가? 나는 대략 강연을 떨떠름한 기분으로, 약간의 양심의 가책을 느끼면서 마쳤다. 강연의 참석자들은 많은 질문도 해주었는데, 이 부분이 곤혹스러웠다. 서울에 온 것은 이미 실수였다.

셋째로는, 짧은 방문 동안 한국인들이 보여 준 친절함. 그것이 문제였다. 주최 측은 모든 것을 최고급의 호화스러운 것으로 우리 유럽사람들을 극진히 대접했다. 그런데, 며칠간의 짧은 방문의 마지막 날 밤의 일정은 나를 어렵게 만들었다. 나는 마지막 날 아침에 주최 측으로부터 밤에 "엔터테인먼트"가 있을 것이니까, 마지막 공식 저녁 만찬 후 호텔 방에 늦어도 8시까지는 도착해 있으라는 전갈을 받았다. 나는 처음에 대수롭지 않게 생각했는데, 8시 정각에 내 호텔 방의 전화벨이 울리는 것이었다. 그리고 호텔 1층 라운지 구석진 테이블에서 정인이라는 이름의 젊은 한국 여성을 만나게 되었다. 그제서야, 나는 그녀가 왜 나를 만나려고 했는지를 알게 되었고, 그 순간 내 마음이 흔들리는 것을 느꼈다. 그 흔들림은 여러 가지 의미의 흔들림이었다.

우선 의혹이었다. 그 "엔터테인먼트"라는 로비를 왜 한국인들이 나 같은 사람에게까지 하려고 했을까에 대한 의문. 내가 그들의 눈에는 주요 인물로 비쳤던 것인가? 그리고 하필이면, 일종의 미인계를 썼어야 하는지? 나는 유럽 정치, 금융계의 유력인사 같은 로비의 대상이 아닌 것을 그들도 알고 있었을 텐데, 그들의 도가 지나친 친절은 그들 문화의 일부인가 혹은 그들만의 유명 외국인 남자들을 친구로 만드는 방식인가? 심지어는 이러한 로비를 통해 나의 약점을 잡으려는 일종의 계략이 숨어 있었던 것은 아닌가 하는 데까지 생각이 미치게 되었다. 이러한 의혹으로 나는 그들의 초청과 행사에 대해 개인적인 신뢰의 흔들림을 생각하지 않을 수 없었다.

사실 그보다 더한 흔들림은 정인이란 이름을 가진 한국 여성을 만나게 됐다는 것이었다. 만약 그녀가 일종의 스파이었다면, 나의 근원적인 의혹에 맞아떨어져야 했던 것인데, 그녀가 나를 만나자마자 나의 책의 번역자라고 소개할 때만 해도 나는 그 의혹에서 벗어나지 못하고 있었는데, 그녀가 내 책의 제목과 내용 그리고 내 이론을 정확하게 이해하고 있었을 뿐만 아니라 거침없는 비판까지 쏟아내고 있었을 때, 나는 그녀에 대한 의혹을 풀 수밖에 없었다. 그녀는 좀 느린 어조이기는 했지만, 정확한 독일어로 적절한 단어를 사용하여 나를 놀라게 하지 않았던가? 그녀가 스파이었다면, 아주 고급의 스파이임이 틀림없을 것이나, 그녀의 태도로 보아 그녀는 나와 충분히 철학 논쟁을 벌일 수 있을 정도의 지적인 성숙함, 개인적인 자존심 그리고 당돌함을 가지고 있었고, 무엇보다 그녀의 눈은 다른 누구보다 청명함을 가지고 있었기 때문이었다.

그녀가 스파이일 리가 없는 분명한 이유는 한스 그 자신에게서 어떤 유익한 정보를 그녀의 나라를 위해 빼갈 것이 없었기 때문이었다. 한국의 재벌회사들이 주축이 되어 성사된 이 세미나는 주최 측의 미래의 경제적 이익을 위한 목적의 작은 투자 혹은 수단으로서 고도의 외국 지식인을 위한 "엔터테이너"로서의 미션을 수행하도록 하는 것이 그나마 이 당혹스러운 상황 속에서 이해가 될지도 모른다고 생각하게 되었다.

내가 독일에서 내 학계 동료들 – 선배 교수들, 같은 또래의 학자들, 그리고 학생들 – 누구로부터도 내 이론에 대해 그녀만큼 직설적인 비판을 받은 적이 없었기에, 사실은 내가 속으로 당황해하지 않았었던가? 이를 숨기기 위해 나는 정작 그녀의 말문을 막지 않았던가? 워낙 짧은 만남이어서, 내가 그녀의 생각을 다 알 수는 없었고, 또 그녀의 생각에 다 동의해 줄지는 별개의 사안이었던 것이기는 해도, 내가 상황적으로 약간 수세에 몰리고 있었던 것은 분명했다. 내 생각은 명석함을 잃어가고 있었고, 나의 글들은 독일철학의 고질적인 병폐인 사변적인 사설들로 다시 채워지기 시작했다. 그것을 그녀는 용케 파고들고 있었다. 그래서, 나는 그녀가 번역한 나의 책 〈독일 사회철학의 반성〉의 출판 시기를 참고하라고 한 발 빠지기식의 대응을 할 수밖에 없었다.

뜻하지 않게 무명의 번역자에게, 생각지도 않았던 장소에서 나의 책을 비판받는다는 것은 그리 유쾌한 경험일 수 없었지만, 그녀를 탓할 수도 없었던 상황 때문에 나는 흔들리고 있었다. 그러나, 무엇보다도 나를 결정적으로 심하게 흔들어 버린 것은 그녀가 – 상당한 수준의 지적인 명석함과, 훌륭한 독일어를 구사할 수 있는 젊고 매력적인 이 동양 여자가 – 왜 나를 만나야 하는 일을 하여야만 했을까에 대한 의문이 들었기 때문이다. 이 심한 모순, 고차원적인 지적 활동의 총체인 철학과 그 반대의 육체적 행위를 정인이라는 여자가 동시에 소유하고 있다는 것에 묘한 이 끌림과 동정심이 나에게서부터 생기게 되었다는 것이다.

그리고 나는 정인이 몇 시간 전에 라운지에서 나에게 한 말을 분명히 기억하고 있다. 그녀의 몸놀림은 일종의 "미션"이라고. 그녀는 왜 그 단어를 사용했을까? 나는 솔직히 정인이라는 젊은 동양 여인에 대한 끌림을 부정할 수 없는 분위기의 나 자신을 발견하고 속으로 무척 당혹스럽게 느끼고 있었으나 나와 정인과의 내 호텔 방에서의 만남에서 이상한 일은 결코 일어나지 않았다. 정인은 그녀의 미션을 수행했다는 증거를 위해 내 방에 들어왔고, 만약에 내가 거부했다면, 그녀는 그대로 떠났을 것이다. 내가 그녀를 그냥 보낸다는 것은 그녀의 오늘 밤 미션의 실패를 의미할 수도 있어서 나는 아주 부자연스럽게 그녀를 내 방에서 만날 수 있도록 허락을 한 셈이 되었다.

내 방에서 정인은 어떤 특이한 행동을 하지 않았다. 그녀는 자신에 대해 얘기를 하기 시작했다. 그녀는 고백하기를 대학 졸업 후 독일로 유학을 꿈꾸고 있었으나 이것을 포기해야 하는 데에는 시간이 배신하고 있었다고 했다. 나는 그녀의 "시간의 배신"이라는 모호한 표현에 그 뜻을 차마 물어볼 수가 없었다. 그녀의 나와의 기이한 서울 호텔 방에서의 만남이 그녀의 진실을 오랜만에 토로하는 계기가 된 것으로 보였다. 믿기 어렵지만, 나도 그녀와의 인연은 이미 그녀가 나의 책을 번역하면서 이미 7년여 전의 시점에서 시작되고 있었기 때문에 내가 그녀를 지금 못 만날 이유가 없는 듯한 생각도 들었다. 내 방에서 술을 마시며 그녀의 담배 연기 가득한 공기를 마시며 나는 그녀의 목소리에 빠져들었다. 그녀의 이야기가 끝났을 때 나는 자연스럽게 그녀를 보냈다. 나는 정인이라는 기묘한 분위기의 여자에 대해 좀 더 알고 싶어졌다.

정인이 호텔 로비로 나왔을 때는 넓은 홀이 거의 비다시피 아무도 없었다. 호텔 밖은 저녁 시간대의 끈적거리는 공기와는 달리 깊은 여름밤의 시원한 바람이 밀려왔다. 그녀 혼자 사는 아파트로 돌아와, 정인은 잠을 이룰 수 없었다. 한스 교수를 만난 것 자체가 상당한 정신적인 스트레스였음을 의식하고 있었으나, 그와의 뜻밖의 만남은 어떤 우연 같은 필연이 아니었을까 하는 생각도 들어서, 그와 만남을 거부하지 않았다. 그의 책을 번역한 것이 아주 까마득한 옛날의 일로 잊으며 살고 있었는데, 느닷없이 그가 서울에 나타나서 나를 기다리고 있었다는 것. 일부러 독일에서 나를 만나기 위해 오기라도 한 듯한 착각이 들 정도였다. 정인의 의식은 과거로 향하기 시작했다.

책의 번역은 1999년 새로운 겨울의 시작과 함께 진행되었다. 나는 필사적으로 작업에 매달렸다. 아침부터 밤까지 식사 시간을 제외하고 작업을 했으며, 나중에는 식사도 거르다시피 하면서 새벽까지 일하다 아침에 잠에 떨어지기 일쑤였다. 독일어 원본의 300페이지가 넘는 까다로운 사회 철학서를 번역하는 일은 그 자체가 한계상황에 도전하는 것을 의미했다. 겨울방학 직전부터 시작하여 봄에 새로 학기가 시작되기 전에 끝내야 하는 작업이었다. 출판사로부터 이 책의 번역이 이미 여러 차례 지연이 되어서 더 이상 기다릴 수 없다는 독촉도 있었지만, 정인은 이 작업을 해내야만 하는 상황에 직면하게 되었다. 아무리 초벌 번역이라고 해도, 적당히 요령껏 할 수 있는 성질의 작업이 아닌 것을 알고 있었고, 그 작업은 책의 정교한 내용과 개념을 정확하게 한국어로 옮겨야 하는 어려운 과제였다. 사실 정식 번역자인 철학 교수도 정인을 못 미더워해 처음 20장 정도의 번역내용을 보고 최종적으로 번역 일감을 주겠다는 언명이 있었다. 정인은 괴로웠지만, 이해할 만한 일이었다. 정인은 빠르게 그 번역 일을 해내야 할 긴급한 상황에 있었다. 돈이 필요했던 것이다.

아버지가 지난 10월 어느 스산한 날에 쓰러지셨다. 정인의 충격이 컸다. 정인이 갓 중학교에 입학하던 봄에 어머니를 잃고 사춘기와 성장기를 거치면서 홀로 남은 아버지에 의지하며 또한 돌보며 살아왔던 것이었는데, 아버지가 쓰러지신 것이다.

아버지는 서울의 오래된 을지로 골목에서 조그만 인쇄소를 하고 계셨다. 정인의 가족은 인쇄소에서 걸어서 한 30분 정도 떨어진 서울 동쪽의 시구문, 조선시대 때 죽은 사람들의 시체가 넘어가는 문, 지금은 이름이 바뀐 광희문 근처 언덕의 조그만 주택에 살고 있었다. 아버지는 매일 아침 6시에는 어김없이 일어나서 배달된 신문을 읽으시고, 어머니가 차려주신 소박한 아침을 드시고 7시에는 걸어서 인쇄소로 출근하시곤 했다. 아버지는 어머니와는 달리 잔병치레도 없으셨고, 자신에게 주어진 삶에 충실한 가장이었다. 어머니에게는 항상 애틋한 마음으로 대하셨다. 어머니도 몸이 약한 만큼 심성이 고우셨다. 정인에 대한 애정도 남달랐다.

정인은 어렸을 적부터 많이 생각하고 또 행동으로 옮기는 성격의 여자아이였다. 생각이 많은 사람은 행동이 부족하다거나 반대로 행동이 많은 경우 생각이 깊지 않은 것을 보게 되는데, 정인에게는 그러한 결함이 없었다. 정인의 이러한 성격은 당돌함 같은 것으로 받아들여지는 경우도 많았다. 정인은 여자아이였기에 기가 세다, 성질이 있다, 개성이 너무 강하더라는 식의 평판을 받게 되었다. 이러한 모습은 정인의 학교생활에서 그대로 드러나게 되었다. 타고난 지도자라고나 할까, 학업에서도, 학교 활동에서도 확 눈에 들어오는 것이었다.

아버지가 쓰러지셨다는 것은 항상 당당하고 씩씩한 모습의 정인에게는 생각할 수도 없었던 일이었다. 어머니가 어린 정인을 뒤로하고 돌아가셨을 때와는 다른 충격이었다. 어머니를 잃게 된 것이 너무나 빨랐고 아직 철들기 전에 일이었고 또 돌아가시기 전까지 당신의 아픈 모습을 보여 주셨기 때문에 어머니의 죽음은 어떤 하나의 예정된 종결처럼 상실의 슬픔이 준비된 것 같았었다. 그러나 이러한 모든 과정을 겪고 어머니를 보내고 정인을 혼자 키워온 아버지가 쓰러졌다는 것은 어머니의 경우와 달랐다.

쓰러지시기 2년 전 가을에 느닷없이 닥쳐온 경제위기로 아버지의 사업은 갑자기 어려워졌고 더 이상 버티지를 못하고 결국은 망하고 1999년 초겨울을 앞두고 아버지는 병까지 들게 된 것이었다. 아이엠에프 사태라고 불렸던 사상 초유의 경제위기 상황에서 작은 가게나 기업들은 말할 필요도 없고 대기업 심지어 재벌들도 도산으로 무너졌다. 사람들이 일을 잃고 거리에 버려졌다. 아버지의 인쇄업도 급격히 일감이 줄어들었고, 그나마 그때까지 대기업에 빼앗기지 않고 있었던 일감도 점점 줄다가 급기야는 기계가 멈춰서는 일이 빈번해졌다. 아버지는 경비를 줄여가며 버텨내고자 했다.

오랫동안 같이 일했던 직원 셋이 스스로 일을 그만두고 나갔을 때, 아버지는 가슴 아파했다. 결국에는 아버지 혼자 남게 되었다. 인쇄 관련 일로 진 빚, 나중에 알게 된 것이지만, 액수로는 결코 큰 것은 아니었으나, 아버지는 이를 갚을 수가 없게 됐다는 것을 알았고, 은행에서는 자금의 회수를 독촉하고 있었는데, 원금은 고사하고 이자율이 갑자기 높아지게 되어 도저히 감당할 수가 없게 되었다. 나중에는 빚 독촉을 하던 은행도 망하게 되었다. 은행뿐만이 아니라 나라가 망하게 되었다.

아버지의 인쇄소는 결국 문을 닫을 수밖에 없었다. 그나마 아이엠에프 사태 이후 2년여 가까이 견뎌온 것이 믿기지 않을 지경이었다. 그런데 이 와중에도 규모가 큰 업체는 살아남고 작은 곳은 없어지게 되었다. 인쇄소의 기계와 장비 그리고 가게를 헐값에 넘기게 되었다. 큰 인쇄소로 헐값으로 넘어가게 된 것이었다. 그리고 그동안 살고 있던 집도 위험하게 되었다.

정인은 아버지가 인쇄소를 넘기고 집으로 들어오시던 날을 기억하고 있었다. 아버지는 정인에게 "미안하구나, 정인아." 하고 짧게 한마디 하셨다. 아버지의 입에서는 평소 입에도 못 대는 술냄새가 풍겨왔다. 아버지는 쓰러질 듯 방으로 들어오셨다. 정인은 부축하며, "아빠, 뭐가 미안해?" 하면서 희미한 웃음을 지었다. 아버지는 그날부터 일어나지 못했다. 평소 건강한 체격은 아니었어도 큰 병치레 없이 지내오신 아버지. 늙었다고 말하기에는 아직은 젊은 장년의 나이의 아버지는 정인의 유일한 버팀목이었는데, 이제는 온통 기가 빠지신 모습으로 변했다.

아버지를 모시고 간 병원에서 정인은 아버지가 그동안 우울증을 앓아 왔다는 것, 직업병인 만성 폐 질환이 심각하다는 것, 또한 급성 천식까지 발병하였다는 것을 알게 되었다. 아버지는 "정인아, 미안하다. 네게 이런 꼴을 보여 주게 되어서…"라고 하셨다. 정인은 "아빠, 걱정하지 말고 병만 나으면 돼, 돈 걱정하지 말고. 내가 마련해 볼게." 했다.

인쇄소를 정리하는 것으로는 빚을 다 갚을 수가 없어서 집을 팔아야 했으나 속절없이 내려간 집값이 문제였다. 그뿐만이 아니라 당장 수입이 없어지게 되었고, 아버지는 아픈 몸으로 다른 일을 할 수가 없었다. 정인은 생각했다. 우선 아르바이트를 하자, 그리고 이번 학기를 마치고 내년 봄학기부터 휴학을 하자. 학교를 쉬는 것에 대해서는 큰 미련이 없었다. 남학생들은 중간에 군대에도 가는데, 정인의 대범한 성격상 이는 큰 문젯거리는 아니었을 뿐만 아니라 당장 아빠를 살리는 일에 집중해야 할 것이었다.

정인은 애초 다가오는 학기말 시험을 잘 보고 싶었다. 우수 장학생의 자격을 유지하여 입학 후 줄곧 등록금 면제를 받아왔으므로 방학 때에는 전공과 철학 서적을 읽을 계획이었다. 이는 정인의 개인적인 계획과 함께 자신이 속한 철학 동아리를 더욱 알차게 꾸려나가기 위한 실력을 키우고자 하는 마음도 작용했기 때문이다. 이제 이런 것들은 잊어야 한다고 생각했다. 당장 내일부터라도 돈이 되는 아르바이트 일을 찾아야 한다. 정인은 결심했다. 그리고 아빠를 생각했다. 가여운 아빠, 그리고 지켜줘야 할 아빠. 아빠 제가 아빠를 지켜드릴게요. 정인은 다짐했다.

2

　우영은 도저히 상식적으로 이해되지 않는 자신의 행동에 몹시 당혹해하고 있었다. 총을 쏠 수가 없다니? 총의 가늠자를 조정하여 표적을 응시하고, 격발을 위한 마지막 순간에 표적이 그의 시야에 갑자기 흐릿하게 보였고, 심장박동이 심하게 올라가고 총을 잡은 손이 떨려서 도저히 총을 쏠 수가 없었다.

　그는 손을 들었다. 뒤에서 보던 선임 조교가 무언가를 말하고 있었다. 왜 그러냐 하는 것 같았다. 그는 다시 손을 들었다. 그리고 말했다. "구하사님, 표적이 안 보입니다."

　"뭐, 표적이 안 보인다고?"

"네, 이상하게 쏠려면 표적이 희미해 보입니다."

"김 일병, 지금 장난하나, 딴 놈들은 다 잘 쏘는데." 구 하사는 일단 우영을 열외를 시키고 우영의 총을 점검했다.

"총신, 총알, 총구멍 다 멀쩡하잖아." 하고 그는 짜증 나는 소리로 말했다.

"구 하사님, 정말입니다. 갑자기 총을 쏘려면 표적이 안 보입니다." 우영은 답답한 듯 말을 이었다.

구 하사가 말했다. "김 일병, 나는 김 일병의 내무반 담당 조교로서, 김 일병이 그동안 내무반 성적이나, 체력훈련, 군사훈련, 특히 유격훈련에서 우수한 성적을 거둔 것을 잘 알고 있어. 그런데, 고작 장병으로서의 기본 중의 기본인 사격훈련을 못 하겠다는 게 말이 되나?" 급한 성격의 구 하사는 다른 병사가 문제를 일으켰다면, 폭력이라도 썼을지 모르지만, 모범생인 우영한테는 좀 인내를 보였다. 그는 일단 우영에게 훈련을 중단하고 군의관실로 가서 시력검사를 받아 보라고 하고 훈련에서 열외를 시켰다.

"네, 라, ㄱ 밑에는 비둘기, 5입니다."

"다음 밑에 칸 왼쪽부터 불러 봐."

"네, 3, 8, 4, 9입니다."

"뭐 잘 보이는구먼, 오른쪽 눈을 가리고."

"네, 4, 8, 5, 7입니다."

"양쪽 다 1.2 이상 나와. 아주 좋아." 군의관은 시력표에 적으며, 말했다. "훈련이 힘들다고 농땡이 치면 안 되네. 군인이 총을 쏴야 하지 않나?"

"맞습니다." 우영은 이 말과 함께 군의관에게 경례를 붙이고 복도로 나왔다. 그는 이윽고 야외로 나와 두 눈을 비비고 먼 산을 바라봤다. 잘 보였다. 평소와 다름없이 잘 보였다. 어쩌면 더 잘 보이는 것도 같았다.

우영은 답답한 마음이었다. 군대 생활을 잘 마치려면 사격훈련을 잘해야 하는데 걱정이 되기 시작했다. 내무반으로 돌아와 구 하사에게 보고하며, 다음날 다시 사격훈련에 임하겠다고 요청했다. 구 하사는 원래 개인 사격훈련은 불가하나 우영의 피치 못할 사정으로 재실시하도록 소대장께 특별히 말씀드리겠다고 했다. 우영은 미안하고 고마운 생각에, "감사합니다, 구 하사님." 하고 평소보다 큰 목소리로 외쳤다.

"김 일병이 낙오하면, 나도 피곤해진다. 그동안 모범 병사로 특별휴가도 받은 녀석이 왜 그러냐?" 구 하사는 구시렁거리며 사라졌다.

다음날 우영을 위한 사격훈련이 점심시간을 쪼개어 실시되었다. 우영과 구 하사 둘만의 시간으로, 다른 병사들의 이목을 가능한 피하고자 점심 휴식 시간을 이용하게 된 것이다. 우영은 엎드려 쏴 자세를 취했다. 총알 4발이 장전되었다. 표적을 응시했다. 갑자기 안 보였다. 신기한 일이 아닌가, 속으로 걱정하면서 생각하고 있었다. 구 하사는 "오늘은 잘 보이는가?" 하고 물었다. 우영은 갈등했다. 잘 안 보인다고 하면 진실을 말하는 것이 되고 그렇게 되면 어제 시력검사 결과를 알고 있는 구 하사는 우영이 거짓을 말한다고 화를 내며 폭력을 행사할 수도 있는 것이었다. 잘 보인다고 하면, 그냥 넘어갈 것이나, 최악의 경우 4발 다 표적 근처에도 못 가고 낙제할 가능성이 커지게 되는 것이다. 이를 어찌해야 할까? 우영은 그 짧은 순간에 후자를 본능적으로 택했다. 안 보인다고 못 쏘는 것보다 일단은 쏘기라도 해 보자 하는 마음이었다.

한 발, 한 발 쏠 때마다 총소리가 귓가에 너무 크게 들려왔다. 안 보이는 문제보다 소리의 반동에 몸이 예민하게 반응하고 있다는 것을 의식했다. 한 발, 한 발이 엉거주춤한 자세에서 격발이 되었다. 그는 보인다, 안 보인다를 떠나, 총소리가 그렇게 크게 들린다는 사실에 몹시 당황하였다.

이 당황스러움을 감추고 싶었으나 구 하사는 예리하게 지적하며, "뭔가? 군인이 총을 무서워하나! 이거 기본이 안 된 거 아냐?" 하고 신경질을 냈다. 아무튼 4발 다 쏘게 되었다. 우영의 이마에서 식은땀이 흘렀다. 늦가을의 을씨년스러운 날씨에 땀이 흘렀다. 불길했다. 내가 군대 체질이 아닌가 하는 생각이 입대 후 처음으로 들었다. 우영과 구 하사는 저만 치 떨어진 표적으로 같이 걸어갔다. 구 하사는 종이로 된 표적 판을 빤히 들여다보았다. "아니, 너 이게 뭐야!" 그는 표적 판을 우영에게 흔들어 보 여 주었다. 4발 중 2발의 흔적은 전혀 없다. 완전 헛방으로 공중으로 날 아간 것이다. 나머지 한방은 표적 오른쪽 아래에 간신히 걸쳐 있었고, 마 지막 한 발은 왼쪽 위 끝에 걸쳐 있었는데 과녁 선의 마지막 부분에 아슬 아슬하게 걸쳐 있었다. "이 정도로는 넌 낙제 감이야!"

구 하사는 이어서 말했다. "그런데 이건 좀 이상하다. 김 일병이 눈이 안 보였다면, 정말 안 보였다면, 네 방 다 허공에 쐈을 수밖에 없는데, 이 건 분명히 시력의 문제가 아니고 김 일병의 청력의 문제인 거야. 내가 옆 에서 봤잖아. 자네는 총 쏘는 자세가 전혀 안 돼 있었어. 평소 씩씩하고 고된 훈련을 다 잘 받아 하던 것에 비해 이건 너무 심한 거야. 난 이해가 되지 않아. 간혹 새가슴 병정이나 문제 사병들이 총을 자기 맘대로 쏘는 경우는 있지. 우리는 총기사고를 막으려고 걔들을 심히 다루잖아, 기합 도 주고 집중하도록 말이야. 그런데 모범 사병인 자네가 이렇게 나온다 는 것이 전혀 이해가 안 돼. 김 일병, 자넨 우리 내무반에서도 가장 용맹 하잖아? 이유가 뭔가?"

우영은 "어제는 총을 쏠 수 없을 정도로 표적이 안 보인다고 생각했는 데..."라고 대답을 시작했다.

"안 보인다고 생각했다고? 그게 말이 되나? 보이면 보이고 안 보이면 안 보이는 거지, 생각했다고? 무슨 말 같지 않은 말을 하나!" 구 하사는 화를 내기 시작했다.

"솔직히 말씀드린다는 게... 죄송합니다. 아무튼 어제는 쏠 수 없었다고 생각했었나 봅니다. 그런데 오늘은 막상 총을 쏘니까 엄청난 소리 때문에 제 귀가 순간적으로 찢어진다고 느꼈습니다. 군인으로서 총을 못 쏠 수는 없으므로, 쐈습니다만, 제가 이렇게 총소리가 클 줄은 잘 몰랐었습니다. 그래서 총을 한 발 한 발 쏠 때마다 총소리에 놀라 자세를 잡을 수가 없었습니다."

"김 일병, 나는 지금 김 일병에게 실망하고 있어. 평소의 모습답지 않은 김 일병의 약한 모습에 화도 나. 내 책임인 것처럼 느껴지기도 하단 말이야. 그런데, 자네의 눈도 멀쩡하고 내가 보기에 자네의 청력도 나쁘지 않을 가능성이 커. 자네의 청력에 문제가 있다면 지금까지 군대 생활을 정상적으로 못 했을 거니까. 그리고 또 자네가 일부러 농땡이를 부리는 종류의 사병이 아니라는 것도 잘 알고 있어. 그래서 나는 당혹스럽지만, 자네의 어떤 심리상태에 의한 것이라고 추측을 하게 되네."

우영은 "죄송합니다, 구 하사님."이라고 밖에는 할 수 있는 말이 없었다.

구 하사는 "그럼 이렇게 하기로 하지." 하고 말을 이었다. "어쨌든 김 일병은 간신히 4발 중 2발을 표적의 바깥 언저리에 걸쳐놨어. 나는 낙제를 줄 수도 있어. 그러면 자네가 힘들어지겠지. 내무반원들이 다 알게 되니까. 그래서 나는 가장 낮은 합격점수를 주고자 한다. 그 대신 다시는 모범 사병은 되지 못할 것이다. 자네는 결국은 군대 체질은 아니었다고 판명이 된 셈이다. 유감이지만 받아들이게." 우영은 그날 밤 내무반 취침 시간에 쉽게 잠을 이룰 수 없었다.

우영은 소총 사격 시험에서의 경험 이후 남아 있는 군대 생활을 어떻게 지내면서 제대를 맞게 되었는지를 기억하고 싶지 않았다. 그는 자신이 사회 부적합자라는 생각을 꿈에도 하지 못했었는데, 군대에서 모범 병사에서 하루아침에 문제 사병으로 낙인이 찍힌 것이었다. 물론 나이가 많은 구 하사의 배려로 여러 동료 사병이 이를 알아차리지 못하게 사격 시험을 처리했기에 표면적으로는 큰 문제가 없어 보였으나, 정작 우영은 심란해졌다. 총을 쏘고 과녁에 못 맞출 수도 있었다. 그런데 문제는 그게 아니었다. 그가 의도했던 행위에 대해 몸이 반응하지 않고 있었다는 것에의 당혹감이었다.

그는 그 사건이 있고 난 뒤 1주일도 안 돼 구 하사와 개인 면담 신청을 하였다. 개인 사격훈련을 하고 싶다고 밝혔다. 구 하사는 그만하라며 말렸다. 군대는 어떤 개인의 사적인 장소도 아닐뿐더러 특히 총기 관리에 대해서는 철저할 수밖에 없으므로 허가가 불가하다고 했다. 그는 이 상태에서 나머지 군대 생활을 마무리할 것을 명하였다. 그리고 덧붙여 말하기를 총 쏘는 데 소질이 없는 사병들이 있을 수 있으니 너무 신경 쓰지 말라고 하였다. 우영은 어떤 종교적 이유로 징집을 피하거나 하는 것이 아닌 한, 자신은 비정상적일 수밖에 없는 것 아니냐 하고 재차 따져 물었다. 구 하사는 마침내 인내의 바닥을 보이기 시작했다. "그만 하라니까!"

그의 체력은 강인하였고, 정신력 또한 군대 생활의 잡다한 어려움을 극복하기에는 전혀 문제가 없었다. 선임병들의 기합이나 특정 사병에 대한 집단폭행이나 집단 따돌림 같은 것과는 아무 상관이 없었다. 우영은 모범 사병으로 쉽게 인식되었기 때문에 선임병들도 그를 함부로 대하지 않았고, 내무반 생활 초기에 한, 두 번 그의 모범생 신분을 시기하거나 그의 인내심을 시험하기 위하여 선임병들이 일부러 우영에게 기합을 주거나 시비를 거는 행위에 우영은 말없이 그들이 부과하는 터무니없는 벌을 묵묵히 수행하여 그들을 금방 질리게 하곤 했다. 선임병이든 동료 사병이든 우영은 최소한 바른 사병으로 인식되었고 무언가 함부로 다룰 수 없는 친구라고 여겨지게 되었다.

우영에게 군대 생활이란 어차피 피할 수 없는 것이었고, 우영의 나이 또래의 남자들이 사회에서 떨어져 일정 기간 겪어야 할 특별한 경험, 그래서 군대의 의무기간을 마치게 되었을 때는 젊은 남자들이 겪었던 일반 경험으로 되어야 할 그런 것이었다. 다만 다른 징집병과는 달리 우영은 병역의 의무를 지원하는 형태로 군대에 가게 됐다는 것이 다른 점이었다.

대학 2학년을 마친 다음 해 우영은 군대에 지원했다. 사실 군대에 지원병으로 간다는 계획이 전혀 없었는데 뜻밖의 계기로 군대로 가게 되었다. 대학교 친구의 갑작스러운 자살 때문이었다. 그의 죽음으로 우영은 큰 충격에 빠지게 되었고 무엇보다 친구를 구하지 못했다는 것에 대해 자책하고 있었다. 그 친구 생각에서 헤어나지 못할 것 같아 학교를 쉬기로 했다. 그리고 곧장 군대로 찾아왔다. 군대가 우영에게 일종의 도피처 같은 곳인지도 몰랐다.

하루의 일과는 고된 훈련의 연속이었고 훈련 후 내무반 생활은 단체생활의 긴장감을 주었다. 그 친구를 잊게끔 되었고 문득문득 그 친구를 생각하고는 이내 의식에서 사라지는 군대 생활의 정형화된 일상이었다. 어쩌면 이러한 모습이 우영이 원했던 것인지도 몰랐다. 그러나 어려움이 없을 것 같았던 군대 생활은 그의 사격훈련에서의 사실상 낙제로 결코 쉽지 않게 되었다. 우영은 특별휴가를 청원하였다. 휴가 중에 스스로 확인하고 싶었다. 정말 자신이 총으로 과격을 맞힐 수 없는 것인가를 다시한번 확인하고 싶었다. 휴가를 나오자마자 사격 연습장으로 향했다.

우영은 사격 대에 섰다. 비록 사설 사격장이지만 군대에서의 훈련 못지않은 긴장감을 느낄 수 있었다. 군대에서의 사격훈련은 엎드려 쏴 자세로 멀리 있는 표적에 쏘는 것이었지만, 지금의 것은 소총으로 선 자세에서 손을 길게 뽑아 과격을 맞추는 것이었다. 어느 쪽 표적이 더 쉽고 어려운지 가늠하기는 어려웠다. 우영에게 중요한 것은 그가 총을 제대로 쏘고 과녁을 정상적으로 맞힐 수 있는가를 판명만 하면 되는 것이었다. 과녁을 모두 명중시킬 필요는 없었다. 그저 남들만큼만 쏠 수 있는 능력이 되는지, 즉 남들처럼 정상적으로 사격을 할 수 있는지를 알면 되는 것이었다. 사격장의 직원은 안전을 위해 우영의 옆에서 조교의 역할을 하였다. 우영은 사격을 시작했다. 잘 맞았다.

우영의 군대에서의 마지막 겨울은 단순한 생활의 반복이라는 것으로 지루함은 더해갔다. 동료가 이끄는 손에 이끌려 그들과 어울리며 족구도 하고, 게임도 하고 먹고 마시기도 했다. 사격훈련 사건 이후 내밀화된 그의 일상은 오히려 그들과 그러한 활동에 가담할수록 더욱더 단순할 뿐이라고 느꼈다. 군대라는 조직과 사회를 지루한 것으로 보았기 때문이다. 그리고 중요한 것은 획일화된 통솔과 지휘체계로 단순함을 담보하고 여기서 오는 불가피한 지루함을 이겨내야 하는 모순이 발생하는 것이었다. 강제된 단순함과 자발적 지루함의 다툼 현상이 군대 곳곳에 숨어 있었다.

그런데 우영의 고민은 이 지루함이 일시적인 것인지 확실하게 알 수 없는 것에서 시작되었다. 우영은 제대 후 복학 여부와 아버지 그리고 지루함에 대해 생각하기 시작했다.

3

정인은 걸어가고 있었다. 추운 아침에 아버지 아침상을 차려 드리고 집을 나섰다. 주위는 온통 회색빛으로 보였다. 아침부터 센 바람이 불어왔다. 동네 골목은 을씨년스러울 정도로 조용했고 아무도 보이지 않았다. 동네 어귀 큰 거리로 나왔다. 간혹 사람들이 지나갔다. 표정 없는 얼굴들, 어깨를 구부리고 찬 공기를 마시는 듯한 썰렁한 모습의 군상들이 버스 정류소에 옹기종기 모여 서 있었다. 버스 안에서 내내 정인은 생각해 보았다. 무엇을 할 것인가? 버스는 덜컹거리며 천천히 시내 중심을 지나가고 있었다.

정인은 버스 바깥의 모습이 이상하다고 느껴졌다. 무심한 풍경, 생각

없이 혹은 생각을 감추고 사람들이 거리를 지나가고 있는 것 같았다. 버스 안에서 바라보는 거리의 모습은 영화 속에서 슬로모션으로 찍은 것처럼 몽롱해 보이기까지 했다. 아버지가 쓰러지셨다는 것은 정인에게 현실이라기보다는 아직은 상상처럼 받아들이기 어렵다고 느꼈다. 그러나 정신을 차려야 한다고 생각했다. 아버지의 평소의 꿋꿋한 모습과 아침에 병석에 누워계신 연약한 모습이 대비되어 정인은 이 때문에 속으로 울고 있었다.

학교 캠퍼스로 가는 길은 길고 약간 오르막길이었다. 아직 다소 이른 오전 시간이라 그런지 학생들이 많이 보이지는 않았다. 학기말 시험이 곧 끝나가고 있던 시점이어서인지 교정은 쓸쓸한 모습이었다. 정인은 자신의 학과 사무실로 들어갔다. 조교 언니를 만나고 싶었다. 영란 언니. 학부를 2년 전에 졸업하고 곧바로 대학원에 들어가 석사과정을 밟고 있었다. 영란 언니는 정인을 좋아했다. 그 이유는 정인이 자신처럼 공부를 잘하고, 똑똑해서였다. 영란 언니는 정인이 대학 초년생 때부터 그때까지 3년의 시간 동안 학과 조교로서 정인을 지켜봐 오고 있었는데, 정인에게서 일종의 동료 의식을 느끼게 되었다.

대부분의 학생들은 학교를 도식적으로 파악하고 거기에 걸맞은 행동으로 일관하는 것, 즉 고등학교 때 의식의 연장으로 대학교를 대하고 있었는데, 그것은 학점에 대한 스트레스, 놀이를 통한 이완 그리고 불확실한 미래에 대한 걱정과 현실적인 대책 같은 패턴으로 일관하는 것을 의미하고 있었고 그래서 그들의 사회학이라는 학과전공은 그들의 현재와 미래의 삶에 그리 중요한 요소는 아니게 된 것이었다. 어떤 특정 학과를 전공했다는 것은 교정을 빠져나오는 순간, 거의 쓸모없게 되는 것을 그들은 너무나 잘 알고 있었다. 이러한 상황에 영란은 분개하고 있었고, 조교로서 그들과 교류한다는 것은 일종의 시간 낭비라고 여기고 있었던 것이었다.

그런데 정인은 달랐다. 정인은 현실적이지 못했으며, 그만큼 그녀의 전공에 대해 아주 진지한 태도를 보였다. 영란과 정인이 서로 가깝게 되었던 것은 자연스러운 결과였다. 다른 학생들이 그들의 관계에 관심을 보이지도 않은 것이 차라리 그 둘 사이를 더욱더 긴밀하게 만든 요인이 되었다. 학생들의 이기심으로 인한 타자에 대한 무관심은 역설적으로 사회학의 인간관계학이라는 그들의 전공 분야와 무관한 영역이 되었다. 영란은 이를 어쩔 수 없이 받아들이고 있었는데, 정인이라는 신입생을 통해 채워지지 않은 자신의 지적 허망함을 달랠 수 있는 친구 같은 후배를 만나게 되었다.

정인은 사회학을 좋아했다. 애초 전공을 무엇으로 할까 생각했을 때 고등학교 때부터 두각을 나타낸 독일어의 능력을 생각하여 독어독문학과를 생각했었으나, 탁월한 어학 능력으로 학과에 대한 도전 의식이 약해질 것 같은 느낌이 들었고, 애초 문학 쪽보다는 자신이 더 사변적이라 생각되어 철학과에 대해 생각도 하게 되었다. 그런데 정인이 고등학생 때 읽어 본 서양철학 책들에 대해서 느낀 점은 하나같이 과거 학, 즉 현실의 문제에 대한 과거의 방식으로의 접근법의 학문이라는 강한 인상을 받게 되어 차라리 현실 문제를 다루는 사회학을 통해 기존 철학을 공부하고 비판하자고 생각하게 되었다. 정인의 대학에 대한 태도, 보다 정확하게는 전공에 대한 태도는 다른 학생들과는 아주 다를 수밖에 없었다. 이런 점들을 영란은 정인과의 대화를 통해 알게 되었고, 그들은 서로 동지처럼 연대와 애정이 형성되어 있었다. 요컨대 그들은 진정한 학문의 길에 깊게 들어가고 있었다. 그렇게 되도록 스스로 인생을 설계해 나가게 되었던 것이었다.

"정인, 안녕? 오늘 좀 힘들어 보이네, 어디 아파?" 영란이 물었다.

"언니, 아니야. 좀 피곤한가 봐, 괜찮아. 사실 이번 방학 동안 할 수 있는 아르바이트가 좀 없을까 해서 언니를 찾아온 거야..." 정인은 "요즘같이 어려운 때 언니에게 부탁하게 돼서 좀 미안한데, 난 사실 좀 급해."라고 말했다.

"아, 그래? 내가 좀 알아봐 줄까? 아마도 교수님들이 방학 때 하시는 프로젝트 같은 것을 돕는 일이 있을지 모르겠네. 내가 알아보고 곧 연락해줘도 되지?"

"언니 고마워." 정인의 마음은 무거웠으나, 영란 언니를 만나는 것은 항상 즐거움이었고, 그날도 예외는 아니었다. 영란 언니는 정인이 왜 급하게 아르바이트를 찾고 자신에게 도움을 청하는 이유를 묻지 않았다. 그녀는 정인이 신입생 초부터 공부를 열심히 하는 것을 곧 알게 되었고,

그 이유가 학문에 대한 진지함 못지않게 장학금을 의식하고 있다는 것도 알게 되었다. 학과성적이 늘 최고일 수밖에 없는 상황인데도 정인은 학점에 집착하는 모습이 보였는데, 조교로서 영란이 이를 파악하는 데는 긴 시간이 필요하지 않았다. 영란은 정인에게 이유를 묻지를 않았으나, 다분히 경제적인 이유임이 분명했으므로 더더욱 물을 필요가 없었다. 지금 아르바이트를 급하게 찾는 이유를 묻지 않는 것이 영란에게는 정인에 대한 일종의 예의 같은 것으로 여겨졌고, 정인은 영란 언니가 묻지 않은 것을 의식하고 있었고, 그래서 언니를 더욱더 존경하게 되었다.

그들은 학생 식당에 가서 점심을 먹고 학과 사무실로 돌아와 인스턴트 커피를 마시고 담소하다 헤어졌다. 정인은 언니가 며칠 내로 일거리를 찾아올 거라고 막연하나마 기대하게 되었다. 왜냐하면, 영란 언니는 나름대로 학교 내에서 발이 넓었을 뿐만 아니라 신망이 있는 사람으로 여겨졌기 때문이었다. 정인은 언니와 헤어진 후 자신이 관여하는 동아리의 사무실로 향했다. 사무실은 학생회관 내 3층의 학생활동 클럽들의 사무실 중 가장 큰 편이었다. 정인은 자신이 총무를 맡은 〈철학회〉의 연간 활동을 정리하고 다음 봄학기에는 어쩌면 그만둘지 모를 자신의 동아리 사무실에 와보고 싶었다. 왠지는 모르지만, 막연히 아버지의 병환이 오래 갈 것 같았고 그만큼 자신이 집안의 책임을 맡아야 한다고 생각했기에, 일단 동아리의 일을 정리할 필요가 있었다고 느꼈다.

사무실의 문이 잠겨 있을 것이라고 예상했던 정인은 문이 열려 있었고 안에서 다소 큰 소리가 들려오는 것에 놀랐다. 학기 마지막 시험이 끝나고 겨우내 닫혀 있을 학교 그리고 학생들이 저마다의 계획으로 학교를 떠나있을 그 시간에 동아리 사무실도 완전히 문을 닫고 동면에 들어가야 할 시점이었다.

환하게 불이 켜진 사무실 안에서 서류정리를 하는 소리가 들렸다. 회장인 상배가 그의 짐을 정리하고 있었다. 상배는 제법 큰 가방에 그의 책과 서류 등을 집어 놓고 있었다. 정인은 상배를 보자, "상배 형, 웬일로 짐을 싸세요?"라고 물었다.

상배는 "정인아, 잘 지냈어? 나 이제 내년 2월이면 졸업이잖아, 그래서 미리 짐을 싸놓는 거야."

"그래도, 동아리 후배들하고 환송회도 하고 또 천천히 그동안 친했던 친구들과 간부들하고도 인사하고 해도 되잖아요?"라고 정인은 물었다. 상배는 그런 것들은 그리 중요한 일이 아니라고 대답했다.

상배는 정인이 오빠라고 부르지 않고 형이라고 부르는 것을 싫어했지만, 정인과 다른 모든 여학생 후배들은 꼭 형이라고 불렀다. 오빠라는 칭호는 전근대적이라는 여학생들의 공통된 인식이었다. 정인이 2학년이 되었을 때 군 복무를 마치고 3학년으로 복학한 상배는 〈철학회〉의 회장이 되었다. 재미있는 사실은 4학년 남학생이 있었으나, 그는 상배 형보다 나이가 어렸고 지극히 내성적인 성격으로 상배 형이 비록 3학년이었어도 회장이 되는 데 동아리 회원들이 크게 이의를 달지 않게 되었다. 분위기가 그랬다. 상배 형이 스스로 자신이 앞으로 이 동아리 모임의 회장으로 이끌어 가겠다는 당당한 태도를 보였다. 군대를 다녀와 복학한 남학생은 아직 군대에 가지 못한 남학생들을 아이로 취급하는 경향이 있었고 반대로 후배들은 복학생들을 아저씨라고 부르기까지 하여 다소 이질화 시켰다. 더군다나 〈철학회〉라는 동아리의 성격은 학교 내에서도 사뭇 다른 분위기를 띠고 있었다. 다른 동아리보다 우리 〈철학회〉는 좀 더 고 차원적인 집단이다, 좀 더 성숙한 모임으로 학생들의 여가와 친목 그리고 취미를 같이하는 학창 생활의 성격이 전혀 아닌 성숙한 지적 모임 같은 존재라고 회원 스스로도 그렇게 느끼고 있었고, 일종의 우월의식을 갖는 학생들도 있는 듯했다.

다른 동아리와 다르게 나름의 전통이 있다는 의식도 작용하고 있었다. 당시에 이미 20년 이상 명맥을 유지하고 있었을 뿐만 아니라, 〈철학회〉 출신으로 제법 이름을 낸 졸업생 선배들이 있었고, 이것이 회원들의 자부심을 북돋웠으며, 회원의 가입과 탈퇴는 항상 자유로웠지만, 한번 회원이 되면 일정 기간 나름대로 열심히 활동하는 분위기가 되었다. 그런데다가, 다른 동아리와는 다르게 학생회원들이 다양했다. 철학이라는 것을 공부하겠다는 학생 모임은 사실 어린 대학생들에게는 생소하고, 어렵게 느껴지고, 분위기가 무언가 세상에 뒤처진 옛날 학문 혹은 철학과 학생들에게만 관심이 가는 대상이었던 것으로 산업사회와는 무언가 어울릴 것 같지 않은 클럽이라는 통념과는 달리, 실제로는 다양한 학생들, 즉 여러 다른 학과의 학생들이 참여해 오고 있었다.

문과생들이 공돌이라고 비하해 부르던 공대 남학생들, 공부만 잘했지, 기계적인 사고방식과 군대식 규율로 융통성이 없다는 평판이 있었던 의대생들, 약삭빠르고 계산에 능한 처세적 세계관을 갖고 있다고 여겨졌던 상대생들, 인생을 오로지 고시 합격이 목적으로 세상을 법전으로만 보는 앞뒤가 꽉 막혔다는 법대생들, 그리고 공허한 이론과 관념에 사로잡혀 현실을 외면하며 심지어는 방종한 삶으로 현실적이지 못하다는 평가를 받던 인문계열 학과의 학생들 등 다양한 전공의 배경을 가진 학생들이 〈철학회〉의 문을 두드렸다.

1970년대 후반기에 몇몇 학생들끼리 서양철학을 공부하던 것으로부터 시작하여 당시에 민주화 투쟁, 반독재 투쟁의 자양분으로서의 철학의 공부, 즉 이념을 이론화하고 학습하며 의식화하는 과정으로서의 철학이었다. 철학, 다시 말해 서양의 이론서들은 당시의 시대상을 반영하는 것이기도 했던 것이며, 몇몇 학생들이 스스로 적절하게 우리들의 〈철학회〉라고 이름 지어진 그들만의 소수 모임은 당연히 학교 당국의 승인과 격려 그리고 활동 보조금을 받을 수 없는 사조직이었고, 그들의 학습은 심화되어, 그들은 시대의 부름에 동조할 뿐만 아니라 시대를 이끌어 나가야 한다는 믿음이 자연스럽게 형성되었다. 그들은 철학을 단순히 공부하는 것을 떠나 그들 행동의 지렛대로 삼았고 당시 처했던 시대의 상황이 그들을 기다리고 있다고 믿게 되었고, 행동해야만 한다는 것을 그들의 양심으로 여기게 되었다. 따라서 그들 중에서 체제로부터 박해받는 학생들이 나타나게 되었다. 그들은 유명해졌고 그만큼 그들의 젊음을 바쳤다. 〈철학회〉는 그들로부터 태동하여 같이 유명해졌고, 사람들로부터 서서히 인정받게 되었다.

그러나 그것은 20여 년 전의 상황이었고, 그 사이 시간은 많이 흘렀다. 크게 말하여 철학은 이념의 공장 같은 지위에서, 사회체제 변혁의 산실과 같은 모습에서 시민들의 교양의 수준으로 내려왔다. 민주화는 이루어진 것처럼 보였고 사람들도 순종적으로 변해갔다. 〈철학회〉도 위기를 맞게 되었다. 초기의 선배들이 물러간 후 후배들은 그들의 정신을 살리고자 했으나, 살릴 방법은 학교 당국에 정식으로 학생활동 동아리로 등록을 해야만 하게 되었다. 철학은 소수의 학생이 그들의 전유화한 사상과 행동의 방편으로서 전혀 작동되지 못했고, 자꾸자꾸 미끄러져 내려와 많은 학생의 지적 호기심을 충족시켜줄지도 모를 그런 인문학적 존재로 의미가 바뀌게 되었다.

그럼에도 〈철학회〉가 살아남아 여기까지 오는 데는 역시 선배들의 힘이 컸다. 초기 선배 중 한 명이 사회활동을 접고 철학 교수가 된 것이었다. 그 선배의 〈철학회〉에 대한 애착과 후배들의 따름은 다시 한번 〈철학회〉가 활발해질 수 있는 계기가 되었다. 그 선배 교수는 회의 모임에 간혹 참석해 철학 강의를 하는 것으로 시작해서 그 선배 교수를 통해 나중에는 많은 다른 철학 교수들이 정기적으로 강의를 하는 것으로까지 발전하게 되었다. 학생들의 반응도 괜찮았다. 회원들뿐만 아니라 비회원 학생들 심지어는 타교생들도 강의에 참석하게 되었고, 묵직한 주제의 강의에도 항상 일정한 수준의 참석자가 생기게 되었다. 동아리의 평판은 유지되었을 뿐만 아니라 다른 학생 클럽과는 급이 다른 위치를 갖게 되었다.

어떤 전공의 학생이었든지 상관없이 강의실에서 들을 수 없는 주제에 대해 열려 있는 철학 강의와 활동을 지향하고 있었던 〈철학회〉의 모습에 대한 지지였던 것 같았다. 아무리 지성이니 학문이니 하는 따위의 담론에도 대학은 점점 졸업 후 직장을 위한 관문으로서 기능하는 것으로 되었고 그래서 〈철학회〉의 위상은 다소 특출난 것이기도 했다.

상배 형은 정인을 바라봤다. 그리고 말을 이어 갔다. "나는 졸업 후 곧 유학을 가게 될 거야. 한 2년 혹은 3년 정도 걸릴 것 같아."

정인은 다소 의외로 생각되었다. "형이 졸업하자마자 유학을 간다고요? 저는 전혀 몰랐었고 간다고 해도 그렇게 빨리 가시는지 몰랐어요." 하고 묻게 되었다.

상배가 말했다 "그래, 사실 오래전부터 계획이 있었던 거야. 졸업하고 수속이 되는대로 갈 거야... 미국으로 유학인데, 거기서는 새 학기가 늦여름이나 가을 초에 시작해. 그래서 미리 가서 어학 공부 등 몇 달 준비를 하고 공부를 시작하게 될 거야."

"아니 무슨 공부를 하게 되는 기예요? 철학 공부예요?" 정인이 묻지 않을 수 없었다.

"경영대학원으로 결정이 됐어. 말하자면 지금 학부의 전공을 살린 셈이지." 상배는 덧붙여 말하길, "학문을 위한 것이라기보다, 선진국의 경영을 배우고 또 거기서 회사업무의 수련도 겸하게 될 것 같아."라고 했다.

"회사업무의 수련이라뇨?"

"아, 그것은 말하기 좀 그렇지만, 우리 집에서 사업을 하는데 미국에도 지사가 있어서, 공부와 병행해서 방학 때 인턴으로 경험을 쌓게 될 거야. 사실 집안에서 유학을 가라고 해서 좀 떠밀려서 가게 되는 것도 있어."라고 상배는 대답했다.

정인은 무덤덤하게 말했다. "형, 축하해요."
"축하라니? 뭐 축하받을 일인가?"

정인은 진심으로 말했다. "형이 잘 되시기를 바랄게요."

상배는 말했다. "밋밋하게 '형이 잘 되시기를 바랄게요.'가 뭐야. 나는 정인이가 그래도 나에 대해 좀 특별하게 생각하는 줄 알았는데... 그저 지나가는 모르는 나그네 대하듯 하네."

정인은 대답했다. "형, 제가 그런 뜻으로 말씀드린 거 아니잖아요?"

정인은 문득 시간이 좀 많이 흘렀다고 느꼈다. 집에 홀로 계신 아버지 걱정이 되살아났다. 영란 언니와의 시간이 생각보다 더 흘렀고, 동아리 사무실에 잠깐 들러 서류와 책을 정리하려고 했다가 뜻밖에 상배 형을 만나게 되어 또 시간이 지체되었다. 정인은 서둘러 집으로 가야겠다고 생각했다. 영란 언니가 며칠 내 아르바이트 일을 찾아 놓을 것 같다는 막연한 확신이 들어 그때 학교에 다시 올 때 동아리 사무실에 다시 들르리라 마음먹고 있었다.

"형, 제가 지금 집에 가야 해요. 다음에 뵐게요. 아마도 며칠 내 다시 학교로 올 것 같아요. 그때, 형이랑 우리 〈철학회〉 업무 애기를 할게요." 하고 나가려 했다.

상배는 실망하여, "인제 내 졸업까지 정인과 만날 날도 많지 않은데... 그나마 방학 때라도 자주 보자. 며칠 후에 연락할게." 정인은 교정의 긴 길을 따라 앙상하게 나뭇잎이 다 떨어진 겨울의 나목들을 하나하나씩 지나가며 초겨울의 음습한 바람을 맞으며 걸어갔다.

4

　그해 겨울은 혹독하게 추웠다. 매일 매서운 바람이 불었고, 유난히 눈도 자주 그리고 많이 내렸다. 온 세상이 얼어붙은 듯했다. 산과 들에는 풀도, 나무도, 숲도 없었다. 그저 시커멓게 타들어 간 맨몸을 드러낼 뿐이었다. 산짐승들도 다 죽어서 흔적도 없었다. 강은 얼어붙어 강바람이 불 때면 음산한 신음과 같은 공기 소리를 냈다. 그리고 그들이 살던 터전은 없어졌다. 그들의 집이 없어졌으며, 그들의 동네가 없어졌으며, 그들이 다니던 상점과 시장이 없어졌으며, 그들의 학교와 관청이 없어졌으며, 거리는 온통 거대한 폐허로 변해 있었다. 그들 도시의 모든 것들은 파괴되었다.

　시민들은 거의 다 죽었다. 살아남은 사람들은 먹어야 할 물과 밥이 없었다. 다친 사람들을 위한 약과 붕대도 없었다. 죽임을 당한 사람들은 거의 흔적을 남기지 않고 폭력의 파편으로 되어 공중에 날려가 흩어지거나, 무수한 총격과 포탄 세례에 쓰러져 갔다. 살아남은 사람들은 그들의 터전을 떠나야 했다. 아무것도 남지 않은 공허의 삶을 피하여 어딘가로 떠나야 했다.

하지만 어디로 떠날 것인가? 수천, 수만 개의 폭탄과 수억 발의 총탄을 용케 피하여 목숨을 부지한 그들은 사방이 거대한 폐허 덩어리로 변한 대지에서 숨을 곳이 없었고, 그들 또한 죽음을 피할 수가 없었다. 아무것도 없다는 것은 폭탄, 살육, 비명, 고통 그리고 죽음이 어디에나 있다는 것이었다. 삶이 존재하지 않았다는 이유로 이 세상에 아무것도 없다는 것은 거짓이었다. 전쟁이라는 저주는 희생이 생기는 바로 그 순간에서 불행히 살아남은 자들에게는 이를 짊어지고 영원히 살아가야 할 운명이 되고 다행히 죽어간 자들에게는 망각의 자유가 허용되는 것이었다.

소년의 가족은 필사적으로 남쪽으로 향하고 있었다. 도시의 북쪽으로 피난 간다는 것을 생각할 수 없었다. 전쟁의 방향이 그쪽으로 향했기 때문이다. 아버지와 어머니, 네 살 위의 큰누나, 네 살 아래의 여동생, 모두 다섯의 가족. 그들이 대대로 살아왔던 도시뿐만 아니라, 온 나라의 땅이 없어졌다. 나라의 어느 쪽을 향하여 피난하여도 폭격을 피할 길이 없었다. 온 식구는 남아 있는 가재도구를 챙겨 짐을 쌓았다. 누비로 된 옷가지들을 걸쳐 입고, 남은 밥을 동그랗게 덩이로 만들고, 남아 있던 김장김치와 소금을 반찬 삼아 챙기고 신발을 새끼줄로 동여매어 얼어붙은 눈밭에서 굴러떨어지지 않도록 하였다.

　도시를 빠져나와 그들은 계속 걸었다. 환한 대낮에는 많은 행동을 자제하였다. 주로 밤을 이용하여 걸었다. 가끔 다른 피난민들의 달구지 꽁무니에 언 엉덩이를 비비고 몸을 움츠린 채 그 다섯 가족은 움직일 수 있었으나, 하루, 이틀, 1주일, 2주일 시간이 지남에 따라 피난민 대열도 점차 줄어 들어갔다. 밤에는 주인이 없는 시골 민가의 헛간에서 눈을 붙이며 피곤한 몸을 잠시 쉬게 하였다. 낮에 움직일 일이 있으면, 그들은 주로 산을 이용하였으므로, 몸이 약하셨던 어머니와 열한 살 어린 나이의 여동생이 특히 힘들어했다. 아버지와 큰누나가 가족을 이끌며 내려가고 있었던 셈이었다. 아버지는 마르신 편이었으나, 강단이 있으셔서 잘 버티셨다. 아버지의 체력도 체력이지만, 가족을 책임져야 한다는 것 때문에라도 버티셨을 것이다. 어머니와 여동생을 돌보는 일은 큰누나의 몫이었다. 식량이 부족하면 산에서 들에서 타다 남은 밭에 남아 있던 나뭇등걸이나 언 무, 감자 등을 채취하는 일은 주로 아버지와 소년의 몫이었다.

　산하에는 계속 포성이 울리고, 하늘 위로 폭격기가 지나다니고 있었다. 그들은 이윽고 38선을 넘어, 임진강 어귀를 지나, 서울 쪽으로 향하고 있었다. 그들이 피난을 떠난 지 꼬박 2주 만의 일이었다. 어린 식구들이 있어, 그들의 행군은 더딘 것이었다. 남쪽의 서울도 파괴되긴 마찬가지였다. 그래도 다행인 것은 아직도 건물들의 잔해가 남아 있는 곳들이 있어, 그들 가족이 밤을 지내기가 좀 수월해졌다는 것이고, 또 몸을 숨기기도 비교적 쉬웠다.

그러나 그들 가족이 들어온 낯선 서울은 다른 의미로 위험한 곳이기도 했다. 북쪽 군대는 이미 패퇴하여 북쪽으로 후퇴하였거나, 남쪽에서 괴멸되었다. 그들은 후퇴하면서 남쪽 사람들을 끌고 북으로 가기도 했으며, 남쪽 사람들도 북쪽 사람들을 잡아들이려고 혈안이 되어 있었다. 소년의 가족은 누가 봐도 북쪽의 모습을 하고 있었다. 강한 북쪽의 사투리를 쓰고 있었고, 남쪽 사람들에게는 친숙한 서울과 남쪽의 명칭들, 동네 이름, 관청이나 학교의 위치 등과 같은 것을 몰랐고 무엇보다도 신분증이 없었다.

밤을 이용해 서울을 빠져나와, 소년의 아버지는 서쪽 바다에 면한 도시로 가기로 결심했다. 계속되는 행군을 더 이상 버텨낼 수 없다고 판단했다. 바다 쪽으로 가서 배를 얻어 탈 수 있다면, 좀 더 안전한 남쪽으로 갈 것이었다. 1주일여의 더딘 행군 끝에 그들이 당도한 곳은 어느 서해안 중소도시였다. 그곳은 전쟁의 참화 속에서도 비교적 덜 파괴된 모습이었다. 북쪽 군대가 전쟁 초기 워낙 빠른 기세로 밀고 내려오는 바람에 혹은 그 도시에서의 남쪽 군대의 항전이 없었기에, 도시는 그런대로 존재하고 있었다. 그것은 아직도 피난 못 간 남쪽 사람들이 남아 있었다는 뜻이었다.

그것은 전쟁의 죽음에도 불구하고, 살아남은 사람들은 살아야 함을 의미했으며, 소년의 아버지는 어부들이 잡아 온 생선을 인근 남쪽의 도시에 공급하는 조그만 선박의 주인에게 사정하여, 그들 다섯의 가족을 배의 갑판 뒤꽁무니에 태우고 다음 목적지에 닿을 수 있었다. 선장은 며칠

치 음식도 장만하여 주었다. 그는 소년의 가족들이 북에서 피난 온 것을 알고, 그들이 얼마나 고생해서 그곳까지 오게 된 것인지를 동정과 연민으로 받아들일 수 있는 사람이었다.

마침내 가족은 남쪽 서해안의 어느 항구도시를 거쳐, 산 쪽으로 향하게 되었다. 사람들의 말로는 전쟁은 초기상황과는 사뭇 다르게 이제는 북한군이 밀려 북쪽으로 후퇴를 거듭하고 있다는 것이었다. 도시는 다시 많은 사람으로 붐볐다. 그곳의 피난 통의 삶은 한껏 고조된 경쟁의 삶이었다. 원래 그 항구도시에서 살고 있었던 주민들과 전국각지에서 모여든 피난민들이 합해져서 그곳의 삶은 아비규환의 모습과 다를 것이 없었다. 소년의 가족은 애당초 그곳에 발을 붙이기가 어려웠다. 다른 피난민들과의 삶의 경쟁에서 낙오가 되기 일쑤였다. 그들은 도시를 떠나게 된 것이다.

그들 가족이 산 쪽으로 가게 된 데에는 대략 두 가지 이유가 있었다. 첫째, 산 쪽에서 버려진 민가를 찾는 것이 비교적 쉬워 그들이 정착할 수 있는 집을 사용할 수 있으리라는 것, 둘째로는 산턱의 빈 땅을 밭으로 개간하여 곡식과 채소를 기를 수 있으리라는 것이었다. 계절도 다행히 따뜻한 봄으로 변하고 있어서, 그들은 그런 곳을 찾아가면 될 터이었다.

소년은 아버지를 찾고 있었다. 아버지는 산으로 온 다음 날부터 온종일 먹을 것을 찾아 온 산을 헤매고 다녔다. 어머니는 동굴처럼 산기슭 언덕 밑에 자연스럽게 패어 있는 공간에 피난처를 마련하고 아이들과 온종일 붙어 있었다. 두 딸과 아들은 나뭇가지들을 꺾어 움막 같은 형태의 거처를 만들었고, 땔감을 찾아 나섰다. 남겨진 가족들은 아버지가 늦게 돌아올 때마다 불안하였으나, 아버지는 나뭇등걸에서 이름 모를 나물과 열매를 그리고 산 버섯 등과 같은 먹을 것을 마련해 오셨다. 그러나 이것으로 충분치 못했기에, 소년은 곧 아버지와 같이 먹을 것을 찾아 나서기로 했다. 다섯 식구나 되는 식량을 산속에서 그것도 하루에 세 번은 아니더라도 아침, 저녁 두 번의 끼니를 찾아야 한다는 것은 엄청난 고통과 공포로 다가왔다. 아버지는 산속을 내려와 민가로 가서 사정하든지 아니면 그들의 일손을 돕든지 하여 쌀이니 김치니 하는 기본 식량을 마련해야 한다는 결론을 내리게 되었다. 산속에서 날짐승을 잡아 식량으로 할 수도 없었고, 산에 널려 있는 식물과 나뭇등걸 따위를 매일 채집 형태로 하여 근근이 배를 채울 수도 없었다.

따라나서는 소년을 뒤로하고 아버지는 마을 쪽으로 내려갔다. 마을로 내려간다는 것은 설혹 식량을 얻을 수는 있을지는 모를 일이나 또한 위험한 일이 될 수도 있다고 여겨졌다. 이 고장 사람이 아니고 말투도 이북 말투의 아버지는 누가 봐도 타지 사람, 그것도 북한사람일 수밖에 없었다. 남한에서도 남쪽인 지리산에서의 고립된 삶은 모르는 지역에서 피난 온 아버지와 가족들을 완전 타지 사람들로 볼 수밖에 없는 상황이었다. 같은 마을 사람이 아니라는 것, 무엇보다 이북에서 내려왔다는 것, 그것도 이 근처 마을 심지어는 남한의 다른 고장에도 일가친척도 없다는 사실을 이 마을 사람들에게 어떻게 이해를 시킬 수가 있을지 우려가 되는 현실이었다. 최악의 경우 북한에서 온 빨갱이로 오인하여 이곳 사람들이 우리를 적대시할지도 모르기 때문에 아버지는 불안에 떨어야 했다.

아버지는 다른 방도가 없었다. 굶어 죽을 수는 없는 것 아닌가 하는 생각뿐이었다. 이북의 고향에서 가족을 끌고 내려온 지도 벌써 5개월 가까이 흘렀다. 아버지와 가족이 찾기를 바랐던 폐가나 경작이 가능한 밭뙈기는 없었다. 아버지는 차라리 해안 쪽으로 갔었어야 했나 하는 후회를 했다. 그러나 이미 때는 늦어 보였다. 산과 들에는 그래도 무언가 경작이 가능한 작물이 있을 수 있으리라는 기대는 현실적이지 못했다. 깊은 산속은 가족의 안전에는 유리한 점이 있었으나 먹을 수 있는 것을 만나는 일은 어려웠다. 산속에서 내려와 민가 쪽으로 가더라도 마을은 화전민들의 것이었다. 아버지는 이북에서도 가장 큰 도시 출신으로 농사를 모르는 사람이었으니, 애초부터 가족들을 끌고 산속으로 들어온다는 것이 무모한 일이었는지도 모를 일이었다. 그런데, 아버지에게는 그 상황에서 어떠한 더 좋은 대안이 있었을지 불분명했다. 온통 전쟁판에서 평범하고, 상식적인 그리고 일상적인 모든 것은 없어진 상황에서 그 어떤 정상적인 판단이 가능했었을까?

때는 이미 늦봄을 넘어 초여름으로 접어들고 있었다. 산속은 나무와 숲이 우거져 더위를 식혀주는 그늘을 만들어 주었다. 산속은 험준한 지형이었다. 전쟁의 포화 속에서도 아직도 산속은 모든 것이 그대로인 것으로 보였다. 그만큼 산속은 아직은 총과 포탄을 피하고 있었던 셈이었다. 아버지는 마을 쪽으로 내려갔다. 화전민들은 아직도 남아 있었다. 전쟁으로 피난하지 않아도 되는 사람들이 살고 있었다. 사실 마을이라고 할 수도 없었다. 산등성이에 듬성듬성 몇 가구씩 모여 화전을 일구고 살아가는 사람들이었다. 아버지가 산속에서 한참을 내려가니 자연스레 그들을 찾을 수 있었다. 그들의 마을을 찾는 것은 어렵지 않은 일이었다. 집의 굴뚝에서 피어나오는 연기 그리고 들려오는 사람들의 소리는 아버지의 눈과 귀에 그대로 들어왔다.

아버지는 늦은 오후 시간까지 좀 기다렸다. 그리고 다섯 집 정도의 마을 중 한 집을 골랐다. 그중 그래도 좀 커 보이는 집이었다. 커 보인다 한들 마당이 다른 집들보다 좀 큰 정도였다. 이윽고 아버지는 소리를 내어 불렀다. "안에 아무도 안 계십네까?"

"안에 아무도 안 계십네까?" 아버지는 다시 한번 소리를 내었다. 안에서 소리가 들려왔다. 노인으로 보이는 남자가 느리게 신발짝을 끌며 집 입구로 다가오고 있었다. "뉘 쉬여?" 느닷없이 찾아온 낯선 남자를 마주한 노인은 잔뜩 긴장하고 있었다. 아버지는 마치 아들이 늙은 아버지께 인사하듯 고개를 90도 각도로 숙였다. 아버지는 노인에게 계속 고개를 숙였다. 노인은 무슨 일로 찾아왔느냐고 물었고, 아버지는 쭈뼛쭈뼛 이야기했다. 아마도 아버지는 이북에서 어찌어찌하다 흘러 내려온 피난민이고, 불행히도 식구들을 거느리고 내려오게 되었으며, 지난 몇 달간 이남의 여러 곳을 전전하면서 목숨을 부지하면서 피난 생활을 하게 되었다. 많은 이들로부터 도움을 받아 지금까지 살아오게 되었는데 많은 식솔들, 그 자신을 포함해 나머지 아내, 두 딸과 아들 모두 다섯이나 되는 가족을 데리고 이제부터는 살길이 막막하다. 그래서 일단 산으로 와서 앞으로 닥쳐올 겨울을 나기로 하여 올라오게 되었는데 막상 먹을 것을 구하기가 어렵다. 그래서 노인장께서 도와주시면 무슨 일이라도 마다하지 않겠다. 밭농사이던 혹은 새롭게 개간할 땅이 있다면 한 조각 땅이라도 부쳐서 노인께 대접하고 남는 것은 식구를 먹이겠다고 간청을 했을 것이다.

노인은 아버지를 아래위로 찬찬히 보더니, 일단 아버지를 집 안으로 들어오도록 했다. 아버지에게 점심 식사는 했느냐고 물었다. 아버지는 괜찮다고 했다. 노인은 그와 비슷한 나이로 보이는 아내에게 얘기해서 아버지에게 찐 감자, 김치 그리고 물을 내놓았다. 배가 고프지 않겠느냐, 어서 천천히 들고 말씀을 들어보자고 했다. 아버지는 다시 한번 고개를 연신 조아리며 "고맙씁네다, 고맙씁네다."라고 했다. 감자 한 덩이를 베어 물었다. 달콤한 맛이었을 것이다. 아침부터 늦은 오후 시간까지 제대로 먹은 것이 없던 아버지이기에 감자의 맛은 무엇과도 바꿀 수 없는 것이었으리라. 그러나 아버지는 한입을 먹고는 더 이상 먹을 수가 없었다. 노인과 그의 아내는 아버지에게 염려 말고 먹으라고 했다. 아버지는 남아 있는 감자와 김치를 좀 싸주셨으면 한다고 말했다. 죄송하지만, 산에 남아 있는 식솔들과 나눠 먹어야 한다고 했다. 노인은 안된 표정을 지으며, 걱정하지 말고 먹으라 했고, 감자를 좀 더 싸주겠다고 했다. 아버지는 고마워서 어쩔 줄 몰라 했다.

노인은 아버지가 어쩌다 이북에서 이 낯선 이남 땅으로 오게 되었는지를 다시 물었다. 아버지는 담담히 대답했다. 그는 원래 평양에서 살고 있었는데 어느 날 전쟁이 났다는 얘기를 들었다고 했다. 그러려니 했다고 한다. 무더운 여름날에 전쟁이 시작되었다고는 했으나 한동안은 전쟁을 실감하지 못했다고 했다. 그런데 무더운 여름이 지나가고 가을로 접어들어 추수를 앞둔 시점부터 전쟁이 이북 지역에서도 전개되고 있다는 소문을 듣게 되었고 이윽고 아버지가 사는 도시에서도 포화 소리, 폭격 소리, 군인들의 부상과 전사 등을 목격하게 되었으며, 그 양상은 하루가 다르게 전개되었다. 미군 폭격기들은 연일 하늘에서 무수히 폭탄을 쏟아부었고, 지상에서는 남쪽 군대의 포화로 북쪽 군대는 하루가 다르게 북쪽으로 후퇴하게 되었다. 아버지가 살고 있던 도시도 곧 함락이 되었다고 말했다.

  노인은 흥미 있게 이 이야기를 듣고 있었다. 중간중간에 이상한 한숨 소리를 내었다. 아버지는 그 도시는 없어졌다고 했다. 아버지는 그렇게 짧은 시간에 도시가 없어졌다는 것을 상상을 못 했다고 했다. 모든 건물, 도로, 집, 상점, 논과 밭 등이 처참히 폭격에 없어졌다고 했다. 사람들도 사라졌다고 했다. 아버지의 친척들은 일부는 죽었고 일부는 생사를 알 수가 없게 되었다. 친척들의 죽음을 애도할 겨를도 없이 폭격은 계속되었고 전쟁의 공포는 날로 심해져 갔다. 살고 죽는 것이 그저 하루하루 지나갈 뿐이었다. 아버지는 자신의 아버지가 폭격에 돌아가시는 것을 바로 옆에서 목격하게 되었다고도 했다. 집에서 숨어 있다 잠시 폭격이 뜸해진 사이에 뒷마당에 나가셨던 아버지의 아버지는 느닷없는 공중폭격에 즉사하셨다고 했다. 아버지는 더 이상 말을 이어가지 못했다. 아버지의 눈은 슬펐으나 더 이상 눈물을 흘리지는 않았다.

노인은 자신은 이곳 출신이었지만 일제하에서 남만주로 이주하여 공장 노동자로 또 철도 역무원으로 근무하며 일제의 수탈로 인한 배고픔과 가난을 벗어나게 되었다며, 아버지의 처지를 동정하였다. 만주에서의 생활이 이곳 고향에서의 처지보다 나았던 것은 몸은 고되더라도 끼니 걱정이 없는 생활이 가능했고 적지만 어느 정도 저축도 가능했기 때문이라고 말해줬다. 해방 후의 감격으로 내려온 고향에서 그는 소외되어 산속의 화전민이 되었다고 하며, 아버지와 자신은 모두 피난민이니 걱정하지 말고 지내라고 위로의 말을 건넸다.

노인은 말했다. 오늘은 늦었으니 일단 산으로 올라가라. 곧 날이 어두워지니까 서둘러라. 잘못하면 길을 잃을 수도 있으니까. 내일 아침에 다시 오라고 했다. 아버지는 고맙다고 연신 고개를 조아리며 서둘러 노인의 집을 떠났다.

아버지는 밤의 어둠이 시작되고서야 산속으로 돌아왔다. 화전민 마을의 노인이 준 식량을 품에 꼭 움켜쥐고서. 식구들에게 다음날부터 아랫마을의 밭농사 일을 도우면서 식량을 얻을 수 있으리라고 말했다. 그렇게 해서 겨울을 날 식량을 구하고 다음 해 봄을 맞아 다른 새로운 곳을 찾아야 할 것이라고 했다. 겨울에는 산속이든, 마을 쪽이든, 바닷가 쪽이든 식량을 얻기가 무척 어려울 것이므로, 마을 노인을 도우면서 살길을 마련해 보자고 했다. 그러면서 노인에 대한 고마움을 식구들에게 표현했다. "내, 고맙습네다를 몇 번이나 얘기하지 않았네 말이다."라고.

시간은 흘러 초겨울에 접어들었다. 깊은 산속에는 벌써 눈이 내렸다. 찬 바람이 산 위에서부터 밀려 내려왔다. 구름 없이 맑은 하늘과 따뜻한 햇살이 추운 바람과 대조를 일으켰다. 아침에 일어나 아버지와 소년은 상쾌한 산 공기를 마시고 둘이 사이좋게 내려갔다. 일손이 부족한 화전민의 삶에 추수기를 더 이상 놓칠 수가 없어 아버지는 소년을 산속에 온 지 처음으로 데리고 나선 것이다. 산에는 나무와 숲들이 이미 누런 색깔을 띠고 있었고, 깊은 산속에서는 이미 밤사이 나무들 사이에 성에가 끼었다. 산은 험준했으나 두 남자가 걷기에는 큰 무리는 없을 성싶었다. 아버지는 이미 산에서 마을로 가는 길을 머릿속에 익히게 되어 더욱 그러하였다. 이윽고 노인의 집에 당도했다. 아버지는 이제는 익숙하게, "저 이제 왔습네다."라고 나직이 사립문 앞에서 불렀다. 노인은 옅은 웃음을 띠고 방에서 나왔다. 아내도 따라 나왔다.

노인은 아버지 혼자만이 아닌 소년을 보자, 놀라며 아들이냐고 물었다. 그렇다고 했다. 노인은 이곳 외딴 산골 마을에는 전부 노인네들만 살고 있는데 이런 어린아이가 여기에 있으면 위험할 수 있다고 했다. 산밑 마을 사람들이 이곳 노인들이 사는 곳까지 자주 예고 없이 찾아올 수 있다고 했다. 그들은 적들을 찾는 일에 몰두해 있다고 했다. 아버지는 이 아이는 이제 겨우 15살 정도밖에 안 된 소년인데 왜 위험한 것이 되는지 선뜻 이해가 안 됐다. 그래서 노인에게 물었다. "와, 제 아이가 위험해질 수 있다는 겝니까?"

노인은 남자아이들, 아버지의 아이와 같은 10대 소년들도 이 소년이 어느 쪽에 속하냐 하는 것에 따라 적이 될 수도 있다고 설명했고, 사실은 아버지도 위험해질 수 있다고 걱정했다. 그 둘은 우선 이곳 지역 사람이 아니었고, 장년의 사내와 힘을 쓸 수 있는 소년이므로 아랫마을에서 적들을 수색하는 사람들의 먹잇감이 될 수도 있다는 것이었다. 그러면서, 오늘은 어차피 소년과 같이 왔으니 같이 지내기로 하고 내일부터는 소년을 산에 놔두고 아버지만 오라고 했다. 아버지도 아침 이른 시각에 와서 이른 점심시간 때까지만 일을 도와주고 서둘러 산으로 들어가라고 했다. 아래쪽 사람들은 이곳으로 수색을 오게 되더라도 대부분 점심시간 이후에 온다는 것을 경험으로 알고 있다고 했다. 노인은 덧붙여 말하길, 아버지를 위하여 넉넉하지는 못해도 아버지의 식구들이 겨울을 굶지 않고 지낼 수 있도록 돕겠다고 했다. 아버지는 미안하고 고마워서 연신 고개를 숙였다. 소년도 따라 고개를 숙였다.

아버지는 그렇게 하여 노인과 한편이 되었다. 아버지는 매일 새벽 일찍 일어났다. 산속 새로 만들어 놓은 움막 같은 집은 겨울의 매서운 바람을 막을 수 있었고, 밤에 야생동물들로부터도 보호될 수 있는 곳이었다. 그래서 사람 눈에 잘 띄지도 않는 작은 요새 같은 곳이 되었다. 아쉬운 대로 다섯 식구들이 겨울을 날 수 있도록 나름대로 자연스러운 보호장치가 되었다. 아버지는 일찍 산간마을의 노인의 집으로 내려오며, 좀 안심이 되었다. 누울 곳도 생기고 먹을 것도 생기고 또 입을 것도 추운 겨울에 내려왔을 때 입었던 두꺼운 옷을 여태껏 잃어버리지 않고 있었는데 그때 그 옷들을 다시 입으면 추위는 견딜 수 있는 것이었다.

어머니와 자식들은 아버지가 없는 동안에 작은 나뭇가지들을 모아서 연료나 방한의 목적으로 쓰고자 근처 산들을 헤매고 다녔다. 거의 매일 해야 할 일이었다. 아버지가 구해오는 식량은 나무 연료로 밥을 짓거나 덥혀서 먹을 일이었다. 연기가 마구 피어오르는 것을 막으려 식구들은 온통 신경을 썼다. 그래서 그들은 밥을 주위가 완전히 깜깜한 밤에 했다. 그 밥을 그날 저녁과 다음날 아침밥으로 해결했다. 얼어붙은 산 개울가에 가 얼음을 깨고 물을 길어오는 일은 소년의 어머니와 큰누나가 같이 했다.

큰누나는 북에서 보통 여고 2학년을 다니다 전쟁을 맞은 것이었다. 소년은 중학교 2학년 학생이었다. 그 밑의 여동생은 보통 초등학교 4학년의 나이였다. 막내 여동생은 나이가 제일 어려 식구들의 온갖 귀여움을 받았으나, 몸이 좀 약한 편이었다. 막내는 여자였지만, 언니보다 바로 위의 오빠인 소년과 더 친하게 지냈다. 큰누나는 사실은 성인이라고 해도 틀린 말이 아니었다. 전쟁이 없었고 따라서 피난이 없었다면, 지금쯤 고등학교 3학년이 되었을 것이다. 그래서 막내는 의젓한 모습의 큰언니보다 바로 위 오빠를 더 친밀하게 느꼈을 것이다.

산속이 온통 빈 곳인 양 그들 외에 아무도 없었다. 가끔 야생동물들과 우연히 만날 수도 있었으나 추운 겨울이라 그럴 가능성도 작았다. 조용한 산속에서 아랫마을의 노인 집에서 베푸는 나눔에 고마워하며 하루하루 날짜를 세며 봄이 오기만을 기다리는 나날들이었다.

아버지는 노인네 집에서 일을 마치고 익히 알려진 매일 다니던 산속 길을 올라 가족이 있는 곳으로 향했다. 오늘따라 산속의 공기는 차가웠으나 맑고 상쾌했다. 아버지는 길게 숨을 들이마시고 뱉고를 반복하며 마치 기분 좋은 산책을 하고 있는 상상을 하며 걷고, 오르고, 내리막길을 가고, 또 한참을 올라가고, 산길에 군데군데 굳어 있는 눈 자국을 피해 가고 있었다. 등짝에 땀이 배기 시작했고, 발걸음은 일정했다. 사방은 새소리도 없이 조용했다. 아버지의 숨소리와 발소리만이 텅 빈 공간을 메우고 있었다.

갑자기 저만치 산 숲 위에서 뭔가 바스락거리는 소리를 들은 것 같다고 아버지는 생각했다. 생각이라기보다는 느낌이었다. 아버지는 걸음을 멈추고 한쪽 나무 뒤편으로 몸을 숨겼다. 한참 동안 꼼짝하지 않고 있었다. 그동안 가족의 산속의 터에서 노인의 집까지 매일 오르고 내리고를 반복하는 동안 느끼지 못했던 소리가 들려온 것이었다. 아버지는 생각했다. 그 소리는 작은 날짐승의 날렵한 뛰는 소리였을 것이라고. 조심스레 아버지는 발걸음을 옮기었다. 그렇게 한 이십에서 삼십여 발자국을 걸었다. 또 소리가 들려왔다. 분명히 근처에 무언가가 있었다.

5

집으로 돌아온 정인은 아버지가 웃으시며 맞이해 주시는 것에 안심이 되었다. 그러나 아침에 드렸던 밥을 반밖에 드시지 못하고 남기신 것에 마음이 아팠다. 아버지가 좋아하는 김치찌개를 해서 같이 저녁 식사를 하고 정인은 건너편 자기 방으로 왔다.

정인은 책을 펼쳐봤다. 3주 전부터 읽고 있었던 사회철학책이었다. 두 꺼운 책의 처음 몇십 페이지까지 읽은 상태에서 다시 읽기 시작했다. 책 이 읽히지 않았다. 한 문단을 읽는 것도 힘들었다. 다시 읽어도 머리에 들어오지 않았다. 글자 하나하나가 낯설게 느껴졌다. 아버지로 인한 정 신적 충격 때문에 그런 것 같았다. 정인은 책을 덮고 자리에 누웠다. 그래 내일부터 힘을 내보자. 우선 아버지의 병을 낫게 해 드리자.

　며칠 후 정인은 다시 학교로 갔다. 기대했던 대로 영란 언니로부터 연락이 왔다. 상배 형으로부터도 연락이 왔다. 영란 언니를 만나는 김에 상배 형을 동아리 사무실에서 만나기로 약속했다. 영란 언니는 기쁜 표정을 숨기지 못하고 정인에게 마침 좋은 일거리가 생겼다고 했다. 학교 철학과 교수가 독일어 원본의 사회 철학서를 번역하기로 하여, 초벌 번역업무를 맡을 사람을 찾고 있었고 이것을 학교 조교들 사이에 수소문하여 영란 언니가 알게 되었는데, 그 내용을 감수, 수정하여 그의 이름으로 번역자가 되어 출판된다는 것이었다. 정인은 대략 그러한 과정으로 번역작업이 되고 있다는 것을 알고 있었다. 좀 더 정확히 얘기하면 공동 번역이어야 할 사안이었으나, 이러한 관행은 그리 문제 되지 않는 분위기였다. 누구나 다 그렇게 하니까. 또한 어려운 전문 서적을 일개 학생이 공동번역자로 이름을 올릴 수가 없기도 했다.

　아무튼 정인에게는 간절히 돈을 마련해야 하는 것에 초점이 맞춰져 있었다. 영란 언니는 조교들 사이에서 이런 초벌 번역자를 찾는 것을 알게 되었는데, 이 초벌 번역일도 일종의 특수 전문직이 되어 이런 업무만 하는 사람들이 있었다. 주로 어문학계 고학력자들이었고, 일부는 외국 유학생 출신들도 있었다. 그래서 독일어에 능통한 사람들을 찾게 되었는데, 몇몇 접촉한 사람들이 다 일을 맡기 어려운 사정들이 있다고 했다. 이미 작업 중이거나, 방학 중에 강의가 있거나, 혹은 해외에 나가야 한다는 등의 이유로 사람을 못 찾고 있었다는 것을 영란 언니는 알게 되어 생각 끝에 정인을 추천하게 되었다고 했다.

영란 언니는 정인의 독일어 수준이 뛰어나다. 그리고 비록 철학과 학생은 아니나 학교 철학 동아리에서 활동하며 철학, 그것도 사회철학에 대한 이해와 지식이 높다고 했고, 마침 정인이는 사회학과 학생이어서 안성맞춤일 것이라고 했다. 영란 언니에게 이 번역일을 얘기한 철학과 조교는 좀 난색을 보였다고 했다. 이유는 정인이 아무리 독일어를 잘해도 전문 서적이고 아직 기껏 학부생 아니냐는 것이었다. 영란 언니는 이에 한 가지를 제안했다. 그럼 조건부로 하자. 원서의 처음 20페이지 정도를 시험으로 번역일을 맡겨보고 이를 교수님께 보여드려 결정하자고. 조교는 동의했고, 번역이 교수님에게 합격이 된다면, 번역에 대한 보수는 그리 나쁘지 않을 것이라고 얘기했다.

정인으로서는 생각하지도 않았던 번역 아르바이트에 다소 놀랐으나, 보수가 나쁘지 않다는 것에 마음이 쏠렸다. 독일어라면 나름대로 자신도 있었다. 고등학교 때부터 지금까지도 공부해온 독일어 아니던가. 대학에 와서는 사회철학을 공부하고 또 〈철학회〉 활동의 목적으로 독일철학서의 일부를 독일 원전으로 읽기도 한 분야 아니던가. 영란 언니는 정인에게 책을 내밀며, 1주일 후 초벌 번역을 해서 다시 만나자고 했다. 정인은 고맙다고 했다. 얼른 책을 열어 보았다. 그리고 빠르게 눈으로 훑어보았다.

정인이 텅 빈 동아리 사무실에 들어서니 상배 형이 혼자 사무실에 앉아 심각한 얼굴로 생각에 잠겨 있는 듯했다. 정인을 보자 표정을 바꾸며 웃음 띤 얼굴로 "그간 더 예뻐졌네."라고 말했다.

정인이 물었다. "형, 뭐 심각한 일이라도 있어요?"

상배 형은 독백하듯 말했다. "이제 졸업한다고 생각하니 이 〈철학회〉 도 떠나야 하는데... 나름의 감회가 드네. 그래서 너 오기를 기다리며 생각에 잠겨 있었어."

"형, 어떤 생각이요?"

상배 형은 정인을 정면으로 바라보며 정색하듯 말했다. "정인아, 선배들이 이념의 시간을 살았다면, 이제 그 시간은 지나갔어. 그들은 이념을 위해 철학을 공부했고, 국가와 사회의 대척점에 위치하면서 싸웠다. 역사의 변혁은 선배들의 이념적 큰 틀이 되었고 철학은 그들을 고상하게 하였고 그들의 엘리트 의식을 고양시켰지. 그들의 이념은 무엇이었을까? 그들의 정열이었을 뿐이라고 나는 감히 말하고 싶다. 이념은 이념일 뿐이다. 이 이념이라는 것은 우리가 철학을 지낸 몇 년간 열심히 공부해 봐서 알지만 하나의 이론일 뿐이야. 이론은 반드시 역사라는 현실을 통하여 변질이 될 수밖에 없다고 생각해. 다시 말해 학설 혹은 이론적 집합체인 어떤 철학의 흐름도 원래의 발상에서 반드시 변용될 수밖에 없는 운명을 맞게 되고 항상 그렇듯, 이상과 현실의 괴리가 생기는 피치 못할 과정에 있는 거야."

"그래서, 나는 철학을 선배들과는 달리 배우려고 했어. 선배들의 열정 그리고 그들의 젊음을 바친 희생. 나는 그 선배들을 존경해. 그러나 그들이 학교 교문 밖으로 한 발짝 내딛는 순간 그들은 역사와 마주치게 되는 것이야. 어쩌면 학교라는 울타리 안에서의 모든 토론, 울분, 열정 등의 것들은 우리가 지금도 〈철학회〉에서 토론하듯 이론일 따름이야. 그 선배들은 그것을 몰랐거나, 그 현실이라는 것에 대해 너무 쉽게 생각했던 것 같아."

정인은 상배 형의 말문을 막았다. "쉽게 생각했다고요?"

"그래, 쉽게 생각했다. 왜냐하면, 그들이 현실에 쉽게 무너졌기 때문이야. 소수의 선배가 소위 학생 운동권을 형성하면서 전투라는 용어를 써가면서 저항하지만, 현실은 그렇게 호락호락하지 않았다는 것이지. 선배들은 재빨리 현실을 받아들이게 되었지. 저마다의 방식으로. 그 선배들을 내가 나쁘다는 뜻에서 하는 말이 아니야. 그들은 역시 똑똑해서 현실을 그들이 배웠던 이론에 끊임없이 대입하면서 배워나갔다는 것이야. 현실을 우리는 무시하고 살 수 없다는 것을 비로소 깨닫게 된 거지. 우리 선배들, 우리 〈철학회〉 선배들이 지금 어떻게 살고 있는지를 보면 이해하기가 쉬울 거야."

"예를 들어 마르크스의 이론이 그대로 적용된 적이 한 번도 없었지. 마르크스와 대척점의 사상들도 마찬가지 운명이었지. 그래서 그 선배들은 사회를 배우고, 국가를 배우고, 그리고 역사를 배우게 되는 것이야. 그들

중 실제로 사회학자나, 철학자나, 정치가나, 학교 선생이나 하는 지식인들로 남은 사람들이 얼마나 돼? 학생 시절의 투쟁가, 그들을 혁명가라고 부르기도 좀 쑥스럽지만, 그것으로 남은 사람이 얼마나 돼? 없잖아?"

정인이 다소 격해져서 말했다. "형은 투쟁가, 혁명가에 대한 기본 생각이 과격하다는 것을 말하려는 것 같은데, 저는 그들을 그렇게 말할 수는 없다고 봐요. 그들은 이론과 실제가 다르다는 것을 모르지 않았을 뿐만 아니라 실제를 어떻게 끌어안고 살아야 하는 고민으로 살았을 겁니다. 그리고 그것은 의미가 없는 태도는 아니었고요. 현실적인 명제 같은 것이 모든 것에 우선한다는 생각은 좀...철학적인 발상은 아닌 것 같아요."

상배는 "현실적인 것. 철학 용어로 말하자면, 현존재 같은 것이라는 뜻으로 이해해야 한다고 봐."라고 묵묵히 대답했다.

정인은 더 이상 말하고 싶지 않았다. 단지, 정인은 "전 형의 생각과 좀 다르네요."라고 끊었다.

"네가 내가 말하는 것을 이해하기를 바라지는 않아. 나는 너를 잘 알아. 우리가 많은 〈철학회〉 토론에서도 봤듯이, 너는 나의 철학의 해석과 대부분 달랐어. 하지만, 우리 〈철학회〉가 선배 때와는 다르다는 것은 인정해야 해. 내가 그동안 회장을 맡았다는 것 자체가 세월이 흘러 변화가 됐다는 뜻으로 이해해야 해. 선배들은 어떠한 규격, 규범, 심지어는 배경을 깔고 철학을 해왔다는 것이야. 좀 좁은 철학적 세계관에 서 있었지. 지금은 다양성의 세계에서, 반혁명의 시대가 됐다는 것이야."

정인은 반박하고 싶었으나 상배 형과 길게 토론할 마음과 시간적 여유가 없었다. 그와 다음 약속을 하고 헤어졌다. 오늘 만나자는 약속은 상배 형의 이야기를 주로 듣는 것으로 끝이 나고 말았는데, 정인은 아마도 그가 졸업을 앞두고 하고 싶었던 말을 하고 싶은 마음이 있었는지도 모르겠다고 느꼈다.

상배 형은 정인과 저녁을 같이하고 싶어 했다. 정인은 상배 형이 못다 한 이야기를 더 하고 싶다는 것을 알았다. 정인은 방학 중이라도 학교에는 자주 올 것 같다고 했다. 이 말을 하면서 이제 시작할 자신의 번역작업을 의식했다. 그리고 졸업 전에 상배 형 환송식도 다른 간부 학생들과 상의해야 하므로, 상배 형과는 다시 곧 만나자고 했다. 상배 형은 아쉬운 표정이었으나, 정인이 집으로 가게 놔두었다.

정인은 학교에서 돌아온 그날 이후 온통 집에 틀어박혀서 번역일에 매달렸다. 책은 최근에 발간된 독일 사회철학자의 현대 독일철학에 대한 비판서이었다. 책의 번역에 힘에 부칠 수 있겠다는 걱정이 들었다. 독일어의 해독력과 책 내용의 이해도가 난제였다. 독일어 능력에 대해서는 번역 자체는 될 수 있을 것 같았다. 간혹 모르는 단어는 사전을 찾으면 되고, 문법에 대해서는 문제가 없으므로 번역이 되는 것이었다. 정인은 자신의 처음 몇 페이지 번역문장을 읽어 보았다. 뜻이 선명하게 들어오고 있지 않다고 느꼈다. 위기감이 왔다. 그래서 일단 번역하고 이해가 안 되는 부분을 빨간펜으로 밑줄을 치기로 했다. 번역 자체만으로도 거의 일주일이 다 걸렸다. 밑줄 친 부분도 늘어갔다. 정인은 〈철학회〉에서 강연했던 교수 한두 분께 전화로 물어보게 되었고 도움에 다소 안도할 수 있었다.

　매일 꼬박 밤을 새우다시피 하며 작업을 이어갔다. 번역의 내용을 알차게 하려고 최선을 다했다. 정인은 문장 곳곳에 적당히 각주를 임의로 집어넣기도 했다. 마지막 작업을 마치고 정인은 영란 언니에게 전자우편으로 번역을 보냈다. 그리고 쓰러져 잠이 들었다. 아버지가 걱정스러운 눈으로 정인을 내려다보았다. 며칠 후 정인은 영란 언니를 통해 철학과 교수로부터 만나자는 연락을 받았다. 정인은 기쁨과 두려움을 동시에 느꼈다. 다시 학교로 갔다. 그사이 날은 더 추워지고 있었고 나날은 연말로 치닫고 있었다. 연말이라고 해도 스산한 느낌이었다. 나라가 망해서 이를 총칭하여 아이엠에프 위기라고 부르게 된 이후 흥청거리는 연말의 모습은 이미 사라진 지 오래였다. 신기할 정도로 거리는 적막했고, 사람들은 어깨를 움츠리고 빠르게 걷고 있었다. 아무리 방학 중이라고 해도 학교교정에 학생들이 하나도 없었다. 그저 숨죽이고 동면에 들어간 느낌의 풍경이 들어왔다. 정인은 교수님 사무실의 방의 문을 두드렸다.

　교수님의 모습이 정인의 눈에 들어왔다. 나이가 지긋한 모습으로 자신의 아버지보다 연로해 보였다. 교수님이 다짜고짜로 말했다. "자네, 좀 당돌한 데가 있네."

　"네...?"

"아니 하라는 번역이나 하지 건방지게 각주를 달고 아는 체를 하느냐 말이야!" 정인은 대답을 못 하고 우물쭈물 서 있었다.

"이리 와 앉게." 교수님이 말했다. "자네는 왜 시키지도 않은 각주를 달 생각을 했나 말이네."

정인이 조심스레 대답하지 않을 수 없었다. "제가...번역을 해 보니까 책이 어렵게 쓰여 있어... 제 스스로가 이해가 안 되는 부분들이 생겨서 고민하게 되었습니다. 그래서 각주를 달아보았는데, 제가 모르는 부분들이라 아는 교수님들께 여쭤보게 되면서 달게 되었습니다. 죄송합니다, 교수님."

"각주는 교수가 다는 것이야, 알겠나?" 교수님은 일어나 손수 커피 두 잔을 타서 하나는 자신이 마시면서 나머지 한잔은 정인에게 마시라고 했다. 그리고 말했다. "그러면, 자네는 계속 이 책을 번역할 수 있다고 생각하나?"

"글쎄요, 교수님이 판단해 주십시오. 만약 제가 실력이 부족하다고 생각되시면, 저는 포기할 수밖에 없습니다."

교수님은 한참 뜸을 들이더니 엷은 미소를 지으며 말을 이어갔다. "알 겠네, 사실 그동안 내가 많은 책을 번역해왔고, 내 동료 교수나 조교들과 공동 번역작업도 했고, 그들의 1차 번역작업을 감수하기도 했지만, 자네

같은 경우는 처음 보았네. 난, 자네의 열정과 책임감을 느꼈던 것이야. 각주는 아무나 달 수 있는 것이 아닌데, 자네가 달았다는 것은 그 성실함과 학문적 호기심 같은 것이 느껴진다고나 할까 하는 것이었네. 모든 번역서에는 지금까지 나만이 각주를 달았네. 그런데 자네가 시키지도 않은 각주까지 시도했다는 것이 놀라웠고, 더 놀라운 것은 그 내용이 제법 나쁘지 않다는 것을 발견한 것이어서 사실 나는 자네를 보고 싶어지게 되었어. 자네를 소개한 사회학과의 조교를 통해 자네 얘기를 듣게 되었고, 좀 이해가 되기도 했네. 내 자네에게 번역의 일을 맡길까 하네. 아마도 이번 방학 내내 방에 틀어박혀 이 작업을 해야만 할 걸세. 지금 나라가 온통 어렵지만, 이 책은 번역이 되어 출간되어야 하네. 외부에서 출간 보조금을 미리 받아 놓은 게 지금 상황에서 보니 다행스럽네. 할 수 있겠나?"

정인은 "네, 당연히 합니다. 교수님께 당돌히 각주를 달고 한 행동에 대해서는 다시 한번 죄송스럽게 생각합니다."

"아니야, 사실은 나는 자넬 대견스럽게 생각하네."라고 교수님은 대답했다.

"그런데, 제가 사정이 있어, 일부 번역료를 미리 받을 수 있었으면 합니다."

"알겠네. 착수금을 주고, 중간에 번역작업이 되는대로 나에게 보내주게. 감수 후에 중간 계산도 해주기로 하지. 아마도 자네 돈 사정이 급한 것 같으니, 내가 좀 돕는 셈 치겠네."

교수님의 인자한 웃음에 정인은 안심이 되어 "고맙습니다."를 세 번이나 반복하고 고개를 굽실거리며 교수님 방을 나왔다. 정인은 영란 언니 사무실에 들러 교수님과의 면담 소식을 전하고, 고마움을 표시했다. 정인은 영란 언니에게 점심을 사고 곧 헤어졌다. 〈철학회〉 사무실에 들렀다 갈 엄두가 나지 않아 정인은 곧장 집으로 향했다. 앞으로 겨우내 책상머리에 앉아 번역일과 씨름을 해야 할 일이었다.

6

　깊은 산속의 적막 속에서 점점 더 확실해지는 것 같았다. 아버지는 꼼짝하지 않고 나무숲 뒤에서 한참을 있었다. 반대편 쪽에서 소리가 들려왔다. "네가 거기 숨어 있는 것을 다 안다. 천천히 손들고 나와라. 그리고 가진 무기는 발밑에 놔두어라." 아버지는 난감해졌다. 도대체 이 깊은 산중에 나 말고 또 누가 있다는 말인가? 한참을 그대로 있었다. 이윽고 저편에서 다시 소리가 들려왔다. 무기를 버리고 나오지 않으면, 쏘겠다고 위협을 가해 왔다.

　아버지는 당황하여, "무기는 없습네다. 살려주시라요."라고 소리쳤다. 두 손을 들고 천천히 나무 뒤에서 나오라고 반대편에서 지시했다. 아버지는 그대로 했다. 잠시 후 반대편에서 두 명의 남자가 나타났다. 모두 총을 든 상태였다. 그들은 천천히 아버지에게로 다가와 아버지의 양손을 뒤로하고 밧줄로 묶었다. 졸지에 아버지는 잡힌 몸이 됐다. 그들은 젊은 청년으로 얼굴이 거무죽죽하여 강인한 인상을 주었다. 아버지보다 한참 아래의 20대 초반의 나이로 보였다. 그들은 아버지의 정체를 물었고, 아버지는 이북 피난민이라고 대답했다. 아버지는 간단하게 그해 초겨울부터 지금까지의 피난 여정을 이야기했고 또 이 낯선 남쪽의 산속까지 흘러들어 오게 된 경위도 알려줬다. 그들은 오늘 아버지가 산속에서 무엇을 하고 있었는지를 물었고, 아버지는 사실대로 말했다. 그들은 반신반의하는 표정을 지었다. 그래서 아버지는 식구들이 산속에 있다. 목숨을 살려달라고 했다. 그들은 그렇다면, 식구들이 있는 곳으로 안내하면 믿겠다고 했다.

아버지는 그들에게 물었다. 그들의 정체는 무어냐고. 그들은 살기가 힘들어 무기를 들고 산속으로 들어온 사람들이라고. 그리고 그들은 외모와는 다르게 자유, 투쟁, 인민해방 같은 단어들을 되뇌며 자신들은 빨치산이라고 했다. 아버지는 이해하지 못하고 이 빨치산이란 단어를 물음표로 하여 물었다. 그들은 나중에 얘기하자고 하며, 아버지를 앞장세워 산속 깊숙한 곳에 마련한 식구들의 움막으로 향하여 걸어 올라갔다. 아버지의 불안이 극도로 달하기 시작했다. 아버지는 제발 식구들은 살려달라고 애원했다. 차라리 자신을 죽이고 돌아가라고도 했다. 그들은 엷은 미소를 지으며, 아버지가 거짓말을 안 하면 모두의 목숨을 살려준다고 했다. 그래도 아버지의 가슴은 한없이 작아졌다. 걸음은 느릿해지고 도대체 이 상황을 이해할 수 없는 자신이 답답해지기도 했다.

산속의 토굴 같은 집에서 아버지가 낯선 두 명의 청년에게 잡혀 온 것을 본 식구들은 대경실색했다. 모두 낯빛이 시커멓게 변했고, 어머니와 두 딸은 사시나무 떨듯 움막 한쪽 구석에 쪼그리고 앉아 고개를 푹 숙이고 있었고, 소년은 겁이 났으나, 이를 과도하게 티를 안 내려고 전전긍긍하였다. 젊은 빨치산들 자신도 놀랐다. 이 추운 겨울의 깊은 산중에 다섯이나 되는 가족이 살고 있으리라고는 그들도 상상을 못 한 것 같았다. 식구들을 확인한 그들은 아버지의 손을 풀어줬다. 그들은 자신들이 이 전쟁통의 군인이라고 했고, 그들이 사는 남쪽의 인민의 약탈자들과의 투쟁과 인민의 해방을 위한 전사, 즉 빨치산이라고 저 산 중에서 아버지에게 말한 것과 비슷하게 말하였다. 그들은 식구들에게 비교적 공손히 대했다. 그들은 선량한 인민의 적이 아니며, 그들도 수탈받는 농민이라고 했다. 그들은 다섯 식구 모두를 데리고 산 위쪽에 있는 그들의 진지로 가서, 이 사실을 보고해야 한다고 했다. 아버지와 식구들 그리고 두 청년 전사들 하여 모두 일곱 명이 험한 산으로 오르게 되었다. 어머니가 힘들어했다. 산속을 오를수록 가팔라지고 눈도 많이 쌓여 미끄럽고 위험했다. 아버지와 큰딸이 어머니의 어깨를 양쪽으로 잡고, 소년은 밑의 여동생을 부축하며 올라갔다. 숨이 몇 번을 넘어가고 이마와 옷 속에 땀이 차기를 반복하며 마침내 도착한 곳은 산 정상 바로 아래편에 제법 규모가 큰 야전 부대 막사들이 있는 모습의 빨치산 중대였다.

그곳에는 많은 사람들이 있었다. 아버지의 눈에는 어림잡아 최소한 3,

40명은 될 듯싶었다. 그들은 대부분 무장을 하고 있었고, 20대 초중반에서 30대 초반까지의 청년들로 보였다. 그들은 모두 얼굴이 까맣게 그을었고, 억센 모습으로 모두 눈에다 힘을 주고 있었다. 그들은 모두 그 고장의 사투리를 쓰고 있었다. 그들의 육체는 비록 강인했으나, 오랜 투쟁과 게릴라 생활에 젖어 있었는지, 전쟁의 피로에 찔어 있었다. 겨울의 혹독한 추위는 그들을 더욱 힘들게 했으나, 심리적으로는 다소 편안한 듯도 해 보였다. 아버지의 가족이 겨울의 산속에서 사람들로부터 안 띄는 곳에 은신할 수 있다고 생각했듯이 말이다.

날카롭게 찢어진 눈매에 왼쪽 뺨에 엷은 칼자국의 흉터가 있는 그들 중대의 우두머리인 듯한 삼십 대 초반으로 보이는 남자가 텐트로 들어왔다. 그는 아버지와 식구들을 쓱 훑어보고는 앞에 있는 빈 의자에 앉았다. 아버지에게도 식탁 맞은편에 앉으라고 했다. 그는 자신을 임성호 소좌라고 소개했다. 그리고는 담배를 한 대 꺼내 아버지에게 권했다. 아버지는 담배를 피울 줄 모른다고 했다. 그는 그 담배를 자기 입에 갖다 대고 불을 댕겨 훅하고 연기를 내었다. 그는 말했다. 데려온 부하들로부터 얘기를 들었다고. 부하들은 처음에는 아버지가 북으로부터의 지령을 전달하러 온 사람으로 오인을 했다고 말했다. 아버지의 이북 말투는 그렇게 오인하기에 충분했기 때문이었다. 임 소좌는 그들은 남쪽의 인민혁명군대의 일원이라고 했고, 어쨌든 북으로부터의 뜻하지 않은 손님을 맞게 된 것을 좋은 인연으로 생각하겠다고 말했다.

물론 이 사실을 본부에 보고할 것이며, 아마도 잘 대우해 주라고 할 것이니 너무 걱정하지 말라고 거듭 말하였다. 임 소좌는 그들의 군대는 바로 인민의 해방과 조국 통일을 위해 존재하는데 아버지와 가족을 해칠 일이 절대 없다고 했다. 아버지와 가족들은 그날부로 이 군대에 편입이 되었으며, 식량과 잠자리를 제공해 줄 것이며, 그 대신 그들이 명령하는 대로 행동하고 협력해야 한다고 했다. 비록 정규군은 아니나, 오히려 그렇기 때문에 정규군보다 더 엄격한 규율로 다스리겠다고 했다. 일단 며칠 쉬도록 하고 차차 가족들에게 임무를 주겠다고 했다. 아버지는 가족들 때문에 조직에 누를 끼치지 않도록 하겠다고 다짐했다. 그리고 가족들은 봄이 되면 다른 곳으로 피난을 떠날 것이니 그때까지만 신세를 지겠다고 말하며 고개를 숙였다.

아버지는 숙였던 고개를 다시 천천히 들면서 말했다. 사실은 아버지가 산밑 화전민 마을의 노인네 집의 일을 거들어 도와주는 대가로 올겨울 동안 식구들이 굶어 죽지 않게 식량을 받도록 하고 이곳으로 잡혀 오는 날도 일을 마치고 돌아가는 길이었다고 말했다. 임 소좌는 부하에게 들어서 알고 있다고 하며, 이제는 자신의 부대에서 아버지와 식구들을 위한 식량을 제공하겠다고 하며 어쩌면 이렇게 된 것이 오히려 잘된 일이라고 했다. 왜냐하면 이곳에서 자신들의 부대원들과 같이 지내면 올겨울 식구들은 더 안전할 것이라고 했다. 아버지가 이곳 물정에 어두워서 그렇지 매일 산에서 마을까지 다녀오는 일은 매우 위험천만한 일이라고 강조했다. 이왕 부대로 들어온 이상 아버지와 식구들은 다른 모든 대원처럼 군율에 따라 행동해야 한다고 거듭 주의를 강조하였고, 필요하면 부대원들이 이 산속에서의 생활에 적응하기 위한 도움을 제공하겠다고도 했다.

산속의 부대원들은 아버지와 가족들을 위해 조그만 천막을 쳐주었다. 그 속에서 가족들은 추운 겨울의 찬바람을 피할 수 있고 또한 그들이 제공하는 따뜻한 밥을 먹을 수 있을 것이었다. 아버지와 식구들은 그들에게 깊은 고마움을 느꼈다. 사실 고마움보다 더한 생명의 은인들이라고 생각하게 되었다. 그들은 아버지를 군대의 일원인 것처럼 군율과 신중한 언행을 강조했으나, 아버지에게 비록 빨치산이라는 비정규군임에도 불구하고 아니면 오히려 이러한 극한상황에서 더욱더 그러했을 군인으로서의 긴장과 질서를 강요하지는 않았다. 그러나 아버지가 그들에게 어떠한 종류의 부담도 또한 돼서는 안 되는 것이었다. 이를 아버지가 모를 리가 없었다. 군인과 비슷한 처지의 민간인, 그것도 뜻하지 않은 북으로부터의 피난민이었고, 처와 자식들까지 대동한 상황에서 그들은 사실 처음에는 적잖게 당황하였을 것을 아버지가 눈치를 못 챌 만큼 분별력이 없는 것이 아니어서, 아버지는 그들을 돕고 싶었다. 사람으로서 이러한 어려운 전쟁상황에서 우연히 마주친 그들과의 만남이 소중하다고 생각하였고 그 소중함을 깰 수는 없다고 생각하였다. 아버지는 그들이 마련해준 간이 막사에서 오랜만에 단잠을 이룰 수 있었다.

"임 소좌님, 저와 우리 가족이 이곳 대원들에게 짐이 되기가 싫습네다. 저와 우리 가족들이 힘 닿는 한 도울 일이 있으면 그렇게 하겠습네다." 아버지는 다음날 일어나자마자 임 소좌의 막사로 가서 이렇게 말하고 있었다.

임 소좌가 말했다. "아버님, 우선 말씀을 저한테 편하게 해 주십시오. 저보다 몇 살은 더 드신 형님인 것 같소. 이제부터 제가 존댓말을 쓰겠습니다. 또한 아버님은 저에게 정식으로 부하도 아니지 않습니까?"

아버지는 겸연쩍게 생각되었으나, 이 임 소좌가 생각이 깊은 사람이라는 인상을 받게 되었다. 어제는 산중에서 이곳 부대로 끌려와서 온통 긴장과 공포로 그를 제대로 보지도 못했던 것이었다.

처와 큰딸은 부대원들의 식사를 준비할 수 있을 것이며, 중간의 아들은 비록 겨울이지만 산 주변의 남은 나뭇등걸을 찾아다니며 땔감을 구할 수 있으며, 막내딸은 비록 아직 어리지만, 설거지며 빨래며 주변 청소 등으로 도울 수 있다고 했다. 아버지 자신은 임 소좌님이 원하시는 어떠한 임무도 마다하지 않을 것이니 시켜만 주시라고 간청했다. 이 말에 임 소좌는 입가에 미소를 지어 보였다. 아버지는 비록 임 소좌가 고향에 있는 아버지의 남자 동생뻘 정도로 보였으나, 강인한 인상과 날카로운 눈, 사각진 턱에서 우러나오는 카리스마를 느낄 수 있었다.

임 소좌는 아버지가 북에서 어떤 일을 하고 있었는지를 물었다. 아버지는 자신은 북의 가장 큰 도시 출신이며 그곳에서 학교 선생을 하고 있었다고 대답했다. 임 소좌는 구체적으로 말하라고 했다. 중학교에서 국어를 전쟁이 나기 전까지 가르치고 있었다고 말하였다. 이 대답에 임 소좌는 한참 동안 생각에 잠기더니 이윽고 아버지에게 말하였다. 이곳 대원들의 대부분이 까막눈들이다. 그들은 산 아랫마을에서 소작농을 짓거나 대지주가 운영하는 가게의 머슴으로 거의 일자무식이다. 그렇다고 그들이 진짜 무식하거나 소위 의식이 없는 사람들은 아니다. 오히려 그 반대이다. 그들을 맡아 달라고 했다. 그리고 말끝에 "선생님"이라고 했다. 오히려 간청하는 듯하게 임 소좌가 아버지에게 말하고 있었다.

그들은 가난해서 제대로 학교에 갈 엄두를 못 낸 사람들이다. 그들은 먹고살기가 힘들어 낫 대신 총을 든 사람들이다. 왜 총을 들었는가? 대지주들의 착취가 일제 이후 해방이 되었어도 하나도 나아진 것이 없다. 이 전쟁은 그들의 해방을 위한 것이기도 하다고 임 소좌는 힘주어 말하고 있었다. 아버님, 아니 선생님이 그들에게 한글을 깨우쳐 주시고 또 꼭 필요한 기본한자도 가르쳐 주시라고 오히려 임 소좌가 아버지에게 간곡하게 부탁하고 있었다. 아버지는 좀 겸연쩍었으나 그렇게 하리라고 했다. 임 소좌는 고맙다고 했다. 교재는 걱정하지 마시라고 했다. 임 소좌는 이곳에서 필요한 물자는 여러 통로를 통하여 공급받고 있으므로 당장 며칠 내로 교재를 마련해 주겠다고 했다. 아버지는 일단 교재 없이도 당장 내일부터라도 가르칠 수 있다고 화답했다. 아버지는 이 이후부터 부대 내에서 선생님으로 불리게 되었고, 가족들은 선생님 가족으로 불리게 되었다. 선생님의 가족들은 아버지가 제안한 대로 부대 안에서 나름대로 역할을 할 수 있게 되었다. 선생님과 가족들은 오랜만에 웃음을 찾게 되었고 무엇보다 안전하다는 느낌을 피부로 느끼게 되었다.

겨울 산속 깊이 위치한 그들 부대는 마을에 있는 적들한테서 멀리 떨어져 있고, 특히 겨울이라는 특수한 상황, 엄동의 추위와 많은 눈이 얼어

붙어 적들이 험준한 산속으로의 접근이 쉽지 않다는 일시적인 유리함을 갖고 있었으나, 적들은 봄이 올 때쯤이면 공격을 감행해 오리라는 것을 다들 알고 있었다. 산속 부대의 목표는 첫째, 겨울 식량을 확보하는 것, 둘째, 충분한 무기를 확보하는 것, 이 두 가지로 요약이 되었다. 아버지는 임 소좌로부터 그리고 다른 대원들과의 대화에서 이러한 사실을 어렵지 않게 알 수 있었고, 그들은 아버지에게 낮에는 이에 걸맞은 임무를 부여할 것이고 밤에는 대원들을 교육하는 일을 수행해야 할 터이었다.

첫째 목표인 식량의 확보 문제는 그들 빨치산들과 마을의 가족들 간에는 암묵적인 연결의 끈이 있었기 때문에 식량은 어렵지만, 조달될 수 있었고, 사실 지난가을 추수 때 겨울을 대비하여 확보되었다. 기타 필수품들도 부족하지만 아직까지는 마을과 연결되어 확보될 수 있었다. 아버지의 한글 교육을 위한 교재만 해도 수업 시작 후 며칠 내에 산속으로 전달될 수 있었다. 산속과 마을 사이의 물자보급 연결은 지금까지 어떤 상황에서도 끊긴 적이 없었다. 이것은 마을 내에 삼엄한 경계와 감시 속에도 산속의 빨치산들과 내통하는 세력과 조직이 존재한다는 증거이기도 했다. 그러나 산속의 빨치산들은 적들이 언제고 마을을 소개할 것으로 예상했다. 마을에 불을 질러 주민들을 강제 이주시켜 마을을 없애는 일을 자행한다는 뜻이었다. 이는 빨치산들을 고립시키는 가장 유효한 전술이었고 또한 앞으로의 총공세를 예고하는 조처가 될 것이었다.

문제는 둘째 목표인 무기의 확보이었다. 북으로부터 무기를 공급받는다는 것은 전쟁이 시작된 이후 기대할 수 없는 상황이 되었고, 지금의 지원 혹은 전술적인 지령 같은 것은 점점 줄어들거나 소멸해 가고 있었다. 어차피 처음부터 이것들을 바라고 시작된 투쟁이 아니었다. 무기의 확보는 식량 못지않게 어쩌면 그보다 더 시급한 그들의 생사를 가르는 문제였다. 아버지는 이 문제의 심각성을 처음에는 이해하지 못했으나, 대원들의 투쟁 경험담을 듣게 되면서 알게 되었다. 그들이 정규군인이 아니라는 사실은 그들이 무기를 스스로 적으로부터 빼앗거나 누군가로부터 공급을 받아야 할 사항이었다. 그들의 경험은 탈취하는 것을 말하고 있었다.

지난가을 적과의 전투는 적으로부터 빼앗은 혹은 훔친 무기로 수행되었고 일정한 전과도 올렸다. 그것은 마을의 관공서를 습격하여 파괴하고 마을의 유지들을 살상하는 것으로 무기는 그들을 하루아침에 승자로 만들었다. 그러나 적들은 곧 반격을 가해 왔고, 엎치락뒤치락하는 전투가 전개되었으나 곧 전력에서 밀리기 시작하면서 가을 이후 산속으로 밀려들어 올 수밖에 없었다. 산중에서 겨울을 나게 되겠지만, 적들이 공격해 오기 전에 기습작전으로 적들의 무기를 빼앗아 오는 것이 생사의 목표가 되었다. 그래서 그들은 긴장하게 되었고, 그들의 낮 동안의 훈련과 교육은 사실상 이 임무를 성공적으로 수행하기 위한 훈련인 셈이 되었다.

대원들은 대부분 고개를 끄덕이고 졸고 있었다. 아버지는 민망한 눈빛으로 그들을 바라보았다. 아버지는 막사 안의 간이 책상과 긴 줄의 걸상에 앉아 있는 스무 명쯤 되는 학생들을 넌지시 바라보았다. 하루의 일과를 끝내고 저녁 식사 후 곧 시작된 아버지의 한글 수업의 모습이었다. 천막의 교실을 초롱불과 촛불로 밝혔으나 전체적으로 겨우 칠판이 보일 정도의 희미한 불빛을 발하였다. 대원들의 일과는 비록 정규군의 것은 아니었어도 그에 못지않게 규율을 따랐고, 하루하루를 긴장의 연속으로 지내는 것이었다. 긴장의 끈을 놓치는 순간, 그들은 적에 노출된다는 것을 아버지는 잘 알게 되었다.

아버지는 이러한 대원들을 밤에 가르쳐야 했다. 밤에 불침번을 서는 대원들과 일부 대원들을 빼고는 많은 대원이 교육에 참여하였다. 그들은 교육에 대한 열의가 컸다. 그러나 육체의 피로와 밤 동안에 긴장과 이완으로 그 열의를 녹여 버렸다. 아버지는 안타까운 마음이었기 때문에 더욱 열심히 가르쳤다. 그들 대부분은 초등학교 문턱에도 못 갔거나 갔어도 얼마 안 가 그만두어야 했다. 가난과 차별 때문에 교육을 받는다는 것이 그들에게는 사치가 되었다. 배움보다는 당장 먹고사는 것이 중요했고, 그것은 지주들의 그들에 대한 지배를 뜻하였다. 예외 없이 지주들은 그들에게 가혹했다. 이것이 그들을 헤어날 수 없게 가난으로 몰았고, 울분을 쌓이게 하였다.

임 소좌는 아버지에게 말했다. 최소한의 배움으로라도 그들의 한을 풀어달라고 했다. 아버지는 이해할 수 있었다. 비록 대원들은 피곤함에 아버지의 강의에 고개를 떨구고 졸고 있어도 그들의 결의는 충분했다. 아버지는 그들이 졸면 졸수록 목소리를 높여 외치다시피 했다. 다시 그들의 눈이 뜨여지고, 칠판을 바라다보고, 공책에 글자를 쓰고 그들 또한 한글 한자, 한자를 크게 외쳐 보았다. 이것이 지리산 남쪽의 빨치산 중대의 매일 밤의 풍경이 되었다. 부자들은 가난한 그들을 무식한 놈들이라 더욱 업신여겼다고 했다. 그들은 아버지에게 말했다. 가난보다 이 업신여김을 당하는 것이 죽는 것보다 싫었다고. 아버지의 그해 겨울의 산중에서의 일과도 그들 못지않게 고단함의 계속이었으나, 마음만은 편하였고, 무엇보다 그들을 도울 수 있는 처지가 되었다는 것에 보람을 흠뻑 느꼈다.

빨치산 학생들은 아버지가 그들보다 나이가 훨씬 많고 이미 가족이 있는 어른이라는 것을 알고 아버지에게 깍듯이 대했다. 그들은 예외 없이 아버지를 "슨상님"이라고 불렀다. 처음 아버지를 산속에서 발견하고 붙잡았던 두 청년도 마찬가지로 아버지를 그렇게 불렀다. 그들은 오랜 빨치산으로 사는 생활에 몸이 지치고, 마음은 피폐해 있었으나, 누구 하나도 흐트러진 모습을 보이지 않으려 노력했다. 그들은 이상하리만치, 매사에 침착했고 어떤 면에서는 그들의 일상과 빨치산의 신분에 대해 그들 나름의 자부심 같은 것을 느끼는 듯했다. 아버지는 그들의 이러한 모습에 감명받게 되었다. 그들은 비록 일자 무식쟁이에, 소작농이거나 남의 집의 머슴 생활을 하며 삶을 살아오다, 무기를 들고 자신들의 목숨을 저기 저만치에 내다 놓고 싸우는 게릴라들이었으나 삶을 대하는 태도는 결연함을 잃지 않고 있었다.

그들은 산중의 야학에서 하나하나 어렵게 한글을 깨우쳐 가게 되었다. 아버지의 헌신이 컸다. 또한 아버지의 큰 딸도 옆에서 학생들을 도왔다. 젊은 대원들과 큰누이와의 나이 차가 사실 크게 나지 않아 그들은 큰누나에 대한 수줍음과 호기심을 숨기기를 어려워하기도 했다. 큰누이의 존재에 겸연쩍어했지만, 오히려 그래서인지 그들의 한글 실력은 점점 늘어갔다. 아버지는 처음에는 초등학교 1학년 아이들처럼, 한글의 자음과 모음을 크게 소리를 내 읽으시고 학생들에게 크게 따라 읽으라고 하셨다. 그들은 피곤한 눈망울로 그러나 힘차게 따라 했다. 누이도 같이 따라 했다. 그리고 같이 웃기도 했다. 그렇게 추운 겨울 산속 천막 교실의 면학 분위기는 달아올랐다.

　학생들은 빨리 한글의 자음과 모음을 다 익히게 되었는데, 큰누나가 학생 하나하나 붙잡고 숙제 내듯이 글자를 묻고 대답하게 하여 거의 반강제적으로 까막눈의 모습을 탈피하게 되었고, 이를 바탕으로 드디어 국어책을 더듬더듬 읽게 되었다. 다음에는 쓰기를 익혔다. 아버지와 큰누나가 열심히 학생들의 받아쓰기를 도와줬다. 쓰기가 어려웠다. 바른 철자법으로 쓰는 것이 어려웠다. 학생들은 글의 맞춤법에 특히 어려워했다. 그렇게 하루하루 학생들은 달라져 갔다. 그러는 동안 그해 겨울이 지나고 새해의 겨울로 접어들게 되었다.

7

우영은 제대 후 복학하지 않고 학교를 그만둘까 하는 생각에 잠겼다. 고향에서 고등학교를 마치고 서울로 와 2년 그리고 군대에서의 2년의 경험과 생활, 즉 4년간의 경험은 그에게 그다지 훌륭했거나, 만족스럽거나, 새로움이 없는 지루함이었다. 군대의 인위적 단순함에 기인한 지루함은 어쩔 수 없었지만, 대학에서의 생활은 그저 어떤 하나의 패턴에 의한 삶이었다고 느꼈다. 전공과목도 너무나 친근한 탓에 특별히 새로운 도전 의식을 못 느꼈다. 과목에서 가르치는 내용들은 사실 그가 고교생으로서 습득한 수학의 공식을 좀 더 세련되게 개념화하고 이를 바탕으로 더욱더 복잡한 체계를 공부하는 방향으로 전개되었다. 그 자체에 대한 불만은 없었다. 다만, 우영에게 회의적인 것은 대학에서 수학을 반드시 전공해야만 하는 당위를 못 느꼈다는 것이었다. 같은 학과의 동급생들도 수학 자체에 대해 심각함보다는 대학에 진학했다는 것에 대한 사실에 더 의미를 두고 있다는 것을 알게 되었다.

우영은 수학으로 학자가 된다거나 수학 이론을 바탕으로 한 연구자로 사는 삶을 염원하지는 않았다. 그래서 수학이라는 과목을 대학이라는 곳에서 배우고 싶다는 절박함이 없었다. 차라리 우영은 아버지를 생각하여 아버지와 고향에서 아버지의 일을 도우며 조용히 살고 싶었다. 그런데 아버지는 뜻하지 않게 우영에게 서울로의 유학을 권유하였다. 아버지가 대학을 포기하는 것에는 반대해도 서울로 가는 것에는 그다지 적극적일 것 같지 않을 것이라는 예상이 빗나간 것이었다.

아버지는 이렇게 말했다. "우영아, 나는 네 실력이 서울에 갈 수 있는 정도라면 굳이 피할 일은 아니라고 본다. 네가 이 아비를 생각하여 대학을 포기한다면 말도 안 된다. 너도 전공을 공부하여 이를 바탕으로 네 삶을 개척하였으면 한다. 네가 수학을 전공하든 아니면 다른 무엇을 하든 상관하지는 않겠지만, 살아가는 도구로써 꼭 필요하기 때문이다. 또 서울에 가면 아마도 네가 나름대로 많은 공부가 될 수도 있다고 생각한다. 이곳 시골의 한적함과는 다른 것을 보고, 배울 수 있을지도 모른다."

우영은 대답했다. "아버지 말씀을 이해 못 하는 것은 아니에요. 저는 어릴 때부터 수학을 잘했는데. 제가 산수, 수학, 기하 등의 공식과 원리를 처음 맞이할 때 막연히 외운 것이 아니라 그 하나하나의 뜻이 무엇일까 생각하게 되었어요. 생각해 보니 그 뜻을 제 나름대로 이해할 수 있었고, 중학교를 거쳐 고등학교 때 다른 책들을 읽으면서 그 책들의 내용을 제 수학의 원리로, 즉 저의 눈으로 바라다보게끔 되었어요. 제가 아직 나이는 어리지만, 수리에 통했다는 느낌을 받게 되었고, 그래서 대학은 반드시 제게 필요한 것은 아니라는 생각이 들었고 그래서 지난 고3 때에는 대학 입학을 위한 학업에 대한 열정이 없어지게 되었어요."

"우영아, 너의 그런 태도를 나도 평소에 좀 의심하고는 했지. 그런데 일단 학교를 진학하고 그때 네가 싫다면, 이 아비는 말리지 않겠다. 대학교에 간판을 따러 들어가는 것에는 나도 반대하지만, 그 간판보다 중요한 것은 경험인 것 같다. 이 아비는 변변히 배우지 못한 처지지만 그 배우지 못함을 한탄해본 적은 없었다. 단지 배움의 경험 과정이 없었다는 것을 아쉽게 생각했을 뿐이야. 그래서 너에게 그 경험을 존중하라고 하는 것이야."

우영은 대답했다. "아버지, 그 경험은 이미 했고, 앞으로 스스로 할 수 있다고 생각해요."

"우영아, 이 아비의 뜻은 그게 아니라, 그 경험은 남들의 경험을 배우라는 것이야. 즉, 남들과 같이 문제를 풀어보라는 것이지. 비록 내가 네 어릴 적부터 너에게 사람들과 멀리 떨어져 살아라, 가급적 인간관계를 깊게 하지 말라고 말한 것을 너는 기억할 것이야. 그리고 네가 좀 더 크면서부터는 이렇게도 얘기했지. 인간이란 그저 인간의 가죽을 쓴 동물 같은 존재 이상이 아니다, 인간은 삶을 배반하게 되어 있다. 그러니 혼자서 살아가는 방법을 배우라고 말하곤 했다. 너는 이 아비가 이런 이상한 말을 너에게 왜 해줬는지 아느냐?"

"나는 다른 아빠들처럼 너에게 공부 잘해서 출세하라는 말을 한 번도 하지 않았다. 그 이유는 너도 잘 알 것이다. 그래도 나는 네가 교육받아야 한다고 생각한다. 서울로 가라. 만약에 거기가 좋다면 거기서 살아도 된다. 이 아비는 전혀 걱정하지 마라. 마찬가지로 이곳 시골이 좋다면, 여기서 살면 된다. 단지 네가 어린 나이에 다른 세계를 경험하지 못하게 하고 싶지는 않다. 그래서 그런다. 서울로 가고 서울을 보고 배우고 학교에서 다른 학생들과 새로운 경험을 한 후에 결정해도 늦지는 않을 것이야."

우영은 그저 생각해 보겠다고 하고 자신의 방으로 건너갔다. 우영은 서울에 대해 잘 알지는 못했으나, 서울에 대한 동경은 없었고, 그저 다른 세상 같다고 느꼈다. 중학교 때 그리고 고등학교 때 수학여행이나 학교 행사 등으로 서울을 한두 번 가봤던 것이 전부였다. 그때의 기억이 좀 떠오르기는 했다. 우영은 속으로 생각했다. 만약에 서울의 대학에 시험을 쳐서 합격하면 가장 등록금이 싼 곳으로 가거나 장학금을 받을 수 있는 곳으로 가겠다고. 이것이 아버지를 돕는 길이라고 생각했다.

우영과 같은 또래 나이의 아이들은 우영의 상황이었다면 당연히 서울의 좋은 대학에 가야 할 일이었다. 거기서 공부하고, 예쁜 여학생과 연애하고, 일류 직장을 잡고, 좋은 집을 사고 결혼하는 삶. 그것을 위한 모든 기회를 마다할 일이 아니었고 무엇보다 이 한적하고 쓸쓸하다시피 한 지긋지긋한 시골의 마을에서 벗어날 수 있는 길이었다. 하지만 우영에게는 그러한 삶은 인간과 인간들이 서로 부딪치는 삶이었으며, 이러한 부딪힘을 될 수 있으면 피하는 삶을 살고 싶었다.

이제 다 자라나서 대학 진학을 생각하는 나이가 되었으나 우영이 한참 철이 들 나이가 됐을 때 어머니가 없었다는 것은 큰 충격으로 다가왔다. 사실은 그가 철이 들기 한참 전부터 지금은 기억하지 못하지만, 상실감으로 우영의 가슴에 내재하고 있었을 것이다. 그래서 아버지의 존재가 더 커졌는지도 모르겠다고 생각했다. 어머니가 왜 안 계신지? 어린 우영이 말을 배우며 가장 먼저 했던 질문이었을 것이다. 어떻게 자신이 태어났고 엄마는 어디 있는지를 그리고 어떻게 돌아가시게 됐는지를 무수히 질문을 해 댔을 것이다. 아버지는 난처한 표정을 지으셨을 것이다. 지금 우영의 기억에는 없다. 그 표정. 그러나 어린 우영이 그러한 질문을 했을 때 아버지의 눈을 보았을 것이다. 아버지의 그 눈이 우영의 의식에 응어리로 남아 있을 것이다. 아버지의 슬픈 눈을. 무의식의 의식으로 분명히 남아 있을 것이다. 무의식이라는 심연 속에 분명히 남아 있을 것이다. 기억은 상황이다. 그러나 무의식은 그 상황에 대한 기록일 것이다. 머릿속에서 지워지지 않는 무의식이 우영의 삶을 사로잡고 있었다.

그가 다른 아이들과 분리되는 기억은 그의 무수한 어머니에 관한 질문의 기저에서 출발하였으며 그로 인해 그는 생각하는 삶을 살게 됐으며 그 생각하는 삶은 그에게 수학에 매료되는 계기가 되었을지도 모른다. 아버지의 말 못 함을 탓할 수 없었다. 아버지는 우영에게 미안하다고 했기 때문이다. 그 미안함은 자식에게 할 수 없는 미안함이었고 아버지는 그 미안하다는 말끝에 어린 우영에게 차근차근 우영이 철이 들고 나면 그 수많은 우영의 '왜?'에 대하여 말하여주겠다고 약속했다. 그리고 아버지는 그 약속을 지키고 있었다.

우영은 추운 겨울의 어느 날 대학 진학을 위한 시험을 치렀다. 아버지의 바람대로 실천하였다. 아버지 자신이 그에게 약속을 한 것처럼 그도 아버지에게 약속을 속으로 하고 있었다. 비록 아버지에게 직접 말로는 하지 않았어도. 인생은 지루하지만, 아버지에게 그 지루함을 보여 드리지는 않겠다. 서울로의 진학이 그 지루함을 깨트릴 것 같지는 않았다. 그러나 그 지루함의 근본 뿌리는 무엇일까 생각해 보고 싶었다. 비록 큰 기대는 없어도 대학 진학이라는 환경의 바뀜이 그 지루함에 약간이라도 변화를 가져올까 하는 생각도 들기는 했다. 우영은 그의 인생의 지루함에 대해 아버지와 언젠가는 말할 수 있기를 희망하게 되었다. 아버지와 어머니 그리고 그 약속과 우영의 지루함. 그 함수관계를 풀어야 할 과제처럼 느껴졌다.

예상대로 서울의 우수한 대학에 합격이 되었다. 우영은 고향 학교의 자랑거리가 되었다. 오래전에는 선배들이 간혹 서울에 있는 유명 대학에 합격한 경우가 있었다. 그런데 최근 십여 년간 그런 학교의 경사가 없었을뿐더러 이제는 학교의 존폐를 심각히 고려해야 할 정도로 인구가 줄었다. 우영의 합격은 실로 학교로서는 감격스러운 일이었다. 학교 교문에 우영의 이름과 격문을 담은 큰 현수막이 올려졌다. "경축 성초고의 명예! 김우영 군 한국 대학교 합격"이라고 했다. 우영은 이 플래카드에 쑥스러운 마음이었지만 기뻤다. 아버지를 위해 기뻤다. 아버지의 모처럼 웃으시는 모습 때문이었다.

아버지가 어머니가 떠나가신 이후 아마도 처음 웃음다운 웃음을 지으신 것 같았다. 아버지의 웃음은 아주 드물었지만, 그 웃음도 마지못해 웃는 그런 식이었다. 마음 놓고 웃음을 만들 수 없는 것도 같아 보였다. 우영은 아버지의 웃음, 아무런 거리낌이 없는, 아무런 전제조건이 없는 웃음 그런 웃음을 본 적이 없는 것 같았다. 최소한 우영이 일찍 철이 든 나이 때부터 아버지의 함박웃음을 본 적이 없었다. 아버지의 웃음은 기쁨과 슬픔이 동시에 느껴지는 그러한 것이었다. 우영은 아버지의 그런 웃음을 이해하고 싶었고 나이가 들면서 이해할 수 있다고 생각하게 되었다. 오늘 아버지의 웃음이 참으로 오랜만의 시원한 웃음이었다면, 우영의 웃음은 그것을 이해하는 뜻에서의 것이었다.

우영은 학교로부터 장학금을 받게 되었고, 고향 군청으로부터도 격려금을 받았다. 그리고 합격한 한국대학에서도 장학금을 받을 수 있으리라는 기대도 커졌다. 아버지에게 부담을 드리지 않아도 된다는 것. 어쩌면 아버지에게 조그만 옷가지 같은 선물을 해드려야 한다고 생각했다. 자신이 잘해서 장학금을 받게 되니 아버지는 미안하다고 말했다.

우영은 3월 첫째 주가 되자 서울로 가는 버스를 탔다. 짐은 간단히 채

비했다. 이미 서울로 올라가 학생 생활을 하던 고향 선배들의 도움을 받기로 했다. 학교 근처의 허름한 하숙집을 찾고 짐을 푸는 것은 수월하게 이루어졌다. 선배들과 어울려 식사와 술을 함께 하였다. 선배들도 우영의 합격에 대견해하고 앞으로 어려운 일이 있으면 서슴지 말고 연락해라, 가급적 자주 만나자고 했다.

우영은 그가 다니게 될 학교의 교정을 둘러보았다. 학교 근처 그리고 도시의 중심지도 걸어 보았다. 확실히 고향에서의 모습과는 달랐다. 곳곳에서 대도시 특유의 모습이 눈에 들어왔다. 우선 시끄러운 소리가 귀에 거슬렸다. 소음 다음에는 숨이 막히는 공해의 모습이 눈에 들어왔다. 많은 사람이 도시 곳곳을 누비고 다녔다. 우영은 사람들에 의해 휩쓸린다는 느낌을 지울 수 없었다. 무엇보다 모두 바쁜 모습들이었다.

우영은 이 도시에서 잘 적응해 살 수 있을까 생각해 보았다. 자신이 서울에 온 목적이 어떤 미지의 세계를 아버지의 말처럼 경험을 할 수도 있다면? 하지만 자기 생각대로 대학에서의 공부가 큰 의미가 없다면, 자신은 미련 없이 고향으로 내려갈 것이며 거기서 아버지의 일을 돕고 자신이 하고 싶은 일을 하며 살면 될 일이었다. 아마도 아버지는 우영을 시험해 보고 있는지도 모른다는 생각이 들기도 했다. 앞으로 한 학기만 다니고 학교를 중퇴할 수도 아니면 그보다 더 오래 다닐지도 알 수 없었다. 자연히 흘러가는 대로 행동하자고 마음을 먹었다. 그래야 나중에 후회가 없을 것 같았다.

8

　정인에게 그해 겨울은 혹독했다. 아버지의 병환이 나아지지 않고 있었
다. 그 겨울에 모두가 힘든 겨울을 나고 있었으나 유독 자신에게만 가혹
하게 느껴졌다. 아버지를 매주 병원에 모시고 가서 진단받고, 약을 받아
오고 하는 일이 정인의 벅찬 번역작업에 더해지게 되었다. 아버지는 정
인에게 연신 "미안하다, 정인아. 내가 너에게 많은 죄를 짓는 것 같다."라
고 했다. 정인은 아버지에게 걱정하시지 말고 빨리 병환을 극복하시라는
말밖에 드릴 말씀이 없었다. 그리고 돌아가신 어머니를 떠올렸다. 어머
니가 보고 싶어졌다.

　번역일에 혼신의 힘을 다했다. 아침에 일어나 아버지 아침 식사를 준

비해 드리고 곧장 책상머리에 앉아 작업을 계속했다. 식사를 대충 때우는 시간을 제외하고 작업에 매달렸다. 작업은 더디기는 했으나, 꾸준히 진행되었다. 어떤 때는 거의 밤을 새우다시피 하는 강행군이었다. 그러다 피곤하면 책상에 고개를 파묻고 쪽잠을 잤다. 책의 챕터 하나하나가 끝날 때마다, 원고를 교수님께 보냈다. 며칠 후 번역료가 지급되었다. 자신의 번역내용이 나쁘지 않다는 뜻이었고, 이 원고료는 정인의 노력에 비례하여 뜻깊게 쓰일 것이었다. 옆에서 이 과정을 줄곧 지켜보는 아버지의 걱정과 시름도 같이 늘어갔다. 그렇게 하여 그해 겨울은 새해의 겨울로 이어졌다. 남들이 말하는 새로운 세기의 시작을 알리는 2000년도의 겨울이었다.

새해가 됐다는 것은 아무 의미가 없었다. 정인에게는 앞으로 이 겨울이 끝나기 전에 번역을 마무리해야 하는 것 이외에는 더 다른 의미가 없었다. 물론 이 번역일의 마무리는 아버지의 건강 회복의 계기가 된다는 의미는 있었다. 그것이 제일 중요했다. 친구들이 새해맞이 모임을 제안해 왔다. 상배 형도 연락이 와서 새 세기를 함께 맞이하자고 했다. 같이 이 의식을 갖자고 했다. 정인은 번역일 때문에 그럴 겨를이 없다고 하기 싫었다. 정인은 아버지가 편찮으시다고 핑계를 댔다. 사실은 핑계가 아니었다. 정인은 그들을 만날 몸과 마음의 여유가 있을 수 없었다. 새로운 밀레니엄이 대체 어쨌다는 것인가. 그것이 나와 무슨 상관이 있다는 것인가. 아이엠에프 사태의 충격에서 아직 헤어나지도 못한 마당에 무엇을 좋아해야 하고 무엇을 기억해야 하고 또 무엇을 잊어 버려야 할 것인가. 공허한 사치처럼 느껴졌다.

작업은 계속되었다. 밤을 새우게 되는 날도 점점 더 늘어났다. 매일 같은 일상의 반복이었다. 한 가지 새로운 것이 있다면, 그것은 하나의 책을 샅샅이 해부해 들어가는 그 과정을 경험하는 것이었고, 번역 초기 개념의 생소함, 용어의 낯섦 같은 것들이 점점 줄어갔다는 것이고 그만큼 번역에 속도를 붙일 수 있게 되었다는 것이다. 사회철학 서적으로서 철저히 분석적인 내용을 비록 연관 분야의 학생이지만 어느 정도 책의 이해도를 높일 수 있다고 느꼈다. 생각하지 못했지만, 번역하면서 정인은 자신의 철학 공부에 대한 실력이 늘었다고 생각했으며, 번역작업이 중간을 넘어 후반부에 진입할 즈음에는 책 내용의 이해를 넘어 지적인 감동을 느낄 지경에 이르렀다. 책은 독일 사회철학자의 헤겔 사상에 대한 비평서이었는데, 헤겔은 사회의 구성과 갈등인자들에 대한 실증적 고찰이 없는 분석과 자의적인 해석으로 결국은 플라톤주의자의 범주를 탈피하지 못했고 이제 시대를 달리한 현재 상황에서 문제점을 드러낸다는 것을 요점으로 하는 것이었다.

비록 마음은 아버지에게 항상 다가가 있었고, 몸은 피곤함에 쩔어 있었어도, 정신은 맑아진 상태로 남아 있었다. 새해의 첫 달이 지날 때쯤에는 책의 삼 분의 이쯤까지 번역이 되어 있었다. 이런 속도라면 다음 달 전, 즉 겨울의 마지막쯤까지는 약속했던 작업의 완성까지 무리없이 진행될 것 같았다. 그런데 2월에 접어들자마자, 눈과 한파가 몰려왔고, 정인은 그만 밤샘 작업 끝에 몸살을 앓게 되었다. 처음에 아침 식사 후 세수하는데 붉은 핏방울이 세숫물에 보여 거울을 봤더니 코피가 난 것이었다. 전에도 간혹 코피가 오랜 시간의 공부 끝에 종종 나던 적이 있어 대수롭지 않게 여겼으나, 그날 저녁부터 오한과 목의 통증으로 도저히 일할 수가 없게 되었다.

아픈 몸을 이끌고 간신히 일어나 집 근처 약국에서 약을 사다 먹었다. 그러나, 추운 날씨에 노출이 된 것이 또 화근이 되었다, 집으로 온 그길로 약을 먹고 앓아눕게 되었다. 그렇게 해서 꼬박 1주일을 앓고 그만큼 시간을 까먹게 되었다. 겨우 열이 내리고 정신을 차렸다. 그러나 전처럼 작업의 속도가 나지 않았다 다시 속도를 붙이기까지 또 며칠을 헤맸다. 이제 시간은 보름 남짓밖에 남지 않았다. 정인은 정신을 차려야 한다고 다짐했다. 바람직한 상황은 아니었으나, 번역을 위해 앞으로 거의 매일 밤을 새워야 할 터이었다. 그야말로 강행군이어야 할 것이었다.

정인이 매일 똑같은 번역의 일상을 거듭하다 보니 계절의 바뀜을 의식하지 못하고 있었으나 시간은 조금씩 봄의 모습으로 바뀌어 가고 있었다. 분명히 봄은 소리 없이 다가오고 있었다. 이 겨울의 끝으로 정인의 번역작업은 마침내 그 끝을 볼 것이었다. 정인이 마지막 원고를 교수님께 넘긴 날은 새해 두 번째 달의 마지막 날을 하루 앞둔 날이었다. 정인은 마지막 원고를 넘기면서 교수님께 문자 편지를 드렸다. 마지막 원고이니 만치, 인사 겸 직접 찾아뵙고 그동안의 배려와 도움에 감사를 드려야 하나 지금 몸이 너무도 상태가 나빠서 새달 새 학기가 시작되면 찾아뵙고 인사를 드리고자 하오니 양해를 부탁드린다고 했다. 정인은 이 문자를 보낸 후 정신없이 잠의 나락으로 빠져들어 갔다.

정인은 다음날 낮이 돼서야 잠에서 깨어났다. 전날 저녁 식사 이후 잠의 나락으로 빠진 지 12시간 아니 18시간은 족히 지난 듯했다. 정인이 정신을 차렸을 때 소스라치듯 놀랐다. 아버지 식사를 못 해 드렸다는 것을 깨달은 것이다. 건넌방 아버지에게 갔다. 아버지는 아직도 식사를 못 하시고 이불에 누워 계셨다. 전등불도 꺼져 있었다. 아버지 입에서 앓는 소리가 들려왔다. 정인은 불을 켜고 아버지의 손을 잡았다. 차가웠다. 맥박에 힘이 없었다. '아버지 죄송해요. 제가 정신없이 잤어요. 곧 밥을 해 드릴게요.'라고 정인은 말하고, 부엌으로 갔다.

정인은 며칠을 그동안 부실했던 아버지 병간호, 병원으로 모셔가기, 집 정리와 청소, 그리고 먹을 것과 기타 생활필수품 장보기를 하였다. 힘에 부쳤다. 지난해 겨울 시작 때부터 지금까지 줄곧 강행군 작업 끝에 정인의 체력은 부실할 대로 부실해졌다. 정인은 새 학기를 생각할 겨를이 없었으나 좀 체력을 회복해야 한다고 생각했다. 며칠 동안 쉬고 아버지를 모시고 병원에 또 가야만 했다. 좀 쉬고 싶은 생각만 들었다. 이제 봄기운이 완연해짐을 정인도 느꼈다. 햇볕이 좀 따스하다는 감각을 느꼈고, 집의 자그만 마당에 심어놓은 나무들의 색깔도 좀 푸르스름해진 것도 보았다. 드디어 작업은 끝났고, 아버지를 간호해 드리려면 무엇보다 자신의 체력을 하루빨리 정상으로 돌려야 한다고 생각했다.

그렇게 생각하고 있었을 때 사람들로부터 정인에게 연락이 왔다. 고등학교 때 친구들, 영란 언니, 〈철학회〉 동아리, 학교 교무과, 철학 교수님 그리고 상배 형으로부터 연락이 왔다. 거의 동시다발적이었다. 정인은 작업하는 동안 모든 연락을 다 무시하고 있었는데, 이제는 더 이상 피할 수 없었다. 다행히 작업은 끝났으므로 일상으로 돌아가야 한다고 생각했고, 사실 그들에게 미안한 마음이 들었다. 고교 친구들은 아무 때고 만날 수 있는 대상들이었고, 영란 언니는 자신이 정신없이 바쁘리라는 것을 이해할 수 있는 사람이었으나, 〈철학회〉에 대해서만은 미안한 마음이 컸다.

　자신이 총무로서 새 학기의 모든 활동을 실제로 주도해야 하는데, 특히 상배 형 후임의 새로운 회장이 선출되기 전까지는 자신이 모든 활동 계획을 짜고 준비해야 했는데, 아무것도 못 한 것에 강한 자책을 느꼈다. 상배 형도 그동안 몇 번 연락했으나 도저히 시간을 낼 수 없었고 그런 의미에서 미안했다. 평소와 같은 상황이었다면 늦어도 지난 달 중순에는 정식으로 졸업한 상배 형을 축하해주는 동아리 임원진의 모임을 정인 자신이 준비했어야 할 것이었다. 자신이 못하게 되면 다른 동료에게 부탁했어야 했는데 자신의 불찰이 컸다고 느꼈다. 그래서 상배 형에 대해 더욱 미안한 마음이 커졌다. 몸은 아직 정상으로 돌아오지 못했으나, 정인은 집에서 편안한 마음으로 쉬고 있을 형편이 못 되었다. 번역일 자체만으로도 벅찬 과정이었고 시간을 쪼개 아버지를 모시고 병원에 다니고 병시중을 드는 것도 심신을 지치게 했다. 한편 정인 개인의 힘든 상황으로 해서 사회생활에 부정적인 영향을 주고 싶지도 않았다. 정인은 다시 정신을 차려야 한다고 생각했다. 이 시련을 이겨내리라고 굳게 마음을 먹었다. 정인은 실로 오랜만에 학교로 향했다.

학교는 모처럼 활기를 띠고 있었다. 겨울의 칙칙함에서 완연히 벗어나고 있는 모습이었다. 새 학기를 맞아 학생들은 학교로 돌아왔고 그들의 걷는 모습, 뛰는 모습, 운동하는 모습, 웃음을 띤 모습들이 어렵지 않게 정인의 눈에 들어왔다. 정인은 학교의 교정으로 들어오며 따뜻한 햇볕에 가벼운 현기증을 느꼈다. 계절이 바뀐 탓일까 아니면 자기 몸이 그동안 허약해졌기 때문일까 가늠이 되지를 않았다. 멀리 아지랑이 같은 물체의 현상이 눈에 들어왔을 때, 정인은 문득 자신이 오늘 사람들과 만나는 것에 준비가 되어 있지 않았다는 것과 오늘 무엇을 먼저 할 것인가를 걸으면서 곰곰이 생각했다. 역시 영란 언니를 먼저 만나야 한다고 생각했다. 영란 언니의 도움이 없었다면 지난겨울에 아버지를 제대로 모실 수가 없었으리라는 것. 그래서 영란 언니를 오늘 만나서 인사를 드려야 한다. 그리고 오후 시간에는 좀 시간의 여유를 갖고 〈철학회〉의 그동안 밀린 과제에 매달리리라 그리고 상배 형과 동료들도 만나리라 마음먹었다.

영란 언니는 방학 동안 여행을 다녀왔다고 했다. 그것도 외국 여행을 다녀왔다고 했다. 정인은 놀랐다. '이 어려운 시국에 외국 여행은 학생 신분으로 상상하기 어려운 것인데...' 하고 생각했다. 영란 언니는 심지어 정인에게 작은 여행 선물도 했다. 크기는 작았으나 고가의 여성용 지갑을 정인에게 주었다. 영란 언니는 겨울 동안 유럽 여행을 하였다고 했으며 여행 중 독일과 영국의 대학들을 둘러보았다고 했다. 학교 조교를 마치고 석사학위 후 유학을 생각한다는 말도 했다. 그래서 여행 겸 학교 답사를 했다고 했다. 정인은 영란 언니가 계속 공부하여 박사과정까지도 생각할 수 있을 것이라 여겼지만, 유럽에 있는 학교로 유학을 심각히 고려하고 있는 것까지는 몰랐다. 아무튼 정인에게는 외국 유학이라는 것 자체가 지금 자신의 처지와 비교했을 때 낯선 일처럼 생각되었다.

영란 언니는 평소의 침착한 자세와는 다르게 다소 들뜬 목소리로 자신의 유럽 여행에 대해 정인에게 한참을 말해 주었다. 영란 언니는 정인에게 이제 정인 후배가 4학년으로 올라가게 되니까 전공 공부에 매진하고 졸업 후 곧장 본교의 대학원으로 진학하라고 충고하고 그러면 자신의 조교 자리를 정인에게 물려 주겠다고도 했다. 정인은 고맙다고 대답했고, 우선은 영란 언니의 도움으로 무사히 번역일을 마치게 되었음을 보고했다. 그리고 정인은 가방에서 조그마하게 포장된 선물을 영란 언니에게 내밀었다. "언니, 너무 약소하지만 받아 주세요. 제 고마움의 표시예요." 그러면서 정인은 좀 부끄럽다기보다는 다소 민망한 생각이 들었다. 그 포장 안에는 저가의 여성 화장품이 들어 있었기 때문이었다. 예상치도 못하게 영란 언니로부터 명품 지갑 선물을 받은 것과 대비가 되어 마음이 편하지 않았다. 그동안 영란 언니가 높은 학구열의 평범한 선배로만 여겼었는데 영란 언니네 집은 상당히 부유한 것이 틀림이 없었다. 정인의 화장품 선물은 아마도 영란 언니에게는 필요하지 않은 아니 쓰지 않는 싸구려 브랜드일지도 모른다고 생각했다.

영란 언니는 눈을 동그랗게 뜨며 물었다. 조그만 화장품이라고 대답했다. 언니의 도움에 대한 마음의 표시라고 나지막하게 얘기했다. 영란 언니는 고맙다고 하며 받았다. 정인과 영란 언니는 오랜만에 같이 학교 구내식당에서 식사를 같이했다. 식사 내내 영란 언니는 유럽 여행 이야기를 했다. 정인의 귀에 들려오지 않았다.

정인이 영란 언니와 헤어지고 〈철학회〉의 사무실로 가니 벌써 늦은 오후 시간이 되어 있었다. 학생회관의 동아리 사무실에 들어서니 이미 여러 명의 간부가 와 있었다. 부회장, 평소 활발히 참여하는 열성 회원 서너 명 그리고 상배 형이 와 있었다. 정인은 우선 상배 형에게 사과했다. 방학 동안 할 일이 있어서 형의 연락에 답도 못 해 죄송하다고 그리고 학교 졸업을 축하한다고 덧붙여 말했다. 그리고 다른 회원들에게도 인사말을 건넸다. 상배 형은 평소의 그답게 여유 있게 웃으며 괜찮다고 했다. 부회장은 사실 오늘 저녁에 좀 늦어지긴 했지만 상배 형의 회장 퇴임 겸 학교 졸업을 축하하는 송별 파티가 있을 것이라 했다. 총무인 정인이가 방학 중에 잘 연락이 안 돼 사실 졸업 전인 2월 중순에는 해야 했을 일이 늦어지게 된 것이라고 부연 설명하였다. 오늘 저녁 파티에 관례에 따라 이미 사회에 나가 있는 선배들도 몇 명 올 것이라고 했다. 정인은 거듭 사과했다. 총무로서 자신이 이 모든 것을 준비했어야 했는데 못 해서 죄송하다고 했다. 아무튼 모처럼 겨울의 긴 공백을 깨고 만난 회원들의 마음은 좀 들떠 있었다.

상배 형의 시선이 정인에게 향했다. "정인아, 네가 방학 때 무슨 프로젝트로 바빴었다고 나중에 알게 됐어. 그래, 잘 끝났어?"

"네. 그러느라고 이번 새 학기 동아리 모임의 계획과 준비에 시간을 못 내서 죄송해요."

"네 모습을 볼 수 없어서 좀...안타까웠어... 정인아, 내가 벌써 졸업했다는 것이 좀 실감이 안 난다. 그동안 정인이와도 같이 활동하며 정도 들었었는데 이렇게 헤어지게 되니 마음이 미묘해지네."

정인이 말했다 "형, 저도 형과 활동하면서 형으로부터 많은 도움을 받았던 거 기억하고 있어요. 형이 졸업하고 이 교정을 떠나도 다른 선배들처럼 우리 〈철학회〉를 다시 찾아오고, 후원해 주실 것이라고요."

"정인아, 그런 형식적인 인사가 아니고... 그리고 정인이가 나를 형으로 부르면서 대하는 것도 좀 안 어울리는 것도 같아. 그동안 난 정인이를 우리 동아리 일로 아니고 개인적으로 알고 지내지 못했던 것이 새삼 후회스럽게 느껴지네. 같이 활동하면서 늘 자주 보아왔고, 언제나 나를 도우며 곁에 항상 정인이가 있었으니까... 그런데 막상 이제 졸업하고 곧 미국에 가야 한다고 생각하니까 새삼 정인이에 대한 생각이 새롭게 피어나는 마음이야. 이게 내 솔직한 심정인 것 같아."

"형, 유학 기간은 얼마나 돼요?"

"전에도 말했듯이 2, 3년쯤 될 것 같아. 사실, 난 유학에 크게 관심은 없었어... 아, 내가 다시 한국에 들어올 때쯤이면, 정인이는 벌써 졸업해 있겠네."

"그렇게 되겠네요. 그때도 형이 우리 〈철학회〉에 발길을 끊지 않고 나오실 거죠?"

"물론. 정인이도 그럴 거지? 다른 여학생들과 달리 학교 졸업 후에도 학교 때의 인연을 끊지 않고 나올 거지?"

"형, 그럴게요. 그때에는 형과 저 둘 다 졸업생 선배로서 우리 동아리에서 다시 만날 수 있겠네요."

"그러네, 정인아, 그런데 3년의 헤어짐은 너무 길어." 하고는 입가에 웃음을 지어 보였다. 정인도 따라 웃었다. 상배 형이 말을 이었다. "정인아, 오늘 너를 다시 보니까, 그사이 아주 예뻐졌네." 정인은 대꾸하지 않았다.

동아리 일행은 학교 앞 그들의 단골 식당으로 갔다. 그야말로 우르르 몰려갔다. 비록 아직도 겨울의 차가움은 옷깃에서 느껴질 수 있었으나, 공기의 차가움 속에서도 봄의 기운이 느껴지는 그 시점이었다. 정인은 일행과 걸어서 나오면서도 철학과 교수님께 아직도 연락을 못 드리고 오늘 인사도 못 드리고 나오게 된 것이 마음에 걸렸다. 영란 언니를 만나기 전에 교수님을 먼저 찾아뵀어야 했을 터였다. 자신의 불찰로 느꼈고, 이 오후 늦은 시간을 넘어 저녁 시간이 되어 일행을 보내고, 교수님의 사무실로 향할 수는 없었다. 더구나 오늘의 모임도 그동안 자신 때문에 연기되었었는데 말이다. 정인은 다음 주에 꼭 찾아뵈리라고 마음을 먹었다. 그리고 집에 누워계실 아버지를 생각했다.

식당에서의 모임은 대성공이었다. 이 대성공이라는 표현은 생각보다 많은 회원이 모였기 때문이다. 어떻게 알게 되었는지 다른 회원들도 합석하게 되었고, 졸업한 선배들도 예상보다 많은 숫자가 참석했다. 아담한 크기의 단골식당 좌석의 반 이상이 동아리 인원들로 다 차버렸다. 식사와 반주가 곁들여 나왔다. 후배들은 마음껏 방학 동안 못 먹었던 술을 마셔댔다. 어차피 회사에 다니는 선배들이 밥값과 술값을 다 낼 것이기에 후배들은 겨울 동안의 스트레스를 이를 통해 풀고자 하려는지도 몰랐다. 자연스럽게 술을 사람들에게 돌리게 되면서 분위기는 후끈 달아올랐다. 장내는 시끄러워지고 회원들끼리도 크게 떠들며 얘기했다. 큰 웃음이 그들로부터 새어 나오고, 그렇게 되는 것만큼 술도 계속 마시게 되었다.

왜 아니겠는가? 1997년 가을에 터진 외환위기는 이 시점에도 모든 것을 압박하고 있었다. 그래서 그들에게 겨울은 우울했고, 유난히 길게 느껴졌다. 숨을 죽이고 지냈던 겨울을 뒤로 하고 모처럼 만에 이 따뜻해지려는 봄날에, 그 봄날이 정녕 따뜻한 그 무엇을 의미했는지는 분명치 않아 보여도, 오늘은 그냥 잊고 마시고 싶어 했을 것이다. 그 울분을 술의 힘에 기대어 잠시만이라도 잊어야 만 할 것이었다. 이것이 젊은 그들의 조그만 특권처럼 생각될 수도 있었다.

〈철학회〉도 지난해 내내 침울하였다. 그 침울함의 원인은 다분히 외적인 환경의 급격한 변화에 있었으나, 회원들은 이 사태가 그들이 추구하고자 했던 철학에 관한 공부와 어떤 연관이 있는 것인지에 대해 어안이

벙벙한 상태가 되었었다. 모임에 초대되어 강의를 맡은 철학 교수님들도 학생들의 이러한 인지부조화와 같은 상황에 대한 질문에 답을 내놓지 못하고 있었다. 이것의 철학적인 의미와 현실 세계에서 벌어지는 사태에 대한 막연한 언사만이 있을 뿐이었다. 온 주변 세상이 갑자기 강하게 영문도 모른 채 정체 모를 흉기에 의해 뒤통수를 강타당한 것과 같은 상태라고 볼 수도 있었다. 이것이 무슨 거창한 철학 이론과 맞닿아 있는지를 아무도 모르는 듯했다. 선배들이 과거 철학으로 이념으로 무장하며 그들의 학내외 투쟁의 무기로 되었었던 것들은 이제 부적절한 것이었던가 하는 물음도 생기는 상황이었다. 그래서 이제는 새로운 철학, 이념, 이론 등을 배워야 할 것인가의 질문도 꿈틀거리고 있었다. 모든 것이 확실하지 않고 자주권을 잃은 나라가 된 것에 분개하고 있었으나 분개 이외의 다른 방법이 생각될 수도 없다는 것이 사태의 본질처럼 느껴졌다.

학생들은 힘이 없었고, 그들 자신이 수많은 희생자의 하나였기에 절망하였다. 그래서 오늘만이라도 절망을 잊자. 그래서 많은 회원이 부르지도 않았는데 이 자리에 나온 것이리라고 모두 암묵적으로 동의하는 듯했고 그래서 그들은 오히려 이 모임을 과장되게 좋아했고, 조그만 말에도 과민하게 반응하며 웃고, 떠들게 되었다. 그래서 과다하게 술을 마셔댔다. 그들은 아무 말이나 지껄여 대었다. 평소 동아리 모임 때 특정 주제를 놓고 발표하고 토론할 때의 긴장감을 전혀 느낄 수 없었다. 처음부터 분위기는 흐트러졌으며, 모두 왁자지껄 떠들고 싶어지는 시대 상황의 암울함을 지탱해 가며 서로들 이것을 은폐하듯 술잔을 기울이고 있는 것이었다.

정인은 옆자리에서 권하는 술을 가급적 삼가고 있었으나, 술을 전혀 안 마실 수는 없었다. 정인은 자기 몸이 아주 약해진 상태라는 것을 잘 알고 있었고, 무엇보다 모임을 마치고 집에 아버지에게 달려가야 할 처지임을 의식하고 있었다. 평소 술에 그리 약하지는 않았으나, 오늘의 몸 상태는 그야말로 엉망이었다. 옆에 앉아 있는 상배 형 그리고 주위에 앉아 있는 졸업생 선배들이 돌리는 술잔을 모두 피할 수는 없는 노릇이었다. 이미 정인은 정신이 혼미해져 가고 있음을 알게 되었다. 자신은 웃고 있었고 같이 이 시끄러운 분위기에 휩쓸려 있었으나 점점 더 몸이 무거워지는 것을 감지하였다.

9

　우영의 학교생활이 시작되었다. 봄의 푸르름은 교정을 뒤덮고 있었고 사방에는 새로운 싱그러움이 피어나고 있는 듯했다. 교정은 크고 잘 정돈이 되어있었으며, 활발한 젊음의 기운을 내고 있었다. 학생들의 걸음걸이는 경쾌하였고, 그들의 웃음소리가 교내 곳곳에서 들려오고 있었다. 햇볕은 따사했고 온화한 빛을 온통 뿌려대고 있는 것이었다. 이보다 더 근사한 풍경이 있었을까 싶어질 정도로 온통 세상이 원만하게 굴러가고 있는 듯했다.

　우영은 그 세상 속을 걷고 있었다. 그의 감흥도 나쁘지 않았다. 고향에서 서울로 올라와 입학을 준비하며 보냈던 지난 열흘 정도의 시간이 훌쩍 지나간 듯 느껴졌다. 새로운 하숙집에 짐을 푼 이후로 우영은 서울 곳곳을 둘러보았다. 중학교 때 수학여행으로 서울에 처음 왔을 때와 크게 달라진 것은 없어 보였다. 그때 보았던 유명한 장소들은 똑같은 모습이었고 거리의 모습도 마찬가지였다. 그러나 사람들은 달리 보였다. 큰 도시라서 그런지 사람들은 더 바빠 보였고, 더 긴장된 표정으로 거리를 지나다니고 있었다. 우영은 이것이 좀 새로운 발견처럼 느껴졌다. 반면 학교는 처음이었기에 모든 것이 새로웠다. 이곳에서 무언가 경험하게 될 것 같은 예감이 들기도 했다.

  그런데 과거의 서울과 차이를 못 느꼈다는 것은 무슨 뜻이었는가? 우영은 생각하기 시작했다. 그때와 큰 차이를 못 느꼈다면 새로운 경험이 없을 수도 있다거나 반대로 그때 몰랐던 것을 이제부터 새로운 것으로 경험해야 할 것 중의 하나이리라 어렴풋이 생각하게 되었다. 3년 전에 와 봤던 서울의 모습에서 우영은 그리 크나큰 감흥을 못 느꼈다. 중학교 3학년의 어린 나이에 본 서울은 그저 크다는 느낌 그리고 화려함과 차가움 같은 모습으로 다가왔다. 지금 서울의 지난 1주일의 모습도 비슷했다. 크다는 것은 좀 더 커져 있었다. 빌딩들은 그사이 더 높아졌다. 가로수들도 더 키가 커졌다. 도로도 더 넓고, 새로운 길들은 더 커졌다. 도로를 누비고 다니는 차들도 더 많이 생겼고 또 커졌다. 거리의 모습은 더 화려해졌다. 각종 간판과 선전물들이 현란한 모습으로 도시를 온통 뒤덮였다. 수많은 시설, 도시에서만 볼 수 있는 것들은 이루 열거할 수도 없이 다양했다. 3년 전에 못 봤던 새로운 혹은 그때 못 봤던 도시의 장식물들이 넘쳐났다.

우영은 입학식에 가지 않았다. 아버지도 오시지 않았다. 아버지는 아직껏 서울에 오지 않으셨다. 우영의 입학식을 빌미로 서울에 오실 수도 있으시련만, 그렇게 하지 않으셨다. 만약에 아버지가 오셨다면, 우영은 서울을 구경시켜드렸을 것이다. 아버지도 우영 자신처럼 비슷하게 서울을 느끼셨을까 생각도 해 보았다. 입학식 참석 대신 우영은 하숙집에 누워 있었다. 그러다 낮잠에 빠져들었다. 다음날 학교로 갔다. 수업이 시작되었고 비로소 동급생들을 만나게 되었다. 수학과 신입생들. 그들은 나름대로 고등학교 때부터, 사실은 그보다 훨씬 오래전부터 수학을 잘한 수재형에 가까운 친구들이라는 것을 알게 되었다. 과학고 출신들, 국내외 수학 경시대회 출신들, 심지어 외국 고등학교 출신들도 있었다. 여학생들도 몇몇 있었다. 남들이 싫어하는 수학을 잘하는 친구들이었다. 그들은 또래의 신입생 젊은이들보다 신중하거나 침착한 모습을 보였다. 발랄함이 없지는 않았으나 아마도 그들의 수년간의 학습 태도에 기인한 것으로 보였고 다른 학생들보다 끈질긴 성향을 보이는 것 같았다. 그리고 겉으로 드러내지는 않아도 상당한 자신감으로 충만해 보였다.

침착함과 자신감의 조합은 좀 위험해 보일 수도 있다고 우영은 생각했다. 이른바 외유내강이라는 것. 겉으로는 약해 보여도 안으로는 강한 것. 겉으로는 겸손하고, 침착하고, 신중하나 내재적으로는 자신에 대한 강한 신념, 자기 능력에 대한 자부심에서 비롯한 강함이 그들에게서 강하게 풍겨왔다. 우영은 그들이 자신과 너무나 다르다는 것에 이런 느낌이 편견일 수도 있을 수 있다고 마음을 잡았다. 첫 번째 인상이 실제와 다를 수 있다는 말을 수없이 듣고 있었으니까.

수업은 교양과목 위주로 전공필수가 섞여 있었다. 우영은 수업내용에 그다지 흥미를 느끼지 못했다. 예상했던 대로였다. 교양과정의 내용은 고등학교 때의 입시 위주의 것과는 달랐으나 새로운 것은 없었다. 전공인 수학 이론들도 그다지 흥미롭지 않았다. 도대체 내가 왜 서울로 대학을 왔는지 의심하기 시작했다. 알고는 있었으나, 다른 학생들의 목표는 대부분 대학 졸업 후 좋은 직장을 찾아가는 것이었다. 그 좋은 직장이란 대기업에, 높은 연봉의 회사를 찾아가는 것이었다는 것을 확인하는 것은 좀 지겹게 느껴졌다. 우영은 지루함을 생각하게 되었다. 지루함이란 새로운 것이 없는 예측 가능한 것을 실제화하기 위해 하나의 목표로 일관하는 작업에서 나오는 권태 같은 것이 아니었을까. 그래서 어떤 친구들은 입학 후 한동안 낙제를 하는 한이 있어도 신나게 노는 것이었다. 우영은 이해할 만하다고 생각했다.

근본적인 문제는 우영은 그의 삶의 미래를 좋은 것에 두지 않았다. 그의 습성은 좋은 것이라는 것의 과거, 현재, 미래를 보고자 하는 것이었다. 어렸을 적부터의 습성 때문일 것으로 생각했다. 우영은 어렸을 때부터 공부할 때, 그 내용을 익히기보다는 그 내용에 대해 생각하는 버릇을 스스로 길러왔기 때문이다. 그래서 그는 암기과목보다 생각하는 과목을 더 잘했다. 그가 수학을 잘한 것은 특출난 능력을 타고났다기보다 생각을 통한 학습이었기 때문이다. 수학의 공식들을 공식으로써 외운 것이 아니라, 왜 이러한 공식일까, 이 공식의 뜻은 무엇일까라는 질문에서 시작되었다.

그래서 우영은 중고등학교 때의 수학 시간에 무수히 많은 질문을 선생님께 퍼부었고, 선생님은 답을 못하였다. 어려운 수학의 문제는 과거였고 그 문제의 답은 현재이며 그 답의 뜻은 미래라고 해석하게 되었다. 수학의 문제는 그저 어려운 내용으로 학생들을 골탕 먹이려는 수작이 아니라, 그 문제 하나하나에 연결된 공식과 원리는 하나의 공리처럼 여겨지게도 되었다. 그 생각의 과정이 흥미로웠다. 우영은 사실상 고등학교를 졸업할 때쯤에는 공리를 자기 나름대로 해석할 수 있다고 자신했다. 이것이 그가 대학에 갈 필요가 없다는 생각의 바탕이 된 것이다.

우영은 입학 후 신입생들이 미팅을 통해서 이성의 대학생을 만나는 기회에 몇 번 나갔었다. 그의 상대가 되었던 여학생들은 이름 없는 시골 출신의 우영을 만난 것을 신기하게 받아들였으나 그뿐이었다. 한 여학생은 노골적으로 우영이 서울 출신이 아닌 것에 불만을 내비쳤다. 도시적인 세련됨이 없는 우영의 모습에 실망하였던 것임이 분명했다. 더구나 우영의 태도는 그들이 원하는 것과 동떨어져 있었다. 우영이 서울로 올라오는 것에 회의감이 있었던 것만큼 자신이 만난 여학생들에 대한 연애 감정을 느끼지 못했다. 그렇게 우영의 대학교 신입생으로서의 나날은 단순하게 흘러가고 있었다.

그런데 첫 번째 여름방학을 앞두고 한 친구를 알게 되었다. 법학과 학생으로 민수라는 이름을 가진 날카로운 인상의 친구였는데, 우영과 그는 한 학교 토론회에서 서로 옆자리에 같이 앉게 되었는데 그의 토론내용이 마음에 들어 우영도 의견을 피력하게 되어 서로의 생각이 비슷하다는 것을 알게 되었다. 이후 둘은 친하게 되었고 여름방학의 공백 이후 가을학기에도 계속 연락이 되어 만나게 되었다. 사실 만나게 되었다기보다는 학교 수업 시간을 빼면 서로 같이 지내다시피 하게 되었다. 우영이 민수에게서 발견한 것은 서울의 다른 학생들과 아주 다르다는 것이었다. 이기적인 태도는 누구에게서도 정도의 차이는 있어도 볼 수 있었고 특히 이른바 명문이라고 불리는 학교에서는 그 정도가 심하였다. 그런데 그중에서도 가장 가기 어렵다는 법학과 학생인 그의 태도는 완전 달랐기 때문에 우영의 관심을 끌게 되었다.

　민수는 같은 학과의 다른 모든 학생과는 달리 사법시험에 대한 관심이 전혀 없었다. 그는 학과 공부를 등한히 한 정도가 아니라 수업을 빼먹고 다른 일을 했을 뿐만 아니라 우영을 꼬드겨 같이 시내를 활보하거나, 예술공연, 미술 전람회와 같은 것들에 집중하였다. 시골 출신인 우영에게는 많은 문화충격 같은 경험도 했고 그를 통해 예술 전반, 특히 미술에 대해 알게 되었다. 수학과 학생이 그로 인해 예술을 접하게 된다는 것에 우영은 일종의 특권 같은 희열을 느낄 정도였다.

　법 공부를 안 하는 민수에게 우영은 그 이유를 묻지 않을 수 없었다. 그의 법학과 선택은 그의 아버지의 선택이었고, 그가 최우수 고등학생이 된 경위 또한 그의 아버지의 의지에서 출발한 것이었으며 그의 미래는 그의 아버지의 큰 프로젝트가 될 것이라고 했다. 그런데 민수 본인은 법학이 싫었다. 싫다 못해 극도로 혐오하고 있었다. 그는 예술을 하고 싶었다. 그것도 그림을 그리고 싶었다. 법학과 페인팅, 이 두 조합은 전혀 어울리지 않는 진리였다. 민수도 이를 잘 알고 있었다. 그는 자신이 그저 철부지 어린 학생이 아니라고 강변했다. 우영도 그를 이해했으나 쉽지 않을 것 같다는 막연한 생각을 하게 되었다.

민수는 4년의 대학 생활을 대충, 대충하며 졸업할 예정이라 했고, 그의 아버지에게는 고시 공부를 하는 척을 하며 고시에 실패할 것이라고 우영에게 고백했다. 민수의 아버지는 유명한 법조인이라고 했다. 그러나 민수가 법조인이 될 수는 없었다. 남을 심판하는 일과 그가 사랑하는 예술의 세계는 서로 공존이 불가능하다는 그의 신념이었다. 그리하여 민수는 아르바이트를 하여 돈을 벌었다. 돈을 버는 것은 쉬웠다. 일류대 법학과 학생이 가르치는 고교생 과외는 항상 인기였다. 민수가 번 돈은 조그만 보증금에 월세로 스튜디오에 들어갈 수 있도록 했고, 거기서 그는 그림을 그렸다. 우영도 그곳을 자주 찾아가서 그와 예술토론도 하고 술도 같이 마셨다. 민수는 우영에게 어떻게 그림을 좋아하게 됐는지를 얘기해 줬고 또 그가 그의 아버지 모르게 미술을 하는 선배들로부터 인정받게 되었고 그들을 통해 몇몇 유명한 전업 작가들의 가르침을 받고 있었다고 말했다. 그만큼 민수는 열성적이었다. 그는 며칠 밤을 새워 작품을 만들어 가기 일쑤였고 우영이 그의 작업실로 찾아갔을 때 그는 더부룩이 수염을 기른 채로 낮잠을 자고 있기도 했다. 우영은 민수를 좋아했다기보다 그에 대한 일종의 존경심이 생기기 시작했다. 자신이 삶을 지루함으로 정의한 것과 달리 민수는 아주 치열하게 살아가고 있었기 때문이었다.

그랬던 민수가 갑자기 죽었다. 자살이었다. 우영은 큰 충격을 받았다.

그때가 2학년 말 겨울이었다. 고향에 내려가지 않고 서울에 남아 민수와 그의 작업실에서 같이 먹고 자다시피 하였다. 우영은 민수의 삶의 태도에 깊이 영향을 받아 그 자신도 비록 그림을 그리지는 않았지만, 많은 책을 읽기 시작했고 그가 끌고 온 많은 친구들과 다양한 주제로 얘기를 나누기도 했다. 1년 반 정도 동안의 민수와의 사귐은 우영을 지적으로 매우 성숙하게 만들었다. 세상이 그의 전공인 수학만이 전부가 아닌 것들이 많음을 알게 되었다. 민수의 도시적 배경과 지적인 모습과 어울리지 않는 안온함도 그와 가까워지면서 알게 되어 더욱더 그를 좋아하게 되었다. 민수는 그의 날카로운 외모와는 달리 편안하고 따뜻한 그림을 그리고 있었다. 아마도 그의 이상향 같은 모습이었을 것 같았다.

그의 죽음은 예기치 못했던 그의 아버지의 작업실로의 난입, 파괴 그리고 구타에 기인한 것이었다. 그해 마지막 달 모두가 연말의 분위기에 취해 있던 추운 밤. 그의 아버지가 들이닥쳤다. 민수는 전율했다. 아버지는 폭언과 함께 작업실에 있는 모든 것을 파괴했다. 민수의 많은 작품들은 칼로 다 그어졌고, 아버지의 욕과 발길질은 민수로 향했다. 우영은 그의 아버지를 제지하려 했으나 그는 이미 이성을 잃고 있었다. 우영도 공포를 느꼈다. 민수는 무릎을 꿇고 말했다. "아버지, 제가 좋아하는 그림을 그리게 해주세요." 아버지는 말했다. "네가 나를 그동안 완전히 속였다. 용서할 수 없다."

민수의 아버지는 법조계의 거물이었고 그의 집안 대대로 법률가들이 많았다. 따라서 아버지는 그의 아들이 법조인의 길을 걷는 것은 가업을 잇는 자연스러운 일이 되는 것이라고 믿었다. 집안의 체통과 명예 그리고 부는 모두 법조의 길을 통해 이루어진 전통과 역사가 되었고 이는 계속되어야만 했다. 민수의 저항은 어린아이의 투정 또는 젊은 시절 잠깐의 일탈 같은 것이어야 했다. 민수는 아버지를 설득하는 것은 불가능하다는 것을 오래전부터 알고 있었다. 그래서 민수는 대학은 법을 전공해도 사법시험에는 낙방하여 아버지의 희망을 궁극적으로 포기하게끔 계획을 세웠고 그때까지 잘 진행되었다.

민수는 이제 이 시각부터 자유를 잃게 되었다는 것을 알게 되었다. 아버지의 속박에서 헤어 나올 수 있는 유일한 방법은 사라지는 것이었다. 그러나 사라짐은 잠깐은 가능할 것이나 아버지는 민수를 기어코 찾아낼 것이었다. 민수가 고교 때에도 이미 두 차례 가출을 시도했으나 아버지는 그를 찾아냈었다. 대학생이 되어 성년이 되었어도 민수는 아버지의 그늘에서 벗어날 수 없음을 직감했다. 우영은 민수에게 일단 군대로 도피하라고 말해줬다. 그러나 민수는 이미 병역면제 처분을 받은 상태였다. 그는 심한 근시가 있었으나 군대 생활을 못 할 정도는 아니라고 민수 스스로가 말했다. 그런데도 군대가 면제된 것은 그의 아버지의 소행임이 틀림이 없었다. 아버지는 그야말로 법조계, 보다 넓게는 정치계의 거물이었다. 즉, 권력자였다. 그가 할 수 없는 것은 없어 보였다. 민수는 아버지의 막강한 실력을 알고 있었다. 민수가 그림을 그린 이유는 아마도 아버지 때문인지도 몰랐다. 그가 좋아하는 그림을 그리는 행위가 그의 최소한의 반항인지도 몰랐다.

민수는 우영에게 미안하다고 말했다. 이런 꼴을 보여줘서. 우영은 위로의 말이 잘 생각이 나지 않았지만, 자신의 고향으로 잠시 같이 내려가서 바람이나 같이 쐬고 오자고 했다. 비록 맛있는 밥은 못 해줘도 고향의 아버지가 민수를 보면 좋아하실 거라고 덧붙였다. 민수는 고맙다고 했으나, 우선 서울에서 그의 아버지와 할 일이 남아 있다고 했고 그 일이 해결되면 우영과 함께 그의 고향으로 같이 가자고 약속했다.

그 약속 사흘 후 민수는 자살로 생을 마감했다. 우영은 그의 사망 소식에 정신이 나간 사람처럼 되었다. 우영은 민수의 장례가 어떻게 치러지고 그와 이 세상에서의 인연이 어떻게 끝나게 되었는지 그저 붕 뜬 상태의 비현실적인 의식으로 바라만 보았다. 민수의 죽음으로 우영은 다가오는 봄에 다시 캠퍼스로 돌아갈 것 같지 않았다. 학교로 가면 민수가 항상 그의 곁에 있다는 느낌이 날 것 같았다. 우영은 군대에 지원하기로 결심했다.

10

　"엄니 지 응칠이여라. 지가 이곳 슨상님 땜새 글을 배웠지라. 추운 겨울
에 그곳 아래깨는 갠찬은가유? 여기 하늘은 무척 말구 바람은 차구만유.
엄니 저 응칠이 봄에 엄니 베러 내래갈꺼요. 이 글을 엄니에게 쓰게 저 사
람된 것 같어유. 이곳 슨상님 아주 조은 분이셔유."

　응칠은 산속 야학에서 글을 깨친 지 얼마 안 된 어느 날 이 편지를 썼
다. 아버지에게 좀 겸연쩍게 누런 종이에 꾹꾹 눌러 쓴 이 편지를 보여
주었다. 다가올 봄에 마을로 내려가면 자신의 어머니에게 보여 드리겠다
고 했다. 물론 그전이라도 인편으로, 즉 빨치산들의 비밀경로를 통하여
전달될 수만 있다면 좋으련만, 그것은 너무나 위험한 일이기도 했고 비

밀경로는 언제든 차단될 수 있는 임시방편에 불과하기도 했다. 적들은 이 추운 겨울에도 경계를 누그러뜨리지 않고 있을 것이다. 편지는 응칠의 어머니에게 전달이 못 될 가능성이 컸다. 응칠도 이를 모를 리가 없었다. 아마도 그래서 글을 꼭 깨쳐서, 스스로 글을 어머니에게 쓰고 싶었을 것이다. 처음이자 마지막 글이 될지도 모르는 것이었다.

응칠은 선생님인 아버지에게 그가 왜 추운 이곳까지 밀려와서 빨치산이 되었는지를 말하고 싶어 했다. 산 아랫마을에 어머니와 다섯이나 되는 동생들을 남기고 온 응칠. 그는 소년의 아버지와 큰누이가 맡은 야학에서 가장 열심히 공부한 학생이 되었고 나이는 갓 스물이라고 했다. 그는 소작농의 아들이었다. 아버지는 화병으로 지난가을에 돌아가셨다고 했다. 지주가 아버지의 노동 대가로 약속한 몫을 이 핑계 저 핑계로 수년간 지속해서 줄여왔고 한해의 농사가 풍작이 되었어도 다음 해 봄이 닥치면 영락없이 보릿고개를 넘어야 하는 응칠네였다. 그 동네의 거의 모든 소작농도 같은 운명이었다. 계속되는 보릿고개에 아이들을 제대로 먹이지 못하는 응칠의 아버지는 홧술을 마셔댔다. 그러다 아버지는 이번 추수를 앞두고 화병으로 덧없이 죽었다.

매년 보릿고개를 넘긴다는 것은 소작인이 지주에게 빚을 지는 것을 의미했다. 응칠의 아버지도 쌓인 빚에 허덕이고 있었는데, 그해의 농사는 전쟁과 흉년으로 아예 망치게 되었다. 지주가 그해 농사에서 쌓인 빚을 공제하면 응칠의 아버지에게 소작의 대가로 내어 줄 쌀이 미미하게 되었다. 아버지가 할 수 있는 일은 매일 빈속에 홧술을 마셔대며 신세 한탄을 하는 것밖에는 없었다. 지주를 이미 지난 몇 년간 수차 찾아가 울기도 하고 욕도 퍼부었으나 소용이 없었다. 지주 집 하인들에게 손찌검당하는 일도 있었다.

응칠은 아버지의 초상을 치르자마자 입산했다. 빨치산이 된 것이다. 응칠에게 빨치산이란 수탈자 지주에 대한 보복이었고, 보다 정확하게는 아버지를 죽인 그 지주를 죽임으로써 원수를 갚는 것을 의미했다. 소작 농은 일자무식한 놈들의 다른 이름이었다. 배우지 못한 설움은 배우지 못한 놈들만 아는 것이다. 다른 놈들은 결코 알 수가 없다고 응칠의 아버지는 항상 말하곤 했다. 응칠은 소학교에 입학하고 얼마 안 가 학교를 그만두었다. 아버지의 일을 돕고 밑에 동생들을 위해 일해야만 했기 때문이다. 지주들과 그들을 둘러싸고 있는 인간들을 제외하고 마을은 가난한 농민들이 살고 있었다. 모두 다 가난했기에 그들 사이에서 동류의식이 강했다.

지주들은 소작 계약서의 내용을 어렵게 하여 그들에게 일방적으로 유리하게 만들어 놓고 그야말로 낫 놓고 기역 자도 모르는 소작농들을 수탈하였다. 나중에 속은 것을 알게 된 농민들은 지주에 대한 분노에 치를 떨었으나 자신들의 무지에 대한 수치에 가슴 깊이 한 맺힘이 생기게 되었다.

먹을 수도 배울 수도 없다면 결국은 총을 들어야 했다. 그래서 응칠은 낫을 버리고 총을 선택하여 산속으로 들어가 게릴라가 되었다. 빨치산들이 반갑게 응칠을 맞이하였고 그들은 동지가 되었다. 그리고 거기서 북에서 온 슨상님으로부터 글을 깨치게 되었다. 응칠은 야학의 학생 중에서 제일 먼저 한글을 깨쳤다. 피곤한 몸으로 무거워지는 눈까풀을 극복하며 한 자, 한 자 익혀갔다. 성심성의로 가르치는 슨상님과 그분의 딸에게 진정 고마움을 느꼈다. 그리고 응칠은 그 딸을 볼 때마다 얼굴이 달아올랐다. 이 깊은 산속에 젊은 처녀가 있다는 것이 신기하게도 느껴졌다. 슨상님 딸은 얼굴이 하얗고 고왔다. 응칠은 생각했다. 야, 이 처자는 심성도 고울 것이다. 슨상님 딸은 야학 학생들을 따뜻하게 대했다. 슨상님과 식구들 모두가 여기 대원들에게 항상 미안한 표정을 짓고 있었다. 느닷없이 이곳 산마루까지 흘러들어온 가족. 한글을 못 배운 빨치산들을 가르칠 수 있게 된 것이 오히려 그들에게는 빨치산들이 구해준 그들의 삶에 대한 아주 조그만 보답이었다. 고마워하는 응칠에게 딸도 그렇게 말했다.

겨울 산의 추위는 매서웠다. 매서운 추위 사이로 해가 바뀌었다. 새해 첫 달의 추위는 절정에 달하는 듯했다. 임 소좌는 대원들을 불러 모았다. 작전 수행에 대한 지시를 내렸다. 우리는 아랫마을을 습격할 것이다. 경찰서를 털 것이다. 거기서 무기를 탈취할 것이다. 적들이 추위에 넋을 놓고 있는 한순간이 있을 것이다. 우리는 이를 포착하여 작전을 수행해야 한다고 했다. 가장 좋은 작전은 적들이 모르게 무기를 훔치는 것이고, 차선으로 그들이 방심한 순간에 탈취하는 것이다. 이 두 가지 가능성 중, 후자, 즉 탈취하는 경우가 더욱 현실적일 것이라고 덧붙여 말했다.

임 소좌는 이 경우에 우리 대원들이 적들과 불가피하게 싸울 수밖에 없는데 첫째, 우리 대원들의 피해를 최소화하는 것, 둘째, 싸우는 과정에서 우리가 가지고 있는 무기를 최대한 효과적으로 사용할 것을 지시하였다. 작전개시일은 작전 하루 전에 알릴 것이다. 따라서 우리는 모두 오늘부터 수비형 경계 태세에서 우리가 적들을 공격하기 위한 공격형 수비 형태로 전환한다. 임 소좌는 이를 실행하기 위한 새로운 조직 형태를 만들기 시작했다. 공격 목표물인 마을 경찰서 공격조, 주변을 경계하고 엄호하는 지원조, 이 지원조와 연결될 수 있는 점선 조직 그리고 마지막으로 점선 조직과 산속 빨치산 본부와 연결할 수 있는 조직으로 구성되었다. 각 조직의 개별 대원들은 그들에게 부여된 임무와 그 임무를 수행하기 위한 행동반경에서 절대로 이탈해서는 안 된다는 지령을 받았다. 공격조가 무기 탈취에 성공하면, 지원조는 공격조의 이동을 도울 것이며, 점선 조직도 주어진 위치 내에서 주위를 경계하며 단계적으로 퇴각을 돕는다. 만에 하나 공격조가 무기 탈취에 실패하여, 대원 중 일부 혹은 전원이 피해를 보게 된다면, 지원조는 즉각 퇴각한다. 점선 조직도 이에 상응한다. 이때 산속 본부는 즉각 전투태세로 임하며, 각 대원은 퇴각하는 과정에서 인명 피해를 최소화하기 위해 뭉쳐서 싸울 것이다.

아버지도 이 공격작전에 차출되었다. 아버지의 임무는 아버지가 잠깐 일했던 화전민 마을에서 아버지와 식구들 움집이 있었던 산 중턱까지의 경계 업무를 맡는 것이었다. 아버지에게 익숙한 구간일 뿐만 아니라 적들로부터의 공격에 후방인 비교적 안전한 지역을 맡도록 한 임 소좌의 배려였다. 어머니, 큰딸, 작은딸 그리고 소년은 산속 본부에 남을 것이다. 작전 수행계획이 발표된 그날부터 임 소좌와 참모들은 대원들에게 상세한 행동 지침을 내리고 군기를 더욱 강화하기 시작했다.

산중에 긴장감이 흘렀다. 임 소좌는 산밑 마을의 세포조직으로부터 공격 날짜를 통보받을 것이었다. 이 날짜는 오늘부터 언제일지 모른다. 그러나 한 가지 분명한 것은 날씨가 풀리고 산에 쌓인 눈이 녹기 시작하는 시간이 되기 훨씬 전에 작전은 어느 날 전격적으로 수행될 것이라는 점이었다. 그 시각은 앞으로 길어야 열흘 정도의 시간적 공간일 것이라고 모든 대원은 얼핏 생각하고 있었다. 이 짧은 시간 내에 그들의 운명이 결정된다는 것을 모두 알고 있었다. 그 운명이 어떤 것일까에 대해서 아무도 말을 안 하고 있었지만, 모두가 알고 있는 듯했다.

어느 화창한 겨울날 임 소좌는 아버지에게 미안하다고 말했다. 그리고는 담배 한 개비를 주머니에서 꺼내 입으로 가져가 피우기 시작했다. 한 모금 크게 입안으로 마시고 서서히 연기를 내뱉었다. 다시 말했다. 미안합니다라고. 아버지는 오히려 자기가 미안합니다라고 대답했다. 아버지네 가족이 처음 임 소좌의 진지로 온 후 처음으로 임 소좌는 자신에 대해 말을 했다. 자기는 이곳 지주의 자식으로 아버지의 이끌림으로 일본 도쿄로 유학을 떠났으나 사회주의에 물들어 학교를 중도에 그만두고 가족 몰래 귀국해 남로당에 가입한 공산주의자라고 했다. 자기는 아버지를 배신했는지 모르지만 지금 자기 부하가 되어 있는 빨치산 부대원들은 사실은 무고한 농민에 지나지 않았으며 그렇기 때문에 자신은 고뇌에 빠질 수밖에 없다고 고백처럼 말을 이어갔다. 자기 부하들은 임 소좌 자신이 누구의 아들인지를 잘 알고 있었기에 아마도 이러한 사실 때문에 자기가 그들로부터 신임을 받고 있거나 혹은 이중 첩자의 표적이 되고 있을 수도 있다고 했다. 그래서 그는 늘 긴장한다고 했다. 아버지는 아무 말도 할 수가 없었다. 그를 그저 존경과 연민의 눈빛으로 바라만 봤다.

  침묵이 흘렀다. 아버지와 임 소좌는 서로에 대한 슬픔을 느끼고 있었을 것이다. 그러나 서로 말을 할 수가 없었다. 한참 만에 임 소좌가 침묵을 깨고 말을 했다. 우리의 작전이 성공하면, 우리는 여기서부터 북동쪽 산으로 퇴각하여 신속하게 후퇴할 것이다. 이때 아버지와 가족이 모두 무사히 살아남아 우리와 같이 가시면 된다고 설명했다. 이 계획은 아직 다른 대원들에게는 말을 안 했다고 했다. 우리의 운명이 빨치산이 되도록 되어있었는지는 모르지만, 우리는 빨치산으로서 최선의 삶을 살았다고 생각한다는 말도 했다. 우리의 최선이 이 상황에서 우리의 다음 행로에 지침이 되었으면 좋겠다는 말도 했다. 우리가 실패한다면 모두 이곳에서 죽을 것이고, 성공한다면 이곳을 빠져나가 북한으로 갈 것이라고 했다. 만약에 그렇게 된다면, 아버지와 가족이 떠나온 고향으로 갈 수 있을 것이라고 했다.
  한겨울 산마루의 바람은 살을 에는 듯한 날카로운 칼날과 같았다. 하늘은 맑았으나 이제 해도 뉘엿뉘엿 지고 있었다. 저만치 다른 쪽 산들 사이의 하늘 공간이 벌겋게 물들었다. 아름다운 풍경이었다. 두 번째 담배를 뽑아 들며 임 소좌가 말했다. 선생님 덕분에 우리 대원들이 글을 배울 수 있게 되어 고맙다고 했다. 자신이 대원들에게 글을 가르칠 기회가 없었는데 선생님과 따님 덕분에 대원들이 문맹을 벗어나게 되었다고 했다. 선생님은 좋으신 분이라고 칭찬했다. 작전 날짜가 언제일지 모르나 그때

너도 학처럼 날아보고 싶지?   **125**

까지 계속 야학을 진행하여 달라고 부탁했다. 여기서 살아남는 대원들이 나중에 빨치산의 경험을 스스로 글로 쓸 수 있었으면 한다고 했다. 아버지는 최선을 다하겠다고 대답했다.

11

    정인은 자기 몸이 무거운 것 같기도 하고 가벼운 것 같기도 하다고 느꼈다. 몸의 감각이 무뎌졌다는 증거였다. 그러나 정인은 이를 감지하지 못했다. 몸이 술을 감당하지 못하고 느려지고 납덩이처럼 무겁게 느껴지다가도 한순간 가벼운 듯한 느낌도 들었다. 현기증을 느꼈다. 찬물을 마셔봤다. 주위 동료와 선배가 권하는 술을 더 이상 받을 수 없었다.

    2학년 후배 여학생이 술 깨는 약을 사 와서 정인에게 먹였다. 약을 먹었어도 정인은 정신이 돌아오지 않았다. 지난 겨우내 쌓였던 긴장과 피로가 한꺼번에 오늘 저녁 술자리에서 무너지고 있었다. 아직도 술자리는 특유의 와자지껄한 분위기가 계속되고 있었다. 남학생, 여학생, 선배, 후배 할 것 없이 오늘 밤 술을 마셔대자 그래서 그동안의 울분을 잊어보자고 작정한 듯이 미치도록 술을 돌리고 있었다. 정인이 이미 술에 취했을 때 몇몇이 걱정스러운 눈길을 주었으나 이제는 이미 다들 취해 있었다.

취해서 그들은 떠들며 마치 외치듯 말했다. 도대체 이 상황을 이해할 수 없다. 어쩌다 나라가 망해 버린 것일까. 돌아오는 외채의 이자를 못 갚으면 어떻게 하란 말인가. 대기업, 작은 규모의 기업과 장사도 다 망했다. 사람들은 일을 잃고 거리로 내몰렸다. 어떻게 삽시간에 이렇게 망할 수 있을까. 바로 직전까지 거리는 활기차고 사람들의 발걸음은 힘이 넘쳐났었는데, 왜 이렇게 되었는지. 그리고 아이엠에프라는 존재는 왜 이다지도 낯선 것인지. 이것은 우리의 구세주인가 아니면 점령군인가. 그들은 취해서, 울분에 차서 소리를 질러 댔다. 도대체 우리는 무엇을 할 수 있단 말인가.

학부생 후배들이 졸업한 선배들에게 물었다. 선배님들 사회에 계시니까 저희보다 잘 아시잖으냐 하고. 이제 무엇입니까. 한 선배는 어쩔 수 없다. 우리가 너무 부족했다. 우리는 우물 안 개구리같이 그동안 너무나 건방졌다. 우리가 너무나 오만에 빠져 있었다. 그래서 이 위기가 다가오고 있었는데도 모르고 있었다. 어쩌겠는가, 후배들아, 이 현실을 받아들일 수밖에 없다. 앞으로 우리의 미래는 아주 암울하다. 나도 어찌해야 할지 모르겠다. 다른 선배는 아이엠에프가 한국을 말아먹을 것이다. 지금도 힘들어 죽겠는데, 우리가 외국 빚을 못 갚는데, 그들이 우리를 돕는다는 명분으로 우리를 더욱더 못살게 굴고 있다. 허리띠 졸라매기식의 경제체제를 강요하고 있다. 이것은 우리를 죽이려 하는 것이다. 그런데 우리가 힘이 없다. 우리는 이번 일로 큰 대가를 치를 것이다. 후배들의 앞날이 걱정된다고 외치듯 말했다.

상배 형도 말을 거들었다. 선배님들의 말씀들 다 이해가 된다. 그래도 우리는 불행 중 다행인 것이, 아이엠에프 같은 국제기구가 구제금융을 제공하기 때문에 일단 위기에서 벗어날 기회가 생길 것이고, 특히 대기업들이 살아남아야 한다. 그리고 미국을 비롯한 선진국들에 앞으로 지속해서 도움을 요청해야 한다. 일본의 자본도 더 이상 한국에서 빠져나가게 해서는 안 된다. 옆에서 누군가가 외치듯 말했다. 상배 형은 역시 경영학도답다고. 이 말에 상배 형은 대꾸하지 않았다. 술자리가 잠시 침묵으로 흘렀다. 이 우울하고 어색해진 순간을 달래줄 그리고 무엇보다 잠시라도 잊게 하여 줄 무언가가 필요했다. 한 선배가 말했다. 2차로 마시고 노래나 부르자고. 후배들은 젊은 객기를 오늘 밤에 다 소비해 버릴 참이었다. 모두 비틀거리며 술집을 나섰다. 학교 앞 거리는 한산했다. 선배들은 그들이 학창 시절 단골집이었던 맥줏집으로 후배들을 데리고 갔다. 맥줏집 역시 한산했다. 제법 큰 홀의 한두 좌석에만 손님이 있었다. 〈철학회〉의 사실상 그해의 첫 번째 모임인 오늘의 저녁은 평소와 달리 침울한 것이었으나 그들은 또 마시기 시작했다. 누구라고 할 것도 없이 돌아가면서 건배, 건배, 건배를 외치고 마셨다. 평소에 술을 잘하는 학생이든 아니든 상관없이 마셨다.

취하여 비틀거리며 들어간 맥줏집에서 그들은 또 마셨다. 누군가가

"우리는 도저히 맨정신으로 이 맥주를 마실 수 없다. 소주를 가져와라." 라고 외쳤다. 어느 후배에 의해 소주가 도착했고, 그들은 사회로 나간 선배들의 이끌림으로 돌아가면서 소주와 맥주를 혼합해서 들이키기 시작했다. 술자리에서의 목소리는 더욱 커졌고, 사람들은 서로에게 외치다시피 말을 하기 시작했다. 서로 어떤 말들을 하는지 종잡을 수 없었다. 그들의 말은 소란스러웠으므로 소음이 되었고, 사실 그들은 말이 아니라 소리를 내고 있었다.

이러한 순간들이 지나가자 하나둘씩 자리를 박차고 비틀거리며 맥줏집을 빠져나가기 시작했다. 시간도 꽤 흘러 술집도 조용해졌고 거리에 사람들도 뜸해지기 시작했다. 술집에는 동아리 간부들과 사회 선배들만이 남아 있었다. 선배들은 계속 술을 마셨다. 후배들도 따라 마셨다. 순간 주위가 갑자기 조용해졌다. 한 선배가 말했다. "너희들은 이제 어떻게 살래? 우리 같은 선배들은 현실을 인정하면서 산 지 오래됐는데, 너희들은 이제 어떻게 살래?" 한 후배 간부가 말했다. "선배님, 저는 이제부터는 철학을 끊어야 할까 합니다." 또 한 친구가 끼어들 듯 말했다. 그는 우울해 보였다. "저는 혼란스럽습니다. 저는 철학은 한마디로 이성이라고 믿어 왔는데, 그동안 저는 너무나 순진했었나 봅니다. 이제부터는 저도 철학을 끊지는 못할지언정, 철학을 비판하면서 살고, 더욱더 현실적인 삶을 살 것입니다." 선배가 말을 받았다. "나도 너희 나이쯤일 때는 그저 순수했어. 순수라기보다는 순진했었지. 사회에 나오는 순간, 철학이 소멸이 되더라. 소멸이 되었으므로 이것이 숭상되거나 경멸이 될 대상조차가 아니었다는 것이지. 약육강식의 정글이라는 것이지. 그런데도, 오늘

나도 몹시 화가 난다. 전혀 새로운 약육강식의 시대가 됐으니까. 나는 국제규범이 사실상 무너진 오늘의 이 사태에 분개하고 있고, 이에 대해 항의조차 불가능한 상황을 받아들이기 어려워."

상배 형이 말을 받았다. "선배님 말씀 이해합니다. 저는 철학을 배우면서 처음에는 많은 회의에 빠지기도 했었습니다. 군대에 가기 전까지 많은 갈등이 있었습니다. 가령, 철학과 종교와의 관계, 철학과 자유의 개념, 전통철학과 계몽철학과의 관계, 유심사상과 유물사상과의 괴리 등등 하나도 쉽지 않고 제가 마음을 정하지 못하고 있었습니다. 군대에서도 틈틈이 철학책을 읽었습니다. 제대할 때쯤 되니까, 어느 정도 생각이 정리되더군요. 철학도 역사의 일부라는 것. 즉, 철학이 역사를 이길 수 없다는 엄연한 사실. 우리가 흔히 범하는 잘못된 명제는 철학이 역사를 주도한다는 것인데, 이는 오히려 그 반대라는 것이라는 생각이었습니다. 철학자가 시대를 주도한다는 것은 애초부터 없었다는 것. 철학자는 오히려 시대에 복무한다는 사실이었습니다. 제대 후 복학하여 후배들을 〈철학회〉에서 만나 보니, 제 생각이 더욱더 맞는다는 것을 알게 됐습니다. 오늘 저의 졸업 축하로 오랜만에 선후배님들을 뵙게 됐는데, 분위기가 침울해서 저도 마음이 무겁습니다. 선배님의 약육강식의 새로운 사회가 되었다는 말씀에 저는 이 상황을 우리의 이성으로 극복해야 한다고 생각합니다. 이럴 때일수록 이성이 필요하다고 생각합니다. 사회 이성, 국가 이성, 즉 집단 이성으로 약육강식의 정글을 극복해야 한다고 생각합니다."

이 말에 한 선배가 소리쳤다. "무슨 놈의 집단 이성이야! 이것은 이성을 가장한 집단광기에 가까워. 그들이 웃는 얼굴을 하면서 아이엠에프의 대리석 기둥으로 우리 대가리를 때려 부순 거야! 인마 너 그거나 알고 말을 해!" 순간 분위기가 얼어붙었다. 잠시의 어색한 침묵이 흘렀다. 후배들이 잔을 들었다. "선배님들 술로 달랩시다."하며 분위기를 다시 잡았다. 이후 분위기는 시들해졌다. 선배들이 '오늘 즐거웠다. 후배들을 만나면 언제나 즐겁고, 졸업한 상배 축하한다. 앞으로 건투를 빈다.' 등등의 말로 마무리하고 맥줏집에서의 2차는 서둘러 끝이 맺어졌다.

이러한 가운데에도 아까 초저녁부터 정인은 계속 취해 있었다. 1차 때의 식사 시간에서의 술 몇 잔에 정인은 정신을 차릴 수 없었을 뿐만 아니라 거의 끌려가다시피 한 2차 때의 자리에서는 거의 눈을 감고 혼수상태 비슷한 모습이 되었다. 다들 취하여 떠들고, 소리치는 분위기에서 정인의 존재는 잠시 잊힐 정도였다. 정인은 의식이 몽롱한 상태에서도 거의 무의식적으로 정신을 차려야 한다고 느꼈고, 몹시 갈증을 느꼈다. 시원한 물을 마시면 정신이 좀 들 것 같기도 했다. 겨울 동안에 누적된 정신적 긴장과 육체적 피로가 한꺼번에 오늘 저녁에 다 몰려와 자신을 공격하고 있다고 느꼈다. 이 상황을 벗어나 빨리 집으로 가 아픈 아버지를 봬야 할 것이었다. 몸이 안 따라주었고 정인은 대신에 정신이 들다 말기를 반복하고 있었다. 몽롱한 상태에서 술좌석에서는 소리를 인지할 수 없었고, 자신이 어떤 모습인지는 더더욱 알 수 없었다.

정인은 누군가에 의해 끌려가고 있다는 느낌이 들었다. 일순간 주위가 조용하다는 느낌. 초봄의 늦은 밤의 차가운 공기가 느껴졌다. 초저녁 모임 때의 많은 동료와 후배들 그리고 선배님들의 모습은 다 사라져 갔다. 밤은 깊은 듯했고, 갑자기 사방은 초현실적인 적막함 같은 느낌과 스산한 분위기 그리고 자신의 몸이 아직도 힘없이 처져 있다는 느낌이 있었으나, 몸을 제대로 쓸 수 없었다. 의식은 아주 낮은 상태에서 작동하다가 말다가를 반복하는 듯했다.

상배 형이 무언가 말을 하는 것 같았다. 정인은 그가 자신을 부축하면서 천천히 앞으로 가고 있음을 느꼈다. 정인은 들으려 하였으나, 잘 들리지 않았다. 상배 형은 정인이 자신에게 "너 많이 취했구나."라고 말하는 것 같았다. 그런 소리를 들은 것 같기도 했다.

상배는 난감해졌다. 취한 정인을 택시에 태워 집으로 보낼 수 없었기 때문이다. 정인의 집이 어디인지 몰랐고 취한 정인이 말을 할 수 없을 정도로 인사불성인 상태였기 때문이다. 상배는 정인을 부축하며 걷다가 학교 근처의 여관으로 정인을 데려다주고 가야겠다고 생각하게 되었다. "정인아, 많이 취했네. 말을 좀 해 봐."라고 해도 희미한 소리만 내는 정인이었다. 정인을 재우고, 정신을 좀 차리게 하고 자신은 천천히 집으로 가리라 생각했다.

여관방은 다행히 춥지 않았고 깨끗한 편이었다. 상배는 정인을 바닥에 누이고 물을 먹였다. 그리고 정인의 겉옷을 벗겼다. 그 순간 갑자기 상배는 자신의 손이 떨려오는 것을 의식했다. 아까 저녁의 술자리에서의 취기도 느껴졌지만, 그보다 가슴이 충동적으로 뛰고 있음을 감지했다. 그는 정인의 뺨을 손으로 만져 보았다. 한기가 느껴질 정도로 차가웠다. 그는 정인의 뺨에 다시 온기가 들게 하고 싶다는 충동을 느꼈다. 상배는 정인의 머리를 만지며 가까이 다가갔다. 불 꺼진 방의 열기가 다가왔다. 온돌방 바닥의 과장된 열기에 상배는 긴장이 좀 풀리는 것 같기도 했고 술기운이 다시 올라오는 듯 느꼈다. 상배는 정인의 입을 만져 보았다. 감촉이 차가웠다. 그는 자신의 입을 정인의 입으로 가져갔다. 가볍게 키스해 보았다. 정인이 작은 신음을 내었다. 이윽고 상배는 자신의 외투를 벗었다. 그리고 정인의 옷을 떨리는 손으로 급하게 벗기기 시작했다. 정인의 나지막한 저항이 있었으나 힘이 없었다. 상배는 정인을 만지기 시작했고 그의 손놀림은 빨라졌다. 숨도 가빠졌다. 상배는 정인의 몸을 거칠게 탐색하며 자신의 온몸을 정인의 몸에 부딪혀 갔다. 상배는 서두르고 있었고 정인은 아직도 저항하고 있었으나 힘은 더 빠져 있었다. 이윽고 정인의 몸의 아픔이 있었다.

12

    마침내 임 소좌는 명을 내렸다. 내일 저녁에 작전을 수행한다. 마을 경찰서를 자정에 급습하여 무기를 탈취하는 작전의 명령이 떨어진 것이다. 공격조는 내일 저녁 11시까지 마을에 도착해야 한다. 다른 조들은 시차를 두고 계획대로 움직인다. 모두 각자의 임무를 부여받고 순차적으로 오늘 밤 취침에 들면서 내일 작전에 임한다. 한 명의 대원이라도 명령을 위반하여 개인행동을 하면 즉시 처형을 당할 것이라는 명령도 하달됐다. 진지를 지키는 보초 두 명만 남고 모두 평소보다 일찍 취침에 들어갔다. 아버지네 식구들도 일찍 불안한 마음을 다독이며 취침에 들어갔다.

    아버지는 귀를 찢는 듯한 총소리에 깊은 밤의 잠에서 깨어나 소스라치게 놀라며 일어났다. 총소리는 점점 더 큰 소리로 들려왔다. 산 위 그리고 아래 양쪽에서 굉음 같은 소리가 들려왔다. 깊은 밤 모두가 잠든 하루 중 가장 조용하고 어둠이 깔린 시간에 갑자기 훤한 조명 불빛이 들이침과 동시에 폭격의 소리가 들려왔고 아버지의 주위는 순식간에 아수라장이 되었다. 산속 빨치산 캠프에 불이 붙는 것이 보였고 이윽고 주변에서 신음과 함께 피 터지는 모습이 아버지의 시선 속으로 빨려 들어왔다. 서너 명의 대원들이 즉사한 것으로 보였고, 나머지 대원들의 기관단총을 발사하는 모습도 시야에 들어왔다. 곧이어 또 몇 명의 대원이 총에 맞고 죽어갔다. 남은 대원은 몇 남지 못한 상황으로 돌변했다. 아버지는 임 소좌를 찾고 있었다. 동시에 그의 아내와 아이들을 산등성이의 구릉진 곳으로 피신시켰다. 산 위에서 뿌리는 조명탄의 위력은 시야를 낮보다 더 훤하게 밝히고 있었기 때문에 그야말로 산 아래의 일행들은 대낮의 독안에 든 쥐 같은 존재가 되었다.

아버지가 임 소좌를 찾기도 전에 그는 이미 죽어 있었다. 총을 쥔 채로 가슴에 핏자국이 선명했다. 다른 대원들도 다 죽었다. 빨치산들은 저항다운 저항도 못 하고 적의 막강한 화력 앞에 쓰러져 간 것이다. 임 소좌 이외 부하들 28명이 죽었고, 5명은 실종으로 처리됐다. 아버지와 가족은 살았다. 살게 된 이유는 그 짧은 순간이나마 산허리 쪽으로 피했기 때문에 적들의 표적이 되지 못했기 때문이었다. 어쩌면 다른 대원들과는 달리 무장을 하지 않아서 다시 말하면 저항하지 않았기 때문에 그 짧은 죽음의 순간에서 벗어나게 되었는지도 모를 일이었다.

총소리는 멈췄고 순간의 적막 후 적군의 대원들이 들이닥쳤다. 빨치산이 아니었던 아버지와 가족들은 그들을 적이라고 생각해 본 적이 없었으나 그들은 경계와 공포의 대상으로 다가왔다. 아버지와 가족은 체포되어 손이 묶인 채 산에서 내려와 마을 쪽으로 이송되었다. 마을 경찰서에서 아버지에 대한 심문이 있었고, 그들은 아버지를 북한에서 내려온 빨치산 첩자라고 결론을 내렸다. 나머지 가족은 격리되었다. 어머니는 첩자의 아내로 같은 죄인 취급을 받았다. 부부 빨치산 첩자로 쉽사리 결론 지어졌다.

소년은 가족이 유치장에 갇힌 후, 곧 아버지와 어머니가 끌려나가 돌아오지 않는 것에 몹시 불안해졌다. 유치장 간수에 의해 큰누이가 끌려나갔다. 그 이후 큰누이를 다시는 볼 수 없었다. 소년은 절망했다. 그렇게 1주일 정도의 시간이 덧없이 흘러갔다. 이윽고 소년과 누이동생이 불려갔다. 소박하게 꾸며진 경찰서 취조실에서 아버지 나이쯤 되어 보이는 경찰관 아저씨가 소년에게 말하였다. "너는 포로수용소로 가게 될 것이다. 그리고 네 여동생은 우리가 당분간 보호해 줄 것이다."라고 소년에게 알려 주었다. 소년은 물었다. 아버지와 어머니 그리고 누이는 어떻게 됐냐고. 답은 간단명료했다. 소년의 부모는 북에서 넘어온 빨치산 간첩이므로 총살형에 취해졌다고 알려줬다. 큰누이는 어느 마을의 유지가 데려갔다고 했다. 전쟁상황에서 역적의 아이들까지 죽일 수도 있으나, 어린 나이를 감안하여 죽음은 면하게 해주었다고 했다. 소년은 울부짖었고, 동물 같은 통곡과 저주의 소리를 내뱉었다. 여동생은 파랗게 질려 말을 못 하고 울기만 할 뿐이었다.

경찰관 아저씨는 말하기 시작했다. 아이들은 살아야 하지 않겠느냐고. 소년은 이제 우리는 더 이상 살지 않겠다고, 차라리 다 죽여 달라고 대들었다. 소년은 경찰서가 떠나가도록 저주를 퍼부었다. "우리는 빨치산 가족이 아니고 북에서 온 피난민일 뿐이다. 우리 어머니와 아버지를 죽인 당신들을 절대로 용서하지 않겠다. 그리고 큰누이도 당장 우리에게 보내라." 경찰관은 말하길, "네가 부모님을 졸지에 잃게 된 심정은 이해한다. 그러나 어쩔 수 없다. 네 큰누이는 다행히 이 마을의 최고 갑부가 어여쁘게 봐서 그 집에 들어가서 그 영감님을 돌보며 편히 살게 될 거고, 너는 포로수용소로 가서 나중에 전쟁이 끝나면 자유의 몸이 될 것이며, 네 동생은 우리가 보호하다가 보호자가 나타나면 인계하거나 고아원으로 보내질 것이다."라고 했다.

소년은 자신도 동생과 함께 고아원에 가겠다고 했다. 그러나 소년은 고아원에 가기에는 너무 나이가 많고 차라리 소년병이 될 정도의 나이에 가깝기에 포로수용소로 가게 되리라는 것이었다. 이미 결정된 사안은 바뀔 수 없다고 했다.

이틀 후 경찰은 어린 여동생을 데려갔다. "오빠, 나 가기 싫어! 안 갈 테야! 아저씨, 엄마, 아빠에게 가게 해줘요!" 하면서 울부짖었다.

소년은 "선희야, 오빠가 나중에 널 꼭 찾으러 갈게! 선희야, 알겠지?" 하면서 마지막으로 동생의 두 손을 잡고 울음을 터트렸다.

혼자 남은 소년은 경찰서 유치장에서 2주가량을 지냈다. 그 후 어느 화창한 늦겨울 어느 국군 트럭의 뒤 화물칸에 실려 소년은 떠나갔다. 소년을 태운 트럭은 한참을 달려 거제도에 도착했다. 소년은 그곳 포로수용소의 북한군 소년병 포로로 등록되어 새로운 생활이 시작되었다. 넓은 땅에 지어진 수많은 막사는 남한군, 북한군, 중공군, 여성 포로 등의 막사로 구분되어 있었고, 소년은 북한군 막사에서 소년 포로로서 복무를 시작하였다. 아침 5시 30분부터 비록 포로의 신분이기는 했지만, 군대 생활이 시작되었다. 오후 5시 30분에 일과가 끝나면 취침 점호 전까지의 3시간 정도의 자유시간이 허용되었다. 소년은 중공군 막사에서 그와 비슷한 연배의 어린 중국 포로를 만났고, 손짓, 발짓으로 대화가 통할 수 있음을 알았다. 빨치산 포로들도 있었다. 소년은 자신이 빨치산 중대에서 잡혀 온 북한 포로라는 말은 안 했다. 빨치산 포로들은 숫자는 많지 않았으나 한결같이 매서운 눈매를 가지고 있었고, 그중 일부는 임 소좌처럼 인텔리처럼 보이는 사람들도 있었다. 어느 젊은 여성 빨치산 포로는 소년을 귀여워하여 먹을 것도 주고는 했다. 소년은 그 빨치산이 누나를 닮은 것 같아 눈물을 흘렸다.

소년의 수용소에서의 생활은 1953년 7월 어느 날 마침표를 찍게 되었다. 북한 포로들에게는 북한으로 송환되거나 남한에 남아 반공포로의 신분으로 석방되거나 하는 선택권이 주어졌다. 제3국으로의 이송을 원하는 경우는 거의 예외에 속하였다. 소년은 주저하지 않고 반공포로로서 남한에 남겠다고 했다. 소년은 이곳 남한에서 할 그의 일생의 중요한 일이 남아 있었다. 큰누나와 여동생을 찾는 것. 그리고 아마도 가능하지는 않겠지만 묘지가 있다면 아버지와 어머니를 찾아야 한다고 결심했기 때문이다.

소년의 나이도 어느덧 이제 열여덟 살이 되었다. 이제는 아무도 그들 어린 소년이 아닌 젊은이로 보아주기 시작했고, 무엇보다 포로수용소에서의 경험은 일종의 군대 복무와 비슷한 경험을 주었고 그만큼 세상을 알게 된 셈이 되었다. 그러나 이곳 남한에는 자신 외에 아무도 없다는 현실은 그를 심리적으로 압박하고 있었다. 석방 후 그는 지리산자락의 마을로 향했다. 흩어진 가족의 흔적을 뒤쫓아 추적하여 당시의 상황을 새로운 시간 속에서 찾고자 했다. 경찰서로 먼저 향했다. 허사였다. 마을의 여러 곳을 훑어보았다. 허사였다. 소년이 당시의 정황을 얘기하며 가족에 대해 마을 사람들에게 물으면 물을수록 그 자신이 위태로워진다는 것을 알게 됐다. 아직도 전쟁의 상처는 남아 있었고, 빨치산이라는 단어를 발설하는 것 자체가 금기시되는 상황이었다. 소년은 재빨리 결심했다. 일단 자신이 이 상황에서 살아남는 것이 무엇보다도 중요한 일이라고 생각했다. 소년은 이 남한 땅에서 반공포로로 인정받는 처지가 전혀 아닐 뿐만 아니라 자칫 처신을 잘못하면 졸지에 자신의 안위에도 문제가 생길 수 있다는 것을 알게 되었다.

이러한 상황인식은 소년을 조그만 지리산 서쪽의 마을로부터 반대편인 부산으로 향하게 하였다. 아버지와 어머니의 마지막 흔적과 최소한 누나와 여동생의 행방을 찾는 것을 잠시 미루고 그 자신이 먼저 살아야 한다고 생각했다. 그가 살아남아야 여동생도 찾지 않겠는가 하는 현실이었다. 우선 배고픔을 해결하기에는 대도시가 필요했고 커다란 공간에서 이름 없는 젊은이로 살기에는 적당할 것이었다. 부산의 영도다리 근처와 주변 시장은 소년을 먹여 줄 수 있는 하찮은 일거리를 제공하고 있었다. 소년은 허름한 중국집에서 허드렛일하며 먹고, 재워주는 일을 갖게 되었다.

13

　잠시 후 상배는 담배를 피워 물었다. 가슴은 아직도 떨리고 있었으나 몸의 열기는 지나갔다. 상배는 한숨을 쉬었다. 생각하는 듯했다. 취기는 사라졌다. 상배는 내가 무슨 짓을 한 것이지라고 자신에게 질문을 해 보았다. 후회와 자책하는 마음이 동시에 밀려 들어왔다. 그는 계속 생각했다. 그는 정인의 미래에 대해 책임을 지겠다고. 군대 제대 후 복학하여 〈철학회〉에서 처음 보게 된 정인을 본 순간부터 그리고 이후 그녀와 동아리 활동을 같이하면서 상배의 정인에 대한 마음은 차차 인상이 맘에 드는 후배, 똑똑한 후배, 일 잘하는 후배에서 호감이 가는 이성으로 바뀌어 가고 있었던 것이었는데, 이를 은폐하고 지내왔던 것이었다.

　상배가 군대 제대 후 복학해서 처음 〈철학회〉에 나갔을 때 정인을 처음 보았다. 상배는 정인의 참신함이 마음에 들었다. 이후 동아리 토론에서 정인의 실력을 보고 감명받게 되었고, 정인이 3학년부터 〈철학회〉의 총무 일을 맡게 되면서부터 상배는 동아리 일로 자주 보게 되었다. 상배는 회장으로 되어 있었으나, 실제의 모든 업무는 정인이 하였고 그는 옆에서 도와주고 격려해 주는 역할을 하였다. 정인을 알면 알수록 상배는 그녀를 좋아하게 되었다. 그는 그녀를 좀 더 일찍 알게 되었으면 하는 마음이 일었고 이제 곧 졸업을 앞둔 바쁜 일상을 아쉬워하게 되었다. 졸업 후 곧 떠날 유학 때문이었다. 집에서 서두르는 상황이 되어 여러모로 혼란스러웠다.

상배는 사실 군대에 가기 전에 사귀었던 여학생이 있었다. 그 여학생은 귀엽고 상식적인 행동을 하는 모범생 타입이었으나 술만 먹으면 주사를 부리는 나쁜 버릇이 있었다. 그런 그녀와 군대 가기 전까지 2년 이상 사귀었었다. 그런데 상배의 입대 후 그녀는 연락을 끊었다. 그래서 자연스럽게 그녀와 헤어지게 되었다. 상배가 휴가 때 그녀를 만나려고 했고 여러 번의 시도 끝에 그녀를 만나게 되었을 때 그녀의 반응은 "왜 저를 만나려고 하는 거예요?"이었다. 그녀는 상배를 학교 때 잠시 만나는 이성 친구 이상으로 생각한 적이 없었고 상배의 입대와 함께 그 사귐은 끝났고 자연스레 다른 남자친구를 사귀고 있었다. 상배는 처음부터 그녀에 대한 호감은 있었으나 나중에는 다소 의무적으로 만나게 되었다. 그럼에도 그녀가 그렇게 쉽게 그를 떠날 줄은 몰랐고, 무엇보다 그들의 관계가 생각보다 더 삭막한 것일 줄은 생각을 못 했었다. 최소한 그녀 쪽에서 헤어질 것을 알았더라도 일종의 헤어짐의 절차 같은 것은 있어야 할 것으

로 여겼다. 군대로 한두 번의 면회, 몇 번의 편지 교환 그리고 첫 번째 휴
가 때의 만남 같은 절차의 교환 끝에 서서히 잊혀 가거나 약간의 미련과
이별의 아픔과 같은 순간적 의식도 모두 무시되었다. 상배는 상심보다는
분개의 마음이 일었었다. 그런 후 상배는 내내 조용히 군대 생활을 하게
되었다.

제대 후 사실상 처음 만났던 이성은 정인이었다. 비록 동아리 활동이
라는 한정된 환경 내에서였어도 상배의 감성은 타오를 수 있는 여건이
되었다. 상배는 군대 생활이라는 인생의 공백 같은 기간 동안 여자의 애
정에 대한 결핍이 늘 있었다. 이성에 대한 애정은 복학 후 다시 싹트게
되었고 그 첫 번째 대상이 정인인 것처럼 보였다. 더군다나 다른 여학생
들에게서 볼 수 없는 정인의 지성은 철학 토론이나 일 처리 때의 사려 깊
은 행동으로 상배의 마음을 빼앗다시피 하였다. 사실 정인을 매일 보고
싶어졌다. 4학년으로 졸업을 얼마 남기지 않은 상황이 아쉬워졌다. 상배
는 졸업 후에 정인의 선배가 아니라 연인이 되고 싶다는 강한 욕망을 갖
게 되었다.

상배는 담배 한 대에 다시 불을 붙였다. 그리고 메모지에 이렇게 짧게
썼다.

"정인아, 미안하다. 내가 내일 너에게 연락할게. 다시 말한다. 미안하
다. 만나서 얘기를 하자." 상배는 정인을 바라보았다. 아직도 어두운 방
에서 깊은 신음 소리를 비규칙적으로 내고 있었다. 정인의 뺨에 눈물이

맺혀 있었다. 상배는 감히 그 눈물을 닦아줄 용기를 내지 못하고 자기 자신에 대한 두려움으로 일단 이곳을 나와야겠다고 생각했다. 상배는 쫓기듯 여관방을 나섰다. 그의 정인을 내일 만나야겠다는 다짐과 함께 어둠 속으로 사라졌다.

정인은 울고 있었다. 어스름 새벽이 밝았을 때 의식이 돌아왔다. 머리는 바늘로 찌르듯 아파왔고, 온몸은 땀으로 젖어 있었고, 하체의 통증은 심각했다. 비록 힘은 없었으나 의식은 뚜렷해졌다. 그리고 상배가 그녀 자신에게 한 행동 아니 폭행을 정확히 인지했다. 상배의 폭행에 저항할 힘이 없었음을 알고 있었다. 그 순간적 폭행이 끝났을 때 정인은 깊은 수면 속으로 빠져들어 갔을 뿐이었다.

조그만 책상에 상배의 메모가 있었다. 정인은 그것을 읽자마자 찢어버렸다. 그리고 입을 찢듯이 나지막이 흐느꼈다. 일단 정신을 차리고 집으로 가야겠다는 생각이 들었다. 집에 홀로 누워계신 아버지를 돌봐야 한다는 자책감이 몰려왔다. 어제저녁 모임 때부터의 상황이 파악되었을 때 당혹감을 느꼈고 자신이 상배의 손아귀에 있었었다는 수치가 몰려왔다. 그에 대한 배신감과 함께.

몸을 대충 씻고 옷매를 고쳐 매 여관방을 나서니 주변은 밤에서 새벽으로 깨어나고 있었다. 추운 바람이 불어오는 을씨년스러운 날씨였으나 거리를 나서니 택시가 보였다. 집에 도착하니 아버지의 상태가 좋지 않았다. 열이 심했고 정인을 알아보지도 못할 정도로 나빠졌다. 정인은 울듯이 "아버지!"라고 말을 토해냈다. 아버지는 대답이 없이 신음만 겨우 내고 있었다. 아버지를 겨우, 겨우 둘러업고 병원으로 향했다. 의사는 아버지의 상태가 예상보다 더 나빠져 위독한 상태가 되었다고 했다. 좀 더 일찍 병원으로 모셔 오지 못한 것을 탓하는 것으로 들렸다. 정인은 자신이 처한 슬픔과 분노보다 아버지의 생사를 더 걱정해야 하는 절박한 상황임을 알아챘으나 이제는 아버지 병의 치료를 위한 돈의 문제가 아닌, 즉 그 단계를 이미 넘어선 상황임을 담당 의사를 통해 알게 되었다. 정인은 그녀의 짧은 생애에 처음으로 절망하기 시작했다. 정인은 한시도 아버지의 병상을 떠나지 않았으나 아버지는 열흘 만에 돌아가셨다.

아버지의 장례는 조촐히 치러졌다. 을지로 인쇄골목의 오랜 아버지의 동료들의 도움이 컸다. 아버지를 하늘로 보내드리고 집으로 돌아온 정인은 그 길로 깊은 수면에 빠져들었다. 정인은 살던 집을 팔고 아버지의 동료들의 도움에 감사의 사례를 하고 아버지의 조그만 사업체를 정식으로 정리했다. 사업의 정리는 빚을 갚는 것으로 허무하게 끝났다.

아버지의 유품을 정리하면서 아버지의 옛날 일기장을 발견했다. 일기는 많은 날짜를 건너뛰어 쓰였으나 그 기간은 오랜 시간 동안 지속되었다. 정인의 어린 시절 때부터 아이엠에프 사태 직전까지의 오랫동안 아버지의 기록이었다. 아버지와 어머니가 6·25 전쟁 이제는 한국전쟁이라고 불리는 전쟁의 고아로 같은 고아원에서 만났고, 같이 지옥 같은 고아원을 탈출하여 온갖 초고를 겪으며 살아온 심정의 글을 읽었으며, 고아원 시절의 배고픔과 핍박에 어머니의 몸이 약해진 것에 대한 아버지의 안타까움, 그리고 오랜 기다림 끝에 얻게 된 정인에 대한 어머니의 기쁨과 아버지의 사랑이 차분히 일기장에 적혀 있었다. 정인이 어렸을 때 어머니가 결국 돌아가셨을 때 아버지의 슬픔은 정인이 느꼈던 슬픔보다도 더 절절한 슬픔이었다.

아버지는 이렇게 쓰셨다. "내 삶의 동지였던 영숙이 오늘 죽었다. 아내이기보다는 동지였던 아내가 죽었다. 그 오랜 시간 동안 고생만 하다가 죽은 아내. 나도 아내를 따라 하늘나라로 올라가고 싶다. 거기서 걱정 없이 살고 싶다. 이제 나에겐 정인만이 남았다. 슬프다. 슬프다. 슬프다."

아버지의 일기에는 또한 이러한 글도 있었다. "6 · 25로 나는 없어졌다. 왜 없어졌는지에 대한 답이 없다. 왜 아버지와 어머님이 피난 중 폭격에 돌아가셔야 했었는지 나는 그 이유를 알 수 없다. 나는 일곱 살까지만 살고 죽은 것이나 다름이 없었다. 두 형과 여동생이 모두 전쟁 통에 죽었다. 왜 나만 살아남았나? 고아원에서 만난 영숙은 나보다 두 살 어렸다. 내 여동생과 같은 나이였다. 영숙은 또래 계집아이보다 왜소하고 항상 침울해했다. 처음에 내가 영숙을 보았을 때 내 여동생 같다고 생각했었다. 비슷한 몸집 그리고 조용한 성격까지도. 영숙은 자신이 어떻게 고아로 남게 되었는지에 대한 자세한 경위를 몰랐다. 영숙은 자신이 부유한 가정의 막내딸이었던 것 같다고 나중에 회상하면서 말하길 6 · 25 전쟁 발발 직후 온 가족이 한강 다리가 폭파되는 바람에 가족이 다리를 건너지도 못하고 우왕좌왕하는 사이에 북쪽 공산군의 폭격에 온 가족이 죽었다. 영숙은 당시에는 한강 다리가 남한 정부에 의해 폭파된 것도 몰랐었으나 나중에 커서 학교에서 6·25전쟁에 대해 공부하게 되면서 비로소 어떻게 자신이 졸지에 고아가 되었는지를 알게 되었다고 나에게 말했다. 당시 만으로 다섯 살밖에 안 된 어린 계집아이가 얼마나 많이 그당시의 상황을 알 수 있었을까? 영숙은 가족을 잃고 피난민 대열에 끼어 남쪽으로 향하게 되었고, 밥은 거지처럼 얻어먹었다고 한다. 나의 경우와 크게 다르지 않은 처지였다."

정인은 여기까지 읽고 아버지의 일기장을 닫았다. 아버지와 어머니에 대해 회상해서는 안 된다고 결심했다. 그러기에는 지금 자신은 너무나 지치고 허무했기 때문이었다. 오랜 기억이 서려 있는 집을 떠나서 어딘가 새로운 거처와 삶을 살아야 할 것이었다. 그런데 정인에게 삶에 대한 회의감이 그녀의 젊은 인생에서 처음으로 밀려오고 있었다. 당혹감과 상실감 그리고 분노. 세상이 허공에 있는 것처럼 느껴졌다.

정인은 서울의 북쪽 변두리 지역의 어느 조그만 두 칸짜리 방으로 거처를 마련했다. 학교는 갈 수가 없었다. 이미 새 학년 새 학기의 등록 날짜도 지났고, 학교에 휴학계를 내야 할 시간도 놓쳤다. 등록할 돈도 없었지만, 무엇보다도 학교에 다시 가기 싫었다. 자신이 당한 수치를 다른 사람들이 다 알 것 같았고, 안전하다고 생각했던 '우리' 학교는 이제 없어졌다. 학교에 대한 신뢰가 순식간에 무너졌으며, 지성의 전당이니 철학의 고결함이니 하는 담론들이 이제 다 하찮은 과거사가 되어 버렸다는 것을. 그리고 정인은 상배를 생각했다. 그에 대한 원한에 어떻게 대처하고 어떻게 복수를 할 것인가가 정인의 새로운 목표가 되었다.

14

    민수와의 우연의 만남과 그와 1년 반 정도의 교우는 우영의 삶에 새로
운 활력을 주었었다. 민수가 다른 학우들과 다른 점은 그가 너무나 비현
실주의자였다는 것이었으며, 그런 만큼 민수의 삶의 태도는 너무도 진지
했다. 그의 진지한 태도는 우영에게 즉각적인 자극이 되었고 그로 인해
많은 지적 경험을 얻게 되었다. 민수는 학교 수업을 듣지 않고 그림을 그
렸을 때, 우영을 데리고 그의 친구와 선배들을 만났을 때, 밤에 술을 마
시며 많은 양의 토론을 벌였을 때 가장 행복해했다.

    우영은 대학에 들어가 다른 학생들의 무미건조함을 확인하고 서울은
하나의 거대한 환상에 불과했고 서울의 삶은 어쩌면 시골에서의 것보다

더 단조롭고 건조하고 지루한 내부 세계인지도 모른다고 생각했다. 우영이 친구들에게 "학교는 왜 다니냐?"라는 질문을 했을 때 그들은 한결같이 밝은 미래 등을 꿈꾸는 말과 함께 학교를 연관시켰다. 그런데 우영의 눈에는 한결같이 그들은 행복해 보이지 않았다. 교정의 화사한 봄날의 첫 모습은 아스라한 환상으로 보였다. 그곳을 채우는 젊은이들. 그들은 무미건조한 삶을 목표로 하는 것 같았다. 어떤 면에는 삶은 무미건조하므로 삶의 방식은 지나치게 복잡하고 어려워야 할지도 모른다는 생각이 들었다. 그들은 외향적인 자신감을 감추지 않았고 투쟁적인 삶의 방식에 너무나도 익숙해져 있었다.

겉으로 드러낸 문화는 다를지언정, 의미적인 것에서도 지리적 그리고 모든 다른 요소들의 다름과 상관없이 삶은 시시하다는 것의 새삼스러운 발견이었다. 어떤 것을 원했던 것인가? 우영의 미래를 위하여? 자기 욕망의 투영으로? 서울은 우영에게 현실적으로 비현실적이었다. 비현실은 현실의 이상으로서의 것이 아니라 그저 부적합했다. 부적합하다는 것은 우영이 충분히 삶의 여러 부속장치를 가지고 있지 못해서가 아니었다. 우영의 인생 목표는 욕망 없음의 상태로 사는 것이 되었는지도 모른다. 스토아 철학자들의 목표인 덕을 추구하는 것이 인생의 목표이듯 우영은 덕을 욕망하고 있었다. 이 얼마나 비현실적인 망상인가?

우영은 자신의 학교가 비록 캠퍼스에 갇힌 일종의 보호지역이었다 하더라도 이곳의 젊은이들은 좀 다른 존재감을 뿜어낼지도 모른다는 생각을 입학 초기에는 했었다. 그의 지루한 삶 속에서 그래도 젊은이다운 다름이 있을 수 있다고 생각했다. 이 기대는 금세 꺾였다. 젊은 학생들의 욕망은 어느 다른 부류의 사람들보다 더 강렬하다는 것, 더 경쟁적으로 타오르고 있다는 것을 발견하고는 절망하게 되었다.

우영이 민수를 만나지 못했다면, 그는 학교를 한 학기만 다니고 자퇴했을 것이다. 학우들의 삶의 지향점은 욕망에 기인하는지 경쟁 때문인지 혹은 욕망과 경쟁이 한 덩어리로 된 것 때문인지 가름이 되지 않았다. 17세기 영국의 사상가인 토머스 홉스가 본 것처럼 만인에 대한 만인의 투쟁 같은 삶의 모습이 지금 우영 자신이 목도하고 있는 세계라면 홉스의 생각이 오류라고 생각했다. 홉스의 자연 상태에서의 인간의 끝없는 투쟁으로 인한 무질서가 인간이 만들어 내는 강력한 사회적, 정치적 제도와 규율로 제어가 되는 것이라면 적어도 우영이 보는 지금의 세계는 그렇게 보이지 않았다. 오히려 반대의 길을 가고 있는 것 같았다. 이러한 장치가 욕망과 투쟁을 부추기는 수단으로 작동하고 있었기 때문이었다.

민수의 경우는 이랬다. 목표도 뚜렷했고 이를 이루기 위한 수단도 잘 알고 있었다. 그 수단도 잘 실천하고 있었다. 이 점에서 우영 자신과 달랐다. 우영은 자신의 목표에 관한 생각은 있었으나 이것을 이룰 수단인 행동은 없다고 느꼈다. 민수의 바쁜 삶의 태도에 경탄할 수밖에 없었다. 우영은 자신이 게으름뱅이라는 생각이 들 정도였다. 자신이 사랑하는 일에 매진하는 민수와 너무나도 대비가 된다고 생각했다. 불행은 민수의 환경은 그의 목표와 수단을 모두 제거했다는 것이다. 그의 아버지가 환경이었다. 반면 우영은 목표와 수단의 불일치가 있었고, 그럼에도 강박감 같은 것이 없었다. 민수가 이 강박감을 느끼고 살아야만 했다는 것을 우영은 인정했다. 우영의 민수에 대한 동정심은 바로 여기에 연유했다. 우영은 끝내 도움을 주지 못하고 환경에 대한 강박감 속에서 절망하며 죽어간 친구에 대한 죄의식이 생겼다.

15

    남북 간의 휴전으로 고향 땅 평양을 다시는 못 볼 것이라는 현실을 소
년은 부산에 가면서 깨닫게 되었다. 거제도 포로수용소에서의 생활은 소
년을 부쩍 성숙하게 만들었다. 그의 인생 목표는 작은 여동생을 찾는 것
이 되었고 현실은 살아남아서 불행을 살아야 한다는 것이었다. 그런 면
에서 부산은 소년에게 가장 적합한 곳이 되었다.

    소년은 이제 젊은이, 젊은 친구, 총각으로 불리었고 그가 처음 일터를
잡은 부산에서 가장 붐비는 거리의 어느 허름한 골목에 있는 식당의 주
인은 그를 항상 "이놈아"로 불렀다. 하루에 네다섯 시간의 수면만 허락된
힘든 노동의 삶이 되었다. 굶지 않는 대신 식당 주인의 변덕스러운 성격

과 주먹질, 주방과 배달일에서 선배들의 일상화된 폭력을 참아 내야 했다. 맞는 것의 아픔은 참을 만했으나 이유 없이 그들의 고달픈 인생의 화풀이 대상이 된다는 것은 참을 수가 없었다.

짧았던 빨치산들과의 생활 그리고 어린 포로로서의 삶 속에서도 폭력은 없었다. 산속의 빨치산들은 모두가 친절한 형 또는 아저씨들과 같았고 수만 명에 달하는 거제도 포로들도 그를 어린 동생처럼 대하였다. 이는 남쪽이나 북쪽의 포로들 다 같았다. 전쟁은 터졌고 사람들은 죽어갔고 살아서 포로가 되었으나 그들 모두는 다 군인이었다. 소년은 그중 가장 어린 군인이었으므로 군인으로 대해 주었다. 수용소에서의 포로들끼리의 폭력은 일절 금지되었고 간혹 터지는 폭력은 규율로 다스렸다. 이에 적응이 되었던 소년이 맞고 산다는 것은 있을 수 없었다. 차라리 밥을 굶는 것이 나았다.

젊은이가 된 소년은 식당에서 더 이상 견디지 못하고 몇 개월 만에 나왔다. 어느 늦은 가을날 이른 새벽에 나왔다. 그들의 폭력에 대한 항의는 더 많은 폭력이 기다린다는 것을 알았기에 조용히 사라져지는 것이 현명한 것이었다. 그는 부산 해변의 쌀쌀한 새벽공기를 마시며 한없이 걸었다. 벌써 배들이 움직이고 있었다. 보잘것없는 모양의 작은 배들은 고기잡이 배들이었다. 인근 해안에서 항구로 들어오는 배들을 보며 이들은 무엇을 수확해 왔을까 생각해 보았다. 육지에서 바다로 출항하는 배들은 한없이 자유로워 보였다.

남한에 우연히 가족과 피난으로 내려와 이미 수년이 흘러왔건만 그에게는 이 몇 년으로 그의 일생을 다 살았다는 생각이 들었다. 이제 무엇을 할 것인가? 어쭙잖은 자유? 주어진 자유? 타자에 의하여 정의되는 자유? 아무것도 없어진 후에 이제 불쑥 뜬금없이 굴러들어온 자유? 누구를 위한 자유인가 말이다. 소년은 스스로 물어보았다. 길거리를 막고 다른 사람에게 묻고 싶었다. 자신에게 주어진 자유를 아시냐고.

계속 해변을 걷고 또 걸었다. 발이 불어 터지도록 걷고 싶었다. 이 세상 끝까지 걸어서라도 잃었던 모든 것의 하나라도 찾을 수 있다면 그곳으로 가고 싶었다. 그러나 어디로 갈 것인가? 부산 시내를 벗어나 북쪽으로 향했던 모양이었다. 작은 규모의 시내 같은 모습이 그의 시야에 들어왔다. 그 지역은 동래라는 곳이었다. 발도 아프고 배도 고파왔다. 그의 주머니에는 빵 두 개 정도 사 먹을 수 있는 돈밖에 남아 있는 것이 없었다. 이 돈도 포로로서 해방될 때 주어진 일종의 노잣돈의 남아 있던 것이었고 부산 식당에서는 먹고 재워주는 대신 급료도 없었다.

김이 모락모락 나는 찐빵의 맛은 좋았다. 그 집주인에게 젊은이는 물었다. 일할 수 있는 곳이 있냐고. 가게주인은 자기 동생이 기계공작소에 다니고 있는데 동생에게 새 직원의 일감이 있는지 물어봐 주겠다고 했다. 젊은이의 행색으로 보아 무일푼임을 알아본 그는 오늘 같이 자기 집으로 가자고 했고 동생을 만나 보라고 했다. 마음 좋은 아저씨 같은 인상에 젊은이는 안도하였고 막연했던 잠자리를 걱정하지 않아도 되었다. 그날 저녁에 가게주인의 누추한 집으로 같이 걸어갔다.

그는 기계공작소의 일을 얻지 못했다. 그나마 필요했던 기초기술과 경험이 전혀 없기도 했거니와 다른 직종의 일과 달리 작지만, 월급이 지급되는 곳이라 항상 일자리보다 일을 찾는 사람으로 넘쳐났기 때문이었다. 젊은이는 본의 아니게 폐를 끼치게 되어 죄송하다고 하고 그 집을 떠나려 했다. 그 공장에 다니는 동생은 자기 친구가 일하는 조그만 어물 가게에 혹시 일거리가 있을지 알아봐 주겠다고 친절히 대해 주었다. 그로부터 며칠 동안 젊은이는 찐빵 가게에서 일을 도우며 지내게 되었다.

젊은이는 인근 기장이라고 불리는 동네로 향했다. 어물 가게의 점원이 되기 위해서였고 마침내 그는 그곳에 취직이 되었다. 일은 고됐다. 아침부터 인근 포구에서 각종 어물을 날라야 했다. 사실 어물 가게는 제법 규모가 큰 곳이어서 그 외에 이미 대여섯의 직원이 있었다. 초임자인 자신에게는 가장 어려운 일만이 기다리고 있었다. 그래도 다행인 것은 작지만 월급이 나오고 잘 때가 없는 젊은이에게는 가게의 창고 안에 있는 조그만 공간을 정리하여 밤에 잠을 잘 수 있게 하였다. 주인은 이로써 젊은이에게 밤에는 창고경비의 업무를 맡기기로 했다. 남한에 온 지 처음으로 돈을 벌고 비록 헛간에 불과하지만, 자신만의 공간이 생기게 된 것이다. 젊은이는 오랜만에 달콤한 잠을 잘 수 있었다.

거기서 일을 시작한 후 3년 쯤의 시간이 흘렀다. 그동안 익숙하지 못했던 강한 부산 사투리를 이해하게 되었고 다행히 주인의 눈에도 소년의 성실함이 인정되었다. 진짜 젊은이가 되었다. 가게에서 작은 규모의 회사 같은 형태로 주인의 사업은 번창하고 있었다. 전쟁의 상처에서 어느 정도 벗어나 사람들은 바빠지기 시작했다. 주위의 모습도 서서히 바뀌어

갔다. 비록 전쟁의 피해에서 벗어나 있었던 지역이었어도 전쟁의 영향에서 무관할 수 없어 침체를 거듭했던 지난 몇 년간의 모습에서 활기찬 모습으로 뒤바뀌고 있었다. 이 젊은이도 같이 모습이 변해갔다. 몸집도 커지고 목소리도 굵어졌다. 같은 직원들 사이에서도 처음의 이방인 같은 존재에서 이제는 동료로서 인정받게 되는 것 같았다. 젊은이는 그동안 받은 월급을 쓰지 않고 모아두고 있었다. 언젠가 휴가를 받으면 여동생을 잃어버린 그 남쪽의 서쪽 지리산자락의 고을에서부터 흔적을 찾아 나설 것이었다.

1957년 겨울이었다. 사건이 터졌다. 밤새 창고에 쌓아 두었던 어물의 상당 부분이 없어졌다. 누군가 훔쳐 간 것이 분명했다. 없어진 물건은 수출용 고급 멸치였다. 흉작이라 값이 폭등하여 가게마다 이 물건을 확보하느라 혈안이었다. 어렵게 확보한 재고가 밤새 없어졌다. 이곳 기장에서 가장 큰 규모의 도매업체로 발전하고 있었던 가게의 신용이 문제가 될 수 있었다. 수출물량의 수급에 당장 차질이 나게 생겼다.

직원들은 이 젊은 타지에서 온 직원을 의심하기 시작했다. 주인의 추궁이 시작되었고 젊은이는 수세에 몰렸다. 밤새 창고의 문은 누군가에 의해 뜯겨서 열려 있었고 이를 모르고 잠을 자고 있었던 젊은 직원은 문책을 받았고 그 이상했던 문 뜯는 소리를 못 들은 젊은 직원은 혹시 그가 범인과 내통한 한패가 아닐까 하는 강한 의문을 불러일으키게 하였다. 한두 명의 젊은 직원들의 젊은이의 그동안의 소행으로 보아 배신을 했을 것 같지 않다는 변호의 말은 금세 인정이 되지 않았고 귀한 물건이 사라져 버렸다는 사실만이 중요했다.

즉 누군가는 책임을 져야 할 것이었고 그 대상은 당연히 젊은 직원의
몫이 되었다. 모든 직원이 그곳 기장 출신이라는 것. 그만이 알 수 없는
피난민 출신이라는 것은 결정적으로 불리하게 작용했다. 사장은 젊은이
에게 말했다. 회사 물건을 훔친 죄를 묻지 않는 대신 회사를 그만두고 피
해액에 해당하는 금액은 변상하라고. 젊은 직원은 항의도 제대로 해 볼
수도 없었다. 경찰에 신고하면 자신만 고생하고 피해를 볼 수밖에 없는
분위기를 잘 알고 있었기 때문이다. 증거 따위는 소용도 없었다. 그는 자
신의 그동안의 월급을 아낀 저축금을 은행 통장에서 다 빼서 주어야 했
다. 그렇게 기장에서의 지난 몇 년의 생활은 마침표를 찍게 되었다.

젊은이는 차라리 외항선을 타고 멀리멀리 나가고 싶다는 충동에 시달
렸다. 아무도 자신을 원망하지 않고 의심하지 않고 살 수 있는 곳으로 떠
나고 싶었다. 그러나 그럴 수는 없었다. 한번 외항선을 타면 다시는 이
남한 땅에 돌아올 수 없을지도 모른다는 막연한 불안감이 엄습했다. 알
지 못하는 바다로 가는 것은 아마도 그의 아버지가 남쪽으로 전쟁을 피
해 피난 온 곳보다도 더 살벌할지도 모른다는 공포감도 엄습했다. 젊은
이는 실로 오랜만에 여행길 아닌 여행길에 올랐다. 다시 무일푼이 된 채
로. 사람이 덜 사는 동네로 가고 싶다는 마음뿐이었다.

수용소 생활 이후 부산 중심지 그리고 기장에서의 세월을 뒤로하고 그
가 향한 곳은 울산이었다. 조그만 어촌마을이었던 그곳에서 닥치는 대

로 일하였다. 어촌마을의 성수기에는 잡힌 물고기들을 하역하는 일을 하였고 반대로 농번기에는 밭과 논에 나가 일꾼이 되기도 하였다. 1년 내내 일을 하였던 셈이었다. 몹시 추운 겨울의 한 달 정도를 제외하고는 일하였다. 다행인 것은 혈혈단신이었으므로 먹고사는 것은 해결이 되었다.

다른 식구가 딸린 집들은 아이들이 다섯, 여섯씩 되는 것은 기본이었다. 그들의 가난은 고통이었고 그 가난은 먹는 문제의 해결이 가장 큰 삶의 도전이었다. 그들의 먹는 문제를 잘 알고 있었던 이 청년은 자신의 배고픔은 면할 수 있음에 안도하였다. 하루 일해 하루 먹는 삶은 단순하고 소박하였으나 정직했다. 처음에는 일을 거들어 주고 밥을 얻어먹고 때론 허름하지만 거처까지 마련되는 경우도 생겼다. 농번기나 한창 초겨울의 출어기에는 작지만 일당도 받는 때도 있었다. 식구가 없으니 작지만, 돈을 모으기도 했다. 그렇게 몇 년의 세월이 훌쩍 지나갔다. 반복되는 단순한 일상, 매년 반복되는 같은 일과는 지루할 틈이 없었다. 일은 고되고 힘들었다. 노동의 피곤함은 잠으로 씻어내어 다음날의 힘의 원천으로 되새김질하는 나날의 연속이었다.

전쟁 때 소년이었던 젊은이는 이제는 나이 30대를 바라보는 젊은 아저씨가 되어 있었다. 그는 울산에서 나와 독립하고 싶다는 생각이 들었다. 몇 년간 모은 돈으로 삼척으로 가 작은 배를 사서 고기를 잡아 파는 어부가 되어 빨리 독립하고 싶었다. 거제도 수용소 이후 벌써 10여 년의 세월이 훌쩍 지나갔어도 그동안 이루어 낸 것이 하나도 없다는 조바심도 났다. 그동안 자기 몸 하나도 제대로 가누지 못할 정도로 생존의 문제에 매진해야만 했다. 돈이 모이면 동생을 찾으러 가리라. 지리산자락 마을에서부터 다시 시작하리라. 거기서부터 샅샅이 훑어 기필코 동생을 찾아내리라. 마음을 다시 한번 먹고 삼척으로 향했다. 그곳 역시 작은 어촌이었다. 배를 띄워 고기를 잡고 돈을 벌어 고기가 잡히지 않는 계절에는 기필코 몇 달이 걸리던 그 지리산자락 마을을 샅샅이 뒤지리라.

그가 듣던 소문처럼 삼척은 풍성한 어촌마을이었다. 작은 배를 사기에 돈이 좀 부족하여 그와 같이 울산에서 사귀었던 고기잡이배 선원 황 씨가 동업자가 되어 돈을 더 대고 그래도 부족한 돈은 배를 담보로 하여 어촌계로부터 대부를 받아 마침내 배를 마련하게 되었다. 삼척은 약속의 바다였다.

거친 파도의 바다를 뚫고 고기를 잡으러 가는 일은 그동안 그가 막노동으로 일한 다른 힘든 일과는 차원이 다르게 힘들었다. 몇 날 며칠을 뜬 눈으로 지새우며 조업하는 나날의 연속이었다. 하루 벌어 하루 먹던 식의 일은 아주 쉬운 일이었던 것처럼 여겨지게 되었다. 몇 날 밤을 뜬눈으로 지새우고 핏발이 서린 눈가에 졸음의 순간이 다가오는 경우 바다로 떨어져 목숨을 잃을 수도 있는 험한 일이었음은 그가 처음 바다로 나가서 알게 되었다. 황 씨의 도움이 없었으면 배를 띄우는 것조차 불가능했다. 모든 일을 황 씨에게 맡긴다는 것이 미안하기도 했고 불안하기도 했다. 그러나 사투 끝에 고기는 잘 잡혔다. 비록 어획량은 많지는 않았어도, 고생한 만큼의 대가는 따라왔다.

명태잡이가 주업이었으나, 넙치, 광어, 농어, 오징어 등 다른 많은 어류가 잡혔다. 바다는 항상 풍성했다. 한참 여름 두어 달 정도의 한산한 고기잡이 시간을 제외하고는 바다는 언제나 열려 있었고, 심지어는 가을 태풍 때도 아주 파도와 바람이 아주 심하지만 않으면 어업이 가능했다. 비록 배는 작고 황 씨와 자신 그리고 두 명의 선원이 작업을 하는 소규모의 일이었어도 우리의 것이라 보람이 있었다. 이렇게 또 몇 년이 흘렀다.

이제 진짜 아저씨의 나이가 된 소년은 황 씨에게 말했다. 지리산 어귀 마을을 다녀오겠다고. 황 씨도 이 아저씨의 처지를 잘 알고 있었다. 자신보다 몇 살이 위라서 형같이 의지가 되는 것이었고, 그가 울산에 있을 때 외톨이인 자신에게 처음 손을 내밀어 준 것도 다름 아닌 황 씨였다. 황 씨도 어떻게 어떻게 하여 부산에서 울산 어촌으로 흘러들어 왔다고 했고, 이로써 서로 비슷한 처지의 객지 생활에서 벗이 되었다. 울산에서 황 씨는 자신에게 가끔 밥도 사주고 술도 같이 마시며 살갑게 대해줬다. 실로 오랜만에 사람다운 감정을 느끼게 되었고, 황 씨와 의기투합하여 삼척으로 가서 새로 출발해 보자고 했던 것이었다. 이제 새 출발의 조그만 결실로 잃은 여동생을 찾아 나서는 것이었다. 돈이 좀 모였고, 비록 허름하지만, 월세방도 생겼고 무엇보다 남의 일이 아닌 자기 일이 생겨 어한기에 동생을 찾을 수 있는 귀중한 시간이 주어졌다.

전쟁 이후 18년 만의 일이었다. 1968년 여름이었다. 너무 오랜 시간이 흘렀다. 이 기다린 세월 동안 여동생이 살아 있었다면 그 소년이 지금 아저씨가 된 것처럼 20대 후반의 아가씨로 변해 있을 것이었다. 찾을 수 있을까? 만약에 만나더라도 서로 알아볼 수나 있을까? 그리고 내가 그 18년의 긴 세월 동안 무엇보다도 아직 살아 있을지도 분명하지 않은 동생을 찾겠다고 해야 하는지, 이 시도가 말이 되는지? 6·25 당시의 그곳 사람들이 아직 살고 있을지, 살고 있다 하더라도 이북에서 피난 내려와 빨치산으로 몰려 죽임을 당한 그의 가족을 기억이나 하는지, 만에 하나 누군가가 기억한다고 하더라도 그를 적극적으로 도와줄 수 있는 용기가 있을지. 마을 경찰서를 찾아가도 기록물들이 온전히 남아 있을지, 여동생의 흔적을 찾아낼 수 있을지. 근처 고아원부터 찾아 나서야 할지. 모든 것이 아득한 가능성 이상의 것이 못되었다.

그러나 아저씨는 그곳으로 가야 한다고 생각했다. 삼척에서 출발한 아저씨는 황 씨에게 뒷일을 부탁하고 처음 휴가길을 나섰다. 휴가 아닌 휴가로서. 기차와 시외버스로 갈아타는 긴 여정은 지리산자락의 마을로 그를 인도했다. 아저씨는 그 마을 버스정류장에 도착하는 순간, 묵은 감정이 북받쳐 오르는 자신을 억제하기 어려웠다. 마을의 풍경은 별로 변한 것이 없었다. 18년 전보다 사람이 많아졌다는 느낌만이 다를 뿐 대부분의 모습은 거의 그대로였다.

이곳 마을의 경찰서에서 아저씨는 경위를 설명하였으나 어떠한 기록도 남겨진 것이 없었음을 확인했을 뿐이었다. 유일한 예외는 바로 자신이 당시 어린 북한군 포로로 되어 거제도 포로수용소로 이송된 사실을 증빙하는 문서뿐이었다. 그 이외의 어떠한 문서도 없었다. 심지어는 아버지와 어머니가 빨치산 분자로서 총살당하셨던 기록도 없었다. 누나에 대한 기록도 예상대로 없었다. 여동생은? 그들이 죽이지 않았다면, 어떤 흔적이라도 있어야 할 터이었다. 마지막 남은 무고한 어린 소녀는 아마도 살려야 하지 않았을까?

경찰서에서는 마을의 읍사무소, 그리고 면사무소까지 탐문하고 기록을 살펴보라고 알려줬다. 아저씨는 그곳 사무실들에서도 기록을 찾을 수 없었다. 전쟁으로 기록들이 많이 파손되었고 빨치산이라는 단어를 되뇌는 그것조차도 아직 금기시되는 분위기였다. 질문을 던지는 아저씨에게도 의심의 눈으로 바라보는 분위기를 알아차리는 것을 어렵지 않게 느끼게 되었다. 그 마을에서 빨치산에 대한 어떠한 흔적도 지우고 싶다는 무거운 분위기를 읽을 수 있었다.

마을의 유지들을 찾아 탐문을 해 보았다. 사라진 누나의 흔적이 있을지도 모른다는 막연한 기대와 함께. 누나가 마을의 실력자에게 끌려갔다면, 아마도 죽이지는 않았을 것 같았다. 누가 누나의 정조를 짓밟았을 가능성에 아저씨는 그동안 몸서리치고 있었다. 가능성은 죽음을 의미하는 것처럼 생각되었다. 누나는 개죽음 같은 삶을 사느니 차라리 자결했으리라고 확신했다. 그들은 뜻하지 않은 전쟁의 전리품을 그것도 빨치산이라는 젊고 싱그러운 북한의 처자를 그냥 곱게 놔주지 않았으리라는 것을 아저씨는 충분히 생각할 수 있었다.

누나는 활달한 성격으로 웬만한 청년들을 압도할 카리스마 같은 힘이 있었다. 시원시원한 이목구비에 활발한 행실은 그야말로 이북 여자다운 씩씩함이 있었다. 그런 누나가 개죽음 같은 상황에 순응할 것 같지 않았다. 만약에 누나가 자결로 자신의 더럽힌 순결을 지켰다면, 이 또한 이 마을에서 은폐되었을 가능성도 있었다. 기록 같은 것은 공식적으로 인정해야만 남아 있게 되는데 그들은 이를 결코 알리고 싶지 않았을 것이었다. 마을 유지들의 힘은 공권력의 힘보다 대를 이어 항상 위에 있었다. 예상했던 대로 마을의 시장에서 공터의 할아버지, 할머니들로부터 누나의 흔적을 수소문하여도 대답은 모른다는 것뿐이었다. 그 마을의 식당, 가게, 방앗간, 푸줏간, 술집, 여관 등 여러 곳을 닥치는 대로 찾아가 물어도 답변은 모른다거나 너무 오래된 일이라 기억이 없다는 것이었다. 누나는 그렇게 사라져 버린 것이다. 어찌 그럴 수가 있을까 도저히 받아들이기 어려웠다. 아저씨는 마을 사람들 모두가 공범인 것 같다고 생각했다.

경찰서와 읍, 면사무소에서 기록을 다시 조회해 보기로 했다. 1951년에서 1953년까지 그 지역 혹은 인근 지역까지를 포함하여 누나와 비슷한 나이의 여자들의 사망 기록을 조회하고 싶었다. 단지 누나가 존재했었나에 대한 조회가 아닌 존재하지 아니한 것에 대한 조회가 더 진실에 부합할 것 같다는 생각에서였다. 누나와 비슷한 사람들의 죽음에 대한 기록은 전쟁통이라 제법 많이 있었으나, 누나라는 확실한 증거를 찾을 수 없었다. 사진기록 같은 것은 당연히 없었고, 연고가 있는 죽음들은 기록이 있었으나, 그렇지 않으면 성명, 나이, 주소 같은 기본기록이 없었다. 그저 상세한 기록 없음으로 나타났다.

아저씨는 처참한 심정이 되어 속으로 울며 찢어지는 가슴을 목으로 삼키며 조용히 아무도 모르게 애도하기로 했다. 누나가 살아남았을 것 같지 않아서였다. 아버지, 어머니를 잃고 자신마저 유린당한다면 그것을 순순히 운명이라고 받아들일 사람이 있을까? 이제 아저씨가 된 당시의 소년은 타의에 의해 북한 소년병으로 둔갑해 포로수용소로 보내지는 운명이 되어 살아남았다. 이것이 삶과 죽음을 갈라놓았다. 운명에 대한 복수심을 생각할 수도 없는 압도적인 상황이었다. 너무나도 큰 운명은 복수심 같은 개인적 원한의 단계를 뛰어넘는 가슴의 한으로 오래전부터 남겨져 있었다.

누나를 애도하여 보냈다면 어린 여동생은 찾을 수 있을까? 자신이 강제로 포로수용소로 보내질 때 울부짖는 자신을 향해 교도관은 누나에 대해서는 표정이 밝지 않았지만, 동생에 대해서는 어떻게든 살 방법이 강구되지 않겠느냐는 식의 귀띔을 생생히 기억하고 있었다. 그것이 아저씨의 희망의 불씨로 지금까지 남아 있었다.

아저씨는 인근 시와 군에 있는 고아원을 찾아갔다. 기록이 없었다. 설명은 누이에 대한 설명과 같았다. 단지 고아원 사람들의 말로는 당시 여동생이 열한 살 정도의 어린아이였기에 고아원으로 보내지는 대신 누군가가 입양했을 가능성도 있고 어느 집의 어린 식모나 식당 같은 곳에서 일꾼으로 데려갔을 가능성을 언급하고 있었다. 그렇다면, 여동생은 이제 이곳 지리산자락에 남아 있을 것 같지 않았다. 여동생도 악몽의 이 지방에서 아무 일도 없었던 것처럼 살아오지는 않았을 것으로 생각되었다. 아마도 타지로 옮겨졌거나 도망을 쳤을 것 같았다. 자기처럼 부산 같은 곳으로 갔거나 아니면 아주 멀리 서울 같은 곳으로 갔을 수도 있다고 추리해 보았다. 아니면 아예 외국으로 입양을? 그러나 그 가능성은 작아 보였다. 외국으로 입양되기에는 여동생은 이미 열한 살로 나이가 많은 편이었다. 아저씨는 그래도 나중에 서울이나 다른 외국 입양기관들을 방문할 생각을 하였다. 할 수 있는 최선을 다해야 한다고 결심하고 있었다.

아주 작은 실낱같은 희망으로 그 마을을 찾아 나섰던 것의 결과는 없었지만, 아저씨는 그래도 답답한 마음 한구석에서 다시금 새로운 희망을 만들어 가고 있었다. 그 마을에 대한 미련을 접자고. 다시는 그 마을을 찾지 않을 것이라고. 상징적이라도 그곳에서 죽임을 당한 아버지와 어머니의 가묘라도 만들어 성묘하고도 싶지 않은 땅이라고 되뇌었다. 아저씨는 오랫동안 살아남기 위해 의식적으로 잊으려 했던 부모님에 대한 그리움이 북받쳐 오르는 자신의 모습을 그대로 놔두었다.

16

　1997년 입학 후 민수와 사귀고 그를 보내는 동안 아이엠에프 구제금융 사태가 벌어져서 온 나라가 흔들릴 지경이었고, 우영은 이와 상관없이 군대로 갔다. 이제 2002년이 되었다. 사회는 다시 활기차 보였다. 그러나 사람들이 변했다. 우영은 이를 즉각적으로 느낄 수 있었다. 사람들의 생각과 움직임이 전보다 훨씬 빨라졌다는 것이 금방 느껴졌다. 우영의 입학 당시의 서울의 차가움은 아이엠에프를 거치고 군대를 다녀오는 사이 더욱 차가워졌다. 냉철한 사회가 되었던 것 같다고 느꼈다.

　우영은 제대하고 결국엔 복학을 결정했다. 아버지를 실망하게 하고 싶지 않았고 또한 학업을 그만두면 민수도 하늘에서 자신에 대해 미안한 마음을 갖게 될 것 같았다. 민수를 통해 알게 된 창국이 형의 조언도 자신의 결정에 영향을 끼쳤다. 이제 3학년으로 복학해야 하는데, 군 복무 기간 동안 장학금의 혜택이 없어지게 되었다. 아버지는 등록금 걱정을 하지 말라고 했고 실제로 우영의 은행 계좌에 송금까지 해 주셨다. 우영은 아버지의 돈이 얼마나 소중한 것인지를 잘 알고 있었으므로, 이 돈을 되돌려 드리는 대신 아르바이트해서 나중에 갚아 드리도록 해야겠다고 생각했다.

아르바이트 일은 쉬웠다. 학생은 고등학교 2학년으로 수학에 기초가 없는 평범한 남학생으로 우영은 공부의 기초를 확립해 주면 되는 것이었다. 그의 학습법은 자신이 중학교와 고등학교 때 익혔던 방법을 알려주는 것으로 일단 이 방법에 길들면 학업의 속도가 올라가는 장점이 있었다. 학생의 어머니는 우영을 전적으로 신뢰했다. 이어 대학입시를 준비하는 고등학교 3학년 학부모들이 학생들의 그룹 지도를 부탁해 왔다. 우영은 순순히 응해줬고 거기서도 비슷한 성과를 올렸다. 강남부촌의 아파트 숲 학원가에까지 그의 명성이 옮겨 가는 데는 시간이 오래 걸리지 않았다. 학원들로부터 스카우트 제의가 들어왔다. 당장 학교를 휴학하고 학원에서 강의해 달라는 것과 거액의 연봉 같은 제의도 있었다. 우영은 못을 박았다. 이미 돈은 원하는 목표액보다 더 벌었으니 학교로 돌아가겠다고 했고, 이를 즉각 실천에 옮겼다.

우영은 생각보다 쉽게 돈을 그것도 아주 빨리 벌 수 있었던 상황에 당혹했고 그의 학원가에서의 명성이 순식간에 생기는 것도 기이하게 느껴졌다. 자신이 과외수업을 통하여 학생들을 가르치는 것에 대한 재능이 있다는 것을 알게 된 것에 기뻐했으나 이를 통해 쉬운 돈벌이를 찾아냈다는 것은 위험할 뿐만 아니라 부도덕한 것이라고 결론을 내렸다. 아무리 능력주의의 사회에서 돈의 위력을 안다고 하여도 자신이 이 세계에 쉽게 발을 들일 수는 없었다. 사회 내에서 대학의 효용성, 특히 일류대에 대한 투자심리가 아무리 격렬한 생존경쟁의 구도라 하더라도 너무나 과대 포장되었다.

이 모습은 지난 몇 년 동안 아이엠에프 구제금융의 극복 과정에서 더 심화되었음을 우영은 같은 과 친구들의 경험을 통해 간접적으로 실감하고 있었던 터이었다. 서울에서 만난 그의 대학 학우들은 비싼 과외공부를 오랜 기간 반복 끝에 들어온 승리자였다. 승리를 위해 많은 희생과 대가를 치른 그들을 보면서 대학의 효용성이 그들의 기대에 의해 좌우된다고도 생각했다. 즉, 대학은 그들 어렵게 승리한 학생 고객들을 위해 적당히 타협하는 모습을 보였기 때문이다. 그들은 과거의 선배들과는 달리 학습효용의 법칙을 터득하고 무모하게 학생운동을 벌이지 않아도 살아갈 수 있게 된 것을 당연한 그들의 권리로 받아들이며 그들의 특수한 지위를 영위하고자 하는 것 같았다. 사회는 굴러가는데 이 모든 것이 돈으로 환원된다는 것이 당연시되었고 돈은 많을수록 좋았다. 이것의 효용에 대한 한계 법칙 따위는 안중에도 없었다. 거대한 입시시장에 자신이 한 발을 우연히 가벼운 마음으로 내딛게 됐다는 것의 결말은 씁쓸했다.

이런 식의 삶은 우영 자신에게 매우 낯선 것이며, 이것이 서울로 와서 학교를 다닌 목표는 아닌 것이 분명했고, 그에게 지급된 고액의 수업료와 그 과정에서 발생하는 가치가 과장되었고 우영의 대학 친구들의 모습에서 보듯 실망스러운 일이었다. 그 친구들은 한결같이 공부하기를 싫어했다. 그러나 해야 했고, 해냈기에 승리자가 되었다. 그러나 그게 끝이 아니었다. 아마도 과거보다 더 어려운 경쟁에 내몰릴 것이다. 그 안에서 내가 살아간다는 것의 의미는 없다고 우영은 생각했다.

우영이 서울로 와서 느껴왔던 지루함과 권태감은 이제 더욱더 심화되었다. 이러한 식으로 살기 싫었다. 아버지가 이런 식으로 쉬운 돈을 서울에서 번 것에 대해 별로 좋게 생각하시지는 않으리라는 것을 알았다. 결국 우영은 번 돈을 모두 보육원에 익명으로 보냈다. 대학 등록금은 원래 아버지가 보내신 돈으로 냈다. 이것이 아버지의 노동에 대한 존경의 표시처럼 생각했다. 마음이 편해졌다. 우영은 수학의 순수함을 추구했던 자신의 고교 시절의 생각이 떠올랐다.

우영이 민수와의 만남에서 자기 삶의 지루함과 권태에 대해 소주잔을 기울이며 상의한 적이 있었다. 민수는 말했다. "우영아, 인생을 너무 무겁게 볼 필요는 없어. 나처럼 그냥 좋아하는 것을 해 봐."

"나는 수학이 좋았고 그것이 진리라고 생각했는데, 너를 만나고 그 외의 세계도 알게 되는 것 같아. 그런데 그게 무언지 아직 잘 모르겠어."

"나와 같이 그림을 그리는 것 어때?"

"그럴까? 그전에 먼저 미술에 대한 지식을 쌓는 것이 필요할지도 모르겠네. 아무리 취미라도 애들 같은 수준의 그림을 그릴 수는 없잖아?"

"응, 우영아 이 얘기는 반은 맞고 반은 틀려. 아무튼, 이제부터 내 화가 선배들을 소개해 줄게. 네가 그림을 안 그려도 좋아. 그 형들의 얘기를 들으면서 네 생각을 키우면서 자연스럽게 해도 돼. 나처럼 그림에 미치지 않고도."

제대 후 혼자가 된 우영은 민수가 이제 더 이상 존재하지 않는다는 것 때문에 가슴이 쓰리도록 그가 보고팠다. 우영은 창국이 형에게 연락했다. 창국이 형이 말했다. "민수를 내가 처음 만났던 것은 민수가 고등학교 2학년 때였어. 그해 봄에 내가 인사동에서 개인 전시회를 했는데, 민수가 내 작품들을 보고 내게 연락해 왔지. 만나고 싶다고. 그래서 알게 된 거야. 민수가 나에게 묻더군. 어떻게 하면 한 폭의 작은 캔버스에 나의 그림과 같은 강렬한 표현이 가능한 작품을 담아낼 수 있을지 가르쳐 달라고 하더군. 자기는 그런 그림을 못 그린다고. 그래서 내가 그럼 네가 그린 그림을 갖고 내 작업실로 찾아오라 했지. 며칠 후 민수가 실제로 마포에 있는 내 작업실로 찾아왔어. 그림 몇 점을 짊어지고서 말이지. 그때 처음 내가 속으로 이 친구 대단한 열의를 가졌네 하고 생각했지. 민수의 그림은 한마디로 밝은색들로 가득한 정직한 작품들이라는 것. 그러나 그 바탕에는 묘한 슬픔 같은 이질감이 깔려있어서 나름의 독특한 세계를 보여 주는 것 같았어. 정직하면 슬픔이 잘 드러나는 것인지도 모르겠지만."

"나는 민수에게 내 인상을 그대로 말해 주었지. 그러면서 미술의 강함, 강렬한 열정 혹은 숭고와 같은 비장의 아름다움 같은 것은 현대미술에서 이미 예술로서 충족될 요소는 반드시 아니라고 말해 주었지. 민수는 자기도 미술이론과 미학에 관한 책을 스스로 읽으면서 머리로는 이해하고 있었다고 얘기하더군. 자기의 문제는 그림이 너무 가벼워서 불만이라는 것이야. 내 그림들을 보며 충격을 받았다고 하면서 힘이 있는 그림, 즉 이상한 카리스마가 느껴지는 그림에 매혹을 느낀다고 말하더군. 나로서는 카리스마 같은 표현이 미술작품에도 가능한 것인지는 모르지만 듣고 나니 기분이 좀 좋아지더군. 민수는 그만큼 감수성이 예민했던 것이야. 나는 민수의 그림의 밝음과 슬픔 그리고 내 그림의 강함 그리고 열정적 표현은 사실 서로 반드시 대비되는 것은 아니라고 말하기 시작했지."

우영은 기다리지 않고 물었다. "그것은 왜 그런가요? 선뜻 이해가 안 되네요."

"민수도 그때 같은 반응이었어. 내가 말했지. 화가는 두 가지 종류의 경험으로 그림을 그린다고. 첫 번째로는, 1차적인 경험으로 그린다. 이것은 몸으로 그린다고도 말할 수 있겠지. 즉, 화가의 일생에서 직접 경험한 것, 즉, 몸으로 부딪치면서 살아가는 과정에서의 경험이 작품에 녹아들어갈 수밖에 없다는 것. 두 번째로는 2차적인 경험의 축적으로 그리는 것. 이것은 머리로 그리는 것이지. 화가의 생각으로 그린다는 것인데, 이에는 영향을 받은 미술이론, 세상의 분위기, 화가가 꿈꾸는 환상의 세계 등등의 모든 것들이 들어 있다는 것이지. 이 두 가지로 그린다고 말해 주었는데, 민수의 작품은 아직은 이 2차 경험의 차원에서 그린 것 같다고 말해 주었지. 그런데 민수의 그림이 대학에 들어가면서 바뀌기 시작하더군. 나는 민수의 1차 경험의 몫이 점점 더 커지고 있다고 믿게 되었어. 밝은 그림에서 어두움으로, 슬픈 행복에서 분노의 이글거림이 나타나기 시작하더군. 나는 민수가 죽기까지 자기가 그렇게 그림을 그려내기 힘든 상황인 줄은 잘 몰랐지. 지금도 내가 민수의 고민과 고통을 이해하지 못했었다는 것에 스스로 미안하게 생각하는데, 사실은 미안함보다는 형으로, 선배로서 내가 그를 충분히 돕지 못했다는 것에 자책하게 돼."

"창국이 형, 저도 같은 마음이에요. 민수가 죽고 저는 군대로 도피를 하는 것으로 속죄 같은 것을 했다고 느꼈어요. 친구로서 민수에게 많이 받기만 하고 정작 민수가 가장 어려움에 처했을 때 제가 너무나 도와준 것이 없다는 것..."

"우영아, 민수가 살아서 남아 있었다면, 나는 민수의 선배라기보다는 예술의 동반자로서 서로를 채찍질하는 사이가 돼 있을 것 같아. 민수의 열정은 모든 것을 빨아들이는 힘이 있었어. 나의 작품을 대하는 그의 감수성은 탁월했지. 민수는 어쩌면 그림을 도를 닦는 마음으로 그렸는지도 몰라. 왜냐하면 그림은 그의 아버지로부터의 탈출구이기도 했고, 또한 분노와 저항의 표현 수단일 수도 있었지만, 궁극적으로는 민수는 완성을 향해 나아가는 구도자의 모습이 더 강했던 것 같아. 물론 민수는 아직도 어린 나이이므로 배우는 자세였었다고 할 수도 있겠으나, 나의 경험에서 보면 그림을 학구적으로 나아가 도를 닦듯이 가는 친구를 만나기가 쉽지 않아. 처음에 열정을 보이다가 사그라지는 경우는 많은 전문 화가들에게서도 보이고, 이를 은폐하기 위해 불필요하게 어렵게 그리거나 요즘 포스트모던식의 쉬운, 출세 지향적인 작품을 만들곤 하지. 아마도 민수는 그걸 경계하지 않았을까 싶어. 민수는 한번은 나에게 찾아와 '형, 제가 아버지를 위해 법 공부를 하고 미술은 취미로 할 수 있을까요? 취미로서의 그림은 아버지가 허락할지도 몰라요. 그것도 법관이 된 이후의 상황이겠지만. 저는 이게 싫어요. 형, 형이 화가니까 제게 말 좀 해주세요.'라고 말하더군. 민수가 죽기 몇 달 전의 일이었어. 그때 나는 민수의 상태가 그렇게까지 나쁘다고 느끼지 못했기에 이런 식으로 말해 주었지. 이미 학부는 법대로 왔으니 그대로 하고, 고시에 패스하고 그 이후 학사편입을 하던, 야간대학이나 대학원을 다니며 미술 공부를 할 수도 있다는 식으로 현실론으로 조언했었어. 이게 민수에게 별로 도움이 되지 못했던 것 같아."

우영이 말을 받았다. "형, 형이 추구하는 그림은 어떤 경험에 바탕을 둔 것인가요? 제가 이 질문을 드리는 이유는 혹시 민수의 죽음과 연관이 있을지도 모른다는 생각이 들어서요."

"죽음과 연관이 있다?"

"네, 민수는 저에게 많은 얘기를 해주었어요. 미술, 사회, 철학 등의 관심사 외에도 그의 가족에 관한 얘기도 종종 들려줬는데, 처음에는 제가 민수가 굉장한 가문의 아들로 공부 잘하는 엘리트, 수재형 인물로만 생각했는데, 민수는 자기 가족을 경멸하고 있었어요. 민수의 할아버지, 아버지 그리고 친척들이 법으로 성공한 집안이라는 것인데 그의 가족이 대를 이어가며 권력가 집안이 되었다는 것을 혐오하고 있었어요. 일제에 협조한 법조인으로서의 할아버지, 독재자의 참모로서의 아버지 그리고 역시 같은 법조인 집안 출신의 그의 어머니 그리고 형제들. 모두 법으로 성공한 집안이었다는 사실에 민수는 숨이 막힌다고 저에게 여러 차례 고백하면서 괴로워했어요. 민수는 제가 시골 출신의 그것도 이름 없는 강원도 시골의 들어보지도 못한 학교 출신의 수학과 학생이라는 것을 좋아했었지요. 더군다나 처음 알게 된 이후 저와 대화하면서 같이 술을 마시면서 자신과 동질적인 것이 보이니까 한동안은 저에게 매달리기도 했어요. 저는 저대로 민수에게서 새로운 것을 많이 배우면서 서로 친구 이상의 존경심 같은 것이 생겨나기도 했었죠."

"민수가 초등학교 5학년쯤인가 민수네 집으로 어떤 아저씨가 찾아와서 민수 아버지 때문에 그의 집안이 풍비박산이 났다며, 난리를 피운 일이 있었고, 이런 비슷한 일들이 민수가 고등학교를 졸업할 때까지 빈번히 일어났다고 말했어요. 민수 집안에서는 전혀 무반응으로 일관했는데, 민수는 아마도 마음에 많이 걸렸었나 봐요. 민수가 고3 때 어느 날 찾아온 어느 중년의 아저씨를 만나서 얘기를 들었는데, 그 아저씨는 작은 회사를 운영 중이었는데 대기업의 횡포에 견디다 못해 소송을 내게 되어 1심과 2심에서 승소하게 되었는데, 해당 대기업은 민수 아버지를 변호인으로 선임하여 3심에서 판결을 뒤집는 결과가 되었다는 것인데, 승소의 내용은 작은 회사가 오히려 대기업에 막대한 배상금을 내는 것으로 귀결되어 결국 그 작은 회사는 망하게 되었다는 것이었지요. 민수는 이를 그대로 믿을 수 없었고 결국은 법원의 소송기록을 다 찾아봤다고 하고 신문에 보도된 내용도 다 봤다고 했어요. 민수의 판단으로는 그의 아버지가 판결을 뒤집는 데에 결정적인 역할을 한 것이었고, 민수는 이 판결에 대해 아버지에게 물었다고 했어요. '아버지, 어떻게 이 판결이 뒤집히게 됐느냐고.' 아버지는 민수에게 '이 아버지가 최선을 다한 결과야. 재판은 판결로 종결이 되는 것이야.'라고 대답했답니다. 민수는 이것은 답변이 될 수 없다며 아버지에게 항의했고, 아버지는 더 이상의 말이 필요 없다며 민수의 말을 막았다고 합니다. 민수는 급기야 '그러면, 저는 아버지가 원하는 법률가의 길을 포기하고 제가 좋아하는 화가의 길을 가겠다.'라고 선언해 버립니다. 그로부터 아버지와 민수의 대결 아닌 대결이 심화되었다고 했어요."

"제가 민수의 죽음과 경험의 종류의 연관성을 언급하는 것은 민수가 평소 얘기하는 그의 예술관과 연관이 있을지도 몰라서인데, 민수는 자신이 혹시 그림을 잘못 그리고 있는 것은 아닌지에 대한 회의감에 차 있었어요. 이런 표현이 가능한지는 모르지만, 민수는 자신이 나름대로 양심 있는 그림을 그려야 한다는 강박감도 있었을지 모른다는 것. 민수는 저에게, '우영아, 나는 내 그림을 그리고 있지만, 사람들이 전혀 이해하지 못하는 그림을 그리고 있을까 하는 두려움이 있어.'라고 말하곤 했어요. 그러면서 창국이 형의 그림에 대해 말해 주었어요. 형의 그림은 제가 보기에 형이 말한 두 가지 종류의 경험 중에 첫 번째 것인 직접 경험에 의한 몸 그림에 가까운 것 같고 이는 민수도 동의하고 있었고 또 고민의 포인트가 되었던 지점이었던 것 같았어요."

"그런데 우영아, 내 그림은 사실은 1차 경험에 의한 몸 그림이 아니야.

너도 알다시피 내 그림은 1980년대 민중을 주제로 한 민중화 같은 느낌이 나는데 사실은 나는 정통 민중화가가 아니야. 내가 당시를 직접 경험하지 못했었기 때문이야. 1980년대의 민중의 시대에는 나는 어린 학생에 불과했어. 단지 내 그림은 그러한 시대를 배경으로 성장한 작가로서 간접적인 경험과 영향에 의한 그림의 방향으로 나아갔을 뿐이야. 나의 직접적인 경험은 나도 너처럼 시골 출신으로 가난을 뚫고 내 의지를 펼친 것에 근거할 뿐이야. 전라도 외딴 섬마을의 가난한 농부 집안의 8남매 중 중간인 다섯 번째 자식으로 나 하나쯤 화가로 다른 형제들과는 좀 다른 길을 걸어가게 돼도 크게 문제가 되지 않는 분위기에서 성장했던 것이지. 내가 화가가 된다는 것은 예상 밖의 일이었지만, 집안에서의 반응은 알아서 집안에 누가 되지 않게 네 한 몸 잘 지키며 살기를 바란다는 식이었어. 부모님이 자식들이 많았던 덕을 본 셈이었지. 내가 자식들 중 중간에 껴서, 위의 첫째, 둘째 형님들 그리고 큰누이들이 집안을 지켜주며 성장할 수 있었지."

"민수네와는 아주 딴판이었지. 시골 농촌 마을의 가난한 농부의 8남매의 자식으로 태어난 것이 그렇게 불행했던 것은 아니었던 셈이지. 어렸을 때부터 우리의 삶의 목표는 하루하루 굶지 않고 그야말로 먹고사는 것이었으니까, 학교에 가고 출세하여 부모님을 모시는 것은 큰 희망 사항이 되었지. 자식들이 많으면 그중에서 무어라도 된 자식들도 있을지도 모르지만, 내가 불쑥 화가가 되겠다는 말을 아버지에게 꺼냈을 때 아버지는 실망보다는 이제 내가 시골 고향을 떠나 독립하겠다는 신호로 받아들이셨지. 가난한 살림 형편에 대학교 갈 돈이 충분하지 못한 것을 아는 나로서는 대학을 될 수 있으면 서울로 가고 싶었어. 서울로 가야 그나마 기회가 있을 터이니까. 시골에서 고등학교 3학년 때는 정말 그림을 열심히 그렸어. 서울에 있는 학교에 가기 위하여. 일단 합격만 되면 그 후 등록금이며 생활비는 내 몸뚱이로 노동하는 한이 있더라도 감당하겠다는 각오가 있었지. 부모님이 어렵게 마련해 주신 첫 학기 등록금이 너무나 소중했었어. 그 이후 부모님에게 지금까지 손을 벌려본 적이 없었어. 닥치는 대로 노동으로 번 돈으로 학교를 다녔고, 내 전공인 미술을 학생들에게 가르치는 아르바이트 일은 오히려 사치스러운 일이었지."

"그런데 이런 식의 대학교 때의 경험이 아주 나쁜 것만은 아니더라고. 학교생활의 낭만, 친구와 사귀고, 연애하고 하는 것 따위는 나에게는 아주 가능하지도 않을 정도로 학교 공부하고 살기에 바빴지. 현실의 생활에 부딪히며 차차 내 그림 세계를 정립할 수 있었던 기회가 된 것이었지. 나만의 그림을 그릴 수 있는 발판이었다고나 할까? 즉, 내 시골에서의 성장 과정과 서울에서의 경제적인 어려움은 그 시대적 메시지로 나에게 다가왔어. 따라서 80년대의 민중화 같은 독특한 장르도 나에게는 이질감, 거부감 같은 것이 없었어. 민중화 같은 그림은 화단에서 마이너리티 중의 마이너리티 분야였어. 내가 그림을 그리고자 했을 때 민중화는 나에게 어떤 것으로 다가올까 생각하고 있었는데 그냥 자연스럽게 오고 있더라고. 아마도 나의 어린 시절의 잠재의식 속에서 이러한 태도가 스며들어 있었을지도 모르지. 아무튼 민중화는 나에게 영감을 주었고 나는 이를 재해석하여 지금껏 그리고 있는 것이야."

"형의 그림이 몸으로 그린 것이라든가, 직접 경험에 의한 영향이 크다든가 하는 것은 이해가 되는데, 민수가 자기의 그림에 대한 회의감에 차 있기도 한 것은 어떻게 해석해야 하는지, 또 형에게 자기 작품을 보여 주며 평을 해달라는 것은 어떤 심리 기제의 발동으로 보이나요?"

"글쎄, 민수는 가족, 특히 아버지의 엄격한 반대에 대항해 몰래 그림을 그려왔잖아. 그게 감수성이 예민한 자신에게 엄청난 스트레스, 아마 스트레스 이상으로 항상 가슴을 짓눌러 왔을 것 같아. 나의 소신이, 나의 길이 맞는 것인가 하는 질문 그리고 연관해서 나의 그림은 그릴만 한 가치를 대변하고 있는가에 대한 끝없는 회의 같은 것이 있었던 것 같아. 민수는 자기의 그림과 딴판의 그림을 그리는 나의 작품을 보고 바로 내게 직접 물어보고 싶어졌던 거지. '내 그림은 보시다시피 당신의 것과는 아주 다른데, 이 다른 그림은 그림으로 성립이 되는지 묻고 싶습니다.'라고. 당시 민수는 고등학생의 신분이었기에 이러한 질문은 충분히 생각해 볼 수 있었는데, 나는 그때 민수에게 '너무 자신의 그림에 대해 자의식을 갖지 마라. 네 그림은 아주 좋아.'라고 말해 주며 몇 가지 기술적인 조언 같은 것을 덧붙여 주었었지. 그때 민수가 집안의 반대, 그 반대도 일반적인 것이 아닌 아주 심한 인격모독을 받고 대학의 진로를 강요받고 있는 줄은 몰랐지. 민수가 대학에 들어오고 나에게 또 연락이 와서 만났을 때, 그가 미대생이 아닌 법대생이 되어있어서 놀랐었고, 그때 서야 내가 비로소 민수의 처지를 알게 됐던 거야. 결론적으로 선배로서 내가 민수를 충분히 보호해 주지 못했던 자책감은 여전히 남아 있지. 그의 미술 꽃이 피기도 전에 꽃이 잘려버린 꼴이 됐으니, 참으로 힘들었을 거야."
"네, 저도 가슴 한편이 허전하고 민수를 생각할 때마다 죄의식의 상흔이 남아 있어요. 이 죄의식을 잊으려 군대를 자원하게 되었는데, 이제 제대 후 복학하는 과정에서 다시금 민수가 제 곁에 없다는 것이 제 삶의 공허함을 더해 주는 것 같아요. 저도 형처럼 시골 출신이지만 애당초 저는 서울로 진학할 마음이 없었는데, 결국은 오게 됐지만, 서울살이가 지루하고, 권태감이 나서 학교를 그만둘까 하다가 아버지 생각에 참고 학업을 계속하기로 다시 결심했어요. 그러면서 학비를 위해 아르바이트를 했는데, 제가 생각한 것보다 엄청 많은 돈을 그것도 단기간에 벌 수 있는 것에 당황했고, 이런 식의 돈벌이에 거부감이 심하게 들면서, 한편 이러한 저의 태도가 정상인지 비정상인지 혼란에 빠지게 되더라고요. 그래서 형에게 찾아오게 된 것에요."

"우영아, 나도 아르바이트를 엄청 많이 해 봐서 네가 당황하는 것 충분히 이해해. 돈이라는 것은 현실이지만 네가 돈에 대한 생각이 확실한 것 같아 너에게 믿음직한 마음도 들어. 남들은 너를 현실을 모른다, 너무 순진하다, 바보 같다고 말할 거야. 그런데 나는 너의 생각과 같아. 자본주의사회에서 시장 논리로만 생각하면 너는 아무 문제가 없지. 그러나 네가 돈을 버는 것에 눈을 뜨는 것보다 이 시점에서는 대학 생활의 후반기를 맞이하면서 무엇을 할 것인가를 생각해 볼 시점인 것 같다. 내 경우는 학교생활 내내 경제적인 문제에 시달려서 공부다운 공부, 그림다운 그림을 못 그렸어. 그저 졸업 후 직장을 잡고 자립하는 것에 매달렸지. 다른 많은 학생처럼. 단지 미술 전공자로서의 핸디캡을 항상 의식하며 심리적으로 위축이 됐었기도 하고. 졸업 후 뭘 먹고 살까 하는 걱정이 내 전공, 내 예술보다 더 원초적인 문제였으니까. 그런데, 이제 뒤돌아보니, 그때 그렇게까지 힘든 생각이 필요했을까 하는 느낌도 있어. 실제로 대학 생활은 마지막 2년 정도가 가장 중요한데, 이 중요한 시기를 돈, 즉 졸업 후 먹고 사는 문제에 직면하는 것이야. 아주 잘못된 구조이지. 다른 나라처럼 대학생을 덜 뽑고 제대로 공부를 시키는 것 그리고 그들을 걱정 없이 사회에 내보내는 것이 바람직하지. 우리는 자본주의면 뭐든지 자유인 것으로 착각하고 있어. 우영아, 이제부터 진짜 공부를 해봐라. 전공은 그렇다 치고, 그 외에 공부할 것이 많아. 민수와 같이 어울리며 새로운 경험을 한 것처럼, 공부를 해봐라."

"어떤 공부를... 해야 하는지."

"네가 삶이 지루하다는 것은 사실 사는 것이 지루하다는 것이 아니라 삶의 양태가 지루하다는 것으로 보여. 삶 자체는 변하지 않아. 보여지는 삶의 양태는 계속 변하고, 새로운 것처럼 보여도 기실 변한 게 없다는 것은 시대에 대한 강한 불만 혹은 소극적인 항의같이 보이기도 해. 너는 남들과 같이 평범한 삶을 살기 싫다는 강한 욕망이 있는지도 몰라. 네가 얘기했듯, 과도한 돈벌이가 당연하게 보이는 것은 삶의 지루함이야. 자본주의가 이타주의의 반대말이라고 발설하는 것 자체가 아무 의미가 없어. 반대말조차도 없기 때문이지. 마치 자본주의가 인간의 본성 추구의 결과물인 것처럼 착각하고 있는 것이지. 내가 너에게 공부하라는 것은 민수가 없는 현실에서 너 스스로 일어서서 나아가라는 뜻이야. 그 길 중의 하나는 책을 읽고 사색하라는 것이지. 물론 가끔 나도 만나고 다른 좋은 친구들도 만나면서 좋은 경험을 하면서. 앞으로 남은 2년 동안 취직시험 공부만 하면서 지샐 수는 없잖아?"

"형, 형 말이 맞는 것 같아요. 민수를 애도하는 것은 가슴에 묻어두고, 제 방식의 삶을 위해 노력을 해야 할 것 같아요. 아, 그리고 저는 졸업 후 취직할 것 같지는 않아요."

우영은 창국이 형과 헤어진 후 마포에서 그의 자췻집까지 1시간 반이 넘는 길을 걸으며 돌아왔다. 돌아오는 길은 흐린 날씨의 회색빛에 감싸인 모습으로 보였다. 우영은 생각에 잠겼다. 창국이 형의 말의 뜻을 새겨 보기 위해서였다. 자신이 삶은 지루함이라고 정의한 것은 아마도 자신의 오랜 시간 동안 수학적 사고방식에 대한 믿음과 현실로 나타나는 삶의 여러 양태와의 괴리를 보여 주고 있는지도 모른다고 느꼈다. 우영은 수학의 공식을 자신의 기억 속에 넣었다기보다는 그 공식들로부터 어떠한 형식과 질서를 터득하게 되었다고 믿게 되었으며, 수학적 논리는 정확해야 했으며 수학적 과제의 도전적인 모습은 일반 이성과 같은 것이라고 믿었다. 즉, 공익성의 추구를 위한 순수논리여야 했다.

그런데 자신이 대학으로 오면서 민수와 창국이 형을 통해 예술, 보다 구체적으로는 미술을 통해 또 다른 세계가 있다는 것을 알게 되었다. 그들을 알기 전까지 우영은 단지 미술은 부정확한 이미지일 뿐이라고 생각 했었다. 그런데 그들은 그들의 예술에 대해 목숨을 바칠 정도로 열정을 보였다. 그들의 열정이 우영의 논리적 사고를 압도하고 있었다. 무엇보다도 그들의 예술은 그들 삶의 치유책인 것으로 보였다. 특히 민수가 그랬다. 삶을 정형화되지 않은 카오스 같은 것으로 보았다. 수학은 현실 세계의 문제와 동떨어져 있었다.

삶의 다양성은 결국은 수학적 진리의 순수함을 대변하거나 왜곡하거나 하는 것 이상이 아니라고 느꼈다. 그런데 그 왜곡의 정도가 점점 더 심해지며 이를 변화라고 하였고, 이것이 강할수록 사람들은 이를 진보와 발전이라고 믿고 있는 것이었다. 아무리 이론과 실제가 달라도 실제에서의 왜곡이 너무 심해서 이론을 압도하고 있는 것처럼 보였다. 이 왜곡이 그가 서울로 와서 살게 되면서 목도하고 있는 현실로 그것들을 볼 때마다 처음에는 이상한 현상이라고 여기게 되다가 이것들이 일상이 되며 순수의 세계로 돌아갈 수 없는 어떤 임계점에 도달했다고 자각했을 때 그의 삶의 지루함은 고조될 수밖에 없었다. 왜, 인간들은 수학적 진리처럼 순수한 삶을 영유하지 못할까 하는 그의 의문 앞에 나타난 것은 예술이었다.

민수와 창국이 형은 삶을 구불구불한 다차원의 공간으로 보고 있었고, 공간은 그들에게 엄청난, 무한한 가능성이었다. 창조적인 열정으로 그 공간을 채우는 작업은 수학을 압도하고 있었다. 수학을 이미지의 조합으로 이해하는 사람이 있는지는 모르지만, 예술가들이 만들어 내는 시각적 이미지는 전혀 현실에 대한, 진실에 대한 착각이나 왜곡이 아니라는 것을 우영은 알게 되었다. 오히려 그들로부터 자신들의 작품에 대한 의도와 해석을 들으며 우영은 자신의 좁은 자기중심적인 사고의 틀에서 벗어나는 계기를 만들 수 있었다.

17

   정인이 새로 이사 온 방은 낙후된 지역의 구불구불 복잡한 골목길의 막다른 곳에 있는 허름한 슬래브집이었다. 그녀는 화가 나 있는 사람처럼 되었고 방에 혼자 멍하니 앉아 한참을 있다가 울음을 터트리며 또 한참을 있다가 잠에 빠지기를 몇날 며칠을 반복하기 일쑤였다.

   정인은 괴로워서 견딜 수가 없게 되었다. 불면의 시간이 계속되었다. 밤에 잠을 잘 수 없었고 조금 자다가도 가위눌리듯 소리를 내기도 했다. 잠을 자기 위해서는 술이 필요했다. 술은 달콤한 악마처럼 그녀의 삶의 동반자가 되었다. 삶은 피폐해져 갔다. 그녀의 평소 미소는 사라지고, 이지적인 모습은 날카로운 감정적 여인으로 변했으며, 그녀의 건강한 몸매는 야위어 갔다. 무심코 거울을 보다 자신의 튀어나온 광대뼈를 보고 스스로 놀라 소리를 칠뻔했다.

스스로 자신이 그동안 헛살아왔다고 결론지었다. 초등학교 때부터 대학교까지 자신은 항상 우수한 학생이었고 누구보다 총명하고 건강한 마음의 소유자였다고 자부했었다. 그런데 이런 것들이 필연코 자신에게 현실의 냉혹함을 모르고 천진난만한 어린 여대생으로 살아가게 했었다. 남자 선배에게 육체적 폭력을 통해 순식간에 정신이 망가지게 되며 마침내 자신의 무지와 냉혹한 환경은 자신의 탓이 되었다.

애초에 그날 저녁 술좌석에 가서 술을 먹고 정신을 잃어 자기 몸을 방어할 수도 없는 상황을 만들어야 하지 말았어야 했으며, 애초에 몇 푼의 돈 때문에 겨울방학 내내 번역일을 하며 몸을 망치지 않았어야 했으며, 애초에 아버지는 허약한 체질에 아프시지 않았어야 했으며, 애초에 아이엠에프라는 괴물에게 바치는 채무이행의 사태로 아버지 같은 영세 인쇄업자들의 연쇄도산 같은 위기가 없었어야 했으며, 애초에 병약한 어머니를 두게 된 것도 잘못이었으며, 애초에 고아 출신 부모님을 만난 것도 잘못이었으며, 애초에 한국전쟁으로 많은 사람이 죽고 고아가 양산되었던 것 자체가 잘못이었다. 그리고 물론 학교 입학 후 〈철학회〉라는 거창한 이름의 동아리에 몸을 담아 상배라는 인간을 만날 수밖에 없는 상황이 된 것도 자신의 잘못이었다.
자신은 분명히 피해자임에도 그것을 어느 누구에게도 말을 못 하고 지내야 하는 현실. 누군가 불행은 한꺼번에 아무런 경고도 없이 찾아온다는 말을 스쳐서 들었고 나하고는 상관이 없다던 자신의 태도를 혐오하기 시작했다. 이제 남은 돈도 없어져 가지만 정인은 술이 없으면 한순간도 고통에서 잠시라도 헤어 나올 수 없다는 것을 알게 되었다. 그렇게, 그렇게 하루, 하루가 지나갔다.

정인은 서울 한복판의 거리를 걷고 있었다. 밤은 아직도 봄날의 향기를 묻히고 있는 것처럼 보였으나 모든 주위의 모습은 뿌옇게 보였다. 그녀의 눈은 초점을 잃어서 수많은 사람들 사이에서 멍한 시선으로 걷고 있었다. 현기증이 나며 몸은 덥게 그리고 차게 반복적으로 느껴졌다. 토할 것 같다는 충동을 가까스로 참으며 번화한 거리의 모퉁이에 엉거주춤한 상태로 반쯤 앉았다. 나는 왜 이 순간 이 자리에 와 있는지 몰랐다. 나는 이제 무엇을 할 것인가, 무엇을 할 수 있을까 알 수가 없었다. 어떤 뜻도 없다는 허무함과 분노가 동시에 치밀어 오르는 것을 스스로 제어할수 없었다.

생각을 잊어야 한다고 생각했다. 정인은 천천히 일어나 한참을 걸어갔다. 서울의 가장 번화한 거리에서 혼자만이 남았다는 사실을 확인하는 것은 잔인했다. 인생이 잔인했다. 혼자라는 것. 외롭다는 것. 그냥 이런 상태에서 아무도 모르게 이 세상에서 없어지고 싶었다. 가장 좋은 방법은 자신도 알아차리지 못하는 사이 이 세상의 작은 존재에서 사라지는 것이었다. 마치 작은 흰 종잇조각에 불을 붙여 태워 순식간에 재로 남겨지는 것처럼 이 세상에서 없어진다는 것을 의식하게 되었다. 그러나 지금 당장은 머리가 돌아버리도록 아프고, 현기증이 났다.

정인은 충동적으로 큰 건물 속으로 들어갔다. 당장 술을 먹어야 한다고 그래서 이 고통을 잊고 싶었다. 술집을 찾아야 했다. 아무 술집이든 상관이 없었다. 독한 술을 마시고 이 삶의 고통에서 벗어나고 싶었다. 그리고 영원히 이 고통에서 돌아오지 않는 길로 찾아가고 싶었다. 비틀거리며 들어간 곳은 와인과 위스키를 파는 곳 같았다. 카운터에 앉아 술을 시켰다. 정인은 술을 연거푸 몇 잔을 마시고 정신을 잃었다.

정인은 상배의 환송식 날 밤처럼 취하고 싶었다. 혼자 카운터에 앉아 술을 마시다 죽어가고 싶었다. 독한 위스키, 그다음에는 와인을 마셨다, 그다음에는 야릇한 향내가 나는 칵테일을 마셨다. 죽음의 칵테일처럼 독주를 마시고 죽는다는 생각뿐이었다. 지난 몇 개월 사이에 인생이 끝났다. 제대로 시작도 하기 전에 모든 것을 잃었다. 이것이 나의 잘못이었나 혹은 운명의 저주인가? 왜 저주인가? 내가 무엇을 잘못했단 말인가? 도저히 이해되지 않았다. 그렇다. 나는 내가 죽음으로써, 이것이 저주라면 이 저주에 복수할 것이다. 이 모든 것이 하나의 커다란 음모였다면, 이 음모를 꾸민 자들에게 죽음으로 복수하리라.

상배는 잊어야 한다고 그동안 수백, 수천 번 마음속에서 헤아렸다. 잊음과 용서는 다르지만, 정인 자신을 위해, 살기 위해 잊어야 한다고 생각했다. 그러나 그럴수록 잊을 수 없다는 것의 고문과 같은 나날들이었다. 잊기 위해 술을 마시고 이제는 죽기 위해 마지막으로 멋있게 취하며 무의식의 나락을 통하여 죽음으로 향한다.

정인이 잡고 있던 술잔이 엎어지며 테이블 바닥에서 깨지는 소리와 동시에 자신도 바닥에 쓰러졌다. 바텐더가 다급하게 정인을 부축하며 소리 쳤다. 다른 테이블의 손님들이 이상한 소리를 냈다.

18

아저씨가 지리산자락 마을에서 돌아온 그해 1968년 초겨울에 삼척에서 큰일이 났다. 120여 명의 북한 공비들이 삼척과 인근 일대를 공격한 것이다. 삼척 마을은 풍비박산이 되었다. 공비들은 마을을 습격해 사람들을 죽이고 시설물들을 파괴하기 시작했고 이에 대한 소탕 작전이 대대적으로 전개되었다. 이 작전으로 공비들은 하나하나 검거되거나, 사살되었다. 그러나 작전은 몇 달 동안 지속됐고 주민들은 공포에 떨었다.

아저씨의 불안과 공포는 극에 달했다. 북한의 공비들은 칠흑 같은 밤에 허술한 해양의 보안을 뚫고 남한 동해안의 한적하고 취약해 보이는 해안마을을 습격한 것이다. 공비들의 특유한 게릴라 수법으로 남한 후방의 엉성한 경비를 헤집고 교란작전을 펼치며 이를 막아내지 못하고 민간의 피해가 심해지는 상황을 이용하여 국지전을 감행할 것임이 틀림없었다. 아저씨는 바로 그해 1968년 초 김신조 일당의 청와대 습격 사건을 똑똑히 기억하고 있었다. 그때도 공비들을 제압하는 데 애를 먹었다는 것을 뉴스로 알게 되었지만, 자신이 사는 삼척과는 멀었기 때문에 실감이 나지는 않았었다. 하지만 지금의 사태는 바로 내가 사는 생활의 터전에서 발생한 비상사태였다.

폭력의 양상은 북한 공비에 의한 민간인들의 무차별 살상과 남한 경찰과 군대의 소탕 작전이라는 공방으로 이어지는 소규모의 전쟁이었지만, 그 여파는 주민들의 삶의 터전이 파괴되는 것으로 귀결되었다. 소탕 작전이 끝났을 즈음 대부분 주민은 일상의 삶으로 돌아갔지만, 그렇지 못한 경우도 있었다. 민간인 희생자들의 죽음과 아픔은 애도 되고, 기억되고, 북한에 대한 사무치는 원망과 적개심으로 남게 되었다. 그렇게 시간이 이어져서 살아가게 되었다.

그러나 아저씨는 일상으로 다시 돌아갈 수 없었다. 소탕 작전 동안 해안의 통제는 배 운항의 금지로 이어졌고 생계를 위협하는 지경으로까지 몰리게 되었다. 그사이 갚지 못한 배에 대한 빚은 늘어갔다. 결정적인 사태는 동업자 황 씨의 배신이었다. 황 씨는 평소에 사람 좋은 모습이었고 실제로 아저씨를 돕는 주변의 유일한 사람이었다. 그러나 황 씨의 문제는 노름이었다. 아저씨는 황 씨의 노름에 대해 모르지는 않았으나 그러려니 했다. 왜냐하면 배를 타는 사람들의 거의 유일한 여유시간의 낙이라면 노름과 술 그리고 술집 여자들이었기에, 황 씨의 노름은 뱃사람들의 놀잇거리 정도로 여겨지게 되었다.

삼척 공비 사태로 한창 바쁠 겨울철 고기잡이가 망쳐지는 동안의 공포와 지루함을 달래는 수단으로 노름은 시작되었으나 노름의 시간은 계속됐고 아저씨는 황 씨가 매일 노름하는 것을 지켜보게 되었다. 아저씨는 황 씨에게 몇 번 노름에 너무 빠지지 말라고 충고했으나, 소용이 없었다. 심지어는 밤에 집에 들어오지 않는 경우도 늘어갔다. 작은 어촌마을에서의 소문은 빠르게 번져갔다. 술집 여자에게 빠졌다는 것. 아저씨는 황 씨를 찾아 나섰다. 연락이 안 되었다. 그 술집 여자와 한밤중에 부산 쪽으로 도망갔다는 것이었다. 아저씨는 배를 살려야 한다고 생각했다. 그러나 황 씨는 이미 배를 판 상태였다. 아저씨의 서류를 조작하여 팔았다. 싼값에 처분된 뱃값을 모두 자기가 챙겼다. 아마도 이 돈으로 황 씨는 그 술집 여자와 도망가 살림을 차렸을 것이다. 아저씨는 황망했다. 그렇게 삼척에서의 지난 몇 년의 삶은 끝났다. 그것의 최후는 그저 적막함이었다. 인간에 대한 분노보다는 그 이후에 찾아오는 조용한 고독이었다. 아저씨의 눈은 슬펐고 입은 말이 없었다.

아저씨는 삼척에서 떨어져 나갔다. 삼척에서의 그동안 세월이 머릿속에서 이미지로 흘러갔다. 배로 바다에 떠서 혹한의 겨울 공기를 마시며 작업하던 광경, 밤에 불을 켜고 작업 중 바라보는 바다의 무뚝뚝한 파도 소리, 고기잡이 후 귀항하는 마을의 아스라한 모습, 잡은 고기를 손질하는 소박한 아낙네들의 모습, 그의 살림집 옆 언덕에 핀 코스모스의 향기,

그리고 바닷가에서 죽은 북한 공비들의 시체, 황 씨의 웃음과 술에 취해 투정을 부리는 혀의 놀림과 배가 안개 속에 사라지는 모습.

　이러한 모습은 다 사라진 갑자기 먼 옛일처럼 느껴졌다. 다시 또 시작해야 하는가. 무엇을 또 시작해야 하는가. 살고자 하면 삶은 그를 피해서 도망가는 것 같았다. 살아서 찾을지도 모를 동생을 만나고 죽음을 뛰어넘고자 하는 본능이 거부당하고 있는 것. 나 혼자서 이룰 수 없는 허망함인가. 살아가는 과정이 힘들고 때론 지치지 않은 것이 없더라도 희망이라는 끈 혹은 인연의 줄기로 살아야 한다면 아저씨의 지금의 모습은 헛된 것이 아닐 것이다. 그러나 이제 모든 것은 희미한 안개 속에 있는 것 같았다. 그가 그 속에서 헤매며 사는 동안 사람들은 그를 가만 놔두지 않았다. 그래도 괜찮았다고 아저씨는 늘 받아들이려 했다. 잃어버린 혈육의 마지막 흔적인 누이동생을 찾을 수만 있다면 아무래도 괜찮다고 다짐했다. 아버지와 어머니를 애도하는 것은 그냥 삶 속에 영원히 슬픔으로 남아 있으며, 죽임을 당했을 혹은 더러운 죽음을 피해서 스스로 죽음을 택했을 큰 누나의 넋을 달랠 수만 있다면, 가족의 죽음을 초래한 인간들을 용서할 수도 있으리라. 아저씨는 마음과 소통하고 싶어졌다.

　아저씨는 이제 또다시 빈털터리 신세가 되었다. 세월의 나이는 먹었지만, 그가 포로수용소에서 나와서 부산으로 흘러 들어갔었던 때와 같은 처지가 되었다. 그가 아무것도 가진 것이 없다는 것이 그에게 불편함을 주는 것은 아니었다. 가난함은 그 자체일 뿐, 노동해서 먹고 사는 데에는 문제가 없었다. 그저 다시 과거로 돌아갔다는 낭패감이 그의 온몸에 밀려왔다.

아저씨는 이제 자기는 인생의 나그네 같은 신세라고 여기게 되었다. 어느 한 곳에서 마음을 붙이고 살 수 있는 것이 허락되지 않는다고 결론을 내렸다. 그렇다면 다른 곳으로 찾아 들 수밖에 없었다. 열다섯 살 나이에 전쟁을 피해 남쪽으로 피난을 와서 지금까지 벌써 20년 가까운 세월이 흘렀다는 사실이 믿기지 않았으나, 이 좁은 땅에서 전쟁으로 그것도 동족상잔으로 가족이 죽임을 당하여 해체되고 그와 살아있을 동생은 졸지에 고아가 되는 그리고 이제는 흩어져 버린 가족의 흔적을 찾아야하는 이별의 순간이 영원할지도 모른다는 두려움이 점점 더 커지고 있었다. 이것이 객관적인 사실이 되고 있었다.

19

　술에 취해 홀의 바닥에 쓰러진 정인은 희미한 신음을 내었고 피를 흘리고 있었다. 바텐더와 다른 종업원들이 정인을 들어 올리며 부축했다. 누군가 "병원으로 가야 해!"라고 소리쳤다. 정인은 그 소리를 옅은 의식 속에 들었다. "괜찮아, 나는 죽어도 돼. 괜찮아, 괜찮아, 괜찮아."를 소리 없이 되뇌고 있었다. 술에 의한 현기증은 이상하게도 맑은 정신상태를 가져다주는 것처럼 되었다. 맑은 정신은 아마도 미련이 남지 않은 자의 착각일 수도 있었다. 그 착각의 상태는 오래가지 못했고, 정인은 완전히 의식을 잃었다.

　"이봐요, 아가씨 이제 정신이 좀 들어요?" 40대 초반으로 보이는 여자가 정인에게 말을 걸고 있었다. 정인은 천천히 눈을 떴다. 주변의 희미한 영상이 서서히 뚜렷이 들어왔다. 자신이 어느 방의 침대에 누워 있었고, 왼쪽 팔에는 링거 주사액이 달려 있었으며, 자신은 환자복 같은 하얀 옷으로 입혀져 있음을 감지했다. 그리고 주위를 둘러보니 어떤 부유해 보이는 여자가 엷은 미소를 지으며 정인을 내려다보고 있었고, 주위를 둘러보니 병원이 아닌 가정집의 모습이었다. 한눈에 봐도 어느 부잣집 안방 같은 분위기였다. 값비싼 한국 고가구와 장식품들이 방을 메우고 있었다. 정인은 물었다.

"여기는 어디예요?"

"아가씨, 여기는 내 집이야. 아가씨가 사흘 전 내 살롱에서 쓰러졌었어. 기억이 나요? 그때 우리가 아가씨를 병원으로 급히 데려가야 했어요. 아가씨 하혈이 심했지."

정인은 놀라 물었다. "하혈이라니요?"

"그러니까 병원 응급실에서 처리하고 검사를 하는 과정에서 보니까 하혈이 심한 것도 있었지만, 아가씨의 몸 상태가 너무 안 좋은 것으로 나타났어요. 몸은 심한 영양실조 상태고, 간수치는 위험 수준까지 올라가 있었는데... 그런 몸으로 하혈을 심하게 하니까 위험한 상태로 되었던 거지... 그런 몸으로 술을 먹었으니 일종의 자살행위 같은 것이었지. 하혈의 원인은 임신이었어요."

정인은 소스라치게 놀라며 외쳤다. "임신이었다고요?"

"그래요, 임신 3개월이었는데, 유산이 되면서 하혈하게 되었어요. 그래서 응급실에서 우선 유산처리를 긴급히 마치고 환자의 치료를 병행하게 되었어요. 자칫 위험할 수도 있었는데 다행인 것은 젊은 나이의 환자라 회복이 빠르게 가능하다는 얘기를 의사로부터 들었고, 앞으로 조심스럽게 섭생에 신경을 쓰고, 간장약을 복용하면서 안정을 취하면 며칠 후 퇴원이 가능하다는 것이었어요."

정인은 말을 할 수가 없었다. 임신이었다니. 상배가 나를 해치고 임신까지 시켰었다니. 분노와 수치심이 불현듯 다시 그녀의 목젖을 타고 올라오고 있었다. 그리고 지금 자신의 옆에서 내려다보고 있는 여자에게 자신이 무한히 비참하고 창피하다는 생각이 들었다. 이로 인해 감사하다는 말을 할 수도 없는 자신을 발견했다. 무엇에 감사하다는 것인가? 목숨을 살려줘서? 어차피 죽으려고 했던 자신이 아니었던가? 당혹감 속에서 자신이 자신뿐만 아니라 작은 생명도 같이 죽이려 했었다는 양심의 가책에 목이 메었다.

정인은 눈물을 흘렸다. 그녀의 눈에서 흘러내린 눈물은 그녀의 콧등을 거쳐 그녀의 귀와 입으로 계속 흘러내렸다. 그러는 정인을 여자는 그대로 내려다보고 있었다. 정인은 조용히 눈물을 흘리며 무언가 생각해야 한다고 생각했으나 그 생각이 무얼지 몰랐다. 그저 흐르는 눈물을 제어할 수 없었다. 여자는 정인이 울게 한참 동안 기다렸다. 그리고 말하기 시작했다.

"아가씨가 우리 살롱에 오던 날 밤. 나는 첫눈에 아가씨가 정상이 아닌 상태임을 알아보았어요. 그 시각에 젊은 여자가 혼자서 휘청거리며 들어와 비싼 술을 시켜 마구 들이키는 모습에 나는 걱정이 되기 시작했고 그래서 바텐더에게 지시했었어요. '저 아가씨에게 한두 잔 이상의 술을 주지 말고 보내라고.' 그런데 아가씨는 갑자기 바닥에 쓰러지는 것이에요. 그 이후는 말씀드렸듯, 응급조치를 취하고, 병원으로 간 후, 아가씨를 회복시키기 위해 지금 내 집에 있는데, 나로서 난감했던 것은 아가씨의 보호자와 연락이 안 되는 것이었어요. 아가씨가 누군지를 알기 위해 소지품을 뒤져보니, 주소지가 나와서 우리 직원을 그 주소지로 보내니 아가씨 이외 다른 가족이 없었고 또 찾아보니 아가씨의 학생증이 나와서 대학 재학생으로 파악이 됐으나, 학교로 연락하지 말아야겠다고 느꼈어요. 좋지 않은 일로 학교로 연락하는 것은 삼가야 하니까요. 더군다나 여학생이니까요. 나는 아가씨에 대해 약간의 호기심 같은 것이 생겨나기 시작했어요. 왜 젊은 여학생이 무슨 연유로 이렇게 힘든 상황이 되었는지. 이 지적인 매력이 흐르는 젊은 아가씨가 어쩌다 최소한 지난 몇 달을 아마도 자학의 고통 속에서 임신이 되었는지도 모른 채 가족으로부터 고립된 좀 이해하기 힘든 상황이 궁금해졌었죠."

정인은 울음을 멈추고 여자의 얘기를 조용히 듣고 있었다. 이윽고 말을 건넸다. "제가 너무 폐를 끼쳤습니다. 어찌 이 신세를 갚아야 할지도 모르겠습니다. 본의 아니게 제 모습을 보여 드리게 된 것도 매우 수치스럽습니다. 이왕 이렇게 된 처지에 제가 저의 현재의 모습까지 이르게 되었던 상황을 좀 말씀을 드리지 않을 수 없네요. 저를 위해 제집까지 수소문하시고 학교 관계도 생각해 주신 것에 대해 제가 무어라 말씀드리기 어려울 정도로 감사의 말씀을 드릴 수밖에 없습니다. 저에게 지난 몇 달간 어려운 일이 생겼었습니다. 제가 아버지를 혼자 모시고 살고 있었는데 아버지의 병환이 심해졌습니다."

정인은 여자에게 아버지의 치료비 마련을 위한 아르바이트, 겨울 동안의 힘들었던 작업, 학교에서의 동아리 활동 그리고 남자 선배로부터의 성폭력 사건과 돌이킬 수 없었던 아버지의 병환. 그리고 자신의 급작스러운 사회로부터의 이탈과 자학 그리고 자살과 유희하는 삶의 포기 상황에 대해 차분히 말해 주었다.

정인은 이러한 지난 몇 달 동안의 변화의 과정을 자신이 아닌 타자에게 그것도 처음 보는 술집 살롱의 주인으로 보이는 여자에게 털어놓게 되는 처지가 이상하게도 여겨졌지만 동시에 그녀의 작은 가슴이 좀 시원해지는, 그녀에게 처음으로 긴장이 풀리는 심정이 되었다. 이 모든 고통을 혼자서 감당하기에는 너무나 막중했던 상황을 누구에게도 말을 할 수 없었던 고독한 나날들이 새삼스럽게 기억이 되어 돌아왔다. 그리고 바로 지금 자신을 내려다보며 듣고 있는 이 여자의 모습이 따뜻한 느낌으로 다가오고 있다는 것도 절감하고 있었다.

정인은 말했다. "무엇보다 학교에 저에 대해 알려 주지 않으신 것에 감사합니다."

"그것은 무슨 뜻이죠?"

"저는 이번 일로 학교를 이미 떠났습니다. 저 스스로 사라지기로 마음
먹었죠. 학교를 떠나는 것의 아쉬움보다도 저를 해친 남자에 대한 적개
심보다도 저를 괴롭혔던 것은 수치심이었습니다. 제가 고개를 들고 마치
아무 일도 없었듯이 다시 캠퍼스를 활보하고 다닐 수 없었습니다. 그리
고 학교라는 사회에 대한 믿음의 무너짐, 친구와 동아리 학우들과 다시
는 전과 다름없이 지낼 수 없다는 생각에 괴로웠습니다. 그리고 무엇보
다 저의 삶이 무너져 버렸다는 것, 아버지를 제대로 돌보아 드리지 못하
고 허망하게 보내드려야만 하는 저의 무능함, 동시에 제가 망가졌을 때,
도움과 위로의 품으로 돌아갈 가족이 없다는 것, 저의 짧은 삶에도 자신
만만했었던 모습이 한꺼번에 무너져 버렸다는 것, 이 모든 상황은 저를
지탱하지 못하게 만들어 준 것입니다. 그래서 저는 조용히 흔적 없이 사
라져 주는 것이 이 한계상황에서 가장 아름다운 결정일 것이라고 믿게
되었는지도 모르겠습니다."

여자는 말을 이어받았다. "윤정인 양. 이제부터 내가 하는 말을 잘 들
어야 해요. 내가 좀 길게 말을 해야 할 듯하네." 여자의 표정이 단호해졌
고 이제까지 온화했던 모습과는 다른 다소 굳은 얼굴이 되었다. 정인은
긴장하며 여자의 다음 말을 기다렸다.

여자는 말하기 시작했다. "내가 정인 양보다 나이가 한참 많으니까 이제부터는 편하게 말을 할게요. 나는 정인이 같은 사람을 이렇게 만나게 될 줄은 전에 생각지도 못했는데, 내가 이야기를 해줄 수밖에 없을 것 같군. 정인이 내 살롱에 발을 딛고 들어오는 순간 나는 정인이를 먼발치에서 보게 되면서 뭔가 집히는 것이 있어서 정인이가 술을 먹고 있는 동안 뒤에서 줄곧 주시하고 있었어. 내 예상대로 네가 쓰러지더군. 그만큼 너는 내가 걱정할 만큼 말이 안 되는 몸 상태로 내 살롱에 온 거야. 나는 속으로 이렇게 생각했어. 이 아가씨를 좀 보호해 줘야겠다고. 너의 모습과 나의 옛날 한때의 모습과 겹쳐 보이기 때문이었지."

"겹쳐 보이다니요? 이해가 안 됩니다."

"내 얘기를 들어보면 이해가 될 거야. 나는 정인이보다 거의 스무 살이나 많은 이제는 중년의 아줌마가 되었지만, 내가 정인이 비슷한 나이 때에는 나도 대학생이었어. 내가 대학생이었을 때는 정인이도 아마도 많은 얘기를 들어서 알겠지만, 이른바 민주화 운동의 시절이었지. 그때 나는 대학교에 입학하자마자 운동권에 휩쓸려 들어갔었어. 부모님은 엄청 보수적인 교육자 집안사람들이셨지 그래서 내가 나쁜 물들어 학생운동을 할까 봐 학교도 여자대학으로 보내셨고, 전공도 이상한 이념에 물들지 말라고 여자로서는 특이한 이공계로 진학시키셨지."

"그런데 나는 끼를 타고 났었나 봐. 여고생 때는 학교의 엄격한 규율과 대학입시를 위해 모든 생활이 맞춰져 있어서 내가 끼가 있는 줄을 몰랐었던 것 같아. 부모님들도 내가 대학교에 가자마자 완전히 딴 사람처럼 변하는 것을 보고는 실색하셨을 정도였으니까. 나는 입학 후 전국 운동권 학생연맹에 가입하고 우리 학교의 1학년을 대표하는 운동꾼이 되었어. 운동꾼이 된다는 것은 학업을 포기하는 것과 같았지. 학교 수업을 밥 먹듯 빠지고 학교는 운동하는 베이스캠프 비슷한 목적으로 갔었지. 첫해 여름방학이 되자마자 인천의 봉제공장에 위장취업을 했지. 공장에는 나와 비슷한 나이의 여공들이 혹사당하고 있었지. 나는 그들을 하나하나 의식교육하고 파업을 유도했지. 이러는 과정에서 다른 위장취업 대학생들과 자연스레 교류하게 되었고, 연합세력을 만들어 가자는 공감대가 형성되었어."

"여러 운동꾼들은 점조직 비슷하게 움직이며 우리들의 활동이 정보당국에 포착이 되지 않도록 신중에 신중을 기했지. 어떤 때는 위장취업 동지인 줄을 모르고 지내는 일도 있었지. 조직에서 지침을 내려 서로가 동지임을 인지시키기 전까지는 모르게 한다는 방침 때문에 우리의 활동은 한동안 잘 먹혀 갔지. 그렇게 그해 첫 여름방학 동안의 활동을 성공적으로 마치고 가을의 새로운 투쟁을 위하여 일단 복교하려는 때쯤에, 어떤 남자 직공이 퇴근 무렵에 나에게 다가오면서 자기소개를 하더군. 자신도 운동꾼이라고. 그러면서 지금 법과 3학년생으로 인천지역의 책임을 맡고 있다고 나에게 실토하더군. 나는 놀라고 기가 막히기도 했지. 여름 내내 그의 존재가 전혀 내 앞에 드러나지 않았기 때문이지. 나는 그가 정말 남자 직공인 줄 알았었지. 내가 묻지 않을 수 없었어. 왜 인제 와서 자신의 정체를 밝히냐고. 그가 말하더군. 내가 1학년 초짜 운동꾼일 뿐만 아니라 여자대학생이기 때문에, 나의 진정성, 혁명에 대한 신념과 그리고 믿음이 증명되지도 않았는데, 나를 처음부터 덥석 동지로서 인정해 주기 어려웠었다고 해명하더라고. 그러면서 내가 방학 동안 헌신한 활동에 좋은 인상을 받게 되었다고 하면서 나에게 손을 내밀더군."

정인은 여자의 말에 점점 흥미를 느끼며 물었다. "그럼 그분과는 어떻게 되었나요?"

여자는 긴 한숨을 쉬더니, 이윽고 말했다. "그가 그때 인천 외곽 봉제 공장 근처 허름한 다방에서 자기소개를 하며 손을 내밀며 내 손을 잡던 모습을 나는 지금도 잊을 수가 없어. 머리는 헝클어지고, 얼굴은 피곤에 쩔은 모습이었고, 손은 작업의 때가 묻어 있었고, 몸은 말라 있었는데, 반대로 그의 눈은 날카로운 총기를 뿜어내고 있었고, 웃음기 없는 그의 입에서 나오는 목소리는 굵은 바리톤의 것이었어. 나는 그의 모습에 순식간에 압도당하는 느낌이었지. 그가 학생운동의 주도자 중의 하나임을 직감하게 되었지."

"나는 일단 가을에 학교로 돌아오고, 그는 계속해서 봉제공장에 남아서 활동을 이어갔지. 이렇게 나와 그와의 운동권 동지이면서 애인의 관계가 시작되었어. 나의 젊었을 때의 이야기를 하자면 몇 날 몇 밤이 걸릴지 몰라. 정인아, 나와 그와의 관계는 내가 졸업할 때까지 계속 이어졌을 뿐만 아니라 80년대 중반의 민주화 운동의 물결의 클라이맥스의 순간까지 계속되었지. 정인이도 알 거야. 1987년의 혁명. 그 클라이맥스의 순간에 우리들의 관계는 끝나 버렸지. 7년 동안 그와 나는 민주화 투쟁의 선봉에 서서 싸웠고 동지들은 우리를 우러러보기까지 했지. 나는 그의 카리스마에 압도당해 그가 하자는 대로 따라 했고, 그는 항상 옳았지. 그도 나에게 의식교육을 하고 우리의 투쟁의 길잡이가 될 서적들을 읽었지. 나는 학교에서 읽히지 않고 군사정권이 불온서적으로 낙인찍은 것들을 읽으며 희열에 차 있었고 다른 모든 비운동권 학생들을 비웃고 있었고, 그 아이들을 그야말로 정신적으로 미숙한 아이들이거나, 학교를 출세를 위한 수단으로만 다니는 비겁한 아이들로 치부하게 되었지. 나는 우월의식을 가지고 혁명의 투사, 혁명의 엘리트라고 스스로 여기며 학생 생활을 하고 있었지."

"우리 운동권의 중심에 있었던 동지들은 그야말로 열정에 가득 차 있었지. 군사정권을 무너뜨리고, 이 땅에 민주주의를 위해 피 흘리고 우리 자신을 희생할 수 있다는 결의에 차 있었지. 우리 사이에 투쟁노선의 방향에 대한 이견과 갈등이 생겼을 때 그는 지도력을 발휘하여 위기를 넘기는 모습을 보여줬고 이는 나를 다시금 그에게 끌리게 하는 힘으로 작용하였지. 그는 우리와 비슷한 나이의 젊은이였어도 우리가 갖고 있지 못한 묘한 힘이 있었어. 우리 중 일부가 투쟁에 회의적으로 된다든가 혹은 정보당국의 탄압으로 투쟁을 포기하는 경우가 부득불 하게 발생할 때에도 그는 흔들리지 않았지. 투쟁하면서 가장 어려웠던 것은 사실 경찰이나 검찰의 탄압보다 우리 자체 내에서의 분열이었어. 우리는 그들이 우리 사이에 프락치를 심어놓고 은밀하게 우리 조직의 단합을 갉아 먹는 조작을 하고 있을지도 모른다는 심적 압박에 시달리고 있었지. 우리끼리의 분열로 투쟁을 접은 친구들도 많이 생기게 되었지. 그런데 그는 어차피 혁명은 단기간의 싸움이 아닌 지루하고 힘든 과정일 수밖에 없다는 것을 우리 동지들에게 일깨워주며 투쟁의 결의를 다지곤 했지. 독재 정부의 무자비하고도 교묘한 탄압에는 신속한 대처가 필요했고 이에는 능숙한 전략적 사고와 무엇보다 행동이 필요했는데, 이를 위해 그와 지도부 동지들은 재야 세력과 연합전선을 구축하여 투쟁의 강도를 높혀갔지. 그는 우리 중에서도 프로페셔널이었지. 나 같은 사람은 열정 외에는 거의 대책이 없었지. 그는 누구보다도 똑똑했고 실천력과 카리스마로 무장한 민주주의의 투사였던 셈이었지."

"그가 어쩔 수 없이 정보기관에 의해 검거되어 감옥에 들어갔을 때도 그는 눈 하나 깜짝하지 않았어. 그가 감옥에 갔을 때 나는 나 자신의 투쟁을 중단하고 그의 옥바라지에 몸을 던지다시피 했어. 면회 때 찾아가면 그는 나에게 말하곤 했어. '난 잘 지내고 있으니 걱정하지 말고 자주 찾아오지 말라고. 이것도 어쩔 수 없는 투쟁의 과정으로 받아들이고 있다고.' 나와 그 사이의 로맨스는 우리 운동권 학생들 사이에 오래전부터 알려져 있었지만, 그의 수감생활을 계기로 우리 사이는 일종의 공인된 운동권 커플로 되어 버리게 되었어. 그런데 이런 모습이 결국에는 나와 그에게도 좋지 않은 영향을 주었던 것이야."

정인은 궁금해서 물었다. "좋지 않은 영향이라니요?"

"그가 복역을 끝내고 나오면서 정국은 소용돌이로 들어가게 되고 민주화의 물결은 일부 운동권 학생들과 재야 세력만의 것이 아닌 보통 사람들의 것이 되었어. 평소 민주화에 관한 관심은 두고 있었으나 행동으로는 옮기지 않고 있었던 보통 사람들이 움직인 것이지. 이 물결은 그때까지의 운동권의 활동반경을 훨씬 뛰어넘는 파급효과가 있었는데 그 효과는 삽시간에 퍼져나가게 되었지. 이 클라이맥스에 치닫는 운동의 중심에서 그는 엄청난 에너지를 발산하며 온몸으로 뛰고 있었지. 나도 그의 옆에서 같이 뛰었지. 마침내 시민들에 의한 민주화가 되었을 때, 우리는 모두 들떠있었지. 그런데 민주화의 열매로 실시된 국민 직접선거에 의한 대통령선거에서 그토록 우리의 타도의 대상이었던 군부 세력 출신의 후보가 새 대통령으로 당선이 되자 우리는 모두 허탈에 빠졌지. 허탈을 넘어 일종의 심한 배신감에 휩싸이게 되었지. 나는 하루하루가 괴로웠지. 그는 말없이 한동안 잠적하더군. 한두어 달 나와 연락을 끊더라고. 그가 다시 나에게 그리고 우리 남아 있는 운동꾼들 앞에 다시 나타났을 때 그는 딴 사람이 되었어."

"딴 사람이라니요?"

"사실 그는 우리 앞에 스스로 다시 온 것이 아니라 우리가 그의 스스로 변한 모습을 보게 됐다는 것이 보다 더 정확한 표현일 것이야. 그가 새 대통령이 이끄는 정당에 들어갔다는 사실이 알려지게 되었고, 거기서 청년조직의 요직을 차지하게 됐다는 것, 그리고 내가 나중에 알게 된 것이지만... 새로운 애인이 생겼다는 사실, 이를 증명이라도 하듯 그 새로운 여자와 전격적으로 결혼을 하게 됐는데, 그 여자 집안은 대대로 유력한 여권 성향의 법률가 가문이라는 것이었지. 나는 충격을 받고 쓰러졌지. 남아 있던 우리 동지들은 그의 배반에 치를 떨었지. 그들은 너무 상심한 나의 눈치를 보느라고 나에게 위로도 제대로 하지 못하더군. 솔직히 민주화 이후 정권을 구체제에 그대로 되돌려준 것에 대한 회한보다도 그의 배신이 더 싫었지. 나는 그와의 7년간의 열정 어린 투쟁은 사실 그와의 열애의 기간이기도 했었는데, 그와의 신뢰와 애정이 나의 순진한 행동 이상이 아니었다는 결말에 내 인생이 끝장이 나는 심정이 되었지."

"아니 7년씩이나 같이 했는데 한 번도 모습을 비추지도 않고, 한마디 변명의 말도 없이 가버릴 수 있단 말인가요?"

"당시에는 나도 배신감에 치를 떨었었는데, 그 이후 시간이 지나면서 생각해 보니까 그의 모습에는 이러한 배신의 가능성도 있었을 것 같았어. 나의 어린 시절의 그와의 7년은 순진한 소녀 같은 모습이었고 그는 이미 상황에 대한 성숙한 플레이어였던 셈이지. 그가 마지막 순간에 나의 앞에 나오지 않은 것, 7년간 나와 동지로서 애인으로서 나의 영혼과 육체를 가지고 놀았던 그는 결국에는 민주화라는 대의는 그의 정치적 목적을 달성하기 위한 수단으로 작용했고, 그동안 그는 나를 이용하고 나중에는 버린 것이 되었지. 나는 그가 나에게 미안해서 나타나지 못했다고 생각하지 않아. 그는 투쟁 기간 동안 너무나 용감한 투사였어. 나에게 미안했다면 그는 나에게 나타났을 거야. 나는 그의 투쟁 기간의 노리개에 불과했던 것이야. 무서운 사람이지. 이 무서움이 있으니까 그는 투쟁할 수 있었었던 것이지. 아마도 그는 자기 스스로가 고전소설에 나

오는 영웅호걸의 현대판 인물이라고 생각했을지도 몰라. 시대착오적이
지... 위선적이지."

"결국엔, 그 사람은 정치적인 권력을 위해서라면 무엇이든지 할 수 있
는 사람이었다는 것이고 민주주의는 이를 위한 수단 다시 말하면 들러리
에 불과했다는 뜻으로...?" 정인은 말끝을 맺지 못했다.

"그래, 정인이 말이 옳아. 나는 그의 희생자였던 셈이야. 마찬가지로
정인도 희생자였다는 생각이 들었지."

정인은 이 말에 대꾸하지 못하고 침묵하고 있었다. 침묵하는 동안 이
여자에 대해 생각해 보았다. 이제 잠시 만나, 이 어색한 자리에서 잘 알
지도 못하는 대상인 나에게 자신의 젊었을 때의 과거를 말해 주고 있는
것은 무슨 뜻인가 하는 생각이 들었다.

20

　속초. 이곳은 당연히 약속의 땅이 아니다. 그러나 아저씨는 그곳에서 날품팔이의 생활을 시작했다. 시내 가운데 큰 시장은 그의 막노동을 받아 줄 수 있는 일이 항상 있었다. 그래서 그곳으로 갔을 뿐이었다. 다시 배를 타고 싶지 않았다. 힘들게 배를 타며 돈을 빨리 모아야 한다는 조바심도 사라졌다. 그저 관성적으로 살아가고 싶었다.

　차라리 속초에서의 생활에 마음은 편했다. 그의 노동에 대한 소박한 대가는 자신의 한 몸을 지키기에 충분했다. 아저씨의 노동은 계절별로 수확되어 도매상으로 들어오는 농수산물 그리고 공산품을 시장의 상인들에게 운반하여 주는 단순한 일이었다. 아침 새벽부터 저녁때까지 쉴

새 없이 노동하며 받는 대가는 작았으나 정직하였다. 일을 끝내고 월세로 얻은 단칸방 그의 언덕 위 허름한 방에서 혼자 밥을 먹으면 피곤한 그의 몸은 그를 깊은 잠으로 안내했다. 가끔 저녁때 언덕에 혼자 앉아 멀리 펼쳐지는 바다의 모습을 보며 담배를 피워 물기도 했다. 이때가 하루의 유일한 짧은 휴식의 시간이 되었다. 이렇게 매일 똑같이 반복되는 생활의 시간이 흘러갔다.

아저씨는 시장에서 일하면서 자연스레 몇몇 사람들과 친하게 지내게 되었다. 아저씨의 성실함은 상인들의 호감을 사게 했고 그들의 단골이 되었다. 아저씨는 필요한 물품을 그들로부터 사들이게 되는 서로 돕는 형태의 사이가 되었다. 상인들이 바쁠 때는 그들의 일손을 돕게 되는 경우도 생겼다. 그들이 아프거나, 가정에 일이 생길 때는 아저씨가 대신 가게를 지키기도 했다. 물품을 나르는 일을 하기에는 나이가 많은 편이 되어 서서히 조금은 쉬운 일로 배정이 되는 배려를 받기도 했다. 아저씨의 삼척에서의 어부 생활의 경험으로 어물상에게 좋은 고기 고르는 법을 알려 주기도 했다. 주변 상인들은 아저씨가 점심시간 때 시장을 배회하면 항상 같이 와서 밥을 먹자고 했다. 그렇게 밥을 얻어먹는 사이가 되어갔다.

한편 시장과 주변에 의외로 북한 피난민 출신 사람들이 많이 있다는 것도 알게 되었다. 전쟁 때 피난 와서 정착한 지 이미 오래되어 이곳을 제2의 고향으로 여기며 살아오고 있는 사람들이었다. 그들은 아저씨도 북한 피난민 출신인 것을 알고 아저씨를 도와주고 싶어 했다. 대부분이 아저씨보다 나이가 훨씬 많아 아저씨는 그들을 아버지, 형님, 아주머니로 부르며 친근감을 표시했다. 설날, 추석과 같은 명절 때에는 그들이 단체로 차례를 지내기도 했는데, 아저씨도 그들과 함께 차례를 지내고 같이 눈시울을 적셨다. 가까운 북녘 고향 땅을 지켜만 보며 남겨 놓은 가족 혹은 피난 통에 잃거나 헤어진 가족들 생각에 같이 눈물을 흘렸다.

속초에서의 생활도 그렇게 그렇게 몇 년이 흘러갔다. 아저씨는 그사이 막노동꾼에서 시장의 구석에서 노점을 펼쳐놓고 장사를 할 수 있는 비록 빈한하지만, 상인의 처지가 되었다. 이것도 주변 사람의 도움 때문에 가능했다. 넓은 시장은 넓은 만큼 상인들도 많았고 생존의 경쟁 속에서 시장의 공간을 뚫고 새로운 장사 터를 마련하는 것은 결코 쉬운 일은 아니었다. 노점도 이미 오래전부터 자리를 차지한 사람의 권리였으므로 새내기가 이를 비집고 들어간다는 것은 어려운 것이었다. 아저씨는 한 노점 할머니가 연고도 없이 돌아가시는 바람에 그 자리를 물려받게 되었다. 아저씨도 이곳 시장에서 벌써 수년간 일하면서 사람들의 믿음을 쌓았고 그런 만큼 이제는 상인들도 진짜 동료처럼 생각이 들었다.

아저씨는 봄에는 채소를, 여름에는 과일을, 가을에는 잡곡과 견과류를, 겨울에는 해산물을 팔면서 하루도 쉬지 않고 일했다. 처음에 막노동 때보다도 더 힘이 들었다. 아침 일찍 물건을 받아야 했고 장사는 저녁 늦은 시간까지 해야 했다. 막노동 때는 주어진 일만 하면 끝나는 단순한 노동이었으나, 비록 아주 낮은 단계의 장사라 하더라도 물건을 사들여서 파는 일은 그래도 비즈니스였다. 아저씨는 싸게 물건을 구매해 싸게 팔았다. 자연히 손님들이 모여들었고 그중에는 단골손님도 생겼다. 이러한 나날은 나름대로 보람이 있었다. 몸은 고되어도 이북에서 피난한 후 혼자 남아 생존을 위해 일해온 이래 처음으로 온전히 자기 자신의 것인 일거리로 살아가고 있다는 것의 보람이 컸다는 뜻이었다.

지금까지 남의 밑에서 일하다 쫓겨나거나, 모함받고 그만두거나, 새로 시작했던 사업을 동업자의 배신으로 한 푼도 못 건지게 된 것 등으로 지난 오랜 동안의 살고자 했던 노력이 물거품이 되고는 했던 것에 비하면 이 작은 골목에서의 장사는 그래도 훌륭한 사업이었다. 이런 훌륭한 사업을 망칠 수는 없었고 무엇보다 자신에게 삶의 터전을 안겨준 이곳 속초에 대한 보답으로라도 장사를 통한 이익을 남기고 싶지 않았다. 그 이익이 아무리 보잘것없는 숫자일지언정.

하루하루 바쁜 시장에서 장사하는 나날들은 세월을 빨리 지나가게 하는 것 같았다. 아저씨도 이제 나이가 마흔이 다 되어갔다. 그야말로 노총각의 신세도 넘어서는 불혹의 나이가 되어가고 있었다. 속초로 온 지도 벌써 5, 6년이 흘렀다. 이 기간이 소중했던 것은 남의 눈치를 보거나 남의 시선을 의식하는 것 없이 자신만을 위해 일해 온 그것만큼 실로 오랜만에 마음이 편해지는 시간이기도 했기 때문이다.

속초의 이른 봄날은 아직도 칼칼한 겨울바람을 내고 있었으나 바람 끝에 살짝 따사로운 맛을 내고 있었다. 북쪽에서 내려오는 찬 공기와 남쪽에서 올라오는 봄기운과 꽃내음이 서로 만나 상서로운 분위기를 내고 있었다. 동쪽에서 불어오는 해풍은 아직도 차가웠으나 항상 그렇듯 힘찬 에너지를 뿜고 있었고 해변에 이는 파도는 무심한 듯한 운동의 반복으로 영속성을 보여 주고 있었다. 머나먼 눈망울로 바라보는 작은 도시의 모습은 하나의 소박한 정경으로 다가오고 있었다. 폐허와 개발이 혼재하며 꿈틀대는 항구 주변의 분주한 모습은 도화지에 그린 작은 풍경화 같은 인상도 주었다. 이른 아침 안개 낀 항구의 주변을 걷노라면 바다의 비릿한 내음을 맡게 되고 멀리서 들려오는 고기잡이배에서 나오는 고동 소리를 들으며 잰걸음으로 생활의 리듬으로 찾아가게 된다. 모든 게 리듬이었다. 익숙한 동작으로 향하는 일상이었다.

아저씨는 오늘도 새벽녘에 일어나 시장으로 갔다. 어느 누구보다 일찍 시장으로 가는 일상의 반복된 시간이었다. 아저씨의 마음은 가벼웠다. 발걸음도 같이 가벼웠다. 가슴 깊은 곳에 항상 담아둔 응어리를 없앴을 수는 없었다고 한들, 일상의 모습에서 이를 드러내서는 안 된다는 것을 알고 있었다. 아저씨 가슴의 응어리는 온전히 자기 자신의 것이지만 다른 많은 사람들도 그들의 가슴의 응어리를 짊어지고 살고 있다는 것을 알게 되었기 때문이다. 그러므로 아저씨는 마음만은 편하게 살고자 했다.

오늘 시장에서의 장사는 그럭저럭 괜찮았다. 새봄을 맞아 시장 손님들이 많이 나온 탓이었다. 아저씨는 저녁에 장사를 끝내고 주변 정리를 하고 있는데 누군가가 아저씨를 부르는 소리가 들려왔다. 이웃 국수 가게 주인이 부르는 것이었다. 아저씨보다 열댓 살 많은 50대 중반의 부부가 하는 막국수 가게의 주인으로 아저씨도 가끔 점심을 거기서 사 먹는 집이었다.

가게주인 정 씨는 손짓으로 가게로 들어오라 했다. 아저씨는 가게로 들어가며 영문을 모르고 있었다. 정 씨가 아저씨에게 말했다. "김 씨 양반, 내가 긴히 드릴 말씀이 있는데 잘 들어 보슈." 아저씨는 이곳 시장에서 "김 씨 양반"으로 상인들 사이에 불리고 있었다. 그는 이어 말했다. "김 씨 양반, 자네도 여기 속초로 온 지 꽤 됐지?"

"예, 그럭저럭 한 6년이 되갑니다. 그런데 왜 물으십니까?"

"그럼 자네도 이제 속초사람이 된 거나 다름없네. 게다가 이곳 시장에서 자네를 싫어하는 사람이 하나도 없고 말이야. 사실은 싫어 안 한다가 아니라 자네를 좋아하고 믿고 있지. 그동안 내 자네 장사하는 것을 쭉 봐왔지만 성실하기가 그지없는 자네를 알게 됐지. 그래서 말인데 자네도 이제 나이가 아저씨라고 불리기에는 이렇게 몇 해만 지나면 중늙은이로 남을 것 아닌가?"

"아, 그야 뭐 그렇게 되네요." 하고 아저씨는 겸연쩍은 대답을 안 할 수 없었다.

"그래서 내 하는 말인데... 우리가게 옆쪽 길목에 수산물 가게가 있어. 나이 드신 할배가 주인인데, 우리 시장에서 터줏대감같이 오래 장사하신 분이야. 다섯 남매 자식들을 키우시며 살아오셨는데 이 어른이 2년 전에 상처하셨어. 상심이 크셨지. 부부지간의 사이도 좋았었는데... 자식들을 다 잘 키웠지... 그런데 막내딸을 결혼시키고 얼마 안 돼... 아마 채 반년 이나 됐을까? 남편을 잃게 되었지. 남편이 어부였는데 출항을 나갔다가 돌아오지를 않았다고 하는데, 바다에 파도도 심하지도 않고... 태풍철도 아닌데 남편이 타고 나간 배가 오지를 않더라는 거야. 같이 나갔던 다른 배들은 다 돌아왔는데 말이지. 다른 뱃사람들이 돌아와서야 알게 됐지. 북한 놈들이 그 남편이 탄 배를 납치해서 휴전선 북쪽 북한 땅으로 데려 갔다고 말이지. 자네는 잘 몰랐을 수 있지만, 우리같이 이곳 해안에 사는 사람들은 가끔 아직도 우리 남쪽 어선들이 북한군에 의해 나포되는 일이 심심찮게 벌어지곤 했어. 휴전 후 60년대까지는 다반사였을 정도였지. 지금이 벌써 전쟁이 끝난 지 20여 년이 훨씬 지났는데도 이런 일들이 벌 어지고 있지. 우리 해군은 뭐 하는지 참 한심하지..."

"그 납치사건이 벌어진 것도 벌써 7년쯤 되었지. 아마 자네가 속초로 오기 직전에 발생했을 거야. 남편이 탔던 배는 끝내 돌아오지 못했지. 대 부분 납치되었던 배와 어부들은 좀 시간이 걸리더라도 송환이 되는데 그 배와 선원들은 못 돌아왔어. 조그만 배에 아마 네 명쯤이 탔었다고 들었 어. 그러니 납치된 남편 집은 말할 것도 없고 이 집 막내딸 친정집도 쑥 대밭 같은 꼴이 되었지. 할배는 속이 끓어도 겉으로 삭히고 있었는데, 아 내의 상심이 너무 컸었어. 아내는 화병이 나게 되었고 평소 건강하던 몸 이 망가지시더라고. 나도 옆에서 보기가 너무 안됐더라고. 그러니 딸은 오죽하겠나. 결혼해서 제대로 살아보기도 전에 남편을 잃게 됐으니. 그 래도 처음 몇 년은 희망을 갖고 기다렸지. 북한 빨갱이 놈들이 남편을 풀어 줄지도 모른다는 희망으로. 벌써 7년이 넘어 8년째 기다리는 거야. 할머니는 몸이 쇠약해지시더니 결국은 재작년에 돌아가셨어. 딸은 이 모든 것이 자기 잘못인 것 같아 슬퍼도 제대로 울지도 못하더군. 남편을 죽인 과부가 되었다는 심정 비슷하게 된 거지. 평소 상냥하고 웃음기 많았던 어린 처자가 이제는 쓸쓸히 혼자 살아가게 된 거야."

"혼자 남은 할배가 무슨 낙이 있겠나. 이제 몸도 예전 같지 않은데, 과부가 된 딸에게 자기 몸을 맡기기가 싫었던 거지. 딸도 이제는 살아야 하지 않나 하고 할배가 걱정이 많아. 옛날엔 여자가 과부가 되면 평생을 혼자 살아야 하는 것이 미덕이었잖은가. 그런데 지금이 어떤 세상인가? 자네. 내가 하는 말 알아듣겠는가?"

아저씨는 대답을 못 했다. 전혀 생각지도 못했던 말을 들었기 때문이다. 이윽고 정 씨는 말을 이었다.

"자네가 갑자기 내가 만나자고 하고 이런 얘기들 들으니까 좀 당황스러운지 모르나, 사실은 할배나 나나, 그리고 다른 주변 시장 사람들이 자네를 지난 6년간을 지켜보아 오지 않았는가? 우리 모두 자네의 됨됨이를 잘 알게 되었고 여기 속초에 와서 속절없이 늙어가는 자네의 모습이 좀 보기가 그랬었지. 그런 판에 내가 할배에게 넌지시 말을 걸었지. 할배 딸을 어쩔 셈이냐고. 할배는 한숨을 내쉬더라고. 그래서 내가 단도직입적으로 물었지. 바로 요 노점판에서 장사하는 김 씨 양반을 어떻게 생각하냐고. 할배는 눈을 크게 뜨고 말을 못하더라고. 왜 그러시냐 하니까, 할배 말이 과부가 된 딸을 김 씨 양반이 좋아하겠냐고 하면서 고개를 젓더라고. 그래서 내가 물었지. 김 씨 양반은 마음에 드냐고. 할배는 말없이 고개를 끄덕이더라고. 그러면서 하는 말이 딸자식을 과부로 평생 지내게 할 수는 없으니 내보고 좀 도와 달라고 하더군. 나도 자네의 처지를 좀 알고 있지 않은가? 전쟁통에 기구하게 고아가 되어 혼자 떠돌이 생활을 하며 외로이 지내는 신세를 말일세. 자네는 아마 할배 딸을 잘 모를 거야. 그냥 할배 가게에서 일을 돕는 모습만 보아왔을 테니까. 자네도 봐서 알잖는가. 얼굴도 곱상하니 괜찮은 데다 효녀야. 이 시장 사람들이 다 알아. 기구하게 남편을 잃은 게 어찌 아내 탓이겠는가? 그러나 과부가 된다는 것이 여자에게 아직도 힘든 운명 같은 것이기도 하니까. 그래서 내어려운 말을 꺼낸 거네. 자네도 가족을 만들어야 하지 않겠나 말이지. 어려운 사람끼리 만나면 서로 이해하며 살게 될지도 모르니까. 자네가 싫지 않다면, 내가 만남을 주선해 줄까 하네."

아저씨는 한참 동안 대답을 못 했다. 자신은 오래전부터 가족을 찾는 일에 삶의 의미를 찾고 있었지 않았던가. 이제 와 멀고 먼 길을 와서 이 속초 땅에서 결혼해 산들 제대로 된 삶이 될 수 있을까 선뜻 확신이 안들었다. 자신은 결혼이라는 것을 생각해 볼 여력도 없고 또한 자격도 없는 무연고, 무일푼의 떠돌이 처지라는 것을 항상 의식하고 지금까지 살아왔다. 거제도 수용소 생활 이후 지금까지 그저 제 한 몸을 지키고 사는 것에도 힘든 나날들이었는데 이제 세월은 야속하게도 흐르고 흘러 벌써 자신이 마흔 살이 넘어가고 있다는 자각이 이 정 씨 아저씨로부터 혼담을 듣고서야 들었다. 육체적으로 서서히 기력을 잃기 시작할 나이가 되었건만 자신은 하루 벌어 하루 사는 신세에 육체의 노동은 그의 현재 삶의 원동력이 되었다. 이 세상에 어느 여자가 자신과 같은 처지의 중늙은 이를 좋아할 리가 없다고 결론을 내렸다.

아저씨는 대답했다. "정 씨 아저씨, 말씀은 고마우나 저는... 결혼을 할 자격도 없는 놈입니다. 뜨내기로 이곳 속초로 와서 그저 겨우 혼자 밥이나 먹을 정도로 사는 놈이 무슨 혼인이겠습니까? 말씀은 고맙습니다만, 아저씨 말씀은 안 들은 걸로 하겠습니다."

정 씨는 짐짓 놀라며 대꾸했다. "아니 김 씨 양반, 자네가 뭐가 못났다고 그러나. 가족이 없다고? 이게 왜 자네 잘못인가? 6·25 전쟁 통에 가족과 헤어지거나 고아가 된 사람이 어디 자네뿐인가? 돈이 없다고? 돈이 전부는 아니라는 것쯤은 자네도 잘 알지 않는가? 그보다 난 자네의 좋은 성품을 아네. 지난 6년간 시장에서 자네가 쌓은 신용과 성실함은 그냥 얻어진 것이 아니지 않은가? 자네가 그 할배 딸의 배필감으로 절대 꿀릴 것 없네. 그 딸도 남편을 잃은 게 자기 탓이 아니니 어쩌겠는가. 불가항력인데... 자네가 그 집 막냇사위로 들어가 지금 하는 노점상을 그만두고 할배네 어물전에서 자네와 딸이 할배를 도우며 가게를 운영하면 되네. 할배도 연로해서 이제 가게도 몇 해나 더 나올 수 있을지 모르네. 그런 점에서도 자네가 새 사윗감으로 적격일세. 그 집은 자식을 오 남매로 뒀어. 첫째 아들은 6·25 때 군인으로 나가서 강원도 화천에서 전사했고, 둘째 아들은 고등학교 마치고 군대에 다녀오더니 곧 서울로 떠나갔어. 돈 벌어 돌아오겠다고. 그런데 그 이후 지금까지 겨우 1, 2년에 한번 명절 때

얼굴만 비추는 사이가 됐어. 그 밑으로 딸을 셋 뒀는데 셋째는 시집을 가서 울산으로 내려갔고 넷째 딸은 시집가서 주문진에서 살고 있지. 막내딸은 알다시피 남편이 북한 놈들에게 끌려가서 혼자가 됐고. 할배 안사람은 막내딸이 혼자된 후로 화병이 들어 시름시름 앓다가 돌아가셨잖은가… 그때 자네도 문상을 왔었지 아마? 그러니 어쩌겠는가? 할배는 나한테 틈만 나면 말씀하셔. 자기는 언제 죽어도 좋으나 이제 혼자 남은 막내딸은 누군가가 거두어 주도록 해야 할 텐데 하고 말일세. 자네가 도와야하네. 또 자네도 언제까지 길바닥에서만 장사를 계속할 수는 없잖는가? 자네나 그 딸이나 내가 보기에 다 착한 사람들이니 내가 이렇게 자네에게 부탁하는 것이야."

묵묵히 듣고만 있던 아저씨는 정 씨 아저씨의 말을 반박하기가 어려워졌다. 아저씨는 그리하여 시장 어물전 가게 막내딸과 혼인을 맺게 되었다. 이때가 1975년 여름이었다. 소년이 6·25 동란을 피해 남쪽으로 온 지 25년만이었고 이제 마흔이 넘은 중늙은이 아저씨가 되어 장가를 들게 된 팔자가 되었다. 결혼식은 조촐하게 차려졌다. 신부가 재혼인데다 신랑은 가족조차 없는 홀몸이었기에 결혼식은 신부 측 가족들과 시장 사람들이 참석한 가운데 치러졌다. 신혼살림은 아저씨가 말 그대로 장가를 가는 것이 되어 신붓집에서 시작되었다. 집은 시장에서 멀지 않은 아담한 규모였고 장인 영감님을 같이 모시고 살았다. 아저씨의 주장으로 그렇게 하기로 했다. 딸이 새로 결혼했다고 분가를 하는 것은 도리에 어긋나는 것이라는 것이 아저씨의 생각이었고 아내는 이를 고맙게 생각했다. 늙은 장인을 혼자 살게 해서는 안 될 일이었다. 그렇게 장인, 아내 그리고 아저씨는 한 식구가 되었다.

　결혼은 생활에 안정을 가져다주었다. 세 식구 모두 부지런하여 장사도 괜찮게 유지가 되었다. 6·25 전쟁의 상처에서 하나하나 벗어난 속초도 이제는 중소 도시다운 면모를 보여 주기 시작하였다. 인구도 늘고 여름이면 방문객도 찾아오기 시작했다. 장인 영감의 건강은 예전만 못했으나 아직 장사하기에는 지장이 없었고 아내는 열심히 가게일, 집안들을 돌보며 그리고 아저씨를 보필하며 하루하루를 보냈다. 단지 몸이 좀 약했다. 사람들이 납치된 전남편 때문에 몸 고생, 맘 고생이 심하여진 것 때문이라고 했다. 아저씨는 이런 아내에게 힘든 일을 시키지 않았고 또 보약도 먹였다. 아내는 미안해했다.

　그럭저럭 결혼생활을 한 지도 2년이 넘어가고 있었다. 모든 것은 평상시처럼 지나가고 있었다. 단지 문제라면 아저씨의 아내에게 자식이 생기지 않는 것이었다. 장인 영감이 답답히 생각했고 그 이유는 딸에게 있는 것으로 보였다. 아저씨도 좀 답답한 마음이 생겼다. 그렇다고 내색을 할 수도 없었다. 다 늦은 사십 줄에 장가를 가게 된 것이 아저씨를 자식에 대한 조바심을 가지게 했는지 모르지만 정작 아내가 제일 괴로움을 느꼈다. 아저씨와 나이 차이가 제법 나지만 처음 결혼에 실패하고 7년여의 세월 동안 홀몸으로 살아온 나날도 아내를 초조하게 하였다. 집안 모든 식구가 서로 내색은 하지 않았으나 손주 혹은 자식을 한시라도 빨리 보고 싶다는 점에 있어서는 마찬가지였다.

　아내는 집안의 막내로 태어나 장사로 바쁜 어머니의 젖을 제대로 먹지도 못하고 언니들의 보살핌으로 자라다시피 했다. 그래서 다른 형제들보다 몸집도 좀 작고, 건강도 그리 양호한 편은 아니었다. 그래도 성품과 행실이 바르고 고와 다른 사람들의 눈 밖에 나는 일이 없었다. 사실 아내는 납북된 첫 남편과의 사이가 좋지는 않았다. 남편은 아내를 술만 먹고 오면 때리는 나쁜 습관이 있었는데 남편이 결혼한 지 반년 만에 납북되어 생사를 알 수 없게 되자 아내는 남편을 그리워하며 매일 울었다. 짧은 기간의 신혼살림에 부부 사이에 정이 들 틈도 없었을 것이다. 남편은 뱃사람이라 배를 타고 고기잡이에 나서면 1주일이고 열흘이고 바다에 나가 있곤 했다. 그러다 사고를 만난 것이다. 아내는 그래도 서러웠다. 남편에 대한 그리움보다는 자신의 앞으로의 처지에 대한 한탄이 더 컸을지도 몰랐다.

아내는 아저씨를 속으로 존경하고 있었다. 말없이 성실히 일하며 시장통을 지켜온 사나이. 비록 객지 사람으로 나이는 많아도 혹은 그래서일지 몰라도 아저씨는 항상 궂은일을 마다 않고 일하며 노름이나 술에 취해 한눈을 파는 일도 없었다. 이웃 정 씨 아저씨 가게에 일이 있으면 자발적으로 대신 가게를 지켜주었다. 아내는 그런 아저씨를 좋아했었는데, 특히 아저씨의 맑은 눈을 좋아했다. 중년의 나이가 되어가는 남자의 눈이 아직도 어린 소년과 같이 맑게 보였다. 아저씨가 가끔 웃는 모습을 볼 때면 아내는 그 눈 속으로 빠져들 것 같았다. 정 씨를 통해 아저씨와의 혼담이 오고 갔을 때 아버지와 정 씨에게 겉으로 표현을 할 수는 없어도 아내는 그 자리에서 좋다고 했다.

그렇게 생기지 못하던 아이가 아내에게 들어섰다. 아저씨와 결혼한 지 거의 3년이 되어가던 때였다. 모두 기뻐했고 아내는 좋아서 울었다. 그동안 아이가 생기게 해 달라고 얼마나 기도를 드리지 않았던가? 아저씨의 기쁨은 좀 달랐다. 그동안 친동생을 못 찾은 회한이 이제는 스스로 자식이 생김으로 해서 위안을 많이 받는다고 믿었다. 장인 영감은 안도의 한숨을 쉬었다. 임신기간 동안 아내는 모든 일에서 열외가 되었고 아저씨는 좋다는 음식과 보약을 정성 들여 아내에게 해 먹였다. 아이는 아내의 뱃속에서 잘 자라고 있었다. 그래도 아내는 아이를 낳을 때 고생했다. 난산이었다. 온종일 진통이 시작되어도 아이는 세상에 나오지를 못하다가 다음 날 새벽에 마침내 태어났다. 산모는 다행히 안전했고 아이는 건강했다. 사내아이였다. 모두 아이를 축복해 주었다. 이때가 1978년 겨울이었다.

21

창국이 형과 헤어져 집으로 오면서 개운하지 못한 정신상태가 이제는 좀 맑아지는 것 같았다. 학교를 통해 그동안 민수와 창국이 형 그리고 다른 선배들을 만나게 된 것은 결국은 아버지의 뜻이었다고 생각하게 되었다. 그리고 이 시점에 아버지의 도움을 받는다는 것의 의미는 스스로에게 성실함을 보여 주어야 하는 것을 말하여 주는 것이었다. 자기가 수학 과외로 받은 과도한 수입을 거부한 것과 아버지가 내주신 새 학기 등록금은 두 개의 상관이 없는 사안이 아니라 사실은 같은 것을 뒤집어 본 것에 불과하다는 자각이었다.

창국이 형에 의하면 자신은 아직도 새로이 배울 것이 많다. 무엇을 배울 것인가? 민수가 이 세상에 있던 없든 간에 자신이 무엇을 더 배울 것인가에 대해 스스로 답을 내려야 한다. 우영이 삶은 근본적으로 지루하다고 생각하기 시작한 것보다 중요한 것은 어떻게 그러한 마음이 형성되었는지에 대한 고민이었다. 아버지와 연관이 있을지 모른다. 이 숙제는 언젠가는 풀릴 것이다. 아버지는 무언으로, 민수는 죽음으로 창국이 형은 그를 시험해 봄으로써 자신에게 질문을 해오고 있는 것이 아닌가?

결국 우영은 이제 이 과제를 생각해야 한다고 결론을 내렸다. 삶의 지루함과 권태는 그의 개인적인 혹은 심리적인 혼돈의 상태 이상이 아닌지 아니면 자신이 모르는 미지의 계몽이 숨어 있는지 탐구가 필요하다. 결국 그는 수학을 내려놓고 다른 길을 찾아보자고 생각했다. 다른 길이 반드시 다른 학문인지는 분명히 알 수가 없었다. 단지 나는 지금 학교에 있으므로 여기서 찾을 것이다.

수학이 연역적 사고방식을 요구하고 있으나 동시에 경험적인 과정을 통해 공식과 가정법을 증명하여야 하는 과학이라면 이와 반대되는 분야는 역사학이라고 생각했다. 역사 자체는 연역이 될 수는 없지 않은가? 이것은 모든 인간의 경험 자체이고 이 경험의 기록을 통하여 의미를 찾는 과정은 귀납법적인 사고를 요구하고 있지 않은가? 그러나 뒤집어 생각하여 연역법적인 접근은 역사의 이해에 불가능한 가정법인가? 사람들은 귀납법적으로 살지 않고 실제로는 연역법적인 삶을 살아오고 있지 않았을까? 역사는 과거에 관한 서술이므로 고정되어야 하는데 그렇지 않은 것에 대한 호기심이 생기는 것도 우영이 잠시 수학을 내려놓아야겠다는 결정을 하는 데 도움이 되었다.

우영은 그 길로 역사책을 읽기 시작했고, 두 개의 역사 강의를 동시에 듣기도 했다. 그의 고등학교 때의 습관대로 한 분야에 대한 집중도를 높이기 위해 최소한 한 학기 정도는 역사 공부에만 매진하기로 했다. 그는 새벽에 일어나 학교 도서관으로 가 역사책들을 읽었고, 역사 강의를 들었다. 강의가 끝나면 역사책 읽기를 계속했다. 집에는 자정이 다 돼서 돌아왔다. 마치 고시 공부하듯 역사에 파고들었다.

우영은 옆에서 누군가 탄식을 하는 소리에 뒤를 돌아봤다. 어느 여학생이 자신에게 말을 걸어오고 있었다. 그러면서 우영이 들고 있던 책을 가리키고 있었다. 그녀는 당돌하게 말했다.

"이것은 내가 찜해 놓은 책인데 당신이 가져가려고 합니까?" 시비조로 말하는 것이었다.

우영은 기분이 좀 안 좋아져서 대답했다. "아니 이 책이 당신 것이라도 되는 듯이 말씀하시네요?"

"이 책은 내가 2주 전부터 찜해 놨던 것으로 내게는 지금 당장 필요한 것이에요. 이 책을 저에게 양보하시고 다른 책을 읽으세요."

"그럴 수 없다면요?"

"왜 그렇죠?"

"저도 이 책이 지금 필요해서요. 강의와 관련 있는 중요한 책이라서요."

"강의와 관련이 있다고요? 사학과 학생이신가요?"

"그렇지는 않습니다만, 제가 지금 역사 공부를 하면서 강의와 관련되어 궁금한 부분이 있어 이 책을 찾게 된 것이에요."

"이 책은 학부생, 그것도 비전공자가 읽기에는 어려워요. 그러니 나 같은 전공자에게 양보하세요. 전 지금 시간이 없어요. 전 사학과 대학원생인데 지금 석사학위 논문 때문에 이 책이 필요해요. 그러니 내가 먼저 볼게요. 그렇게 해주세요."

"방금 말씀하신 저 같은 비전공자는 이 책을 소화하기 어렵다는 말씀을 먼저 취소하시죠."

우영의 반박에 여학생은 좀 태도가 누그러졌다. "그래요. 제가 좀 심했나 보네요. 이 책은 이 도서관에서 아무도 보지 않는 책이에요. 그래서 당연히 저는 이 책이 언제나 제가 원할 때 서가에 꽂혀 있으리라 생각했는데... 아무튼 사과할게요. 제가 먼저 보고 돌려 드릴게요."

우영은 이쯤에서 양보하기로 마음을 먹었다. "저는 지금 한국 고대와 중세시대를 공부하고 있는데, 만주사를 모르고 지나갈 수 없다고 생각했어요. 그런데 정작 이에 관련된 책이 거의 없더라고요. 겨우 학교 도서관에서 이 책을 찾아보려던 참이었는데, 이 책의 주인을 자처하는 사람이 우연하게도 저와 거의 동시에 나타나고 있어서... 더군다나 지금 석사학위 논문을 쓰신다니 제가 양보할 수밖에 없네요." 우영은 책을 그 여자 대학원생에게 건넸다.

그녀는 뜻밖의 반응을 보였다. "사학과 전공자들도 관심이 덜한 만주사에 대해 관심이 있는 비전공 학생이 있다니 신기하네요. 아마 이 학교에 한 명도 없을 거예요."

그러면서 여학생은 우영에게 손을 내밀며 자기소개를 했다. "사학과 대학원 2년 차 최혜영이라고 해요."

우영은 엉거주춤하게 대답했다. "수학과 학부 3학년 김우영입니다."

"수학과 학생이에요? 더욱 놀랍네요."

혜영은 우영과 헤어지며 말했다. "우영 씨. 한국사를 공부하면서 모르는 점, 궁금한 점, 관심 있는 내용이 있으면 저의 과 사무실로 찾아오세요. 물론 만주사도요. 제가 우영 씨보다는 아는 게 많으니까요."

우영은 혜영의 자신만만하고 다소 자기를 하대하는 듯한 태도가 마음에 안 들었으나 "그렇게 하겠습니다." 하고 헤어졌다.

우영은 바쁘게 공부를 이어갔다. 하루의 일과를 그르친 적이 없이 실행했다. 아마도 자신이 대학교에 온 이후로 가장 공부다운 공부를 한다는 느낌이 들었다. 전공인 수학은 졸업을 위한 최소한의 과목만 듣고 나머지 시간은 온통 역사 공부였다. 대부분 사람은 역사를 고등학교 때 배운 지식으로 일생을 살아간다. 그러나 그 지식이라는 것이 얼마나 알량한 지식인가를 모르면서 마치 다 알고 있듯이 살아간다는 느낌이 왔다. 우영의 탐구는 지속되었을 뿐만 아니라 그 폭과 깊이를 더해갔다. 그렇게 소중한 시간이 흘러갔다.

우영은 저녁 늦게 도서관을 나서며 학교 앞 가끔 가는 분식집에 들렀다. 피곤한 몸으로 칼국수 한 그릇을 시켰다. 다 먹고 일어서려는 데 누군가가 자신을 부르는 것 같았다. 음식점 앞에 누군가 서 있었다.

"우영 씨 아닌가요?" 하고 물었다. 우영이 물끄러미 보니 그동안 잊고 있었던 최혜영이었다. 그녀는 우영에게 말했다. "그동안 왜 연락을 안 했죠? 난 그 책 때문에 연락을 해올 줄 알았는데... 아직도 제가 그 책을 갖고 있어요."

"아, 그런가요? 지금 다른 책들을 보느라고..."

"아, 저도 출출하던 차에 국수나 먹으려고 왔는데, 우영 씨는 벌써 가려나 봐요?"

"네..."

"아, 그럼 저와 소주나 한잔하실래요? 저는 가끔 밥 먹을 때 소주 반주를 합니다. 우영 씨 괜찮나요? 혼자 먹기도 그렇고..."

"아... 예, 그러면 한잔만 하고 가겠습니다."

혜영은 우영이 어떻게 역사에 관심을 두게 되었는지 궁금해했다. 우영은 잘 모르는 분야이고 자기의 전공인 수학과 다른 것을 찾다 보니 역사 공부에 자연스럽게 끌리게 됐다고 대답했다. 혜영은 우영이 요즘 젊은이답지 않다고 대답했다. 그러면서 수학에 관심이 없어졌냐 혹은 역사학과로 전과하려고 하느냐 물어보면서 궁금해했다. 우영은 그녀의 관심이 좀 귀찮다고 생각됐으나 동시에 혜영에 대해 궁금증도 생겼다. 그녀의 사투리 때문이었다.

우영이 물었다. "혜영 씨 사투리가 북한 말씨 같기도 하고..."

"아, 나는 조선족 사람입니다. 보다 정확히는 한국계 중국인입니다."

"그렇군요. 한국에 오신 지는 얼마나 되셨습니까?"

"2년 됐습니다. 대학원 입학을 이 대학에서 했어요. 외국인 유학생 자격으로 오게 됐는데 학교 당국에서 학비 지원이 좀 있었지요. 그것 외에 사실은 이 학교에 올 특별한 이유가 없었는데... 좀 제가 직접 남한으로 와서 경험하고픈 마음도 좀 있어서 오게 됐습니다."

"그게 무슨 말씀이신가요?"

"제 전공이 아시다시피 역사학인데 그중에서도 만주사입니다. 한국에서 만주사를 배울 것이 사실 없다고 생각해서 애초 남한에 올 생각이 없었습니다. 남한에서 만주사를 제대로 전공한 학자가 거의 없습니다. 당연히 이와 관련된 사료, 자료, 서적 등 거의 없어요. 저는 만주 용정 출신이에요. 아시죠? 남한에서 유명한 시인 윤동주. 윤동주가 용정 출신이지요. 대학을 베이징의 대학으로 가서 계속 대학원을 진학 하려니 망설여지는 거예요."

우영은 소주잔을 비우며 물어보았다. "망설여지다니요?"

"우영 씨는 중국을 잘 모르시는 것 같군요. 수학 문제만 풀던 사람이 알 수가 없지요. 중국의 문제는 학문의 자유가 없다는 것이에요. 생각해보세요. 중국인들에게 민감한 만주사를 한국계 중국인인 제가 전공해서 논문을 쓴다면 그 내용은 검증받아야 하니까요. 중국에 공부할 사료 등은 있으나 활용할 수가 없어요. 그래서 베이징을 포기했죠. 대만으로의 유학도 비슷한 이유로 힘들고, 일본이나 미국 대학교를 알아봤으나 도저히 비싼 유학비를 감당할 수가 없겠더라고요. 그곳에 가서 고생하며 석사, 박사학위를 받으려고 수년을 보내면서 중국음식점에서 아르바이트하며 공부하기가 싫었죠. 중요한 점은 제가 학위를 받더라도 중국에 돌아가면 제 학위 내용이 어차피 검증받게 될 것이고 제가 이걸 통과할 수 있을지 자신이 없더라고요. 제 이야기를 제 전공과 관련도 없는 수학과 학부 학생에게 하는 것이 좀 우습게 생각되지만... 상황은 그래요. 제가 하는 말 이해가 되시죠?"

"혜영 씨 얘기를 들으니 전혀 이해 못 할 것도 없어 보이네요. 저도 중국의 동북공정이라는 말을 요즘 듣고 있어서... 역사 왜곡 같은 이슈를 알고는 있었는데..."

혜영의 얼굴이 술기운으로 좀 붉어졌다. 그녀가 계속 말했다. "그렇게 해서 만주사는 우리로부터 점점 멀어지게 될 겁니다. 가장 공부 안 하는 중국사의 분야가 사실은 가장 중요함에도 말이죠. 만주사는 사실은 한국사의 일부분이기도 해요. 이게 급격히 사라진 거죠. 그 이유는 우영 씨도 짐작하고 있을 거예요. 요즘 역사 공부를 열심히 하고 있으니까요..."

"나름으로 열심히는 하는데 워낙 방대한 내용이라..."

혜영이 정색하며 말했다. "그래도 저는 놀랐었죠. 제가 보는 만주사 책을 우영 씨도 보려 했다는 것이. 이 분야에 특별히 관심을 두게 된 동기라도 있나요? 궁금해지네요."

"다른 특별한 이유보다도 모순을 발견해서 그랬습니다."

"모순이라고요?"

"네, 그렇습니다. 제가 고등학교 때 국사를 학교에서 배울 때는 그야말로 수박 겉핥기식이었고 그런 상태로 그냥 넘어갔었습니다. 워낙 다른 과목을 공부할 것도 많고 대학입시 위주로 시험점수 잘 나오게 하는 암기 위주의 공부였기에 그때는 잘 몰랐었습니다. 그런데 제가 대학교에 와서 정신없이 2년을 보내고 군대에 갔다가 이제 복학을 하여보니 제가 아는 게 너무 없다는 것을 발견한 거죠. 그래서 수학과는 아주 다른 성질의 것인 역사 공부를 좀 심층적으로 공부를 해 보자 했던거죠. 역사 공부 과정에서 모든 책이 천편일률적으로 귀납법적인 방법으로 쓰여 있는 것을 발견하고 이는 좀 다르다. 뭐가 다르냐 하면 수학의 연역법과는 다르다는 것이었지요. 수학은 어떤 가정법을, 어떤 가설을, 어떤 조건을, 어떤 공식을, 어떤 공식함수를, 어떤 기하학적 공간을 제시하여 이러한 것들을 풀어가는 과정을 통하여 최종적으로 진실이다 아니다 혹은 답은 이것이다라고 어떤 수치 혹은 수치의 조합이나 함수의 결과를 제시하죠. 그런데 역사학에서는 이런 식으로 접근하면 처음부터 틀리다고 합니다. 역사의 객관적인 진실을 왜곡시킬 위험이 있다고 하면서 말이죠. 역사는 마지막 끝에 모든 사료, 자료를 검토한 후에 쓰여지죠. 저는 이 방법이 틀렸다기보다 개선이 될 필요가 있다고 생각해 보았습니다. 최소한 역사 교육에서 암기 위주의 함정에서 빠져나올 것이라는 가능성을 봤던 것이죠."

"역사는 인간의 삶과 흥망의 기록입니다. 흔히 하는 말로 역사는 승자의 기록이라고 합니다. 전쟁의 승리자는 패배자를 철저히 짓밟아왔습니다. 정복 후 승리자는 무엇보다도 패배자의 역사를 짓밟아 버립니다. 패배자의 역사 기록, 궁전과 종교사원 그리고 저항하는 잔존세력을 말살합니다. 언어도 빼앗죠. 그리고 그들의 승리의 기록을 그들의 언어로 만들며 역사를 만들어 가는 것이죠. 이런 역사를 후대의 역사학자들이 이 기록을 사료, 자료, 객관적 증거라고 하여 승리자의 역사를 한층 강화해 나가는 것입니다. 그들의 이상한 객관성의 추구에 대한 찬양보다 오늘의 역사 기록의 시작은 이런 것들에 대한 의문에서 시작해야 한다고 생각합니다. 수학자들의 가치중립적인 태도와 비슷하게 가정법의 조건으로 역사를 반성해야 한다는 것입니다. 가령, 인도가 영국에 지배받지 않았다면, 인도의 세계에서의 의미는 어떠했을까? 아메리카 대륙에서 흑인 노예제도를 시행하지 않았다면, 이들의 세계는 어떻게 전개되었을까? 미국이 아메리칸 인디언을 말살하지 않았다면, 미국의 역사는 어떻게 달라졌을까? 일본이 조선을 침탈, 강제 합방을 하지 않았다면, 조선의 운명은 어떠하였을까? 또한 한국전쟁이 없었다면 한반도는 어떻게 전개됐었을까? 하는 식으로 무수한 역사적 사실에 대한 끊임없는 가정법식의 질문이 나올 수 있다는 것입니다. 현재의 시점에서 역사를 바라보는, 즉 귀결된 결과를 가지고 역사를 보는 사고방식을 바꿔야 한다는 것입니다. 이렇게 해야 진정으로 역사에서 교훈을 얻을 수 있다고 생각합니다. 지난 수 세기의 유럽 중심의 세계사에서 벗어나는 진정한 계기가 될 것이라는 함의도 있다고 봅니다. 다시 말해 역사가들은 유럽의 침략전쟁으로 인한 세계의 파탄에 대해 아직도 반성이 없는 것 같습니다. 귀납법적인 역사기술은 결과된 역사에 대한 추인으로밖에는 안 되는 일이죠. 수학에서처럼 진정한 객관성을 확립하기 위해 처음부터 다시 역사를 보아야 하는 것입니다. 20세기 전반기의 두 차례에 걸친 세계대전 이후의 국지전인 한국전쟁과 베트남전쟁의 경우를 보아도 역사학자들이 얼마나 제대로, 객관적으로 더 근본적으로 양심적인 역사기술을 하고 있는지 저는 의문이 듭니다. 역시 귀납법적인 사고방식에다 변명 같은 기술로 일관하는 것 같습니다. 제가 역사를 공부하면서 저의 견해가 좀 과격해졌는지는 모릅니다만…"

"과격해졌다기보다는 우영 씨의 연역법과 귀납법의 대비로 역사를 바라보는 시선이 어느 쪽 방법론이 더 낫다 아니다를 떠나 우리가 역사를 어떻게 배워야 하나에 대한 하나의 제시가 될 수도 있다고 보는데… 한편 '이 또한 역사가들이 그렇다고 역사적 결과는 다르지 않았을 것이다. 혹은 그러한 역사가 없었다면 세상은 더 나빠졌을 것이다.'라고 변명을 할 수도 있겠죠. 마치 지금 스멀스멀 올라오는 뉴라이트의 움직임처럼 말이죠."

"뉴라이트라니요?"

"아, 그들의 극보수주의적 그리고 자유 지상주의적 태도. 역사를 수정주의적 입장에서 가령 일제의 20세기 전반기의 조선 침탈과 지배가 한민족에게 유익했더라는 논리 같은 것이죠. 말하자면 그들도 가정법을 쓰고 있는데 우영 씨의 생각과 달리 어떤 특정 이데올로기나 특정한 정치세력의 이익을 대변하고자 하는 태도로부터 출발하니까 논의가 어려워지는 것이죠."

"네, 쉽지 않네요. 제 생각은 다만 '순수한' 가정법에서 출발하자는 것인데, 이는 피해자 혹은 약소국의 입장에서 논의를 시작해 보자는 것입니다. 결국은 태도의 문제이고… 좀 포스트모던적인 다양성의 담론 태도도 있지만, 저는 이것도 아니라고 봅니다. 아무튼 세계의 질서가 필요하고 한번 세워진 질서는 바뀌지 않는다는 것. 전쟁과 살육을 통해 이룩된 기존의 질서가 바뀌지 않는다면 역사는 반복된다… 지루하게, 권태롭게 말이죠. 불교적 표현을 빌려서 말하면 삶의 지루한 윤회를 끊고 삶의 고통에서 해방되는 길은 해탈이라고 하듯이 말이죠. 이게 제 관점이고 문제이기도 하죠."

"우영 씨 말이… 이것이 완전히 그르다고 저는 솔직히 말 못 하겠네요. 모든 학문에서 그렇듯 학문이 되기 위해서 과학적인 증명과 검증 그리고 법칙이 필요하다고 하고 이를 역사서술에도 적용하면 남는 것은 무엇일지 공허해질 가능성도 있어요."

우영이 좀 침울해졌다. 그는 술 한 잔을 더 마셨다. 그리고 혜영에게도 한 잔을 권했다. 혜영이 말을 계속했다. "제 문제는 이러한 기본문제 외에도 저의 특수한 사정 때문에 고민이 있지요. 제가 하고 싶은 만주사를 앞으로 계속하게 될지도 솔직히 자신이 없네요. 남한에 온 지도 2년이나 돼가는데 그동안 제 고민을 남에게 말을 하기가 쉽지 않았는데… 우영 씨 앞에서 하게 되니 좀 묘한 생각도 듭니다만, 제가 중국인으로서 만주사는 공산당의 입맛에 맞춰 써져야만 해요. 저로서는 매우 흥미로운 분야임에도 이것으로 한국에서 강단에 서기 위한 교원 자격을 따기 어려워요. 아무도 관심이 없고 더군다나 저는 엄연히 외국인이니까요. 만주사는 돌아가신 저의 아버지가 저에게 말씀하신 분야예요. 아버지는 역사, 특히 만주사에 관심이 많으셨는데 어렸을 적 저에게 역사를 전공하라고 말씀을 많이 해 주셨지요. 만주의 수많은 민족을 연구하는 것이 선친에 대한 도리를 다하는 것이 되었지요. 그런데 쉽지 않네요."

"왜 아버님이 그렇게 역사를 공부하라고 하셨는지 궁금합니다."

"제 개인 가족사를 말해야 하니 좀 그렇습니다만, 우리 조상은 원래 경상북도 상주의 선비 집안이었는데 19세기 말, 대략 1880년대에 만주의 간도 지방으로 이주하셨답니다. 이미 망해가던 조선의 빈한한 가족은 먹고살기 위해 이주를 할 수밖에 없었고 간도에서 겨우 농사를 지으시며 사셨는데 그렇게 오래 살다 보니 제가 5대째 살아오고 있는 것이지요. 제 집안 얘기하자면 끝이 없으니 나중에 하기로 하시지요. 요즘 남한사람들이 자기들도 살기 바쁜데 조선족의 넋두리를 들으려 하겠습니까? 아무튼 제 만주사 책을 마침 우영 씨에게 돌려드려야 한다고 생각했는데 우영 씨를 만날 방법이 없어 좀 미안했었죠. 어때요? 내일 점심때 저의 과 사무실로 오세요. 책 돌려 드리고 점심을 제가 살게요."

22

　여자는 계속 말을 이어갔다. "그래, 나는 희생자였지. 그와 헤어져 나는 학교로 돌아갈 수도 없었어. 학교에서 제적당하고... 그가 내 앞에서 사라지니까 나는 아무것도 아니더라고. 부모님께 너무도 죄송하더라고. 내가 운동권에 나가 있는 동안 두 분 모두 머리가 하얗게 세시고 몸은 허약해지셨지. 급기야 아버지가 돌아가시게 되었어. 내가 집으로 다시 들어간다는 것이 너무도 수치스럽더라고. 나는 방랑을 시작했어. 운동권 학우들은 다 뿔뿔이 흩어졌지. 갈 곳도 없어졌지. 20대 초의 열정으로 다시 인천의 봉제공장을 그 시점에 찾아간다는 것은 이제는 시대착오적으로 보였을 뿐만 아니라 열정 자체가 사라졌지. 도대체 내가 누구인가, 누구였든가에 대한 회의가 들었지. 남은 친구들에게 동냥하듯 노잣돈을 얻어 막연히 전국을 돌아다니고 싶더라고. 혼자 갇혀 있으면 미칠 것 같았었지. 기차를 타고 버스를 타고 배를 타고 전국을 정처 없이 다녔지. 산, 강, 바다의 넓은 경치를 보면서 내 분을 삭이려고 했었던 것이었지. 여행 내내 연락을 끊고, 외부 소식도 스스로 단절하며 내가 어디까지 가보나 하고 스스로 던져 버리는 심정이었지."

"그렇게 한 달쯤 다니니 돈도 다 떨어지고, 몸에 힘도 빠지고 기력이 없어지더군. 좀 겁이 나기 시작했어. 어느 날 밤에 내가 충주호숫가 깊은 산속을 헤매고 있더군. 배도 고프고 숲속을 헤매다 산속 어스름 속에 불빛이 보이더라고 연기도 올라오고. 기다시피 숨을 헐떡이며 올라가니 자그마한 절이 보이더라고. 나는 대뜸 절 가운데 마당에 누워버렸지. 어떤 스님이 뛰어오며 나를 부축해 작은 방으로 데려가더군. 나는 '배가 고프니 밥 좀 주세요.'라고 나지막하니 속삭이듯 말했어. 밥을 먹자마자 긴 잠 속으로 빠져들었어. 다음 날 오후 때가 되니까 눈이 떠지더라고."

정인은 대꾸했다. "아마도 제가 며칠 전 사장님 살롱에 쓰러지듯 들어간 것처럼..."

"아, 정인과 비슷한 상황이지만 꼭 그렇지는 않았어. 이에 대해서는 내가 좀 더 있다가 얘기를 할게. 아무튼, 그다음 날 오후에 주지 스님을 만나게 되었지. 스님이 나에게 묻더군. '무슨 연고로 여기까지 왔는가?' 나는 스님에게 지난 7년 동안의 얘기를 말씀드렸지. 말을 길게 할 기력도 없어서 대충, 대충 말을 했는데, 내 얘기를 다 듣고 스님이 말씀하시더라고. '앞으로 1주일 동안 내 불경의 한 구절을 줄 것이니 108배와 함께 해 보게.' 하고 나가시더라고. 나는 절 밥을 먹으며 스님이 시키는 대로 1주일을 지냈지. 내 마음이 좀 편해지는 듯한 느낌이 들기도 했는데 이게 불경을 크게 외치면서 온몸을 움직여 108번이나 불상 앞에서 절을 드리는 심리효과 혹은 운동효과인가 하는 생각도 들더군. 1주일 후 스님이 물으시더군. '어떠하더냐?' 나는 내 느낌 그대로 말씀을 드렸지. 스님은 한 1주일 더 해 볼 생각이 있느냐고 나에게 물으시더군. 내가 대답했어 '스님, 저는 이것보다 더한 것도 했던 사람입니다. 스님, 운동권이라고 들어보셨죠? 운동권 일꾼들의 삶도 스님처럼 도를 닦듯이 엄격한 자기 통제와 인내의 과정이었지요. 1주일 정도 더 못할 이유가 없습니다.'라고 대답했지. 스님은 그냥 웃으시며 나가셨지. 그래서 또 1주일이 지나게 되었지. 절밥이 맛있어지더군. 예불도 익숙해지고. 왜 아니었겠나? 그 깊은 산속에 할 일이라고는 이것 외에는 없었는데."

"그런데 좀 미안해지더라고. 어느 날 밤 불쑥 나타난 속세의 젊은 여자가 여기서 민폐를 끼치는 것 같은 생각이 드는 거야. 나 스스로 빗자루를 잡고 마당을 쓸게 되더라고. 밥값은 해야 하지 않냐고. 또 1주일 후 스님과 마주했지. 이번에는 내가 먼저 말씀을 드렸어. '스님, 허락하신다면 앞으로 한 달만 더 이곳에서 살아보겠습니다. 그 대신 제가 마당도 쓸고, 밥을 짓는 것도 도우며 밥값은 하겠습니다.'라고 했지. 스님은 나에게 '그렇게 해도 좋다.'라고 하시며 나가셨어. 그렇게 나는 불자가 된 거야. 그 절에서 살면서 은연중 마음에 쌓였던 그에 대한 원한이 조금씩 풀리게 되더라고. 내가 교리를 알면 얼마나 알았겠는가? 그 절에서 석 달 정도 지내니까 내가 좀 변한 것 같았고 무엇보다 다시 속세로 나와도 머리를 숙이지 않아도 될 마음의 평정심 같은 것이 생기더라고. 3개월이라는 짧은 시간이 나를 완전히 바꿔놓은 것은 당연히 아니었지만, 나의 태도가 바뀌기 시작하는 데에는 도움이 되었고 보다 근본적으로는 내 아픔을 딛고 일어서는 데 영향을 미치게 된 거야."

"그 후 나는 지난 운동권 친구들을 찾아갔어. 다들 놀라더군. 내가 씩씩해져서 나타났다고. 다시 나다워졌다고 하더군. 나는 친구들에게 취직을 부탁했지. 제대로 된 일자리를 나에게 찾아줄 리 만무했지. 그들도 민주화 이후 운동권을 벗어난 한물간 처지였거든. 일부는 정치권에 남았지만, 일종의 고등실업자 신세가 되었고 국회의원이 된 자들은 아주 소수였지. 운동하다가 중도에 그만둔 친구 중 공부해서 어떻게 어떻게 대학 선생이 된 자들도 있고, 일부는 운동의 연장으로 출판사를 하거나 책방을 하면서 근근이 살아가고 있었고, 또 다른 소수는 산속으로 갔지. 거기서 도를 닦겠다고 말이지. 그러니 나에게 제대로 된 일을 줄 친구들이 없었는데, 수소문 끝 한 친구가 나에게 옛 동지가 홍대 근처에서 카페를 차렸는데 일손이 부족하다고 하면서 일을 배울 기회가 될 수도 있으니까 나보고 가보라고 하더군. 그 친구를 돕는 셈 치고 나중에 내가 독립해서 가게를 차릴 경우를 대비해서도 경험을 쌓을 수 있으니까. 나로서는 찬밥, 더운밥 가릴 형편이 못 되었으니까... 해서 거기로 간 것이야. 이게 지금 내 사업, 살롱으로 발전하게 된 시작점이 된 것이지. 이 부분은 나중에 얘기하기로 하고..."

여기까지 이야기를 듣고 있던 정인이 물었다. "그러면 마담...님... 제가 어떻게 호칭하여야 할지..."

"그냥 편하게 언니라고 불러."

"네... 언니...는 그 후 그 배반한 남자친구를 다시 본 적은 있으셨나요?"

"보고 안 보고가 그리 중요한 게 아니야... 7년의 민주화 투쟁과 연애의 기간이 아무 의미가 없었던 것은 아니었지. 내 민주화 운동으로 많은 사람을 알게 되었으니까. 이 부분은 나중에 기회가 있으면 얘기해 줄게. 그런데 그와의 7년은 남녀관계로 보면 그가 내 앞에서 사라지는 순간 그 순간에 완전히 끝난 거야. 내가 그를 볼 마음이 전혀 없어진 거지. 즉 그와의 개인적 관계는 끝나고 다른 관계는 아직도 남아 있지."

"저는 앞으로 어떻게 해야 할까요? 언니."

"음... 나는 네가 나를 좀 도와줬으면 한다. 내가 과거 친구의 도움을 받았듯이 말이야. 너는 물론 나이가 나보다 한참 어리고 과거 민주화 운동권 학생도 아니야. 다시 말해 나 때와 지금 너 때는 세상이 달라진 것이지. 그래도 안 달라진 것이 있지. 내 남자는 나를 배신했지. 그냥 연인 사이로 사귀다 헤어진 것과는 다르지. 엄연히 다르지. 내가 그를 위해 헌신한 것을 헌신짝처럼 차버렸으니까. 그런데 너의 경우는 좀 달라. 그저 학교 클럽 선배에게 강간을 당한 거야. 그것도 네가 무방비 상태일 때. 아주 죄질이 나쁘지. 나는 실연 당하는, 사랑의 배신을 당하는 낭만이라도 있었지만 너는 그저 당한 거야. 그래서 너는 그에게 복수를 반드시 해야 해. 네가 아직 어리고 또 불행히도 아버지가 그때 돌아가시는 바람에 두 가지의 큰 충격을 동시에 받고 경제력까지 무너져 버려 세상이 너를 버린 것으로 생각하는 것을 이해할 수는 있어. 그렇다고 아직 살지도 않고 죽을 수는 없잖아. 너는 나에게 그에 대한 복수심을 밝혔어. 아마도 쉽지는 않을 거야. 그러나 이 세상에 불가능이 어디 있겠니. 네가 우리 가게로 들어왔을 때 내가 옛날 충주 산골로 찾아가던 모습을 떠올리게 됐어. 이상하게 너를 먼발치에서 바라본 순간에 내 마음에 짚이는 게 있었다는 거지. 내 말 알아듣겠어?"

"제가 언니를 도울 일이 있다고요?"

"그래. 네가 나를 좀 도와주었으면 한다. 사실은 서로 돕는 형태가 될 거야. 이제 내가 어떻게 옛 잊힌 운동권 학생에서 지금의 모습이 됐는지를 대략 얘기를 해줘야 네가 나를 돕는다는 것이 무엇을 의미하는지 이해하기가 좀 쉬울 것 같기도 하다. 내가 충주 절간에서 내려와서 내 옛 친구의 카페에서 일을 돕는 것으로 새 출발을 했는데, 나는 이제 어떻게 살 것인가를 생각하게 되었어. 나는 무엇을 살 것인가에 대해서는 생각이 바뀌지 않았음을 알게 된 거지. 내가 그 절에서 3개월을 지내면서 내 울분을 삭이고 있었는데 내 과거 많은 운동권 동지들이 대부분 그들의 이상이 굴절되고 왜곡되고 심지어는 사람들에 의하여 잊혀 가는 것에 처음에는 분개하다가 결국에는 현실에 굴복하더라고. 과거의 민주화 운동의 거창한 구호와 대의는 사라지고 이제는 차디찬 현실을 맞아야 한다는 것인데 그 현실은 당장 먹고사는 가장 근본적인 문제에 봉착한 거지. 우리와 동시대를 살았던 공부만 하던 아이들은 이미 사회에 나가서 기반을 잡고 있더군. 우리가 그걸 모를 리가 있었겠나. 그 아이들의 미래가 어떻게 전개될지를 몰랐겠나. 우리는 그 아이들의 밀알이 되리라 생각했지. 그 아이들이 고시 공부하고 취직 공부하고 유학 준비를 하고 또 신나게 대학생으로서의 특수신분의 자유와 방종을 누리고 있을 때 우리는 생각을 했지. 우리는 그들을 위해 좋은 세상을 만들 것이다. 그러니 이 아이들을 가엾게 여기게 되었지. 아이들은 우리가 닦아놓은 좋은 세상을 살 것이다."

"그러니 우리는... 나는 그들의 진정한 정신적 지도자이며 영웅이 될 것이라고 믿었지. 만약 우리의 투쟁이 실패에 그친다고 하더라도 우리는 믿었지. 우리의 혁명의 목소리는 일시적으로 약해질지언정 소멸하지 않을 것이라고. 우리는 우리의 신념을 강화하기 위한 학습을 하고 실천력을 키우는 데에 진력했지. 긴 투쟁의 시간 동안 많은 동지들이 힘들어하며 떠나기도 했지만 동시에 새롭고 젊은 동지들도 생겨나면서 전의를 불태웠지. 내 애인은 결국 나를 이용하고 떠났지만 나는 내가 선택한 투쟁가로 사는 삶에 대해 후회는 없었어. 투쟁의 과정에서 연애를 하게 된 것 그리고 그 결과가 참담한 인간적 배신감으로 결말이 되는 것은 참기 어려운 것이었지만, 냉정하게 생각해 보면 내 사랑의 실패가 내 이데올로기나 신념이 잘못된 것의 결과는 아니었지. 이것은 구분이 되어야 하는 것이었지. 많은 사람들이 머리로는 이해해도 막상 본인이 이러한 경우에 닥치면 판단이 흐려져 그릇된 행동을 하게 되지. 나의 방랑과 3개월에 걸친 산사에서의 생활은 이 구분을 내가 객관적으로 볼 수 있게 도와준 소중한 시간이었지. 나는 그때도 그랬고 오랜 시간이 흐른 지금도 나의 신념에는 변함이 없어. 오히려 내 젊은 시절 투쟁의 시대 때보다 지금 다른 양상으로 시대가 나쁘게 변해 왔어. 민주화는 이루어 냈으나 민주화 자체가 문제가 되는 것이지. 민주화라는 형식주의로 귀결이 되고 있다는 것이야. 나의 애인은 그런 면에서 나에게 졌어. 그가 나를 떠났을 때 그는 그동안의 신념을 저버렸고, 동지들을 배반하고 그렇게 하려니까 나를 배반하고 떠날 수밖에 없었던 거야. 그는 실패자야. 나는 알았지. 사랑의 실패는 새로운 사랑을 만들면 된다. 즉 사랑에 대한 선택권 비슷한 마음이 생기게 되었고 동시에 나의 투쟁의 마음은 결코 변하지 않았다는 것을. 그래서 내가 서울로 다시 올 때 어떻게 살 것인가가 중요해진 것이었지. 옛날 어렸을 때는 이상에 치우쳐서 무엇이라는 이상이 제일 중요하다고만 생각했었는데 지금은 이 두 가지가 다 중요하다는 것이야. 이게 나의 깨달음이었지.”

언니는 계속 말을 이어갔다. “정인아. 너도 마찬가지야. 너의 이상을 굽히지는 말되 사는 것은 현실에 맞추어 살며 네 목표를 잊지 않는 것이야. 내 말 잘 알아들을 줄 안다. 너는 내가 보기에 총명한 사람이지만 아직은 너무나 순진한 것 같아.”

“언니... 저는 아직도 혼란스러워요. 갑자기 엄청난 불행이 저에게 닥쳐와서 이제는 저는 아무것도 아닌 게 됐어요. 저의 학자가 되려는 꿈은 한갓 미몽에 불과한 것이 되었지요. 제 몸은 망쳐졌지요. 저의 정신을 앗아가는 충격이었지요. 지금도 치욕을 씻기 어렵다, 불가능하다고 생각해요. 어쩌면 영원히 제가 죽을 때까지요. 저는 홀로 남은 아버지도 못 지켜드리고, 집도 없고, 돈도 없고... 그냥 고아가 된 것 같은 느낌이에요. 언니의 이상과 신념과 저의 처지와는 너무도 다릅니다. 언니가 저를 살려주신 것 때문에 제가 언니에게 너무나 폐를 끼친 것 같습니다. 이점에 대해서는 제가 무어라 말씀드리기 어려울 정도입니다. 언니의 말씀은 너무도 고맙습니다만, 저는 인생의 가장 밑바닥에서 살다가 그냥 죽겠습니다..."

언니는 버럭 소리를 지르며 말했다. "정인. 내가 너를 잘못 본 것이냐! 너는 세상에서 네가 제일 비참한 인간이라고 착각하고 있어. 그래, 너의 불행은 너무도 비현실적인 방법으로 현실이 된 거야. 그런데 그게 인생이야. 인생은 훌륭함만 있는 것이 아니야. 오히려 인생은 불교에서 말하듯 고통일지도 몰라. 그런데도 우리가 살아가는 이유는 아마도 이 고통의 과정에서 경험하게 되는 순간적인 행복감을 원해서인지도 모르기 때문이야. 네 아버지는 너 때문에 돌아가신 것이 아니야. 내가 보기에는 구조적인 문제 때문에 돌아가신 거야. 아이엠에프의 가혹한 구제책 그보다는 정부의 엉터리 경제정책의 희생자가 되신 거야. 너도 알듯이 아이엠에프 사태로 많은 사람들이 스러져가지 않았니. 다들 사라져 가면서 목소리 한 번도 내지 못하고 말이야. 너는 최선을 다했잖니. 네가 나에게 말한 것처럼 너는 거의 초인적인 능력을 발휘해서 그 짧은 겨울 동안 돈을 벌었잖아. 너무 자책하지 마라. 그리고, 그리고... 그 선배의 배신행위는 내가 말한 대로 범죄야."

"그런데 그 선배 녀석은 아마도 법망을 빠져나갈 수 있을 거야. 만약에 네가 강간으로 그를 고소한다고 해도 그 녀석은 이를 부인할지도 모르고 되치기로 너를 무고로 고소할 수도 있어. 그럼 너만 손해야. 너의 명예와 순결과 평판이 사람들의 도마 위에 올라가게 되니까. 이 정도쯤은 너도 예상하였겠지. 그래서 내가 너에게 말한 거야. 복수하라고. 너도 복수의 마음이 있잖아. 어쭙잖게 그를 용서하겠다는 생각은 버려야 해. 그에게 당한 상처는 오래갈 거야. 그렇다고 너 자신을 죽은 사람처럼 애도하지는 마라. 너 하나 죽으면 그만이라는 어린아이 같은 생각을 이제 다시는 하지도 마라. 그리고 네 학교 문제도 그래. 만약 네가 다니던 학교로 다시 돌아간다는 것이 여러모로 불편하다면 잠시 쉬다가 다른 학교로 편입하든지 하면 되는 절차상의 문제야. 학비는 내가 도울 수 있어. 그 대신 네가 나를 위해 나를 도와주면 돼. 너도 결국엔 나처럼 어떻게 살아야 하는 문제로 귀결이 되는 것이야. 단지 나는 나의 신념이 깨지는 경우는 아니었고 너는 너의 몸과 마음이 동시에 상처를 받은 거지. 이미 무엇을 살 것인가는 정해진 거야. 다시 말하지만, 너는 내 말을 잘 알아들어야 한다."

정인은 언니가 말하는 내내 묵묵히 듣고만 있었다. 긴 침묵을 통해 생각에 잠기려 하는 것 같았다. 정인이 물었다. "언니, 그러면 제가 구체적으로 무엇을 어떻게 도와야 하나요?"

언니는 정인을 정면으로 쳐다보며 말했다. "우선 네 몸이 추스러지는 대로 우리 가게에 나와 일을 좀 배우도록 해라."

　"언니 가게 일을요? 술집 일을요?"

　"그래. 우리 집은 항상 손님이 많아. 모두 다 훌륭한 손님들이지. 그런데 손님들이 꽤 까다로워. 네가 손님들의 까다로운 취향을 맞춰주면서 술친구 역할을 해주면 돼. 난 네가 잘할 수 있다고 믿어."

　"까다로운 취향이요? 제가 술친구를 해요? 언니, 제가 아무리 그래도..."
　"정인아. 너는 아직 정신을 못 차렸어. 내가 너에게 네 정조가 유린당했으니 당한 김에 인생을 막살면서, 타락하면서 아무 남자나 하고 술이나 먹고 잠자리나 같이하며 돈이나 버는 천박한 여자로 만들려고 한다고 오해하는 것 같은데 그게 아니야. 내가 가게라고 부르지만 엄연한 비즈니스야. 나는 너에게 어떻게 살아야 하는 것이 중요하다고 얘기했다. 나는 산에서 내려와 친구의 카페 일을 도우며 비로소 생각했지. 어차피 정상적인 회사의 취직이 어렵다는 현실이라면 나는 창업을 하리라. 그리고 돈을 벌겠다고 마음을 먹었지. 그냥 돈을 벌 목적으로 버는 것이 아니라 내 목적을 위해 돈을 벌 것이다 생각했지. 내 옛 연인은 권력과 돈을 탐하여 나와 모든 이를 배반하며 떠나갔다고 했지? 나는 그와의 투쟁을 선언한 것이야. 어제의 동지가 오늘의 적이 됐지. 나의 투쟁심은 내 20대 때와 하나도 변한 게 없어. 조금 전 내가 한 말을 들었잖아. 그런데 그는 이미 오래전에 강적이 되었어. 그는 실제로 권력을 쥐었고 돈도 같이 따라왔지. 그가 나의 타도의 대상이 된 것이야. 내가 말했듯이 그와 내가 보통의 연인관계였었다면 나는 그를 보내고 깨끗이 잊어 버렸을 거야. 그를 이기려면 돈이 필요하다는 것을 살면서 절감하게 되었지. 카페에서 술장사로 업종을 바꿨지. 술장사이기는 해도 고급살롱으로 만들어 자금을 마련하게 된 거야."

"정인아, 내가 지금까지 내가 해온 일 그리고 지금도 하고 있는 일을 알면 내 진정성과 투쟁 의식을 알게 될 거야. 너도 차차 자연스럽게 알게 될 날이 있겠지만. 나도 처음에 장사 시작할 때 술 시중부터 시작했어. 사람들이 떠들어 대더군. 내가 타락했네, 역시 그렇게 되었네 하며. 나는 개의치 않았고. 오히려 이렇게 나를 새롭게 알려지게 하는 것이 내 전략상 나쁠 게 없다고 생각했지. 내 손님 중에는 내가 얘기했던 '까다로운 취향'의 손님만 있는 것이 아니야. 내 옛 동지들이 나를 보고 싶거나, 술을 마시고 싶거나, 그들의 과거, 현재 그리고 미래의 삶에 대해 얘기하고 싶을 때 나에게 오지. 그들은 대부분 가난해서 나는 그들에게 공짜 술을 주지. 그런데 그들이 내 자산이야. 어떤 면에서 내 사업의 동반자들이지. 나의 까다로운 손님들이 기꺼이 지불하는 비싼 술값의 작은 부분은 내 친구들의 술값이지. 정인아, 나는 너에게 값싸게 타락하라고 하지 않았다. 오히려 그 반대야. 내가 그랬듯, 남들의 얘기 따위는 신경을 쓸 필요 없어. 또한 너는 나와 달리 그동안 학교 캠퍼스에만 파묻혀 있었던 애송이, 미안하다 애송이라고 표현해서, 같이 지낸 거야. 너를 아무도 알아볼 사람이 없고 네 자유 의지로 나를 도와주면서 너를 다시 만들어 나가면 된다."

"그리고 지금 내가 네 곁에 없으면 너는 진짜 타락할 수도 있어. 최근의 경제위기 이후 사회는 아주 각박해졌다. 사람들도 전과 달리 더 사납게 변했고, 젊은이들을 위한 직장은 전혀 없다시피 되었어. 네가 자신의 의지로 할 수 있는 일이 사라졌다는 뜻이야. 내 젊었을 때도 어려웠지만, 지금은 더 나빠. 나는 네가 지금은 스스로 네 운명을 개척해 나갈 상황이 아니라고 보기 때문이기도 해. 너는 지금 혼자서는 당장 하루도 살아나갈 의지와 능력이 없어. 이를 명심해야 해. 그러니 내 곁에서 나를 도와주면서 서서히 너의 길을 찾아가야 하는 것이야. 물론 나의 욕심은 네가 내 사업의 파트너가 됐으면 하는 것이고..."

정인은 조용히 대답했다. "제가 언니를 돕는다는 마음이 왜 없겠어요. 죽으려는 저를 살려주시고 처음 보는 저를 위해 돌봐주시고. 언니가 파격적인 제안으로 저를 물질적으로도 도와주실 수 있다는 말씀도 제 가슴에 와닿습니다. 그런데 언니, 제가 아직 몸과 마음이 완전치 못합니다. 며칠만 더 말미를 주십시오. 제가 계속 언니에게 폐만 끼치게 되네요. 그때 말씀을 드릴게요."

"그래 잘 생각했다. 천천히 며칠 좀 더 쉬면서 생각해도 늦지 않아."

23

　며칠 후 정인은 언니와 마주 앉았다. 이제 몸과 마음이 좀 안정이 됐다
는 느낌이 들었다. 정인은 지난 열흘의 시간은 악몽의 나락에서 마지막
추락의 순간에서 누군가에 의해 구조된 순간부터 완전 타인이었던 언니
의 개인사를 알게 되고 동시에 이런 특수한 환경하에서 자신보다 언니가
자신에 대해 더 잘 알고 있다고 믿게 되었다.

　정인이 말했다. "며칠간 생각을 해 보았습니다. 제가 언니를 돕겠습니
다. 제가 돕겠다는 것이 사실은 맞지 않은 표현이더라도 언니와 함께하
겠다는 것입니다. 단지, 제가 언니의 일을 돕지 않고 언제나 떠날 수 있
는 자유는 주셨으면 합니다. 물론 제가 언니와의 의리를 지키지 않고 떠

나겠다는 뜻은 아닙니다. 제가 잘 알지도 못하는 직업 그것도 술집에서 일한다는 것에 대한 망설임은 아직도 있습니다. 그러나 이 또한 제가 언니를 믿고 경험해야 할 상황이라면 그렇게 하겠습니다."

언니가 대답했다. "내가 너를 위해 생각해 둔 것이 있다. 우선 네가 나를 언니라고 부르지만, 나의 본명은 정현주야. 그냥 알려주는 거야. 너를 위해. 그보다 나는 일을 하기 시작하면서 새 이름을 만들었지. 대월심. 큰 달의 마음이라는 뜻이야. 내가 옛날 충주 산간 절에 갔었다고 했지? 그때 큰스님의 가르침 이후 나는 불자가 되었어. 나는 종교를 갖지 않을 거라고 생각하며 자랐는데 인생의 시련 이후 우연히 산사에 찾아가 마음의 평정을 얻게 된 것이지. 나 스스로 불자가 된 것이지. 큰스님이 지어주셨지. 그래서 나는 이 업계에서 대월심 사장 혹은 대월심 마담으로 불리고 있지. 너는 편하게 나한테 그냥 언니라고 부르되 바깥에서는 대월심 사장님이라고 불러야 해. 알겠지?"

"그리고 정인아 너는 이제부터는 정인이 아니야. 내가 생각 끝에 너를 모니카라고 새 이름을 지었어. 너는 우리 가게에서 앞으로 모니카라고 스스로 불러야 해. 모니카는 '혼자'라는 뜻이 있다고 하더라. 너에게 어울리는 이름이야. 너의 새로운 이름, 새로운 아이덴티티, 새로운 삶이 이제 시작되는 것이야. 옛날의 윤정인은 잊어버리고 앞으로 철저히 모니카로 살아야 한다. 적어도 우리 업계에서는."

정인이 놀라며 말했다. "모니카라니요?"

"아니, 그럼 너는 네 본명을 쓰겠다고 생각했어?"

정인은 망설이다 대답했다. "언니... 알겠어요. 오늘 저녁부터 가게에 나가겠습니다."

"알았다. 네 수습기간 동안 동료 언니들이 너를 도울 거다. 내가 얘기를 잘해놓았으니 너무 긴장하지 말고. 알았지?"

이렇게 하여 정인의 짧았던 인생의 과거는 지나가고 앞으로의 새로운 현재가 시작될 것이었다. 그것도 오늘 밤에 바로 시작되는 것이다. 그리하여 정인은 서울 강남의 가장 화려한 거리에 있는 가게로 갔다. 거기서 대월심 사장에게 정식으로 인사했다. 정인의 하루하루는 새로운 세상에 대한 발견이었다. 고급 술집 그보다 더 고급스럽게 묘사하자면 살롱에서 정인은 모니카라 불리며 모니카로 살아갔다. 손님들은 정인에게 비교적 점잖았다. 정인은 손님의 옆자리에 앉아 술을 마시고, 잡담을 주고받으며 술자리를 지켰다. 기본적으로 이것이 정인의 업무였다. 정인은 살롱의 수준에 맞게 화장하고, 몸에 향수를 뿌리고 비싼 옷을 입고 구두를 신었다.

손님들이 왜 정인의 이름이 모니카냐고 물으면 그냥 멋있어 보여서라고 귀찮은 듯이 대답해 줬다. 날이 갈수록 정인을 좋아하는 손님들이 늘어났다. 정인의 매력은 이지적인 분위기의 강한 인상의 젊은 여자, 그럼에도 묘한 여성스러움이 교차하는 것으로 손님들의 입에 오르내리게 되었다. 정인은 특별히 손님들에게 잘 보이고 싶지 않았다. 그저 옆에서 술 마시고 가끔 흥이 난 손님들과 노래를 같이 불러 주었다. 가끔 손님 중에 술에 취해 정인에게 들이댈 때는 정인은 조용히 방을 떠났다. 단지 미소를 지어야 했다. 경제는 다시 살아나고 있다고 손님들이 말해 주었다. 아이엠에프의 위기는 극복이 되어가고 있을 뿐만 아니라 이제는 다시 뛰어야 할 것이라며 손님들끼리 '브라보!'를 외치거나 '위하여!'라는 구호를 부르며 술을 들이켜는 모습이었다.

정인의 일상은 단조로웠다. 아침에 늦게 일어나 아침 겸 점심을 먹고, 집에서 빈둥거리거나 오후에 거리로 나와 길을 걷거나 한강 변을 산책하거나 했다. 아무 생각 없이 걷고 걸었다. 그러다 단골 헤어 살롱에 들려 머리를 하고 화장하고 저녁에 간단히 식사한 후 출근하고 밤늦게 대략 새벽 1시까지 일하고 심야 택시로 집으로 돌아가는 일상이었다. 봄, 여름, 가을, 겨울의 순환이 두 번은 바뀌는 시간의 흐름이 되었다. 이 시간의 흐름은 정인에게 경제적인 윤택함을 주는 과정이기도 했다. 처음 원룸 오피스텔에서 나와 이제는 시내 중심에 있는 비싼 아파트로 이사해 살 수 있는 정도는 되었다는 사실에 스스로 놀랐다. 버는 돈은 그다지 달리 쓸 일이 없었다 하더라도 말이다.

가끔 떠나온 학교를 생각했다. 학과 친구들, 〈철학회〉, 영란 언니, 철학과 교수님 그리고 상배. 그들에게는 나 정인이는 어느 날 사라진 인물로 인식이 되었을 것이다. 학과 친구들은 똑똑한 친구가 4학년 새 학기를 앞두고 갑자기 휴학이라도 한 것으로 생각했을 것이며, 〈철학회〉 학우들은 유능한 총무가 갑자기 사라진 것을 의아하게 여기며 연락도 없이 사라진 정인을 기다리다 새 총무를 찾으며 차차 정인을 잊어가고 있었을 것이다. 영란 언니와 철학과 교수님에게는 신의 없는 학생으로 비춰줘 있었을 것이다. 그리고 상배. 그에 대해서는 생각하기 싫었다. 그래도 그와 그의 이미지는 정인을 하루도 빠짐없이 붙들어 매어두었다. 지워지지 않는 상처로 영원히 남아 있을 것이다.

대학에 들어와서도 몇몇 여고 시절의 동창들과 연락이 되었고 가끔 만나서 같이 밥도 먹으며 옛날 학교 얘기를 하며 수다를 떨기도 했으나 이제 그들도 떠나갔다. 그들에게도 정인은 어느 날 안개처럼 사라진 옛친구가 되었을 것이다. 유일한 예외는 중고등학교 6년 내내 같은 학교 친구였던 순영이였다. 순영은 정인의 집 근처에 살고 있어서 등하교를 매일 같이하며 친자매처럼 지냈다. 정인은 가끔 순영이네 집에 가서 놀기도 하고, 같이 문학과 영화에 관해 얘기했고, 다른 모든 하고 싶은 말도 하며 저녁밥도 얻어먹고 오기도 하는 서로 친자매 같은 사이의 친구였다. 특히 정인이 다른 형제자매들이 없으니까 순영에게 더 끌렸다. 순영이는 무엇보다 마음씨가 고왔다. 순영이네가 형편이 어려워 순영이 대학 진학을 포기했을 때 자기만 대학에 진학하게 된 것을 미안해하며 순영을 위로했었는데 순영은 웃으며 괜찮다고 했고 자기는 상관이 없다고 했다. 공부도 잘했던 순영이 그런 말을 하는 것을 보고 정인은 눈물을 지었다. 졸업 후 순영은 시내에 있는 대기업에 고졸 여사원으로 취직이 되었다. 순영은 첫 월급 기념으로 정인에게 맛있는 저녁밥을 샀다. 정인이 대학교에 들어가서 열심히 공부하며 인정받는 것에 순영은 진심으로 성원하고 있었다. 진정한 친구 아니 그 이상의 자매 같은 자매라기보다는 쌍둥이 같은 존재처럼 그 둘은 서로 생각하는 것을 알아채고 행동했다.

순영이 분명히 나에게 그동안 연락을 해왔으리라는 것을 깨달은 시점은 정인이 언니 내 가게에 출근한 지 6개월 정도의 시간이 흐른 후였다. 정인이 오랜 망설임 끝에 순영을 만났고 순영은 기쁘고, 놀랐고, 분노했고, 울어 주었다. 정인을 꼭 끌어안고서. 정인은 미안하다, 미안하다를 반복해서 말할 뿐이었다. 이후 그 둘은 가끔 만나게 되었다. 정인은 순영을 떠나기가 싫었던 것이다. 더군다나 자신이 순영을 배신할 수가 없는 사이임을 잘 알고 있었기 때문이기도 했다. 정인은 이제 자신의 세상에서의 알리바이를 증명해 줄 수 있는 유일한 사람은 순영이뿐이라고 생각했다.

그동안 언니와도 잘 지냈다. 우려와는 달리 잘 적응하여 지내온 정인에 대해 언니는 안도하는 느낌도 들었으나 언니는 항상 바빠서 정인이 연락해서 점심이라도 사려 해도 언니가 시간을 쉽게 내지 못하고 가끔 약속하여 만나도 잠깐 얘기나 하고 끝내는 식이었다. 그러던 어느 날 정인은 언니의 부름을 받았다.

24

새로 태어난 아이는 건강했으나, 산모는 그렇지 못했다. 산모는 임신 때 특별히 조심했다. 스스로가 힘든 일을 안 하고 밥도 열심히 먹고 남편이 주는 영양제 같은 좋은 약들도 챙겨 먹었다. 아내의 임신 소식부터 애를 낳기까지 10개월 동안 누구보다 노심초사한 아저씨였다. 그럼에도 아내는 임신 초기 입덧이 심해지더니 임신 막바지에는 너무나 힘들어했다. 산통이 오고 분만을 준비하는 과정이 힘들었다. 산통이 너무 오래 지속이 되었고 꼬박 하루가 걸린 힘든 시간 끝에 아이가 세상에 나오자 아내는 졸도해 버렸다.

장인, 아저씨, 정 씨의 아내가 산모를 번갈아 가면서 돌봐주었다. 정

씨의 아내는 미역국을 정성껏 끓여주었고 산후조리에 필요한 조치를 잘 해 주었다. 갓난아이는 어머니의 젖을 집요하게 파고들었다. 힘든 아내였지만 아이에게 젖을 물리는 모습에서 미소가 피어나 왔다. 아저씨는 이때가 세상에서 제일 행복한 순간이라고 여기며 하늘에 감사했다.

이제 겨울이 지나고 해가 바뀌어 새봄을 맞이하게 되었다. 시장은 활기를 띠며 바빠지기 시작했다. 장인과 같이 아저씨도 장사하며 하루하루가 정신없이 지나갔다. 그런 바쁜 시간 중에도 아저씨는 틈만 나면 집에 있을 아이 생각, 아내 생각을 했다. 빨리 일을 끝내고 집에 돌아가고 싶은 마음뿐이었다. 걱정거리는 무럭무럭 자라는 아이의 모습과 다르게 아내는 점점 몸이 나빠지고 있는 것이었다. 아이를 낳고 몸은 야위어 갔다. 결혼 전에는 없었던 숨쉬기를 불편해하는 증상이 생겼다. 가슴이 아프다고도 했다. 그렇게 하다가 또 말끔히 증상이 없어지기를 반복했다. 장사로 바빠도 아내를 병원에 데려갔다. 속초 시내의 병원으로 가서 진찰받도록 했다. 의사는 아내가 선천적 그리고 환경적 요인으로 심장질환이 생겼는데 1차 진찰 소견으로는 심장판막증인 것으로 보인다고 하여, 정밀진단이 필요하다고 했다. 아저씨는 놀라고 근심이 되었다. 당장 정밀진단 날짜를 잡고 병원을 나왔다.

장인께 병원에서의 진찰 결과를 말씀을 드렸다. 장인은 한숨을 쉬시며 사위에게 말했다. "자네에게 미안하네. 우리 애가 몸이 너무 안 좋으니... 사실 그 아이가 어렸을 때부터 몸이 약했었는데, 글쎄 전남편이 이북으로 끌려간 이후 더 심해지더라고... 내 자네에게 숨길 것은 없으나 내 딸의 건강이 좋지 않았던 것은 사실이야. 얘가 임신을 못 할까 봐 내심 나도 초조했었는데... 아이를 낳아 나에게 손주를 안겨주니 너무도 고맙고 행복했지. 자네도 마찬가지였을 테고. 그런데 아이를 낳느라고 몸의 기력을 다 쏟았는지... 아무튼 자네에게 미안하네."

"장인어른, 그런 말씀 하지 마시고 우선 정밀진단 받고 치료에 힘써야 할 것 같습니다."

"그러게나. 오늘 장사는 내가 마무리하고 들어갈 터이니, 자네 오늘은 일찍 집에 먼저 가서 아이 엄마 돌보고 좀 쉬게."

아저씨는 집으로 오는 길에 아내를 위해 장을 보았다. 몸에 좋은 산나물, 채소, 싱싱한 어물, 그리고 소고기 살코기 등을 샀다. 집에 가서 아내를 위해 맛있는 저녁밥을 만들어 주리라 생각했다. 집에서 아내는 아저씨에게 말했다. "여보, 오늘 수고하셨어요. 제가 심장이 그렇게 안 좋은 줄은 몰랐어요. 어릴 때부터 또래 아이들보다 숨이 짧고 힘들어는 했어도 그럭저럭 견디며 살아왔는데, 여보, 미안하지만, 제 첫 결혼 후부터 급격히 나빠진 것 같아요. 전남편이 고기잡이 후에 집에 들어오면 습관처럼 술을 마시고 저에게 술주정을 부리며 때리곤 했는데 그때마다 저는 심장이 멎는 것처럼 힘들었어요, 어떤 때는 숨도 잘 쉬어지지 못했어요. 그러다가 남편의 배가 이북으로 끌려가면서 제 가슴이 타들어 갔지요. 그렇게 하루, 이틀, 한 달, 두 달, 그러더니 1년, 2년 끝내 7년이 넘어도 오지를 않는 것이었어요. 제 가슴은 타들다 못해 그냥 그냥 한스러워지며..."

"여보, 제가 잘못했어요. 제가 당신과 혼인해서는 안 되어야 했나 봐
요. 당신을 힘들게 해서는 안 돼야 했는데... 여보 미안해요. 절 용서해
주세요." 아내는 말끝에 끝내 울음을 터트렸다. 옆에서 자고 있던 아이도
덩달아 울었다.

아저씨는 답답했다. 그렇게 말하는 아내가 야속했다. "여보. 나에게 미
안하게 생각하지 마오. 병은 치료해서 나으면 되오. 과거사에 너무 마음
을 쓰지 마오. 과거는 이제 다 지나간 일이잖소. 과거를 탓해서 뭔 도움
이 되겠소. 이제 우리 당신과 나 그리고 아이 세 식구 행복하게 살면 되
는 거니까. 너무 스스로 힘들어하지 마오."

며칠 후 아내는 정밀진단을 받았고 의심했던 심장판막증이라는 병으
로 판정받았다. 병은 수술로만 나을 수 있으나 수술 성공률이 반드시 좋
은 것은 아니니 항상 안정을 취하고 편안하게 생활하라는 의사의 소견이
덧붙여졌다.

아내는 결국 집안에서 지내는 날들이 많아졌고 아저씨와 장인의 염려
에도 불구하고 몸은 회복되지 못하고 점점 쇠약해져 갔다. 장인도 워낙
고령인데다 딸 걱정 때문에 몸이 성한 데가 없었다. 아저씨도 기력이 떨
어지고 있었다. 이러는 가운데 새로 태어난 아이는 무럭무럭 자라고 있
었다.

25

    다음 날 점심때 우영은 혜영의 사무실로 갔다. 혜영은 그 책을 우영에게 내밀면서 잘 읽어 보라고 했고 질문이 있으면 답해 주겠다고 했다. 혜영의 사무실을 나와 넓은 학교 캠퍼스를 가로질러 학교 구내식당으로 갔다.

    둘이 점심을 먹으며 이런저런 얘기 끝에 먼저 우영이 물었다. "어젯밤에 돌아가신 아버님이 혜영 씨가 역사전공을 하고 특히 만주사를 하라고 하셨다는 것은 필시 어떤 연유가 있을 것 같았다고 생각했습니다. 특별한 이유라도 있었습니까?"

    "아, 그것은... 어제 역사 얘기, 특히 만주사 얘기를 하다 보니 제 아버지에 대해 말씀을 잠깐 드리게 됐는데... 말씀드렸다시피 제 조상님들이 구한말 때 만주로 이주하셨는데 아버지대로 오니까 이미 우리 가족이나 친척들이 온통 중국인이 되었죠. 한국계 소수민족이 되었는데 중국은 동북 삼성, 즉 헤이룽장성, 지린성, 랴오닝성 이렇게 세 지역이 가장 낙후된 지역으로 지린성에 가장 많이 살던 한국인들이 차츰 보다 나은 삶을 찾아 중국 내 다른 지역으로 떠나게 되었고 일부는 남한으로도 이주하게 되었죠. 제가 태어난 용정도 한국인 집단 거주지에서 이제는 점점 중국인들도 많이 살고 있는 형편이지요. 우리 집만 하더라도 제 위 오빠는 상하이로 이주해서 살고 있고 다른 친척들도 만주에 사는 사람들은 거의 없다시피 해요. 중국 각지로 일을 찾아 떠나게 된 거지요. 아버지는 저에게만은 만주인의 동질성을 갖게 하고 싶었고 그 길은 역사 공부를 통해서라고 하셨죠."

우영은 혜영의 말을 막으면서 말했다. "만주인의 동질성이라고요? 왜 만주인의 동질성인가요? 기실 한국인 혹은 조선인 아닙니까?"

혜영은 엷게 웃으며 대답했다. "1880년대 즉 19세기 말에서 지금 21세기 초까지 120년 이상이라는 어마어마한 시간이 흘렀다는 것을 생각해 보세요. 우리가 이미 오래전에 중국인이 되었다고 말씀드렸죠? 아버지는 우리가 중국인이기 전에 만주인이라고 항상 말씀하셨죠. 우영 씨는 우리가 만주인이기 전에 조선인 혹은 최소한 한국계 중국인이라고 말해 주기를 바라고 있었는지 모르지만, 이른바 한민족이라는 민족주의 개념은 사라졌거나 많이 희박해졌다는 것이죠. 아무튼 만주에 사는 중국인들이 우리는 만주인이라는 의식은 사실 중국인들 사이에서 아주 이상한 것은 아니에요. 그래서 제가 만주사를 배우게 된 것이죠."

"만주사는 어제 말씀드렸듯이 넓은 만주 일대의 여러 민족의 역사이기도 하지만 여기에는 지금 남한과 북한이 된 한국인들의 역사도 깃들여 있다는 것입니다. 우리는 이를 잘 알아야 합니다. 우리가 만주사를 하나의 지역 역사로만 볼 수 없고 문명사적인 관점에서 보자면 유라시아 역사의 시작점이라고 볼 수 있기 때문입니다. 제 아버지는 중국인들이 소홀히 하는 만주사를 만주인 제가 제대로 공부하기를 원하셨고, 저도 그런 의식만큼 만주사의 의미성에 중요한 방점을 두고 연구를 하는 것이죠."

우영은 혜영의 설명을 대략 이해할 수 있을 것도 같았다. 그러나 자신이 너무나 아는 것이 없다는 것도 동시에 절감했다. 우영이 말했다. "앞으로 제가 혜영 씨에게 많은 것을 배워야 할 것 같습니다."

"우영 씨가 역사 공부를 열심히 하시니까 제가 한 말씀을 드리면, 어떤 역사책을 읽든지 역사적 사실에 대한 저자의 태도와 결론에 대한 의심을 품고 출발해야 합니다. 제가 남한에 와서 역사 서적들을 접해 보니까 세계사는 온통 유럽 중심사를 그대로 받아서 쓰여 있어서 놀라기도 했었고 또 한국사도 책들의 많은 부분이 아직도 일본인들이 오래전 조선을 침략할 때 가져왔던 역사관에 의존하고 있더군요. 이를 남한에서 식민사관이라고 부르고 있더군요, 지금 2000년대 초반임에도 이 역사관으로 학생들에게 가르치고 있는 것을 알게 되었는데 앞으로 세계사든 한국사든 제대로 된 한국의 역사가들이 독창적인 역사관을 가지고 썼으면 하는 생각을 하게 되었습니다."

혜영이 말을 이어갔다. "제가 중국인으로서 말씀드리면 좀 오해를 살까 봐 조심스럽기는 하지만 이곳 남한사람들은 특히 지식인층의 사람들이 서유럽과 미국인들이 쓴 역사책을 거의 무비판적으로 받아들이는 경향을 보고 상당히 놀랐었습니다. 비단 역사책뿐만이 아니라 사상, 철학, 종교, 문화, 문명 등에 대한 그들의 책들을 외우다시피 하며 숭배하는 경우도 보았습니다. 저는 왜 그럴까 하는 생각을 나름 해 봤는데, 그 이유는 역시 역사에서 찾을 수밖에 없었습니다. 저의 조상이 19세기 말엽에 조국을 등지고 머나먼 만주 땅으로 이주를 한 것은 한국 역사의 가장 어려운 때의 일이었습니다. 조선의 후반기, 대략 임진왜란 이후부터 지금까지 한국은 계속해서 나빠져 왔습니다. 그 몇 세기 동안의 역사는 그전의 훨씬 더 장구한 역사의 전개와는 완전히 다른 역사였습니다."

"간략히 표현하자면, 퇴보의 역사였을 뿐만 아니라 몰락의 역사였지요. 역사가 진보만 하는 것은 아닙니다. 퇴보와 진보를 거듭하면서 가는 것인데 조선조 후기 이후 지금까지 퇴보만 거듭해 오는 동안 서구 유럽과 미국 그리고 일본 등이 올라와서 세계를 압도했으니, 한국은 우물 안 개구리 신세가 되어 완전히 바뀐 세상을 뒤늦게 알게 된 것이지요. 불행히도 중국도 비슷했지요. 중국과 조선은 같은 길을 가게 된 것을 아시지 않습니까? 즉, 역사상 가장 나락으로 떨어진 한국과 정반대의 서구 문명이 서로 만날 때 어떠했겠습니까? 한국인들은 스스로 비굴해질 수밖에 없었습니다. 모든 것에서 뒤처져 있었으니까요. 한국인들은 유럽인, 미국인, 일본인들에게서 배울 수밖에 없었지요. 그들의 역사를 타인으로부터 배워야 했지요. 그들은 한국의 역사를 모르면서 아는 체하거나 아는 것들을 왜곡시키면서 한국을 유린한 것이지요. 저는 유린이라는 강한 용어를 쓸 수밖에 없다고 믿습니다. 더구나 가장 최근에 벌어진 남한의 외환위기 사태, 이를 사람들이 아이엠에프 사태라고 부르더군요, 이것도 서구 중심의 질서를 확립하고 후발주자인 남한의 기를 꺾어버리는 합리를 가장한 강력한 국제제재기구의 통치를 받게 된 것이죠. 이 시점에서 남한이 어떻게 스스로 자리매김해야 할지는 그들의 역사를 제대로 알고 배우고 반성하는 것에서 출발해야 한다고 생각합니다."

우영이 말을 받았다. "저는 수학과 학생으로 최근까지 수학만이 진리라고 생각했었습니다. 심지어는 대학교에 갈 필요도 없다. 아버지와 고향에서 조용히 살고 싶었습니다. 그런데 대학에 온 후 우연히 친구를 통해서 미술 같은 예술세계를 접했고 또 선배의 권유로 수학 외의 다른 분야의 공부도 시도하게 되었는데 그 첫 분야가 역사였습니다. 그리고 제가 운이 좋은지 혜영 씨 같은 사람을 만나서 배울 기회가 생기게 된 것인데, 혜영 씨가 만주사를 전공한 것이 혜영 씨 아버님의 권유였다는 것은 지금 말씀하신 것처럼 만약 역사가 타자에 의해 유린당하였다면 이는 내 역사만큼은 내가 써야겠다는 것으로 읽힙니다. 저는 최소한 내 역사만큼은 내가 쓰지는 못하더라도 나 스스로 제대로 인식해야 한다는 과제를 안게 된 것 같습니다. 이를 통해 다른 연관 분야에 대한 관심도 넓어질 것 같습니다."

혜영이 말했다. "제가 드리는 말이 다 맞지는 않을지도 모르죠. 단지 드리고 싶은 말은 역사를 그저 교양으로 보는 안이한 태도는 버리자는 것이 중요하다고 생각하고 우영 씨가 수학 전공자답게 연역법적 역사 읽기와 이해하기는 신선한 발상이라 저는 우영 씨의 공부에 대해 크게 걱정은 안 하죠. 사실은 저도 조선족으로 불리는 중국인이라 이곳 남한에서 의미 있는 대화를 나눌 친구가 없어서 외롭기도 했지요. 학교가 오히려 더 심할 정도로 배타적인 측면도 있는 것 같기도 하고. 또 요즘 학생들 보면 공부라고 취직 공부 아니면 전공 공부하기에만도 벅찬 듯이 보이니 우영 씨는 제가 보기에도 좀 다른 사람처럼 보였죠."

우영이 답했다. "예, 저는 스스로 삶에 문제의식을 갖고 있는 회의주의자입니다."

우영은 혜영이 앞에서 자신이 '회의주의자'라고 말한 것에 스스로 놀랐다. 갑자기 튀어나온 말이었다. 아마도 삶은 지루함이라는 자신의 오랜 생각이 불쑥 회의주의라는 말로 튀어나온 것인데 그것도 이방인 같은 존재인 혜영이 앞에서 해버린 것이 놀라울 따름이었다. 겉으로는 평온함을 보이고 싶었으나 우영은 속으로는 당황하고 있었다. 민수와 창국이 형한테만 자신의 속마음을 말했었던 자신이 아니었지 않은가?

우영이 침묵을 지키는 동안 혜영이 말을 받았다. "우영 씨는 자신이 회의주의자라고 생각하신다는 거예요? 좀 의외네요. 다른 학생들과 다른 우영 씨의 모습은 자기 확신이 찬, 뚜렷한 자기만의 철학을 가진 멋진 젊은이의 모습으로 비췄는데 자신이 회의주의자라는 것은 이해가 안 됩니다.”

“다른 친구들이 어떻게 사는지에 상관없이 저는 삶이 근원적으로 지루하다고 생각해 왔습니다. 시골 출신인 제가 서울 같은 화려한 곳, 모든 것이 있는 곳, 특히 저같이 아무것도 가진 것이 없는 젊은 사람에게는 무한한 가능성이 있는 곳, 도전을 해 볼만한 곳, 그곳에서 돈을 벌어 성공하고 싶다는 것 그래서 홀로 계신 아버지께 효도해야 한다는 것 그래서 서울에서 잘살고 고향을 빛내는 인재가 된다는 것. 이런 것들이 도무지 의미가 없다는 것입니다. 저에게는 이러한 것들은 한낱 삶의 장식품에 불과하고 이러한 성취는 오히려 저에게 고통이 될 수 있다는 두려움에 사로잡히기도 했습니다. 그래서 아마도 이런 제 생각이 일종의 회의주의가 아닌가 하는 의식이 저도 모르게 생겨서 불쑥 내뱉어진 건가 봅니다.”

“제 생각에는 우영 씨가 스스로 회의주의자라면 오히려 그것을 철저히 가지고 가는 것도 필요하다고 생각해요. 저는 철학 공부를 깊이 하지는 못했지만 르네 데카르트라는 유럽 근세 철학자를 아시죠? 그는 세상의 모든 것을 회의했지요. 그는 철학적인 방법론으로서 회의했지요. 그는 본성이 무엇인지를 알기까지 회의했지요. 그는 죽을 때까지 회의만 의심만 하다가 살았습니다. 얼마나 멋있는 삶의 태도입니까? 그가 추구한 본질을 그는 아마도 못 찾았을 것입니다. 그것이 문제가 아니라 데카르트가 보여 준 것은 삶의 방식, 나아가 철학적 방식으로서의 그의 태도가 멋있었다는 것입니다. 저는 오히려 우영 씨의 지금의 이 태도가 마음에 들 정도입니다."

우영은 혜영의 이 같은 반응에 놀랐다. "혜영 씨는 아직 저를 잘 모르는 상태에서도 핵심을 뚫고 말씀을 하실 수 있는 눈을 갖고 있다는 생각이 지금 번뜩 들었습니다. 다른 사람 같으면 저에게 젊은 놈이 만사에 소극적이고 삶이 지루하다는 것이 말이 안 된다. 정신을 차려라. 잘못하면 너만 손해라는 등등의 조언을 할 겁니다. 그런데 혜영 씨는 지금 정반대로 말씀하셨어요. 차라리 이 삶에 대한 의심, 삶의 권태, 삶에 대한 회의를 차라리 즐기라고 얘기하고 있는 것 같아요. 혜영 씨는 어떻게 저의 마음을 아시고 심지어 이에 대한 해법 같은 말씀을 하시게 되는지 궁금해지기도 합니다."

혜영이 곧 대답했다. "바로 지금 우영 씨의 질문을 이해해서입니다."
"네?"

"네, 제가 처음 우영 씨를 학교 도서관에서 마주쳤을 때 제가 받은 인상과 지금 받는 인상이 하나도 바뀌지 않았어요. 우영 씨가 아무도 안 보는 심지어는 역사학 전공자도 안보는 만주사 책을 보겠다고 저와 승강이했던 것에서 우영 씨의 삶의 태도를 읽어낼 수 있었죠. 아주 짧은 시간 동안 우영 씨를 봐서 제가 잘못 볼 수는 있겠지만, 적어도 저에게 우영 씨의 회의주의는 앞서 말한 데카르트적인 면이 강하다는 것이죠. 데카르트가 얼마나 삶에 긍정적이었는지를 잘 아셔야 합니다. 그는 아마도 지금의 우영 씨처럼 삶이 지루하다고 느꼈을 것입니다. 이러한 문제의식 없이 철학자가 될 수는 없었겠지요. 우영 씨는 수학자보다는 철학자의 기질이 있을 수도 있다는 생각도 듭니다. 물론 그 차이는 큰 것은 아닐지 모르지만요."

"저의 삶에 대한 문제를 진지하게 얘기해준 사람은 지금까지 몇 없었습니다. 죽은 친구, 선배님 하나 그리고 아버지 정도였습니다. 그런데 혜영 씨가 이렇게 말씀을 해주니 이상하기도 합니다."

"저는 이상하다고 생각하지 않아요. 저도 최근까지 회의주의자였어요. 아마도 지금도 그런지 모르죠. 저도 오래전부터 아마도 어렸을 때부터 아주 그랬을 거로 추측합니다. 저는 불행한 어린 삶을 살았다고 생각하지는 않습니다. 그러나 그렇다고 딱히 행복하지도 않았습니다. 아버지가 일하시다 일찍 돌아가신 것 때문에 불행하지도 않았습니다. 어머님이 안 계신 것에 아버님의 몫을 채워 주신 것에 감사했으니까요. 아버지의 뜻대로 만주사를 공부했고 이를 위해 베이징으로 갔습니다. 저는 낙후된 농촌에서의 삶이 싫었고 더군다나 소수민족 출신으로 고향에서 그럭저럭 살아가기 싫었습니다. 베이징에 가기 위해 2년이나 재수해야 했습니다. 시골 깡촌에서 아무리 열심히 공부해도 대도시에서 과외공부로 무장한 학생들과의 대학입시 경쟁은 쉽지 않았습니다. 그래도 좋은 대학에 가는 것만이 저의 인생을 바꿀 수 있는 길이라고 생각했기에 공부를 열심히 했습니다. 결국 원하는 중국 최고의 학교를 베이징에서 다녔습니다. 그러나 학교에 다니면 다닐수록 제가 할 수 있는 것이 점점 줄어가는 것을 알게 되었습니다. 인문학부를 졸업하여 취직도 쉽지 않았고 된다고 해도 제가 원하는 곳으로 갈 수 있을지 고민이 되었고 결국은 돌아가신 아버지의 뜻을 끝까지 따르자고 생각하고 대학원으로 진학했고 거기서 자연스럽게 만주사를 택하게 되었습니다.”

“그런데 점점 회의감의 드는 것이었어요. 글쎄 저의 회의감이 우영 씨의 회의주의와는 질적으로 다른지는 솔직히 잘 모르겠으나 저의 경우는 제가 할 수 있는 것의 한계, 즉 현실적인 벽을 강하게 느끼는 것이었죠. 중국은 남한사람들이 생각하는 것보다 복잡한 사회입니다. 제가 할 수 있는 것이 없다고 생각했습니다. 저는 공산당원이 될 수 없습니다. 중국의 지도층으로의 도약이 애초부터 불가능합니다, 제가 공산당원이 되려면 제가 아닌 남의 삶을 살아야 허락이 되는 사회구조입니다. 저는 그것이 싫었습니다. 저는 소수민족 출신입니다. 그리고 저는 여자입니다. 제가 현실주의자였다면, 철저하게 체제에 순응하여 공산당에 가입해야 했겠죠. 이도 저도 아니면 집안이 부자이거나 부자와 결혼하여 신분 상승을 노려야 합니다. 그리고 제가 보기에는 중국은 남한보다 더 심한 자본주의 국가입니다. 저는 이러한 체제에 부적합할 뿐입니다. 그저 공부 좀 잘한 변방 출신 여자. 그러나 엉뚱한 전공을 택해 미래가 불투명한 학생, 뭐 이런 조건이었습니다. 제가 남한에 온 것은 특별한 포부가 있어서라기보다 그냥 왔던 것이지요. 제가 지난번에 말씀드린 대로. 따라서 저의 회의감은 상당히 중국의 현실을 반영한 것으로 특별한 것은 없습니다. 그러니까 저의 경우 아무리 해봐야 제가 원하는 삶은 불가능하다는 회의

입니다. 차라리 제가 출세지상주의자였다면 저에 대한 생각을 단순화시키고 저의 삶의 목표를 수단과 동일화했을 겁니다. 그러나 그것이 불가능하지요. 제가 저를 바꾼다는 것은 자기기만이 되기 때문이죠. 그래서 저는 삶의 현실에서 나타나는 모순에 끊임없이 질문하면서 사는 것이 습성이 되었죠. 아마도 제가 우영 씨에게서 저와 비슷한 분위기를 느꼈던 것 같아요."

"혜영 씨의 중국에서의 특수한 위치에 대해서는 제가 잘 몰랐고 이것이 현실의 문제가 된다는 것과 우리 한국의 경우와는 다르다는 것을 배웠습니다. 그리고 제가 혜영 씨로부터 역사 분야뿐만이 아닌 다른 분야에 대해서도 배울 기회가 있기를 바랍니다. 진심입니다."

"우영 씨는 저의 유일한 남한의 친구가 되셨으니 우리 친구끼리 꺼리는 것 없이 다 얘기해 보았으면 합니다. 우영 씨 괜찮으시지요?"

26

언니가 말했다. "정인아, 이제 네가 나와 같이 지낸 것도 2년이 넘어 3년째로 접어들었다. 지난 시간 동안 나를 떠나지 않고 잘 지내줘서 고마웠다. 네가 이제 이 생활에 많이 적응됐을 것으로 믿는다. 이제부터는 네가 나를 좀 더 본격적으로 도와주었으면 한다. 우선 오늘 밤에 귀한 손님이 우리 가게로 오신다. 네가 모시도록 해라. 아마도 네가 그분을 전에 뵀을 것이다. 네가 기억할지는 모르지만, 그분은 너를 기억하고 오늘 너를 보자고 하신다. 네가 할 일은 별것 없다. 그분을 단독으로 모시는 것이다. 네 마음이 편한 대로 모시면 된다. 단, 네가 예의를 지키고 그분의 말을 잘 알아듣도록 해라. 알겠지?"

정인은 어떤 분인지 기억이 안 난다고 했다. 언니는 오늘 밤에 직접 만나 보면 알 거라고 했다. 그러면서 덧붙여 다음과 같이 말했다. "그분은 우리의 사업을 여러모로 돕고 있는 분이야. 그러니 네가 특별히 잘 모시도록 해라."

"우리의 사업이라뇨?"

"내가 오늘은 너에게 대략만 얘기해 주겠다. 우리가 옛날 운동권이었을 때 우리는 아주 소수에 불과했어. 80년대 후반기에 가서야 겨우 대중들이 우리 편이 되어서 사태가 급변하게 된 거야. 그런데 사실은 우리가 이른바 민주화되었다는 것 외에는 사실 변한 것이 없어. 이 말은 내가 너에게 수차 얘기를 해서 알고 있을 거야. 사실 내가 얘기 안 해도 이제는 알만한 사람은 아는 것이지. 내 말의 요점은 이래. 옛날이나 지금이나 우리는 소수야. 여기서 우리는 나를 배반한 나의 옛 애인 같은 사람들을 제외한 우리야. 배반한 사람들은 의외로 많아. 물론 그전에 운동권을 포기하고 기성 세력에 투항한 사람들은 이루 셀 수도 없어. 비단 학생들만이 아니야. 사회 곳곳에 있지. 우리의 실수는 우리의 아군을 확보하지 못하고 그냥 뛰어들었던 거야. 우리의 열정만을 가지고. 그래서 나는 생각을 하게 됐지. 나는 연장전을 치르고 싶다고 생각한 거야. 연장전은 우리가 전후반을 뛰고 승부가 나지 않을 때 하는 것이지만, 나에게는 전후반이 없이 졌어. 그래서 나는 연장전을 스스로 치르면서 뒤집기를 시도하는 거야. 정인아, 오해하지 마라. 내가 이 시점에 무슨 사회혁명 같은 소리를 하는 게 아니야. 이 연장전은 상대방이 인정하지 않는 연장전이야. 이미 상대방은 승리했고 이를 구가하고 싶은 거야. 나는 이 승리를 인정 못

하겠다는 것이지. 그래서 나는 아직 싸우고 있는 것이야. 물론 나 혼자의
만의 싸움은 아니야. 그렇게만 알아다오. 다음에 너에게 더 말해 줄게.
오늘 네가 만날 분은 나를 도와주는 분 중의 한 분이야. 그냥 한마디만
해줄게. 그분은 내가 옛날 카페에서 일할 때 알게 되어 오늘까지 긴 인연
을 이어오고 계신 거야. 나는 돈이 필요하다. 내가 먹고사는 것 때문이
아니다. 이 문제라면 나는 문제없다. 나 혼자 소박하게 살자면 못 살 게
없다. 그러려면 시골에서 조용히 살아도 된다. 내가 다시 서울로 온 것은
나의 뜻을 펼칠 수 있는 수단을 만들기 위해서 온 것이라고 그 손님에게
말해 주었지. 그분은 그냥 내 말을 듣고 내 사업자금을 대 주셨지. 그래
서 내 가게를 열고 그것이 발전을 거듭하여 오늘의 살롱이 된 거야. 알겠
지?"

정인이 물었다. "언니, 언니의 사업은 뭐예요? 이 살롱 사업은 일종의
위장인가요?"

"위장이라... 그렇다기보다, 하나의 투자사업이라고 보면 된다. 내가
나중에 너에게 내가 하는 일을 더 얘기해줄 기회가 있을 거야. 오늘은 이
정도만 하자."

그날 늦은 밤에 정인은 언니가 말한 귀한 손님을 맞았다. 손님은 사십
대 후반으로 보이는 중후한 인상의 사람이었다. 전반적으로 평범한 모습
이었으나 전체적으로 풍기는 분위기는 대기업 임원이거나 중견기업의
사장 같은 깔끔함이 있었다. 손님과 정인은 같이 조용히 술을 마셨다. 손

님은 말수가 적었고 정인에게 옅은 미소를 지으며 존댓말로 대화를 이어 갔다.

정인이 질문을 했다. "사장님, 여기서 저를 전에 보신 적이 있으셨다는 얘기를 대월심 사장님으로부터 전해 들었습니다. 제가 미처 기억을 못 하고... 죄송합니다."

"죄송할 것까지는 없고요."

손님은 정인에게 자신의 대월심 사장과의 인연을 얘기해 주었다. 그는 언니의 연인이었던 옛 운동권 선배의 학교 선배였다. 고등학교와 대학교의 동문이었다. 서로 나이 차이가 나서 같은 시기에 고등학교를 같이 다니지는 못했으나 대학교 때는 서로 선후배로서 만난 적은 있었다고 했다. 손님의 집안은 원래 부유한 사업가 집안으로 손님이 학교에 다닐 때는 군사독재 시절이었고 손님은 그때 집안의 만류로 조용히 공부만 하며 학창 시절을 지냈다고 했다. 학교 졸업과 군 복무 후 자연스럽게 집안의 사업체를 물려받으며 평범한 생활을 하다 언니네 카페에 우연히 들르게 되었는데 그때 언니를 알게 되면서 언니의 옛 애인이 그 후배였음도 나중에 알게 되었다고 말했다. 그때의 인연이 이어져 지금까지 오고 있다고 했다. 그러면서 대월심 사장은 대단한 분이라고 했다.

손님은 조용히 말을 하였고 말을 할 때마다 단어를 신중하게 선택하였다. 정인은 손님이 기업체 사장보다는 학자 같은 분위기가 난다고 느꼈다. 술을 먹어도 흐트러진 모습을 보이지 않았다. 정인에게는 잘 지내느냐, 이 생활에 어려움 같은 것은 없느냐, 학교를 중도에 그만둔 것으로 알고 있는데 기회가 되면 다시 학교로 돌아갈 생각은 있는지와 같은 질문들을 했다. 정인은 솔직히 대답했다. 대월심 사장님의 도움으로 큰 어려움은 없고 다시 학교로 돌아가지는 않을 것 같다. 그리고 산다는 것에 대해 그리 큰 의미를 두지는 않고 살기로 했다고 말해 주었다. 손님은 이에 대해 별 반응을 보이지 않고 술을 조금 더 마시고 다음번에 다시 오겠다며 갔다.

귀한 손님이 떠난 후 언니는 정인에게 그 귀한 손님과 어떻게 인연을 맺게 됐는지에 대해 구체적으로 말하기 시작했다. "나는 내 연인이 경찰에 잡혀갔을 때 노심초사했지. 그는 분명히 심한 고문을 받았을 것이니까. 나 자신도 쫓기는 몸이라 언제고 체포될 수 있는 절박한 상황이었지. 그가 자백하면 나는 잡히게 돼 있었지. 정인아, 너는 막연히 생각할 수도 있을지 모르지만, 우리가 투쟁한 80년대는 5·18로 시작해서 민주화로 마무리된 엄청난 시기였어. 60년대, 70년대 선배들이 이룩하지 못한 과업이 되었지. 거기에 나와 나의 동지이자 애인이 추동력을 발휘했었다는 자부심이 있었지. 그가 경찰의 고문 후 재판받고 감옥에 갔을 때 나는 비로소 그를 면회할 수 있었어. 그런데 그때부터 그는 말수가 적어지기 시작했지. 평소에 웃지도 않던 웃음도 지으며 내게 말하더군. '너는 고문도 안 받아서 좋았겠다.' 평소와 전혀 다른 말을 하는 거야. 그래서 나는 직감을 했지. 아, 이 사람이 고문 후유증에 시달리고 있는 거구나 하고. 내가 딱히 해줄 말이 없었지. 안타까운 마음이지만 그 이상 어떻게 나도 할 말이 없더군.”

“그는 다행히 민주화가 이루어지는 바람에 비교적 빨리 석방이 되었지. 그때부터 사람이 바뀌기 시작했어. 처음에는 고문 후유증인가 하고 나는 참고 그가 정상으로 돌아오기를 기다렸지. 그런데 사람이 정말 바꿨더라고. 나와 동지들을 만나는 것을 꺼리기 시작하면서 말이지. 처음에는 우리가 이렇게 생각했어. 혹 그가 경찰에 잡혀 있는 동안 고문에 못이겨 동지들의 소재를 알려준 것이 아닌가. 그에 대한 양심의 가책으로 그런 것인가도 생각했지. 그런데 그게 아니었던 것 같아. 다른 사람은 몰라도 나는 만났어야 했을 것 아닌가 말이야. 나는 잠시 그가 고문에 못이겨 일시적인 정신착란이었다고 생각했는데, 결국은 그는 떠나간 거야. 그가 정신착란증의 증세를 보였다면 그 상태가 오래 지속이 되어야 했었어.”

“내가 너에게 지난번에 했던 얘기를 좀 더 자세히 이 시점에서 또 하는 이유는 그 귀한 손님이 내가 어려웠을 때 도와줬기 때문이야. 그분이 처음 카페에 왔을 때 내가 나의 과거를 얘기하는 과정에서 내 옛 애인이 바로 그분의 학교 후배였을 뿐만 아니라 서로 몇 번 만나서 알고 지내는 사이라는 것을 알게 된 거야. 내가 그냥 털어놨어. 그 후배가 나를 배신하고 떠났다고. 그분이 심각하게 내 말을 들으시더군. 내 성격상 말을 돌려서 못 하니까. 그분은 그의 배신이 나에게 무엇을 의미하는지를 아시는 것 같았어. 그때의 내 심정은 누군가가 나를 도와주는 사람이 누구라도 주변에 있었으면 해서 막연히 내 말을 해 댔는지도 몰라. 내가 그의 배신

너도 학처럼 날아보고 싶지?   275

으로 상처받으며 지샌 몇 달 동안 나는 나에게만 파묻혀 있어서 잘 몰랐었지. 그런데 서울로 올라와 보니까 동지들 생각이 났는데, 그중에서 경찰에 잡혀가 고초를 받은 친구, 후배들 생각이 비로소 나기 시작했지. 떠나간 내 옛 애인이 나를 생각하게 해준 점도 있었지. 나는 돈이 필요했어. 우선 연락이 닿는 친구들의 치료비를 되는대로 만들어야겠다고 생각했지. 나는 돈이 없는데 어떻게 하나. 그래서 그분에게 나는 이런 사람이다. 그리고 나는 이런 일을 당장 하고 싶은데 도울 수 있냐고 했고 나중에 도움받은 돈은 내가 장사를 해서 갚아나가겠다 했지. 그때는 그분이 그렇게 돈이 많은 기업인인 줄 몰랐고. 그냥 내 식으로 말씀드린 거야. 내 옛날 운동권 때의 활동 방식처럼 정면으로 부딪친 거지. 그래서 그분과의 인연이 시작되었던 거야."

정인은 물었다. "그래서 그분이 도와주셨군요? 어떻게요?"

"아, 그분은 잠시 생각을 하더니 내가 생각했던 것보다 훨씬 많은 돈을 약속하더라고. 고마웠지. 그분 말씀이 자신과 후배인 내 옛 애인 다 같은 시대를 살고 있는데 자신은 학교 다닐 때 데모 한번 안 하고 지냈는데 이것이 마음의 부채 같은 것으로 남아 있었다고 말하더라고. 자기는 용감하지 못하여 그렇게 하지 못했고 집안의 사업 때문에 데모는 결코 할 수 없었다고 하면서 돈을 내놓았지. 나는 나를 배신한 과거의 운동권 전사보다 이분이 더 훌륭하다고 생각하고 심지어 존경까지 하게 됐지. 내가 인생의 배신을 당하고 앞으로 믿고 같이 살 수 있는 사람이 있을까 하는 허무감에 빠져 있을 때 그분이 손을 내민 거야. 그 이후 나와 그분과의 우정이 시작되고 지금까지 지속되었던 거지. 그래서 내가 너에게 그분을 만날 수 있도록 해준 것이지."

한 달쯤 지나서 그 귀한 손님이 살롱에 다시 찾아왔다. 이번에는 다른 두 사람을 데리고 왔는데 외국인들이었다. 손님이 두 외국인 비즈니스맨을 접대하는 형식의 술자리였다. 그들 세 명은 서로 잘 아는 사이인 듯 친숙한 말과 미소 그리고 몸동작으로 잘 어울려 놀았다. 정인은 귀한 손님을 접대했고 나머지 두 여종업원은 각각 외국인들 곁에 앉았다. 손님들은 영어로 대화하였고 여자들은 조용히 옆에 앉아서 그들이 웃을 때 같이 웃어주는 언어의 장벽 때문에 여자들은 어색함을 위장하며 같이 술을 마셨다. 한 외국인은 미국인이었고 다른 외국인은 독일인이었다. 귀한 손님은 그들에게 영어로 농담을 걸면서 분위기를 띄웠다. 여자들은 오늘의 그들의 술자리는 한국 손님에게 중요한 것이라는 것을 직업적 본능으로 알아차렸고 그래서 좀 긴장하고 있었다.

정인에게 독일 손님이 질문을 했다. "당신은 요즘 어떻게 지냅니까?"라고. 정인은 살짝 객기가 발동하여 독일어로 대답을 해 버렸다. "나는 좀 외롭다. 그래서 여기에 나와 매일 술을 마신다."라고 진실인 듯 아닌 듯한 분위기로 말했다. 독일인은 놀라며 독일어로 말했다. "아니 당신 독일어를 할 수 있다니 놀랍네요. 그리고 당신의 대답은 더 놀라워요." 하며 손뼉을 쳐댔다. 모두 놀라며 그와 정인이 무슨 말을 했는지 궁금해했다. 독일 손님이 이 짧은 대화를 즉석에서 영어로 번역해 얘기해 주었고 남자들은 그제야 웃음을 지었다. 미국인 손님은 감탄하며 정인을 보며 말했다. "나는 독일어를 못하는데 당신은 독일어를 할 수 있다니 인상적입니다. 그럼 당신은 영어도 잘할 수 있습니까?" 정인은 대답했다. "아, 영어도 독일어만큼은 할 수 있다고 생각합니다."라고 영어로 대답했다. 미국인이 말했다. "와, 당신은 2개 국어를 할 수 있네요. 이 일을 하지 말고 통역사를 하는 것이 낫겠는데요.", "그것은 가능하지 않아요. 저는 이 일을 하는 것이 더 좋아요. 통역이나 번역일은 돈을 많이 못 버는 직업이니까요." 미국인은 웃으면서 말했다. "아, 그러네요. 당신이 즐기는 일이라면… 괜찮겠네요."

정인이 술자리를 부드럽게 만드는 역할을 했고 손님들은 기분이 좋아졌다. 그들은 정인에게도 스스럼없이 영어로 농담을 건네고 정인은 센스 있게 받아쳤다. 귀한 손님도 기분이 좋아졌다. 자신이 접대하는 외국 손님들의 흥을 정인이 돋워 주니까. 그들은 술을 "위하여!" 외치며 마셨다. 노래는 모두 영어 노래를 불렀는데 흘러간 육칠십 년대의 팝송들이었다. 여자들도 그들의 비장의 영어 노래 레퍼토리에서 한두 곡을 부르며 분위기를 맞춰주었다. 독일인만 독일노래를 불렀는데 마침 정인이 아는 노래라서 같이 마이크를 잡고 불렀다. 독일인은 매우 흡족하여 이번 한국 출장에서 독일노래를 부르게 될 것을 생각도 못 했는데 더구나 한국의 아가씨와 같이 부르게 되어 기분이 너무 좋다고 마구 웃어댔다. 무뚝뚝하기로 유명한 게르만족인 독일인이 함박웃음을 지으니 정인도 기분이 좋았고 오늘 술자리의 호스트인 귀한 한국 손님도 미소를 연방 지었다. 그날 밤늦게까지 그들은 기분 좋게 술을 마시고 나중에는 모두 합창으로 노래를 부르며 끝을 냈다.

살롱을 떠나며 귀한 손님은 정인에게 "수고하셨다. 모니카가 영어에 독일어까지 능통한 것을 보고 놀랐어요. 오늘 덕분에 성공적인 술자리가 되었어요. 고마워요. 다음에 또 봐요." 하며 칭찬하였다. 정인은 "오늘 저녁 즐거우셨다니 다행이네요. 칭찬의 말씀 과분하고요. 조심히 가십시오."라고 인사를 건넸다.

사실 그날 정인이 독일 손님에게 독일어로 "나는 좀 외롭다. 그래서 여기에 나와 매일 술을 마신다."라고 한 말은 빈말이 아니었다. 정인은 심한 신경쇠약 같은 증상을 보이고 있었다. 만성피로, 두통, 잦은 병치레 그리고 무엇보다 불면증에 시달리고 있었다. 술은 그걸 잠시 잊어버리게 하는 마력이 있었다. 언니의 살롱을 나가면서부터 담배도 배웠다. 술과 담배는 정인의 다정한 친구가 되었다.

고통스러운 삶과는 상관없이 정인의 모니카는 대월심 사장이 운영하는 고급살롱에서 인기가 많은 여종업원이 되었다. 3년 가까운 시간의 흐름은 정인에게도 새로운 삶에 적응하게끔 되었다는 의미가 있었다. 비록 나 자신이 선택한 직업은 아니었지만, 이것도 직업이라는 생각도 들었다. 이런 생각이 들게 하는 데는 정인의 대월심 사장과의 말 못 할 인연도 작용했을 것이다. 정인은 손님들과의 술좌석에서 매일 술을 마시고 그들의 비위를 맞추며 정해진 시간 동안 잘 놀아주어야 한다는 것을 알았다. 가끔 손님 중에 야한 농담이나 몸을 더듬는 경우가 있었다. 그러면 정인은 웃으며 아무 말 없이 자리를 떴다. 날이 갈수록 이런 식의 삶에 자연스럽게 적응이 되었다. 정인은 선배 아가씨들에게 나름대로 잘했다. 먼저 인사도 하고, 농담도 주고받고 또 가끔 밥도 샀다. 그들도 자신처럼 신경쇠약증 같은 것들을 달고 사는 것을 알게 되면서 가끔 동료 의식 비슷한 것이 생기기도 했다. 그러나 근본적으로 정인은 혼자였다.

시간은 흘러가고 있었다. 정인의 몸과 마음은 하루하루 피폐해져 가고 있었다. 살롱에서의 일이 익숙해지는 만큼 정인의 태도는 점점 냉소적으로 되어갔다. 대월심 사장의 말과는 다르게 살롱에 오는 손님들은 그리 높은 수준의 사람들이 아니었다. 물론 살롱은 가장 높은 수준의 술값을 치러야 할 정도의 고급 술집이었으나 이는 다시 말하자면 돈이 있는 자라면 얼마든지 비싼 술값을 내고 마실 수 있는 수준의 술집이기도 하다는 것이었다. 그들이 쓰는 돈은 그들의 재력을 과시하기 위한 것 이상의 것이 아니었다. 서울에서 제일 비싼 술집에서 예쁘고 우아한 아가씨를 옆에 끼고 놀았다는 자기과시였다. 술과 여자는 얼마든지 돈으로 살 수 있었다. 정인은 그들을 경멸하고 있었으나 살롱 업무의 윤리학은 철저한 위장을 가르치고 있었으므로 정인이 채택할 수 있는 것은 철저한 냉소적 삶의 태도밖에는 있을 수 없었다.

인생이 타락했다는 것이 업무상 위장술이 실제의 삶이 된다는 것이라면 정인은 타락하지 않았다. 그들 돈 많은 부자 손님들은 정인의 경멸과 냉소를 알고 있었는지도 모른다. 그들이 원하는 것은 그들이 맘껏 노는 동안만큼은 가장 훌륭한 위장술을 발휘하는 연기를 보여 주기를 원하는지도 몰랐다. 오히려 그들은 정인의 경멸과 냉소를 즐기고 있는지도 몰랐다. 비싼 살롱일수록 격조 있는 대고객 경멸과 냉소를 영업비밀로써 간직하고 있는지도 몰랐다. 뒤틀린 손님들과 뒤틀린 상술의 만남의 자리인지 도 몰랐다.

아니면 정인의 경멸과 냉소는 사실 자기 자신에게 향하고 있는 것이
보다 더 정직한 서술일인지도 몰랐다. 정인이 그들을 함부로 경멸하고
냉소로 쏘아붙일 권리라도 있단 말인가? 내 삶의 수준이 밑으로 떨어져
있는데 이렇게 떨어진 나를 모른 척하고 살 수는 없는 것 아닌가? 이러한
삶을 사는 자신을 발견한 것은 놀라운 일도 아니게 되었다. 놀라는 대신
자신에 대한 학대를 경멸과 냉소로 위장하는 것은 아닌지? 정인의 신경
쇠약증은 점점 더 나빠졌다. 술과 담배에서 이제는 수면제가 하나 더 늘
어 그녀의 삶의 동반자가 되었다.

27

　아저씨는 아이의 이름을 지었다. 김우영이라고. 우영은 아저씨가 새
로 태어난 아들은 자신과는 달리 자유롭게 우주를 떠다니는 영혼이 되라
는 염원을 담아 지어진 것이다. 이제 아저씨는 더 이상 아저씨라고 불리
지 않고 아버지가 되었다. 우영의 아버지가 되었다. 우영은 백일잔치, 첫
돌잔치를 넘기며 무럭무럭 자라났다. 그러나 병약한 엄마의 젖을 탐하며
자라는 모습을 보는 아버지는 마음이 심란해졌다. 아내의 병세는 아저씨
의 극진한 간호에도 불구하고 점점 더 나빠져 갔다. 호흡장애가 지속되
는 지경에 아저씨는 속초 시내 병원에 가서 담당 의사와 상의 끝에 수술
시켜야겠다는 결심을 했다. 담당 의사는 아무래도 서울 같은 대도시의
종합병원에서 수술해야 안심이 될 것이라며 서울의 병원을 추천해 줬다.

아저씨는 아내를 데리고 처음으로 서울로 갔다. 이러기를 수차 반복하며 겨우 수술 날짜를 받아왔다. 아내는 아저씨에게 말했다. "여보, 저도 최선을 다해 살 거예요. 수술도 할 거예요. 우영이를 봐서라도 살아야죠."

아내의 수술 경과는 그다지 흡족한 상태가 못 되었다. 호흡 불안은 지속되었고 오히려 수술의 부작용 때문이었는지 심장박동도 전보다 더 불규칙한 것 같았다. 아버지의 걱정은 늘어만 갔고 아내의 미안함은 깊어갈 뿐이었다. 아버지는 이제는 기력이 많이 빠진 장인 영감을 대신해서 어물 가게를 도맡아 일하게 되었다. 한 가지 다행스러운 것은 가게는 번창하고 있다는 것이었다. 그렇게 그렇게 하루하루가 지나가는 일상에 아내의 몸은 점점 야위어 가고 있었고 자기의 몸만 겨우 지탱하고 사는 지경이 되었다. 엄마로부터 충분한 보살핌을 받지 못한 아이치고는 우영은 건강한 편이었다. 엄마가 우영에게 "엄마가 아파서 우리 우영이에게 미안해." 하고 말하면 이제는 "괜찮아." 하고 말하는 정도로 우영은 컸다.

우영도 어느덧 다섯 살이 되었다. 또래의 아이들보다 키는 큰 편이었지만 몸은 좀 마른 편이었다. 한눈에 봐도 아빠를 많이 닮은 모습으로 성장하고 있었다. 다행히 밥도 잘 먹었고 큰 병치레 없이 튼튼하게 자라고 있었다. 이제 한해만 더 지나면 초등학교에 갈 터이었다. 아빠 엄마는 우영을 태권도 학원에 보냈고 다른 특별한 과외공부는 시키지 않았다. 태권도는 우영의 체형에 맞는 놀이 같았다. 큰 키에 날렵한 동작으로 학원에서 제일 운동을 잘하는 편이었다. 한글과 셈법도 알아서 터득했다. 물론 아빠가 일과 후 집에서 꾸준히 가르친 결과이기도 했지만, 엄마도 집에서 못지않게 우영을 가르쳤다. 아픈 몸을 이끌고 우영에게 헌신했다. 할아버지에게 우영은 태권도 동작을 뽐내며 자랑했다. 할아버지는 "어이구 내 새끼 잘한다."라고 하시며 좋아하셨다. 우영 때문에 온 식구가 웃음을 지었다.

엄마는 우영이 새봄에 초등학교에 입학하는 것도 못 보고 그해 겨울이 시작될 무렵 기어이 돌아가셨다. 이때가 1982년 11월이었다. 유난히도 추웠던 날 밤에 엄마는 호흡곤란을 호소하더니 심장의 작동이 멈췄다. 부랴부랴 병원으로 갔으나 응급실에 도착했을 때는 이미 심장이 멈춰진 지 오래였다. 그렇게 엄마는 속절없이 세상을 떠났다. 아직도 젊은 나이의 엄마, 앞으로 가족을 위해 더 살아주었어야 할 엄마가 갔다. 자기 아버지보다 더 먼저 간 엄마, 남편을 남기고 무책임하게 저세상 사람이 된 아내, 그리고 아들 우영이 씩씩하게 자라는 행복을 제대로 맛보기도 전에 무심히 떠난 엄마가 되어 떠나갔다.

아내가 덧없이 세상을 떠난 지 반년이 넘어가고 있었다. 아버지는 그날도 하루의 일을 끝내고 집으로 돌아와 우영과 같이 저녁 식사를 했다. 아프더라도 함께 있었던 아내가 없다는 것은 삶을 쓸쓸하게 하였다. 우영은 엄마가 이제는 없다는 것을 내색하지 않았다. 내년이면 초등학교 1학년 학생이 되는데 아버지는 우영을 제대로 돌보아주지 못한다는 것에 미안해했다. 그래서 그날도 저녁 식사를 마치고 우영의 학습을 돌보아주었다. 그리고 집 밖의 언덕에 올라 혼자 담배를 피워 물었다. 다시 집으로 돌아와 우영을 재우고 티브이를 켰다. 밤 뉴스를 보고 잠이 드는 것도 습관이 되었기 때문이다.

　아버지는 뉴스를 보고 깜짝 놀랐다. 놀람과 동시에 머리가 핑하고 돌아가는 듯한 느낌을 받았다. 뉴스에서는 KBS 이산가족 찾기가 시작되어 전국에서 흩어진, 잊힌, 잃어버린 가족 찾기 방송이 시작되었다고 보도하고 있었다. 그날 밤 아버지는 밤잠을 설쳤다. 이튿날 일찍 일어나 장인과 정 씨에게 얘기하고 먼 길을 다녀오겠다고 하고 가게 일과 우영을 당분간 돌봐달라는 부탁과 함께 첫차 시외버스를 타고 떠났다. 아버지의 가슴은 내내 쿵쾅거렸다. 먼저 춘천방송국에 갔다. 거기서 이산가족 찾기 신청을 했다. 춘천에서 곧바로 전라남도 광주로 향했다. 먼 길이었다. 시외버스를 두 번 갈아 탔다. 광주에 도착하니 밤늦은 시간이 되었다. 광주방송국 앞의 여관방에서 밤을 잤다. 다음 날 아침 이산가족 상봉 신청을 했다. 방송국에서는 생방송으로 벌써 가족을 찾은 사연을 보도하고 있었다. 방송국 건물은 이미 수많은 가족 찾기 벽보들로 도배가 되다시피 했다. 형제자매와의 상봉, 부모자식과의 상봉, 다른 일가친척과의 상봉 등 방송은 수많은 헤어진 사연들을 서로 맞춰보는 내용으로 보내고 있었다. 아버지도 벽보를 만들어 붙였다. 방송국 전면과 후면 양쪽에 붙였다. 아마도 어린 동생이 살아 있다면 아버지처럼 이곳 광주방송국으로 왔을 것으로 생각했다. 정확히 32년 전 헤어진 지리산자락의 마을과 가장 가까운 방송국이 이곳 광주방송국이니 이리로 올 것이었다. 만약 동생이 오래전에 그 마을을 떠났다고 해도 살아서 이 방송을 하는 것을 보고 있다면 아버지처럼 광주로 향해 왔을 수도 있을 것 같았다. 사람이 사람을 잃으면 먼저 잃어버린 곳에서 찾기를 시작하지 않겠나는 본능에 가

까운 생각 때문이었다. 아버지는 방송국 주변을 둘러보았다. 혹시 여동
생이 아버지처럼 오빠를 찾아 헤매고 있을지도 모르기 때문이었다.

아버지는 광주에서 며칠을 지냈다. 춘천에서의 연락은 없었다. 춘천
은 아버지가 방송 소식을 듣자마자 급한 마음에 찾아갔지만 거기서 여동
생을 찾을 가능성은 좀 낮다고 생각했다. 그래서 부랴부랴 찾아온 광주
였다. 며칠간 광주에 있는 동안 아버지는 매일 방송국 주변을 돌고 돌았
다. 밥도 먹는 둥 마는 둥 하며 헤매고 다녔다. 아버지는 긴 대기행렬 끝
에 방송국에 직접 출연도 했다. 6·25전쟁 때 가족과 함께 평양에서 피
난 내려와 32년 전 지리산 산골 마을에서 여동생과 헤어지게 되었으며
지금 살아 있다면 마흔세 살일 것이며 몸의 특징으로는 왼쪽 앞 목 쪽으
로 1cm 정도 크기의 검은 반점이 있고 이름은 김선희라고. 아버지는 목
이 멘 소리를 하며 이렇게 방송했다.

속초 장인께 연락을 드렸다. 아무래도 서울에 가야 할 것 같다고 말씀
드렸다. 여동생을 광주에서 못 찾으면 서울에서 찾을 가능성이 제일 클
것 같다고 말씀드렸다. 장인은 속초 걱정은 하지 말고 서울로 다녀오라
고 말씀해 주셨다. 아버지는 이번에는 기차를 타고 서울로 갔다. 여의도
의 방송국 앞은 광주와는 비교할 수 없을 정도의 큰 인파가 밀려 들어와
있었다. 방송국 건물은 온통 사람 찾는 벽보로 도배가 되어 있었고 건물
앞 광장 바닥에도 갖은 사람 찾는 문구들로 메워져 있었다. 많은 사람들
이 광장을 꽉 채우고 앉아서 중계되는 방송을 보고 있었고 큰 천막을 치
고 밤을 새우며 지내는 사람들도 있었다. 아버지도 그 인파 속에 있었다.

사람들이 너무 많아 아버지가 다시 아버지의 사연을 직접 다시 방송할 기회는 없었다. 방송국은 모든 정규방송을 중단하고 이제는 가족 상봉 방송만을 내보내고 있었다. 방송이 계속되면서 기적과도 같은 가족 상봉이 이루어지고 있었다. 아버지는 방송국 주변을 광주에서처럼 매일 맴돌았다. 누이동생은 도무지 보이지 않았다. 도대체 어디 있단 말인가? 살아 있는 것인가? 시간이 갈수록 아버지는 초조해졌다. 그렇게 열흘의 낮과 밤을 서울 여의도에서 보냈다. 동생이 남한의 어느 곳에서라도 살아 있다면 온 국민이 시청하는 방송을 못 보았을 리 없고 방송도 전국 지역방송국까지 연결하여 앞으로 수개월 동안 계속될 상황이었다. 간혹 동생과 같은 이름의 신청자가 발견되었으나 동생은 아니었다. 나이가 틀리거나 헤어지게 된 상황이 다르거나 했다. 아버지의 입은 타들어 갔고 몸도 수척해졌다. 결국 동생은 끝내 나타나지 않았다.

아버지는 다시 속초로 왔다. 계속되는 방송을 매일 시청하였다. 혹시 동생의 오빠를 찾는 방송을 했을까 봐 또 동생이 오빠가 찾는 방송을 시청했을까 봐 노심초사하였다. 가게에서 장사에 집중할 수가 없었다. 가게 안에 있는 작은 텔레비전에서 나오는 방송을 보느라고 장사를 못할 지경이었다. 아버지는 매일 허탈한 모습이 되었다. 장인 영감이 대신 장사를 하다시피 했고 이웃 국수 가게 정 씨는 연민의 눈초리만 보내며 아버지에게 기운을 차리라는 말을 했다. 방송은 다섯 달 이상 계속되다가 그해 11월에 가서야 종료가 되었다. 아버지는 마지막 종료방송까지 보고 결국 몸져누워 버렸다. 30여 년 동안의 남한에서의 고된 생활에도 하루도 아파서 몸져누워본 적이 없었던 아버지였다.

아버지는 사흘을 앓고 다시 가게로 나갔다. 장인 영감과 이웃 가게 정 씨 부부에게 미안하다고 말하고 여느 때와 다름없이 장사를 다시 시작했다. 그렇게 1983년의 허무함이 하루하루 지나갔다. 아버지는 혼자 생각했다. 이제 나이 오십을 앞두고 남은 것은 허무뿐이다. 삶의 덧없음. 왜 내가 살고 있어야 하는지 알 수가 없었다. 나의 의지는 어디 있단 말인가? 모든 것을 잃어버리고 이제 자신에게 남은 것은 그래도 삶을 계속하라고 하늘은 우영을 나에게 보내셨나 하는 생각이 들었다. 문득 우영에게 미안하다는 생각이 들었다. 반평생을 살면서 나는 우영을 만나기 위해 여기까지 온 것인가?

장인 영감은 막내딸이 먼저 죽은 후 자신의 슬픔을 주체하지 못하고 시도 때도 없이 울었다. 사위에게는 "미안하게 됐네."라는 말을 했을 뿐 더 이상 어떻게 자신이 할 것이 없는 것을 알았다. 장인은 고령에 더 이상의 고통을 감내하며 살기 싫은 삶을 결국은 마감했다. 장인의 장례를 치르고 장인의 둘째 아들이 장인의 가게에 대한 상속권을 주장하였다. 아버지는 이를 인정했고 이제는 오랫동안 정들었던 속초를 떠나야 한다고 생각했다. 그냥 우영과 단둘이 살고 싶었다. 어떠한 삶에 대한 미련은 없지만, 우영은 자신이 돌보아 줄 유일한 혈육이 되었다.

아버지는 짐을 싸서 우영과 함께 속초를 떠나 북쪽의 작고, 한적한 군청 소재지가 있는 마을에서 새로운 삶을 시작했다. 조금 있는 돈으로 허름한 집을 사서 수리하고 거기서 조그만 식당을 열었다. 안쪽 방들은 자신과 우영이 사는 공간이 되었다. 정 씨에게서 눈동냥으로 배운 국수 만들기로 먹고살며 남은 인생을 혼자 사는 것이 아버지의 조그만 그리고 마지막 소망이 되었다.

  우영은 공부를 잘하였다. 특히 산수에 재능을 보였다. 속초에서 배웠던 태권도는 새로 이사를 온 집 근처에 학원이 없어 자연스럽게 그만두었다. 아버지는 우영에게 미안하게 되었다고 말해줬다. 우영은 괜찮다고 했다. 엄마를 닮지를 않았는지 우영은 건강했고 튼튼히 자라줬다. 달리기도 또래 아이들보다 잘했다. 비록 시골 학교였지만 우영은 초등학교를 거쳐 진학한 중학교에서 강원도 내 학습평가대회에 나가면 우수상 아니면 최우수상을 받아왔다. 아버지는 우영에게 고맙고 미안하다고 말을 할 따름이었다.

28

상배는 예정대로 대학 졸업 후 가을에 미국으로 유학을 갔다. 처음 1년 간은 영어 공부를 해야 했다. 그리고 2년 동안의 경영대학원 과정을 이제 마무리하는 단계가 됐다. 아버지 회사의 미국지사에서 근무하며 연수하는 과정이 남아 있었다. 그리고 아버지의 사업을 실질적으로 물려받게 되어 있었다. 장남으로서 가업을 잇는 것은 의무처럼 되어 있었고 자신은 당연히 물려받아서 기업을 키워야 한다는 책임감을 느끼고 있었다. 남동생과 막내 여동생도 자신이 이끌어야 한다고 생각했다. 동생들은 전혀 회사경영 같은 것에 관심이 없어서 더더욱 장남으로서의 역할이 중요하다고 절감해 오던 터였다. 아버지도 은퇴를 원하시는 것 같았다.

회사는 아이엠에프 사태의 충격을 극복하고 성장세로 다시 돌아섰다.

이 사태에 회사가 위기를 맞아 아버지가 많이 힘들어하셨는데 상배는 그때 당시 학생의 신분이었을 뿐만 아니라 군 복무 중이라 안타까운 생각뿐이었고 아버지에 대해 많이 걱정했었다. 위기를 극복하는 과정에서 아버지의 건강이 나빠졌고 본인도 이제는 은퇴하여 쉬어야겠다고 생각하신 것이 분명했다. 상배는 요즘 책임감의 강도가 세졌다고 자각하게 되었다. 내가 회사를 잘 경영할 수 있을까 하는 고민이 생겼다. 앞으로는 나 스스로 난관을 헤쳐나가는 경영인이 되어야 한다고 생각했다.

은연중 상배는 다시 생각에 잠겼다. 그때 〈철학회〉의 자신을 위한 졸업 축하 송별회에서 정인과의 사건이 자신의 의식을 깨우고 있는 것이었다. 상배는 이 사건은 사고였다고 생각했다. 이것이 사고였다면 그가 평소에 의도하였던 즉, 고의에 의했던 것인지 아니면 정황적으로 우연에 의한 것이었는지를 구분해야만 했다. 상배의 양심은 전자를 향해 있었다. 고의성이 있었던 사고라고 규정되어야 했다. 그러나 그 사고 후 자신은 정인을 만나려고 애쓰지 않았던가? 바로 다음 날 아침부터 온갖 방법으로 정인과 연락을 시도하지 않았던가? 〈철학회〉의 후배들을 통한 시도, 이후 정인의 학과 사무실을 통해 어렵게 정인의 집 주소를 알아내어 찾아가지 않았던가? 정인이 당시에 번역일을 했었다는 것을 알고 정인의 조교 선배도 찾아가지 않았던가? 자신의 유학 준비를 제쳐놓고 정인의 소재 파악에 혈안이 되지 않았던가? 새 학기에 정인이 등록하지 않은 사실을 알고 자신이 얼마나 죄책감에 빠져 있었던가? 자신이 유학길을 떠나는 바로 전날까지 정인을 찾는 노력을 계속하지 않았던가?

상배는 정인을 만나면 "나는 널 책임진다."라고 말하고 싶었다. 정식으로 정인과 사귀고 부모님께 정인과 결혼하겠다고 선언할 것이었다. 정인과 미국 유학을 같이하겠다고 말할 예정이었다. 정인에게 자신의 과오를 사과하고 정인을 설득할 수 있을 것 같았다. 그렇게 함으로써 자신의 인생의 과오가 전화위복으로 될 것이었다. 그리고 정인은 똑똑하고 명석한 후배가 아니었던가? 그런데 그날 이후 정인이 사라졌다는 것이 그의 회한이 되었다. 상배는 결심하고 있었다. 나는 반드시 정인을 찾겠다고. 그래서 그와 정인의 명예와 자존심을 회복시켜줘야 한다고 다시 한번 결심했다.

29

    혜영이 말한 우영의 회의주의가 긍정적인 삶의 태도로서의 회의주의가 될 수 있다는 것이라면 회의주의는 삶의 방법론이라는 것인데 과연 그러한지 우영은 생각해 볼 과제가 생겼다고 생각했다. 혜영의 말대로 나의 삶에 대한 태도는 기존의 질서를 부정하고 현실의 감각적 실체에 의문을 품음으로써 보다 나은 세상을 만들 수 있다고 믿는가? 혹은 이것은 그러한 의지보다 삶에 대한 진정성, 삶 그 자체에 대한 예의 같은 것인가? 나의 태도는 어떤 이상을 설정하고 현 세계의 모순은 부정할 수밖에 없는 탈출구 없는 방황 그 이상이 아닌가? 나는 회의론자보다는 허무주의에 더 어울리는 것은 아닌지? 삶의 무엇이 진부하고 지루하고 권태롭단 말인가? 왜 제대로 살아보지도 않고 삶의 진정성을 포기하는가? 나는 제대로 삶을 살았었기나 했는가? 나는 불행한가 그래서 그 불행을 감추기 위해 삶을 지루하다고 착각하며 살아온 것은 아닌지?

혜영의 자신의 미래에 대한 회의감은 나의 회의감과는 다르다는 것인가? 혜영은 자신에게 주어진 환경 혹은 상황을 극복하기 위해 뛰어왔다. 그럼에도 큰 벽, 넘을 수 없는 벽 때문에 좌절을 걱정하고 있다. 벽을 넘으려면 외피적으로, 정치적으로 살아야 한다는 것 때문에 좌절하는 것이다. 그래서 혜영의 삶은 이쯤에서 결정되었다고 자신이 믿는 것 같았다. 그래서 미래는 없다는 결론에 이른 것 같았다. 그러나 나는 어떠한가? 나는 혜영과 달리 극복해야 할 벽이 없는가? 우영은 벽이 있다면 벽은 현실에서 여러 양태를 보이며 나타나는 조건, 제약 그리고 통제라면 이것은 분명히 자신에게도 해당한다고 생각했다. 혜영과 양태만 다르게 보일뿐이지 근본적인 벽은 자신에게도 있다고 생각했다. 그것에 도전하든가 아니면 벽과 상관없이 살면 되던가 둘 중에 하나를 선택해야 하는 삶이라면 내가 왜 회의를 경험하면서 살아야 하는지가 자신에게 남겨진 숙제였다.

이 숙제를 같이 풀어 줄 동반자나 조력자가 필요할지는 모르나 결국은 자기 자신이 풀어야 할 몫이라는 것을 우영은 이해하고 있었다. 마치 수학 문제를 풀 때 많은 공리와 수식을 암기하고 이를 이해하려고 노력하면서 오랜 시간 오답의 고통을 통하여 정답에 도달하는 것처럼 자신의 인생은 그렇게 가야 할 것 같았다. 그러나 나는 현실의 삶은 명쾌한 수학적 세계와는 다르다는 것을 이제는 알고 있지 않은가? 우영은 결국은 이것은 혜영의 말처럼 철학적인 문제라고 자기 생각을 정리할 수 있었다. 우영은 혜영을 만나고 싶어졌다.

민수를 하늘나라로 보내고 군 복무 후 복귀한 캠퍼스에는 친구가 있을 리가 없었다. 혜영에게 자신의 개인적 고민을 털어놓게 된 것은 혜영의 지적 성숙함 때문이라고 생각했다. 아마도 다른 한국 학생들의 전형적인 모습과 다르기 때문인지도 몰랐다. 우영은 혜영의 사무실로 늦은 오후 시간에 무작정 찾아갔다. 다행히 혜영이 자리에 있었다.

우영이 말했다. "미리 연락도 안 하고 불쑥 찾아와서 죄송합니다만, 지난번 약속드렸던 커피 오늘 제가 사려고요. 저녁밥도 제가 살게요. 오늘 혜영 씨와 얘기를 길게 하고 싶네요. 시간 괜찮으시겠어요?"

혜영이 말을 받았다. "그러지 않아도 막 퇴근하려고 했는데 잘됐네요. 학교 앞 그때 그 식당으로 가실까요?"

"거기는 그냥 식당이니까, 오늘은 다른 곳으로 가시죠."

둘은 같이 식사하면서 얘기를 했다. 커피도 마시고 또 맥주도 같이 했다. 혜영이 말했다. "우영 씨, 지금이 소위 새로운 밀레니엄 시대잖아요. 2000년대 초반이니까요. 이 시대의 화두는 무엇이라고 생각하세요? 설마 Y2K 같은 소동은 아닐 테고요."

우영이 웃으며 답했다. "혜영 씨도 농담 같은 말씀을 하실 줄 아시네요. 신기술 시대에 돌입하면서 겪은 난센스같은 사태 아닌 사태 아니었나요?"

혜영이 정색하며 말했다. "제가 비록 무명의 역사학도라도 저는 현재는 역사의 흐름에서 어떤 위치인가를 늘 생각하는 버릇이 있어요. 역사가는 과거에 대해 써야만 하는 특수성을 가지고 있지만 저는 현재는 항상 과거가 되기에, 지금의 순간도 과거로 흘러가는 속성 때문에 현재는 저에게는 과거입니다. 그래서 현재는 어떠했었느냐고 늘 생각하지요. 말하자면 기자들은 현재를 쓰지만 그들의 일은 항상 사실이냐 아니냐에 초점이 맞춰 있다면 역사가들은 현재를 과거형으로 쓰게 되므로 이를 사실, 즉 팩트만으로 바라보지 않고 그것에 대한 의미를 쓰는 것이죠. 우리가 살고 있는 현재에 대한 화두가 무엇이냐고 제가 질문했을 때 저는 어떠한 답이 나오더라도 이는 철학적인 답이 되어야 한다는 생각에서 우영 씨에게 말씀드린 거예요. 그래서 좀 복합적인 사고의 틀이 필요하다는 뜻이었죠."

우영이 말했다. "시대의 화두라니까 좀 거창하기는 합니다. 시대라는 관점에서 보면 저는 문화적인 면에서는 역시 포스트모더니즘의 흐름, 지정학적인 관점에서는 글로벌리제이션, 즉 세계화의 무한확대, 사상적으로는 자유주의의 신자유주의로의 변이와 타락 그리고 경제적인 측면에서는 자본주의의 팽창 같은 것들이 제공하는 많은 문제들이 화두가 아닐까 생각했습니다. 저는 최근 한국이 당한 외환위기, 그로 인한 아이엠에프 구제금융 같은 사태는 바로 이런 요인이 엉겨 붙어서 초래된 것으로 해석합니다. 제 개인적으로는 이러한 새로운 체제에 적응해 살 수 있을까 하는 의문 같은 것, 자꾸 회의가 드는 것, 시간의 흐름에 따른 변화가 사실 진정한 변화인지에 대한 강한 의문 같은 것이 저의 시대의 문제라고 보고 있는 것이죠."

"우영 씨 같은 생각을 하는 사람은 사실 많을 것 같아요. 아마도 우리가 흔히 말하는 현대인의 소외 같은 것인데, 이제 종교의 시대가 저문 지 이미 오래되었고, 종교가 파괴된 후 인간이 신을, 기독교적인 신이든 아니든 상관없이, 이것을 대체된 후에 인간의 소외는 오히려 아주 심해진 것이지요. 그런 면에서 우영 씨의 회의주의는 삶의 태도에 관한 사항이지 문제는 아니라고 제가 전에 말씀드린 것이죠."

"제가 왜 태도의 문제라고 말씀을 드렸냐 하면 우영 씨는 현실이 무엇인가 잘못되어 있다 그렇게 보기 때문이죠. 그 잘못도 근본적으로 잘못되어 있다는 것이죠. 문제의식이 아주 심각한 수준이죠. 제가 우영 씨를 완전히 모르니까 추측을 할 따름입니다만, 아마도 우영 씨의 특수한 환경 같은 것도 작용했을 수도 있고요. 제가 소수민족 출신 중국인으로서의 정체성을 갖고 있는데 이것이 저의 과거, 현재, 미래를 결정짓는 아주 중요한 운명 같은 것으로 아주 불리한 핸디캡으로 보고 이는 중국 사회에서 잘못되어 있다고 생각하는 것처럼, 우영 씨의 이 남한 상황에서 우영 씨를 규정짓는 것에 대한 무언의 항의일 수도 있을지 모른다는 것이죠. 아주 가까운 과거까지만 해도 세계 곳곳에 노예들이 있었죠. 저는 제

위치가 중국에서 준 노예, 약한 형태의 노예에 가까운 실질적 삶이라고 제 삶을 규정하고 있죠. 몸도 반노예, 정신도 반노예 상태라면, 저는 회의주의에 빠질 수밖에 없죠. 염세주의 말이지요. 그래서 저의 상황은 외부적인 요인이 큰 것 같고. 반면에 우영 씨는 저와 비슷한 경우 같으면서도 많이 다르다는 느낌을 받았습니다. 그래서 저는 태도의 문제라고 말씀드린 것이죠. 다시 말해 저의 경우 태도를 바꾼다는 것은 외부의 요인에 노예처럼 항복하는 것이기에 제 태도의 문제가 아니라는 것입니다. 이미 제가 노예 같다고 믿고 있는데, 행동도 노예로 하면 저는 죽어야 하느냐는 심각한 지경이 될 수도 있다는 것이죠."

혜영이 계속해 말했다. "그래서 저는 유럽의 계몽주의 사상을 경멸합니다. 예를 들어 19세기 초엽에 개념화된 공리주의의 최대 다수의 최대 행복의 추구라는 현실이상주의 같은 것은 결국 당시부터 태동한 부르주아 계급을 위한 사상으로 변질이 되었다고 보는 것이죠. 21세기에는 최소 소수의 최소 행복의 추구로 바뀌어야 합니다. 프랑스의 미셸 푸코 같은 철학자의 논설에 대한 저의 해석은 '그가 공리주의의 가면을 벗겨낸 것이다'입니다. 소수자에 대한 체제의 억압구조를 파헤친 것이었죠. 그래서 최소 행복이어야 한다는 것이 제 생각입니다. 최대 행복의 추구는 제가 좀 더 냉소적으로 말씀드리면 다수자의 행복, 다수자에 의한 행복, 그리고 다수자를 위한 행복 이상이 아닙니다. 행복의 독재 현상 같은 것이죠. 민주주의의 문제는 자본주의 때문이라는 명제에 저는 동의합니다. 왜냐하면 민주와 자본은 최대를 추구하기 때문이죠. 제가 중국인이라서 이런 말씀을 드리는 것이 아닙니다. 저는 역사 학도이기에 제 입장을 말씀드리는 것입니다. 제가 말을 더 보태서 말씀드리면, 우영 씨의 삶의 지루함의 근원은 모조리 개인적인 차원의 문제가 아니라 많은 복합 요소들의 혼합된 형태로서 나오는 삶의 반작용, 즉 태도라는 것이며, 이는 제 표현대로 바람직하다고 했던 것이죠. 마치 푸코가 삶을 규명했듯이, 그 삶의 구조를 밝혔듯이 말이죠. 역사를 규명하는 뜻을 담았다는 것은 분명하죠."

우영이 말을 받았다. "혜영 씨가 제 앞에서 솔직히 자신이 처한 상황에 대한 속마음을 터놓고 말씀하시니 저도 공감이 되면서도 안타까운 마음이 큽니다. 혜영 씨와 저의 공통점은 근본적으로 회의론자라는 것, 현실을 부정한다는 것입니다. 혜영 씨의 민주와 자본이 최대를 추구할 수밖에 없다는 것에 저는 매우 동의합니다. 그 둘은 서로 모순인 것 같지만 사실은 비유하자면 친구 사이로, 민주가 민주주의가 되어서 제도화의 길을 걸으면 결국은 자유투표라는 형태로 사람들이 의사표시를 하게 됩니다. 승리자는 제일 많은 표를 얻은 정당이 됩니다. 특히 양당제도 하에서 그렇지요. 자본이 자본주의가 되면 필연적으로 자본투자에 대한 최대의 효과를 추구합니다. 투자는 경쟁하에서 승자와 패자로 갈리게 됩니다. 그래서 민주와 자본의 최종 승리자들은 서로 자연스럽게 만날 수밖에 없는 운명 같은 존재들입니다. 아마도 저의 삶의 지루함과 권태는 혜영 씨 표현대로 이들에 대한 항의의 표시인지도 모르죠. 이미 만들어진 모든 규칙, 규약, 법, 관습 그리고 문화의 양상은 근본적으로 이 테두리를 벗어나지 못한다고 생각합니다."

"저는 요즘 개인 공부를 하면서 대학은 괜히 들어왔었다는 저의 기존의 생각이 많이 틀렸다고 자인하게 되었습니다. 저에게 대학교 자체는 제가 생각했던 것보다도 더 나빴습니다. 입학 후 자퇴를 생각하기도 했었죠. 대학에서 제가 새롭게 배운 것은 없었습니다. 단지 민수 같은 친구를 만났다는 것 그리고 또 혜영 씨를 만났다는 것만이 의미가 있었습니다. 결론적으로 제가 대학에 오지 않았다면 만날 수 없었던 친구들이었죠. 그런 면에서 이제는 대학교 자체보다 대학에서의 전공 자체보다 진실한 친구를 알게 되는 과정이 인생의 진리를 찾아가는 것처럼 생각되기도 합니다. 그리고 혜영 씨의 이곳 대학원 이후의 계획은 무엇인지 궁금해졌습니다."

"저도 남한의 대학교에 큰 기대를 안 했었지요. 특히 이 학교의 역사학부는 제 분야에서 아주 뒤처졌기에 그랬습니다. 역사를 좁게 해석하고 기존의 틀을 고수하고 있었던 것은 제가 갖고 있던 생각을 확인하는 것에 불과했습니다. 저는 천천히 제 석사 논문을 쓸 것입니다. 그것은 이 학교가 좋아서가 아니라 제가 남한에서의 경험의 폭을 좀 더 넓히고 싶은 생각 때문입니다. 말씀드렸다시피 만주사는 한국사 일부이기도 합니다. 그래서 21세기 초 남한에서의 역사 인식이 제가 생각하는 것과는 달리 어떻게 변화했는가를 제가 여기에 살면서 호흡으로 알고 싶었습니다. 역사는 책을 읽고 해석하는 것만이 아니기 때문입니다. 남한 사회는 너무나 빨리 변해가기 때문에 저 같은 외국인은 이를 따라가기가 쉽지 않습니다. 아마도 남한 사람들은 그렇게 예민하게 의식은 못 하는 것으로 보였습니다. 그래서 저는 이 학교에서의 논문 준비 못지않게 남한 사람들의 역사 인식이 왜 그렇게 없는지가 궁금해졌습니다. 저는 제 논문을 마치면 중국으로 돌아가게 될 것 같습니다. 그때 제가 박사학위 과정으로 계속 갈지, 간다면 만주사를 계속할지 생각해 볼 것입니다. 일단 저는 아버지와의 약속을 지켜 석사과정까지 만주사를 공부했습니다. 이 자체는 학문적으로 보람된 일이었지요. 학위과정을 포기한다면 현실에 적응해 살아야겠지요. 노예처럼. 반복된 익숙함으로 살아야겠지요."

우영은 말했다. "저는 잘 모르지만, 이 학교든지 아니면 다른 한국 내 학교에서 만주사로 박사학위를 따고 여기 학교에서 강사부터 시작하며 한국에서 정착을 할 수도 있지 않겠습니까?"

"저도 그 생각을 해 보았습니다. 학위 자체에 대해서는 걱정은 없겠죠. 그 이후의 불확실성은 계속 남아 있을 것 같아요. 저도 잘 모르겠습니다. 남한 사회에서 중국계 한국인으로 잘 적응해 살 수 있을지. 저는 조선족일 따름입니다. 영원한 아웃사이더로 살겠죠. 이 사회에서."

우영은 반박하고 싶었다. "혜영 씨가 저의 어려움은 태도의 문제라고 말을 했을 때, 저는 그것이 무얼 의미하는지 알았습니다. 개인적인 삶의 태도가 우리가 생각해 볼 무엇이 있다면, 중국 사회체제도 태도가 있지 않겠습니까? 모든 사회에서 태도를 채택하듯이 말이죠. 혜영 씨가 안고 있는 문제를 저는 알고 있다고 생각합니다. 제가 말씀드리는 뜻은 혜영 씨가 한국계 중국인 혹은 중국인이라는 고정된 정체성 말고 그냥 외국인으로 한국 사회에서 살 수도 있다는 것입니다. 한국어를 잘하는 외국인으로, 한국 역사를 잘 아는 외국인으로, 남한 사회의 문제점을 가장 잘 이해하는 외국인으로 출발을 하실 수 있다고도 생각합니다."

혜영의 표정이 어두워졌다. "우영 씨의 저에 대한 마음을 이해합니다. 천천히 생각해 보겠습니다. 우선 석사학위를 마치고 상황을 보겠습니다."

우영의 복학 후 도서관에 가서 책을 읽는 시간은 계속됐다. 이제 4학년이 되어서 학과 강의의 밀도는 더 떨어졌다. 소수의 수학을 계속 전공하려는 학생들은 강의에 열정적이었다. 나머지들은 이제 본격적으로 졸업 후 직장을 잡기 위한 막바지 준비의 투쟁 기간이 남았다. 그리고 우영이 남았다. 직장을 잡기 위해 영어, 상식, 국사 그리고 적성시험 같은 고등학교 때와 비슷한 입시 커리큘럼을 반복해 공부해야 한다는 것이 도무지 이해가 가지 않았다. 우영이 자신만의 독서를 하게 된 것은 실상 그럴 수밖에 없었다고 생각하게 됐다.

혜영이 보고 싶어졌다. 혜영은 잠시 베이징에 다녀온다 했는데 아직 돌아오지 않았다. 베이징으로 가기 전에 혜영은 자신의 논문을 써야 하는데 잘 써지지 않는다고 했다. 우영은 그 말뜻을 잘 이해하지 못했었다. 새 학기가 시작된 지 1주일 정도 지난 시점이 돼서야 혜영이 돌아왔다. 오랜만에 저녁을 같이하게 되었다. 그 사이 혜영의 얼굴이 다소 핼쑥해졌다. 혜영은 우영에게 중국 재스민차를 선물로 가져왔다.

"우영 씨, 그동안 보고 싶었어요. 오늘 우영 씨가 술을 좀 사주시겠어요?" 그러나 그녀의 표정이 어두웠다.

"베이징에서 무슨 안 좋은 일이라도 있었나요, 혜영 씨? 얼굴도 핼쑥해지고요..."

혜영은 대답이 없었다.

평소와 다르게 둘은 밥을 먼저 먹지 않고 술부터 들었다. 혜영은 술을 거푸 마셨다. 우영도 따라서 마실 수밖에 없었다. 말없이 술만 마시던 혜영이 드디어 말문을 열었다. "우영 씨, 제가 베이징에 갔었던 이유는 제 남자친구를 만나려 했던 거예요. 그 친구는 저에게 석사 논문을 빨리 쓰고 다시 베이징으로 오라는 거예요. 그런데 저는 사실 처음부터 그 친구를 피해서 남한으로 온 것인데... 저와 제 남자친구는 베이징 대학에서 신입생 때 서로 알게 되었어요. 신입생 파티에서 처음 만났죠. 그 친구는 컴퓨터 공학을 전공할 예정으로 허난성 출신이라고 자기소개를 하면서 저에게 호감을 표시하더라고요. 저와 남자친구는 1학년 가을학기부터 동거를 시작했지요. 학교 근처 싸구려 아파트를 빌려 서로 반반씩 부담하며 룸메이트 겸 연인 사이가 되었죠. 이곳 남한 학생들은 이해하기 어려울지 모르지만, 중국 대학교 캠퍼스에서는 흔한 일이지요. 남한사회는 중국보다 더 공자의 나라같이 남녀 간의 분별이 심한 것을 보고 저도 처음에는 좀 놀라기도 했었지요. 아무튼, 우리 둘은 잘 지냈었지요. 둘다 지방 출신이라 베이징은 엄청난 도시처럼 보였지요. 그 친구는 자기가 이과 출신이라 저 같은 문과 학생이 좋다고 하더군요. 키도 크고 생긴 것도 잘생긴 편이라 여학생들의 인기가 높았는데, 제 친구들이 저를 모두 부러워했었지요. 제 남자친구는 학교 졸업 후 아이티 벤처회사를 차려 억만장자를 꿈꾸게 되었는데 저는 그의 꿈이 그저 꿈 이상이 아닌 것을 알았죠. 그는 실력도 있고, 사람을 끌어모으는 힘이 있었고, 무엇보다 공산당의 경제개발 목표에 부합되는 전공의 유망한 젊은이였죠. 그는 자신감에 넘쳐 있었고 나중에 사업을 위해 학교에 다니면서도 공산당, 정부, 그리고 업계의 사람들과 관계를 도모하더라고요. 저도 그를 힘껏 도왔죠. 도와줘 봐야 큰 것도 아니었지만, 아무튼 저도 열심이었지요."

"계획했던 대로 그는 졸업 후 사업을 시작했고, 투자자들을 어렵지 않게 찾을 수 있었죠. 예정된 코스로 순항하였죠. 그는 다음 단계로 공산당에 입당하는 작업을 착수하더라고요. 이 역시 유력한 정치 후원자의 추천으로 이루어지는 식이었는데, 남자친구는 저도 공산당원이 되는 것이 바람직하며 못되더라도 앞으로 저의 진로에 대해서는 자기와 상의해 달라고 하더군요. 저는 물었죠. 무슨 뜻이냐고. 답은 간단했지요. 당이 원하는 대로 일하라는 것이었습니다. 제가 역사학을 공부해서 석사, 박사학위를 따게 될 때 논문의 내용을 당이 최종적으로 볼 것이다. 물론 그전에 학교에서 보겠지만, 중요한 것은 당의 승인이 필요한 것이라고 말하더군요. 결국 그의 출세와 성공을 위해 제가 도와야 하는데 이는 저의 의무사항 같은 것이 되었습니다. 저는 알겠다 하고 고민에 빠졌습니다. 이 부분은 제가 전에도 우영 씨에게 말했던 것이기도 하죠. 중국에서의 학문의 자유에 대한 고민 끝에 남한으로 일단 와서 학위논문을 생각해 보자 그리고 내가 그와 앞으로 미래를 같이해야 할 것인지를 냉정하게 먼 거리에서 생각해 보자는 마음도 있었죠. 물론 학위논문은 베이징에서 쓰는 것이 훨씬 쉽고 자연스러운 것이었지만, 그냥 우영 씨가 이해하기 쉽게 말씀드리면, 제 만주사 관련 논문은 그 주제와 내용이 어떻든 상관없이 모든 것은 중국사의 일부였다고 하면 되는 것입니다. 이렇게 되면 저는 아마도 출세할 겁니다."

"제 남자친구는 더 이상 기다려 주기 싫다고 지난겨울에 저에게 통보해 오더라고요. 제가 그의 인생에 걸림돌이 되어서는 안 된다는 은연중에 통보였지요. 그래서 제가 베이징에 갈 테니 그때 같이 얘기하자고 했죠. 만나서 보니까 그가 많이 변해 있었어요. 학생티는 전혀 안 나고 이제는 돈 많은 젊은 기업인이 다 됐더라고요. 저한테 대하는 태도도 많이 변한 것을 알게 되었죠. 그의 일에 대한 열정은 여전했고 아직도 하루 15, 16시간씩 무섭게 일하더라고요. 제 느낌상 그는 이미 새 여자친구를 만들어 놓은 것 같았어요. 이것은 중국에서 자연스러운 현상 같은 것이어서 제가 놀랐지만, 그에게 물어보지는 않았지요. 저는 얘기를 했어요. 제 학위논문에 대해서 신경 쓰지 말라. 내가 알아서 쓸 것이다. 그는 이렇게 반응하더라고요. 실망스럽다. 네가 나를 도와주지는 못할망정 내 장래를 어렵게 할 수는 없는 것 아니냐고요. 그깟 학위와 논문이 뭐 중요하다고 그러느냐 하더라고요. 그는 괴로운지 그날 밤 술을 많이 마시더라고요. 저도 같이 취했죠. 그러나 취하면 취할수록 그와 나는 이제 다른 길을 가야 할 것으로 생각이 들더라고요. 제가 그를 만나 잠깐 행복했던 것은 그가 출세하여 돈을 많이 벌 그런 사람이라는 것 때문이 아니고 그가 똑똑하고 예의 바른 시골 출신의 학생이라는 것 때문이었지요. 중국은 남한보다 더 돈을 중요시하는 사회가 된 지 이미 오래되었는데, 제 남자친구도 중국식 출세지상주의와 자본주의에 이미 깊게 빠져 있었던 것이지요. 저는 그저 소박한 삶을 꿈꾸고 있었는데, 아마도 그와는 맞지 않은 것 같았습니다. 제가 그를 원망하거나 그러지는 않고 그냥 그렇게 됐다고 생각하게 되었죠."

말을 마친 혜영은 이제 쓸쓸한 표정을 지었다. 그리고 술잔을 기울이며 우영을 바라보았다. 우영은 한동안 말이 없었다. 이윽고 우영이 말했다. "저도 많이 혼란스럽습니다. 가장 순수한 사랑이 가장 정치적인 일이 되었다는 것이 상상이 되지 않습니다. 제가... 혜영 씨가 베이징에 있는 동안 혜영 씨를 무척 뵙고 싶었습니다. 왜냐하면 그저 혜영 씨를 보면 즐겁고 편하게 얘기를 나눌 수 있는 새 친구 같은 존재이기 때문에 그랬습니다. 그런데, 아... 저도 지금 혜영 씨에게 어떤 말을 해야 할지 혼란스럽습니다. 제가 예상치 못한 혜영 씨의 어려움에 말씀드리기 어렵습니다. 그래도 일단 논문은 제가 있는 한국 여기서 쓰셔야 하지 않을까 저는 생각합니다."

혜영이 말했다. "잘 모르겠어요. 저는. 좀 생각을 해봐야 할 것 같아요. 우영 씨에게 미안한 마음도 드네요. 저를 기다리고 있었다는 것이."

30

아버지의 건강 문제 때문에 상배의 미국 자회사에서의 연수 기간은 짧아졌고 귀국을 서두르지 않을 수 없었다. 미국에서 4년 반 정도 살았다. 결코 짧은 시간은 아니었다. 어학연수, 대학원 공부 그리고 실무 인턴 등 결코 쉽지 않은 과정이었다. 이제 귀국하면 아버지 회사의 계열사 사장들이 나에게 본격적으로 경영승계 교육을 할 것이다. 대략 3년 정도 후쯤이면 나는 실질적으로 회사경영을 떠맡게 될 것이다. 신사업에 대한 구상은 아버지와 회사 사장단에서 이미 마련되어 있을 것이며 나의 역할은 이것을 성공시키는 것이 될 것이다. 사실 신사업 프로젝트는 아버지에게, 회사에도 그리고 결국은 나에게도 아주 중요한 회사의 운명을 결정지을 수 있는 사업이다. 죽느냐 사느냐의 문제이다. 수년 전 아이엠에프의 위기로 우리 회사도 어려워졌었는데 다행히 살아남았다. 그러나 현시점은 과거와는 완전히 다른 차원의 생존전략이 필요하고 무엇보다 엄청난 추진력이 요구되고 있었다.

인터넷에 기반한 새로운 아이티 산업이 태동하고 있었다. 우리 회사는 이러한 변화에 한발 늦었다고 상배는 생각했다. 미국 현지에서의 분위기와 후발로 쫓아오는 중국 등 하루하루가 중요하게 되어 있었다. 속도가 중요해졌다는 뜻이었다. 아버지 같은 구세대의 시절이 빠르게 지나가고 있음을 알았다. 한가지 다행인 것은 자신이 미국에서 공부하고 일하는 동안 나름대로 인적 네트워크를 구축했다는 것이었다. 주로 투자자들 그리고 파트너 회사들을 만나면서 우리를 알렸다. 상배는 이 부분에 대하여 상당한 자부심을 느끼게 되었다.

이제 서울로 돌아온 상배는 바쁜 나날을 보내고 있었다. 바쁜 순간순간 정인에 대한 의식이 떠올라 오는 것을 숨길 수 없었다. 초봄의 추운 날 밤에 발생했던 사건 혹은 사고라 해두자. 벌써 5년 가까운 시간이 지나갔어도 상배는 잊을 수가 없었다. 5년이라는 시간의 흐름이 정인의 잃어버린 흔적을 찾는 데 어떠한 변화가 있을지도 모른다는 생각이 들었다.

상배는 학교로 찾아갔다. 오랜만에 찾아온 캠퍼스가 낯설게 느껴졌다. 〈철학회〉 사무실도 찾아가지 않았다. 이미 오래전의 추억으로만 남아 있는 것 같았다. 속으로 미안한 마음이었으나 어쩔 수 없었다.

정인의 옛 학과 사무실로 찾아가서야 상배는 실수했음을 자각했다. 벌써 5년의 세월이 흐른 것을 잠시 망각하고 충동적으로 행동했음을 속으로 후회하고 있었으나 이미 늦었다. 학과 사무실에서 이제는 잊힌 학부 학생의 신상에 대해 어떻게 알겠는가? 당시에도 정인이 학과 조교 선배와 친분이 있다는 말만 듣고 찾아가지 않았던가? 그 조교도 이제는 졸업하여 떠났을 것 아닌가? 상배는 그냥 떠나려다 우선 그 조교에 대해서 물어 보았다. 조교의 소재를 혹시 과 사무실에서 파악하고 있을 것 같았다. 그러면 그녀를 통하여 혹시 정인의 소식을 듣게 될지도 모른다는 생각이었다. 조교는 의외로 학교에 강사로 재직하고 있었다. 상배는 놀랍고 반가웠다. 5년 전 당시에 조교의 친절함을 기억하고 있었기 때문이다. 과 사무실에서 그 조교가 학교에서 석사를 마치고 미국에 유학하여 박사학위를 받고 귀국, 곧바로 이번 학기부터 사회학과 강사로 일하고 있다는 것을 알게 되었다. 상배가 찾아간 시간에 영란은 마침 강의 중이어서 상배는 좀 기다리게 되었다. 그녀를 오늘 못 만나면 또 자신이 시간을 내기가 어려울 것 같았다.

영란은 상배를 대뜸 알아보았다. "아, 몇 년 전 학과 사무실로 윤정인을 찾던 분 아니신가요? 오늘은 무슨 일로 찾아오셨나요?"

"아, 아직도 절 기억하시네요. 죄송하지만, 오늘도 똑같은 일로 찾아왔습니다. 5년이 불쑥 지난 후 찾아오게 되었습니다마는... 그때 제가 제 소개를 드리지 못했는데요..." 하며 상배는 명함을 영란에게 건넸다. "오상배라고 합니다. 경영학과 졸업 후 곧 미국으로 유학을 떠났었습니다.

그리고 벌써 5년이 흘렀네요."

영란도 자신을 소개했다. 명함을 꺼내며 "백영란입니다. 저도 미국에 유학하여 올봄 박사학위를 끝내고 모교 강단에 서게 되었습니다. 그런데 윤정인은 왜 찾으시는 것인지 여쭤봐도 되겠습니까? 5년 전에도 제가 사실 좀 궁금하기는 했었습니다."

상배는 당황했으나 겉으로 드러내지 않으려고 하며 말했다. "아, 예, 윤정인이는 학교 동아리 〈철학회〉의 후배였습니다. 제가 당시 회장, 정인이 총무를 맡고 있었죠. 그런데 정인이 당시 사정이 어렵다는 것을 나중에 알고, 아...제가 도울 일이 없나 해서 연락을 취하려고 했었죠. 그러고 쭉 잊고 지내다... 아, 마침 오늘 학교 근처로 올 일이 있어서 동아리 사무실도 찾아가고 또 당시 조교였던 영란 씨 생각도 나서 겸사겸사 들러 보게 되었지요."

영란은 의미심장한 미소를 지으며 "혹시 정인이와 당시 사귀는 사이셨나요?" 하고 물었다.

상배는 "사귀는 사이라니요? 그렇지는 않았고 그저 좋아하는 동아리 후배였지요."

영란은 속으로 생각했다. 남자가 5년이나 지나서 별 사이가 아닌 여자 후배를 절대로 찾아 나서지 않는다고. 그러나 어찌하랴. 정인은 이 세상에서 증발해 버렸으니.

영란이 대답했다. "저는 그저 좀 궁금해서 여쭤본 거니까요. 아무튼 저도 정인의 소식을 모릅니다. 저도 학교를 떠나 미국으로 유학해서요. 혹제가 학교를 떠난 사이에 정인과 학교와 서로 연락이 되었는지를 모르니까 제가 새로운 소식이 있으면 오상배 씨에게 연락을 드리겠습니다."

상배는 영란에게 고맙다는 인사를 하고 서둘러 학과를 빠져나왔다. 나오면서 상배는 영란의 웃는 모습이 귀엽다고 느꼈다.

넓은 사무실 창문을 통해 비치는 봄날의 햇빛은 찬란했다. 그리고 따뜻했다. 빛이 찬란한 이유는 첫째로 상배의 아버지로부터의 회사의 경영권 승계가 차질 없이 잘 진행되었기 때문이었다. 아버지가 장남으로 가업을 승계시키는 것에 차남인 상배의 동생은 전혀 이의를 제기하지 않았을 뿐만 아니라 오히려 자신이 경영에 참여하지 않게 된 것을 다행으로 여겼다. 동생은 보헤미안 기질이 있다고나 할까? 자신의 개인적인 행복 추구와 같은 것을 인생의 최고의 덕목으로 여기고 있었고, 젊었을 때 한적한 외국에 나가서 혼자 즐기는 인생을 꿈꾸고 있었다. 아버지가 유산으로 그를 위해서도 남겨주실 것을 알았기에 젊어서 돈을 쓰고 행복하게 사는 삶이 가능하다고 생각하는 부류였다. 비싼 옷에 스포츠카를 몰고 맛있는 레스토랑을 순례하며 클럽에서 젊은 여자애들과 어울리는 것이 자신과 어울리는 삶의 방식이라고 믿는 친구였다. 항상 돈이 많았으므로 친구들이 주변에 끊이지를 않았다. 그는 친구들을 위해 돈을 쓰는 것을 친구들과의 의리로 생각하고 이를 그의 삶의 덕목으로 생각하는 것이었다. 막내 여동생은 어머니를 닮아 평범하고 조용한 성격이었다. 어디를 가든 존재감이 없었다. 부모가 정한 대로 공부하고, 학교에 다니며 졸업 후 결혼하는 것이 목표였다. 부모가 정해주는 좋은 남자를 만나 편하게 사는 것이 전부였다.

상배는 경영권을 물려받는다는 것이 단순히 회사에 관련된 것만이 아니라 아버지의 은퇴로 앞으로 두 동생에 대한 책임도 진다는 것도 의미한다는 것을 잘 알았다. 아버지는 세 자녀 중 장남인 상배를 후계자로 생각하게 된 근본적인 이유는 단순히 상배가 장남이어서가 아니었다. 두 동생이 도저히 회사를 맡을 수 있는 능력이 없다는 것을 일찍이 알고 있었기 때문이다. 그래서 상배의 책임감이 컸으나 동시에 이러한 상황은 그에게는 그야말로 찬란한 미래를 위한 전개가 되는 것이었다. 다른 회사와는 달리 자식들 사이에 경영권 다툼 같은 불상사가 없다는 것, 이것은 그에게 축복이라고 상배는 안도하고 있었다. 동생들이 장남인 자신에게 도전하지 않는 상황이 된 것은 그가 동생들에 대한 책임감 못지않게 이제부터는 그가 실제로 회사의 일인자가 된다는 찬란한 현실이자 미래라는 뜻이기도 했다. 실제로 상배는 이 상황을 즐기고 있는 것이었다.

빛이 찬란한 또 다른 이유는 아버지의 회사가 상배가 회사경영에 관여할 즈음부터 상당한 성장을 시작하고 있었기 때문이다. 아버지가 설립한 모회사 이외에 새로운 업종에 투자한 방계회사들이 모두 좋은 실적으로 성장을 하고 있었으며 일부 회사는 약진이라고 표현할 수 있을 정도로 성장하고 있었다. 특히 인터넷, 아이티 관련 업종으로의 투자가 엄청난 성공을 보이고 있었고 이러한 성공의 뒤에는 항상 상배가 있었다. 아버지는 기업의 숫자와 규모를 키워 놓은 상배에 대해 무한한 신뢰를 보이고 있었기에 이 봄날 상배의 커다란 유리빌딩 사무실에 쏟아지는 햇빛은 온통 찬란함으로 가득했다.

그 빛이 따뜻하기도 한 새로운 이유는 상배가 오늘 저녁 영란과의 정식 데이트가 예정되어있기 때문이었다. 상배의 마음이 오랜만에 편하고, 온화해지고 따뜻해졌다. 오늘 만날 영란에게로 향한 마음의 상태가 그러했다. 2주 전에 학교에서 두 번째로 만난 영란에게서 첫 번째 정인에 대한 상념 때문에 제대로 보지 못했던 영란의 참모습을 보게 된 것이 다행이라고 여겼었는데, 영란이 생각지도 못하게 귀여운 얼굴로 자신에게 나타난 것을 발견했다는 행복이었다. 상배는 그날 이후 영란과 그녀의 가족에 대해 뒷조사를 시작하였다. 그가 회사 일로 첫 거래 전에 행하는 상대방 업체에 대한 평판 조사와 같은 수법으로 진행되었다. 예상대로 영란과 가족에 대한 정보는 쉽게 파악이 되었다.

우선 영란에 대한 정보는 상배가 지난번 학과 사무실에서 파악했던 것과 다르지 않았다. 그리고 영란이 자신과 같은 나이로 여자로서는 혼기가 꽉 찬 나이라는 것. 상배의 생각으로는 영란이 미혼인 상태로 유학을 했다는 것은 당시 애인이 없거나 있었어도 헤어지거나 하여 혼자 유학길에 오는 것으로 보였고 그렇다면 이제 막 귀국하여 아마도 본인이나 부모 쪽에서 결혼 상대를 구해야 할 급한 상황이 된 것으로 추측했다. 상배는 영란에게 지금 당장 결혼을 생각할 상대가 없을 것으로 생각했다. 정황상 자신이 생각한 것이 맞는 것처럼 생각되었다. 그렇다면 이것은 전혀 나쁜 상황이 아닐 것이다.

영란의 가족은 영란의 부모와 자식들만 봐서는 안 될 정도로 대가족이었다. 영란의 아버지는 영남의 저명한 가문 사람으로 전체 다섯 형제 중셋째 아들이었다. 첫째 형은 검사 출신으로 지금은 대형 로펌의 변호사, 둘째 형은 서울의 유명 대학의 교수이고, 본인은 법조인으로 대법관을 지냈다. 밑의 여동생들은 서울의 준재벌급 가문들과 혼인을 맺었다. 영란의 어머니는 대학병원 의사였고 영란의 남동생은 미국에서 경제학을 전공하고 로스쿨을 나와 현재 뉴욕의 투자은행에서 일하고 있었다.

일단 영란과 주변 가족들을 파악한 상배는 곧장 영란에게 연락했다. 1주일 후에 만나자고. 그 1주일 후가 오늘이다. 영란은 상배가 연락한 것에 대해 놀라거나 의아해하지 않았다. 상배의 데이트 제안에 순순히 응했다. 상배가 1주일 전에 미리 약속을 잡은 것은 영란에 대한 시간 배려의 뜻이 담겨 있었다. 상배가 그랬듯이 영란 쪽에게서도 상배에 대해 알아볼 시간을 주어야 한다는 계산 때문이었다. 게임은 서로에게 페어플레이가 되어야 했다. 이것은 서로에 대한 따뜻한 배려가 되기 때문이었다. 영란이 상배의 데이트 신청을 거절하지 않고 오늘 저녁에 만나러 나온다는 것에 대해 상배는 기뻐했다. 그의 가슴이 훈훈해졌다.

그날 저녁. 훈풍이 불었다. 대지는 오랜만에 먼지가 말끔히 가신 맑은 하늘을 보여 주었다. 초여름의 끈적거림과 더운 기운이 시작하기 전의 마지막 상쾌한 밤을 연출하고 있었다. 상배와 영란은 강남의 M 호텔의 스카이라운지에 마주 앉았다. 상배는 항상 회사업무로 짙은 색깔의 비즈니스 정장을 입고 있어서 오늘 데이트 때문에 특별히 단장할 필요가 없어서 평소처럼 하고 나왔으나 영란은 정반대의 모습이었다. 학교에서 봤던 교수티가 나는 옷차림이 아니었다. 화사한 유명 디자이너의 투피스에 반짝이는 값비싼 목걸이와 하이힐 그리고 다소 짙은 화장을 한 모습으로 상배 앞에 나타났다. 상배는 예상 외의 영란의 모습에 속으로 놀랐다. 사실은 놀랄 일이 아니었을지도 모른다. 영란의 화려한 모습이 사실은 참모습일지도 모른다고 생각했다. 프랑스 요리에 와인으로 식사가 시작되었다. 처음 정식으로 하는 데이트치고는 아주 자연스러운 분위기가 되었다.

상배가 그들의 공동 경험인 미국 유학에 대해 말하기 시작했다. "영란 씨가 미국에 계셨을 때 저도 있었는데 이렇게 몇 년이 지나서 서울에서 뵈니 좀 이상한 생각도 듭니다만, 요즘 학교생활은 어떻습니까?"

영란이 곧바로 대답했다. "아, 학교생활은 완전 새로운 것이 아니니까 지내기 괜찮습니다. 더군다나 모교로 다시 왔으니까요. 사실 저는 전공 관계로 처음에는 유럽 쪽으로 유학을 생각하고 있었고, 따라서 독일어를 공부하기도 했었는데 제 지도교수님이 미국에서 학위를 하셔서 저에게도 미국으로 유학을 권하셨죠. 상배 씨도 지도교수님의 영향이 크다는 것쯤은 아실 거예요. 그래서 그렇게 하기로 했고 그렇게 되니까 좀 쉽게 풀렸죠."

"쉽게 풀리다니요?"

"아, 그것은 제 지도교수님의 문하로 정식으로 입문한다는 뜻이죠. 교수님이 추천해 주신 미국대학으로 가고, 거기서 학위를 받고 모교로 오는 과정이 비교적 순탄하게 진행되게 되었다는 것이죠."

상배가 재차 질문했다. "유럽대학을 생각하고 어학 공부까지 하셨을 텐데, 좀 아쉬운 것도 있으셨을 것 같기도 합니다."

"아쉽다기보다는 차라리 잘됐다는 생각도 들었습니다. 유럽대학의 학위과정이 까다로운 것 그리고 솔직히 제 독일어 실력이 만족스럽지 못하기도 했고요. 상배 씨도 유학 때 언어 때문에 어려움이 있으셨나요?"

"네, 저도 영어 연수를 현지에서 하고 입학했는데도 힘들었습니다. 독일어는 더 힘드셨을 것 같네요."

영란은 독백처럼 말했다. "그렇죠. 독어는 정인이 참 잘했었는데..."

상배가 말을 받았다. "아, 그랬나요? 정인은 제 동아리 후배였기는 해도 독어를 잘하는 줄은 몰랐죠."

"네, 걘 전공인 사회학도 잘했고 철학 공부도 열심히 해서 나중에 사회철학 쪽으로 유학을 꿈꾸고 있었죠. 그러니까 자연스레 독일어 공부도 열심히 했어요. 고등학교 때부터 독어 공부에 매진했으니... 아무튼 정인이는 좀 독한 구석이 있었죠. 저와도 얘기를 많이 나누기도 했지요. 자기 언니처럼 저를 잘 따르기도 했고요. 그런데 정인이네 집이 당시에 아이엠에프 사태로 어려워지고 아버지가 병환에 들어서 정인이가 약값을 마련해야 했었나 봐요. 저에게는 말은 안 했어도... 제게 겨울방학 때 아르바이트를 찾아봐 달라고 부탁했었죠. 마침 제가 수소문하다 보니까 독일 철학자의 책을 급히 번역해야 할 일이 있어서 소개해 줬죠. 사실 저는 정인에게 좀 무리일 수 있다고 생각했는데 해내더라고요. 정인이 공부에 대해서 독한 것도 있지만 그만큼 당시 상황이 절박했었던 것 같았어요. 그런데 방학이 끝나자 어느 날 사라진 거예요..."

상배는 가슴이 출렁거리는 느낌이었다. 간신히 참고 말했다. "아, 그랬군요. 전 모르고 있었습니다. 그런데 정인이는 얌전한 편이었나요?"

"상배 씨도 정인이와 함께 동아리 활동을 하셔서 아실지 모르나, 글쎄요...저는 정인이가 좀 과격한 면이 있었다고 생각했어요."

"과격하다고요?"

"네, 저와 가까워서 편하게 말을 많이 나누었고 전공에 대한 이론 같은 내용도 의견을 서로 말하기도 했는데...정인이는 좀 좌파적인 데가 있었죠. 저는 세상을 비판적으로 보는 것은 어쩔 수 없다고 해도 이를 좌파적인 시각으로 보는 것은 문제가 있다고 봤습니다."

상배는 정인에 대한 이야기를 더 이상 들어서는 안 된다고 생각했다. "아, 정인의 그런 면이 있었군요. 영란 씨를 만나서 엉뚱하게 정인에 대한 얘기로 많이 흘렀네요. 이제부터는 영란 씨에 대해 얘기를 하시죠. 또 저에 대한 궁금한 점도 여쭤보시고요."

"네, 알겠습니다." 영란은 알 듯 모를듯한 미소를 지으며 말을 이어갔다. 상배와 영란은 이미 서로를 잘 알고 있다는 분위기였다. 그들은 처음 만남치고는 많은 얘기를 했다. 대화하는 과정에서 상배는 영란과 공통 관심사 같은 것을 발견하게 되었다. 여행과 음악 같은 주제도 서로의 취향이 비슷한 것도 알게 되었다. 그들은 자연스럽게 다음의 만남을 약속하게 되었다. 마치 미리 짜인 각본에 의해서 행동하는 것처럼.

그날 밤 집으로 돌아온 상배는 생각에 잠겼다. 오늘 만남에서 영란이 처음부터 정인에 대하여 말문을 연 것은 의도적이었으며 불필요하게도 영란이 정인에 대해 부정적인 말을 하는 것도 부자연스러웠다. 가까이 지냈던 후배 그리고 그 후배가 어려웠을 때 도와준 영란이 막상 정인에 대해 상배에게 물어보지도 않았는데도 부정적인 태도를 보인 것은 영란의 나름의 책략 같은 것이라고 느꼈다. 이제 세상에 존재하지도 않는, 최소한 그들의 시야에서 사라진 정인을 매개로 하여 상배와 영란이 만나게 됐다는 사실은 아이러니였으나 영란이 정인을 확인 사살하는 식으로 말하는 태도는 그 의도가 분명했다. 영란은 상배와 정인 사이에 무언가 심상치 않은 일이 있었다는 것을 충분히 인지하고 있었던 것이었다. 상배는 그가 두 번째로 영란의 사무실에서 만났던 2주 전의 웃음 띤 얼굴과 오늘 저녁의 그것과 같았음을 새삼스레 떠올렸다. 그 웃음은 내가 너희들 사이가 예사롭지 않았다는 것을 알 것 같다는 웃음의 분위기였음을 상배는 눈치채고 있었고 자신이 짧은 순간이었지만 당황하는 얼굴을 영란은 결코 놓치지 않고 있었다고 확신했다.

결론적으로 상배는 영란의 오늘 행동은 그녀의 여자로서의 상배에 대한 소유의식 같은 것의 발로였다고 믿었다. 이제 정인은 잊어라. 너희 둘 사이에 무슨 일이 있었는지는 나는 구체적으로는 잘 모른다. 나는 알 필요도 없다. 상배에게 물어보는 일도 없다. 단지 이 시점에서 나는 상배라는 남자에 대한 나의 태도를 분명히 밝히고자 나의 오래된 한동안 후배였고 이제는 사라진 상배의 애인이었을지도 모를 정인을 오늘 공식적으로 제거해야 할 필요가 있었다. 상배는 영란의 귀엽고 순진한 얼굴 모습의 뒤에 영리함을 넘은 영악함 같은 모습도 분명히 있다는 것을 직감하게 되었다.

이제 앞으로 남은 것은 정해진 순서에 따라 상배와 영란은 서로의 관계를 공식화하기 위해 추가로 데이트를 몇 번 시행할 것이었다. 그리고 양가 부모님과의 상견례 그리고 결혼식. 상배는 그의 아버지 후계자로서의 지위를 공고히 하고 회사에서의 위상에 걸맞은 위치를 점하기 위해 결혼이 필요했다. 사업은 확장되어 가는데 미혼인 상태를 계속 유지해서는 안 될 것이었다. 동생들과의 관계에서 실질적인 우위를 유지하기 위해서는 자신의 결혼이 이 시점에서 중요한 사안으로 부각되었다는 것을 스스로 알고 있었다. 상배는 또한 생각했다. 영란과의 결혼은 훌륭한 가문과의 인연을 맺게 되는 것으로 자신의 가문의 과거의 낮은 지위를 상쇄하고도 남는 성과가 될 것이고 영란의 부모님은 아주 잘나가는 기업의 후계자를 사위로 맞이하게 된다는 것의 의미를 잘 알 것이었다. 이것은 서로에게 윈-윈이 되는 아주 바람직한 일이 될 터이었다.

상배는 정인을 범하고서 자신이 정인과 결혼함으로써 자신의 잘못된 행동을 상쇄하며 살겠다는 과거의 생각이 얼마나 잘못된 감상이었는지를 이제는 분명히 알게 되었다. 나의 젊은 날의 실수는 이제 어쩔 수 없는 것이 아니냐. 나도 정인을 찾으려고 나름 노력하지 않았느냐. 심지어 정인을 잊지 않고 학과 사무실을 2주 전에 찾아가기까지 하지 않았느냐. 정인이 당시 아주 어려운 상황이었다는 것이 나와는 상관이 없는 일 아닌가. 물론 나는 정인의 어려움을 당시에 알았다면 도와줄 수 있었을지도 모른다. 그러나 근본적으로는 당시 아이엠에프 사태로 나라 전체가 어려운 상황이었던 것 아닌가. 우리 회사도 당시 망할 뻔하지 않았던가. 보다 중요한 것은 정인이 스스로 사라져 버려서 내가 사과할 기회를 주지 않았던 것이었다. 이것은 팩트 아닌가. 왜 나를 나쁜 놈으로 만들어 버렸는지 정인이 야속했다. 그럼에도 이 시점에서 확실한 것은 나는 결코 정인과 결혼할 수는 없었으리라는 것이다. 죄의식에 감상적으로 정인과 결혼할 수 있다고 생각했던 것에 대해 마음속에서 후회감이 생기게 된 것이다. 정인이라는 존재는 어쩌면 영란을 만날 수 있도록 만들어 준

기묘한 사건인지도 모른다. 상배는 그날 밤 오랫동안 상념에 잠겼다.

31

　혜영은 결국에는 베이징으로 돌아갔다. 이곳에서 학위 과정이 중단이
된 채로 돌아간 것이다. 혜영이 베이징에 가게 된 것도 그녀가 우영에게
한동안 연락이 없어 우영이 학과로 찾아갔을 때 혜영은 이미 떠난 것을
알게 되었다. 우영은 당혹했고, 실망했다. 자신에게 한마디도 안 하고 떠
나 버린 것에 섭섭한 생각이 들었다. 그러나 동시에 혜영과 자신의 사이
가 어떤 특별한 관계도 아닌 것도 사실이었다. 우영의 혜영에 대한 호감
처럼 혜영이 우영에게 같은 마음인지는 알 수 없었고 아마도 아닐 것이
며 베이징에 있는 연인을 다시 찾아간 것으로 생각했다. 허전한 마음의
우영은 그런 상태로 하루하루를 지냈다.
　이제 우영의 대학 생활의 마지막 여름방학이 되었다. 우영은 잠시 시

골의 아버지를 뵙고 쉬다가 다시 학교로 올라올 계획을 세웠다. 서울에서 오랜만에 시외버스를 타고 가며 강원도의 산길을 굽이굽이 넘어가는 여정이었다. 산의 짙은 초록빛과 무더운 여름의 햇빛 사이로 보이는 맑은 하늘 그리고 차창으로 새어 들어오는 바람은 상쾌했다. 아버지를 뵈러 가는 것에 약간의 설렘도 있었다. 차창 넘어 들어오는 풍경을 보며 우영은 상념에 잠겼다.

자신의 의식 속에 새겨진 첫 번째 아버지와의 기억을 잊을 수 없었다. 영원히 잊힐 수 없는 기억을. 우영은 어머니를 여읜 것에 대한 기억은 희미했다. 분명히 그는 어느 날 어머니가 자기 곁에 안 계신다는 것을 알았을 것이나, 자신의 기억 속에 담아 의식으로 가져가기에는 어머니가 너무 빨리 돌아가셔서인 것 같았다. 그러나 우영이 초등학교에 가기 1년 전의 아버지에 대한 기억은 생생했다.

아버지는 어느 날 긴 여행을 떠나시더니 많은 날이 지난 후 갑자기 집으로 돌아오셨다. 우영은 너무나 반가워 "아빠!" 하고 외치며 아빠의 품으로 달려들었었다. 그리고 아빠의 얼굴을 보았다. 그리고 눈을 보았다. 그 순간 우영은 그동안 자기가 보았던 가장 슬픈 눈을 아빠의 눈을 통해 보았다.

우영은 겁이 나서 "아빠 괜찮아?" 하며 울음을 터트렸다. 아빠의 눈에서 마치 굵은 눈물이 떨어질 것 같은 느낌을 받았기 때문이다.

"괜찮아, 우영아. 아빠가 너무 오래 여행을 갔다 와서 미안하다."

"아빠 어디에 갔다 왔어?"

"응, 아빠가 아주 옛날에 아빠 누이동생을 잃어버렸어. 그런데 텔레비전에서 잃어버린 가족을 찾아주는 방송을 해서 거기로 갔었던 거야."

"아빠, 그런데 아빠 동생은 못 찾은 거야? 어떻게 잃어버리게 된 거야?"

"아, 그것은 아주 오래전 네가 태어나기도 훨씬 전의 일이야. 아빠가 차차 얘기해 줄게. 오늘은 아빠가 피곤하니까..." 하고 아빠는 우영의 시선을 피했다.

아빠와 우영은 이렇게 부자지간의 대화를 시작하게 되었다. 우영은 알고 싶은 것이 많았다. 아버지에 대해서, 어머니에 대하여, 잃어버린 아빠의 가족에 대하여. 아버지는 우영에게 숨김없이 다 말해 주었다. 우영에게 숨길 것이 없었다. 나의 아들에게 나의 못난 삶을 얘기해 주고 싶었다. 그러나 한편으로 자신의 삶이 못난 것이었을까 하는 의문도 들었다. 그래서 아들인 우영에게 말해 주었다. 아버지의 삶의 궤적에 대해서 나중에 우영이 스스로 판단해 보라고 말해 주고 싶었다. 나는 최선으로 살고 싶었으나 그것이 허락되지 않았다.

그 결과가 나의 잘못인가? 우영아, 내 아들아, 이제 하나 남은 유일한 혈육이 된 우영아, 너는 이 아비의 삶을 이해할 수 있겠니? 이 아비가 이제 이 모습으로 너에게 나타난 것을 너는 받아들일 수 있겠니? 이 아비를 욕할 수 있겠니? 우영아 네가 나를 싫어한다면 그것도 내 삶이다. 그러니 나는 너에게 내 삶에 대해 심판을 받고 싶은 마음이다. 이 한적한 마을에서 외롭고 비천하게 사는 것이 나에게는 최선의 선택이었다는 것을 우영이 너는 이해할 수 있겠니?

아버지는 이제 자신도 세월의 흐름을 역행할 수 없는 나이로 접어들었다는 것을 의식하기 시작했다. 아직 노인이라고 불릴 나이는 못 되었지만, 정신과 기력이 이제는 쇠락을 시작하는 나이가 되었다. 우영의 자람과 자신의 쇠락에 초조한 마음도 들었다. 그러나 나는 이제 정말로 편안히 살고 싶다. 편안히 살기 위해서는 혼자 살아야 한다는 숙명이라고 믿게 됐다. 먹고 사는 방편으로 작은 시골 마을에 조그만 식당을 차린 것은 편안히 조용히 여생을 살고 싶다는 나의 마지막 바람 때문이다. 나는 내가 하루 동안 벌 만큼만 벌 것이다. 식당을 하면 나와 우영의 먹을 것은 충당이 되지 않겠는가? 그리고 하루 벌어 조금이라도 남는 것이 생기면 이를 우영을 위해 모아두리라. 그것이면 충분하지 않은가? 나는 우영에게 나의 삶의 방식을 강요하지는 않겠지만, 만약 그 애가 나의 삶과 나의 방식에 의문을 제기하면 나는 나의 살아왔던 나의 인생을 얘기해 줄 것이다. 하나도 숨기거나 왜곡하지 않고 내 아들에게 다 알려줄 것이다. 이 아버지를 이해해 주면 고맙고 만약 그렇지 못하게 되면 어쩔 수 없는 것 아닌가?

조그만 마을에 있는 허름한 칼국수를 파는 식당이 크게 번성할 일은 없었으나, 생계를 유지할 수 있는 정도는 되었다. 아버지는 국수를 저렴한 가격으로 팔았다. 양도 많이 주었다. 손님들이 꾸준히 가게를 찾아주었다. 어린 우영이 학교를 마치고 돌아와 가게 일을 도와주기도 했다. 밤에 장사를 안 하므로 우영과 아버지는 저녁 식사 후 마을 산책을 자주 같이 다녔다. 마을의 동쪽으로 조그만 언덕을 넘어가면 동해의 바닷가 경치가 펼쳐졌다. 둘이서 모래사장을 걸으며 물장난도 같이했다. 가끔 낚싯대를 가져와 물고기도 낚았다. 아니면 둘이서 아무 말도 없이 무작정 바닷가를 거닐었다. 그리고 다시 집으로 돌아오면 사방이 어둑어둑해졌다.

우영은 학교 숙제를 하고 아버지는 주로 책을 읽었다. 아버지의 책을 읽게 되는 습관은 이곳 마을로 오면서 생겼다. 혼자 일하고 있으므로 자신의 시간을 만들 수 있었다. 우영이 숙제하다 모르는 것을 아버지에게 물어보면, 아버지는 대부분 답을 해줄 수 있었다. 적어도 초등학교 때까지는. 그러나 우영이 중학교에 들어가면서부터는 달랐다. 아버지는 영어도 모르고 수학도 몰랐다. 아버지는 우영에게 말해 봤다. 1주일에 한두 번이라도 속초 같은 도시에 가서 과외수업을 받겠냐고 의사를 물어봤다. 우영은 그렇게 속초까지 왔다 갔다 하며 시간을 뺏기느니 집에서 자습하겠다고 했다. 다만 교과서 이외의 학습자료, 전과, 수련장 등은 아빠가 사주었으면 좋겠다고 했다. 그래서 우영은 아버지가 사준 책으로 혼자 공부를 꾸려나갔다. 학교에서 늦게 올 때도 있었는데 이는 우영이가 모르는 수학 문제를 선생님께 물어보고 오느라고 그랬다. 우영은 기억력이 좋아서 배운 것을 잘 잊어버리지 않았다. 아버지는 공부를 중학교 이상 해 보지를 못했지만, 자신도 학교 때 암기과목 같은 것을 잘했었던 기억은 있다. 아무튼 우영은 학교에서 공부를 잘했다. 우등을 맡아서 했는데 아버지는 그러려니 했다. 왜냐하면 조용한 시골 마을에 학생도 얼마 안 되고 서울 같은 대도시의 아이들처럼 입시경쟁 같은 것이 없는 교육 환경에서 우영이 다른 애들보다 공부를 잘하는 것은 그럴 만한 정도라고만 여겼기 때문이다.

우영이 중학교 3학년 때 서울로 수학여행을 갔었다, 가기 전에는 좀 들떠있던 우영이 다녀온 후에는 아버지에게 이렇게 말해줬다.

"아버지, 내가 티브이에서 본 거보다 더 나빠."

"나빴다니, 무엇이 나빴어?"

"서울이 그냥 시시했어."
"시시하다니 무슨 소리냐?"

"서울은 크기만 했지, 답답했어. 사람들이 전부 화가 난 거 같았어."

"서울이 얼마나 큰데 답답하다니 말이 되느냐, 우영아?"

"아버지, 도시는 커도 다니기가 답답하고 사람도 많고 그랬어요. 그냥 화려하고 복잡한 동네라는 느낌밖에 없었어요."

"우영아, 너 경복궁, 롯데월드, 남산타워, 박물관 등 좋은데 다 가봤을 거 아냐?"

"네, 그런 데만 좋았어요. 저는 서울 사람들이 모두 바쁘고, 웃지도 않고 심각하게 다니는 걸 보고 이상하게도 생각했어요."

"음, 우영아 네가 그렇게 느꼈다면 그랬겠지만, 나는 네가 서울에 수학여행을 가서 아주 좋아할 줄 알았지."

"아버지, 제 얘기는 티브이에서 봤던 서울보다 실제가 좀 다른 것 같았고. 물론 아주 나빴다고 얘기하기는 그래도 생각보다 좋지는 않았어요." 우영은 이렇게 얘기를 하고 아버지에게 수학여행 선물로 효자손, 그림엽서 그리고 작은 도자기 등을 보여 드렸다.

아버지는 우영의 반응에 적잖게 놀랐다. 이 강원도에서도 외진 마을에 사는 우영이 서울을 동경할 줄 알았는데 의외였다. 아버지는 우영이 고등학교에 가서도 생각이 같을지 궁금해졌다. 우영이 대학교를 진학해야 하는데 서울로 안 가겠다고 할 수도 있다고 생각하게 되었다. 모든 젊은 이가 하루라도 빨리 이 외진, 아무도 주목하지 않는 마을에서 탈출하고 싶어 하는데 우영은 무엇 때문에 그러는지 정확히 알고 싶었다.

우영은 고등학교에 진학하면서부터 공부에 더욱더 두각을 나타냈다.

강원도 내 학력 시험에서도 우수 학생으로 선발되었고, 특히 수학 과목은 따로 영재급의 실력을 인정받았다. 아내가 일찍 죽고 우영이를 혼자 키우며 우영이 정서적으로 결핍된 아이로 자라날까 봐 나는 얼마나 노심초사했던가? 나는 안다. 우영이 얼마나 엄마를 그리워하는지를. 그저 내 앞에서 그것을 표현하지 않으려고 노력해 왔는지를. 남의 애들처럼 엄마 앞에서 재롱도 부리고, 투정도 부리는 어린 시절이 없이 그냥 스스로 커 버렸기에 나는 얼마나 안타까워했던가. 나는 나대로 이를 표현하지 못하고 살아왔다. 우영이에게 미안함은 내가 아버지라는 것이었다.

아버지는 우영에게 칼국수를 만들어줬다. 오랜만에 맛보는 아버지의 음식이었다. 우영의 기억 속에 어머니의 젖을 빨며 포만감에 스르르 잠이 들며 행복감에 빠진 것은 없었다. 기억 속에 저장되기에는 아주 어렸을 적의 경험이기 때문이리라. 우영이 기억하는 첫 번째 음식은 아버지가 만들어 준 칼국수였다. 가게에서 손님들에게 내놓는 메뉴였다. 어린 우영은 학교에 다녀온 후 아버지가 다음날 팔 국수의 밀가루 반죽을 도왔다. 조그만 손으로 힘을 주어 열심히 반죽하면 말랑말랑한 반죽이 되었다. 다음날 학교에 갔다 돌아와 배고파진 우영에게 아버지는 뜨끈한 국물의 해물 칼국수를 만들어 주었다. 이것이 우영이 처음 기억하는 음식이었다. 자신과 아버지의 합작품인 칼국수의 맛, 이 맛은 이후 우영이 수없이 먹고 먹어도 질리지 않은 맛이 되었다. 우영이 서울로 오기 전까지도 아버지의 칼국수 반죽을 만드는 것을 계속하였다. 매일 똑같은 음식을 만드시는 아버지와 그것을 먹는 아들은 익숙한 맛이라고 해도 한 번도 질린 적이 없었다.

어렸을 때 우영은 반죽하며 아버지에게 많은 질문을 하였다. 어린 우영은 아버지는 어떤 사람이고 어머니는 어떤 사람이었는지 궁금했다. 어떻게 아버지는 이곳에서 사시게 되었는지, 왜 우리는 친척이 없는지, 어떻게 아버지는 혼자가 되셨는지, 아버지는 산을 좋아하시는지 바다를 좋아하시는지, 어머니는 왜 일찍 돌아가셨는지. 우영의 모든 질문에 아버지는 묵묵히 대답해 주셨다. 아버지가 어렸을 때 대략 대여섯 살 때의 기억 속에서 평양의 대동강에 온 가족이 놀러 갔었던 아련한 추억부터 우영에게 이야기해 주기 시작했다. 그리고 전쟁, 피난, 죽음, 생존, 포로 생활, 석방, 부산, 기장, 울산, 삼척, 속초 그리고 이곳 마을. 아버지는 자신 일생의 역사를 구술하듯 아들에게 이야기해 주었다. 우영이 중학교를 마치게 되는 시점이 되니까 아버지는 아들에게 더 이상 해줄 말이 없었다. 아버지의 과거와 우영의 현재가 이 시점에서 만나고 있었기 때문이다.

이번에 아버지를 뵈니까 그사이 갑자기 늙으신 것 같았다. 허리도 더 굽으시고, 머리숱도 이미 거의 다 하얗게 세셨고, 말씀하시는 목소리에 힘도 전보다 많이 빠지셨다. 아직 거동이 불편하실 정도는 아니셨지만 겨우 가게 일을 꾸려 가시는 것 같았다. 우영이 서울로 올라가 이제 거의 4년 그리고 중간에 군대 복무 2년까지 근 6년을 아버지와 떨어져 지낸 것에 대한 회한이 몰려왔다. 자신의 눈시울이 붉어지는 것을 참기가 힘들었다. 그동안 아버지는 얼마나 혼자서 외로우셨을까 하는 생각이 새삼스레 들었다.

우영은 복학 후 학교 등록금을 아버지가 내주신 것에 대하여 죄송하다고 말씀드렸다. 아버지는 대답했다. "우영아, 이 아비가 지금까지 너를 제대로 남들처럼 잘 키우지를 못했다. 그저 네가 스스로 알아서 큰 것에 나는 너에게 너무나 미안하다. 네 엄마도 일찍 죽고, 형제자매 일가친척도 없이 너 혼자 외롭게 컸는데 그렇다고 이 아비가 돈이 여유가 있는 것도 아니어서 학교 공부를 시키는데 그 흔한 과외공부도 못 시켰다. 대학도 네가 공부를 잘해서 장학금을 받고 가지 않았느냐. 아비로서 내가 너에게 미안하다. 이제 처음으로 내가 등록금을 내어 주는데 네가 이 아비한테 미안해할 일이 아니지 않느냐. 우영아, 우리가 비록 잘 살지는 못해도 이제는 궁핍하지는 않아. 이 아비가 가게를 해서 돈을 벌면 쓸데가 어디 있겠냐? 너를 위한 교육에 쓰는 것이 가장 보람된 일이고 또 그래야만 한다. 우영아 무슨 말인지 알아듣겠지?"

"내가 지금까지 여러 곳을 떠돌아 살다 이 마을에 정착한 지도 이제 꽤 오래되었다. 이곳에 처음 이 아비가 너를 데리고 왔을 때나 지금이나 크게 변한 것이 없는 강원도에서도 외진 마을이다. 그런데 이 아비에게는 이곳이 너에게는 미안하지만 살기에 그리 나쁘지 않았다. 이곳 마을의 많은 사람들이 이북 피난민 출신들이었고, 그들은 대부분 일제로부터 해방 후 38선을 넘어왔거나 육이오 전쟁 때 남으로 피난 내려와 이곳 마을로 들어온 거지. 여기서 조금만 더 가면 휴전선이 아니냐. 지리적으로 북한과 매우 가깝지. 그러니까 그 사람들이 이곳 마을로 들어오는 것은 자연스러운 것이기도 했지. 곧 남북통일이 되거나 전쟁이 끝나면 북쪽 고향에 편히 갈 수 있도록 국경 근처 마을에 임시로 살기로 했다가 정착하게 된 사람들이라는 얘기야. 우영아, 이 아비가 너에게 어렸을 때 이 이야기를 해준 적이 있었어. 너는 기억력이 좋으니까 지금도 알고 있을 거야. 나도 실향민이니까 그들이 남들같이 느껴지지 않았지."

"우리가 처음 이 마을에 왔을 때, 이 아비와 비슷한 연배의 젊은 친구들이 낯선 우리 부자에 대해 경계와 의혹의 눈길을 주고 있기도 했었지. 그러나 나이 많으신 마을 어르신들은 우리에게 정말 잘해 주셨어. 마을 어르신들은 이 아비가 홀아비 신세라고, 측은하게 여기고 우리가 여기서 자리를 잡도록 많이 도와주셨어."

"내가 너에게 들려주고 싶은 말은 이거다. 우리에게는 가족 같고 친척 같은 마을 사람들을 위해 이 아비가 우리 집 뒤에 있는 버려지고 있었던 땅을 샀다. 땅값이라야 얼마 되지는 않지. 이곳 주변이 아마 전국에서 땅값이 가장 싼 지역 중 하나일 거야. 이 아비는 이 땅을 개간하기로 마음을 먹었다. 땅 면적은 제법 되는데 다 개간할 수는 없고 내 힘닿는 정도만 개간하려고 한다. 대단한 작물을 재배하는 것도 아니고 우리 마을 사람들이 먹을 수 있는 채소, 감자, 계절 작물 들을 재배하려고 한다. 국수 가게는 그냥 유지만 하고 남는 시간에 뒷마당에 나가 작물을 가꾸는 식으로 하려 해. 작물들은 마을 사람들에게 골고루 나누어 드리려고 한다. 이렇게라도 해서 내가 마을 어른들께 좀 보답해 드리고 싶다."

우영이 말했다. "아버지, 잘하셨어요. 다만 걱정은 아버지도 이제는 나이가 있으시니까 너무 무리하지 마시고 운동 삼아 편하게 하셨으면 해요. 저도 그동안 우리가 마을 사람들에게 신세를 많이 진 것을 알고 있어요. 이 텃밭이 아버지의 그리고 마을 사람들의 놀이터처럼 되었으면 좋겠네요. 저도 시간이 되는대로 재배니, 수확이니 도울게요."

아버지가 말했다. "네가 바쁠 텐데 말만 들어도 고맙다. 그런데 이제 너도 졸업이 이제 한 학기밖에 안 남았는데 졸업 후 계획은 세웠느냐?"

우영은 대답했다. "아버지, 저는 졸업을 해도 서울에서 살 것 같지 않아요. 아직 좀 생각 중이긴 합니다."

"네가 알아서 결정할 일이나, 네 모교나 아니면 속초나 강릉 같은 큰 도시에서 중학교나 고등학교에서 애들 수학을 가르치는 것도 괜찮을 것 같기도 하다."

우영은 아버지의 제안에 즉답을 피했다. "아버지 제가 좀 생각을 해 보고, 말씀드릴게요."

"그래. 우영아, 아직 시간이 있으니까 천천히 생각해도 된다. 또 네가 다른 쪽으로 생각이 있다면 이 아비는 네가 무엇을 하든지 상관없이 네 생각을 존중하고 좋아하게 될 거야."

우영의 마지막 남은 한 학기는 대체로 어수선한 학교 분위기에서 지나갔다. 학교 수업은 형식적으로 진행되었고, 학생들은 취직에 목을 걸고 있었다. 경제는 이미 아이엠에프의 위기를 넘겨 본격적인 회복 수준이라고 사람들이 말들을 하고는 있었으나 고용은 풀리지 않았다. 우영의 복학 후의 생활패턴은 근본적으로는 바뀌지 않았다. 학교 수업 듣기, 도서관에서 책 읽기, 늦은 밤에 집으로 가기. 최근 바뀐 것이라면, 스스로 생각난 대로 글쓰기의 시작이었다. 글쓰기라기보다는 일기나 일지 같은 것과 비슷했다. 아무튼 과거에는 수학적 생각에 무엇을 글로 써서 생각을 정리하는 것보다 어떤 원리 같은 것이 있다면 그것을 내 머릿속에 담아두면 되는 그것으로 충분하다고 생각했었는데 이제는 글로 쓰는 경우가 생겼다는 것이 변화였다. 과거 중학교나 고등학교 때 우영이 일기를 안 쓴 이유도 그랬었다. 내 머리 안에는 스크린처럼 펼쳐지는 생각의 공간이 있었다. 그 안을 온통 수학 공식과 공리 그리고 암기해야 할 사실들로 다 채워지고 있었고, 한번 채워지면 기억은 영원히 남아 있을 것 같았다.

민수는 아버지라는 체제에 항거하다 스스로 콘크리트 바닥에 머리를 찍듯 죽었다. 창국이 형은 자신의 세상에서의 색깔과 형태를 과거와 현재의 이미지의 변형으로 보여 주며 우영에게 큰 호흡의 인생을 살라고 조언했다. 혜영은 자기 삶이 절반은 노예 같은 것일 것을 예감하며 떠나갔다. 떠나가며 우영에게 말해줬다. 우영은 항의의 표시로서의 삶을 살고 있다고. 이들이 보여줬던 삶의 궤적을 공유하며 우영은 삶의 벅찬 감정을 느꼈다. 그래서 순간순간의 감정을 쓰게 됐다. 기억에 의존해서 마음속에 영원히 담아놓을 수 없을 것 같았다. 감정의 퇴적은 먼 훗날에 정서로 남겠지만 나는 그때 가서 정서의 세심한 과정으로서의 역사를 모를 것 같았다. 그래서 글을 쓰게 됐다. 이제부터 나는 어떻게 살아야 할까에 대한 고민은 새삼스러울 것도 없었다. 아버지의 품을 떠나서 대학교와 군 복무의 오랜 기간의 흐름은 내가 세상과 만나는 과정이었다. 이 과정은 앞으로 살아갈 시간에 비하면 아주 짧은 것이었지만 나에게는 나의 의지와는 상관없이 펼쳐지는 세상의 운동성에 어떻게 대처해야 하는가에 대한 고민의 시간이었음을 인정할 수밖에 없었다. 세상의 운동성은 마치 자연의 섭리로 착각이 될 정도로 비정하게 그리고 무표정하게 흘러가고 있었다. 진정으로 무서운 것은 내가 그 무서움을 모른 채 살아가며 무서움을 망각조차 할 수 없는 무감각의 상태라고 한다면 나는 무엇인가였다.

마지막 학기의 12월로 접어들며 4년의 학위과정의 마침표를 찍을 모든 과정이 끝났다. 이제 이듬해 2월의 졸업식만 남았다. 우영은 12월 중순 어느 몹시 추운 날 서울을 떠났다. 시외버스를 타고 굽이굽이 강원도의 산길을 돌아 아버지가 계신 마을에 도착했다. 도착해 보니 벌써 겨울의 짧은 낮이 지나가고 있었다. 날이 어둑어둑해질 무렵 우영은 아버지의 집에 도착했다.

32

오늘은 대월심 사장이 오랜만에 정인을 불렀다. "아, 오늘 중요한 손님들이 우리 가게로 온다. 그래서 너를 특별히 불렀다. 네가 해야 할 일이 있어서다."

"언니, 오늘 무슨 특별한 일이 있나 보네요."

"그래, 정인아. 오늘 세 명의 손님이 올 거다. 한 명이 갑이고 두 명이 을이다. 항상 그렇듯 을이 갑을 접대하는 장소이다. 을은 개발업자들이다. 이들은 양복에 넥타이에 점잖은 정장 차림으로 짐짓 신사티를 낼 거야. 그러나 그들은 근본적으로 업자 이상이 아니야. 양아치일 가능성도 있어. 모종의 특혜를 노리고 갑을 오늘 술자리에 은밀히 모시는 것이야. 갑은 현 국회의원 이근용. 국회에서 벌어지는 국토교통 관련 업무의 핵심 인물이야. 그리고 이 사람이 바로 내 옛 애인이야. 결국, 이 사람이 우리 가게까지 제 발로 찾아왔어. 나는 그를 기다리고 있었는데 내 생각보다 아주 빠르게 오네. 난 이번에 한 번 더 그에 대해 실망했어. 어차피 그는 배신했었는데 한 번 배신하니까 그의 타락이 가속화되는 것이야. 그가 실력자라 해도 아직 정치판에서 중진은 못 되는데 벌써 나쁜 것을 빨리도 배웠다는 것이야. 그의 타락의 속도가 내가 생각했던 것보다 너무 빠르다는 것이 놀라울 따름이야."

대월심 사장은 이미 냉정한 얼굴이 되었다. 이윽고 말을 이어갔다. "정인아, 오늘 네가 이 의원을 모셔라. 그것이 너의 오늘 밤 주 임무다."

"언니, 그게 전부예요?"

"당연히 아니다. 너는 그들이 방에서 은밀히 나누는 말을 잘 듣고 파악을 해야 해. 이 부분이 좀 신경이 쓰일 거야. 말하자면, 그들이 사용하는 키 워드 같은 것을 알아내야 해. 나는 좀 집히는 게 있지만, 아직 확신이 좀 없어. 그리고, 이게 중요한데... 네가 그들의 대화를 녹음해라. 을 쪽의 업자가 두 명이 오는 이유는 한 명은 개발업체 회장이고 다른 한 명은 분명히 보좌하는 사람일 거야. 이 자가 오늘 비밀 녹음을 할 거야. 너도 녹음해야 해. 녹음장치는 내가 너에게 따로 줄게. 설치는 내가 미리 알아서 할 테니까. 너는 작동만 시키면 돼. 그런 다음 자연스럽게 분위기 맞춰서 모시면 된다. 내 말 잘 알아들었지?"

정인이 질문을 했다. "언니, 이 의원은 본인이 오늘 밤 언니의 가게로 오는지 아나요?"

"잘 모를 거다. 그가 알았다면 당연히 나를 피했겠지. 내가 룸살롱을 한 지 오래됐어도 표면에 잘 나서지를 않았어. 소수의 사람만이 내가 룸살롱을 하는 걸 아는 정도야. 그 귀한 손님도 그중의 하나, 너도 물론 알고 몇 안 되는 내 뒤를 돌봐주는 분들. 내가 가게에 잘 나가지도 않아. 네가 처음 우리 가게에 왔을 때 그날은 우연히 오랜만에 내가 거기에 갔던 날이었어. 너와 내가 인연이 되려니까. 아무튼, 나는 그가 언젠가는 내 가게에 제 발로 찾아올 것으로 생각했지. 장안에서 힘깨나 쓴다는 사람들이 우리 살롱에 오지. 한 번이라도 올 수 있다고 생각했지. 그래서 나는 조용히 그동안 이 의원이 나타나기를 기다렸던 셈이지. 오늘은 그가 갑의 입장에서 오지만 그는 점차 을의 입장으로 변할 거야. 오늘 밤 을을 자처하는 업자는 오늘 갑의 약점을 잡게 될 거야. 즉 서로 동업자가 된다는 것이지. 정권 초나 말기에 각종 업자로부터의 유혹이 끊이지 않고 발생하는데 이것을 정치인들이 뿌리치기 어렵게 되어있어. 이근용이 국회의원이 됐다는 것을 내가 알았을 때, 나는 확신을 했어. 그가 내 살롱에 언젠가는 올 것이라고. 정인아, 오늘 밤 너무 긴장하지 말고 자연스레 이 의원을 모셔라, 알겠지?"

정인은 "잘 알겠어요, 언니."라고 대답했다. 이윽고 정인이 질문을 했다. "언니, 그런데 이 의원이 바보가 아닐 텐데 왜 업자와 만나는지요? 업자가 오늘 모임을 비밀 녹음할지도 모른다는 것쯤은 알 정도로 노련한 정치인일 텐데 말이죠."

"정인아, 잘 생각해 봐라. 이근용이가 당연히 그들이 녹음할 거라는 것을 알지. 그런데도 업자들을 만나는 이유는 그가 업자의 부정 청탁을 들어 줄 정도로 자신이 있다는 뜻이야. 업자는 자기의 청탁이 성공하면 비밀 녹음을 폐기할 거야. 그리고 그에게 대가를 지불해 주지. 그러니까 서로 주고받는 동업자의 관계가 되는 것이지. 언론에 흔히 보도되는 고위 정치인과 공무원이 업자와 부정부패가 저질러졌다는 것은 많은 경우 이러한 동업자 관계가 성립이 못 되고 깨질 때 발생이 되지. 업자가 비밀 녹음을 공개하는 경우지. 이것도 익명의 제보자라는 탈을 쓰고 시작하겠지. 이 경우는 업자가 자신이 법의 심판을 각오하고 터트리는 것이니까 흔치 않은 경우지. 양심 있는 기자들이 간혹 비리를 파헤치는 경우는 거의 예외에 가깝지. 취재원, 즉 업자가 스스로 기삿거리를 주지 않으면 불가능해. 그러니까 기자와 업자가 동업자로 성립이 되는 경우도 있다는 것이지. 그리고 중요한 것은 업자를 위한 인허가사항 혹은 법 개정 같은 식으로 부정부패가 이루어지기에 적발이 되기가 아주 어려운 것이 되는 것이야. 즉 국민을 위한, 유권자를 위한 혹은 최소한 자기 지역구 주민의 민원 이행이라는 명분으로 자행되는 것이지."

"이근용이는 머리가 좋고 조심스러운 자야. 오늘 밤의 모임에서 말을 많이 안 하고 주로 업자의 말을 듣는 것을 택할 거야. 업자는 떠벌리고 말이지. 약간 코미디 같은 모습이 될 수도 있어. 그래서 업자는 이 의원에게 술을 많이 권할 거야. 술이 들어가면 긴장이 풀리며 같이 입도 풀리게 되니까. 너는 옆에서 장단을 맞추며 술을 계속 권하면서 분위기를 맞춰주면 돼. 아, 그리고 최악의 경우, 부정과 비리가 포착이 된다 해도 법의 심판을 받기가 그리 쉽지 않을 거야. 왜냐하면 유력 정치인, 공무원들은 법조계에 친구들이 많아서 그래. 무죄, 증거불충분, 고소인만 처벌받는 무고, 집행유예 그리고 벌금, 그것도 소액으로 판결하여 국회의원직을 내놓아야 하는 경우를 피해 가지. 다시 말하지만, 형사처벌을 받아 국회의원이 감옥에 가는 경우는 거의 정치보복 같은 경우에만 해당하는 것이야. 우리가 민주화가 되어 독재를 몰아냈다는 것으로 모든 문제가 다 해결되는 것이 아니야. 이 점은 너도 알고 있잖아? 아무튼 정인아, 네가 이 질문을 잘했다. 너도 네가 오늘 하는 일의 성격을 알 필요가 있으니까 말이야."

 그날 밤 대월심 사장의 말대로 이근용 의원과 업자 두 명이 살롱에 나타났다. 이 의원은 정인이 상상했던 모습에서 크게 빗나가지 않았다. 다부진 몸매에 날카로운 인상의 그였다. 지적인 도도함과 힘을 가진자의 여유를 동시에 뿜어냈다. 정인은 이러한 모습의 그가 젊었을 때 민주화 운동의 학생 지도자였다는 사실이 믿기 어려웠으나 한편 지금의 모습이 옛날의 것과 비슷하게 겹쳐 보일 수도 있다고 느꼈다. 권력에의 의지 같은 것. 그들은 예상한 대로 행동했다. 갑과 을 각자의 역할을 충실히 수행했다. 그들은 술을 마시며 놀며 별 중요하지 않은 일처럼 그들의 비즈니스에 대해 말하였다. 업자가 주로 말을 하고 이 의원은 주로 듣는 편이었다. 간간이 이 의원은 "알겠습니다.", "다음에 말씀드릴게요.", "글쎄요 가능성이 있을까요?" "검토할 사항이 되는지 알아봐야 할 것입니다." 같이 모호한 표현을 했다. 정인은 이것들이 그의 특유의 수법일지 모른다고 생각했고 업자의 표정을 읽으려 노력했다. 이 의원은 정인에게 관심을 보였다. "예쁜 얼굴이군.", "좀 지적인 매력이 있어." 등등의 허사를 늘어놨다. 정인은 속으로 불쾌함을 참고 노는 척을 하는 것이 이 직업의 특성임을 이미 잘 알고 있었다. 정인은 비밀 녹음을 했고 이 의원은 이 살롱이 정현주 혹은 대월심 사장으로 알려진 그의 옛 운동권 애인의 것이라는 것을 모른 채 갔다. 이것이 그들의 각본에서 생각할 수 없었던 변수였다.

대월심 사장은 정인이 이미 지난 수년간 일 경험을 하였고 이제는 좀더 다른 일을 시켜야겠다고 생각했다. 자신과 정인과의 인연은 운명의 장난처럼 이루어졌지만, 정인에 대한 연민 같은 감정이 아직 남아 있을 뿐만 아니라 비록 자신과 나이 차는 많지만, 마음을 열고 얘기를 할 수 있는 몇 안 되는 대상이기도 했다. 그뿐만 아니라 정인은 자신의 목표를 이룰 수 있게 도와줄 수 있는 혹은 이용할 수 있는 인물로 능력이 있다는 것이 그동안 증명되었다는 것도 중요했다.

정인의 새로운 일은 통역과 모임의 파트너의 이중역할을 수행하는 것이 되었다. 통역은 공식회의에서의 영어나 독일어의 통역이 아닌 공식회의 후에 행해지는 만찬 같은 경우에 외국 참석자와 국내 참석자 간의 대화에 윤활유 역할을 하는 것으로 상대방과 언어의 장벽으로 중요한 모임의 분위기가 딱딱해지거나 어색해지는 것을 방지하기 위한 통역요원으로 일하는 것이고 이때 중요한 것은 술과 여흥이 곁들여지는 사교의 모임의 분위기를 잡아 나가는 것이고, 특히 외국인 참석자가 즐거운 마음으로 한국 측 주최자에 대해 호의를 갖게 하는 것이 결정적으로 중요했다. 대월심 사장은 이렇게 통역과 여흥의 분위기를 맞출 수 있는 젊은 여자로서 지적인 풍모를 또한 갖추고 있는 사람이 많지 않다는 것을 잘 알고 있었다. 통역을 잘하면 미모가 모자라거나 여흥을 주도할 수 없었고, 여흥을 잘하면 통역이 안 되는 경우가 허다했다. 대월심 사장은 정인이 그동안 룸에서 이렇듯 두 가지의 역할을 동시에 잘 수행한 것을 알고 있었다.

정인이 새로 일할 모임의 장소는 다양했다. 대기업 회장님의 저택이나 별장, 고급 호텔의 연회장, 컨트리클럽, 그리고 비밀스러운 룸살롱 등 일반인들이 범접할 수 없는 곳들이었다. 매일 출근하는 대신 대월심 사장의 지시에 따라 한 달에 몇 번 이러한 모임에서 일하게 되었다. 일을 위해 정인은 주어진 많은 자유시간을 그동안 소홀했던 영어와 독일어 준비를 하였다. 그리고 학교 때 읽었던 책도 다시 보게 되었다. 생활은 종전처럼 단조로웠으나 시간은 좀 다른 방식으로 흘러갔다. 그리고 정인의 새로운 이름은 룸살롱에서 그냥 모니카라고 가명처럼 불린 대신 모니카 윤으로 되었다. 모니카는 그대로 남고 윤이라는 자신의 성이 새로 생겼다. 새로 생긴 것이 아니라 윤정인에서 모니카 윤으로 완전히 새사람처럼 되었고 이제는 모든 사람이 자신을 최소한 표면적으로는 정상적인 사람으로 부르는 것 같았다.

정인은 금세 새로운 이미지를 굳혀갔다. 비공식적인 은밀한 사교 모임에서 정인은 룸살롱에서 손님이 부르면 항상 나타나야 하는 아가씨가 아닌 주최 측이 섭외해서 모임에 초대된 인물처럼 취급되었다. 대월심 사장은 정인에게 새로운 옷, 장신구, 향수, 구두 등을 사주었다. 가장 고급스러운 외국 브랜드의 것들로 치장했다. 가장 비싸고 멋이 있어야 했다. 고급스러운 이미지를 연출해 내야 했다. 정인은 "얼음공주"라는 별명을 만들어 냈다. 대월심 사장과 자신이 합의하여 만들어 낸 이미지였다. 정인은 모임에서 결코 먼저 남에게 웃음을 보이지 않았다.

주최 측에 특히 그렇게 했다. 처음 일을 시작했을 때 주최 측의 과장급 되는 젊은 직원이 정인에게 반말하며 하대했다. 정인은 주최 측 회장에게 가서 즉각 요구했다. 젊은 과장이라는 친구를 다른 사람으로 바꾸어 달라고 했다. 정인은 자신이 초대받아서 모임에 온 손님인데 일개 직원이 자신을 무시해서는 안 된다고 조용히 웃음기 없는 얼굴로 회장에게 다가섰다. 젊은 과장이 나이 많은 부장급 사원으로 교체됐다. 정인은 처음 기 싸움에서 져서는 안 된다는 것을 이미 알고 있었고 이는 룸살롱에서의 경험에서 배운 것이었다.

정인은 자신의 "얼음공주"라는 이미지는 만들어 낸 것이었지만, 사실은 실체에 더 가까웠을지도 모른다고 느꼈다. 자신이 지어낼 수 있는 모습, 자신이 자아낼 표정이 차가운 인상을 줄 수밖에 없었다. 전혀 행복하지 않고 전혀 건강하지도 않았다. 그 모습은 핼쑥함과 창백함이 겹쳐 보이는 모습으로 나타날 수밖에 없고 정인은 스스로 이를 은폐하고 싶지 않았다. 이 모습을 행사장에서는 고급 화장술, 장식품 그리고 의상 등으로 은폐하면 될 일이었다. 사람들이 자신의 얼음공주라는 이미지를 그냥 인정해 주면 되는 것이었다. 신경 쓰고 싶지도 않았고 그럴 필요도 없었다.

　어차피 나의 인생은 이미 가짜가 되었다. 그런 삶을 살아가지만, 나의 진정한 모습은 깊은 가슴속 상처와 슬픔을 품은 채 외피에서 나오는 창백함은 그냥 놔두고 싶었다. 사람들은 정인이 행사에 치장하고 나타났을 때 자신에 대해 도도한 인상을 준다는 것을 의식했다. 슬픔을 감춘 도도함은 모순이었으나 정인은 이제 그 모순을 이해하고 있었으며 이를 이용할 줄을 알았다. 행사장에서 정인은 당연히 적절한 시점에 얼음을 풀 것이었다. 특히 외국인 손님 앞에서 서서히 풀 것이었다. 우선 외국인 손님을 자신의 유창한 영어와 독일어로 농담을 웃지 않고 하여 상대방이 먼저 웃음을 짓도록 했다. 그 후 정인은 슬쩍 희미한 미소로 화답하면 되는 것이었다. 이런 기선제압에는 자신이 있었다.
　정인은 행사장에서의 분위기가 무르익으며 참가자들이 술과 여흥으로 긴장을 풀고 본격적으로 즐기기 시작하면 마음이 우울해지기 시작했다. 이 우울함은 아마도 행사의 주인들에 대한 반감에서 비롯된 것 같았다. 반감을 표현할 수 없다는 좌절감이 우울함으로 전이된 것이었다. 그 반감의 근원은 무엇일지 생각해 보았다. 지난 몇 년간의 룸살롱에서 겪었던 수많은 손님들과 이제는 행사장에서 만나는 손님들은 같은 부류의 인간들이라는 것을 알았다. 그들은 한결같이 권력을 도모하고 있었다. 권력은 여러 목표의 매개물로 포장되어 있었지만 말이다. 그것들은 선거,

건설공사, 해외 수주, 기술도입, 자본 유치 그리고 국가경쟁력 따위와 같은 것이었다. 자신을 범한 상배와 대월심으로 변신한 현주 언니의 옛 연인 같은 인간이 이 권력의 행간의 어딘가에 위치하고 있다는 것을 정인은 보고 있었다.

정인은 독일 측 참가자들에게 슬쩍 자신의 냉소적 태도를 감추고 말을 한다.

"당신은 에마누엘 칸트 같은 지적인 모습과 이성을 갖춘 신사 같아 보입니다."라고.

"오, 내가 그렇게 보이나요? 그런데 당신이 칸트를 아는 것이 신기하오."

"아, 저는 한때 철학도였지요. 칸트의 이성에 한때 경도되었었지요. 하지만..."

"하지만...?"

"이성이 좀 과하다는 것을 나중에 알게 됐죠. 그런데도 당신은 훌륭한 이성적인 모습입니다."

"아, 그런가요?"

찬사를 가장한 야유인지 알 듯 모를 듯한 정인의 이 같은 언사에 머리가 희끗희끗한 독일의 사장님은 가벼운 미소를 지을 뿐이었다. 정인이 왜 여흥을 즐기는 행사장에서 칵테일을 마시며 왜 지나간 독일 철학자의 이름을 되뇌는가? 자신의 우울감을 이렇게라도 발산하고 싶었기 때문이다.

미국 사장들, 위원장들을 만나면 정인은 유창한 영어로 이렇게 말을 한다.

"당신은 학교 때 철학을 공부하신 적이 있었나요?"
"네, 당연히 배웠죠."

"그럼 미국 철학자 중에 생각나는 사람이 있습니까?"

"음... 없는 것 같네요."

"정답입니다. 그러나 사장님은 현실 세계의 철학자이신 것입니다."

"현실 세계의...?"

"네, 자본주의 말입니다."

미국인 사장은 껄껄 웃었다. 정인의 당돌함을 아마도 늙은 미국인 사장은 그저 귀엽게 봐주는 것 같았다. 그는 농담을 받아 줄 줄 아는 전형적인 미국인이었기 때문이다. 그러나 정인은 농담한 것이 아닌 것을 자신은 알고 있었다.

행사를 끝내고 집으로 돌아오면 정인은 몹시 지쳐 있기 마련이고 심한 무력감과 우울증에 다시 빠져들곤 했다. 새로울 것도 없었다. 지난 몇 년의 세월을 이런 상태로 살아왔기 때문이다. 시간이 지날수록 이러한 증상이 더 깊은 수렁에 빠지는 것 같았다.

33

    대학을 졸업하고 고향의 아버지에게로 돌아온 우영은 곧 봄을 맞았다. 파릇파릇 언덕배기에서 피어오르는 새싹, 대지에서 오르는 흙내음, 산과 숲의 우거진 모습, 바다에서 밀려 들어오는 포근한 봄 향기를 머금은 바람. 이 모든 것들은 새삼스럽게 정겨운 모습으로 다가왔다. 옛날 어렸을 때 아버지와 같이 거닐던 산, 숲 그리고 바닷가가 다시 자신의 것이 된 것 같은 느낌이었다.

    우영은 속초에 있는 사립 중고등학교에 수학 과목 강사 자리를 얻게 되었다. 정규 선생님이 연로한데다 지병까지 생겨 급히 입원하여 상당 기간 치료해야 하는데 중요한 과목이라 수업에 공백이 생겨서는 안 되는 상황이 발생하게 되었다. 마침 이곳 출신으로 서울 명문대학에서 수학을 전공하여 고향에 내려와 있던 우영에게 연락이 왔다. 우영은 망설임 없이 요청을 받아들였다. 아버지 집에서 한 시간 정도 걸리는 학교로의 출퇴근이 크게 부담이 되지도 않았다. 비록 보수는 적었으나 개의치 않았다. 고향을 위해 봉사하는 것 혹은 일종의 재능기부 같은 마음으로 앞으로 몇 달간 학생들을 가르치면 되는 일이었다.

시외버스를 타기로 했다. 허름한 중고차를 살 수도 있었으나 운전해서 출퇴근하기 싫었다. 버스를 타면 정해진 시간에 맞춰 정류장에 나가면 되니 편했다. 또한 비록 흔들리는 차 속이지만 책을 볼 수도 있고 생각을 할 수도 있는 이점도 있었다. 책은 주로 철학책을 보기로 했다. 차창밖에 펼쳐지는 풍경은 날씨에 따라 변했다. 매일 변하는 모습을 보며 자신은 어떻게 변화된 혹은 변화되지 않는 삶을 살게 될 것인지에 대해 생각하였다.

서울에서 떨어진 강원도 소도시인 속초라 하더라도 대학입시에 관한 관심은 절대로 적지 않았다. 일부 학부모들이 우영이 중요한 수학 과목의 강사라는 것에 우려를 표명했다. 경험도 없는 선생이라 불안하다는 것이었다. 그러나 우영은 학생들을 잘 가르쳤다. 우영은 자신이 고등학생일 때의 수학 공부 방법을 이용했다. 수학 공부는 논리와 공식으로 이루어졌는데 학교에서는 논리를 제거하고 가르쳤으며 성급하게도 문제풀이에 집중하였다. 이 과정에서 많은 학생들이 과목을 포기하였다. 우영 자신도 포기할 뻔했다. 처음에 인내를 가지고 자신을 설득해 가며 기초논리를 따라가며 이해하려고 노력했다. 초기의 인내 과정을 참지 못하는 것은 대학입시 때문이었다. 입시경쟁은 수학의 문제가 어려워야 할 수밖에 없고 어려우니만치 학습에 자연스럽게 도움이 필요해지고, 그럴수록 과외공부의 중요성이 커지는 것이었다. 그 도움을 위한 과외수업은 우영이 서울에서 잠시 경험했었듯이 큰 돈벌이의 수단이 될 수도 있었다. 그것을 포기하고 고향으로 와서 비록 임시직 강사의 신분이지만 학교에서 가르치게 된다는 것이 좀 아이러니하게 느껴졌다. 우영은 생각했다. 이 학생들에게 자신이 과외수업의 필요성이 없이 가르칠 수 있도록 힘을 써 보겠다고. 가급적 많은 학생들이 수학을 포기하지 않고 따라와 주기를 바랐다.

우영이 예상했던 대로 학생들의 수학 실력은 대체로 빈약했다. 지방대학이든, 대도시의 대학이든 많은 학생이 대학 진학을 목표로 했다. 우영은 그들에게 어려운 수학의 개념을 쉽게 이해시키는 것이 급선무라고 생각했다. 학교에서 퇴근 후 자신이 스스로 조그만 기초수학 참고서를 만들기 시작했다. 수학 과목에서 학습 자체를 포기하는 학생의 숫자가 생각보다 많았다. 그들이 모두 대학에 가든 안 가든, 그들 중 일부가 좋은 대학에 가든 안 가든 학교에서의 배움의 과정을 잃게 하고 싶지 않았다. 더구나 수학은 거의 유일하게 논리와 공리에 바탕을 둔 배움의 과정이었지만 학교는 이를 무시하고 시험성적에만 집중하며 학교 스스로가 학습 포기자를 만드는 데 앞장을 서고 있었다. 달걀로 바위 깨기와 같은 짓일지 몰라도 우영은 자신의 방법으로 학생들에게 수학을 가르치고 싶었다. 참고서를 만드는 일은 쉽지 않았다. 학교에서 퇴근 후 집에서 쓰기 시작하면 자정을 넘겨 계속 쓰게 되었다.

처음 학생들 반응은 그저 그랬으나 우영이 참고서의 연습문제를 풀이해 주고 교과서의 진도가 나가니 호응도가 높아졌다고 느끼게 되었다. 그리고 문제 풀이는 나중에 하고 수학 공식의 의미를 먼저 새기고 필요하면 학생들에게 질문도 했다. 왜 이런 공식이 생겼나, 이 공식은 무엇을 의미하나, 문제가 안 풀릴 때 어떻게 하나 그리고 왜 수학이 필요한가 같은 것을 먼저 학생들과 토의하게 되었다.

우영의 봄학기는 이런 식으로 정신없이 지나갔다. 학교에서 가르치고 집으로 돌아오는 버스 안에서 우영은 수업 때 학생들의 반응을 생각하며 줄곧 참고서에 대한 아이디어에 골똘하게 되었다. 자신이 학생 때 공부한 방식도 떠올리며 자신의 방법이 지금 학생들에게도 먹힐지 솔직히 잘 몰랐다. 아무튼 우영은 열심이었다. 한 학기의 시간이 훌쩍 지나가고 그동안의 수업 성과에 대한 학생 당사자들, 학부모들 그리고 학교의 평가 시간이 되었다.

중요한 변화가 있었다. 여름방학 동안 고등학교 3학년 학생들을 위한 과외수업의 요청이 들어오기 시작했다. 학부모들의 반응은 김우영 선생님의 수업 이후 그전보다 학생들의 성적이 올라갔다는 것이었으며, 따라서 특히 공부 잘해서 서울에 있는 대학으로 진학을 목표로 하는 학생들을 중요한 여름방학 때 지도해 주었으면 하는 요청이었다. 우영은 학교와 상의하겠다고 했고, 학교에서는 이를 묵인해 주겠다는 답변이었다.

그러나 우영은 자신이 지도를 해주어도 첫째, 가르치는 것의 대가로 돈은 받지 않는다. 둘째, 1주일에 사흘만 속초로 내려와서 가르친다. 셋째, 수업받는 학생들을 고등학교 3학년뿐만 아니라 다른 학년 학생도 원하면 가르친다고 조건을 달았다. 학교나 학부모에게나 불만이 있을 수 없었다. 이렇게 하여 우영은 그해 무척 더웠던 여름을 학생들과 공부로 씨름하며 지내게 되었다.

가을학기가 다가오면서 우영은 생각했다. 아마도 이번이 마지막 학기가 될 것 같았다. 봄학기 때 다소 좌충우돌식으로 가르친 것보다는 좀 더 잘 할 수 있을 것 같았다. 학교에서도 임시직 선생에 대한 애초의 생각과는 달리 열심히 해주고 교육성과를 보여 주니까 자신에 대해 호의가 생긴 것 같았다.

가을 새 학기에 새 임시직 선생님이 부임했다. 과학 과목의 선생님이었는데, 서울에서 부임한 여선생님이었다. 그때까지 우영이 유일한 임시직 선생이었는데 새로운 동료가 생긴 셈이 됐다. 서로 비슷한 처지 그리고 비슷한 나이라 둘은 자연히 친하게 지내게 되었다. 우영은 새 선생님에게 새로 부임한 속초지역, 학교 및 교육여건 등에 대해 필요한 설명을 해주었고 가끔 점심 식사를 같이하기도 했다. 그런데 새 선생님은 부임하고 얼마 안 되고부터 우영에게 여러 불만을 얘기해 오기 시작했다.

학교시설의 열악함, 학생들의 낮은 수준, 학교에서 임시직 선생님을 무시하는 듯한 태도, 정규직 선생님들의 은근한 갑질, 자신의 임시거처인 원룸 시설의 낡은 점, 속초시의 시골스러움, 주말에 자신의 서울집으로 갔다 오는 데의 시간 걸림 등 온갖 불만을 우영에게 쏟아붓다시피 하는 것이었다. 우영은 곤혹스러운 지경이었으나 자신이 할 수 있는 설명은 해주었다. 그리고 자신이 속초 출신이라는 것을 그녀에게 상기시켜주기도 했다.

그런데도 새 과학 선생님은 학과 수업에 충실하였고 학생들도 재미없는 과학 시간 수업에 비교적 잘 따랐다. 아마도 그녀가 젊은 서울에서 온 고운 모습의 새 선생이라는 점도 작용한 듯했다. 수학 과목의 김우영 선생이 학생들을 잘 가르치고 있는 것처럼 새 여선생도 비슷하게 나쁘지 않은 평판이었다. 특히 학생들의 성적에 민감한 입시를 앞둔 학부모들의 평가는 결정적이었다. 봄학기에 부임한 김 선생님이 수학 과목의 기틀을 잘 잡아주고 이번 가을에 부임한 허 선생도 다행히 괜찮은 선생이라는 반응이었다는 뜻이다.

하루는 퇴근하려는 우영에게 새 선생님인 허문희가 저녁 식사를 같이 하자고 제안해 왔다. 좁은 속초 바닥에서 여선생님과 퇴근 후 만나는 것을 다소 부담스럽게 느낀 우영은 망설였다. 허문희가 이를 눈치챘는지는 알 수가 없었지만, 우영에게 하고 싶은 말이 있다고 했다. 부담되시면 안 만나셔도 된다는 말과 함께 만나고 싶다는 것을 강조하는 것이었다. 우영은 하는 수 없이 아는 자그마한 한식집으로 가자고 했다. 허문희는 식사와 함께 소주를 시켰다. 그리고 계산은 자기가 만나자고 했으니 자신이 하겠다고 했다. 허문희는 다소 도전적으로 우영에게 말을 건넸다.

"김 선생님은 왜 좁은 속초 같은 시골로 내려와서 사는지 저는 이해가 잘되지 않습니다. 더군다나 서울에서 명문 중의 명문대학교를 나오고 얼마든지 기회가 있는데 졸업하자마자 이곳으로 와서 지금 이 임시직을 자청하다시피 해서 맡으셨다는 게 무슨 뜻이 있는지 여쭤보고 싶었습니다."

우영이 간단히 답했다. "우선, 제가 지금 선생님 자리를 자청했던 것은 아니고요. 우연히 자리가 나와서 저 스스로 내린 결정이었습니다. 제 아버지와 함께 지낼 기회이기도 해서였습니다."

"그럼 이곳에서 아버님과 같이 사시나요?"

"네, 이곳 속초에서 좀 떨어진 마을에서 살고 있습니다."

"그러면, 김 선생님은 아버지와 같이 살기 위해 졸업하자마자 고향으로 내려왔다는 것입니까?"

"네, 사실은 저는 처음에는 대학도 안 가고 그래서 서울도 안 가려고도 생각했습니다."

"저는 이해가 안 되네요. 저는 임시직이지만 이곳 속초에서의 생활이 싫습니다. 속초라서 싫은 게 아니라 시골이라서 속초가 싫습니다. 그런데 김 선생님은 그 반대인 것 같아서 의아하다는 것이죠. 시골에서 뒤처진 삶을 살면 많은 기회가 박탈된다는 사실은 알고 계시겠죠?"

우영은 언짢은 기분으로 대답했다. "이곳에도 기회는 많습니다. 그 기회라는 것이 어떤 가치에 대한 존재의 증명 같은 것이라면 결국은 가치의 문제라고 생각합니다. 허 선생님이 마치 제가 문명의 기회를 스스로 포기하고 퇴화한 곳으로 왔다고 느끼실지는 모르겠습니다만..."

"김 선생님, 저는 서울 출신으로 시골에 대한 편견을 갖고 싶지는 않아요. 하지만, 현실은 현실입니다. 저는 여기 속초에 임시직 선생으로 온 것은 한 반년 정도 휴식의 시간을 갖자. 뭐 재충전의 시간을 갖자는 의미로 온 것이에요. 그런데, 서울이 아닌 곳은 휴가를 온다거나 친척을 방문한다거나 잠시 며칠간 출장을 온다거나 하는 것과는 달리 그곳에서 지속적인 삶을 이어간다는 것은 아주 다른 이야기가 된다는 것을 알게 되었죠. 제가 김 선생님께 이곳 속초의 불편함 같은 것을 많이 말씀드려서 부담되셨을지 모르나 낯선 이곳에서 그래도 제가 동료로서 말을 걸 수 있는 사람은 김 선생님뿐이라는 것도 있었죠. 저는 서울에서 실패하고 여기로 잠시 내려온 것입니다. 저는 다시 서울로 갈 겁니다."

"서울에서의 실패라니요?"

"뭐 일시적인 실패일지도 모르지만, 저는 대학 졸업 후 취업에 실패했어요. 백 군데에 취업원서를 내고 다행히 서류전형에 합격하면 면접에서 떨어지고, 좋은 성적으로 시험에 합격하면 서류전형이나 면접에서 떨어지고를 반복했지요. 처음에는 제가 부족해서였다고 생각했는데, 나중에 보니까 꼭 그런 것이 아니었어요. 나중에 뉴스에서 알게 된 것은 제가 응시했던 은행에서 여학생을 쿼터로 묶어 제한하고 성적이 안 좋은 남학생이 취업에 성공하고 또 일부는 아빠 찬스를 써서 채용되기도 한 것을 알게 되었지요. 다른 일반기업에서도 정도의 차이는 있지만 차별이 있었다고 생각했어요. 저의 결격사유는 여자라는 것 그리고 서울에서 대학은 나왔지만, 세칭 일류대학 출신이 아니라는 것을 또한 나중에 알게 되었죠. 대학 생활을 희생하면서 준비한 취업이 실패하니 좌절감도 들었죠. 그리고 사실 좌절감보다 절박함이 더 있었죠."

"절박함이라니... 그렇게까지 절박한 무슨 이유라도 있었습니까?"

허문희는 소주를 단번에 마시고 말을 이어갔다. "제가 돈을 벌어야 했거든요. 제가 집의 가장 노릇을 해야 했지요. 제가 고등학교 2학년 때 아이엠에프가 터져 1년 만에 아버지가 운영하던 회사가 망하고 아버지가 초주검처럼 되셨죠. 제가 어렸을 때 처음 기억이 나는 것이 아마 다섯 살 정도이었을 텐데 제가 유치원에 갈 때 기사가 자가용으로 저를 데려다주고 했던 것이었어요. 초등학교에서 고등학교까지 사립학교에 다니며 기사가 저를 학교에 매일 아침 데려다주었죠. 아버지의 회사는 재벌기업의 하청회사였고 규모도 대기업 수준이어서 저는 처음부터 가난이라는 것을 모르고 자랐는데 아이엠에프가 모든 것을 바꿔버렸지요. 재벌기업이 쓰러지고 아버지의 회사가 쓰러지고 또 그 밑의 회사들이 쓰러지는 상황이 순식간에 벌어졌지요. 아버지가 쓰러지니까 우리 집도 순식간에 망해

버렸죠. 아버지가 쓰러져 병원에서 반식물인간처럼 되는 데에도 많은 시간이 안 걸리더군요. 어머니는 온실의 화초와 같은 생활에 익숙하다가 일을 당하니 멍해지더라고요. 결국은 제가 가장이 될 수밖에 없었죠. 밑의 여동생과 늦둥이 남동생까지 책임을 져야 하는 것이 제 인생이 되었죠. 그때부터 제 삶은 절박해질 수밖에 없었어요. 김 선생님은 절박함을 이해하실 수 있으시겠어요?"

"아, 제가 감히 허 선생님의 절박함을 헤아릴 수가 있겠습니까. 그런 면에서는 저야말로 지금까지 온실의 화초처럼 살아왔는지도 모르겠습니다. 다만, 저는 진실한 삶을 살아야 한다는 생각은 늘 갖고 있습니다."

"만약 그 진실한 삶이 거부 된다면요?"
"진실한 삶은 남이 거부하여 자신에게 영향을 미치는 것이 아니라 자신이 스스로 가져가는 것일 수도 있다고 생각합니다."

"김 선생님은 아주 아카데믹한 말을 하고 있네요. 현실은 남이 나를 항상 시험하고 판정하고 그러면서... 살아지고 있지요. 저는 지난 몇 년간 이를 알게 되었죠. 고등학교 2학년 때 아버지가 쓰러지신 것은 제가 대학교에 못 갈지도 모른다는 것으로 되었죠. 그것은 나를 하류 인생으로 데려갈 것이라는 분명한 현실이 되었고, 그때 저는 생각을 했죠. 고교 중퇴는 안된다. 비록 일류대학에 갈 기회는 영영 사라질지라도 대학에는 가야 한다. 그리고 돈을 벌면서 학교를 졸업해야 한다. 아버지 병간호, 어머니와 동생들을 돌보며 살아야 한다는 현실이었죠. 이 현실이 나의 잘

못이 아닌 것에서 출발하였다는 것 그래서 현실이 절박한 삶의 양상으로 변한다는 것이 되었죠. 헐값에 집을 팔고 셋집으로 가고 남은 돈으로 생활하고 저와 동생들을 위해 학교 등록금으로 쓰니 돈이 없어지기 시작했지요. 저는 가까스로 대학에 진학하고 4년 내내 여러 아르바이트를 해서 학비를 벌면서 집안을 꾸려갔죠. 그냥 가난한 집의 평범한 여학생이 되었지요. 이 평범함이 제 자존심을 상하게 했죠. 그러나 일개 평범한 여학생이 할 수 있는 것은 다른 많은 비슷한 처지의 경우처럼 졸업 후 좋은 직장을 찾는 것밖에는 없었죠. 김 선생님은 졸업 후 직장을 찾아야겠다는 구체적인 생각을 한 적이 있었나요?"

"제가 지금 이 임시직으로 선생님 노릇을 하니까 하시는 질문처럼 들리네요."

"사실 그렇습니다."

"저는 직장을 찾아야겠다는 생각이 없었습니다. 저 스스로 무엇을 하겠다는 것은 있었습니다."

"그럼, 그것은 뭔가요?"

"구태여 물어보신다면, 아직 그것을 찾고 있는 것 같습니다."

"제가 김 선생님을 이해하기가 어렵네요. 저는 고등학교 2학년 때부터 지금까지 7년 가까운 시간을 절박함 같은 마음으로 살아왔는데, 취직이 안 되니까 세상이 불공평하다는 것, 현실의 차가움을 느낄 수밖에 없네요. 그렇다고 포기할 수는 없고요. 여기 속초에서 재충전해서 내년 봄에는 서울로 다시 갈 겁니다."

"다시 서울 가시면 뭘 하실 겁니까?"

"차별 안 당하는 공무원 시험을 보려 합니다. 제가 이과 계통이니까 기술직 공무원 시험을 볼 겁니다."

"시험에 합격하여 공무원이 되시면 그다음에는 어떻게 사실 겁니까?"

"그다음은 구체적으로 생각을 안 해 봤습니다."

예정대로 허문희는 이듬해 봄이 되기 전에 학교에서의 임시직을 마치고 속초를 떠났다. 우영과는 한 학기만을 같이 한 임시직 동료 교사였으나 우영에게 마음의 여운을 흠뻑 주고 떠나갔던 것이다. 허문희는 우영과 학교 일과 후 자주 만나기를 원했고 나중에는 강하게 요구하기도 했다. 우영과 만나서 밥을 먹고, 술과 커피를 마시면서 허문희는 점점 노골적으로 우영과 사귀고 싶어 했다. 이유는 이러했다. 허문희 자신은 이제 서울로 올라가면 당분간 공부에 전념할 것이다. 아마도 1년 정도의 기간이 될 것이다. 이 기간에 자신은 국가 기술직 공무원 시험에 합격할 것이다.

집안이 갑자기 가난해지는 바람에 과거에 당연하다고 여겼던 좋은 학교로의 진학의 좌절, 해외 어학연수, 인턴 자리 그리고 취업용 스펙쌓기 자격증 등이 부족한 상태에서 오로지 훌륭한 취직시험 성적만으로는 만회하기가 어려운 점. 또한 그동안 자신의 전공과 어울리지 않게 서울의 재벌회사, 일류회사와 은행의 일반직에 도전하여 훌륭한 시험성적에도 면접에서 낙방한 것은 정확히 자신이 세칭 일류대학 출신이 아니라는 것, 그리고 학교의 추천서를 받아 취업을 할 수 있는 분위기가 전혀 아니라는 것, 추천이라 하더라도 남학생의 차지가 될 것이라는 확실한 실패의 증거가 있었으므로 이제는 국가 공무원이 되어 안정된 직장을 잡고 쓰러진 집안을 다시 일으키고 부모님과 동생들을 돌봐야 하는 것이었다.

과거 가족의 부유함과 영화는 이제 사라진 지 오래다. 이를 잊고 새 출발을 해야 한다. 이 새 출발에는 허문희 자신이 대학 생활하는 동안 아르바이트와 취업 준비에 쩔어 시간적인 그리고 물질적인 결핍으로 남자와 연애하지 못했던 청춘의 쓰라린 경험을 뒤로 하고 진짜 처음이자 마지막으로 연애를 하고 싶었다. 그리고 빨리 결혼하고 싶었다. 자신의 처지에 훌륭한 가문의 남자와 결혼이 가능하지 않다는 것도 당연히 알고 있었다. 허문희는 우영처럼 비서울 출신이지만 머리 좋고 인품 있는 남자를 원했다. 그리고 우영은 허문희에게는 자신의 실력을 일부러 숨기고 재야에 묻혀 사는 사람으로 현재는 과소 평가된 미래의 재목으로 보였다.

우영이 또래의 다른 남자들과는 달리 야망은 둘째치고라도 편하게 출세하여 사는 것을 삶의 목표로 삼지 않고 있어 보인다는 점도 허문희에게는 우영이 묘한 매력을 보여 주고 있었다. 허문희는 1년 이내에 공무원이 돼서 필요하면 속초로 자원하여 근무할 용의도 있었다. 몇 년간 시골에서 살다가 서울 같은 대도시로 올라가는 것이 자신의 경력에 오히려 도움이 될 것이라는 계산도 했다. 우영도 지금은 시골에서 아버지를 모시고 살고 있지만 언젠가는 독립하여 살아야 할 것 아닌가 생각했다. 그러려면 무엇보다 스스로 경제력을 키워야 하는데 우영 같은 실력이면 큰 무리 없이 해낼 것 같았다. 허문희는 자신이 우영을 도와 자립을 할 수 있다면 일정한 희생도 감수할 수 있을 것 같았다.

깊어가는 겨울날이었다. 근무를 끝내고 식사 자리에서 허문희는 우영에게 물었다. "우영 씨는 왜 다시 속초로 내려왔나요?"

"제가 이미 전에 말씀을 드렸을 텐데요. 그 이유를."

"우영 씨 아버지와 같이 살고 싶어서라는 대답 말인가요?"

"네, 그렇습니다."

"저는 도저히 이해가 안 됩니다만, 저는 우영 씨와 이제부터 사귀고 싶습니다. 제가 1년 이내에 공무원 시험 합격한 후 이곳 속초로 자원해서 내려올 수도 있습니다. 여기서 몇 년을 살 수도 있습니다. 우영 씨가 있다면. 그리고 우영 씨도 어차피 나중에는 서울로 올라가서 독립해야 하지 않겠습니까?"

우영은 허문희의 기습적인 말에 놀랐다. 그러나 차분히 말을 이어갔다. "허 선생님은 저와 안 어울리시십니다. 아무것도 없는 저에게 허 선생님은 저에게 과분할 뿐만 아니라 저는 아직 여자와 사귀고 싶은 생각이 없습니다."

"사귀고 싶지 않다니요. 무슨 뜻이지요?"

"저도 언젠가는 결혼해서 아버지를 기쁘게 해 드리고 싶겠죠. 또 제가 별난 성격이 아닌 이상 이성의 친구 혹은 애인이 필요하겠죠. 그러나 지금은 아닙니다."

"우영 씨 제가 당장 결혼하자는 것도 아니고 일단 서로 사귀어보자는 것이에요."

"허 선생님, 저는 사람을... 이성을 사귀는 데 숙맥인지도 몰라요. 사회성이 부족할지도 모릅니다. 그리고 이 세상을 악착스럽게 살아갈 의지도 없는지도 모릅니다. 저는 사람과의 갈등을 유발하는 경쟁이 싫습니다. 아마도 저는 현실에 부적합한 사람인지도 모릅니다. 저는 고등학교 졸업 후 아버지의 권유로 서울로 갔고 거기서 새로운 경험을 했습니다. 저 같은 촌놈에게 예술가 친구가 생겼는데, 그 친구가 아버지의 반대로 화가의 꿈을 이루지 못하고 자살하게 되었고 그 사건으로 저는 군대로 도피했었습니다. 그 친구를 보호해 주지 못한 것에 대한 죄의식을 잊기 위해서였었죠. 그런데 저는 군대에서 적응을 못 했습니다. 저는 총을 쏠 수가 없었습니다. 현실 부적격자가 되었습니다. 군대 제대 후 복학하여 혼자서 책을 읽었습니다. 사람들과 부딪히는 것보다 혼자 있고 싶었습니다. 졸업 후 취직은 전혀 하고 싶지 않았습니다. 저의 이 모든 것을 아버지는 이해하고 있습니다. 그래서라도 아버지를 저는 떠날 수 없습니다. 아버지는 한국전쟁 고아로 저를 홀로 키우셨습니다. 전쟁고아로 사시면서 사람들과 부대끼며 살아오셨습니다. 제 얘기가 더 길어지기 전에 제 말을 마치겠습니다만, 저는 세상을 싫어하지는 않지만, 세상과 경쟁하며 살고 싶은 마음은 추호도 없습니다. 그래서 저는 허 선생님에게 훌륭한 연인이 된다거나 남편감이 못 되는 것입니다."

허문희는 잠시 침묵에 잠겼다. 이윽고 말을 했다. "우영 씨의 자기 고백 같은 말을 들으니 이해가 됩니다만, 저는 우영 씨가 아직도 순수하다 못해 순진하다고 느낍니다. 우영 씨, 세상은 우영 씨가 수긍하든 말든 상관없이 흘러갑니다. 우리는 경쟁이라는 것에서 헤어날 수가 없습니다. 인류가 지금까지 그러했고 앞으로도 그렇게 될 수밖에 없습니다. 경쟁은 고통스럽고 이것 때문에 폭력이 수반되기도 하겠죠. 그러나 어쩌겠어요. 우리가 저 높은 구름 위에서 사는 것도 아닌 바에야 말이죠. 우영 씨의 능력으로는 능히 세상을 헤쳐나갈 수 있고 제가 옆에서 동반자로 같이 간다면 잘 될 거예요. 상투적으로 들릴지 모르지만, 인생의 난관을 극복하고 행복을 찾을 수가 있다는 거예요."

"허 선생님, 저는 아버지와 이곳 속초에서 살 겁니다. 미안합니다."
허문희는 그해 추운 겨울을 우영과 승강이하듯 대화를 이어 나갔으나 끝내 우영의 마음을 돌릴 수 없었다. 우영과의 송별 저녁 식사 때 허문희는 말했다. "저는 우영 씨 같은 사람이 지금도 이 세상에 있다는 것이 신기하다고 생각했고 저와의 인연이 되지 못한 것은 아쉽지만 우영 씨를 알게 됐던 것은 저에게는 기쁨 같은 것이라고 생각했어요. 짧은 시간 동안 우영 씨를 알게 되었지만 앞으로 종종 생각날 것 같아요."

우영은 학교에서의 임시직을 끝내고 새봄을 맞이하여 아버지의 일을 제대로 돕게 되었다. 아버지가 사서 개간하기로 했던 집 뒤의 제법 넓은 공터 옆쪽의 공간도 아버지는 최근에 새로 사들였다. 아버지가 갑자기 돈이 많이 생겨서라기보다 공터는 지금까지 아무도 개간할 생각이 없었던 강원도 동쪽 끝 바다에 휴전선과 가까운 오지였기 때문이다. 우영은 아버지에게 물었다. 새로 땅을 또 확보하신 이유는 무어냐고. 아버지는 대답이 없으셨고 그저 미소로 나중에 알려주겠다고 하시기만 했다. 그러면서 우영에게 그동안 비록 임시직이기는 하지만 교사로서 경험에 대해 물어왔다. 우영은 나쁘지 않았고 아이들 가르치는데 나름대로 보람이 있었다고 대답했고 무엇보다 자신이 어린 시절 지냈었던 속초에서 일하게 되어 좋았다고 했다. 아버지는 아무 말씀이 없이 우영에게 자신의 농사 일과 새로 산 땅을 활용할 때 도와 달라고 말하였다. 우영은 그리하여 아버지의 칼국숫집 일과 농사일을 돕는 것으로 본격적으로 시골에서의 대학 졸업 후의 생활이 시작된 셈이었다.

우영은 주위 사람들의 이상한 시선을 이제는 의식을 많이 하지 않게 되었다. 애초 대학을 마치고 다시 아버지에게로 왔을 때의 주위 사람들의 반응은 대체로 젊고 능력 있는, 특히 이곳 시골 학교에서 이례적으로 서울에 있는 최고의 대학을 입학한 수재가 서울에서 다시 돌아왔다는 것에 대한 아쉬움 혹은 세상 부적응자일지 모른다는 의혹의 시선이었다. 우영은 이제 그런 시선에서 많이 자유로워졌고, 이제는 자신이 무엇을 하며 살아갈 것인가가 아직 분명하지는 않지만, 졸업을 앞둘 때보다는 좀 덜 불투명해 보였다.

우영은 아버지를 도와 농산물을 재배하는 것에 익숙하지는 못하지만, 새봄에 씨를 뿌리고, 여름에 가꾸고 가을에 수확하는 과정 자체에 흥미를 느끼게 되었다. 좋은 과정은 훌륭한 수확의 기쁨을 가져다주었다. 아버지가 이미 지난 몇 년간 새로 땅을 개간하고 마을 사람들의 도움으로 재배하기 알맞은 농산물을 선정하며 같이 경험을 나눌 수 있었던 것이 많은 힘이 되었다. 아버지가 받은 도움과 경험은 이제 우영에게 전달이 되어 자신이 초보 농부의 시행착오를 범하지 않고 경작하게 된 것은 큰 다행이었다. 한적한 강원도에서의 밭농사는 논농사의 경우 심한 병충해와 가뭄이나 태풍과 같은 잦은 피해에서 비교적 자유로웠다는 것도 행운이었다.

사실 재배보다는 판매가 더 힘이 들었다. 재배 후 일정량은 마을 사람들과 나누어 배분하고 남는 잉여분은 판매해야 했다. 매년 판매가격이 일정하지 못했다. 우영은 제값을 받고 싶었다. 노력의 대가를 받기를 원했다. 소비자 시장은 항상 수요와 공급, 도매업자들의 농간과 정부의 반영농정책으로 춤추고 있었다. 우영은 이에 저항하지 않았고 사실 저항할 힘도 없었다. 우영은 공부하기 시작했다. 농산물 재배에 대한 보다 전문적인 지식을 배워나갔다. 그 이유는 단 한 가지. 제대로 된 가격을 받으려면 품질이 관건이었다. 판매 이익은 일정액을 공동계좌에 저금해 놓고 남은 금액은 모든 재배자가 똑같은 액수의 이익금을 받아 갔다. 아버지의 땅이라고 한 푼이라도 아버지가 더 갖는 일 따위는 없었다.

  우영의 삶은 아버지의 칼국수 가게 일을 돕는 것, 밭에서 농사짓는 것, 시골 개들을 기르는 것 그리고 밤에는 피곤한 몸이지만 책을 읽는 것으로 그야말로 주경야독 같은 단순한 것이 되었다. 그렇게 세월이 흘러갔다. 우영의 얼굴과 몸은 햇볕에 그을려 진한 색이 되었고 몸은 그만큼 튼튼해졌다. 책은 서울에서 우편으로 주문하면 언제든 배달이 되었다. 학교 때 읽었던 역사, 사상, 철학, 예술 분야의 책들 외에도 이제는 영농법, 동물과 친해지기, 그리고 소설책과 시집 같은 것들을 읽기 시작했다. 이런 책들이 훨씬 재미있었고 유익했다. 가끔 시간이 나면 집 앞 바닷가로 향했다. 파도치는 바다를 바라보는 것이 좋았다. 봄의 바다는 설렜고, 여름 바다는 풍성했고, 가을 바다는 처량했다. 그리고 겨울 바다는 냉정했다. 이 모든 다른 바다의 속성을 우영은 몸속 깊숙이 만끽했다. 그리고 아버지의 존재에 대해 다시 생각하게 되었다.

34

　시간이 지나가고 있었다. 상배가 영란과 결혼을 한 지도 벌써 3년 가까이 지나가고 있었다. 그동안 상배의 아버지는 사망하여 상배 자신이 공식적으로 이제는 어엿한 그룹 회사로 발돋움한 기업의 회장으로 취임하였다. 아버지가 일구어낸 사업의 토대 위에 자신이 그보다 몇 배가 넘는 규모로 사업을 키워냈다. 상배는 남동생을 계열사의 상무 자리에 결혼한 여동생은 또 다른 계열사의 이사 자리에 앉혔다. 그냥 명목적인 자리였다. 상배는 자신이 일구어 놓은 새 사업들이 순항하고 있다는 사실에 내심 흐뭇하게 생각하고 있었다. 무엇보다도 자신의 경영 능력에 대하여 스스로 자신하고 있었다. 대학교 재학 때 터졌던 아이엠에프 위기가 생각났다. 당시 아버지 회사도 무척 어려운 상황이 될 뻔했으나 불행 중 다행으로 회사에서 수출한 대금의 회수로 막대한 환차익이 발생하였고 회사에서 공격적인 투자를 생각할 즈음, 이 외환위기가 터진 것이었다.

절묘한 시차로 위기를 피할 수 있었고 무엇보다 엄청난 미국 달러의 위력으로 오히려 국가적 위기가 극복되는 시점이 될 무렵부터는 아버지의 회사들은 종전보다 힘이 더 생기게 되었다. 이유는 단순하고 명료했다. 과거 큰 기업들이 도산하여 사라져 가거나 겨우 회생하여도 약해진 대신 아버지의 회사들은 전보다 더 강하게 살아남았기 때문이다. 경쟁회사의 부재는 번영을 가져왔다. 상배가 미국에서 귀국 후 자신의 주도하에 신사업을 추진하게 되면서 종전 회사의 모습은 어느덧 재벌급 회사로 탈바꿈하였다. 아이엠에프를 극복하여 오히려 도약의 발판을 마련한 기업의 상징처럼 언론들은 앞다투어 보도하기 시작했다.

상배는 명실상부한 재계의 신흥강자, 떠오르는 별 같은 존재가 되어 있었다. 그가 추구한 아이티 벤처회사들의 실적이 결실을 보고 있었고 기존의 회사들도 아이엠에프 위기의 탈출 이후 가파르게 성장하고 있었다. 영란의 가문과의 혼사는 그에게 이익을 가져다주었다. 인맥이 깊고 넓어졌다. 특히 법조인 쪽의 인맥을 넓혀 나가는 데 많은 도움이 됐다. 장인이 앞장서서 도와주었다. 특히 외국 파트너들과의 법적 문제를 해결하는데 장인은 능력을 발휘해 주었다. 상배의 기업이 재계에서 순위가 오르는 것과 비례하여 그의 영향력도 같이 오르고 있는 것을 실감할 수 있었다. 탄탄한 기업군, 막강해진 인맥 그리고 실력 있고 우호적인 해외 파트너들. 거칠 것이 없었다. 그럼에도 상배에게 하나의 걱정거리가 그의 마음 한구석으로부터 스멀스멀 피어오르고 있었다.

영란과의 결혼생활에서 아직 자식이 생기지 않은 것이다. 상배는 이 사실을 아직 영란에게 노골적으로 드러내지는 않고 있었다. 그러나 눈치 빠른 영란은 최근 들어 상배의 눈치를 살피는 듯했다. 영란은 그사이 정식 교수가 되어 있었고 대학에도 정상적으로 출강하고 있었다. 날이 갈수록 굳은 표정을 감출 수는 없었다. 상배와 영란 둘 다 바쁜 사람들이라 서로 부딪히는 일이 드물었다는 것이 오히려 다행인 것 같기도 했다. 둘 중 아무도 영란의 불임에 대해 아직 불문율처럼 언급을 자제하고 있었던 셈이었다.

상배는 초조해지기 시작했다. 남동생은 상배가 미국에 가 있는 동안 아버지의 성화로 어린 나이에 결혼하여 이미 아들을 둘이나 두게 되었다. 여동생으로부터 낳은 아이들도 아들, 딸로 둘이 되었다. 남동생은 노는 것과 여자들을 좋아하여 종종 사고를 치고 있었다. 이것이 결정적으로 아버지가 그를 일찍 결혼시킨 이유였다. 여동생의 두 아이도 상배에게는 무언의 압박같이 느껴지기 시작했다. 이미 엄청나게 커져 버린 회사들의 규모 그리고 앞으로의 후계 구도를 구상해야 하는 젊은 총수가 된 상배는 깊은 생각을 할 수밖에 없었다.

스스로 자신이 일구어 놓은 기업이 장차 동생들의 후계로 넘어갈 수도 있을 것이라는 불공평한 사태를 맞이할 수도 있을 것 같았다. 이미 동생들의 자식들은 커가고 있다. 영란이 자식을 낳는 일이 생긴다 해도 아주 늦게 생기면 이는 낭패가 될 수 있다. 자식들 간의 관계가 흐트러질 수도 있다. 서열이 흔들릴 것이다. 그리고 만약 영란이 최종적으로 아이를 낳을 수 없는 석녀로 판정이 된다면? 상배는 고민하기 시작했고 무의식적으로 지난 수년간 잊고 지냈던 정인이 생각나는 것이었다.

35

    정인이 새로운 일을 하면서 자연스레 많은 사람을 알게 되었다. 물론 그전에도 많은 사람을 알게 되었지만, 룸살롱에서 만난 사람들은 예외 없이 남자 손님으로 모셔야 하는 것이 철칙으로, 중요한 것은 그들의 룸살롱 안에서 알게 된 비밀스러운 것들에 대해서는 알려 해서도 안 되고 알아서도 안 되는 불문율 같은 것이 있었다. 그래서 정인은 아는 사람이 없었다. 그런데 지금의 경우는 달랐다. 사교모임의 도우미 역할이었으나 고도의 외국어 구사 능력과 사교성이 요구되었으므로 정인의 애매한 위치임에도 참가자들은 정인에게 명함을 건네는 일이 많아졌다. 이런 변화를 대월심의 의도였음을 정인은 알고 있었다. 정인이 사교계에서 여주인은 될 수 없으나 주인이 갖지 못한 능력이 출중하다는 평을 달고 다녔고 정인은 그만큼 좀 더 바쁜 생활로 접어들게 되었다. 모임이 간혹 참가자들의 배우자를 동반하게 되는 경우, 정인은 사모님들을 유심히 관찰하는 습성이 생겼다. 그들은 한결같이 나이가 많았고 외국어 구사 능력은 중학교 1학년 학생의 수준도 못 되었다. 기본 인사말도 주눅이 들어 못하는 것이었다.

아마도 그 이유는 외국어 습득 능력이 없어도 잘 살 수 있어서이고 그들이 유학 보낸 자녀들은 그나마 외국어가 좀 될지는 몰랐다. 그들은 의외로 기본상식이 부족하여 정인을 놀라게 했으며 개중에는 정인을 여비서나 여집사쯤으로 여기고 함부로 대하기도 하였다. 외국인들과의 모임에서 그들은 거의 꿀 먹은 벙어리 같은 존재였다. 정인이 어색한 분위기를 푸는데 무척 힘들었다. 그래서 대월심 사장에게 정기적으로 모인 후 동향을 보고하는 일이 그다지 내키지는 않았다.

어느 가을날이었다. 대월심이 정인을 불렀다. 같이 오랜만에 대월심의 집에서 점심을 같이했다. 대월심이 다짜고짜로 정인에게 말했다. "정인아, 너는 복수하고 싶지 않아?"

"복수라니요?"

"복수, 그래 복수 말이다. 네 인생을 망친 그 자식에 대한 복수 말이다." 정인은 어떻게 대답해야 할지 몰라서 침묵했다.

지난 수년간 나를 괴롭히며 나의 무의식을 지배했던 그 인물. 나는 그를 밤마다 수백, 수천 번이나 내 무의식 속에서 죽였는지 모른다. 밤의 꿈결에서 그의 모습이 나타났다. 나는 그를 죽였다. 그러나 가위 놀라듯 어둠 속에서 일어나 우두커니 앉아 움직이지도 못하고 있다가 새벽을 맞기도 했다. 낮이 되면 무의식은 의식으로 돌아와 나를 괴롭혔다. 우울증과 무력감을 달고 살았다.

대월심 사장이 말했다. "내가 너라면 나는 무엇보다도 그 나쁜 자식이 어떻게 됐는지 알아봤을 거야. 네 말대로 그 자식이 졸업 후 미국에 유학을 갔었다면 지금쯤 귀국해서 아마도 이 서울 바닥의 어느 곳인가에서 잘살고 있을 거야. 네 말로 미루어봐, 그 자식 집은 돈깨나 있는 것 같고 또 기업체를 갖고 있었다면 지금쯤 가업을 물려받아 살고 있을지도 모르지. 이 정도만 알아도 그 자식이 지금 뭘 하고 사는지는 금방 알아볼 수 있어. 아주 식은 죽 먹기야. 내가 가진 정보 네트워크를 총동원할 필요조차도 없어. 아마도 알아내는 데 1주일도 안 걸릴 거야. 어떻게 할래?"

"제가 그의 현재 모습을 알아내서 무엇을 해야 할지. 그리고 그렇다고 변하는 것은 아무것도 없어요. 언니의 저에 대한 마음을 이해하지 못하는 것은 아니지만, 제가 복수한들 이제 무슨 소용이 있을지 모르겠네요."

"정인아, 내가 생각하는 복수는 네가 그 자식에게 고통을 안겨주어야 한다는 거야. 네가 받은 만큼. 내가 너를 도울 수 있는 것은 바로 이 지점이야. 내가 그 자식에게 고통을 안기는데 도와주고 싶어. 정인아, 너는 그동안 나를 많이 도와주었어. 내가 너에게 어려운 부탁도 많이 했고. 지금 네가 하는 일도 내 계획 안에서 움직이고 있는 것을 너는 알잖아. 내가 너를 처음 알게 되어 너를 이 세계로 발길을 디디게 한 것도 전적으로 나의 책임이라고 나는 그동안 생각해 왔다. 너의 처지가 나와 다른 듯하면서도 근본적으로는 같았다는 생각도 작용했었지. 아니 근본적으로는 너의 경우가 나보다 더 나빴지. 그래서 나는 너를 돕고 싶어. 아니 돕는다는 것 보다 너의 나에 대한 헌신 같은 것에 보답하고 싶다는 것이 오히려 적절한 표현이라고 생각해, 정인아."

"언니, 제가 언니를 도왔다면 어떤 보상을 바란 것이 아니고 사실 언니 때문에 제 육신이 없어지지 않고 아직도 살아 있다는 것에 감사한 마음이 크죠. 제 마음이 아프고 고통스러운 삶은 제 몫이니까 언니가 제 몫까지 살아주실 수는 없죠. 그가 지금 어떻게 살고 있는지 하는 일은 저하고는 이미 상관이 없는 일인 것 같아요. 만약 그가 일말의 양심이라도 있었었다면, 아마도 자신에 대한 괴로운 마음이 있었겠지요. 그리고 그가 잘못을 뉘우쳤다면 그러고 살아왔겠죠. 돌이킬 수 없는 일이 된 것을 다시 끄집어내서 어쩌겠어요?"

"정인아, 너는 아직도 순진해. 그런 자식들은 결코 양심의 가책을 받지를 않아. 처음 죄를 지었을 때 잠시 자책하는 마음이 있었을지는 몰라. 그러나 그런 부류의 자식들, 다시 말해 한국에서 돈깨나 있고, 잘나가는 집안의 자식새끼들은 한결같이 결국은 같아. 내 경험으로 잘 알지. 우리 가게에 오는 손님들 또 네가 지금 만나는 대한민국의 최상위층 사람들은 결코 자기 잘못을 반성하는 인간들이 아니야. 내가 너에게 전에도 말했 듯 그들은 자기 잘못을 절대 인정하지 않아. 인정하는 순간 그들은 도태 된다고 믿고 있는 것이야. 그들의 사회가 그렇게 굴러가게 되어 있지. 그 들은 서로 자신들의 잘못을 이해하고, 덮어주고 마침내 합리화하면서 살 아. 이것이 그들 삶의 생리야. 그들같이 돈이 많고, 많이 배우고, 지위가 높은 사람들은 양심을 유지할 수 없다는 것이 우리의 현실이 된 지 이미 오래되었어. 그들의 성공 가도에서 저질러진 죄는 죄가 아니라 실수가 되는 것이고 실수가 아니라 큰 틀에서 볼 때 그들의 성공 가도의 한 모퉁 이에서 의도치 않게 생겼던 좌충우돌 같은 과정에서 발생하였던 재수 없 었던 작은 일로 되는 것이야. 더구나 너의 피해는 최악의 경우 그가 인정 한다손 치더라도 그 자식이 너를 좋아해서 했던 사랑의 행위였다고 말할 것이 틀림없어. 물론 그전에 그 자식은 그 죄 자체를 부인할 것이지만. 그래서 죄지은 자가 발을 뻗고 잘 수가 있는 거야. 너의 나이 어림과 너 의 가난과 너의 여성이라는 사실과 그 자식의 나이 많음과 그 자식의 부 유함과 그 자식의 남성성이라는 사실 자체가 너의 죄가 되는 사회야. 정 인아, 네가 한때 대학에서 사회학을 전공하고, 철학 공부를 했잖아. 네가 내가 하는 말을 잘 알잖아."

"언니, 제가 왜 그것을 모르겠어요? 저도 학생 때 언니처럼 민주화 운 동은 못 했어도 사회의식을 가지고 생각하는 사람이 되고자 하는 삶의 지향점이 있었지요. 그런데 불운으로 제가 망가지는 것은 한순간이라는 것을 알게 된 이후 제 인생은 바뀌었고 인제 와서 돌이킬 수 없게 된 것 이 되었죠. 저는 언니처럼 투쟁심이 강하지 못한 인간인가 봅니다. 저 하나도 제대로 돌보지 못하고 사는 제가 복수를 한다는 것이 허망한 일인지도 모른다고 생각해요. 제가 그를 미워하는 마음보다 저 자신에 대한 허전한 마음이 더 큰데 복수를 한다는 것이 가능하겠는지 의문이에요."

"정인아, 이렇게 하면 어떻겠니. 네가 그 복수라는 것에 확신이 없다, 따라서 그 자식이 현재 어떻게 사는지에 관심이 없다는 것을 내가 이해했다고 치자. 그러면 내가 그 자식이 지금 어떻게 됐는지, 어디에 사는지, 무엇을 하고 사는지 같은 그 자식과 주변 정보는 내가 파악해서 너에게 알려줄게. 내가 너에게 그 정도는 해줘야 할 것 같아. 네가 너무 착한 것을 나는 탓하고 싶지는 않아. 다만, 네가 그 자식에 대해 복수하든 말든 그것은 그때 네가 최종적으로 결정해도 된다. 나는 진정 네가 아직도 상처의 후유증으로 고통스러운 인생을 사는 것이 싫어. 나는 너에게 최소한이라도 돕고 싶은 심정이야. 내가 너에게 어떻게 복수를 강요할 수 있겠니? 나는 너에게 이성적인 판단을 위한 도움을 주고자 할 뿐이야."

정인은 아무런 대답을 못 하고 대월심을 그저 바라만 보았다.

고급 외국 손님들을 리셉션에서 만나고 한국 주최 측과 외국 손님들과의 가교역할을 하는 것이 정인의 일이었다면 또 다른 역할은 때에 따라서는 외국인 손님들을 위해 은밀한 여흥을 제공해야 하는 당사자의 역할을 해야 하는 일이다. 어떤 면에서는 이것이야말로 리셉션을 떠나 비공식 모임의 주목적이 되어야 하는 것이었다. 이른바 한국 측의 미인계 같은 비즈니스 책략적인 목적에 맞게 정인의 훌륭한 역할이 요구되는 것이었다. 정인이 처음에 이 일을 시작했을 때 이 부분을 모르지 않았다. 정인은 이미 현실세계의 실체에 아주 깊이 빠져들어 온 지 오래되었기 때문에 자신이 더 이상 옛날 대학 캠퍼스에서 발랄하게 그리고 순진하게 앞으로의 꿈을 꿈꾸고 살았던 그 세계와 오래전에 이별을 고했던 것을 알고 있었다. 그 세계는 끝났다. 그것도 시제의 과거 완료형처럼 되었다. 주최 측의 회장님들도, 위원장님들도, 수석보좌관님들도, 그들의 사모님들도, 대월심도 그리고 정인도 다 잘 아는 비즈니스였다. 비즈니스는 비즈니스다워야 했고 정인은 이 비즈니스의 처음 혹은 중간 혹은 마지막 단계에서 정략적으로 투입될 우수한 요원이었다.

　참가자 측도 모를 리 없었다. 당황하거나 불쾌해하거나 하는 반응은 비즈니스를 모르는 초보자임을 뜻할 뿐이었다. 참가자 측은 주최자 측의 호의에 감사하며 받아들이거나 다른 핑계를 대며 정중히 거절하거나 하면 충분했다. 중요한 것은 주최 측의 성의와 정성을 이해하면 되는 것이었다. 국가적으로 중요한 사업, 확실히 수주해야 할 프로젝트, 반드시 잡아야 할 해외 파트너들, 성사되어어만 하는 대형 수출의 건, 그룹의 명운을 가를 신사업들은 일사불란한 체제로 이루어야만 할 큰일이 되었다. 정인의 역할은 그 모든 과정에서 중요한 밑알이 되어야 하는 것이었다. 그 대상이 누구였든 우리의 사업과 이익과 나아가서 국가의 번영을 위한 대의명분을 충족시켜 줄 대상이라면 정인의 봉사 정신 이상의 것도 얼마든지 수행해야만 했다.

　문제는 정인의 마음이었다. 육체는 이미 정인의 몸에서 떠났다. 마음이 아프니 육체도 아팠다. 내 몸에서 떠난 육체가 감각을 느끼며 아파하고 있다는 것은 모순이었다. 나의 몸이 아닌 것이 아프다는 것은 이 마음이 나의 과거의 육체를 기억하고 있기 때문이었다. 그 기억을 지우지 못하는 한, 나의 마음은 그냥 현실의 소용돌이 속에서 떠돌고 지낼 것이다. 정인은 이것이 두려웠다.

　정인의 시간도 흐르고 있었다. 그동안 많은 행사에 나갔다. 경험을 통해 수많은 행사의 공식을 완벽하게 꿰뚫듯이 정인의 업무수행은 나무랄 것이 없는 수준으로 되었다. 처음 시작부터 끝날 때까지 자신이 해야 할 일 하지 말아야 할 일 자신이 어느 시점에 행사장에서 어떻게 행동해야 할지를 알게 되었다. 초청자들의 신상을 파악하면 업무의 수행은 매끄럽게 될 터이었다. 그만큼 일에 대해 매너리즘 같은 것이 생겨났다. 정인에게는 이 매너리즘이 한없이 좋았다. 이 매너리즘을 자신만이 의식하고 다른 사람들은 전혀 느끼지 못했기 때문이다.

　그런데 어느 여름날 새로운 업무요청이 들어왔다. 시내 호텔에서 어느 독일 손님을 만나서 같이 저녁 식사를 하게 되는 단순한 일이었는데 당사자와 단독으로 만나야만 하는 것으로 이번 손님은 학계에 있는 사람이므로 특히 고급 독일어를 구사할 수 있는 다소 까다로운 일이 되었다. 지금까지 정치인, 기업인들만 상대했었던 정인은 의아하게 생각했다. 그래서 사전에 몇 가지 사항을 알아보게 되었다. 한국 주최 측은 정부 기관과 모 재벌회사로 한국과 유럽의 경제, 문화 부문에서 상호 교류의 증진을 위한 사업으로 특히 EU 가입국 중 독일의 한국에서의 투자증대를 중요과제로 하고 이를 위한 발판으로 독일의 사회와 학술 분야의 우수성을 홍보하는 것이 포함되어 있었다. 그래서 독일의 학자들과 한국 측 학자들이 EU 투자단의 방한에 맞춰 서울에서 국제 학술회의를 가지게 되었고 정인의 역할은 이 독일 학자와 같이 저녁 식사를 통한 한국에 대한 좋은 인상을 주게 하기 위한 여흥의 기회를 마련하라는 것이었다.

정인은 즉각 이런 식의 "여흥"은 오히려 역으로 작용할 것으로 보았다. 한국 주최 측의 과잉 의전으로 불필요하게 장외에서 벌어지는 업무로 생각했다. 정치인이나 기업인들처럼 현안에 그들이 붙잡을 수 있는 이권이 개입되는 경우와는 다르기 때문이었다. 정치와 기업은 서로 밀접히 현실적인 이익에 연결되어 있어서 이 경우 "여흥"은 아주 훌륭한 사업 성공의 조건이 되기 쉬웠다. 마치 바늘에 실이 따라가는 관계라고나 할까. 정인은 이 일을 수행할까에 대해 망설이고 있었다. 그런데 자신이 접대할 당사자의 이름을 듣는 순간 갑자기 충격으로 몸이 굳어지는 듯했다.

한스 크레머 교수. 상상하지도 못했던 이름이었다. 지난 수년간 그의 이름을 잊고 지냈던 사람이었다. 그는 바로 정인이 대학 3학년 말 겨울에 아르바이트로 독일 교수의 사회 철학서를 번역한 책을 쓴 당사자였기 때문이었다. 그가 한국에 와서 나의 손님이 되었다는 것이 믿기지 않았다. 그는 철학자로서 어떤 종류의 정부 혹은 민간단체와 관련된 어떠한 일에 전혀 연관이 없는 그야말로 상아탑 안에서 지낼 인물이었다. 그런데 그가 EU, 사실은 EU를 표방한 독일 정부의 한국과 정치, 경제적 이익에 관련 있는 사업에 발을 들여놓았다는 것이다. 그동안의 어떤 변화가 있었던가 정인은 의문이 들기도 했다.

정인은 잠시 생각했다. 나는 그들 알고 그는 나를 모른다. 그러므로 나는 그들 만나는데 자유로울 수 있다. 내가 그들 만나 사실은 내가 그의 책의 최초 한국어 번역자라고 밝히면 그의 반응은 어떠할까? 혹여 그가 묵고 있는 호텔에서 정인을 만나기를 거부할지도 모른다는 생각도 했다. 그러면 나는 그를 호텔 프런트 데스크를 통해 불러낼 수 있다. 나는 사실은 그의 책의 번역자로서 그를 부르는 것이라고 말해 줄 수 있을 것 같았다. 당시 추운 겨울에 수많은 밤을 새우며 번역작업에 몰두했었던 경험과 기억은 아직도 나에게 남아 있다. 그것은 자체로서는 훌륭한 작업이었으나, 끝내 아프신 아버지를 구하지도 못했고 나도 절멸해 가게 되었던 실마리가 되었다.

정인은 한스 교수를 못 만날 이유를 찾지 못했다. 오히려 그 반대로 생각이 들었다. 내가 한스 교수에게 어떠한 학문적인 빚도 없고 단지 내가 그를 만나면 자연스레 나의 현재의 정체가 드러나는 것이지만 이제 이 자체에 대해 내가 감출 필요는 없었다. 나는 외국인을 상대하는 여흥의 당사자이므로 한스 교수에 대해 어떠한 자격지심 같은 것도 있을 수 없었다. 오히려 이제는 오랜 기억 속의 철학이라는 개념, 근현대 독일철학, 한스 크레이머의 철학 그리고 당시 내가 갖고 있었던 그의 책에 대한 인상과 비판의 관점 같은 것들이 아스라한 기억으로 나의 머리의 어느 지점에서 다시 상기되고 있음을 의식하며 나는 오랜만에 철학적 자극을 느끼게 된다. 이 자극은 야릇한 정신적 흥분감을 자아내고 있다는 점에서 나는 그를 만나야겠다는 생각을 굳혔고 그와 만나 단 몇 마디에 그칠지 혹은 오랜 시간 동안 토론이 될지 알 수도 없는 그와의 만남을 설레게 되었다.

여름날 저녁의 끈적거리는 불쾌함과 화려한 거리의 타성에 젖은 사람들의 나른한 모습을 뒤로 하고 나는 호텔 로비로 들어섰고 커피숍에 앉아서 기다리고 있는 그를 단번에 알아봤다. 그도 나를 알아보는 데 어려움이 없었다. 나와 한스 교수는 마치 이미 전부터 알고 있었듯이 자연스레 말을 이어 갔다. 물론 나는 그를 알고 있었기 때문에 내 쪽에서의 긴장감은 덜했지만, 한스 교수는 나이에 걸맞지 않게 긴장하는 표정을 지울 수 없음을 알 수 있었다. 결국 그날 밤 정인은 그의 방까지 올라가서 위스키를 마시며 긴 대화를 하였지만, 그 둘 사이에 한국 주최 측이 원했던 "여흥"은 결코 없었다.

정인이 한스 교수를 만난 지 거의 3개월이 지났을 때 한스 교수는 정인에게 이메일을 보내왔다. 그는 이메일에서 이렇게 쓰고 있었다.

"정인 씨,"

내가 뜻밖에도 당신을 서울에서 만나고 이곳 베를린으로 돌아오자마자 나는 다시 바빠지기 시작했습니다. 지난번 EU 참가자의 일원으로 서울을 방문했을 때 나는 그 방문 자체가 나의 뜻과 상관이 없다는 것을 당신에게도 얘기했습니다만, 이곳에서 후속 보고 같은 일에 공연히 바쁠 수밖에 없었습니다. 한편, 나는 이곳으로 돌아온 이후 줄곧 당신에 대해 생각해 왔습니다. 아마도 이 생각 때문에, 아마도 내 생각을 정리하여 당신에게 말씀을 드리는 게 필요했기에, 이제야 늦었지만, 당신에게 쓰게 되었습니다.

나는 당신에게 하나의 제안을 하기를 원합니다. 그것은 다름 아닌 당신이 원한다면 당신이 좋아했었던 철학 공부를 다시 시작하는 데 도움을 주고자 하는 나의 생각입니다. 당신이 독일로 올 수만 있다면 나는 당신이 공부를 다시 할 수 있는 기회를 잡는 데 도움을 드리고 싶습니다. 내가 비록 짧은 시간에 그것도 예상치 못한 분위기에서 만나서 그때 서울에서 말하기는 어려웠습니다만, 나는 당신이 내 책에 대해서 얘기를 할 때 당신의 눈이 빛났고 생기에 가득 찼던 것을 기억합니다. 나는 당신이 내 책을 번역할 때 최종 번역 책임자인 교수님으로부터 당신이 시키지도 않았는데 각주를 달았다고 꾸중을 들었었다는 말을 듣고 같이 웃었지만 사실 감명을 받았습니다.

원저자의 책을 다른 언어로 번역하는 것 자체가 이미 원저자와의 대화를 의미하는 것이고 이것은 번역자도 원저자의 의도와는 상관없이 번역의 과정에서 저자의 생각에 대한 해석을 포함할 수밖에 없기에 나는 이를 존중합니다. 당신의 각주를 표기했던 행위 자체가 이를 잘 말해 주고 있거니와 언어의 차이 자체가 번역이 아닌 해석이 개입될 수 있음을 인정해야 한다는 것입니다. 이는 나도 마찬가지입니다. 나는 독일어를 구사하는 사회철학자이지만 프랑스인이 쓴 철학서를 아무리 프랑스어로 읽어도 나는 독일어로 사고하고 있음을 인지하고 있지요. 그래서 정인 씨는 당시에 이미 학자의 길로 들어섰었던 것입니다.

정인 씨가 어떤 연유로 학교를 그만두고 다른 일을 하게 됐는지는 나는 잘 모르지만 아마도 정인 씨 자신이 이 사실에 대해 상당한 실망감 같은 것을 갖고 있었다고 생각했습니다. 정인 씨가 나와의 대화에서 씩씩하고 명랑한 분위기를 만들려 해도 나는 정인 씨의 모습은 그렇지 못한 것 같이 느껴졌습니다. 그 이유는 아마도 좋아하는 사회학과 철학 같은 분야를 더 이상 공부할 수 없게 된 어떤 계기가 있었을 것이라고 느껴졌기 때문입니다.

만약에 그것이 경제적인 이유였다면, 지금이라도 나는 정인 씨를 도울 용의가 있습니다. 독일의 대학에서의 교육은 누구에게나 열려 있습니다. 이는 그날 나에게 정인 씨가 독일 유학을 생각했었다고 말했던 것처럼 정인 씨도 이미 잘 알고 있을 것입니다. 외국 학생들에게도 학비는 독일 정부가 책임을 지고 있으므로 학비를 걱정할 필요가 없을 뿐만 아니라 학비 외 생활비 등의 어려움도 내가 의미 있는 아르바이트를 찾을 수 있도록 도울 수 있습니다. 정인 씨는 이미 대학 3년을 마쳤으므로 독일에서 나머지 1년만 더 공부하면 되고 이때에도 대학원 과정의 과목도 같이 이수할 수 있고, 이후 대학원 진학을 할 수 있습니다. 물론 정인 씨를 위해 나는 기꺼이 나의 추천장을 쓸 것입니다.

나는 지난 몇 년 동안 정인 씨가 학교와는 전혀 다른 세계에서 살아왔다는 것을 압니다. 앞으로 정인 씨가 다시 선택하여 학교로 돌아온다면, 이곳 독일에서 새 출발을 할 수 있다면, 이러한 경험도 더욱 깊고 넓은 학문을 펼치는 데 도움이 될 수 있음을 강조하며 이 글을 마칩니다.

정인 씨로부터 긍정적인 답장을 기대하며,

베를린에서 한스."

36

    대월심은 요즘 들어 생각이 깊어졌다. 정인을 만나야겠다고 생각했다. 저녁에 만나 술을 같이 하고 싶었다. 원래 술을 좋아하지는 않는 편이었으나 과거 학생운동 할 때부터 술을 잘 마시는 것을 체득했었다. 웬만한 남자 선배들보다 술이 센 적도 있었다. 그러나 이제는 그럴 필요가 없었으므로 꼭 필요한 경우가 아니면 술을 가까이하지는 않았다. 자신은 비록 속세에서 술장사를 하고 있지만, 기본적으로는 불교도로서의 보살의 삶을 살아야겠다는 태도가 깔려 있었기 때문이었다.

    정인은 오랜만에 대월심의 집으로 갔다. 큰 정원이 있는 평창동 저택이었다. 이제 초겨울에 접어들어 나무들은 가을의 단풍을 다 털어내고 앙상한 모습을 보여 주고 있었다. 불현듯 대월심이 이 넓은 집에 혼자서 살고 있었다고 하는 생각이 들었다. 흔한 반려견도 없이 매일 혼자서 살아왔었다고 하는 자각이 정인의 마음에 올라왔다. 혹시 자신처럼 외로운 삶을 대월심도 살아왔을 것일지도 모른다. 이제야 대월심을 제대로 바라볼 수 있지 않을까 하는 생각도 들었다.

나는 지금까지 최소한 대월심을 알게 된 후로 줄곧 자신만을 생각하며 살아 오지 않았나 하는 생각이 들었다. 나는 불의의 피해자이며, 가족을 잃고, 세상의 나락으로 떨어진 인간이며 나는 모든 불행을 혼자서 짊어지고 사는 인간이었다. 나는 세상에서 제일 불행한 인간이라는 관념에 내 안에만 갇혀 살아왔었다. 내 삶에 대월심은 중요한 인물이지만 나는 그녀를 훌륭한 타자로만 여겨 살아오지 않았을까 하는 양심의 가책도 느껴졌다.

정인이 대월심에게 말했다. "언니, 저는 지금까지 제가 너무나 이기적인 생각으로만 살아오고 있지 않았나 하는 자각 같은 것이 들었어요. 나는 세상에서 제일 불행한 사람이니까 제 주변의 모든 것은 저에게는 부적절한, 부수적인 것들로 채워졌으며 모든 것들은 저에게 적대적이기까지 하다는 생각이었어요. 심지어 언니에게도 제가 마음을 열지 못하고 수동적으로만 살아왔던 것이었어요. 오늘 여기 언니네 집에 오면서 언니가 혼자 외롭게 지내는 사람이라는 것을 이제야 깨닫게 된 거예요. 이제야 제 눈에 언니의 모습이 들어오고 있는 것 같아요. 그래서 제가 그동안 언니에게 큰 은혜를 입고도 이를 제대로 알아차리지 못했던 것 같아요."

대월심은 옅은 미소를 지으며 대답했다. "정인아, 네가 그렇게 말을 안 해도 돼. 내가 네 눈에 외롭게 보였다면 사실일지도 모르지. 하지만, 나는 괜찮아. 그런데 외롭다는 느낌을 갖게 되는 것은 사실은 좋은 것이야, 정인아. 외로움을 달래기 위해 사색할 수 있고, 이 사색을 통해 이 외로움의 원천은 겉모습의 나와 나의 속 깊이 있는 나와의 서먹서먹함 같은 것이라는 것을 알게 돼. 그래서 이 외로움은 비교적 쉽게, 그리고 마음 훈련을 통하여 서서히 해소될 수가 있어. 내가 혼자 산다고 외롭게 보인다면 그럴 수 있어. 나는 앞으로도 혼자 살 것이야. 내 주변에는 많은 사람들이 앞으로도 오고 가고 할 거야. 그런데 나는 죄책감을 갖고 살고 있어. 이 죄책감 때문에 힘이 많이 들었지. 종교적 죄책감을 말하는 것이 아니야. 나는 이를 믿지 않아. 그보다 더 현실적인 것이지. 내가 운동권으로 활동을 하면서 내 부모님께 죄를 지은 것이야. 특히 교육자로서 평탄하게 살아오신 아버지가 나 때문에 마음고생이 심하시더니 평소에 약했던 심장병이 악화되면서 돌아가시게 되었지. 그때가 내 운동권 선배로 애인이었던 이근용이 나를 그리고 우리 모두를 배반하고 나갔을 때야."

"아버지가 돌아가시고 나의 믿었던 애인도 도망가는 일이 겹치게 되면서 나는 제정신이 아니었지. 네가 아버지가 돌아가시고 네 선배에게 당하는 일이 동시에 일어난 것과 비슷했지. 그래서 나는 너에게 연민을 강하게 느끼게 되었던 것이야. 물론 어머니는 아버지의 죽음이 나 때문이라는 나의 자책을 부인하고 계시지. 어차피 아버지는 연로하시고 몸도

약하셨던 분이었으니까. 나의 죄책감이 이런다고 사라질 수 없잖아. 나의 죄책감은 나의 업보가 되었지. 그리고 나의 이근용이에 대한 배신감은 내가 나 자신에게 향한 죄책감보다 더 크게 확대되었지. 반작용의 원리처럼 말이야. 그때 당시 죄책감과 배신감이라는 두 가지의 이질적 존재를 이겨내지 못하고 전국을 거의 무아지경 속에서 방황하다가 내가 전에도 말했던 충주의 깊은 절로 거의 죽은 목숨처럼 찾아들게 되었지. 거기서 불자로서의 수계를 받고 보살로서 살겠다는 종교적 서약을 하게 되었지. 그리고 나는 앞으로 혼자 살 거야. 결혼 같은 속세의 인연은 이제는 나와는 상관없는 일이야. 나의 죄책감을 조금이라도 씻기 위해서라도 그렇게 하리라 다짐했지."

"당시에 스님이 말씀하셨지. 나는 산골 절에서 살지 말고 속세의 세계로 다시 돌아가라고. 거기서 살면서 수행하라고. 무서운 말씀이셨지. 내가 스님께 산속 절에 남겠다고 할까 봐 미리 말씀하신 것으로 생각되었지. 스님 말씀이 절에 남은 사람들은 사실은 겁쟁이들이라고. 그러니 속세로 들어가서 용맹정진하라고 나에게 당부하셨고 용기를 주려고 하셨지. 나는 용맹한 사람이고 이렇듯 용맹한 사람은 절간 생활과 어울리지 않는다고 말이지. 나는 절간을 나오면서 무슨 삶을 살 것인가 보다 어떤 삶을 살 것인가를 고민하게 되었어. 나는 불자가 되었고, 이제는 어머니에게 나는 독신으로 살 것이며 남은 남동생들하고 사시라고 하고 어머니에게서 떠나왔지. 어머니가 우시는 것을 참기 어려웠지. 그러나 이제부터는 어머니께 그리고 돌아가신 아버지에게도 심려를 끼치는 딸로 사는 삶은 끝났다는 것을 행동으로 보여 드리고 싶었어. 일단 나는 돈을 많이 벌어야겠다고 생각했어."

"나는 혼자 사는 불자인데 왜 돈이 많이 필요한가? 그리고 하필이면 룸살롱으로 돈을 벌어야 했는가? 내가 민주화 운동권 학생으로서 한 남자의 배신 때문에 나의 순수성이 훼손되는 것을 목도하게 되었기 때문이야. 나는 나 스스로 아직도 순수하다고 해도 나는 이미 사회적으로 그러하지 못하다고 간주 되었지. 많은 운동권이 정치로 쏠려갔으니까. 어찌 보면 당연한 결과인지도 모르지만, 적어도 내 옛 애인과 같은 방식으로는 안 되어야 한다고 믿게 되었지. 그의 배신이 내 한 개인에 대한 배신으로만 끝나는 것이 아님을 알고 있었기 때문이었지. 그래서 이근용이에게 어떠한 형식으로든 그의 타락의 결과가 얼마나 해악을 끼치게 되는가를 증명하고 싶었지. 나의 개인적 보복이었다면 나는 그를 이미 오래전에 잊었을 거야. 해악의 증명은 어렵다 못해 현실적으로 불가능에 가깝다는 좌절이 나에게 찾아왔지. 그래서 나는 힘을 규합하기 시작했어. 그 방편이 룸살롱의 운영이었지."

"그런데 나는 나의 일이 일제 강점기 때의 독립운동과 성격상 비슷하다고도 생각한 적이 있었어. 일제에 협력하는 척하며 사실은 독립운동 자금을 대는 것처럼 말이지. 고급 룸살롱을 운영하는 것은 이를 은폐하는데 적격인 것처럼 말이야. 물론 이제 우리는 일제 강점기라는 표현 대신에 독재와 부패로 점철된 정부라고 말할 수 있었지. 어느 경우든 반민주체제임에는 틀림이 없지. 대다수 인민이 당하고 있는 것은 변한 것이 없었으니까..."

"너도 알다시피 내 영업장에는 매일 대한민국에서 힘깨나 쓴다는 놈들, 돈깨나 쓰고 싶은 놈들이 스스로 찾아오지. 그들은 나에게 나의 영업력, 나의 정보력을 믿고, 의지하기 위해서도 와. 내 단골손님들은. 그들의 속성은 한번 단골이 되면 끝까지 가는 경향이 있어. 처음이 어렵지. 나로서는 돈을 벌 수 있어 좋지. 그들의 돈이 어떤 돈인지는 너도 잘 알고 있어서 더 이상 얘기할 필요가 없어. 나는 번 돈을 나의 보시 사업에 쓰고 있어. 나는 익명으로 많은 약한 사람들과 사회복지단체들을 돕고 있어. 내가 비싼 옷을 입고, 비싼 장신구를 달고, 비싼 자동차를 타고 다니고, 비싼 집에서 사는 이유는 돈을 더 버는 데 필요한 수단일 뿐이야. 나는 이러한 인간적 치장물들에 관심이 없어. 언젠가는 이러한 것도 나에게서 빠져나가게 될 거야. 나는 그들로부터 일종의 아주 작은 세금을 거둬들여 사람들에게 나누어 주고 있는지도 몰라. 부자들은 부자를 좋아하지. 그래서 내가 그들이 나를 좋아하게 만든 것뿐이야. 힘 있는 사람들은 돈 있는 사람들을 좋아하게 되어 있으므로. 그리고 이근용이를 언젠가 어떤 형태로든 맞닥뜨릴 것이라는 계획을 하고 있었지. 이는 너도 잘 아는 것이야. 네가 내 일을 직접 도와주었으니까."

여기까지 말하고 대월심은 큰 한숨을 쉬고 말을 이어갔다. "사실은 나의 일이 너와도 연관이 되는 것 같아 너를 불렀다. 정인아, 너 기억하지, 너를 망친 그 자식이 지금 무얼 하고 살고 있는지, 어떻게 되었는지? 그 자식은 아주 잘살고 있어. 이 서울 하늘 아래. 내가 예상했었던 그림이었어. 그래서 그 자체가 그리 놀랄 일도 아니었지. 그런데 그 자식은 내가 생각했던 것 이상으로 아주, 아주 잘살고 있어. 정인아 그 자식 이름이 오상배지? 너를 범한 대학 선배 녀석 말이야. 이 자식이 네 말대로 미국으로 유학 갔다가 5년 전쯤 귀국 후 아버지 사업을 물려받은 후 기업이 급성장하여 제법 계열사를 거느린 재벌기업의 젊은 총수가 되었어. 거기까지는 좋았는데, 내가 여러 경로를 통해 이 자식이 어떻게 사업을 급성장시켰는지를 알아보니까 그 자식이 사업 수완이 좋고 여러 정치, 경제쪽에 인맥을 쌓아왔는데, 결정적으로 혼맥을 잘 잡았어. 아주 잘 잡았어. 이 혼맥을 통하여 법조계, 즉 판검사 쪽에 막강한 인맥을 구축한 거야. 정인아, 이게 무슨 뜻인지 알아? 대한민국에서 아무리 정치권력을 쥐고 있어도, 그 자체는 시효가 있기 마련이야. 우리는 형식상 독재국가가 아니므로 정치권력은 언젠가는 물러나게 되어있어. 대한민국에서 아무리 돈이 많아도 돈은 항상 부족해. 왜냐하면 나보다 돈이 많은 놈들이 항상 있게 마련이고 또 돈은 언젠가는 사라질 수도 있는 요물 같은 속성도 있어. 그런데 대한민국에서 법조계에 인맥을 쌓으면 정치와 경제를 이길수가 있어. 왜냐하면 우리는 법치국가에서 살고 있기 때문이야. 그들이 우리의 법치를 독과점하고 있다는 뜻이야. 다시 말해 결정적인 한 방은 그들 법조인이 날릴 수 있는 것이야. 오상배는 이를 잘 알고 있었던 것이지. 젊은 놈치고는 영악한 녀석이지."

"그래서 그 자식은 훌륭한 법조인 집안의 딸과 결혼했는데, 대법관 출신 백상영의 딸이야. 백 대법관뿐만 아니라 그 형제, 친척들이 죄다 법조인들이야. 검사, 변호사, 유명 로펌 국제변호사 등 법률 화력이 막강한 가문의 사위가 된 거지. 백 대법관의 딸도 미국 유학파로 이 자식과 같은 대학의 사회학과 출신으로 현재 모교에서 교수로 있어."

정인이 대월심의 말을 잘랐다. "언니! 혹시 그 딸이 제가 알았던 대학원생 백영란 조교였던 사람 아닌가요?"

"글쎄, 나는 그 자식 아내의 이름까지는 몰라."

"언니, 백영란 선배는 제 사회학과 대학원 조교로 당시 저와 아주 친했었던 선배였어요. 제 번역 아르바이트 자리도 그 선배가 찾아주었었지요. 그런데 그 선배가 화려한 법조인의 딸이었을 뿐만 아니라 오상배와 결혼했다니요? 정말 믿기지 않네요. 아니 이럴 수가 있나요?"

"정인아, 또 하나 기막힌 사실은 이근용이도 이 백씨 집안의 사위라는 것이야. 그가 백 대법관 형의 첫째 딸과 결혼을 한 거야. 이 양반도 법조인 출신으로 일찌감치 정치권으로 진출한 인물이지. 그런데 나는 지금까지 오상배와 이근용이 함께 백씨 가문의 사위라는 것을 몰랐어. 지금 알게 된 거야. 그런데 이게 놀랄 일이지만 사실은 그렇게 놀랄 일도 아니야. 놀랄 일이라는 것은 그들이 너와 나와 대척점에 서 있다는 점에서 우연의 일치치고는 기가 막히고, 놀랄 일도 아닌 것은 그들끼리 결혼을 하는 것은 아주 흔하고 자연스러운 일이기 때문이야. 우리가 생각보다 좁은 사회에서 살고 있다는 셈이지. 나는 이제 오상배라는 놈을 알게 되었으니 그가 이근용이와 함께 나의 가슴을 파고 있는 것 같은 느낌이 들기 시작해. 정인이 너는 어떠냐?"

"언니, 저는 지금까지 오상배를 잊기로 하고 살아야겠다고, 나를 위해서라도 그렇게 하리라 마음에 다짐을 수없이 했죠. 그런데 잊으려 하면 할수록 오히려 그럴 수 없게 되었고, 저는 정신적으로 피폐해졌죠. 저의 모습을 보다 못해 언니가 저에게 복수하라고 했을 때조차도 저는 복수에 자신이 없었어요."

"그런데, 지금 언니 말을 듣고 보니 오상배가 영란 선배를 그들이 결혼하기 전에 학교에 찾아가 만났을 가능성이 있다는 생각이 들어요. 왜냐하면, 당시 오상배가 제가 영란 언니와 친하게 지낸 것을 알고 있었기 때문이에요. 제가 그 일로 학교에서 사라진 후 그가 사회학과를 찾아갔을 거예요. 그리고 미국에서 귀국 후 그와 영란 언니는 어느 시점에 우연히 만났을 가능성이 있었다고 생각해요. 그게 아니라면, 누구의 소개로 결혼을 전제로 한 맞선을 봤을 수도 있었겠죠."

"제가 학교에서 사라진 이후 아마도 오상배는 제 학과 사무실로 가서 저의 신상에 대해 수소문을 했을 수도 있고... 갔었다면 거기서 영란 언니를 봤었을 개연성도 좀 커 보이고요. 언니, 저는 지금 제 마음이 갑자기 혼란스러워요. 이걸 어떻게 해석해야 하나. 제 솔직한 심정은 오상배가 쓰러져 있는 저에게 한 번 더 발길질한 느낌이에요. 오상배는 분명히 저와 영란 언니를 동시에 알고 있었어요."

"그는 졸업을 앞두고 느닷없이 저에게 관심을 보이는 척하더니, 어떤 때는 〈철학회〉의 일을 핑계로 저와 같이 있고 싶어 했어요. 저는 그를 회피하였는데 어떤 때는 좀 집요하게 굴적도 있었을 정도였는데, 저는 그때 너무나도 바쁜 학교생활을 이어가고 있느라 그에 대한 신경을 쓰지 않았고 경계심 같은 것도 전혀 없었어요. 그냥 학교 동아리의 선후배 사이인데 하며 무슨 일 따위가 있을까 하는 것이었어요. 그런데 그가 제가 가장 아플 때, 가장 약할 때 제가 방어를 할 수 없는 상태일 때 공격을 한 것이었죠. 저에게 죄를 범하고 영란 언니를 찾았다는 것, 그 둘이 결과적으로 부부가 되어 잘살고 있다는 것이 저로서는 참기 어려워지네요. 저는 영란 언니에 대해 어떠한 나쁜 감정은 없어요. 영란 언니는 오상배가 저에게 가한 범죄행위를 몰랐을 테니까요. 언니가 제게 복수 같은 말을 했을 때 저는 오상배를 더 이상 상종하지 않아야 제가 살 것으로 생각했었는데, 이제 이상하게도 오상배의 현재를 알아 버렸고, 그가 이근용이랑 백씨 집안의 사위가 됐다는 것도 어쩌면 저와 언니에게 내리는 시련처럼 생각이 들기도 하네요. 제가 오상배에 대해 지금, 이 순간 끓어오르는 감정은 그가 철저히 배신하고 살아왔기 때문이에요. 저는 그가 그래도 후회하면서 살기를 원하였는지도 모르죠. 그것이 저에게 아주 작은 위안이라도 되는 것이었다면. 그는 전혀 그런 인간이 아니었다는 확신이에요. 언니 말이 맞아요. 그들은 변하지 않는다. 변하면 죽는다는 현실의 철학에 대한 무한의 신봉이라는 것을."

"정인아, 나의 심정도 착잡하다. 이 세상이 생각보다 좁다는 것은 알았지만, 이렇게 너와 내가 나쁜 놈들의 피해자로서 지내왔다는 것이 믿기지 않을 정도야. 너를 해친 그 자식이 어떤 부류의 자식인지 나는 나름대로 짚이는 데가 있어서 내가 너의 의견과 상관없이 여러 군데 수소문하여 파악해 보니 내가 그 자식에 대해 너의 의견을 존중해 그냥 너에게 모른 척 이 사실을 덮고 갈 수가 없었다. 너와 내가 어떤 연유이든 간에 함께 피해자로 엮여 있다는 것이었어. 정인아, 너는 대학에서 사회학과 철학을 배우며 너의 지성과 비판의식을 키우며 앞으로 학자가 되겠다는 포부를 가졌던 똑똑한 친구였어. 오상배는 너의 그 점에 분명히 매력을 느끼고 너에게 접근한 것이었지. 또래의 다른 여학생들이 갖추지 못한 너의 지성을 그 자식이 탐하게 된 것이지. 자기에게 없는 실력과 지성이 너에게는 있었으니까."

"오상배는 애초부터 지성이라는 삶의 좌표 같은 것이 없었던 놈이었어. 그가 대학에서 철학을 공부했다는 것은 한갓 껍데기에 불과했던 것이야. 내가 보기에는 그 자식은 마음이 허영으로 가득 차서 남에게 보여주고 싶은 철학을 공부랍시고 했었던 것이지. 그리고 남자 녀석들이 일상적으로 갖고 있는 여자에 대한 우월의식과 콤플렉스까지 있었으니... 너에게는 그 자식과 같은 시간과 공간에서 네가 빛나고 있었다는 것이 불운으로 작용했던 것이야. 그냥 우연히 발생한 사고, 의도하지 않았던 실수 같은 것은 없어. 나의 경우는 나의 믿음을 행동으로 보여 줄 수밖에 없는 시대를 살고 있어서 모든 기존 질서와의 불화를 일으킬 수밖에 없었지. 그 과정에서 나의 동지와 사랑에 빠지면서 투쟁했지만, 그 남자라는 인간은 역시 너를 범한 오상배와 결국은 같은 부류에 속하게 되었던 것이지. 그리고 너와 나는 이 순간에 같이 서 있게 된 것이야."

"언니, 저는 오상배에 대한 분한 마음이 실로 오랜만에 끓어오릅니다. 언니가 말한 복수라는 것도 떠오릅니다. 그런데, 제가 어떻게 복수를 할 수 있을까요? 제가 무얼 어떻게 해야 할까요?”

“정인아, 이제부터 우리는 복수를 한다는 표현을 하지 말자. 정의를 세우자고 하자. 이근용과 오상배는 이미 거물이야. 정치계와 경제계에서 힘 있는 자들이지. 그리고 배경에 법조 인맥으로 철옹성을 쌓아 두고 있어. 그들은 소위 한국의 소수의 엘리트 집단에 편입됐고, 그들이 하는 모든 일들은 한국을 위한 일이 되고, 우리를 먹여 살리는 일이 되고, 우리의 국가경쟁력을 위해 하는 거룩한 행위가 되는 거지. 따라서 이들의 행적을 뒷받침하는 시스템이 이미 오래전부터 가동되고 있어. 너도 알다시피 우리나라 정치, 경제, 사법, 교육, 언론 등의 모든 체제가 굳건하게 구축되어 있어. 이 체제의 굳건함에 탄복하고 이근용이는 일찌감치 귀순하여 이제는 그 핵심이 되었지. 핵심이 되기 위해 그가 얼마나 노력했을까 상상이 돼. 또 나는 오상배는 이미 스스로가 엘리트라고 생각했을 거야. 정인아, 나는 그 철옹성을 부술 힘이 없어, 철옹성은 영원할 수도 있어. 그 철옹성이 자체 정화를 하지 않는 한. 그러나 이는 불가능해. 그래서 나는 내가 할 수 있는 정도까지만 할 거야. 나는 앞으로 너와 보다 자주 만날 것이야. 그리고 이 둘에 대해 우리가 어떻게 행동으로 보여줘야 할까를 함께 고민해 나갈 거야.”

37

    상배는 이근용이 "같은 집안사람"이라는 것이 불편했다. 자신이 백씨 집안의 사위가 된 이후로 이근용은 자신에게 접근해 왔다. 자신보다 나이도 많고, 세상 경험이 많은 것을 드러내고 말하고 있었고 상배가 같은 집안사람으로 자신을 도와주어야 한다는 요청도 빼놓지 않았다. 이른바 정치자금이 필요했다. 상배는 이 점이 싫었다. 내가 왜 그의 정치자금을 대야 하는가 말이다. 내가 힘겹게 이룩한 기업이 이근용이 같은 정치인들의 이익을 위해 사용된다는 것이 부당하게 느껴졌다. 상배는 가까운 사이일수록 거리를 두어야 한다는 것을 그의 아버지로부터의 교훈으로 알고 있었다. 항상 가까운 사람들이 배반한다는 논리였다. 이근용은 골치 아픈 상대가 되어 있었지만, 그는 현실적으로 힘 있는 정치인이다. 그래서 그를 공식적으로는 철저히 무시하고 지내야 한다는 것을 알고 있었다. 이미 둘이 같은 집안사람이 된 것을 알 만한 사람들은, 즉 권력의 냄새를 맡는 주변 사람들에게는 알려진 것이다. 그러므로 조심해야 한다.

이근용의 요구는 들어주어야 한다. 이것도 작고한 아버지로부터 배웠다. 정치인들은 그냥 낭인 같은 자들이다. 권력을 못 잡으면 잉여 인간처럼 지내다 권력을 잡으면 이를 최대한 활용한다. 그래서 그들이 권력을 잡을 때까지 적당한 거리에서 도와주어야 한다. 흔적을 남기지 말고. 그리고 그들이 마침내 권력에서 영원히 멀어지게 되면 완전히 잊어야 한다. 용도폐기해야 한다. 필요악처럼 그들에게 제공되는 자금은 일종의 비공식 세금 같은 것으로 취급하라는 것이다. 그런데 이근용의 경우는 한 집안사람이라는 논리로 압박해 오고 있다. 오상배에게 이근용이는 정치적 낭인 이상 이하도 아니었다. 오상배는 결심했다. 돈을 주되 절대로 반대급부를 요구하지 않기로. 한 집안사람 사이가 아닌가 말이다. 가족끼리는 무엇을 바라서 도와주지 않지 않은가 말이다. 이근용은 나의 이러한 태도의 의미를 잘 알고 있을 것이다.

이근용을 적당히 요리해서 처리할 수도 있다. 어쩌면 나중에 나의 사업에 도움이 될 수도 있다는 것을 생각해 보았다. 그러나 반대급부를 요구하는 자충수로 내가 힘들게 일구어낸 사업을 정치적 스캔들로 망칠 수는 없지 않겠는가? 또한 백씨 가문의 명성에 흠이 가게 할 수는 없지 않겠는가? 사실 이점이 더 두려웠다. 나의 사업은 이제 지난 몇 년간의 높은 성장을 바탕으로 국내에서 누구도 얕볼 수 없는 수준으로 되었다. 아이엠에프 사태 이후 우리처럼 성장한 기업도 드물었다. 이는 나의 노력의 결과이다. 이 점에 대하여 나는 자랑스럽다. 이제 우리는 새롭게 기업의 인수, 합병을 시도할 수 있는 수준까지 실력을 키워냈다. 나는 아주 젊다. 아직 40도 안 된 젊은 재벌기업의 총수가 됐다. 기존의 재벌 총수들이 나를 보는 태도의 변화를 나는 의식하고 있다. 그들은 아이엠에프 사태 이후 극히 보수적으로 경영했고, 나는 그 반대로 새로운 경영을 했다. 미국에서 배운 새로운 경영의 패러다임과 기술의 전개에 나는 누구보다도 빨리 나의 기업에 적용했다. 돌아가신 아버지에게 나의 성공의 모습을 보여 드리지 못하는 것이 한스럽기만 할 뿐이다. 아버지는 얼마나 기뻐하셨을까?

그런데 나는 지금 한 가지 큰 문제를 안고 있다. 아내가 의학적으로 임신을 할 수 없다는 공식적인 진단을 받았다. 이제 결혼생활도 4년이 훌쩍 넘었다. 이 문제는 아내와 나만의 비밀이지만, 집안사람들은 쉬쉬하며 전전긍긍하였다. 아내 영란의 결혼 때의 발랄한 모습은 사라졌다. 표정 없는 모습으로 매일 학교를 오가는 일상이 되었다. 상배와의 아침 식사 시간에도 둘은 별 대화가 없었다. 상배는 업무에 바쁘기도 했지만, 집에서 저녁 식사를 하는 경우는 드물었다. 영란은 남편 동생들의 무언의 압박을 의식 안 할 수 없었다. 영란은 상배를 위해 이혼을 생각하기 시작했다.

그러나 그것은 생각보다 쉬운 일이 아니었다. 영란 부모님들의 반대에 부딪혔다. 영란의 잘못을 인정하는 것은 용납할 수 없는 일이었다. 집안의 망신으로 될 터이었다. 영란의 아버지는 상배를 만났다. 상배에게 하나의 제안을 했다. 영란과의 이혼은 불가하다. 그러므로 이렇게 하자. 상배의 정자를 다른 여자의 난자에 주입하여 남자아이를 임신하게 한다. 여자는 즉시 미국으로 간다. 영란이 임신한 것으로 하고, 영란은 임신 후 건강이 나빠져 학교에 1년간 임신으로 인한 휴직계를 내고 미국으로 간다. 여자는 아이를 무사히 낳고 고액의 수고비를 받고 조용히 혼자 귀국한다. 영란은 이후 아이를 안고 귀국한다. 아이는 공식적으로 상배와 영란의 아들이 된다. 영란은 이 아들을 자기 자식으로 잘 키울 것이다. 남편 상배가 이룩한 기업의 장래 후계자로 훌륭히 키울 것이다.

상배는 장인어른에게 감사하다고 말했고, 이 극비의 프로젝트는 영란 아버지의 주도로 진행이 되었다. 앞으로의 일을 생각해서 상배는 전혀 관여하지 않았고, 영란도 마찬가지였다. 심지어 장모님도 관여하지 않았다. 모든 실무적인 일은 전적으로 장인이 혼자 만들어 낼 것이었다. 장인, 장모, 상배, 영란 이렇게 네 명만이 영원히 간직할 비밀이 되었다. 장인은 상배에게 미안했으나, 이렇게라도 하는 것이 최선이라고 믿었고, 이것이 우리의 관계를 정상적으로 유지하고 양가 가문의 장래의 영광을 지속할 수 있는 어쩔 수 없는 최선의 길이라는 것을 알고 있었다.

영란은 상배와 결혼하여 행복했었던 순간이 있었을까 생각해 보았다. 영란이 처음 상배를 보았을 때 그의 첫인상은 키 크고, 잘생긴 좀 남자의 카리스마 같은 것을 느낄 수 있는 그런 모습이었다. 결코 여자들에게 나쁜 인상을 주는 모습은 아니었다. 그가 두 번째로 나에게 나타났을 때 나는 그를 또렷이 기억하고 있었다. 그가 나에게 자신의 명함을 건넸을 때 나는 직감했다. 나는 상배와 사귈 것 같다는 것을. 당시 서로 사귄 다는 것은 결혼을 전제로 하는 것임은 둘 다 알고 있었다. 그와의 짧았던 반년 정도의 데이트 기간이 상배와 나 사이에 가장 행복했었던 시간이었다. 상배는 항상 바빴고 나도 학교생활에 시간이 많지는 않았지만, 우리는 저녁때 만나서 식사를 하고 술도 마시고 가끔 주말에는 영화, 연극 그리고 교외로 차를 몰고 나갔다.

그는 자신감이 넘쳤고, 그의 사업 이야기를 나에게 해주었다. 앞으로 자신의 기업을 한국에서 열 번째 안에 드는 재벌기업으로 만들어 놓을 것이라고 했다. 그리고 아들을 둘은 낳을 것이라며 나를 쳐다보며 웃었다. 나는 민망한 미소로 화답했었다. 상배는 결혼을 앞두고 나를 차에 태우고 교외에 있는 그의 별장으로 갔다. 늦가을의 정취가 흠뻑 느껴지는 강변에 자리한 저택이었다. 거기서 주말을 같이 지내며 상배의 체취를 경험하게 되었다. 그 경험은 좋았다. 그런데 그 좋음은 아주 순간적인 느낌이었고 곧 사라짐을 느꼈다. 그는 나에게 항상 웃으며 좋은 말, 칭찬의 말을 했고 나는 이를 그대로 받아들였다. 그대로 받아들였다는 것의 함의가 있었다. 그것은 그의 말이 좀 공허하게 들렸다는 것이다. 우리는 비록 짧지만, 서로가 연애하고 있다는 느낌이 들었어야 했는데, 이것이 없었다. 나는 그와의 만남이 나쁘지 않았지만, 그에 대해 설레는 마음이 생기지는 않았다. 서로 혼기가 꽉 찬 남녀 간의 만남에서 결혼이라는 목표를 미리 정해놓고 그것에 맞춰 행동하는 커플로 보였다. 나는 남자를 잘 몰랐다. 학교 때 연애다운 연애도 없었다. 그야말로 모범생의 삶을 살았다. 나는 연애에 숙맥이었지만, 상배의 겉모습의 훌륭한 뒤에 감춰져 있는 그의 마음을, 그의 순수한 마음을 읽을 수 없었다. 아마도 그는 자기 말처럼 학교 때 여학생들에게 인기 있는 남학생이었을지 모른다. 나도 그의 첫 모습에 반했었으니까. 그는 매너가 좋았고, 친절했고, 교양이 있어 보였다.

어쩌면 그는 우리 부모님이 원하는 내게 맞는 조건의 남편감이었을 것이다. 부모님의 보수성, 이 보수성은 정치적인 것을 포함하여 매사에 적용될 것이었지만, 말하자면 인생을 불필요한 불확실성을 제거하고 살아야 하며, 인생은 주어진 환경하에서 성실히 그리고 열심히 살아야 할 가치가 있는 것으로 세상을 미련하게 비판하고, 도전하고, 마침내 파괴하는 그런 태도를 배격해야 할 것이었다. 이러한 보수성을 내가 그에게서 발견하는 데는 오랜 시간이 걸리지 않았다. 그는 엄밀하고, 치밀하고, 계산적이었으며, 일 처리에 있어서 기민한 사람처럼 보였다. 그는 나와의 약속시간에 정확히 나타났으며, 나와 만나서 무엇을 어떻게 할 것인가를 미리 정해놓고 나왔다. 약속 장소에서 무엇을 먹을지를, 나와 어떤 이야기를 할 것인지, 그리고 놀랍게도 나와 만나서 얼마나 비용을 쓸 것인지를 정확히 알고 있었다. 한번은 그가 나에게 자랑하듯, "이 메뉴가 얼만지 아세요?"라고 말할 정도였다.

그는 근본적으로 비즈니스맨이었다. 나와의 만남도 그랬다. 나를 아주 중요한 고객으로 대하듯 하는 인상마저 주었다. 그의 목적을 달성하기 위해 최선을 다하는 그런 모습으로 보였다. 그는 어떤 목적을 달성하기 위해서는 목표물에 대해 어떠한 경우라도 장악하려는 본성이 느껴졌다. 그 본성은 어떤 때는 부드럽게, 자상하게, 속 깊게 나타나지만, 또 다른 때는 강하게, 사납게, 공격적으로 될 수도 있음을 동시에 느꼈다. 이런 느낌은 그와 내가 만나는 연애 기간이 지날수록 확인이 되었다. 그의 강한 개성이 차차 나를 장악해 오는 듯했기 때문이다.

그는 물론 내 아버지에게 아주 좋은 인상을 줬다. 아버지의 흡족함 어머니의 안도감 같은 것으로 그는 우리 백씨 가문의 일원이 되었다. 아버지는 내가 그와 혼인을 맺음으로써 가문의 재계와의 약했던 고리가 강해졌다는 사실에 기뻐하셨다. 나는 어차피 그와 만날 때 우리들의 결혼은 사랑의 바탕에서 이루어지는 것이 아닌, 현실의 보수성을 기반으로 이루어 짐을 알고 있었고 그렇기에 내가 그와 결혼하는 것이 아버지를 기쁘게 하는 것이라면 나는 자족할 수 있다고 믿었다. 왜냐하면 그가 나를 진정 사랑하는지는 몰랐지만, 최소한 나는 그와의 결혼이 불행해지지만 않는다면, 다시 말해 현실을 지켜나갈 바탕으로 작용할 수만 있다면, 나는 그와 살아줄 수도 있을 것 같았다. 나는 결코 아버지를 넘어본 적도 없고 넘어서려는 시도도 안 했다. 나는 아버지의 뜻으로 살아왔으니 이제 이 시점에 새삼스럽게 다른 마음을 먹을 수도 없었다.

내 생각이 잘못되었다는 것을 알게 된 것은 그와의 결혼생활이 시작되면서였다. 결혼 후 1년이 지나도록 나는 임신이 되지 않았다. 그도 처음에는 크게 신경 쓰지 않았다. 2년째 임신 소식이 없었다. 그도, 나도 인내하며 기다렸다. 마침내 3년이 지난 시점이 되었을 때, 나는 그와 의학적 검증을 위해 병원에서 정밀검사를 같이 받자고 했다. 만약 불임의 원인이 나에게로 귀착이 된다면 나는 그와 이혼해 주겠다고 제안했다. 결국 1차, 2차에 걸친 검증 끝에 나에게 귀책 사유가 있는 것으로 판정이 났다. 이것은 그와의 결혼생활의 근본적인 파탄 사유일 수밖에 없었다. 나에 대한 그의 태도가 싸늘하게 변해갔다. 나에게 위로의 한마디도 없었다. 병원에서 나에게 불임의 선고를 내린 날 나는 끝났다. 그는 한동안 집에도 제대로 들어와서 자는 일도 없었고, 다시 집으로 돌아온 후에도 나와는 말도 하지 않았다. 그는 사랑이라는 것이 애초에 없었기에, 그의 나에 대한 태도는 정확했고, 냉혹했다.

그는 물론 나의 이혼 제안을 거절했다. 그 저변에 아버지의 입김이 들어가 있었는지는 알 수 없었다. 아버지는 우리 집안의 여자들이 결혼하여 이혼당한 경우가 없다. 이혼은 절대 불가라고 선언했다. 이 선언 이후 곧 현실적인 해결책이 나왔다. 내가 아이를 낳은 것으로 하면 되지 않느냐? 아이는 누군가 그의 씨를 받아 미국에서 낳으면 되는 것이지 않으냐? 그리하여 나는 학교에 휴직계를 내고 미국으로 갔다. 한국 교민들이 많이 살지 않는 애리조나주의 살기 좋은 지역의 한 주택으로 갔다. 거기서 30대 초반으로 보이는 한국 여자를 만났다. 그녀는 이미 임신 3개월이라고 했다. 나는 그녀에게 한마디만 했다. "미안하다."라고. 그리고 나는 외로운 여행길에 올랐다. 도저히 그 여자와 같은 집에서 지낼 수도 없었을 뿐만 아니라 미국 어느 한 곳에서도 지낼 수가 없었다. 나는 그저 방황했다. 도대체 이 모든 것이 무엇이란 말인가? 나는 미국 서부, 남부, 동부, 중부의 여러 곳을 돌아다녔다. 여행 내내 나는 검은 선글라스를 쓰고 다녔다. 나를 위장해야 한다고 믿었기 때문이다. 서부의 사막 지역을 드라이브했을 때 나는 거기서 차의 엔진을 끄고 나의 인생을 끝내고 싶다는 충동을 받았다. 아무도 없는 강렬한 태양 아래 사막에서 그저 소리 없이 사라지면 아마도 사람들이 죽은 나를 찾지 못하리라 생각했다.

　나의 자살 충동을 제어한 것은 결국은 아이 때문이었다. 임신한 여자는 이제 곧 아이를 낳을 것 같다고 나에게 긴급으로 연락해 왔기 때문이다. 내가 미국에서 사라져 준다면, 아마도 그 여자를 통해 낳게 된 그 아이도 결국은 사라져야 할 운명에 처할 수도 있다는 것을 나는 깨달았기 때문이다. 아이 엄마가 없다면 아이도 없어야 한다는 부재증명 같은 것은 있어서는 안 될 일이었다. 아이의 생명을 위해서도 나는 죽어서는 안 되는 운명이 되었다. 결국 나는 아이를 그녀로부터 인도받았다. 그녀는 즉시 사라졌다. 나는 지난 몇 달간 고행의 여행으로 망가진 몸을 스스로 수습해야 했다. 어머니가 나와 아이를 위해 미국으로 오시겠다는 것을 나는 거절했다. 나의 몸과 마음이 산산조각으로 망가진 모습을 보여 드리기 싫었다. 나는 서울행 비행기표를 샀다. 이제 내일이면 서울로 간다. 나는 쓸쓸했다. 내가 미국으로 와서 이제 귀국하는 내내 그에게서 나에게 전혀 연락을 해오지 않았다는 것이 새삼스레 생각이 났다.

38

우영은 크리스 폴슨이라는 사람의 방문을 받았다. 우영의 칼국수 가게에 점심때쯤 와서 음식을 시키면서 그가 먼저 인사를 했다. 캐나다 국적의 젊은이였다. 마른 체격에 큰 키로 역시 키가 큰 편인 우영보다도 조금 커 보였다. 우영보다는 세 살이 어렸다. 한국에 온 지는 3년쯤 되었다고 했다. 자신은 지금 우영이 임시직으로 근무했었던 속초의 중고등학교에서 영어 선생으로 재직 중이라고 했다. 지금이 늦여름이니까 지난봄에 와서 벌써 반년 가까이 되었다고 했다. 학교에서 우영에 대해 들을 기회가 있어서 한번 뵙고 싶었는데 좀 늦었다는 인사말도 했다. 그는 한국말을 비교적 잘하고 있었다. 3년간의 한국 생활에 많이 적응된 듯해 보였다.

우영이 물었다. "저를 만나고 싶다고 하셨죠? 무슨 일로 그렇습니까?"

"우선, 제가 형님보다 나이가 어린데, 저에게 존댓말을 안 하셔도 됩니다."라고 크리스가 대답했다.

"어떻게 제 나이를 아세요?"

"아, 학교에서 형에 대해 말을 해주어서 형이 저보다 세 살이 많다는 것을 알게 되었어요. 초면에 제가 형이라고 부르니까 좀 당황하신 것 같네요. 저도 한국살이 3년이 되어 한국식으로 불러야 하지 않겠습니까? 우리 캐나다식으로 '헤이 우영'이라고 부를 수는 없지 않겠어요, 형?"

그는 쾌활하고 웃는 모습으로 누구나 한번 보면 호감을 살 만한 태도와 행동을 보여 주고 있었다. 우영이 만들어 준 칼국수도 맛있게 먹고는 "형님네 칼국수가 이 근방에서 맛 좋기로 유명하다더니, 역시 직접 먹어 보니 아주 좋네요."라고 말했다.

"우리 칼국수가 그렇게 유명해요?"

"그럼요. 이 가게가 속초나 다른 큰 도시에 있었으면, 대박 났을 거예요."

"대박? 대박이라는 단어도 알아요?"

"아마도 제가 형님보다 10대 아이들이 하는 말을 더 잘 알아들을걸요."

"아하, 그럴지도 모르겠네요. 나는 이제 학교도 안 다니고 이곳 산골에 떨어져 사니까."

"제가 형님을 뵈러 온 거예요. 강원도 진짜 산골을 보려고."

"강원도 산골을?"

"네, 이곳으로 한번 오고 싶었어요."

이 말과 함께 우영과 크리스는 본격적으로 말을 이어갔다.

"형, 제 고향은 캐나다 중부에 있는 새스커툰이라는 조그만 도시인데, 정확하게는 도시의 외곽지역에서 태어났어요. 다른 캐나다 아이들처럼 평범하게 자랐고, 아버지는 고향의 하급 공무원, 어머니는 간호사로 제가 첫째 아들 그리고 두 살 아래 여동생이 있었어요. 고등학교를 졸업하고 어머니처럼 간호사가 되기로 하고 시내에 있는 단기 간호학교에 입학했지요. 나중에 재활치료사 자격증도 따려는 계획도 있었어요. 제가 한국에 와서 사람들에게 캐나다에서 남자 간호사가 되려 했다고 하니까, 좀 신기하게 생각하는 것을 알게 되었는데 정작 캐나다에서는 남자 간호사가 제법 많이 있어요. 학교에 입학해서 제가 부모님으로부터 독립을 위해 캐나다 군대에 비정규군으로 입대하며 공부를 할 수 있게 됐어요. 학업을 하면서 기본적인 훈련과 책무를 수행하면 장학금, 의료보험, 수

당 등을 무상으로 지원하는 프로그램이에요. 이 역시 한국에 와보니 캐나다와는 완전히 다른 징병제를 시행하고 있더군요. 남북한이 분단된 상황에서 이해되는 부분도 생기더라고요. 당시 저는 같은 고등학교 여자친구와 같이 간호학교에 다니고 있었어요. 그래서 우리 둘은 졸업 후 자연스레 결혼을 생각하고 있었어요. 내 여자친구와 매일 붙어 다니며 공부하고, 같이 밥 먹고, 연애하며 지내는 것이 아주 좋았지요. 제 주변 친구들이 부러워할 정도로 우리 둘은 아주 달콤한 관계였습니다."

여기서 크리스는 잠시 말을 끊고, 말했다. "형, 제 얘기가 좀 길더라도 이해해 주세요."

"아, 괜찮아요."

"그런데, 2001년 9월 11일이 제 운명을 완전히 바꿔버린 날이 됐어요."

우영이 대답했다. "911을 말하는 것 아닌가요? 이건 미국 얘기 아닌가? 알카에다가 미국 뉴욕 맨해튼과 워싱턴 디씨를 자살 비행기로 공격한 것 말이에요. 캐나다하고는 상관이 없는 일 아니었나요?"

"맞아요. 그런데 세계 여론은 피해를 본 미국을 동정하는 분위기였고, 특히 무고한 미국 시민들이 대량으로 희생되었어요. 당시 미국의 부시 대통령이 국제 테러리스트들을 응징해야겠다는 반응을 보였고, 이에 캐나다도 적극적으로 동조했어요. 미국은 이듬해부터 이라크와 아프가니스탄을 공격하여 전쟁을 일으켰는데, 캐나다는 서방 몇몇 나라들과 함께 연합군으로 참전을 결의하게 되었고, 소수지만, 캐나다 군대를 파병하게 되는데, 제가 거기에 자원하게 되었지요. 이것이 제 운명을 바꿨다는 뜻입니다."

"당시 순진했던 22살의 캐나다 청년이었던 저는 정의감에 불타 있었어요. 비겁한 아랍 테러리스트 집단을 정의의 깃발로 응징해야 하는 일에 내가 못 나설 일이 없다고 생각했죠. 그러면서 그때 돌아가신 친할아버지가 옛날에 이곳 한국에서 공산당들과 싸웠던 캐나다 참전군인이었다는 것도 기억해 냈죠. 나쁜 놈들을 무찔러 버리는 데 내가 조그만 힘이라도 된다면 전쟁으로 1, 2년 사회에 나가는 과정이 좀 늦더라도 내 인생의 의미 있는 경험이 되리라 생각했었죠. 공무원인 아버지도 제 결정에 반대를 안 하셨죠. 어머니는 제 안전에 대한 걱정 때문에 반대 의사를 보이셨지만. 아무튼 당시 미국이나, 캐나다나 아랍 테러리스트 집단과 전쟁하는 것에 반대 여론은 심하지 않았었지요. 그런 분위기였어요. 그런데 정작 제가 군인이 되어 아프가니스탄에 가니까 제 판단이 잘못되었다는 것을 알게 되었지요."

우영이 말했다. "아프간 전쟁이 오래 지속이 되었고, 뿐만 아니라 이라크침공은 미국의 오판이었다는 것이 밝혀졌는데…"

"형, 저도 그 점을 참전 후 한참 만에 알게 되었고, 허탈해졌지요. 문제는 그것이 정치인들의 기만이었는데, 그 기만행위로 제 삶이 산산조각이

난 것이었어요. 저는 2002년에 전쟁에 자원한 후 몇 달간의 국내 훈련을 받게 되었는데 그때 한국에서 온 친구를 사귀게 되었어요. 나이는 저랑 동갑이었는데 이름이 토마스 킴이었는데, 자기의 한국 이름은 김명환이라고 제게 알려줬죠. 그는 영어를 완벽히 하지는 못해도 서로 소통하는 데 큰 문제는 없었어요. 가족이 한국에서의 경제위기로 생계가 막막해졌다고 저에게 말하더라고요. 나중에 제가 한국에 와서 보니까 1997년 외환위기로 여기 한국 사람들이 아이엠에프 위기라고 부르는 그런 상황이었던 것이었어요."

"토마스, 그러니까 톰의 아버지는 실직했고 어머니와 톰 그리고 두 동생을 데리고 캐나다로 이민하게 되었다고 합니다. 톰이 1998년에 캐나다로 올 때 가족이 갖고 있었던 돈은 불과 몇천 달러 정도였다고 하더군요. 톰은 당시 고등학교 1학년으로 편입이 되었어요. 원래는 고등학교 2학년이었는데, 영어 실력이 부족해 1학년부터 시작하게 되었지요. 그의 가족은 제 고향인 새스커툰과 그리 멀지 않은 캘거리에 정착했는데, 아버지는 슈퍼마켓에서 허드렛일, 어머니는 식당과 학교의 청소부를 번갈아 가면서 일하셨고, 두 동생 중 하나는 방과 후 아르바이트를 계속하였고, 갓 중학생인 막내만 혼자 집을 지키며 살았다고 하더라고요. 톰 자신은 공장에서 패키지를 나르는 일을 하며 학업을 이어 나갔다 하더군요. 톰은 어렵게 고등학교를 졸업 후 군대에 지원했다 합니다. 캐나다 군대는 군인들에게 봉급을 지급하는데 정규군의 경우, 봉급이 제법 높았어요. 톰은 기본복무기간인 7년을 채우면 연금을 받을 수 있다고 저에게 말하더군요. 그러면 그때 기술학교로 가서 엔지니어가 되는 것이 꿈이라고 말하더군요. 그때가 되면 자신이 장남으로서 부모님을 제대로 돌볼 수 있게 될 거라고 하면서 웃더군요."

"톰과 저는 그 군사훈련 때부터 실제로 아프가니스탄 전장에 투입될 때까지 계속 저와 같은 소대원으로 지냈어요. 우리 캐나다 군대의 규모가 작기도 했지만, 저와 톰은 아주 가깝게 지내게 됐지요. 그런데 톰이 저에게 묻더라고요. 자기는 생계를 위하여, 자기 가족을 위하여 캐나다 군대에 자원입대하여 직업군인이 되었기 때문에 이렇게 해외파병이 되는 것은 어쩔 수 없는 일이라 생각하고 다소 체념하고 있었는데, 나는 왜 가지 않아도 될 아프간 전쟁에 굳이 자원을 하게 되었는지 궁금해하더라고요. 그래서 제가 말해줬어요. '나는 나쁜 아랍 테러리스트들에 의해 희생된 사람들을 보복하기 위해서.'라고 말해줬어요. 톰은 웃으며, '크리스, 너는 순진하고 용감한 놈이야. 그래서 내가 너를 좋아하기도 하지만.' 하고 말하더군요. 결국은 톰의 말이 맞았죠. 저는 철없는 어린아이에 불과했으니까요. 아프가니스탄에 가기 전까지의 저의 모든 세계는 아주 좁은 제 고향 새스커툰을 중심으로 만 보였으니까요."

우영이 말했다. "그런데 톰 킴은 어떻게 됐어요?"

크리스의 표정이 갑자기 어두워졌다. "톰은 전사했어요."

"전사라니? 어떻게요?"

"톰과 저는 같은 소대원으로 아프간 전장에 투입된 지 반년 만에 전투부대로 배속이 되었어요. 밤에 전투가 벌어졌는데, 우리는 적의 수비 포스트를 공격하는 임무를 맡게 되었는데 산악지형이라 접근이 쉽지 않았고, 적들의 특성상 낮에는 그들이 잘 알고 있는 산악에서 은신하고 지내기 때문에 우리의 공격이 불가능했지요. 그들은 밤에 우리에게 반격하는 식의 전투가 전개된 것이었죠. 지루한 기다림 끝에 우리는 야간공격을 시작했지요. 깜깜한 어둠 속에서 우리는 조금씩 매복하며 올라가기를 반복하며 공격의 순간을 노리고 있었어요. 마침내 톰이 허리를 굽히며 총을 쏘려고 하는 순간 어디에서 날아오는 적들의 총에 맞았어요. 바로 제 옆에서 톰이 쓰러지는데, 머리 부분을 정통으로 맞아 피가 많이 났어요. 저는 그들 부축하려고 발길을 옮기다 큰 폭발음과 함께 쓰러져 버렸고 즉시 정신을 잃게 되었어요. 정신을 잃고 의식이 완전히 없어지기까지는 불과 몇 초간의 시간이었겠지만, 그 시간이 저에게는 한없이 길게 느껴지며, 아 나는 이렇게 죽게 되는구나 하는 생각이 들었죠. 그때 우리 쪽에서 포탄을 쏘는 소리가 나는 것 같았어요."

"제가 눈을 떠보니 몸을 움직일 수가 없었어요. 적들이 묻어 놓았던 지뢰를 밟았던 거예요. 지뢰가 터지는 방향과 제 발의 방향이 반대로 놓이는 바람에 저는 넘어졌지만 발을 절단할 정도로 크게 다치지는 않았다고 하더군요. 그래도 제 왼쪽 다리에 철심을 세 개를 박고 병원에서 6개월 정도 재활훈련을 하고 부상병으로 분류되어 아프간 전쟁에서 제외되어 캐나다로 이송되었어요. 캐나다에서도 또 5, 6개월을 치료해서 겨우 절뚝거리지 않고 걸을 수 있게 되었지요. 그런데 아프가니스탄과 캐나다에서 1년간 치료하는 동안 저는 완전히 다른 사람이 되었어요. 불면증과 공황장애 그리고 대인기피증 같은 증상이 나타나기 시작했어요. 사람들이 이를 피티에스디라고 부르더라고요."

"잠깐, 피티에스디가 뭔 뜻이에요?"

"아, 저도 그때 알게 됐는데, 영어로 포스트 트로매틱 스트레스 디스오더라고 제가 한국에 와서 한국어 번역을 찾아보니까 '외상후 스트레스 장애'라고 부르는 것을 알게 됐지요. 옛날 베트남전쟁 때 파병군들 사이에서 이 증상이 심하고 후유증도 오래가고 최악의 경우 자살까지도 하는 경우가 있었다고 하더군요. 제가 바로 그 증상에 걸렸던 것이죠."

"크리스, 아주 젊은 나이에 딱하게도... 지금은 그 병에서 좀 회복이 됐나요?"

"네, 완전히 회복된다는 것은 참 쉽지는 않은 것 같아요. 그래도 제가 한국에 와서 많이 좋아졌어요. 캐나다에서 한동안 저는 쓰레기 같은 존재라고 스스로 믿게 됐어요. 제 부모님과 제 여자친구가 한사코 저에게 그렇지 않다고 설득해도 소용이 없었어요. 병원에서 주는 약은 저를 더욱 약하게 만들었지요. 종일 몽롱한 상태에서 지내다, 밤에도 잠을 못 자고 잠시 잠이 들어도 항상 나이트 메어... 악몽에 시달리다 깨곤 했지요. 지옥이 따로 없었어요. 결국은 제 여자친구가 울면서 저에게 결별을 선언하더군요. 저도 제니... 제 여자친구 이름이었습니다, 제니를 위하여 헤어져 줘야 한다고 생각했어요. 결국 제니는 새스커툰에서 살 수가 없어서 토론토로 떠나갔지요. 저는 점점 톰 킴처럼 같이 거기서 죽었어야 했었다고 믿게 되었지요. 그래서 톰의 가족이 있는 캘거리로 가서 가족을 만날 수가 없었어요. 지금은 이를 무척 후회하지만, 당시에는 제가 스스로 견디기가 너무 힘들었지요. 꿈을 꾸면 톰이 나타나서 저에게 말을 하곤 했죠. '크리스, 잘 지내지? 보고 싶어. 크리스 나랑 같이 한국에 가보지 않을래? 내가 어렸을 때 살았던 고향 집이 보고 싶네.'라고요. 저는 저 혼자만 살아남았다는 것에 가책을 느꼈어요. 차라리 제가 죽고 톰이 살아남기를 간절히 바랐죠."

"그렇게 몇 달을 반쯤 죽은 사람처럼 지내고 있었는데, 제 고교 동창이 저를 병문안으로 찾아온 적이 있었어요. 자기 대학 동창이 한국에서 영어 원어민교사로 가 있는데, 저보고 의향이 있는지 물어보더라고요. 사실 캐나다에서 많은 젊은 친구들이 여행 삼아 한국에서 영어 가르치면서 돈도 벌고 경험을 쌓고 온다고 하더라고요. 결국 그 친구의 도움으로 외국인을 위한 영어 강사 교육 코스에 등록하고 이후 한국행 비행기에 올랐어요. 그때가 3년 전이었어요."

이윽고 우영이 물었다. "크리스, 나보다도 어린 나이에 참으로 힘든 인생의 경험을 했네요. 그리고 전사한 같은 젊은 한국 이민자 출신 군인의 이야기도 나를 슬프게 하네요. 나도 군대에서 힘든 경험이 있었지만, 나의 경우는 크리스가 겪었던 것과 비교도 될 수 없는 실제로 사람이 전쟁터에서 죽고 살고 하는 것과는 다른 훈련과정의 어려움이었어요. 크리스, 저를 여기까지 와서 만나고 싶었던 진짜 이유가 궁금하네요."

"아, 그것은 말씀드린 대로 형을 만나서 인사를 드리고 싶어서였지만,

형은 제가 속초의 중학교에 영어 선생으로 갔을 때 이미 유명한 분이시기 때문이었어요."

"잠깐, 내가 유명하다고요? 왜 그렇죠?"

크리스는 잠시 뜸을 들이다 말을 이어갔다. "형이 전에 우리 학교에서 수학 강사로 저처럼 임시교사로 계셨었는데, 그때 수학을 엄청 잘 가르쳤다는 것과 방학 때 학생들에게 무료로 수학 특강을 해줬다는 것이었어요. 그래서 형이 정식교사가 다시 학교로 와서 떠나게 됐을 때 학교에서 더 있어 달라는 것을 그렇게까지 하면서 학교에 남을 수는 없다고 했고 더군다나 자기의 일을 할 때가 됐다고 하시며 이곳으로 오시게 됐다는 거예요. 그래서 형이 유명해진 거래요. 저도 그 이야기를 듣고 형을 만나고 싶었고, 또 다른 이유는 바로 톰 때문이기도 해요. 톰은 어렸을 때 강원도에서 살았었대요. 강원도 철원, 양구, 원주 같은 곳에서 자랐다고 저에게 말해 주었어요. 톰의 아버지가 직업군인으로 하사관이었는데 주로 강원도 지역에서 근무하셨대요. 톰 자신도 철원에서 낳았다고 하더라고요."

"톰과 제가 아프가니스탄의 전선에서 한밤중에 둘이 부대의 보초를 서게 됐을 때 톰은 제게 자기의 고향 얘기, 어렸을 때 자랐던 강원도 얘기를 해주었어요. 산골에서 산과 들을 들짐승처럼 자유롭게 쏘다니며 지냈던 어린 시절 얘기, 강원도 깊은 산골의 추위와 눈 쌓인 겨울 산의 아름다움, 봄에 작은 학교에 가서 애들과 놀던 얘기. 여름에 아빠와 산 끝까

지 올라 바라다보이는 장엄한 풍경의 굽이진 산들의 모습 그리고 가을의
스산한 강가에서 낚시로 이름 없는 물고기들을 잡던 기억을 말해 주었어
요. 아버지가 제대하여 서울 변두리로 생활을 옮기기 전까지의 톰의 삶
을 얘기해 주었지요. 저는 저대로 제 고향 새스커툰에서 제가 살았던 얘
기를 해주었지요. 저는 주로 겨울의 추위, 스키 타던 일, 여름에 주변으
로 가족 캠핑 갔었던 일들을 얘기해 주었지요. 그렇게 서로 얘기를 하다
보면 아프간 산자락의 동쪽 끝에서 새벽이 서서히 밝아오는 것이었어요.
우리는 그렇게 아프가니스탄이라는 이질적인 공간에서 은연중 전쟁의
공포를 잊기 위해서 도란도란 얘기를 나누는 사이가 되었죠."

"하루는 밤에 톰이 한국노래를 저에게 나직이 불러 주었어요. 깊은 밤
의 적막을 깨고 나직이 부르는 그의 노래의 뜻은 제가 이해할 수는 없어
도 느린 곡조로 슬픈 듯 아름다운 선율이었어요. 톰은 노래를 잘 불렀고
아름다운 바리톤 같은 음색을 가졌어요. 저는 그의 노래를 듣자마자 황
홀감에 빠졌지요. 톰도 저도 고향을 그리고 있었고 무엇보다 죽음의 공
포에 시달리고 있었지요. 공포는 낮보다 밤에 더욱 심했는데 주변이 깊
은 어둠에 싸여 있다는 것 그리고 이것을 틈타 적들이 습격해 올지 모른
다는 극단의 공포가 우리들의 뼈를 뚫고 밤의 창백한 차가움과 함께 우
리들의 의식 속에 들어와 박혀 버리는 느낌이 되었죠. 그래서 톰의 노래
는 저의 가슴에 와 박혀 저를 녹여주었던 셈이었죠. 톰이 총에 맞던 전날
밤에도 그는 이 노래를 불렀죠. 톰의 노래가 아직도 제 가슴에, 제 기억
속에 생생히 박혀 있어요."

"그리고 제가 이곳 한국으로 오게 된 또 하나의 이유는 바로 제 할아버

지 때문이기도 합니다. 할아버지는 제가 어릴 때 돌아가셨지만, 할아버지는 한국전쟁의 참전용사이시기도 합니다. 제가 아프가니스탄에 파병됐던 것처럼, 할아버지도 캐나다군의 일원이셨습니다. 제가 한국에 영어 선생으로 가려는 이유는 탈출이었습니다. 제 친구가 저에게 한국에서 영어 강사의 일을 제안했을 때 그 친구는 저의 딱한 전쟁의 후유증을 회복할 수 있도록 외국이라는 새로운 환경에서 이를 극복해 보라는 격려의 뜻이 담겨 있었음을 저는 잘 알고 있었습니다. 그런데 막상 한국으로 간다고 생각하니까 톰 생각이 났습니다. 그리고 잊혔던 제 할아버지가 한국전쟁 때 참전하셨던 사실이 생각났습니다. 그리고 흥미롭게도 톰의 고향 근처의 지역에서 할아버지가 북한군과 맞서 싸웠다는 공통점이 있었습니다."

"그래서 제가 한국에 가면 강원도를 가보고 싶다고 생각했고 톰이 낳고 자라고 그전에 할아버지가 싸우셨던 지역을 가보고 싶었습니다. 그런데 제가 한국에 온 후 아직도 제대로 강원도로 가지 못했습니다. 영어 강사 자리는 서울 같은 대도시의 학원에 몰려 있더군요. 그동안 서울에서 일하고 이미 와있던 캐나다 강사들과 그리고 한국 사람들과 자연스럽게 사귀면서 바쁘게 지냈습니다. 서울 시내 강남에 있었던 학원에서는 숙소도 마련해 주고 제가 일한 것 대비 괜찮은 봉급도 주더군요. 학생들에게 제 나름으로 열심히 가르쳤습니다. 제가 나름 인기 강사가 비교적 빨리 되어 있더군요. 학원 측도 당연히 좋아하고 강의를 듣는 학생들도 저를 좋아하고 참 재미있게 지냈습니다. 물론 강남, 홍대, 명동 등 서울의 번화가와 유흥클럽들을 돌며 동료 캐나다인과 그리고 한국인 친구들과, 주로 젊은 여자들이었습니다만, 쏘다니며 술도 마시고 춤도 추고 웃고, 떠들며 정신없이 살았습니다. 그러다 보니 저의 정신질환이 많이 좋아졌습니다."

"캐나다의 소도시인 새스커툰은 저녁이 되면 도시가 닫힙니다. 그리고 겨울은 춥고 길어 사람들이 주로 실내에서 지내며 봄을 기다립니다. 그런데 서울에 와보니 완전히 다른 세계가 있었습니다. 그야말로 메트로폴리탄이었습니다. 새스커툰의 20만 명 정도 인구보다 50배 가까이 큰 천만 명이 사는 크고 복잡한 도시였습니다. 도시가 하루에 24시간 가동되며 오히려 밤이 되면 더 활기를 띠는 신기한 도시였습니다. 제 고향에서는 밤에는 아주 친한 친구 아니면 대부분 혼자 집에서 밤을 지냅니다. 아마도 이런 환경이 저의 전쟁 후유증상을 개선 시키는 데 도움이 안 되었을 것입니다. 한국에서는 친구와 동료들끼리 서로 잘 어울려 놀며 그것도 밤새 술 마시며 1차, 2차 가고 노래방에서 목청껏 소리 지르며 노래를 그것도 합창으로 부르는 모습을 보고 솔직히 처음에는 무섭게도 느껴졌지만 금방 동화될 수 있더군요. 그리고 한국인들은 비록 제가 영어학원의 강사이지만 선생님으로 깍듯이 대우해 주더라고요."

"한국의 오랜 전통으로 스승을 존중하는 문화 때문이라고 하더라고요. 제가 캐나다에 있었으면 이제는 아무도 지지하지 않는 아프가니스탄 전쟁에 참전하여 부상병으로 귀국하여 아무것도 못 하는, 이름 없는 노 바디로 취급되었을 거예요. 노 바디, 이름도 없고 존재가치도 없는 잉여 인간 말입니다. 그런데 이곳의 학생들은 그들이 대학생으로 유학을 준비하는 경우든, 취업 시험을 준비하는 경우든, 직장인으로 승진을 위한 것이든 아니면 그냥 영어에 관심이 있어 수강하는 경우든, 제가 선생인 한에는 저를 기본적으로 존중해주는 것이었어요. 제가 얼마나 기분이 우쭐해졌겠어요. 물론 나중에 더 한국에서 살아보니까 제가 젊은 백인 남자로 영어를 모국어로 하는 선진국 출신 선생이라는 점도 크게 작용했다는 것도 알게 되었지만, 한국인들의 선생님에 대한 사랑과 존경심은 꽤 오랫동안 간직되어온 관습이었음은 분명했습니다."

"그렇게 서울에서 한 1년 정도 신나게 지냈습니다. 학원에서 강의는 피곤했지만, 보람이 있었고 여기서 사귄 친구들과 밤새워 놀았습니다. 그러니 집에 오면 쓰러져 자기 바빴습니다. 한국에 오기 전에 삐쩍 말랐던 몸에 살이 올라오기도 하는 것이었습니다. 캐나다에서 먹었던 신경안정제, 우울증약 등을 완전히 끊게 된 것은 아니지만, 제 몸과 마음은 확실히 가벼워졌다는 느낌이 들었습니다."

"1년이 지나가면서 처음의 흥분된 상태의 삶이 조금씩 바뀌기 시작하더군요. 가르치는 일은 여전히 괜찮았으나 서울에서의 저의 삶의 패턴에 좀 스스로 불만족한 기분이 들기 시작했습니다. 스멀스멀 캐나다 생각, 아프가니스탄 생각이 제 마음에 올라오는 빈도와 시간이 늘어가는 저 자신을 발견하게 되었죠. 제 병이 다시 저에게 손짓하며 인사하는 기분 나쁜 분위기의 생활이 다시 시작되는 것이었어요. 가족 생각도 다시 나기 시작했고 어렸을 때 친구 생각도 나고, 헤어진 제니 생각도 나고 톰 킴 생각도 났죠. 서울에서의 생활이 항상 신날 수만은 없다는 것과 서울이라는 새로운 환경에 지난 1년간 제가 멋지게 적응, 아니 제가 멋지게 즐기게 된 것이지만, 뭔가 좀 미진한 도시의 삶도 동시에 느끼게 되었죠."

"그래서 서울이 아닌 한국의 다른 지방에서 일할 경험도 나쁘지 않겠다고 생각했는데, 영어 강사의 자리는 서울이 아니라도 부산, 대구, 광주 같은 큰 도시에만 생기더라고요. 그래서 전라도 광주로 내려가 또 1년을 지냈습니다. 거기서 제 증상은 크게 호전되지도 그렇다고 아주 나쁘지도 않은 상태로 유지는 되었는데 제가 시간이 날 때마다 거기서 사귄 한국 사람들과 주말에는 등산도 하고, 가까운 바다로 놀러 가고, 아주 한국적인 토속 음식도 맛보고, 그리고 무엇보다 들판을 혼자 걷는 것이 좋았습니다."

"서울과 광주에서의 경험을 살려, 마침내 중학교 영어 회화 선생 자리를 알아보던 중, 바로 속초의 중학교로 가게 되었고, 늦었지만 강원도 땅을 밟게 된 거죠. 할아버지와 톰의 기억이 스며 있는 곳 말입니다. 그리고 학교에서 형에 대한 얘기를 듣고 형을 만나야겠다고 생각했죠. 제가 여기에 오니까, 형은 이미 학교에서 유명한 선생님이셨더군요. 수학을 잘 가르쳤던 강사 선생님 이상의 평판이었어요. 형의 모든 비공식적인 강의, 즉 방과 후와 방학 때의 수학 특강을 모두 무료로 자비로 교재를 개발하여 가르친 사실을 말하는 것이었죠. 여기까지는 형도 아시는 내용인데, 형이 학교를 떠나서 여기로 오신 이후 어떻게 형이 알려지게 됐는지를 아시나요? 아마도 모르실 겁니다. 형이 학교를 떠나진 지도 이제 한 3년 가까이 되시나요? 그 사이에 형은 '칼국숫집 수학 선생님'이라는 수식어의 사나이가 되신 거예요."

"제가 '칼국숫집 수학 선생님'으로 불린다고요?"

"네, 형의 칼국숫집이 유명한 식당으로 이곳 사람에게 제법 알려지기 시작했다는 거예요. 그래서 저는 형의 칼국수를 먹고 싶었고, 형을 만나서 인사드리고 싶었고, 또 여기서 출발하여 철원, 양구, 원주 등지를 여행하려고 왔습니다. 학교가 여름방학이라 제가 이제는 강원도의 추억을 찾아가게 될 것 같아요."

"자신이 캐나다에서 아프가니스탄을 거쳐 한국까지 오게 된 사연을 들으니 그 짧은 시간 동안 많은 어려운 일들이 크리스에게 벌어졌고 그것을 극복하느라고 애쓴 모습이 그려지네요. 크리스, 언제나 마음이 나면 여기로 오세요."

"형, 그리고 저에게 말을 놓고 말씀하셔도 됩니다. 저는 형보다 나이가 어립니다."

"아, 그래도 저는 누구에게나 존댓말을 쓰고 살아왔어요. 그래서 이미 습관이 돼서 고칠 수가 없어요. 양해 바랄게요."

39

　정인은 한스 교수의 이메일을 받고 대월심 사장과의 일이 바쁘다는 핑계로 답장을 보내기를 차일피일 미루게 되었다. 벌써 한 달이 다 돼가고 있었다. 핑계는 마음의 핑계로 정인은 마음을 정할 수 없었다는 것이 사실에 가까웠다.

　어느 일요일 밤, 정인은 답장을 이렇게 썼다.

　"한스 교수님,

　보내주신 이메일에 제 답장이 늦게 된 것에 먼저 죄송하다는 말씀을 드립니다. 이곳에서의 제 삶이 바쁘다는 핑계도 있으나, 그보다 그동안 제 마음을 다잡을 수 없었기 때문입니다. 제가 말씀드렸던 대로, 저는 학교에 다닐 때 사회철학을 공부하여 학자가 되고 싶었습니다. 그리고 당연하게도 이 분야에서 학문이 발달한 독일로의 유학을 꿈꾸기도 했습니다.

교수님이 제가 좋아하는 공부를 중단하게 된 이유를 짐작하시기가 어려웠을 것입니다. 제가 제 입으로 당시 서울에서 그 말을 드릴 수 없었기 때문입니다. 제 학업의 중단이 오로지 경제적인 이유였다면, 저는 그리 실망하지 않았을 것입니다. 제가 대학교에 다닐 당시에는 한국은 유례없는 외환위기에 봉착해 있었습니다. 이 사태로 제 아버지의 조그만 사업은 부도가 났고, 아버지는 이후 병석에 눕게 되셨습니다. 어머니는 제가 중학교 때 돌아가셔서 제가 아버지를 돌보면서 학업을 했어야 하는 상황이 된 것이었습니다.

그래서 아버지의 약값을 위해, 저와 아버지가 살아가기 위해 그리고 가능하다면 저의 학업을 이어가기 위해 겨울방학 때 아르바이트를 시작했습니다. 그것이 바로 교수님의 책을 번역하는 일이었습니다. 근 두 달 반 동안의 한국의 긴 겨울방학 동안 저는 매일 번역일에 매달렸고, 이 일이 저에게 벅찬 과제임을 알고 있었지만, 해낼 수밖에 없었습니다. 그러나 아버지의 병환은 점점 더 나빠져 가고 계셨고, 저도 수많은 밤을 새우며 일하였던 관계로 몸이 많이 망가진 상태로 새봄을 맞게 되었습니다. 그때 제가 속해 있었고 또 간부로서 일하고 있었던 학교의 서클인 이름도 거창한 〈철학회〉에서 선배의 졸업식 송별 파티가 있었습니다.

아주 몸 상태가 나쁜 상태에서 학우들과 선배들과 마신 술로 저는 정신을 잃었습니다. 그때 졸업하는 남자 선배가 저를 여관에 데려가 저를 강제로 범하고 말았던 것입니다. 제가 스스로 방어할 수 없음을 알고 저지른 범행이었습니다.

결국은 아버지는 돌아가시고 저는 학교로 돌아갈 수 없었습니다. 교수님 말씀이 맞습니다. 경제적인 이유도 분명했습니다. 하지만 그보다 더 중요한 것은 제가 마치 아무 일도 없었던 양 학교로 돌아갈 수 없었습니다. 저는 아버지를 잃게 되는 것에 대한 슬픔과 회한에 싸였고, 무엇보다 저 자신에게 자책하고 있었습니다. 세상에서 제가 피해를 입었다는 것을 말할 수 없는 것이 한국의 실정이었습니다. 여자가 남자로부터 성적 공격을 받았다는 것이 여자의 문제로 귀결이 되는 사회였습니다. 저는 즉시 폐인처럼 되었습니다. 제가 몇 달간의 죽음을 넘나드는 방황 끝에 우연한 인연으로 저를 구해주신 분을 만났습니다. 저는 임신이 되었었고 병원에서 자연유산이 되었습니다. 아기는 죽고 저는 겨우 살아남았습니다. 세상을 저주하자, 나를 저주하자는 마음이 저를 떠나지 않았습니다. 저는 그 친언니 같은 분의 도움으로 이제까지 버티며 살아오고 있는 것입니다.

제가 교수님께 제가 이렇게 다시 떠올리기도 싫은 아픈 과거를 말씀드리는 이유는 교수님의 친절한 제안에도 불구하고 이를 거절하기 위해서입니다. 교수님의 고마운 저에 대한 배려를 제가 받아들이지 못함을 이해해 주시기를 바랄 뿐입니다. 제가 교수님의 도움으로 독일로 가면 아마도 다시는 한국을 못 올 것 같아서입니다.

제가 유학을 가서 학위를 받고 학자가 되어 높은 수준의 지성으로 철학을 이해하는 그리고 그것을 남에게 가르치는 일에 대한 꿈은 매력적인 일임에는 틀림이 없습니다. 그러나 저는 학문을 하는 대신 저의 삶을 찾아야 한다고 생각합니다. 다시 말해 저는 이제 학문을 할 자세와 준비가 되어 있지 않다는 것입니다. 책을 다시 읽고, 생각하고, 글을 쓰는 일을 할 것입니다. 독일로 반드시 가야 공부가 된다는 것이 아니라는 뜻입니다. 독일이든 어느 곳이든 공부를 할 수 있는 마음이 중요하다는 뜻입니다.

제가 사회로 일찍 나와서 일을 하면서의 경험도 중요했다고 생각합니다. 저의 경험은 한국에서 여자들이 경험해서는 안 되는 일에 가깝습니다. 매일 돈 많은 남자들을 한국식 살롱에서 접대하고 지내는 것이 어떠한 일인지 상상하기가 힘드실지 모릅니다. 저는 이 일을 하면서 저를 계속 싫어했고, 몸과 마음도 지쳤지만, 한 가지 그래도 말씀드리고 싶은 것은 타락하지는 않았다는 것입니다.

그래서 저는 저를 망가트린 한국에서 계속 살아야 한다고 생각합니다. 비록 한국은 저를 쓰러트렸지만, 저는 여기서 다시 살아야 한다고 생각합니다. 독일로의 도피는 저에게 어울리지 않는다고 생각합니다. 한 가지 확신은 제가 어린 대학생 시절 꿈꿨던 학자로의 길은 제가 어떤 형태로든 현실에 적응하여 기존 질서에 가담하려는 꿈이었다는 것이었습니다. 저는 이제는 제 꿈의 방향이 바뀌었습니다. 그 방향의 구체적인 물증은 저는 아직도 스스로 찾지 못했습니다만, 이제는 제가 제 삶을 보다 능동적으로 살아야 한다는 자각입니다. 그리고 이 땅에서 돌아가신 부모님과 함께 살아야겠다는 생각입니다. 부모님은 한국전쟁 때 고아가 되신 분들입니다. 이 세상에 제 부모님의 외로운 넋을 돌봐드릴 사람은 저뿐이라는 알고 있기 때문입니다.

교수님을 서울에서 조우할 줄은 꿈에도 생각하지 못했으나, 그 만남과 대화 그리고 보내주신 서한으로 인해 저를 다시 냉정하게 쳐다보게끔 기회를 주신 교수님께 진정으로 감사의 말씀을 드립니다.

서울에서

정인."

이 글을 쓰다가 지우고 또 쓰고 하는 동안 밤의 시간이 많이 흘러갔다. 마침내 완성된 글을 보내고 정인은 조용히 침실로 갔다. 오랜만에 깊은 잠에 빠졌다.

40

아버지는 시간이 덧없이 빨리 흘러가는 것 같이 느껴졌다. 우영이 자신의 품으로 다시 돌아온 지도 벌써 몇 년이 흘러갔다. 아버지 자신에게는 이제껏 느끼지 못했던 행복한 시간이었는지도 모른다고 자신에게 수없이 물으며 살아왔다. 그것은 우영이 자신 곁을 지키고 있었기 때문이다. 우영이 대학 진학을 위해 서울로 가고 군대를 다녀오고 하는 시간은 아버지에게는 말할 수 없는 외로움의 고통의 시간이었다.

나는 우영에게 나의 둥지를 떠나 살 기회를 주었다. 그 기회도 사실은 다분히 그가 스스로 만들어 낸 것이지만. 우영은 이를 거부했을 따름이었다. 만약에 우영이 다른 모든 젊은이처럼 서울 같은 대도시에서 정착하고 거기서 나와 같이 도시적 삶을 살고자 했다면, 나는 아마도 거부했을 것 같다. 나는 이제 내 인생의 마지막 여정이 될 이곳에서 생을 마감하리라고 굳게 생각하였기 때문이다. 나는 여기서 내가 해야만 할 일이 있다.

우영이 떠나고 무력감으로 나날을 지내던 중 나는 생각했다. 우영을 위해 그리고 무엇보다도 아직도 못 찾은 동생을 위해 그리고 잊을 수 없는 아버지, 어머니 그리고 큰누이를 위해 내가 이제 마지막으로 해야 할 일을 하자고 다짐했다. 그리고 어찌 우영의 어머니를 잊을 수 있을까. 나의 인생의 종착역에 다가가는 이 시점에 나는 무언가를 해야 했다.

이곳 척박한 땅에 정착한 이유는 사람들에게서 떨어져 살고 싶었기 때문이었다. 사람 냄새가 나지 않는 곳에서 살고 싶었다. 내 삶의 막바지로 향하는 시점에 이제는 나의 삶을 살아도 되지 않을까 하는 작은 소망이 찬 겨울의 얼어붙은 땅에서 푸르스름한 새싹을 기대하는 마음가짐처럼 피어났다. 내 오랜 삶의 과정에서 사람들과 부대낌 같은 것에서 해방되고 싶었다.

우영이 진정으로 나와 살겠다는 것이 확인된 이상 더 이상 늦추고 싶지 않았다. 칼국수 가게는 이제 우영의 도움으로 정상적으로 돌아가고, 텃밭의 농사일도 이제는 마을 사람들의 도움으로 상당히 안정되었다. 재배작물을 마을에서 자급자족하는 목적이 달성됐을 뿐만 아니라 매해 나오는 잉여 작물은 우영의 도움으로 제값을 받고 있었으며 수익금은 차곡 차곡 온 동네 사람들의 이름으로 모였다. 나는 나의 몫과 칼국수 가게의 수입을 합쳐 텃밭 옆의 땅을 살 것이다. 이 땅 또한 지금까지 버려진 땅이나 마찬가지였다. 이 땅을 사서 나는 집을 지을 것이다. 돌아가신 아버지, 어머니, 큰누나 그리고 아직도 살아 있을 것만 같은 동생 그리고 나의 아내를 위하여 집을 지을 것이다. 그리고 이 집은 내가 죽으면 우영이 이어서 살게 될 것 아닌가?

  아버지는 집을 짓는 책들을 보며 스스로 집을 짓기 시작하였다. 건축을 위한 자재는 주위에 있는 나무, 돌, 흙들을 활용하고 나머지 자재들은 구매하는 것으로 하여, 우영이 자재를 구하고 나르는 힘든 일을 도왔다.

  우영은 아버지의 집을 짓는 프로젝트가 무모한 일임을 아버지가 처음에 자신에게 말씀하신 순간에 알았다. 그러나 이 일을 말리면 안 되겠다고 결심했다. 이 집을 지어도 살 사람이 없는 것을 아버지도 알고 있으면서도 집을 지으시겠다는 것은 아버지 자신 영혼의 위안을 위해서일 것으로 생각하였기 때문이다. 아버지는 이제 일흔 중반의 노인이 되셨고, 기력도 옛날만 못하고, 어렸을 때부터 노동으로 고생한 몸은 이곳저곳이 망가져 있었다. 등이 굽기 시작하셨고, 어깨와 허리의 근육통은 이제 만성이 되었다. 걷는 걸음도 현격히 느려지고 말소리도 작아졌고 식사량도 줄어들었다. 이러한 아버지의 늙음은 시간의 흐름을 거스를 수 없는 자연스러운 변화이지만, 우영은 서글퍼졌다. 그래서 아버지를 말리지 않기로 했다.

그해 봄에 시작한 건축일이 시간이 흘러 거의 1년이 지나가게 되었다. 여름의 장마, 초가을의 태풍 그리고 강원도의 살벌한 겨울 추위와 폭설 때에는 공사를 할 수가 없었다. 공사 경험이 전혀 없는 두 사람의 작업은 건설을 지연시키는 또 하나의 중요한 이유가 되었다.

아버지의 집짓기 프로젝트는 결국 공사를 시작한 지 1년을 훌쩍 넘어 다음해 초여름으로 접어들 무렵이 돼서야 끝을 보게 되었다. 그사이 아버지는 훌쩍 더 몇 년은 더 늙으신 것 같았다. 얼굴의 구릿빛은 더 검게 되었고, 이마의 주름은 더 팼다. 머리는 이제는 거의 완전한 백발로 되셨다. 우영은 아버지가 이 일에 얼마나 매진하셨는지 새삼스레 느껴졌다. 마을 사람들을 모시고 집의 완공을 자축하는 잔치를 벌였다. 잔치래야 막걸리와 돼지 삼겹살 같은 소박한 대접이었지만 사람들이 진심으로 같이 즐거워해 주었다.

우영이 아버지에게 물었다. "아버지, 마침내 집이 다 지어졌는데, 어떠세요?"

"나는 이제 좀 마음의 빚을 좀 덜게 된 것 같아. 우영아 네가 없었으면 엄두도 못 낼 일이었어. 나는 이제야 얘기지만, 네가 이곳 고향을 떠나서 서울로 올라가 살기를 바라기도 했었지. 다른 젊은이들처럼. 그러나 한편 네가 다시 돌아오기를 기다렸는지도 몰라. 이렇게 네가 집을 지어 줬잖아?"

"아니에요, 아버지. 아버지가 지으셨지요. 제가 오히려 더 많이 도와드리지 못했잖아요."

"아니, 그게 아니란다. 네가 이 아비의 무모한 도전을 이해해서 가능했다는 뜻이다. 만약에 네가 반대했다면, 나는 그만둘 생각이었어. 알지 우영아, 이 아비는 네가 싫어하는 것을 한 번도 강요한 적이 없잖아? 아, 예외는 네가 서울로 대학교 가는 일이 있었기는 했네..."

"아버지가 이렇게 기뻐하시니 저도 좋은데, 이 일로 아버지 몸이 많이 상하신 것 같아요. 당분간 좀 쉬시는 게 좋을 것 같아요. 제가 속초로 가서 몸보신용으로 한약을 지어다 드려야 할 것 같아요."

"고맙다. 우영아, 그보다 나 때문에 네가 하고 싶은 일을 못 해서 좀 미안하다."

"아니에요. 저는 여기서 아버지와 살아야겠다는 생각을 사실은 오래전부터 해왔어요. 제가 서울로 올라가 학교에 다니고 또 군대 다녀오니까, 그럴수록 아버지와 같이 살아야겠다는 생각이 더 들게 되었어요."

"우영아, 이제 너도 네 일을 하고 또 결혼도 해야 하는데, 여기는 젊은 처자들은 눈 씻고 찾아도 없는 곳이야. 이제 나는 내 이기심으로 내가 짓고 싶었던 집을 지었으니 나는 거기서 기거해도 되고, 가게 일은 슬슬 하면서 용돈이나 벌면서 내 힘자라는 만큼만 하면 된다. 그리고 우리 마을의 공동 농사일도 이제는 큰 문제 없이 스스로 잘 진행이 되고 있지 않니? 그러니 우영아, 이제는 네가 나 때문에 너 스스로 희생하지는 말아라. 진심이다. 이 아비의 이기심으로 너의 발목을 잡고 싶지 않아, 우영아."

"아버지, 제가 아버지와 살기 위한 것도 당연히 있지만, 저도 저 스스로 하고 싶은 것을 찾아온 거예요. 서울에서는 아주 다르게 살아야 해요. 그래서 저답게 살기 위해서 온 거예요. 저는 제가 하고 싶은 일을 꼭 찾아낼 겁니다. 아버지 집 짓는 일을 미력하게나마 도운 것도 제가 하고 싶은 일 중의 하나였으니까요."

"우영아, 이 아비가 할 말이 없다. 어떻게 내가 너의 마음을 이해할 수 있을지 모르겠다."

41

　정인은 다시 대월심을 평창동 저택에서 만났다. 이번에는 저녁 늦게 만났다. 대월심은 정인에게 오상배에 대한 진전된 정보를 알려왔다. 상배는 마침내 대월심이 운영하는 룸살롱에 나타났는데 놀랍게도 이근용과 같이 왔다는 것이다. 이 사실은 1주일 전쯤의 일이었다. 대월심은 그들의 방에서의 대화를 몰래 녹음했다. 대월심은 아예 방에다 도청 장치를 미리 해놓았던 것이었다. 그들은 저녁 식사 후 술을 마시기 위해 왔던 것이었다. 대월심은 자기 집에서 혼자서 그들의 대화를 정밀 분석했다고 했다. 그런데 두 가지 이상한 점이 발견되었다는 것이었다. 첫째로는 이 술자리가 이근용에 의해 마련되었고 술값도 그가 치렀다는 점이었다. 손위 동서인 이근용이 술을 살 수 있는 것은 그럴 수도 있다손 치더라도 구

태여 둘 사이에 서울에서 가장 술값이 비싼 대월심의 가게로까지 와서 같이 은밀하게 술을 마신다는 것 자체가 좀 부자연스럽다는 것이었다. 그런데 그들의 대화 내용을 보면 이근용이 오상배에게 돈을 요구하는 듯한 내용이 담겨 있다는 점이 발견되었다. 가령 이근용이 "오 회장, 정치하는데 가장 어려운 점은 역시 돈이야.", "다음 국회의원 선거에 오 회장이 같은 집안사람이니까 어떤 역할을 해주었으면 하네.", "점점 정치하기가 어렵네, 어려울수록 같이 도울 수 있는 길을 찾아야 하지 않겠나?" 같은 말을 하였고, 이에 대해 오상배는 묵묵부답이거나 시원치 않은 반응을 보였다는 점이다.

또 하나 이상한 점은 이근용이 오상배에게 최근에 득남한 것을 축하하는 말을 했을 때의 반응이었다. 오상배는 이렇게 대답했다. "아들을 낳았지만, 아들을 얻은 것 같지 않습니다." 이근용의 "아들을 낳은 것이 기쁘지 않은가?"의 말에 오상배는 "아, 오랫동안 기다렸던 아들이지만, 막상 얻으니 좀 덤덤하기도 하고 생각보다 기쁘지는 않네요."라는 대답 그리고 이근용의 "그동안 오래 기다렸던 아들이고 더군다나 제수씨가 미국까지 가서 어렵게 낳은 자식 아닌가?"의 반응에 오상배는 대답하지 않았다는 점이었다. 오상배의 자식으로 그룹의 후계자로 키울 아들에 대한 반응으로는 이상한 점이었다.

대월심은 그들의 대화 녹음을 수차례나 듣기를 반복하며 예리한 구석을 찾아냈다는 것이다. 오늘 정인을 부른 것은 녹음을 같이 들으면서 자기 생각에 대한 의견을 듣기 위함이었다. 대월심의 결론은 이근용이 오상배의 득남을 축하해준다는 명목으로 초대했지만, 사실은 자신의 정치자금을 요구하는 것을 위한 것으로 활용이 됐고 오상배는 아마도 아내와의 관계가 정상인 것은 아닌 것 같다는 의심이 든다는 것이었다. 정인도 이 의견에 동의했다.

기업인들이 정치인들에게 자금을 대는 일은 어제오늘의 일이 아니었기에 놀랄 일도 아니었지만 오상배가 알아서 이근용에게 자금을 지원하는 것이 아니라 이근용이 요구하는 것과 오상배의 미지근한 반응도 놀라운 점이었다는 점인데, 같은 동서지간임에도 그 둘 사이는 별로 가까워 보이지 않았다는 것. 문제는 정확한 이유를 알 수 없다는 것이지만 아마도 오상배는 결국 돈을 내놓을 것이라는 점. 이점에 대월심과 정인의 생각이 일치했다. 오상배의 득남과 아내인 백영란과의 사이가 어떠한 것인지에 대해서는 둘 다 알 수 없다는 반응이었다. 이점은 앞으로 좀 더 파악해야 할 내용이 되었다. 마지막으로 둘은 이근용과 오상배와의 사이의 어떠한 거래의 정황이 파악되면 모종의 제삼자에게 제보할 것이라는 것에 동의했다. 특히 대월심은 그동안 쌓아왔던 이근용에 대한 파일을 활용할 계획임을 정인에게 말해줬다.

정인은 대월심에게 오상배와 이근용이 서로 얽혀 있는 고리에서 그들의 부정과 비리가 있다면 그것이 적발되어 정의의 심판을 받게 된다면 이에 자신이 할 수 있는 모든 도움을 언니에게 드리겠다고 다시 한번 말했다. 그리고 덧붙이기를 자신이 앞으로 언니의 도움으로만 살아갈 수는 없고, 언젠가는 독립해야 하지 않겠냐는 생각을 내비쳤다. 언니 대월심이 말했다.

"정인아, 나는 네가 내 옆에 언제나 있어도 돼. 아니 나는 사실 네가 내 옆에 있어 주었으면 해. 간절한 바람이기도 해. 너는 나에게 동생 같은 존재야."

"제가 언니와 지금까지 살면서 알게 된 것은 만약 그때 제가 이 세상에서 사라졌다면 제 아버지와 어머니가 하늘에서 저를 보고 무척 슬퍼하셨을 거라는 것이었어요. 그분들이 저보다 먼저 돌아가셔서 저만 남은 고아 같은 존재가 아니었습니다. 그분들도 전쟁고아로 살아오셨습니다. 그리고 저를 얻으셨지요. 그런 제가 스스로 목숨을 끊어야겠다는 생각은 저의 순진한, 철없는 오만이었어요. 저는 아버지를 마지막 순간까지 지키지를 못하고 보내드렸다는 것에 한없는 죄를 지었다는 생각이었지만, 하늘에 계신 아버지는 제가 나름대로 최선을 다했다는 것을 알고 기뻐하셨을 걸로 생각하게 되었어요. 언니와 험한 세상의 꼴을 경험하면서 학교의 좁은 테두리 안에서 책으로만 경험했던 제 모습은 아주 작은 존재였을 뿐이라는 것을 알게 된 것이죠."

"언니가 원하시는 한, 저는 앞으로도 언니 곁에 계속 있을 겁니다. 그리고 제가 언니의 도움으로 오상배에게 복수라는 것을 할 수 있다면 저는 한없이 기쁠 겁니다. 언니는 저의 언니이고, 스승이고, 어머니 같은 존재이기 때문입니다."

대월심이 말했다. "정인아, 나는 네가 독립적으로 살겠다는 이 말에 한 없이 기쁘다. 나는 네가 하는 모든 말에 동의한다. 나는 전에도 말했듯 이, 나는 이승과 저승의 한계점에서 떠도는 중생들을 위한 존재로 거듭 났다. 나는 보살계를 받고 나 자신의 깨달음을 잠시 접고 중생들의 구제 를 위한 삶을 사는 중간자의 존재로 여기 지금 있는 것이야. 그런 의미에 서 나는 나의 최선을 다하고자 할 뿐이야."

42

　상배는 생각했던 것보다 두 동생의 요구가 강하고 빠르게 자신에게 전달된 것에 불쾌해졌고 동시에 당황했다. 남동생은 노골적으로 형의 독단에 항의하고 나섰다. 상배는 동생이 회사의 경영은 고사하고 회사에 관심도 없는 것으로 알고 있었는데 그게 아니었다. 결혼 후 태도가 달라진 것이다. 결혼 전에 노는 것만 좋아하던 동생의 모습은 온데간데없었다. 상배가 동생에게 계열사의 임원 자리를 만들어 준 것은 그야말로 만들어 준 것 이상이 아니라고 여겼는데 동생은 직책을 맡자마자 회사의 주인행세를 하며 경영에 적극적으로 참여했다. 회사 경영진도 당황했다. 그저 높은 연봉만 받아 가는 직책이 아니었고 경영진을 다그치는 모습이 제법 매서웠다. 결혼한 여동생에게도 또 다른 계열사의 직책을 주었지만, 남편을 통해 경영에 관여하고 있었다. 동생들의 회사경영 참여는 그렇다 해도 상배에게 그들의 지분을 집요하고 요란하게 요구하기 시작했다.

상배를 그룹의 제2의 창업자로 새로운 도약의 주인공으로 미화시키려는 홍보실의 전략에 정면으로 반발하고 나섰다. 두 동생은 연합하여 홍보실에서 내놓는 보도자료를 반박하는 입장을 기자들에게 밝혔다. 기자들은 값비싼 저녁 식사와 몇 푼의 교통비 정도만 제공해주면 그들이 미리 만들어온 기사를 토씨 하나 틀리지 않고 그대로 기사로 내보냈다. 동생들은 삼 형제가 똑같은 비율로 지주회사의 지분을 배분하는 것과 이미 장남인 상배가 그룹 회장으로 스스로 올라섰으니 이참에 동생들에게 계열사를 나눠줄 것을 요구했다. 동생들은 상배가 그들의 몫에 대한 상배의 무관심이 너무 지나치다고 했고 상배에게 수차 이 문제에 대한 입장을 요구하였으나 상배는 신통한 대답을 내놓지 않고 있었다. 그런데 상배에게서 느닷없이 득남의 소식이 들려오는 것이었다. 동생들은 이제 더이상 참을 수 없다고 결론을 내고 형에게 최후의 통첩 같은 내용을 전달하게 된 것이다.

상배는 상배대로 동생들에게 불만이 있었다. 아버지에게서 물려받은 회사들을 짧은 시간 내에 덩치를 키운 것은 오로지 자신의 노력과 능력 때문이었는데 동생들은 아무것도 안 하다가 회사가 그룹 규모로 커지니까 욕심이 생긴 것이다. 그룹의 규모가 상배가 회장으로 취임 후 새로운 계열사 숫자는 두 배로 늘었고 매출 규모는 그보다 훨씬 더 늘었다. 신산업의 조류를 누구보다도 빨리 파악하고 행동으로 옮긴 것은 자신이었다.

누가 무어라 해도 숨길 수 없는 사실이 아닌가? 동생들이 지주회사를 만들어 그들의 지분을 요구하는 것은 아무리 형제사이라도 너무한 것 아닌가? 동생들이 자신의 경영성과를 깎아내리는 노골적인 적대적 태도는 이해할 수 없는 수준을 넘어 가문의 명예를 더럽히는 배신행위 같은 것이었다. 자신이 그들을 용서할 수 있을까 자문해 봤다.

그런 데다 이근용이라는 정치인은 다가오는 총선을 앞두고 정치자금을 집요하게 요구하고 있다. 나는 정치인들은 하이에나 같은 냄새 나는 곳을 집요하게 빨아먹는 짐승과 같은 존재라고 여겨왔다. 이근용도 당연히 예외는 아니다. 과거 학생 운동권 출신으로 이 하이에나 근성은 다른 기성 정치인들보다 더하면 더했지 결코 모자람이 없었다. 상배는 이근용의 선거에서의 승리의 가능성을 그리 높게 보지는 않았다. 그러나 돈은 줄 것이다. 그가 당선되면 다행이고 낙선돼도 할 말이 없어야 했다. 더군다나 최근 회사의 급성장으로 자금의 수요가 많아 다소 유동성이 빡빡해진 것도 신경이 쓰였다.

아내 영란과는 사실상 이혼 상태가 되었다. 그야말로 쇼윈도 부부 사이가 된 것이다. 아이는 집에서 보모가 키웠고 영란은 다시 학교로 출근했다. 상배는 밤에 집에 돌아와도 2층의 방에서 혼자 잤다. 아침을 영란과 같이하는 일도 많지 않았는데, 같이 식사 자리에 마주 앉았어도 서로 별말이 없이 식사만 했다. 의례적인 말로 서로 대했다. 상배는 생각해 보았다. 어쩌다가 나는 영란과 멀어졌을까? 영란이 아이를 못 갖는 것 때문일까? 결코 그것만이 이유가 되진 않았다. 요즘 세상에 아이를 못 낳는다고 여자가 이혼당하는 경우는 없다. 가정법원에 남자가 이혼을 요구해도 이 이유 하나만으로 이혼을 허가해 주지는 않을 것이다. 결론은 명확했다. 상배도 영란도 서로 사랑해서 결혼한 것이 아니었기 때문이었다. 여기에 아이가 없다는 것은 그들 사이를 더 멀게 했을 뿐이었다. 영란의 귀여운 모습에 자신은 잠시 호감이 생겼지만, 시간이 지나가면서, 특히 결혼 후에는 이 모습은 없어지고 점점 학교 도덕 선생 같은 딱딱한 생활 태도, 유머 감각이 없는 융통성 없는 모습을 보여 주는 것이었다. 그리고 자기 의견이 강한 것에 상배는 정나미가 떨어짐을 느꼈다. 백 대법관의 엄격한 집안 분위기 속에서 자란 탓인지 혹은 대학교 교수라는 직함이 주는 권위 같은 것이 몸에 배 있어서 그런 것인지 가늠이 안 되었다. 한마디로 남자의 눈에는 여자로서 매력이 없었다.

상배는 문득 정인을 떠올리게 되었다. 상배는 정인의 맑은 눈과 생기 넘치는 미소, 재치 있는 리더십, 순발력, 이성과 감성을 조화롭게 그리고 자유롭게 발산하는 에너지에서 풍기는 매력에 매료되었었다. 그 옛날의 정인이 느닷없이 상배의 머리에 떠오르는 것을 의식하고 스스로 당황하고 있었다. 정인이 지금 어떻게 되었을까 궁금해졌으나 동시에 정인을 잊어야 한다고 생각했다. 가슴이 아파져 왔다. 만약 영란이 이혼을 요구해 온다면 들어줄 것이다. 그러나 지금은 아니다. 적어도 내 피의 반은 들어간 아이가 어느 정도 클 때까지, 내 기업이 현재 성장을 거듭하여 향후 탄탄한 기반이 확충될 때까지는 자신은 백 대법관 가문과의 연을 끊을 수 없다는 것을 잘 알고 있었다. 물론 동생들과 기업 지분 다툼에도 장인의 역할이 필요했다.

43

이근용은 국회의원 선거에서 승리했다. 그는 어느새 오랜 기성품 같
은 모습의 정치인으로 변모했다. 이번의 승리로 그는 3선의 국회의원이
되면서 자기 당의 중진의 대열에 합류하게 되었다. 그러나 그것은 사실
은 씁쓸한 승리에 불과했다. 그는 줄곧 자기 소속당의 지역적 근거지에
서만 출마하여 당선되었고 이번 선거에서는 질 수도 있다는 전망도 있었
다. 결과는 그가 상대방 후보보다 불과 0.5% 표 차이로 승리하여 사실상
의 패배였다는 분석이 나왔다. 선거일 막판에 그의 지역 민심에 호소하
는 전략이 판을 뒤집은 것으로 나왔다. 그는 당선되었으나 모양이 아주
좋지 않은 모습으로 되었는데 여기에 부정선거의 의혹이 제기되자 신경
질적 반응을 보였다.

대월심의 실망은 컸다. 대월심은 상대방 후보를 지지하고 있었기 때문이다. 그냥 정신적인 지지가 아니라 물질적인 지지였기 때문이다. 선거 자금을 끌어다 주었을 뿐만 아니라 대월심 자신의 자금도 들어갔다. 이근용의 승리는 대월심 전략의 실패를 의미했다. 이근용을 낙선시키고, 그를 사법의 심판대로 불러내 오는 것이 그다음의 순서였다. 대월심이 그동안 모아둔 증거는 충분했다. 건설업자를 비롯한 여러 업체로부터의 이권 청탁에 의한 자금 수수, 지역유지에게 공공사업에 대한 편의 제공 및 대가 수수의 의혹이 파악되었고, 이후 언론과 제삼자에 의한 고발 조치가 다음 수순이었다. 문제는 경찰과 검찰이 이근용에 대한 수사를 진행할 것인가에 대한 의문이었다. 그가 낙선되었다면 이는 가능했을 것이다. 국회의원이라는 직위를 통한 보호막이 사라지게 되기 때문이었다. 낙선된 전 국회의원에 대한 당 차원에서의 보호는 기대할 수 없기 때문이었다.

　그러나 그는 이제 어엿한 3선의 중진 국회의원이 되었다. 그에 대한 고발이 이루어진다 해도 경찰과 검찰은 이 사안을 아주 정치적으로 다룰 것이기 때문이었다. 대월심은 고발 조처에 대한 결심에 대해 고민하던 중, 뜻밖의 나쁜 소식을 접했다. 송인영 사장의 회사에 대한 세무조사가 시작되었다는 뉴스였다. 송 사장은 대월심의 사업을 도와줬을 뿐만 아니라 룸살롱에 직접 찾아와서 매상도 올려주는 그야말로 대월심의 표현대로 "귀한 손님" 이상의 존재였다. 송 사장은 이번 선거에도 그와 친근한 인사들의 출마를 음으로 돕고 있었을 것이다. 정권교체가 무엇을 의미하는지를 보여 주는 하나의 사례라고 대월심은 해석하였다. 대월심은 고민에 빠지게 되었다.

 일단 이근용에 대한 의혹을 터트렸다. 다른 대안은 생각할 수 없었다. 언론의 반응은 생각보다 미지근했다. 예상은 했으나 실망적이었다. 검찰의 반응도 신중한 입장이었다. 의례적인 조사와 당사자들 소환이 아주 더디게 진행되었다. 대월심은 송 사장을 도와야 하나 도우려고 하면 할수록 자신과 송 사장과의 특수관계가 노출될 수 있다는 것을 의식했다. 진퇴양난 같은 상황이 되었다. 세무 쪽 정보통을 활용하여 조사의 강도와 최종적인 의도를 알려고 하면 할수록 자신도 노출될 수밖에 없는 노릇이었다. 문제는 송 사장처럼 잘 드러나지 않고 조용히 도와주는 사람이 조사 대상에 올랐다는 것이다. 고민 끝에 대월심은 인내하고 일단 상황을 지켜보는 것으로 마음을 먹었다.

 마침내 이근용을 고발할 수 있었다는 사실에 만족해야 했다. 실로 지난 수년간 기다려왔던 일이 아닌가? 그런데 대월심의 마음은 편하지 않았다. 충주에 계신 스님을 찾아갔다. 스님이 말했다.

 "대월심, 자네가 한 인간으로서, 한 여인으로서 오래전의 연인을 고발하는 것이 어찌 기쁘겠는가? 당연히 그렇지 않지. 그러나 자네가 우리 공동체의 일원으로 부정을 저지른 자를 응징하겠다는 것은 또 다른 자네 일세. 사적인 인간으로서의 자네와 공적인 인간으로서의 자네일세. 그래서 두 가지의 마음이 항상 있는 것이지. 자네는 공적인 임무로서 그를 고발한 것이야. 자네가 보살이 되어 계율을 지키며 살아야 하는 삶은 공적인 자네가 되어야 한다는 것이지. 하물며 일개 보통 시민들도 부정을 고발해야 하는 것인데 말일세. 나와 여기 절에 있는 스님들이 산골에서 절을 짓고, 공양으로 밥해 먹고, 불경과 계율을 따르는 삶은 사바세계의 복잡한 양상과는 사뭇 다르지. 그러므로, 여기 스님들은 죄를 지을 경우가 드물다네. 그래서 여기서 있는 것이야. 나는 자네를 처음 볼 때부터 자네의 용맹함을 보았네. 자네같이 용기 있는 사람은 사회로 나아가야 하네. 거기서 자비를 베풀고 불의를 응징해야 하네. 우리 불교는 이미 오래전부터 종교의 사회성을 망각하고 산속에 안주하고 있었네. 자네는 나보다도 나은 불자임을 명심하게."

대월심이 주지 스님을 뵙고 서울로 올라오자 새로운 소식이 들려왔다. 송인영 사장이 구속되었다는 소식이었다. 비자금 조성 및 불법 선거자금 제공의 혐의였다. 그동안 애태우며 사태를 관망하던 대월심에게 송 사장의 구속은 심적인 타격이 되었다. 드러나지 않는 힘이 자신을 향해 압박해 오고 있다는 느낌을 지울 수 없었다. 대월심과 송 사장이 서로 정치적으로 가까운 사이라는 것은 많은 사람에게 알려지지는 않았다는 것이 위안이 되지는 못하였다. 대월심은 과거 운동권 시절에 익힌 숨어들기를 해야 할 것으로 판단했다. 자신이 그동안 구축했던 정보의 인맥을 가동하여 상황을 판단해야 할 때가 전혀 아닌 것으로 보았다. 정보를 물어다 주는 인맥들은 사실상 많은 부분 대월심과 정치적으로 견해가 다른 경우였기에, 특히 고급의 정보를 알려주는 사람들은 실제로는 자신이 젊었을 때 타도해야 한다고 믿었던 부류에 속해 있었기 때문에 대월심은 긴장하며 어떠한 반응도 자제해야 한다고 생각했다. 자신은 이러한 상황에 몰릴 수도 있다고 지금까지 생각해 왔지만, 막상 닥치니 당황스러운 것을 감출 수 없었다.

정인이 연락해 왔다. 정인이 참석했던 리셉션에서 우연히 오상배의 가족에 관한 얘기를 들었다고 했다. 옆자리에 앉았던 어떤 참석자가 오상배가 동생들과 회사분할에 대한 불화를 겪고 있다는 것이라는 것과 그의 회사들이 급격한 성장으로 인한 성장통을 앓고 있다는 소식도 들었다 했다. 대월심은 놀라워하지 않았다. 오히려 오상배가 이근용에게 제공한, 아마도 불법으로 제공할 수밖에 없었을 이번 총선의 정치자금을 추적할 수 없는 자신의 무능을 탓하고 있었다. 이것은 공권력만이 할 수 있는 영역인 것을 알고는 있었지만, 어쩔 수 없는 것이었다. 그 둘은 서로가 특수관계이므로 더더욱 조심했을 것이다. 난공불락처럼 느껴졌다.

정인은 대월심에게 이제 총선도 끝났으니, 이제는 독립하여 언니를 떠나겠다고 말하였다. 언니와의 일은 인제 그만두고 쉬면서 무엇을 할 것인지를 차차 생각해 보겠다고 했다. 물론, 언니와 완전히 결별하는 것은 아니고, 언니와 일로는 헤어지지만 앞으로 언제나 언니와 함께하겠다고 했다. 대월심은 말없이 고개를 끄덕거려 주었다. 정인이 대월심의 집에서 나오니 밤이 깊은 시간이 되었다. 하늘에 떠 있는 달은 둥그런 모습이었으나 어쩐지 처량하다는 느낌을 받았다. 정인은 조용히 걸어 내려오면서 대월심의 저택을 뒤돌아봤다. 넓은 집 2층의 한쪽만 불빛이 켜져 있었고 주위는 아무도 없이 어둠에 깔려 스산한 느낌이었다.

44

  아버지는 날로 쇠약해 갔다. 손수 지은 새집에서 혼자 기거하는 일이
많아졌다. 칼국수 가게나 밭농사 일을 나오지 못하는 날이 늘어만 갔다.
나이가 듦에 따른 육체의 쇠약함이야 어쩔 수 없다고 해도, 마음의 기력
도 급격하게 약해졌다. 기억력의 순간적 상실이 치매 초기와 비슷한 증
상으로 의심되었다. 우영은 아버지를 모시고 서울의 종합병원으로 갔다.
진단은 우려했던 대로 치매로 진단이 되었다. 아버지도 정신이 드셨을
때는 자신이 환자라는 것을 인식하셨지만 그렇지 않을 때는 기억력을 거
의 완전히 상실해 가시는 모습을 보여 주었다. 남아 있는 기억은 아버지
의 어릴 때의 것만으로 남게 되었다.
  서글픈 것은 우영이 자신의 유일한 혈육이라는 것을 점점 잊어가고 있

는 것이었다. 우영은 아버지에게 아들인 적도 있었고 아닌 적도 있게 되었는데 아닌 것의 빈도가 점점 더 심해지는 것이었다. 낮에는 마을의 어르신들이 교대로 아버지의 새집을 지켜주셨다. 아버지의 새집이 나중에는 마을 어른들의 놀이터같이 되었다. 우영의 고마운 마음은 이루 말할 수도 없을 지경이 되었다. 밤에는 우영이 아버지와 같이 지냈다. 같이 저녁을 먹고 같이 얘기하고 같이 티브이를 보고 같이 잤다.

크리스가 오랜만에 우영을 찾아왔다. 젊은 여자와 같이 왔다. 속초에서 알게 되어 사귄 여자친구라고 우영에게 소개했다. 크리스는 많이 나아지기는 했지만, 아직은 그의 증상에 대한 처방 약의 투여가 필요한 때가 있다고 했다. 속초의 병원에 들렀을 때 간호사를 알게 되어 사귀게 되었다고 했다. 크리스는 웃으며 자신이 간호사가 되기를 원했었고, 캐나다에서 여자친구도 간호사가 되려고 같은 학교에 다녔던 것처럼, 한국에서도 간호사를 여자친구로 사귀게 된 것은 우연이 아닌 것 같다고 했다. 우영은 환자를 돌보는 것이 직업인 간호사로서 그들이 증상을 서로 보듬어주며 사랑하는 것이 오히려 당연하다는 생각이 들었다. 크리스는 여자친구가 속초가 고향인 시골 출신인 것이 좋았다고도 했다. 서울에서 만난 젊은 여자들과는 다른 친밀함이 좋았다고 했다. 자기 고향 새스커툰 같은 분위기의 여자여서 좋았다고 했다. 우영은 그 둘에게 정겨운 웃음을 지어주었다.

크리스가 다시 속초의 중학교에 내려가서 선생님들께 우영의 소식을 전했다. 그곳 선생님들은 우영이 다시 학교로 와서 학생들에게 수학을 정식으로 가르치는 일을 해주기를 원하고 있었다. 아팠던 정식교사는 끝내 병이 호전이 안 되어 퇴직하셨다고 했다. 그런데 크리스가 전하는 우영의 상황은 다시 학교로 가기가 어려울지 모른다는 것이었다. 우영의 아프신 아버지 돌봄, 칼국숫집 일, 밭농사 뒷관리만 하더라도 하루가 훌쩍 지나간다고 전했다. 학교 선생님들의 우영이 다시 학교로 왔으면 하는 기대가 컸다면, 학부모들은 기대가 아닌 열망 같은 것이 되었다. 과거 우영의 열정적인 가르침과 무엇보다도 수험생들에게 짧은 시간 동안 성적 향상을 보여 주었던 기억이 생생히 남아 있었기 때문이었다.

학교 교감 선생님과 학부모 대표 두 분이 우영을 찾아왔다. 그들이 직접 우영의 사정을 확인하기 위해서였다. 결론은 우영이 다시 학교로 가는 것은 무리지만, 우영이 최소한 방학 동안만이라도 특강 형태로 학생들을 가르쳤으면 한다. 이것은 두 분의 학부모 대표의 간곡한 요청사항이 되었다. 우영이 아버지 병간호로 속초로 매일 내려올 수 없다면, 우영의 집 근처의 최근 폐교가 된 조그만 초등학교 자리를 수리하여 줄 수 있다고 제안했다. 그리고 우영에게는 섭섭지 않게 사례를 할 것이라고 덧붙였다. 우영은 방학 동안 특강을 맡는 것에 동의했고 폐교를 활용해 강의를 할 수 있게 해주는 것에 감사했다. 그러나 사례는 거절했다.

대신에 가을에 마을 작물을 학부모들이 사주는 것으로 역제안했다. 우영은 이런 식으로 하면 작물의 가격이 중간도매상을 거치지 않게 되므로 싸져서 그들에게 이익이 될 것이라고 설명해 줬다. 그들은 흔쾌히 동의해 주었다. 이렇게 하여 우영의 새로운 프로젝트가 시작되었다. 낡은 학교 건물을 수리하고, 학생들을 모집하고, 학생들을 수송할 조그만 버스를 대여하고 하는 준비기간이 끝나고 여름방학에 맞춰 우영의 강의가 시작되었다. 이 소식을 들은 음식 솜씨 좋은 할머니 몇 분이 우영의 칼국숫집 일손을 돕는 일에 자발적으로 나섰다. 할아버지들은 새로운 작물을 개발하는 일을 시작하게 되었다. 사람들은 우영의 인품을 이제는 너무나 잘 알고 있었기에 학생들을 위해 바쁜 시간을 쪼개 무료로 수학 강의를 하는 우영이라는 아들뻘 되는 젊은이에 대한 경외심 비슷한 마음이 들게 되었다.

그러는 사이 크리스는 결혼했다. 크리스는 한국과의 인연이 자신의 혼인으로까지 연결이 되었다고 우영에게 말했다. 할아버지의 한국전쟁 참전, 톰 김과의 전장에서의 우정과 죽음, 한국에서의 자신의 전쟁 후유증의 힐링 과정 그리고 한국 여자와의 결혼. 이 모든 것이 예정되었던 것 같다고 말했다. 특히 강원도는 자신의 캐나다 고향과 비슷한 점이 많아서 정이 간다고도 했다. 이제 한국 국적을 취득하여 한국에서 영주하겠다고 그의 결심을 말했다. 캐나다에서 아프가니스탄 전쟁에 자원하느라고 중단되었던 간호사 자격증 취득을 한국에서 하여 병원에 취직하겠다고 했다. 그러면서 자신이 한국 최초의 외국인 간호사 그것도 남자 간호사일 거라고 웃음을 지어주었다. 크리스는 우영에게 자신이 방학 때 우영의 일을 도울 일이 있으면 기꺼이 그러겠다고 다짐하듯 말했다. 그러면서 말없이 자신의 가치를 실천에 옮기는 우영을 자기보다 나이 많은 보통의 형님이 아닌 훌륭한 사람으로서 좋아한다고 말했다. 우영은 크리스에게 동생이 되어주어서 고맙다고 대답했다.

우영이 방학 동안 정신없이 바쁜 일정을 보내고 가을로 돌아온 시점에 거의 동시에 최혜영과 허문희에게서 연락이 왔다. 최혜영은 다음과 같은 이메일을 보내왔다.

"우영 씨,

참으로 오랜만입니다. 저는 서울로 다시 돌아왔습니다. 결국은 학교로 다시 온 것이지요. 당연히 우영 씨가 그동안 졸업을 했을 것이므로 학교에서 다시 못 뵐 것이라고 알고는 있었으나, 막상 학교에 혼자 있으니 쓸쓸한 마음이 들었고 우영 씨를 보고도 싶었습니다. 또 서울이 아니면 다른 곳에서 무엇을 하시면서 사는지도 궁금해졌습니다.

제가 그때 다시 베이징으로 돌아간 것은 마지막으로 저와 제 남자친구와의 벌어질 틈을 메우고 결혼하고자 하는 결심 때문이었습니다. 그와의 결혼을 위해 제 학문을 포기했습니다. 베이징에서도 학교에 다니지 않았습니다. 제 남자친구와 결혼 후 2년 만에 딸을 낳았습니다. 아이는 지금 벌써 다섯 살이 되었고 그사이 저는 남편과 이혼했습니다. 이유는 간단했습니다. 제가 저의 첫사랑과 결혼하는 것 그리고 그의 성공을 위해서 여자인 제가 희생을 해줄 수도 있다는 결심 때문이었는데, 이 결심이 결국에는 무너진 것이었습니다.

남편은 돈을 좇아갔고, 그다음 권력을 좇아갔고, 그다음 여자들을 좇아갔고 그리고 공산당으로 귀의했습니다. 보통 중국 남자들의 야망을 그대로 이뤄낸 일종의 성공한 젊은 기업인의 표상같이 되었습니다. 저는 제 남편이 좇아간 그 모든 것 중에 하나만은 아니기를 바랐습니다. 그것이 돈을 좇았다면, 권력은 아니던가, 권력을 좇았다면 여자는 아니던가, 공산당이었다면 돈은 아니던가 그중에 하나만은 지켜주기를 바랐습니다. 저의 순진한 마음에서 그랬는지 모릅니다. 이 모든 것 중에 하나라도 없으면 남편은 사회에서 도태된다고 강박적으로 생각했는지도 모릅니다. 아니면 이 모든 것들은 서로 하나처럼 움직일 수밖에 없는 현실인지도 모릅니다. 저는 그의 아내였으나 이름뿐이었습니다.

저는 이혼을 요구했고 그는 예상했던 일처럼 순순히 응해 줬습니다. 딸은 베이징에 두고 다시 한국으로 왔습니다. 제가 원했던 공부를 다시 할 수 있어 기뻤습니다. 중단되었던 논문은 이미 써서 석사학위를 받고 이제는 박사과정에 있습니다. 제가 학교 도서관에 갈 때마다 우영 씨 생각을 합니다. 순수하고 맑은 청년이었던 우영 씨를 기억하면서 말이죠. 그때처럼 우영 씨와 커피를 같이 마시면서 많은 말을 나눴던 것이 기쁜 추억이 되었네요.
우영 씨, 언젠가 다시 커피를 같이 나눌 기회를 기다리며,

서울에서 최혜영 올림.”

우영은 이메일을 보자마자 답장을 다음과 같이 보냈다.

“최혜영 씨,

혜영 씨 이메일을 받고 보니 그동안 시간이 빨리 흘러간 것을 느낄 수 있습니다. 저는 대학 졸업 후 이곳 고향으로 내려와서 지금껏 살고 있습니다. 제 고향은 강원도 속초인데 거기서 북쪽에 있는 마을에 정착했습니다. 아버지와 제가 어렸을 때 속초를 떠나 정착했던 곳입니다. 이곳은 그야말로 한적한 강원도 마을입니다. 서쪽으로 낮은 산을 끼고 동쪽으로는 동해를 마주 바라보는 조그만 마을입니다. 아버지가 이곳으로 오셔서 조그만 칼국숫집을 시작하셨고 저는 어려서부터 아버지 일을 도왔습니다. 여기서 아버지가 노는 땅을 사셔서 마을 사람들과 공동 운영으로 작물을 재배, 판매하고 있습니다. 제가 그 일도 돕고 있고, 제가 졸업 후 잠시 학교에서 임시 수학 선생으로 근무했었던 인연으로 방학 중에는 속초와 인근 지역의 중학생들을 위한 수학캠프를 운영하고 있습니다.

혜영 씨 소식이 그동안 궁금했었는데, 저를 잊지 않고 소식을 전해 주셔서 고마운 마음이지만 그동안 베이징에서 혜영 씨가 개인적으로 많은 마음의 아픔을 겪으셨을 것으로 이해가 됐습니다. 그리고 무엇보다 공부하고 싶은 분야, 쓰고 싶으신 논문을 다시 시작하신 것에 축하를 드립니다. 다시 한국에서 이제부터는 자유롭게 공부에 매진하실 수 있게 된 것이 다행이라고 생각합니다.

이곳에서의 저의 생활이 무척 바쁩니다. 졸업 후 아버지를 모시고 서울에 병원으로 간 것 외에는 서울에 간 적이 없을 정도입니다. 혜영 씨언제고 시간이 되시면 이곳 제 고향을 방문하여 주십시오. 서울과 달리화려함은 없어도 제가 우리 집 칼국수를 대접하고, 이곳 저의 사는 모습을 보여 드리고 또 동해의 바닷가의 멋진 풍광을 보여 드리고 싶습니다. 그리고 물론 혜영 씨와 오랜만에 커피도 그리고 소주도 같이하며 지난날의 우의를 새롭게 하고 싶습니다.

혜영 씨의 답장을 기대하며,

김우영 올림."

또한 우영이 받은 허문희의 이메일은 다음과 같았다.

"김우영 선생님,

제가 우영 씨라 호칭하지 않고 선생님이라고 부르게 됩니다. 이 편지를 쓸까 다소 망설여지기도 했습니다. 선생님과 속초에서 같이 근무했었던 짧았던 시간 이후 많은 시간이 흘러가기도 했고 저도 많이 변했기도 했습니다.

저는 제가 목표했던 대로 기술직 공무원이 되어서, 지금은 대전에서 근무하고 있습니다. 결혼도 하여 남편은 같은 대전에 있는 연구기관에서 근무하고 있습니다. 이제 세 살이 된 아들도 낳았습니다. 조그만 아파트도 장만하여 제가 이루고 싶었던 소시민의 삶을 사는 것 같습니다.

제가 남편에게 가끔 선생님에 대해 얘기를 해주기도 했습니다. 남편이 저와 동갑이니까 선생님에게는 나이상 후배가 되는 셈인데 언젠가 한 번 선생님을 뵙고 싶다고 하더군요. 제가 그 이유를 물으니, 요즘 같은 세상에 선생님 같은 사람도 있는지 신기해하면서 언제 가족여행으로 속초로 갔다 오고 싶어 하더라구요.

선생님이 아직 고향에 계시리라 생각하면서 이 이메일을 쓰고 있습니다. 제가 선생님과 같이 근무할 때 속초를 싫어했었던 기억에 대해 후회하고 있습니다. 그때 제가 속초를 싫어해서가 아니라 저 자신이 초라한 모습이라고 착각했었던 것 같습니다. 서울에서 밀려 내려왔다고 여겼던 것이었습니다. 세상을 살다 보니까 인간이 어떤 고정된 틀에서만 살 수 없다는 것을 깨닫게 되었고, 당시에 제가 선생님을 좋아하면서도 저의 목표에 선생님을 맞추도록 요구하는 어찌 보면 어린아이 같은 막무가내 행동이었습니다.

이곳 대전에서 평범한 삶을 살면서 이 평범함을 이루기 위해 제가 얼마나 그동안 평범함을 거부했는지... 그 거부도 평범하다는 테두리 내에서의 안간힘이었던 것을. 다시 말하면 이 세상이 한 인간이 평범하게 되기에도 너무나 많은 조건을 내걸고 있는지도 모른다는 생각입니다.

문희 올림.”

우영은 허문희의 이메일을 읽고 엷은 미소를 지었다. 우영은 짧은 답장을 썼다.

"허문희 씨,

저를 잊지 않고 소식을 주셔서 참으로 고맙게 생각합니다. 네, 저는 이곳 고향을 지키고 있습니다. 시골 농부와 같은 삶을 살고 있죠. 덧붙여, 제가 시간이 나는 대로 학생들에게 수학 강의를 하고 있습니다. 여기에 가족과 오시면 누추하지만, 우리 집에서 하루 이틀 묵으시면서 지내셔도 됩니다. 다만, 이곳이 관광지가 아니라 제가 선뜻 말씀드리기가 좀 그렇긴 합니다. 여기 마을을 구경하시고 인근 지역을 둘러보시고 하실 수도 있을 것 같습니다. 문희 씨 남편분하고는 막걸리 한 사발 같이하면 좋을 것 같습니다.

문희 씨는 자신이 이제 '평범한 삶'을 살고 있다고 말씀하시는 것 같으나, 사실은 모든 삶은 평범한 것에서부터 평범하지 않은 뜻을 찾으려는 과정을 요구하고 있는지도 모릅니다. 그런 의미에서 문희 씨나 저나 자기 나름대로 평범한 삶의 방식을 추구하고 있다고 생각합니다.

김우영 올림."

우영은 생각했다. 최혜영은 자유와 독립을 위해 고귀한 고독이라는 가치를 얻었고 허문희는 평범함의 익명성을 통한 행복을 얻었으리라. 캐나다 동생이 된 크리스는 죽음의 우연성을 통해 삶의 위안이라는 방식을 터득하지 않았을까. 지금 나는 무엇을 얻고 무엇을 터득하고 있는가? 우영은 자신에게 묻고 있었다.

45

　정인은 더 이상 업소의 여인도 아니고 정체가 불분명한 프리랜서 통역사나 파티 걸이 아니게 되었다. 대월심 사장 정확하게는 정현주 언니의 그늘에서 벗어나게 된 것이다. 현주 언니와의 오랜 인연의 시간 동안 정인은 서울 강남에 아파트를 샀고 이제는 은행 계좌에 넉넉한 잔고를 가지게 되었다. 그러나 자신의 정신적 황폐함은 지속이 되었고 이제는 삶에 붙어 있는 오랜 병처럼, 오랜 친구처럼 되어 있었다.

　정인의 고교 때 친구로 정인의 불행을 알고 감싸주었던 순영도 그사이 결혼하여 같이 못 만난 지도 오래되었다. 대학교 때의 친구들은 이제 까마득한 기억으로만 남았다. 아버지와 어머니의 친척들도 당연히 없었다.

그 대신 이제는 자신을 스쳐 지나간 무수한 손님들 그리고 높으신 양반들의 면면이 보다 생생하게 의식에 남게 되었다.

혼자 여행하는 동안 아무 생각을 안 하고 아무 데나 가고 싶었다. 전국 이곳저곳을 유랑하듯 다녔다. 비행기를 타고, 기차를 타고, 버스를 타고, 택시를 타고 또 많이 걷기를 했다. 산도 보고, 강도 보고, 바다도 보고, 섬에도 가보고, 들도 보고, 다른 도시들도 보고, 유적지도 가보고, 둘레길도 걸어보고, 이름 없는 길들도 한없이 걸어보고 하였다. 그러다가 문득 가고 싶은 곳이 생각나면 충동적으로 그곳으로 갔다. 이렇게 여행을 하고 집으로 와서 쉬고 또 가고 하는 생활이 반복되었다. 이러한 반복은 해외여행 때도 마찬가지였다. 여행의 피곤함을 귀국하여 집에서 쉬면서 씻어내면 또 여행이 그리워지는 식이 되었다.

여행 동안 가끔 대월심 현주 언니와 연락하였다. 언니가 잘 지내는지 걱정이 되었다. 언니의 전화로 들려오는 목소리는 전과 다름없이 씩씩하게 들렸다. 점잖은 손님은 결국 기소가 되었고 1심 재판에서 징역 1년 6개월에 집행유예 3년의 중형을 선고받았고 항소를 포기하면서 석방이 되었다고 전해 줬다. 언니가 이 소식을 전할 때의 목소리에는 힘이 빠진 듯했다. 이근용 의원에 대한 검찰의 수사가 아직도 답보 상태라고 할 때는 목소리가 가라앉았다. 오상배에 대한 소식으로는 그의 회사들이 과거의 급성장을 멈추고 좀 상황이 나쁘다는 것 그리고 형제들과의 회사 상속과 소유권에 대한 다툼은 각자 지분정리를 하여 회사를 독립 분할하는 것으로 마무리가 되었다고 하며, 오상배는 부친이 설립한 회사의 지분과

부속 회사들 그리고 자신이 설립한 회사들을 가져가게 되었다고 전해 줬다.

그런데 오상배가 새로 설립한 회사들의 부실 위험이 커서 오히려 형제들 간의 소유권 다툼에는 긍정적으로 작용이 된 것 같다고 했다. 왜냐하면 동생들이 부실한 회사들을 끌어안을 이유가 없었기 때문이었다. 마지막으로 상배는 아내 영란과 이혼할지도 모른다는 소문을 들었다는 것인데 그 정확한 이유는 알 수 없으나 흔한 '성격상의 차이' 같은 것으로 여의도 증권가 찌라시에서 전하고 있다는 것이었다. 현주 언니는 정인에게 자신은 지금 잘 견디고 있다고 말해줬다. 정인은 이럴 때 자신이 언니 곁에 없어서 죄송하다고 대답했다.

여행할 때가 아니면 정인은 집에 혼자 틀어박혀서 책을 읽었다. 실로 오랜만이었다. 학교를 떠난 후 독서다운 독서를 못 했었다. 과거에는 전공에 관련된 것과 철학 서적들을 읽었는데 지금은 한국 역사, 아시아 역사, 환경 관련 책, 그리고 신간 소설을 읽었다. 며칠씩 집에 틀어박혀 책을 읽기도 했다. 미친 듯이 책을 읽으면 약간 몸이 탈진되는 느낌이었으나 기분은 나쁘지 않았다. 과거 〈철학회〉 시절의 독서 습관이 아직도 남아 있다는 것이 신기하게 느껴졌다. 책을 읽는 동안은 몰입이 되어 잡념이 없어지는 것이었으며 혼자 있는 시간이 과거보다 덜 고통스럽게 느껴지기도 했다. 이러한 상황은 다소 호사스러운 것이라고도 느꼈다. 이제는 누구에게도 얽매이지 않고 나의 시간을 갖게 되었다는 것은 아주 조그만 것이기는 하지만 행복감 같은 것을 가져다주었다.

여행하지 않거나 책을 읽지 않을 때는 혼자 집을 나와서 거리를 다니기도 했다. 항상 짙은 선글라스를 썼다. 누구에게도 자신을 알리고 싶지 않았다. 한강 변 산책길을 걷고, 공원을 배회하고 서울에 있는 고궁들을 찾아서 걸었다. 그러다 지치면 혼자 식당에 들어가 밥을 먹었다. 그리고 집에 돌아왔다. 피곤한 몸을 이끌고 잠을 청하기도 했다. 그러나 불면의 밤이 되는 때도 있었다. 정인은 이제는 그러려니 하고 지냈다. 자신이 불의의 피해를 받고 고통을 잊기 위해 술로써 자신의 몸과 마음을 학대하였던 때가 생각났다. 몸은 아직도 그것의 트라우마에서 벗어나지 못한 듯했다. 몸이 기억하고 있었고 나의 이 몸은 내 마음의 노예처럼 반응하는 것이라고 느꼈다. 일을 그만두고 걱정했었다. 다시 그때처럼 술을 마시게 될까 하는 불안감이 있었다. 다행히 그러한 증상은 없었다. 그만큼 나아진 것인가? 술을 마시는 대신 여행하게 된 것은 그나마 다행이라고 생각했다.

현주 언니로 인해 마지막에 불타올랐던 오상배에 대한 복수의 마음은 긴 여행 동안 사그라들었다. 그를 잊어야 했다. 그래야 내가 살 것 같았다. 그에 대한 보복 같은 것에는 나는 관심도 없다. 대월심 현주 언니의 경우와 나는 같으면서도 다르다. 언니처럼 나는 투쟁심이 없다. 오상배의 기업이 잘되든 말든 나와는 상관이 없다. 그가 동생들과 불화이든 아니든 나와는 상관이 없다. 그가 영란 언니와 이혼하든 말든 나와는 별개의 문제이다. 단지 영란 언니가 불행하다면 마음이 아플 뿐이다. 그러나 이것도 언니 삶의 몫이 아니던가.

오상배가 내 앞에 나타나서 무릎을 꿇고 사과하며 용서해 달라고 하는 상황은 결코 오지 않을 것임을 알고 있기에 그를 잊어버려야 한다. 그는 충동적인 행동으로 저지른 큰 실수였다고 말하고 싶었을지도 모른다. 젊은 남자의 술기운에 의한 실수였다고 말하고 싶었을지도 모른다. 내가 책임을 지겠다고 말하고 싶었을지도 모른다. 그러나 그것은 위선이다. 모든 다른 남자들이 충동적인 행동을 하지 않는다. 젊음의 실수였다고 하는 것은 피해자에 대한 모독이다. 더더군다나 인간의 이성과 지혜를 탐구하는 〈철학회〉 회장으로서 모임에서 가장 선배였고 남자들이 흔히 말하는 군대를 다녀와서 성숙해졌다고 하는 남자 선배의 모습은 전혀 아니었다.

나는 오상배의 소재를 알고 그가 어떻게 살고 있는지를 최소한 그의 공식적인 행동을 통해 알 수 있다. 그는 이제 한국 사회에서 나도 알 수 있는 위치의 기업인이 되었다. 그러나 나는 결코 그를 만나지 않을 것이다. 이제 나는 그가 스스로 속으로 그의 과오를 반성하고 살기를 바라지도 않는다. 나의 그러한 바람은 아무 의미가 없기 때문이다. 그가 나에게 준 큰 상처는 내가 끌어안고 살아가게 될 것이다. 그래서 그를 한시바삐 잊어야 한다. 더 이상 오상배같은 과거가 나를 붙잡아 둘 수 없다는 생각 뿐이다.

46

오상배의 기업들은 어려운 지경에 이르렀다. 특히 그가 새로 만든 기업들이 과거 몇 년간의 높은 성장세를 멈추고 하강의 길을 걷기 시작했기 때문이다. 신사업의 특성상 초기 단계의 성공이 지속되다가 성장의 엔진이 꺼지는 본보기처럼 되었다. 이른바 기업의 거품이 꺼지기 시작했다는 뜻이다. 자금난을 해소하기 위해서 기존의 기업이 도와주어야 할 상황이 되었고 이것이 지속이 될 때 같이 죽게 되는 것을 의미하므로 오상배는 부실기업들을 헐값에 매각하거나 문을 닫게 하는 결정을 내려야 했다.

결국은 그가 귀국 후 야심 차게 진행했던 기업의 몸 불리기 프로젝트는 실패로 끝이 나게 되었다. 부친이 남겨준 기업을 겨우 지켜내는 정도로 되었다. 오상배는 결심했다. 앞으로 새로운 기회를 반드시 찾을 것이라고. 자신이 구긴 최고경영자로서의 체면과 명성을 다시 찾고야 말겠다는 결심이었다. 그러기 위해서는 아내인 백영란과 이혼은 할 수가 없었다. 백씨 가문의 보이지 않는 영향력이 살아 있기 때문이었다. 장인을 비롯한 백씨 가문의 법조 인맥의 도움을 그동안 얼마나 많이 받아왔는지 자신이 잘 알고 있었기 때문이다. 내가 이를 스스로 없앨 정도로 어리석지 않다고 스스로 다짐했다. 외국의 투자자들도 아직은 내 편이다. 그들은 돈 냄새를 맡으면 전 세계 어디든 찾아 나설 위인들임을 잘 알고 있다. 무에서 유를 창조하는 비즈니스에 대한 수완은 나만큼 좋은 사람은 없다는 자부심이 남아 있다는 것을 위안으로 삼았다. 나는 그들의 돈을 이용하면 되는 것이다.

동생들과의 지루했던 상속 문제와 기업분할 문제도 해결이 된 만큼 이제는 그야말로 나만을 위해 다시 기업을 만들어 갈 수 있다고도 생각했다. 차라리 잘 되었다. 유망기업들을 동생들에게 내준 것은 아쉽게 되었지만 어쩔 수 없었다. 나는 다시 뛸 준비가 되어 있다. 그리고 아직 젊다. 다른 재벌 2세, 3세들과는 달리 나는 그들보다 근면하고, 경험이 많고 무엇보다 머리가 좋다. 세상은 변하는 것이고 이것은 나에게 언제나 새로운 기회를 제공해 줄 것임을 안다. 남들보다 한 발짝 앞서, 남들보다 보다 더 과감하게, 남들보다 더 많은 정보를 가지고 뛸 것이다. 내가 새로 세웠던 기업들이 쓰러져 가는 아픔을 통해 나는 배웠다. 그래서 나는 이것을 만회하기 위해 전보다 더 잘할 수 있다. 좀 더 노련해지고, 좀 더 치밀해지고, 좀 더 시장과 정세를 잘 보고 일을 해야 할 것이라고 다짐하는 것이었다. 최소한 동생들보다 기업을 더 크게 키워야 형으로서의 체면이 살지 않겠는가?

우여곡절 끝에 얻은 아들도 이제 벌써 세 살이 되었다. 그동안 아이에게 직접 음식을 먹이지도 않고, 기저귀 한번 갈아주지도 않고 모든 것을 유모에게 맡겨두고 관심조차 보이지 않은 아내를 용서하고 싶은 마음이 없었다. 아무리 자기 자식이 아니라 해도 아이는 아이 아닌가. 백영란은 아이에게 눈길도 잘 주지를 않았고 웃어 보여 주지도 않았다. 그저 제삼자처럼 멀뚱히 바라다보기만 했다. 백영란이 유일하게 지은 웃음은 아이와 아버지와 자신이 함께 찍은 아이 첫돌 때의 가족사진에서뿐이었다. 오상배는 백영란을 증오하기 시작했다.

오상배가 백영란을 증오하면 할수록 이혼을 할 수가 없었다. 백영란은 아직 정식으로 이혼을 요구하지 않았다. 다행이었다. 장인 때문에 백영란은 참고 있는 것이다. 앞으로도 백영란은 공식적으로 오상태와의 혼인 관계를 유지할 수밖에 없다는 것을 잘 알고 있었다. 이혼은 양가 모두에게 불명예로 비칠 것이기 때문이었다. 또 만에 하나 이혼을 하게 되는 경우, 자신에게 닥칠 위험성을 의식하고 있었다. 특히 자신이 이혼을 요구하는 일은 없을 것이다. 한때 잘못 생각해서 백영란이 이혼을 요구하면 들어줄 것이라고 쿨하게 생각했었다. 내가 이혼을 요구해서 이혼이 성립되면 그 사유가 낱낱이 장인에게 알려지게 될 것이며, 이혼에 따른 위자료로 엄청나게 뜯기게 될 것이 뻔했다. 장인은 딸에게 가장 유리한 조건으로 이혼 조건과 위자료를 받아낼 능력이 있는 사람이기 때문이다. 나는 이 경우를 견딜 수 없다. 고액의 위자료를 받아낼 목적으로 내가 편법으로 내 아들을 만들어 냈다는 사실로 위협을 해 올지도 모른다. 이것은 가장 나쁜 시나리오가 된다. 내가 백영란과 헤어지고, 막대한 위자료를 주고, 또 내 아들의 정체가 밝혀진다면 나의 사업은 망할 수도 있다. 백씨 가문의 법조 보호망의 울타리도 없어진다. 이것은 나에게 악몽 같은 경우가 된다. 결코 백영란에게 이혼을 요구할 수 없도록 서로 굳게 맺어 있는 것이다.

백영란은 불행할 것이다. 그렇다면 나는 행복한가? 그녀의 불임은 나의 잘못인가? 불임은 그렇다 쳐도 나는 백영란 같은 여자와 여자로서 아내로서 같이 살 수가 없다. 그녀는 전혀 매력이 없는 사람이다. 나는 그것을 결혼 전에는 몰랐었다. 나의 불찰이었다. 그러나 이제 와서 어쩌겠는가? 나도 백영란도 서로의 이익에 맞춘 정략적 결혼이라는 것을 알고 한 결혼이었지만, 서로 잘 맞지 않는 커플이었음을 알게 되기까지는 시간이 얼마 안 걸렸다. 서로 인정해 줄 수 있는 사이였다면 둘 사이 아이가 없었더라도 이렇게까지 나빠지지는 않았을 것이다. 이점에 대해서는 백영란도 같은 마음일 것이다.

오상배가 아무리 새롭게 사업에 대한 의욕을 높이려 스스로 위안하고 있어도 자신은 행복하지 않다는 자각이 들었다. 자신은 불행과는 상관없는 사람이라고 생각했었다. 모든 것을 가진 것에서 출발한 인생이 아니었던가? 그 모든 것에서 더 갖게 될 원대한 꿈이 있었지 않았나? 오상배는 자신에게 채찍질을 가해 전보다 더 열심히 일했다. 사무실에서 오랫동안 혼자 늦게까지 일하는 경우가 잦았고, 사무실을 나와 술을 자주 마셨고 여자가 있는 고급 술집으로 가는 일도 흔해졌다. 오상배는 정신적으로 황폐해졌다. 다시 사업을 일으켜야겠다는 강박감, 구겨진 자존심을 다시 살려야 한다는 조급함, 백영란과의 불화에 따른 공허함으로 스트레스가 쌓여가고 있었다. 어느덧 큰 키에 훤칠한 모습이었던 과거의 모습이 사라지고 이제는 얼굴에 주름이 지기 시작했고 색깔은 누렇게 변해갔다.

47

    정인은 다시 여행에 나섰다. 자신의 여행 병이 도진 것이다. 여행 후 일정한 시간이 지난 후에 금단현상 비슷하게 다시 여행 가방을 챙기는 식의 패턴의 원인을 자신이 잘 알고 있었다. 그것은 채워지지 않는 외로움 같은 것 때문이라는 것을. 이 세상에서 아직도 자기 혼자만이라는 생각. 대월심 현주 언니는 은인이었지만 자신의 공허함을 완전히 채워 줄 수는 없었다. 간혹 언니가 자신에게 같이 절에 가볼 생각이 있냐고 물었었다. 정인의 대답은 "저는 종교를 믿지 않는 무신론자."라고 말하곤 했고 언니는 더 이상 강요하지 않았다. 그래서 언니를 더 좋아했었다. 종교가 자신을 구원해 줄 것이라는 망상이 없었을 뿐만 아니라 자신이 교회든 절이든 어느 곳에도 발을 붙여서 자신을 그곳의 틀에 갇히게 하고 싶지 않았다. 이것이 대월심 언니와 자신과의 차이었다.

어떤 면에서는 자기 삶의 태도는 다분히 니체 같은 철학자와 기질이 맞는지 모른다고 느껴왔다. 니체처럼 자신은 삶을 찬미하며 용감하게 영웅적인 씩씩한 삶을 꿈꾸지 않았던가? 그것이 하루아침에 꺾이며 삶이 나락으로 떨어졌을 때 나는 니체처럼 실제의 삶에 있어서는 유약하게 살아오지 않았을까 생각해 보았다. 니체처럼 정신병으로 헤매다 살게 될 수도 있지 않을까 하는 두려움도 생겼다. 아마도 그 두려움에서 잠시라도 벗어나고 싶다는 심리상태에서 여행이라는 것을 하지 않았을까? 여행은 새로움을 주고 신기함도 주고 활력도 주는 강장제 같은 역할을 하였으나 여행이 지나면 그 약효는 끝나고 오직 적막함만이 밀려오는 것으로 생활의 모습이 변해갔다.

청량리역으로 가서 늦은 아침을 먹고 기차를 탔다. 초겨울 특유의 싸늘한 기운이 도는 날씨였다. 하늘은 어두워서 오늘 첫눈이 내린다 해도 하나도 이상할 것이 없는 분위기였다. 오랜만에 완행열차를 탔다. 열차는 이름도 모를 모든 역에서 정차하고 여객들을 싣고 지나갔다. 초겨울의 을씨년스러운 공기가 열차에 가득했다. 승객들도 많지 않은 썰렁한 모습이었다. 이름도 생소한 정거장에 약 5분 정도 섰다가 다시 다음 정거장으로 천천히 향해가는 모습은 마치 정인의 어렸을 때의 추억을 불러오는 것 같았다.

정거장의 사람들의 모습은 소박했고 정겨운 사투리를 쓰고 있었다. 갑자기 정인은 나이 많은 아저씨와 아주머니들의 모습이 돌아가신 아버지와 어머니의 모습과 흡사하다고 생각했고 이유 없이 눈물이 흐르는 것이 었다. 남들이 보기 전에 뺨으로 흐르는 눈물을 닦았다. 귀하게 얻은 딸을 애지중지하시며 키워주신 부모님 생각이 났다. 부모님의 기대와 달리 귀하게 살아가지 못하는 자신에 대한 회한이 밀려왔다. 이번 여행을 끝내 자마자 부모님의 산소를 오랜만에 찾아가 봐야 한다고 생각했다. 정인은 그동안 부모님을 뵐 면목이 없었다.

기차는 계속 느리게 달리다 저녁 시간이 돼서야 종착역인 강릉에 도착했다. 강릉은 처음이었다. 정갈한 인상의 모습이 좋았다. 저녁으로 호텔 근처 식당에서 매운탕을 먹었다. 호텔로 돌아오니 피곤이 몰려왔다. 종일 흔들리는 완행열차로 내려온 여정이 생각보다 고된 모양이었다. 오랜만에 깊은 잠을 잘 수 있었다. 다음날 일어나 호텔 근처의 해변을 걸었다. 겨울에 접어드는 때임에도 사람들이 많았다. 겨울 바다를 보니 마음이 상쾌해졌다. 정인은 더 북쪽으로 올라가고 싶었다. 카 렌탈을 하고 호텔을 빠져나와 속초로 향했다. 속초 역시 초행길이었다. 한적한 도로를 달리는 것도 나쁘지 않았다. 속초 횟집에서 점심을 먹고 주변 관광을 했다. 강릉의 차분한 분위기와는 다르게 속초는 작은 규모의 도시임에도 불구하고 활기가 넘쳤다.

정인은 차를 계속 몰아 북쪽으로 향하여 북방 한계선 근처의 통일전망대까지 가보고 싶었다. 가는 길은 황량했다. 아마도 우리나라에서 가장 한적한 곳인 것처럼 느껴졌다. 도로 양쪽으로 드문드문 나오는 특색 없는 건물들을 제외하면 주위에 아무것도 없는 듯했다. 해안을 끼고 도는 도로에서 보이는 동해 바다의 물결이 유일한 볼거리처럼 느껴지는 곳이었다. 한참을 운전해서 올라가니 목적지가 나왔다. 거의 사람들이 없었다. 오후에 접어들어 날씨는 우울해지고 기온도 급격히 내려갔다. 정인은 커피를 한잔 사 마시고 서둘러 다시 속초에 예약해둔 호텔로 내려가야겠다고 생각했다.

겨울 해가 짧다고는 해도 생각보다 빨리 어둠이 시작되었다. 정인은 서둘러 차를 몰았다. 아까부터 심상치 않았던 하늘에서 눈이 쏟아지기 시작했다. 기온도 갑자기 떨어졌고 동쪽 바다로부터 매서운 찬바람이 도로 위로 덮쳐 왔다. 정말 한적한 시골 지방도로의 길이라 정인은 긴장했다. 도로 위에는 거의 차량의 왕래도 없어졌다. 가끔 헤드라이트를 뿜으며 지나가는 시커먼 차들만이 주위에 보일 지경이었다. 눈으로 인해 시야가 방해되었을 뿐만 아니라 도로도 미끄러워져서 정인은 이렇게 인적도 없는 한적한 곳에 혼자 겨울 여행을 나선 것을 후회하고 있었다.

그렇게 한참을 긴장하며 운전하고 있는데 갑자기 정인이 운전하는 쪽의 길에 무언가 이상한 물체가 보이는 것 같았다. 정신을 차리지 않으면 이것을 치고 사고로 이어질 것 같아 속도를 줄이고 조심스레 지나갔다. 정인은 지나가면서 그 물체가 무엇인가 살펴보았다. 그것은 물체가 아니었다. 정인은 깜짝 놀라 갓길에 차를 급정거시키고 차에서 내려 그것을 향해 뛰어서 돌아갔다.

사람이 쓰러져 있었다. 이 추운 날씨 도로 한복판에 흰머리의 남자 노인이 쓰러져 있었다. 정인은 벌벌 떨면서 노인을 향해 외쳤다. "할아버님, 정신이 드세요?" 그리고 재빨리 노인을 부축해 차의 뒷좌석으로 겨우 옮겨 태웠다. 그리고 노인의 소지품을 뒤져보았다. 다행히 행려병자나 그런 사람은 아닌 것 같았다. 노인의 주머니에서 주민등록증이 나왔고 목에는 목걸이에 부착된 노인의 이름과 연락처가 새겨 있었다. 정인은 다시 노인에게 큰 소리로 말했다. "어르신, 이 근처에 사시는 것 같은데 이제 정신이 좀 드세요? 제가 댁까지 모셔다드릴게요." 노인은 옅은 소리를 내었다. "그, 그래요... 미안해요..."

정인은 다음 도로에서 나오는 오른편 길을 따라 어둠의 길을 뚫고 한참을 운전해 갔다고 생각했다. 그러나 사실은 약 10분도 안 걸린 곳으로 조금 전 전화를 걸어서 받은 주소에 도착했다. 그곳은 낮은 언덕 밑에 형성된 자그마한 마을의 입구였다. 정인이 도착했을 때 그곳 마을의 사람들이 다 나온 것 같았다.

정인이 차의 시동을 끄자마자 웬 키가 큰 청년이 차의 뒷문을 열고 노인을 꺼내며 말했다. "아버지, 이제 웬일이세요? 어디에 계시다가... 저는 무슨 일이 생기신 줄 알았어요!" 하며 울부짖었다. 그는 이윽고 정인에게 돌아서며 연신 고개를 조아리며 "감사합니다, 감사합니다."라고 말했다.

정인은 이제는 차분해져서 "아닙니다. 제가 주의하지 않았으면 어르신을 칠 뻔할 정도로 도로 사정이 안 좋았어요. 정말 다행입니다."

"오늘 제가 크나큰 신세를 졌습니다. 아가씨 아니었으면 저희 아버지는 이 추운 날씨에 도로에서 돌아가셨을 수도 있었으니까요. 제가 어떻게 이 은혜에 보답해야 할지... 고맙습니다."

정인은 마을 사람들과 청년의 고마운 말을 듣고 다시 속초로 갈 수가 없었다. 날씨가 너무 춥고 그사이 눈이 엄청나게 쌓였기 때문이다. 이미 무리해서라도 운전을 할 수 없는 도로 사정이 되었기 때문이다. 그들은 한사코 정인이 아버지를 구해준 은혜에 보답해야 한다고 했고 그래서 정인은 뜻하지 않은 폭설로 인한 그들과의 인연이 시작이 된 것이다. 그것은 또한 정인과 우영의 만남을 의미하기도 했다.

우영은 정인에게 물었다. "초저녁에 운전하시다 저희 아버지를 구하시느라고 아직 저녁 식사도 못 하셨을 텐데, 제가 우리 집 칼국수라도 대접을 해 드리겠습니다."

정인은 "고맙습니다."라고 했다.

우영은 서둘러 칼국수를 만들었고, 곁들여 겉절이 김치와 따뜻한 밥과 국 그리고 해물로 이루어진 반찬이 저녁 찬으로 나왔다. 정인도 사실 배가 고픈 터였다. 정인이 어렸을 때 어머니가 돌아가시고 아버지가 해주신 밥을 먹으면서 자랐던 시절도 있었지만 이렇게 젊은 남자가 차려준 밥상을 받아 보긴 처음이었다. 우선 김이 모락모락 피어오르는 따뜻한 칼국수 맛을 보았다. 해물 칼국수였다. 맛이 다른 데서 맛보지 못한 독특함이 있었다. 투박하면서도 정갈한 강원도식 칼국수 맛처럼 느껴졌고 겉절이 김치의 맛은 일품이었다. 우영은 김치는 이곳에서 재배한 배추로 만든 것이라고 말해 주었다. 정인은 칼국수를 맛있게 먹고 밥도 더 먹었다. 밥도 반찬도 정겨운 시골집의 맛이 났다. 정인은 시골에서 살아본 적이 없었지만 만약에 정인이 강원도에서 나고 자랐다면 분명 이런 맛의 음식을 먹고 자라났을 것으로 생각했다.

우영은 "많이 시장하셨던 가 봅니다."라고 물었다.

"아, 음식이 아주 맛있네요. 칼국수도 일품이고요. 아주 배불리 잘 먹었습니다."라고 정인이 대답했다.

우영은 정인에게 오늘 밤에는 누추하지만, 칼국수 가게에 같이 붙어 있는 자신의 방에서 주무시고 자신은 동산 위에 있는 집에서 아버지와 같이 자겠다고 했다. 방에 불을 잘 지펴놓았으니 추위는 걱정하지 마시고 편히 주무시면 된다고 말했다. 그래서 정인은 우영의 방에서 자게 되었다. 방은 보통 크기였으나 책이 많았다. 책상도 있었고 그 위에는 노트북 컴퓨터가 놓여 있었다. 정인은 이 한적한 마을에 사는 젊은이의 방에 책이 많은 것에 놀랐고 책들도 원서로 된 수학책들과 두꺼운 철학, 사상, 역사 관련 책들, 영어 원서로 된 소설책들 그리고 한국 시인들의 시집들이 빼곡히 허름한 서가를 차지하고 있는 것에 놀랐다. 그중에는 정인이 읽었던 책들도 있었다. 따뜻한 방바닥에서의 열기로 방은 훈훈했다. 침상은 비록 침대는 아니었으나 우영이 새로 깔아준 바닥 매트리스에 누우니 편해졌다. 정인은 즉시 잠이 들어 버렸다.

정인이 이튿날 정신을 차려 깨어나 보니 늦잠을 잔 모양이었다. 놀라서 시계를 보니 벌써 9시 가까이 되었다. 당황하여 방을 나서서 방 건너편에 있는 화장실로 가니까 정인을 위해 새 칫솔과 치약, 수건 등이 있었다. 우영이 미리 가져다 놓은 것이다. 정인은 우영에게 늦잠을 자게 되어 죄송하다고 말했다. 우영은 아닙니다. 제가 깨운 것은 아닌지 모르겠습니다라고 웃으며 말했다. 우영이 차려준 아침밥이 나왔다. 성게 미역국, 김치, 깍두기, 명태 조림, 명란젓, 시금치 무침, 요구르트 그리고 흰 쌀밥이 듬뿍이 담겨 나왔다. 정인은 맛있게 먹었다. 먹다 보니 밥도 다 비웠다. 서울집에서 아침을 먹는 둥 마는 둥 하며 지낸 것이 이상하게 여겨질 정도였다. 특히 미역국이 맛이 있었다. 미역국에 밥을 다 말아 먹었다.

우영은 정인이 밥을 다 먹기를 기다려 커피를 내왔다. "평소 드시는 커피가 아니어서 맛이 어떨지 모르겠습니다." 하면서. 그리고 정식으로 자신을 정인에게 소개를 하는 것이었다. "저는 김우영이라고 합니다. 이곳에서 마을 일을 하면서 방학 때 아이들을 가르치고 사는 사람입니다. 저희 아버지는 몇 년 전부터 치매를 앓아 오셨는데, 저와 마을 어른들께서 돌아가면서 돌보고 있는데 어제는 추운 날씨에 나가셨다가 혼자 길을 잃으셨던 것 같습니다. 제 불찰이 컸습니다."

정인이 대답했다. "저는 윤정인이라고 합니다. 저는 서울에서 살고 있는데 이곳 주변을 여행하다가 속초로 내려가는 길이었습니다. 저도 갑자기 날씨가 나빠져서 당황하고 있었는데 저라도 아버님을 발견하게 되어서 다행이었어요. 아버님이 편찮으신데 많이 놀라고 걱정하셨겠네요. 지금 아버님은 괜찮으신지 걱정도 되네요. 어제저녁 그리고 오늘 아침밥까지 얻어먹게 되었는데 남자분이 차려주시는 밥도 밥이지만 맛이 너무 좋아서 다 먹게 되었네요. 정말 오랜만에 집밥 같은 맛있는 음식을 먹게 되어서 저도 놀랐습니다."

"네, 아버님은 어제 잠시 화장실에 다녀오신다고 나가셨다가 행방불명되셔서 온 마을이 발칵 뒤집혔었는데... 정인 씨가 저에게 연락해 오기 전까지 두세 시간은 악몽과 같았습니다. 지금은 괜찮으십니다. 제가 아버지랑 오랫동안 같이 살아서 직접 밥을 해 먹고 산 지는 꽤 오래되었고 지금은 아버지의 칼국수 가게까지 맡아서 하다 보니 자연스레 음식 솜씨가 느는 것 같기도 합니다. 손님들도 가끔 제 음식에 맛있다고 말씀해 주시는 분들이 있습니다. 정인 씨 입맛에 맞으셨다니 다행이네요. 그런데 정인 씨가 속초로 다시 가셔야 하는데 아직도 폭설이 내리고 있고 도로는 얼어붙어 버렸네요. 죄송합니다. 정인 씨 일정에 차질이 생겨서요. 아무래도 날씨가 풀릴 때까지 이곳 마을에서 며칠 묵고 가셔야 할 것 같습니다."

"제가 며칠 우영 씨 신세를 지게 생겼네요."

"아, 아닙니다. 이곳 강원도 북쪽 해안마을은 겨울이면 폭설이 잦아 이곳 주민들은 나름대로 적응해가면서 사는데 정인 씨는 많이 불편하시겠습니다. 기왕 여기서 묵으시니까 제가 이곳 마을을 구경시켜 드리겠습니다."

우영이 앞장서고 정인이 따라가는 모습처럼 되어 둘은 우선 마을회관에 들러 거기에 계신 어른들께 인사를 드리고 마을 공동 텃밭으로 올라갔다. 겨울철이라 수확기가 지나서 밭은 다소 썰렁해 보였으나 우영이 밭의 면적과 가꾸는 농작물의 종류 그리고 시장으로 유통되는 규모를 설명해 주자 정인은 놀라워했다. 이 모든 것의 시작이 우영의 아버지로부터 시작되었다는 설명에 또 놀라워했다. 이 밭은 마을의 공동소유로 그동안 축적된 수익도 상당히 높다는 말에 정인은 고개를 끄덕일 뿐이었다. 마을 노인들이 주축이 되어서 이루어 낸 것이라고 우영은 말하고 있었다.

정인은 우영의 안내로 밭 바로 뒤쪽에 있는 우영의 아버지가 직접 지었다는 집도 구경하게 되었다. 우영은 자연스럽게 아버지가 이 집을 짓게 된 이유를 설명하였고 정인은 고개를 끄덕이며 듣고 있었다. 집은 개량 양옥으로 이층집으로 되어있었고 우영의 아버지와 마을 노인들이 그곳에서 낮 동안 주로 계신다고 했다. 이윽고 우영은 정인에게 보여 드릴 것이 있다며 여기서 약 10분 정도 걸어서 해안가 쪽으로 내려가는 길에 학교가 있다고 했다. 학교는 작은 규모였다. 옛날 초등학교 분교가 있었던 자리였는데 그동안 이곳 지역주민들의 도시로의 유출과 자연 인구 감소 등으로 최소한 분교를 유지할 수 있는 학생이 사라지게 되어서 폐교가 되었다는 우영의 설명이었다. 이 폐교를 지난 봄에 교실 하나는 식당

너도 학처럼 날아보고 싶지?　477

으로, 또 하나는 숙박이 가능한 시설로, 나머지 교실들은 수리하여 바꿔 놓았다는 것이었다.

정인은 믿기지 않는다는 표정으로 물었다. "그럼 이곳을 수업용으로 다시 활용한다는 것인가요?"

"네, 여기서 중학교 수학 수업이 또 시작됩니다. 방학 동안 학생들을 위한 특별 과외 학습 같은 것이 될 겁니다."

"그럼 우영 씨가 학생들을 가르치신다는 것인가요?"

"네, 제가 대학 졸업 후 속초의 중고등학교에서 임시로 수학 강사를 했었는데, 여름방학 때 학생들에게 무료로 수학 특강을 해준 적이 있었습니다. 그때 학생과 특히 학부모들의 반응이 좋았습니다. 제가 다시 이곳으로 올라오게 되고 또 정식 교사님도 복귀하시게 되어 곧 그만두게 되었습니다만, 다시 특강을 해달라는 요청이 있었습니다. 제가 거절할 만한 이유가 없어 이렇게 다시 시작이 되는 겁니다."

"대단하시네요. 그런데 어떻게 준비하시게 되었나요?"

"사실 제가 크게 한 일이 없습니다. 지금 이 분교를 수리하고, 시설을 보강하고 하는 모든 일들은 학부모님들이 자발적으로 하신 겁니다. 다행히 그분들 중 건축업 하시는 분이 계셔서 많은 도움이 되었고 또 이곳 관할 공무원으로 계시는 학부모님도 계셔서 학교의 사용 허가를 쉽게 받고 심지어는 좋은 목적으로 사용이 될 것이라는 점을 고려하여 일부 공사금 액을 지원받기도 하셨답니다. 사실 저는 수업을 다시 해달라는 제안을 받았을 때 좀 난감했었던 게 수업 장소를 찾기가 어려워서였습니다. 속 초 같은 큰 도시로 내려가면 장소가 마련이 되겠지만, 제가 도저히 속초 로 매일 내려가거나 거기서 일정 기간 기거하면서 학생들을 가르칠 여건 이 못 되었습니다. 제안은 수락하였으나 현실적인 문제가 발생하였던 것 이죠. 제가 여기서 터전을 잡고 아버지의 칼국수 가게를 운영하고, 마을 공동 텃밭을 관리하는 일, 그리고 아프신 아버지를 돌보아 드려야 하는 것까지... 도저히 속초로 내려갈 여건이 못 되어 죄송하다고 학부모님들 께 말씀드렸죠. 그랬더니 얼마 만에 그분들이 이렇게 훌륭한 대안을 저 를 위해 마련해 주신 겁니다. 저는 정말 감사한 마음이었고 제가 그분들 께 말씀을 드렸습니다. 제가 수업하더라도 어떠한 대가 없이 진행한다는 원칙으로 하겠다. 그분들도 제 의견을 존중해주셨습니다. 새로 만든 식 당은 학생 어머님 두, 세 분이 식사 준비를 위해 사용하시고, 특강 동안 학생들은 새로 만든 숙소에서 묵으며 공부를 할 것입니다. 그야말로 기 본시설만 겨우 갖춘 학교가 되는 셈입니다."

정인이 감동 어린 표정으로 말했다. "우영 씨의 열정과 학부모님들의 정성에 제가 감동하게 됩니다. 그런데 우영 씨는 수학을 전공하셨나 보 네요?"

"네, 제가 여기서 고등학교를 나와서 서울로 대학교를 진학하게 되었지요. 그런데 사실은 저는 진짜 수학 선생님은 아닙니다. 제가 대학 때 교사가 되려는 계획이 없어 정식 교사자격증은 없습니다."

"우영 씨, 서울에서 대학을 다니셨다면 혹시 한국 대학교를 나오셨나요?"

"네, 그런데 어떻게 제가 한국 대학교를 다닌 것을 아시나요?"

"아, 어제저녁 제가 우영 씨 방에서 우연히 서가에 꽂힌 책과 자료를 보게 되었는데 제가 다녔던 학교의 졸업 앨범이 꽂혀 있더라고요. 그래서 여쭤본 거죠."

"아, 그러면 정인 씨도 같은 학교를 다니신 건가요?"

"네, 저는 사회학과 97학번입니다."

"네? 저도 같은 97학번이에요. 아이엠에프 사태가 제가 입학하던 해에 터져서 아이엠에프 학번이라고 스스로 부르곤 했었죠. 이런 우연이 다 있네요. 그러면 정인 씨와 제가 같은 나이겠네요?"

"그럼 1978년생이신가요?"

"맞습니다. 대학 동기를 이렇게 만나니 반갑네요, 더군다나 우리 아버지의 생명을 구해주신 은인으로까지 인연이 닿으니 말이지요."

"그런데 당시 같은 시간에 같은 공간의 대학교 캠퍼스를 누비면서도 서로 마주치는 일도 없이 여기 먼 곳에서 만나게 된 것이 묘한 인연같이 느껴지기도 하네요."

"그러게 말입니다. 그런데 정인 씨는 직장에 다니십니까?"

"아, 그렇지는 않고요... 지금은 집에서 쉬고 있습니다."

정인과 우영은 학교에서 다시 언덕으로 올라와 다시 마을로 향해 걸어 갔다. 잠시 침묵 끝에 우영이 말했다. "다시 한번 저희 아버지 때문에 정인 씨의 여행 일정에 차질이 나게 되어 죄송합니다만, 일기예보에 의하면 내일 오후쯤이면 날씨가 개고 도로 사정도 괜찮을 것이라 하니 누추하지만 여기서 하룻밤 더 주무시고 내일 점심까지 드시고 천천히 떠나셨으면 합니다."

"네, 그렇게 하겠습니다. 감사합니다."

정인은 다음 날 오전에 우영과 함께 아버지에게 인사를 드리러 갔다. 아버지는 방에 마을 어르신 서너 분과 같이 계셨다. 정인이 방에 들어서자 반갑게 맞이해 주셨다.

우영이 아버지에게 정인을 소개하자 아버지는 덥석 정인의 손을 잡으며 "내가 늙어서 주책없이 혼자서 밖을 쏘다니다가 아마 추운 날씨에 정신을 잃었었나 보오. 내 어떻게 고맙다고 말해야 할지 모르겠소."라고 말했다.

"어르신 그때 제가 어르신을 발견하게 되어 다행입니다. 어르신이 다치시지 않고 무사히 귀가하시게 되어 저도 기쁩니다. 앞으로 건강하시기를 빌겠습니다."

우영은 아버지의 치매 증상은 정상과 비정상 상태가 교차하는 형태로 나타나는데 오늘 아침은 정상상태이기 때문에 사람들을 알아보신다는 것이고 그래서 정말 다행이라고 정인에게 말해 주었다. 아버지의 치매 증상은 본인의 15살 정도 때까지의 기억은 살아 있는데 그 이후의 것은 기억이 사라져 가는 것이라고 했다. 그러하므로 아버지는 근본적으로 아들인 우영을 알아보지 못한다는 것이었다. 이 말을 정인에게 하면서 우영의 음성이 갈라지는 것을 정인은 알고 있었다. "아버지가... 저를 잊게 되시다니 말입니다..."

정인이 서울로 올라온 며칠 후 소포가 배달됐다. 우영이 보낸 것이다. 제법 큰 종이상자를 열어 보니 고구마, 감자, 배추, 무가 한가득 들어 있었다. 그리고 흰 봉투에는 우영이 보낸 메모가 있었다.

"정인 씨,

서울에 무사히 도착하셨으리라 믿습니다. 우리 마을 사람들이 이번에 수확한 작물입니다. 좀 투박한 물건일지는 모르겠습니다만, 나름대로 우리가 지난 일 년간 열심히 재배한 결과물입니다. 정인 씨에게 보내드리고 싶었습니다. 혹 다음에 제 고향 쪽으로 다시 여행하시게 되시면 저에게 꼭 연락을 주십시오. 제가 여러 군데 구경을 시켜드리겠습니다.

김우영 올림

P.S. - 정인 씨가 제 아버지를 살리신 인연으로 불편하지 않으시면 저와의 연락을 끊지 않고 이어가 주셨으면 합니다. 아버지도 같은 마음이십니다."

정인은 곧 답장을 보냈다.

"우영 씨,

보내주신 농작물 저에게는 감동이었습니다. 서울에서 맛볼 수 없는 고향의 맛 같이 느껴졌습니다. 무엇보다 마을 어르신들과 우영 씨의 정이 느껴졌습니다. 우영 씨의 아프신 아버지에 향한 애정을 제가 짧지만, 거기에 묵는 동안 알게 되었고 저 스스로 제 돌아가신 부모님을 생각하면서 부끄러워졌습니다. 우영 씨가 그곳에서 누구보다 남들이 하지 않는 봉사로 바쁘게 살고 계신 것을 알게 된 것도 저에게는 놀라운 경험이었습니다. 앞으로 제가 종종 연락을 드리도록 하겠습니다.

윤정인 올림."

시간은 계속 흐르고 있었다. 정인은 자신의 여행 강박 증세가 알게 모르게 완화된 것을 어느 날 문득 깨닫게 되었다. 나에게 그동안의 여행은 나를 잊어버리기 위한 하나의 소비 행위였음을 알게 된 것이었다. 나를 일상이 아닌 새로운, 낯선, 신기한 환경의 지역으로 나를 잠시 옮겨 놓는 행위에 불과했다는 자각이었다. 그곳의 다른 영역으로 잠시 들어갔다가 다시 이곳으로 온 것뿐이었다. 그 경험은 달콤한 향기의 커피를 마시는 것과 같은 행위 이상이 아니었다. 이 향기에 취하여, 이 향기에 중독되어 거기서 나오는 순간 다시 그곳으로 향해야만 하는 반복된 패턴으로 되는 일상으로 되었다. 일상에서의 일탈을 위한 행동이 사실은 나의 일상을 은폐시키는 결과가 되었다.

정인은 우연히 우영의 고향으로 여행을 간 이후 다시 새로운 여행길을 떠나지 않았다. 그동안의 수많은 여행은 그저 여행자가 낯선 지역을 빠른 속도로 관광버스를 타고 지나가며 그 지역을 바라보다 오는 설익은 경험 같은 것이었다. 여행을 눈으로 보고 그 눈의 감명을 통해 자신의 머리에 그 기억을 보관시켜놓는 어설픈 기억이 되었다. 그런데 지난겨울 강원도 북쪽 해안지역 여행에서 우연한 사건을 통해 나는 눈으로 보는 여행이 아닌, 즉 철저하게 제삼자의 눈으로 만 보고 돌아가는 그러한 것이 아닌, 가슴으로 느끼고 가슴에 새겨놓는 여행을 하지 않았던가? 거기서 생각하지도 못했던 새로운 삶의 모습을 조금이나마 느끼고 오지 않았던가?

정인과 우영은 지속적으로 편지를 주고받았다. 정인은 우영에게 계획했던 방학 동안의 수학 캠프, 우영 아버지의 건강, 그리고 다가오는 새봄의 농사계획 등을 물었다. 우영은 지난 겨울방학의 수학 강의는 대체로 성공적이었다고 알려왔다. 인근 속초에서 올라온 30명쯤 되는 중학생을 두 달간에 걸쳐 가르치게 되었다고 했다. 우영은 애초 중학교에 들어가서 일찌감치 수학을 포기한 학생을 대상으로 시험 삼아 출발하겠다고 학부모들에게 알렸다. 중요한 것은 이들이 수학을 포기함으로써 성적이 안 오르고 그러다 다른 학과의 공부에도 나쁜 영향을 미치는 것을 방지해야 하는 것이며 무엇보다 학생들이 수학에 조금만이라도 흥미를 느끼도록 하게 하는 것이 그의 목표라고 전해왔다. 정규학교나 학원에서는 온통 시험과 입시를 위한 학습만 하므로 학생들이 조금만 뒤처지면 따라갈 수 없는 구조가 된 것이라 자신은 이러한 것과 상관없이 학생들에게 왜 수학을 배워야 하는지, 왜 수학이 필요한지, 왜 수학이 문제 풀이가 아닌 하나의 정돈된 사고의 과정인지를 알게 해줄 것이라고 했다. 자신이 스스로 중고등학교 때 수학을 공부한 방법을 학생들과 공유하고 싶다는 것이었다.

우영은 학생들이 수학을 공부하고 눈 덮인 운동장에서 축구 놀이를 하고, 학교 뒤 언덕에 올라가 썰매놀이를 하고, 교실 하나를 탁구장으로 만들어 거기서 놀면서 지낸 것을 즐거워 한 것 같아 다행이라고 했다. 어머님들이 해주신 밥을 먹고 스트레스 없이 수학 공부에 도전한 아이들에게 고마운 마음이라고도 했다. 여름에는 아무래도 자신이 속초로 자주 출퇴근하며 학생들을 가르쳐야 할 것 같다고 했다. 그때는 학생들 숫자가 늘

어날 것 같기 때문이라고 했다. 우영은 지금 분교에 마련한 조그만 학교
는 수학 포기 학생들을 위한 시설로만 활용할 수 있었으면 한다는 말도
했다.

우영은 아버지의 병환은 조금씩 조금씩 나빠지고 있어서 안타깝다고
했다. 아들인 자신을 못 알아보시는 경우가 더 자주 발생한다는 것이었
다. 자신이 학생들을 가르치는 일로 아버지를 잘 못 돌보는 것이 죄송스
럽다고 했다. 자신이 아주 어렸을 때 아버지가 속초에서 이곳으로 이사
오면서 시작했던 칼국수 가게는 지금은 잠시 휴업할 수밖에 없다는 것도
알려왔다. 그러면서 정인에게 다시 이곳으로 여행하러 오시면 그때는 칼
국수 대접을 못 해 드릴 것 같다고 미안해했다.

마을에서는 다가오는 봄에는 새로운 품종의 작물을 실험적으로 시작
해 볼 계획도 갖고 있는데 마을의 어르신들이 이미 지난해에 비닐하우스
재배에 성공한 경험이 있으므로 기대가 크다고 했다. 어르신들의 농가
수익의 증대에 대한 기대가 크다고 했다. 마을 주민별로 농협 통장을 개
설해 매년 작물 판매사업수익의 반은 공동계좌에 넣어 장래 사업의 자금
원으로 쓰고 나머지 돈은 일 인당 일정하게 배분하여 운영한 지도 오래
되었다고 했다. 이 모든 것이 아버지의 뜻에 따라 시작이 되었다고 했다.

그러면서 우영은 정인을 한 번 더 뵙고 싶다고 했다. 자신은 여기의 일
이 너무나 바빠 서울로 올라갈 수 없고, 사실 서울을 마지막으로 다녀갔
던 것도 5년 전 아버지 병환 때문이어서 서울은 이제 까마득한 기억만 남
는 것 같다고 썼다.

정인은 답장에 이렇게 썼다.

"우영 씨,

정말 믿을 수 없는 삶을 열심히 사시는 것에 감명받습니다. 지난겨울에 제가 우영 씨를 만났을 때도 잠시 느꼈지만 지금 우영 씨가 살고 계신 마을은 하나의 새로운 마을 공동체가 되어가고 있다는 생각이 듭니다. 서울 같은 거대도시의 삶 속에서 녹여낼 수 없는 삶의 형태를 만들어 가시는 우영 씨의 열정과 뚝심 같은 것이 있었습니다.

제가 우영 씨를 부럽게 생각하는 또 한 가지는 아직도 아버지가 우영 씨 옆을 지키고 계신다는 것입니다. 병환으로 아들인 우영 씨를 못 알아보시는 고통이 있으시지만, 저는 제가 돌볼 아버지와 어머니가 저와 함께 계시지 않습니다. 어머니는 제가 중학교 때 돌아가셨고 아버지는 제가 대학교 때 아이엠에프 사태로 하시던 조그만 사업체가 어려워지면서 병이 드셨습니다. 그때 제가 아버지를 지켜드리지 못하고 하늘로 보내드린 것이 한으로 남습니다. 부모님은 한국전쟁의 고아로서 외롭게 사시다 저를 어렵게 낳으셨습니다. 그런 부모님을 제가 지켜드리지 못하는 것, 비록 작은 시간 동안만이라도 그럴 기회가 저에게 허락되지 않았습니다. 아버지가 돌아가시며 저는 대학교를 3학년만 마치고 포기를 했습니다. 그리고 이후부터 저는 제가 원하는 방식으로 삶을 살아오지 못하고 지금까지 왔습니다.

지금껏 부모님을 제 마음속으로만 애도하고 제 불행한 삶에 갇혀서 한

번도 산소도 찾아뵙지를 못했었습니다. 뵐 면목이 없는 삶을 살아온 딸로서의 자격지심 같은 것이었습니다. 지난번 우영 씨를 뵌 후 부모님을 찾아갔다 왔습니다. 이제 제 마음이 좀 후련해지는 것 같습니다. 그리고 제가 이제는 보육원에 가서 정기적으로 봉사활동을 시작했습니다. 부모님 생각을 하며 거기 아이들과 같이 놀다 집에 오면 제 마음이 가벼워지는 것을 알게 됩니다.

충격과 수치로 살아오게 된 제 삶의 흔들림 그리고 허무함을 잊기 위한 여행으로 떠났던 지난겨울 여행에서 우영 씨와 우연히 만나게 된 것은 저에게 큰 기쁨이었습니다. 조만간 다시 찾아뵙겠습니다.

정인 씀."

우영의 답장 내용은 이러했다.

"정인 씨,

제 어머님은 정인 씨 어머님보다 더 일찍 돌아가셨습니다. 제가 겨우 다섯 살 때 돌아가셨으니까요. 아버지는 원래 이북 출신이신데 한국전쟁 때 가족이 남한으로 피난 나왔다가 빨치산으로 오인되어서 죽임을 당하고 아버지만 겨우 살아남으셨습니다. 정인 씨처럼 저의 가족도 전쟁의 희생자이었습니다. 아마도 정인 씨나 우리 가족 외에도 이 땅에 어떠한 형태로든 수많은 한국전쟁의 희생자와 그 후손들이 살아가고 있을 것입니다. 아버지의 삶을 통해 살았던 저도 희생자라고 생각합니다. 정인 씨도 그러하다고 생각합니다. 희생은 희생을 낳고 또 피해자를 만들고 하는 역사의 반복 같은 느낌으로 저의 짧은 지금까지의 인생을 바라보면서 살아오고 있습니다.

저는 정인 씨가 대학교 이후 지금까지 어떻게 어려운 삶을 살아오셨는지 모릅니다. 그러나 삶은 살라고 주어진 것이라고 생각합니다. 제가 대학에 가서 처음 사귀었던 친구가 저명한 집안의 아들로 법대생이었는데 그 친구는 정작 화가가 되고 싶어 했습니다. 그 친구와 쏘다니며 저 같은 변방 출신 청년이 예술을 섭렵하며 즐겁게 지냈었습니다. 그런데 그 친구는 아버지의 집요한 방해와 인격 모독 그리고 폭력을 못 이기고 자살로 생을 마감하게 됐습니다. 저는 그 친구를 못 지켜준 충격으로 학교를 그만두고 다시 고향으로 오려고 했습니다. 대신에 군대로 피신했습니다.

정인 씨는 저의 은인이자 이제는 친구가 되었다고 저는 느낍니다. 정인 씨도 저와 비슷한 아픔을 갖고 살아오신 것에 공감하게 되는 마음도 생겼습니다. 비록 지난겨울 아버지의 실종으로 황망 중에 정인 씨를 잠시 만나 뵙게 됐지만 저는 정인 씨의 따뜻한 마음을 읽을 수 있었습니다.

제가 정인 씨가 말씀하시는 충격과 수치가 무엇인지는 잘 모르지만 아마도 감당하시기 어려운 상황이었으리라 짐작합니다. 만약에 이것이 정인 씨가 삶을 방황하면서 살게 되는 요인이 되었다면, 이제는 방황을 접고 모두가 함께 사는 삶이 돼야 하지 않을까 생각하면서 이글을 마칩니다.

우영 올림."

48

이근용의 근황을 들은 대월심의 심경은 착잡했다. 그는 용케 지난번 선거 때의 잡음과 대월심이 고발했던 뇌물 의혹에서 빠져나왔다. 모두 증거 부족으로 기소 처리가 되지 않았다. 지루한 수사 끝에 내려진 결론이었다. 그는 보란 듯 당내 중진의 위치를 확고하게 자리 잡으며 국회에서는 상임위원회 간사 자리를 차지했고, 당내 요직인 정책위원회 의장 자리를 얻어냈다. 그는 이제는 막힘이 없어 보였다. 대월심은 그의 행보를 옆에서 목격하며 고뇌에 빠졌다.

그런데 이제 벌써 다음번 선거가 다가오고 있었다. 이근용은 4선에 도전하고 있었다. 그런데 당내 유력한 대통령 후보자가 그를 멀리하기 시작했다. 그 후보자는 그의 측근을 등용하고 싶었다. 그의 권력 기반을 다지기 위해서는 무엇보다 그의 친위조직을 강화해야 할 필요가 있었다. 이근용은 이러한 목표에 방해가 되는 인물로 분류가 되었다. 그의 지역구는 당의 표밭에 속하는 이른바 노른자리였다. 그동안 한 번도 다른 당의 후보를 당선시킨 사례가 없을 정도로 강력한 표밭이었다. 이것은 다른 말로 하면 이근용의 지역구는 그의 고향이었으며 그가 권력을 추구하는 한 그의 정치적 결정은 아주 쉬운 길이기도 했다는 뜻이다.

이근용을 대체할 지역구의 인물은 대통령 후보의 고등학교 후배일 뿐만 아니라 지역구에서 낳고, 자라서 서울로 올라와 사업에 성공한 입지전적인 인물로 이근용보다 12년이나 젊은 개혁적인 인사로 포장이 되었다. 우리 지역도 이제는 새로운 젊은 피로 실질적인 발전을 위해 바꿔야 한다는 여론이 형성될 계획이었다. 대월심이 판단할 때 이근용은 이제 정치적 생명은 다했다. 당의 대통령 후보자는 정권교체라는 여론의 힘을 바탕으로 당을 새롭게 장악할 것이다. 중진의원들은 퇴물로 취급이 되어 무대에서 퇴장이 될 것이다. 이근용은 이러한 변화 앞에 놓인 옛 인물로서 사라지는 시나리오였다.

대월심의 그동안 고뇌가 허탈함으로 바뀌는 것은 이근용의 반응이었다. 바로 자신을 세 번씩이나 국회의원에 당선시켜준 지역구에서 이제는 무소속 후보로 나서겠다는 것이었다. 결국 그는 자신의 당을 비난할 수밖에 없었고 당의 대통령 후보자가 미는 새로운 인물은 학연에 의한 비합리적인 처사이며 이에 동조하는 당 수뇌부에 노골적인 불만을 쏟아냈

다. 대월심은 그의 무소속출마와는 상관없이 새 후보자가 무난하게 당선
되리라는 것을 알고 있었다. 이근용도 당연히 알고 있었다. 이근용은 다
가오는 이번 선거는 어쩔 수 없이 낙선하고 차차기를 도모하자. 그러려
면 무소속으로라도 이름을 걸고 유권자의 기억 속에 잊혀서는 안 된다고
빠른 계산을 했을 것이다. 다다음 대선에서 상대 당 후보가 대통령에 당
선되면 나는 그때 그야말로 권토중래할 기회를 잡게 될 수도 있다. 이러
한 이근용의 복안을 대월심은 충분히 읽고 있었다. 대월심의 허탈감은
그녀 자신을 당황케 했다.

대월심의 이러한 마음 상태를 알고 있는 듯 정인이 연락을 해왔다. 그
동안 수없이 정인을 만났어도 자제해왔던 언니가 정인에게 술을 권했다.
언니의 그사이 화장으로 위장했었던 50대 초반의 주름진 맨얼굴이 정인
을 순간적으로 슬프게 했다. 정인은 조심스럽게 언니에게 말했다.

"언니, 여러 가지 복합적인 마음이 드실 것 같아요. 이러한 결말이 어
느 정도는 예견이 됐었던 것일 수도..."

"그래. 그래서 나는 좀 슬프기도 하다. 그가 나를 배반하고 떠난 지 벌
써 20여 년이 훌쩍 지나갔지. 나는 그를 응징하고 싶었지만, 나의 마음
한편에서는 그가 이렇게까지 추하게 늙어가지 말았으면 하는 바람도 있
었을지 몰라. 그도 이젠 50대 중반이야. 그가 이제 얼마나 변할 수 있을
지 나는 의문이지만... 그의 권력욕과 대척점에 선 나는 어떤 욕심이 있
었을까? 내가 그리스식 표현대로 디오니소스적인 광란의 밤의 정치판과

<hr />

너도 학처럼 날아보고 싶지?　**493**

같은 고급 술집을 해오면서 대한민국의 권력과 돈을 쥔 남자들의 폐쇄된 욕망의 분출구로서 그리고 은밀한 거래의 온상에서 나는 무엇을 욕망했는지를 항상 나 자신에게 묻고 있었지. 수많은 남자들이 나를 이용해 먹으려고 했었지. 나와 하룻밤 자고 싶어서 선물 공세도 하고, 나와 연애하고 싶어서 매일 내 술집에 찾아오기도 하고, 내가 가진 고급정보를 알고 싶어서 나를 만나고 싶어 안달하기도 하고 또 심지어는 내 재산을 탐내고 은밀히 접근하는 작자들까지... 내가 어떻게 여태껏 이 모든 것을 견디며 살아왔는지 몰라."

"내가 술집을 내기 전 충주의 절의 큰스님께 술집을 내는 것이 불심에 어긋나는 일이 되는지를 여쭤본 적이 있었어. 스님은 세상은 어차피 아수라장이다. 내가 술집을 낸다고 해서 이 세상이 더 나빠진다거나 더 좋아진다거나 하는 것은 아니다. 술집을 하든 안 하든 혹은 다른 어떤 것을 하든, 요체는 어떻게 하느냐라고 말씀해 주셨어. 이미 보살계를 받은 내가 술장사로 세상에 보시를 할 수 있다면 어느 누가 나를 탓할 수 있겠는가 하고 오히려 격려해 주셨지. 너의 붓다는 너의 불심에 있다. 그러니 너의 마음을 다잡으라는 말씀이셨지."

"정인아, 이제는 내가 그 사람을 나의 마음에서 놓아주어야 할까 보다. 그리고 룸살롱도 이제 몇 년만 더하고 끝낼 생각이다. 그때 내 전 재산을 정리하고 조용히 은퇴하여 살 생각이야."

정인은 아무 말을 하지 않았다. 언니는 정인에게 술을 권하며 말했다.

"오늘 처음이자 마지막으로 술을 많이 마시고 싶다. 불법에서 항상 맑은 정신을 가지라고 말씀하시는데 오늘만은 큰스님께서도 이해해 주시리라고 믿어." 정인과 대월심은 오랫동안 같이 술을 마셨다. 정인이 언니를 안 이후 언니가 술에 취한 모습을 처음 보았다. 언니는 힘들게 자세를 흐트러트리지 않으려고 했고 언니의 큰 눈망울이 젖어 드는 것을 자제하려고 애쓰고 있었다. 정인은 다가가서 언니를 조용히 끌어안았다.

49

창국이 형이 우영이 사는 마을로 왔다. 우영이 대학 졸업 후 서울을 떠난 후 처음으로 만난 것이다. 거의 10년만 이었다. 그동안 서로 전화 통화로 안부를 확인하고 지내긴 했지만 서로 대면하는 것은 처음이었다. 창국이 형이 강원도 쪽으로 올 일이 생겨서 비로소 우영을 방문할 수 있게 된 것이다. 우영은 그동안 형의 그림 그리는 작업이 궁금했다.

형의 대답은 의외로 "내가 그림을 계속 그려야 할지 고민이 될 때가 많아. 그림이 싫어져서가 아냐. 사람들이 내 그림에 관심이 없는 것 같고, 어떤 사람들은 나의 그림을 싫어하기도 해."

우영이 "형이야말로 그림에 대한 태도가 진지하고 힘 있는 화풍을 갖고 있는데…"라고 말을 이었다.

"글쎄… 내가 몇 년째 슬럼프에 빠져 있는지도 몰라."

"슬럼프라니요?"

"우영아, 아무도 읽어주지 않는 소설을 쓰는 소설가를, 아무도 듣지 않는 음악을 만드는 작곡가를 상상해 봤니? 나도 그들과 비슷한 처지라는 것이지. 다시 말하면, 나의 그림은 소비자가 원하는, 시장이 원하는 나아가 시대가 원하는 것에서 철저하게 벗어나 있다는 것이야. 소비자는 미술작품을 사는 사람들이 아니야. 그들은 화랑 사람들 그리고 평론가들이야. 마치 의사가 환자에게 이 약을 먹으면 병이 낫습니다라고 말하는 것처럼, 그들은 돈 많은 사람들에게 이 그림은 돈이 되는 훌륭한 작품이라고 말하는 사람들이야. 그들이 시장을 주도해 가는 것이야. 여기에 언론이 같이 춤판을 만들어 주지. 대가 아무 아무개의 전시회, 그들의 초대전 그리고 회고전, 외국 대가들의 특별전, 이런 것들을 대서특필해주지. 아무런 개념도 없이 말이야. 이 시대가 포스트모던 적이면서 자본주의와 협업을 하는 것이지. 특히 미술계가 참담한 모습이다."

"저는 형이 이렇게 처참하게 생각하는지는 몰랐어요. 저는 민수와 형을 부러워했었어요. 자신들이 좋아하는 그리고 잘하는 것에 최선을 다하는 모습에… 뭐라 할까? 정말 자유인 같다는 생각이었죠. 형의 힘 있는 그림, 민수의 온통 하늘을 몽환적으로 그린 그림. 예술이 그 자체로 좋았는데, 형의 말처럼 현실은 이다지도 예술의 다양성을 받아 주지 않는 것이라면…"

"우영아. 예술의 다양성? 나는 오히려 우리의 타락된 결과라고 생각해. 다양성이 오히려 말살되었다. 돈이 되는 그림만 그리니까. 옛날에 우리가 못살 때 그렸던 그림은 서양에 대한 모방이 심했을지언정 나름의 노력, 나름의 탐구, 나름의 실험정신 같은 것들이 있었지. 나는 그러한 태도를 이어가고 싶었지. 그래서 나온 것이 민중화에 바탕을 둔 나의 그림을 추구했던 것이야. 사람들은 이를 좌파 그림이라고 해. 좌파가 뭔지도 모르고."

"제가 형을 그동안 직접 못 뵙고 지내는 동안 형이 고민과 좌절을 겪고 계셨다는 것이 안타깝습니다. 그래도 저는 형이 앞으로도 계속 그림을 그리셨으면 합니다. 누가 뭐래도. 형이 전에 저에게 말씀하셨던 걸 기억합니다. '나는 돈을 위한 그림은 안 그릴 거야.' 그 말씀이 저에게 다가왔었어요. 소신 있는 삶을 살면서도 비굴하지 말자는 형의 메시지로 읽혔지요. 소신은 보수주의자들의 덕목은 아니라는 것을 저는 형에게서 배우게 된 것이었죠. 소신은 삶을 바꾸겠다는 생각의 바탕이 되죠. 주어진 삶을 받아들이는 것은 협조가 필요하지, 소신이 필요하지는 않으니까요. 그래서 소신을 갖게 된다는 것이 그 자체로 어렵기도 하지만 그것을 지켜나가기는 더 어려운 것 같아요."

"우영아, 네 말을 들으니 네가 서울을 떠나 이곳 고향으로 온 이유를 듣는 것 같기도 하다. 나는 반대로 시골에서 서울로 오고 싶어 했지. 서울에는 시골에 없는 모든 것이 있었으니까."

"형, 제 소신을 행동으로 옮긴 것이 아니고... 저는 그저 아버지에게로 돌아온 것이었어요. 굳이 표현하자면 아버지의 소신이셨는지도 모르죠. 그것을 제가 받아들였을 수도 있다고요. 특히 대학 이후 아버지와 같이 살아오면서 과거 제가 어렸을 때 못 느꼈던 아버지에 대한 생각이 깊어진 점이 있게 되었죠."

"우영아, 네가 무슨 얘기를 나에게 하는 것인지 이해되는 것도 같다. 그런데, 학교 일은 잘되고 있는지 궁금하다."

"전반적으로 반응이 괜찮은 것 같고요. 겨울학교와 여름학교를 분리하여 운영하고 있는데, 다행히 학부모님들이 좋아하시고 일부 탈락하는 학생들이 있어도 대체로 잘 따라오고 있습니다. 형 아들이 아마 지금쯤 고등학교로 갈 나이가 되지 않았나요? 여름방학 때 형이 시간을 내셔서 저한테 오시면 아들 수학 공부를 저에게 시키시고 형은 이곳에 방이 여유가 있으니까 쉬시면서 그림도 구상하시고, 스케치도 하시고 저와 막걸리도 같이 하시고..."
"우영아, 너는 하나도 안 변한 것 같아. 네가 그때 민수를 이곳에 데리고 오고 싶어 했을 때 했던 말과 지금 똑같다는 것을 너는 알고 있니? 내 아들 부분만 빼고."

"그런가요? 아무튼, 형 생각해 보세요, 네?"

"알겠어. 적극적으로 고려할게. 내 아들도 제 아빠 닮았는지 수학은 잘 하지 못해. 그림은 곧잘 그리지만..."

"그래요. 아... 형, 제가 남동생이 하나 생겼어요. 캐나다에서 온 키가 큰 친구인데 속초에서 남자 간호사로 일하는데 그 친구를 불러서 같이 저녁 먹으면서 소주나 같이 할까요? 그 친구 소주를 저보다 더 잘해요. 재미있고 마음이 깊은 친구예요."

　우영은 생각했다. 창국이 형은 솔직하고 의리가 있는 사람이라고. 그래서 민수가 고등학생 때 창국이 형의 그림을 보고 반했었을 것이 틀림없었다고. 그림에 그린 사람의 모습이 나온다는 것을 어린 민수도 알고 있었을 것이다. 자신도 민수가 죽은 후 그리고 군대를 다녀와서 그리고 졸업을 앞두고 방황의 시간을 보낼 때 어김없이 창국이 형을 찾아가지 않았던가. 창국이 형이 진지하게 나의 말을 들어주고 조언을 아끼지 않은 것에 감사한 마음을 잊지 않게 되었고 우영은 창국이 형이 결국은 자기가 그리고 싶은 그림을 계속해 그리리라는 것을 잘 알고 있었다.

50

　지난겨울과 여름방학 때 열었던 수학 교실에 대한 성과와 한계가 드러
났다. 성과는 예상했던 대로 학생들의 수학 과목에 대한 학습 능력이 향
상된 것 외에 다른 과목에서도 비슷한 효과를 보이고 있었다. 공부는, 특
히 수학은 공식의 암기도 중요하지만, 끈기 있게 탐구하는 자세가 근원
적으로 필요한 분야이므로 학습 초기의 잘못된 방향을 피해 나가는 선
생의 자질과 인내심이 필요하며 학생들은 선생에 대한 신뢰를 바탕으로
한 자발적 참여가 필요했었기 때문이다. 단답형이 아닌 답을 푸는 과정
이 중요하므로 이를 위한 공리와 논리의 전개를 위한 생각이 필요하였
다. 일단 공부의 기틀이 마련이 되면 연관 과목에 관한 공부가 쉬워지는
부수 효과가 발생하였다. 한계는 우영이 학부모와 학생들이 요구하듯 더

이상 많은 학생을 가르칠 수가 없는 것이었다. 혼자서 수많은 학생을 동시에 좁은 교실에서 가르칠 수가 없는 것이 현실적 문제로 떠올랐다.

우영 외의 자질 있는 선생님을 확보하는 것이 필요했다. 늘어가는 방학 기간의 특강에 대한 요구에 직면하게 되었다. 우영은 학부모대표들과 상의 끝에 자원봉사 할 수 있는 교사 혹은 수학교육 전공 대학생들을 확보하는 것에 동의했다. 방학 중에 가르친다고 해도 선생님들의 교통비, 식비, 체재비 같은 기본적인 경비를 제공하여야 했다. 우영은 모교의 학과에 광고했고 학부모들은 학교에 직접 도움을 요청하게 되었다. 그동안 많은 사람들에게 우영의 수학 캠프가 알려지게 된 탓인지 선생님의 확보는 의외로 어렵지 않았다. 오히려 많은 수의 선생님들이 지원하게 되어 선별해야 할 정도가 되었다. 우영의 학과 후배들도 좋은 뜻이 담긴 선배의 작업이라고 여기고 3명이나 지원해왔다. 우영은 선별 과정에서 선생님들에게 교재는 자신이 개발한 것을 사용한다는 조건을 걸었고 학습은 철저히 학생 위주로 하여 당장 진학을 위한 좋은 점수를 따기 위한 방식을 배제하는 수업을 진행한다는 것이 목표임을 일러주었다. 우영은 선생님들의 보수는 학부모들이 지급하되 실비 수준을 넘지 않는 선으로 합의하였다. 자원봉사의 수준을 넘어서는 보수가 되어서는 안 되었다. 학부모 중에는 펜션을 운영하거나, 식당을 운영하거나 하는 분들도 있어 선생님들을 위해 이용할 수 있도록 배려해 주었다. 학교 교실의 확보는 전혀 문제가 되지 않았다. 이미 있는 교실들을 방학 중에 사용하는 데 아무도 반대할 수 없었기 때문이다.

그리하여 우영의 수학 캠프는 지속가능하게 되었다. 이 모든 과정이 철저히 교육 당사자들의 자발적인 협력으로 가능하게 된 것이다. 우영의 생각은 이랬다. 앞으로 2, 3년간 속초에서 시작된 이 사업이 안정되는 것을 확인하면 자신은 여기서 손을 뗄 것이다. 이 교육사업은 어느 특정인의 의지로서만 지속이 되는 것이 아닌 모든 당사자들의 것이 되어야만 하므로 자신이 떠나는 것이 이 교육사업의 목적에 부합된다고 믿었다.

만약 이 사업이 속초뿐만 아니라 강원도의 다른 지역, 예를 들어 더 큰 도시인 강릉, 원주, 춘천 같은 곳까지 확대가 될 수 있다면 더 바랄 것이 없었다. 우영은 속초 수학 캠프 대신 자신의 고향에 마련된 겨울방학 수학 캠프에 더 마음이 갔다. 여름 캠프와 달리 이곳에서 주로 중학교 저학년인 1학년과 2학년 학생 중 수학 포기자, 수학 학습 능력이 다른 학생들보다 떨어지는 학생들을 이른 시점에 따라올 수 있도록 하는 것에 큰 뜻을 두고 싶었다.

우영은 정인에 대한 그리움이 생기게 됐다. 바쁜 나날을 지내면서도 그리움은 사그라지지 않고 오히려 더 커지고 있었다. 아버지를 살린 사람에 대한 고마움 때문만이 아닌 것은 분명했으나 자신이 정인을 왜 그리워하고 있는지는 형언하기 어려웠다. 우영은 정인에게 편지를 썼다. 정인이 지난번 편지에서 조만간 우영과 마을을 찾아 내려오겠다는 약속을 언제 이행할 것인지를 묻는 내용이었다. 우영 스스로도 생각하기에 겸연쩍은 내용의 글이었으나 어쩔 수 없다고 생각했다.

정인의 답장이 없자 마음이 조급해졌다. 핸드폰으로 통화를 할 수도 있었고 전화 문자 같은 것으로도 할 수는 있었다. 그러나 우영도 정인도 한 번도 그런 식으로 하지 않았다. 옛날 방식의 편지나 전자우편으로 하였다. 정인이 편지를 보내면 우영도 편지로 답장했고 우영이 전자우편으로 쓰면 정인도 전자우편으로 썼다.

　우영은 자신의 정인에 대한 그리움이 점점 더 깊어가고 있고 이것을 제어할 수 없는 상태가 되었다고 느꼈다. 지난겨울 정인을 처음 우연히 만난 이후 지금껏 서로 서신의 왕래로만 만나는 것이 오히려 정인을 직접 만나는 것보다 더 잘 알 수 있는 것처럼 생각되었다. 자신의 진심을 담은 편지는 정인의 같은 진심의 답장으로 왔다. 정인은 자신의 부모님 얘기, 학교 때의 공부 얘기, 여행에서의 경험, 최근 읽었던 책들에 대해 얘기했고 우영의 새로운 일은 자신이 한때 꿈꿨던 사회철학자의 삶과는 아주 다른 실천 철학적 의미가 있다고 썼다. 우영은 답장을 길게 써 보냈고 편지를 쓸 때마다 자신이 정인을 보다 깊이 이해할 수 있다는 것을 알게 되었다. 마치 옛날 연인들의 연애편지 같은 글쓰기와 기다림 그리고 답장의 순환이 되었다.

　그런데, 지난 1주일 이상 정인의 답장이 없었다.
　하루, 이틀, 사흘, 이렇게 하루하루 정인의 편지를 기다리는 동안 우영은 자기 삶의 리듬이 정상이 아니게 된 것을 알아챘으나 도리가 없었다. 이제 지난 여름방학 동안의 바쁜 수업 일정을 뒤로하고 이제는 마을 작물 수확을 준비하고, 판매처와 거래조건 및 가격 그리고 배송 같은 한해의 농사를 마무리해야 할 중요한 일이 기다리고 있었다. 우영은 묵묵히 일하고는 있었으나 일을 집중해서 하지 못하고 있어서 스스로 당황하고 있었다.

그러던 중 속초의 학부모님들로부터 연락이 와서 속초에서 같이 저녁 식사를 하게 되었다. 우영의 지난여름의 노고에 대한 답례로 음식 대접을 한다는 것으로 우영은 감사히 받아들였다. 속초 시내에서 큰 횟집을 운영하는 학부모의 주선으로 식당에서 웃고, 먹고, 마시고, 권하며 잘 놀았다. 우영도 오랜만에 술을 마셨다. 자신에게 집중되는 술잔을 마다하지 못하고 마시다 보니 취기가 올라왔다. 우영은 감사의 선물 보따리까지 받아 들고 택시를 타고 마을로 다시 왔다. 집에 도착하니 밤 11시가 넘어있었다. 그리고 한 장의 편지가 우편함에 꽂혀 있는 것을 발견하였다.

우영은 재빨리 겉봉을 보았다. 정인에게서 온 편지였다. 우영은 기뻐서 가슴이 뛰었다. 열흘 이상 기다린 후에 비로소 받은 답장이었다. 정인은 이렇게 썼다.

"우영 씨,
제가 답장을 늦게 쓰게 돼서 죄송스러운데, 제가 자원봉사 하는 보육원에 새로운 일이 생겨서 정신없이 지내다 보니 그렇게 됐습니다. 제 신상에 좀 변화가 생길 것 같습니다. 제가 우영 씨를 다시 뵐 때 자세한 내용을 말씀드리겠습니다. 우영 씨가 괜찮으시다면 다음 주 금요일에 방문하고 싶습니다.

우영 씨는 이제는 한해 농사를 마무리하는 작업으로 또 바쁘실 것 같아요. 바쁘시더라도 식사 제때 잘하시고 건강도 생각하시면서 일하시길 바랄게요.

서울에서 정인 올림."

약간 사무적인 느낌이 드는 간단한 내용의 편지에 우영은 실망했다. 정인의 "신상의 변화"가 무엇을 뜻하는지 몰라 우영은 답답했다. 결혼? 외국으로 이주? 새로운 일의 시작? 갈피를 잡을 수가 없었다. 혼란스러운 마음을 다스리지 못하고 지내는 동안 1주일이 지나갔다.

정인이 온 것이다. 작년 아버지 실종 사고 이후 거의 1년이 다 된 시간만이었다. 정인과 우영은 그동안 많았던 서신 교환으로 서로 친밀해졌다고 믿고 있었으나 막상 직접 만나니 오히려 더 어색해지는 분위기를 숨길 수 없었다. 둘은 우영이 예약해 놓은 바닷가 횟집으로 가서 식사하고 근처 술집 겸 카페로 향했다.
정인이 편지에서 말했던 "신상의 변화"에 대해 말하기 시작했다.

"우영 씨, 제가 불쑥 제 신상의 변화라고 표현해서 의아해하셨을 것도 같네요. 우영 씨 기억하실지 모르지만 두 달 전쯤에 탈북자 가족 자살 사건이 언론에 크게 보도된 적이 있었어요. 내용은 이러한 것이었습니다. 그 가족은 5년 전에 함경북도 두만강 어귀 북한과 중국 접경 지역에 살다 어느 추운 겨울밤 경계가 허술한 틈을 타서 탈북, 만주 지역에서 숨어 지내다, 중국 내 여러 지역을 전전하면서 남쪽으로까지 흘러 내려오다가 마침내 홍콩에 잠입하는 데 성공했는데, 거기까지 가는 데만 2년 이상이 걸렸다고 합니다. 홍콩 주재 한국 총영사관과 연락이 닿아 최종 목적지로 한국을 택하여 왔다 합니다."

"가족은 아버지, 어머니 그리고 당시 여덟 살이었던 딸 이렇게 셋이었고 가족은 서울에서 새 삶을 시작하는데, 아버지는 정부에서 주는 작은 정착금을 사기로 다 뜯기고 결국은 변두리의 허름한 공장에 취직하고 어머니는 식당에서 설거지 일을 하면서 살아오고 됐고요. 운이 없으려고 그랬는지 아버지는 과로 끝에 실수로 자신의 오른쪽 손가락 세 마디가 잘리는 사고를 당하고 집에 들어앉게 되어 아버지는 술로 시름을 달래는 것이 일상이 되었고 어머니는 결국 새벽부터 늦은 밤까지 일하는 시간을 늘려서 일해야 했습니다. 이렇게 해야 세 식구가 겨우 먹고살 정도가 됐다고 합니다. 이러한 삶이 한동안 계속되다가 지난겨울의 막바지 추위 때 어머니는 새벽에 일을 나가다 빙판길에 미끄러진 새벽 배송 트럭에 부딪히는 사고를 당합니다. 적은 치료비와 배상금을 받고 이번에는 어머니까지 집에 들어앉게 됩니다. 팔을 쓰는 일을 하는 어머니의 팔이 사고 이후 힘을 쓸 수가 없어졌다 합니다. 이렇게 몇 달을 견디면서 치료비를 쓰고 나니 돈이 바닥이 났고요."

"주민센터의 기본 생계비 지원에 의존할 수밖에 없었는데, 이 돈은 터무니없이 적은 돈이었습니다. 몇 달 후 가족은 주민센터의 담당 직원에게 이 탈북민 가족이 사는 달동네 월세방에 찾아와 달라고 요청했고 그

직원이 약속한 방문 날에 갔을 때 세 식구가 쓰러져 있는 것을 발견하였습니다. 그리고 유서도 발견이 되었습니다. 아버지와 어머니는 돌아가셨고 이제 열한 살이 된 딸은 살아났습니다. 부검의의 소견으로는 부모들이 아이는 살리고 싶었던지 아이에게 독약 대신 소량의 수면제를 먹인 것 같다고 하였습니다. 그 탈북민의 딸이 제가 봉사하는 보육원으로 보내졌습니다. 그게 약 한 달 전쯤 일이었습니다."

"제가 봉사활동에 나갈 때마다 그 아이에게 신경이 쓰였습니다. 제가 그 아이에게 말을 많이 붙여도 말을 안 하고 저와 눈을 맞추려 하지 않았습니다. 다른 보육원생들과도 어울리지 못하고 지내고 있었습니다. 저는 원장 선생님과 상의하게 되었습니다. 이 아이를 입양시킬 방법이 있는지를. 원장님 말씀은 우선 입양을 원하는 사람들이 많지 않은데 그래도 간혹 입양을 원하는 경우는 아주 어리고 생김새도 예쁘장한 아이들을 원한다는 것이라 합니다. 이 아이는 아무도 원하지 않는 탈북자의 아이일 뿐만 아니라 이미 열한 살이나 되어 나이가 많고 자기 부모가 자살로 남쪽 타지에서 생을 마감한 것을 잘 알고 있으므로 마음의 상처가 너무 큰 아이를 입양할 가능성은 거의 제로에 가깝다고 말하더군요. 그러면서 저에게 하시는 말씀이 그나마 이 아이의 유일한 입양 가능성은 해외 입양밖에는 없을 것 같다는 거였어요. 저는 원장님께 말씀드렸습니다. 해외 입양은 이 아이를 더욱더 불행하게 하는 것일 수밖에 없다고요."

"제가 집에 와서도 그 아이가 제 머릿속에서 지워지지 않고 제 눈에 자꾸 밟히는 것이었어요. 아이는 곱상하게 생겼지만, 또래의 남한 아이들보다 키도 작고 몸집도 작았습니다. 저는 이 아이를 지정하여 기부금도 내고 하면서 이 아이가 성인이 되어 자라날 때까지 후원자가 되는 것을 생각해 보았습니다. 그런데 제가 며칠 고민 끝에 내린 결론은 이 방법은 제가 그냥 이 아이를 위해 돈만 내고 이 아이가 제대로 자랄 수 있는 모든 책임은 보육원에 전가시키는 것뿐이라는 것을 깨닫게 되었고 저 자신에게 부끄러워졌습니다. 그래서 제가 이곳 우영 씨에게 내려오기 전에 제가 아이를 정식으로 입양하여 기르겠다고 보육원에 알려드렸습니다. 제가 이렇게 마음의 결정을 하는 동안 정신이 없어 우영 씨께 답장이 늦어지게 된 것입니다."

우영은 잠시 후 대답했다. "정인 씨, 어려운 결정을 잘하셨네요. 정인 씨의 따뜻한 마음을 저도 느낄 수 있을 것 같습니다."

"우영 씨, 사실은 제가 이 탈북 고아를 입양하는 것만이 제 신상 변화의 전부는 아닙니다. 또 하나의 변화도 있습니다. 그것은 저도 우영 씨처럼 탈서울을 결심한 것입니다. 제가 일을 그만둔 후 지금까지 방황하면서 국내외 여러 곳을 여행 다녔습니다. 지금 와서 생각해 보니 제 여행에 대한 목마름은 저에게 심리적으로 서울을 탈출하고자 하는 마음의 발로였을 수도 있다는 생각이었습니다. 제가 작년 겨울의 문턱에서 이곳 강원도의 변방 지역을 혼자서 여행하면서 자유와 해방감을 느꼈습니다. 혼자서 외딴 지역을 여행하는 맛을 느끼면서 말이죠. 그런데 우영 씨 마을까지 제가 우연히 오게 되면서 거기의 따뜻한 분위기를 알게 되었던 것이에요."

"이제 새 아이까지 생겼으니 제가 더 이상 서울에 미련을 두고 살 이유가 없어진 것 같았습니다. 아이는 부모님들이 버림받은 도시에서 살 수가 없을 것입니다. 오히려 한적한 곳에서 살며 정상을 회복하는 것이 필요하고 그것은 저를 위해서도 필요하다고 생각하게 되었습니다."

우영이 놀라는 반응을 보이며 말했다. "정인 씨, 저는 정인 씨가 서울 사람이라 서울이 아닌 다른 지역으로 옮겨 사시는 것이 쉽지 않을 것이라 짐작만 했었는데... 그럼 어디로 이사 가실 건지 혹시 친구가 사는 곳으로 가시는지..."

"아이를 입양하면서 제가 잠재적으로 생각했던 것을 행동에 옮기겠다는 결심만 한 상태입니다. 아직까지는... 어디로 이사 가야 하는 것은 아이와 상의할 생각입니다. 아이가 가고 싶은 곳이라면 저도 찬성할 것 같아요."

"정인 씨, 제 고향 여기는 어떠세요?"

정인은 희미한 웃음을 띠며 힘없이 말했다. "우영 씨, 고마운 말씀이시나, 저는 이곳에 살 자격이 없는 사람입니다."

"자격이 없으시다니요?"

"저는 몸과 마음의 상처가 큰 사람입니다. 저는 그것을 운명으로 생각하며 살 수밖에 없는 그런 사람입니다. 다만 제가 우영 씨와 연락을 두절하고 사라져 버리는 것은 제가 우영 씨에게 상처를 주는 것이기에 우영 씨에게 제가 이곳에 다시 한번 내려오겠다는 약속을 지키게 되었습니다."

"정인 씨, 저에게 말씀을 해주세요. 저는 정인 씨를 좋아합니다. 사실 그보다 더 좋아합니다. 우리 둘이 같이 알고 지낸 시간은 비록 적었어도 저는 정인 씨도 저에 대해 비슷한 감정을 가지셨다고 믿게 되었습니다."

"우영 씨, 제가 우영 씨가 싫다는 것은 아닙니다. 오히려 그 반대입니다. 우영 씨가 맑은 심성을 가진 사람이라는 것을 저는 작년 겨울 처음 만나 뵐 때 알 수 있었습니다. 저의 굴곡진 인생이... 우영 씨의 삶에 겹쳐서 전개될 수는 없다고 생각했습니다. 그래서..."

"저는 이해할 수가 없습니다."

그날 그렇게 말들이 오갔으나 그것뿐이었다. 우영과 정인이 다시 마을로 오자 밤이 깊은 시각이 되었다. 우영은 아버지 집으로 갔고 정인은 우영의 방으로 갔다. 정인은 잠을 이룰 수가 없었다. 하룻밤을 꼬박 새우다시피 하였다. 겨우 새벽 시간이 다 되어 잠이 들었다. 정인은 늦게 일어났다. 우영이 아침 밥상을 준비해 놓았다. 정인은 마을을 산책했다. 가을의 분위기가 물씬 났다. 가을의 냄새와 소리가 좋았다. 정인은 마을을 걷고 또 걸었다. 우영이 왔다. 둘은 겨울 수학 캠프 자리로 향했다. 정인은 지난번 왔을 때 보다 많이 변한 모습에 놀랐다. 학교의 규모는 그대로였으나 새로운 시설이 생겼다. 우영은 정인에게 자신이 이제부터는 이곳 겨울학교에 좀 더 매진하여서 일할 거라고 그의 포부를 얘기해 줬다.

둘은 다시 마을로 내려와 차를 타고 인근 해변을 돌다 바닷가 백사장이 있는 조그만 해변 길을 같이 걸었다. 걷다가 둘은 모래사장에 앉았다. 가을의 햇빛은 불어오는 시원한 바닷바람과 어울려 따스한 광경을 만들어 내고 있었다.

우영이 조용히 말했다. "제가 수학 캠프 활동을 해오면서 생각해 보았습니다. 나는 왜 어쩌다 이 일을 시작하게 되었나 생각해 보았습니다. 형식적으로는 학부모님들의 요청을 제가 받아들인 것이지만, 사실은 그것이 아니라 아버지의 오래된 칼국수 가게에서 시작이 되었다는 것을 깨닫게 되었습니다. 아버지는 제가 초등학교 때 저를 데리고 속초에서 이곳으로 오셨습니다. 아버지는 먹고살아야 하는데 그 방법이 막막하셨을 것입니다. 그래서 칼국수 집을 내시게 되었는데 아마도 아버지는 이것으로 우리 두 식구 겨우 먹고살 수는 있겠다고 생각하신 것 같았습니다. 그런데 아버지는 어린 제 눈에도 칼국수를 손님에게 파는 것이 아니라 그냥 주시는 것처럼 장사하시는 것이었습니다. 손님이래야 마을 사람들 그리고 가끔 이곳을 여행하는 외지인들 정도였습니다. 아버지가 처음 이 마을로 오셨을 때 아버지는 사십 대 후반의 나이셨습니다. 비교적 젊은 축에 속하는 아버지였습니다. 아버지는 나이가 많으신 손님들을 부모 모시듯 하시며, 싼 가격에 맛있고 많은 양의 칼국수를 대접하시는 것이었습니다. 어떤 때는 돈도 안 받으시고 대접해 드리기도 하셨지요. 마을 어른 들이 점심 식사를 우리 가게에 와서 자주 하시게 되었습니다. 외지 손님 들에게도 똑같이 대접해 드렸습니다."

"재미있는 일은 시간이 갈수록 가게 일이 바빠지고 인근에 제법 괜찮은 가게라고 소문이 나기 시작했습니다. 아버지와 저는 신나게 밀가루 반죽을 하고, 김치를 만들고, 신선한 재료를 준비하며 살게 되었습니다. 마을 사람들이 우리를 좋아하게 되었고 이제는 아버지도 늙으셨지만, 가게의 손님들은 원래 손님들의 아들과 딸들로 이어지게 되었습니다. 아버지는 말씀드린 대로 제가 대학을 졸업할 때 모으신 돈으로 땅을 사셔서 마을 텃밭을 시작하시게 된 것이었지요. 이것도 지금 와서 생각하니까, 저를 위해, 제가 혹시 서울을 떠나 다시 고향으로 올 것을 예상하시고 그렇게 하셨을지도 모른다고 생각하게 되었습니다."

"아버지가 보여 주셨던 마음을 아마도 제가 아버지를 도우며 제 몸으로 습득하게 된 것 같다는 느낌이 들었습니다. 제가 만약 아이들을 잘 가르쳤다면 제 나름의 애정을 담아 그렇게 하지 않았을까 감히 생각하게 되었습니다. 아버지는 저에게 아버지이시기 전에 제 인생의 스승 같은 존재이셨다고 생각까지 하게 되었습니다. 아버지의 아픈 삶 속에서도 올곧음을 유지하시며 살아오신 것이죠. 아버지는 제가 대학 졸업 후 서울에서 살지 않고 고향으로 오며 방황의 날들을 보내고 있을 때 아무 말씀없이 저를 기다려 주셨지요. 결국은 자연스러운 흐름대로 제 삶이 가게된다는 것을 이제 어렴풋이나마 깨닫게 된 것 같아요."

"네, 우영 씨 아버님의 조그만 칼국수 가게가 놀라운 변화를 잉태하고 있었네요. 우영 씨는 좋은 아버지가 계시고 이곳 마을 분들도 다 점잖고 좋으신 분들 같아 저도 이번이 두 번째 방문이 되었지만, 새로운 밝은 분위기를 느끼게 됩니다."

"정인 씨, 저는 좀 다른 생각도 합니다. 이곳 분들이 모두 좋다는 것은 결과라는 것입니다. 이곳도 사람이 사는 동네라 사람들끼리의 이해다툼, 시기와 알력, 텃세 같은 것이 없지 않았습니다. 아버지가 처음 가게를 내셨을 때 공연히 시비를 걸고 방해를 한 청년들도 있었습니다. 아버지가 공동으로 마을 경작을 시작하셨을 때 반대의견도 있었습니다. 제가 관여하기 시작했을 때 의심의 눈길을 보내는 어르신들도 계셨습니다. 서울에서 내려와 혹시 노인들을 등쳐먹는 일이나 할까 봐서였습니다. 고령의 어르신들이라 일을 추진하는 것보다 의심에 찬 태도도 없지 않았습니다. 물론 대부분의 마을 어른들은 아버지를 믿고 계셨으나 의심과 반대의 목소리가 더 크게 들리는 경우 일은 어렵게 될 수밖에 없습니다. 아버지는 첫해 경작물을 모두 마을 사람들에게 골고루 나눠 드렸습니다. 그전까지 한 번도 재배했던 경험도 없이 혼자서 봄부터 여름 내내 고생하셨습니다. 돕는 마을 사람들도 별로 없이 하셨던 것입니다. 그때부터 마을 사람들 의심의 눈초리가 완전히 사라지게 되더군요."

"아버지는 이곳 마을로까지 오시면서 이제 더 이상 유랑하듯 한 삶은 없다고 말씀하시기도 했죠. 아버지가 여기로 오시면서 비로소 아버지가 원했던 삶의 방식을 시작하시게 된 것이죠. 이제는 제가 아버지를 이어

받아 제가 원하는 삶을 살아볼까 하는 것입니다. 대한민국에서 가장 낙후된 지역인 이곳에서 제가 새로이 무엇인가 해 보게 된 것이지요. 저는 사실 가진 것이 없고 유일하게 있다면 제 수학 공부의 능력입니다. 그런데 제가 대학 때 서울에서 수학 과외 선생 그리고 졸업 후 속초에서 임시직으로 중고등학교에서 수학 강사 노릇을 하면서 제가 수학을 학생들에게 잘 가르치는 재능을 발견한 것이었습니다. 우연히 발견된 저의 재능은 사실은 다른 사람들을 위하여 쓰일 때 빛나고 있었습니다. 제가 처음부터 대가를 바라고 아이들에게 수학을 가르쳤다면 결코 이러한 일이 벌어지지 못하리라는 것을 말이죠. 감히 말씀드리면 이것이 아버지의 뜻이라는 것을 알게 되었습니다."

정인은 홀로 생각하듯 우영의 말을 조용히 듣고만 있었다.

정인이 방문한 둘째 날 저녁 식사는 우영이 마을회관으로 데려가 어르신들과 같이하게 되었다. 식사를 마친 후 정인은 다시 우영의 방으로 돌아왔으나 쉽사리 잠이 오지 않았다. 여행의 피곤함 그리고 어제 제대로 못 잔 잠을 생각하면 잠이 와야 했다. 조용한 시골 밤의 적막은 정인의 마음을 차분하게 했다. 정인은 오랜 시간 혼자 생각하다가 스르르 잠이 들었다.

일요일 아침이 되었다. 아침부터 추적추적 가을비가 내리기 시작했다. 정인이 다시 서울로 올라갈 시간이 다가오고 있었다. 정인과 우영은 바닷가 카페에 마주 앉았다. 정인이 말을 꺼냈다.

"우영 씨, 아무래도 제가 그냥 떠날 수는 없는 것 같습니다. 여기에 와서 지난 이틀 동안 거의 잠을 못 자고 고민했습니다. 우영 씨가 아버님에 대해 소상히 해주신 말이 사실은 저에게 하는 말로 들렸습니다. 우영 씨 아버님이 우영 씨가 스스로 삶의 방향을 정할 때까지 기다려 주신 것처럼, 우영 씨도 저의 마음을 기다려 줄 수 있다는 것을 말하려는 것 같았습니다. 그래서 제가 아무런 말도 없이 오늘 여기를 떠나면 제가 우영 씨에게 상처만 남기고 영원히 작별해야 할 것 같았습니다."

정인은 결심한 듯 한숨을 내쉬고 천천히 말하기 시작했다. "저는 대학 3학년 말에 쓰라린 경험을 하였습니다. 저에게 충격적인 사건이었죠..."

정인은 그해 겨울 아버지의 병이 악화해 쓰러지신 일, 자신이 책 번역 일을 시작하게 된 경위 그리고 〈철학회〉의 선배졸업 파티의 과정까지 비교적 소상히 그리고 담담하게 우영에게 말해 주었다. 그리고 자신이 파티 후 집으로 못 가고 선배에게 성폭력을 당한 일을 말해주었다. 이 대목에서 정인은 눈물을 보였다. 그 후 아버지가 돌아가시며 학교를 그만두고 삶이 자포자기가 됐던 나날들 그리고 대월심 언니와의 우연의 만남과 고급 룸살롱의 호스티스의 일의 시작 그리고 최근의 고위 모임의 특별한 참석자로서의 역할까지 다 말해 주었다. 정인은 "이렇게 저는 과거가 있는 여자로서 살게 된 것입니다."라고 말을 마쳤다.

우영은 정인이 말하는 동안 조용히 듣고만 있었다. 정인이 말을 마치자 우영은 카페 창문 밖으로 보이는 바닷가 풍경을 한참 바라보았다. 하늘은 어두운 빛이었고 바닷물은 무겁게 파도를 내며 출렁거리고 있었다.

이윽고 우영이 말했다. "정인 씨, 과거는 과거일 뿐입니다. 정인 씨는 과거의 피해자일 뿐입니다. 정인 씨가 특히 여자로서 수치스러운 경험, 결코 일어나서는 안 될 경험을 저에게 말해 준 용기에 감명 받게 됩니다. 정인 씨가 방어할 수 없었던 상황에서 폭력을 당하고도 이것이 수치가 되는 것이 우리 사회의 모순입니다. 아마 가해자는 그것을 아는지 모르 겠습니다. 그리고 대월심이라는 분을 따라 술집의 여자로 일했다는 것은 어쩌면 정인 씨의 목숨값인 것처럼 느껴지기도 합니다. 사람은 살아야 합니다. 저의 아버지도 전쟁의 피해자로 살아오셨습니다. 정인 씨 부모 님도 마찬가지셨습니다. 저도 많은 세월을 살아오지는 못했지만, 사람은 살아야 합니다. 정인 씨가 원하지 않는 방식으로 살아왔다고 말을 하지 만 그것을 통하여 다른 사람의 잘못된 방식을 알게 되는 것도 있습니다. 문제는 우리는 타락했느냐입니다. 저는 정인 씨가 타락하지 않고 지금껏 고통 속에서 견디어 왔다고 느낍니다."

잠시 후 우영이 이어 말했다. "그리고 정인 씨는 이미 제 아버지를 통 해 저와 인연을 맺었습니다. 정인 씨가 입양하기로 한 아이의 이름이 무 엇입니까?"

정인이 대답했다. "박순이입니다."

"네, 순이와 같이 이른 시일 내 다시 이곳으로 와 주십시오. 저의 간절한 소망입니다. 아버지의 병환은 이제 많이 안 좋으십니다. 아버지가 이제는 아주 가끔만 의식이 제대로 돌아오십니다. 아버지가 기억력을 보이시는 바로 그 순간에 정인 씨가 순이를 데리고 인사를 드리는 모습을 꼭 보여 드리고 싶습니다. 저와 셋이서 이곳에서 함께 살러 왔다고 아버지께 말씀드릴 겁니다. 아버지가 무척 기뻐하실 겁니다. 정인 씨..."

우영의 말을 듣는 내내 정인은 흐느끼며 울고 있었다. 울음을 간신히 가라앉히고 정인은 말없이 고개를 끄떡거리기만 할 뿐이었다. 어느새 비가 그쳤다. 동해안 바닷가 저쪽 끝에서 새로운 햇빛이 비춰오는 것을 정인과 우영은 함께 말없이 응시하고 있었다.

그렇게 정인이 떠나간 후 우영은 몹시 바빠졌다. 추수 관련 일 그리고 겨울학교 준비 그리고 틈틈이 아버지를 산책시키고 말동무해 드리고 씻겨드리고 밥을 드시게 하시는 일과는 빠르게 지나갔다. 그런 중에도 우영은 하루걸러 한 번씩 꼭 정인에게 글을 썼다. 정인도 충실하게 답장을 보내왔다. 둘은 다시 떨어져 지냈지만, 이제는 그 어느 때보다도 더 가까워졌다는 것을 실감하게 되었다. 보고 싶다는 감정이 피어오른다는 것. 그것도 일상에서 지속해서 끊임없이 솟아오른다는 감정은 지금까지 느껴보지 못했던 사건이었다.

그것은 둘이 사랑하고 있다는 것의 증거가 되었다. 그동안 막혔던, 막을 수밖에 없었다고 믿었던 장벽이 한번 무너지자 자제하기 어려운 감정이 내부에서 끓어오르며 사랑의 에너지가 분출되는 것이었다. 우영은 정인에게서 자신을 이해해 줄 수 있는 든든한 인생 동반자의 모습을 보았으며 이에 따라 무한한 행복감에 젖어 들었고 정인은 우영으로 인해 그동안 참아 냈던 숱한 감정과 마음 깊은 곳에서 잔뜩 움츠리고 있었던 모진 상흔들이 분출되어 날아가 없어지는 희열을 맛보게 되었다.

정인이 순이의 입양 절차를 마치고 서울 생활을 정리하기 시작하니 어느덧 새해를 맞이하는 시점이 되었고 우영도 자신의 겨울 수학 캠프의 일로 정신없이 바쁘게 지내고 있었다. 둘은 정인이 정식으로 마을로 오는 날짜를 겨울 수학 캠프를 끝낸 초봄으로 잡았다. 이 날짜에 결혼하기로 둘은 결정하였다.

우영은 아버지에게 이 사실을 알렸다. 아버지가 제대로 인지하셨는지 확실히 알 수가 없어서 우영은 슬퍼졌다. 아버지의 치매는 이제는 걷잡을 수 없는 상태로 가고 있는 것이었다. 그런 데다 최근 찬바람에 기관지가 약해지시기도 했다.

마을 분들을 모시고 조촐한 결혼식을 치렀다. 다음 날 아침 정인과 우영은 순이를 데리고 아버지 집으로 갔다. 새로 같이 살게 된 순이를 아버지께 인사를 드리기 위해서였다. 아버지 방으로 들어서며 우영이 말했다. "아버지, 저희 왔어요. 오늘 새 신부가 아버지께 인사드리려고 왔어요."

아버지는 잠시 눈을 감았다, 치켜뜨시더니 우영과 정인을 번갈아 보시며 말했다. "누구라고? 어제 우리 마을에 온 손님이신가?"

"아버지, 아버지 며느리예요, 웬 손님이에요?"

"며느리? 아, 어제 마을회관에서 결혼식이 있었지? 그래...참 곱구나."

정인이 아버지에게 큰절을 올렸다. 그리고 말했다. "아버님, 이제부터는 제가 아버님을 잘 모실게요. 그동안 고생이 많으셨어요."

"고생? 아, 나는 괜찮아. 나는 잘살고 있어. 걱정 안 해도 돼요..."

우영이 말했다. "아버지, 저희가 이번에 데려온 순이예요. 정인 씨가 서울에서 입양하여 여기로 데리고 왔어요. 이제부터는 저희와 같이 살기로 해서 오늘 아버지께 인사드리려고 왔어요."

순이가 정인의 옆에서 조용히 앉아있다가 인사를 했다. "할아버지, 안녕하세요. 제 이름은 박순이입니다..."

아버지는 갑자기 놀라는 표정을 지으면서 큰 소리를 내시기 시작했다. "누구라고? 이름이 뭐라고?"

순이는 좀 어리둥절해져서 말했다. "아, 박...순이입니다."

아버지는 눈을 동그랗게 뜨시며 크게 소리치듯 말하였다. "아니... 우리 선희라고? 서...선희가 왔다고? 아니 지금까지 어디에 있었어? 이 오빠가 지금까지 너를 찾아다녔는데... 이제야 나타나니? 서...선희야 이리 와 봐. 이 오빠에게 와 봐..." 아버지의 두 눈에서 굵은 눈물이 뚝뚝 떨어지기 시작했다. 그리고 순이를 향해 앉은 자리에서 두 손을 벌리시며 다가오고 있었다. 순이는 당황하여 그 자리에 가만히 앉아 있었다. 우영도 예상치 못한 상황에 당황하기는 마찬가지였다.

우영이 말했다. "아버지, 선희 작은고모가 아니고... 순...이예요. 아버지." 우영은 거의 울 지경이 되었다.

"아니다. 우리 선희가 맞아. 생긴 것도 같고 나이도 같잖아? 안 그러냐 말이야?"

정인이 우영에게 눈 신호를 보내며 순이를 아버지에게 다가서게 했다. 아버지는 순이의 두 손을 잡고 가슴에 안았다. "선희야, 선희야, 이 오빠는 이제 죽어도 여한이 없다. 이제야 너를 찾다니. 네가 이 오빠를 찾아 헤매다 이제 스스로 찾아오다니... 이 기적 같은 일이 어디 있겠니?" 하며 순이의 두 뺨을 어루만지며 눈물을 흘리셨다. 순이는 할아버지의 손길에 맡긴 채 가만히 자세를 유지할 뿐이었다.
정인과 우영은 아버지를 말없이 바라보고만 있었다. 이리하여 정인과 우영에게 순이라는 새 동생을 얻게 된 것뿐만이 아니라 아버지에게는 전쟁 통에 잃어버린 막내 여동생 선희를 되찾게 되었다. 적어도 아버지에게는 그렇게 되었다. 나중에 정인과 우영은 순이에게 할아버지에 대해 설명해 주었다. 순이는 알겠다는 듯 고개를 끄덕였다.

그렇게 아버지는 이제 몸과 마음이 한계상황에 이르렀다. 치매는 말기 상태로 들어섰고 오랜 노동으로 인한 허리와 무릎의 통증은 아버지가 거동할 수 없을 정도로 나빠졌다. 정인과 우영은 번갈아 가며 아버지를 휠체어에 태우고 마을 산책을 시켜드렸다. 가끔 순이가 대신 할아버지를 산책시켜드리는 때도 있었다.

순이는 서울에서 이사 온 이후 급속도로 자라기 시작했다. 이제 본격적으로 성장기로 접어든 나이이기도 했겠지만 정인과 우영은 순이를 정성껏 챙겨 먹였다. 여름 어느 날 정인이 순이에게 물었다. "순이야, 여기 시골로 내려와서 사니까 어때? 좋아?"

"여기선 아무도 나를 때리지도 않고 욕하지도 않아서 좋아요."라고 대답했다.

그래도 정인은 물었다. "여기가 시골이라서 서울과 달리 불편한 점은 없니?"
"아니요. 서울에서는 아이들이 나를 놀리잖아요. 그리고 여기도 있을 것은 다 있잖아요? 언니, 저도 인터넷 세대에요. 인터넷으로 여기서 서울도 가고 미국도 가고... 못 가는 데가 없잖아요?"

"그래, 우리 순이는 커서 무엇을 하고 싶어?"

"인터넷으로 장사하고 싶어요. 서울에서 절 놀리던 녀석들을 한 방 먹일 거예요."

"와, 우리 순이는 얌전한 줄 알았는데 그게 아니네?"

계절의 순환은 어김없이 계속되어서 그해 봄, 여름 그리고 가을이 새로운 변화 속에서 지나갔고 아버지는 힘들게 겨울까지 버티시다 다음 해 또 다른 순환의 계절이 닥치기 직전에 돌아가셨다. 평소 아버지의 뜻에 따라 아버지를 화장하여 정인과 우영은 유해를 동해안 바다 멀리 뿌렸다. 이 세상에 태어나서 자연의 품으로 돌아가는 섭리에 따라 그 어떤 흔적도 남기고 싶지 않다는 아버지의 뜻이었다.

어느덧 우영의 여름 수학 캠프는 3년째를 맞이하게 되었고 이전보다 많은 학생과 자원봉사 선생님들의 참여로 제대로 자리를 잡아 가고 있었다. 우영은 내년 여름 캠프부터는 참여를 안 하고 자신의 겨울 수학 학교에 매진할 계획을 잡아 놓고 있었다. 이것만 해도 너무나 벅찬 일이 될 것이었다. 가을이 시작될 때쯤에는 정인이 칼국수 가게를 맡아 다시 열게 되었다. 순이가 언니의 일을 돕겠다고 했다.

그 무렵이 되니까 속초로부터 부동산 개발 바람이 불어와 우영과 정인과 순이가 사는 마을로도 그 바람이 불어왔다. 서울을 비롯한 전국각지에서 이곳으로 관광하러 오는 사람들이 늘어나고 있었다. 펜션 같은 새로운 숙박시설, 바닷가 카페들이 들어서고 횟집 그리고 민박집들이 생겨나고 해수욕장들이 새로 개발되고 있었다. 서울에서 이곳 마을까지의 거리도 새로 개통된 고속도로 때문에 가까워졌다. 세월이 변한 것이다. 앞으로 사람들의 왕래는 많이 늘 것으로 보였다. 그러나 정인과 우영은 이러한 변화에 관심이 없었다.

어느 따스한 봄날 정인과 우영은 순이 그리고 진돗개 반려견 형제 웅과 휘를 데리고 집 뒤에 있는 언덕에 올라갔다. 나지막한 높이의 공간이었으나 확 트인 시선으로 사방을 볼 수 있는 곳이었다. 왼쪽으로 시선을 돌리면 마을의 경작지가 한눈에 들어오고 있었고, 바로 아래로는 학교가 보였다. 올라왔던 길 쪽에는 우리가 사는 집과 칼국수 가게가 그대로 보였다. 그리고 오른쪽 끝을 바라보면 동해안 해안선의 끝이 아스라이 보였다.

저 멀리 흰색의 고기잡이배들이 환한 햇살 아래 아스라이 아주 작은 모습으로 떠 있었다. 우영이 순이에게 물었다. "우리 순이 저기 먼 바다 끝 쪽에 보이는 것들이 무엇인지 알아?"

순이가 대답했다. "커다란 학들이 저만치서 훨훨 날아가려는 모습 같아요."

정인이 말했다. "순이야, 너도 학처럼 날아보고 싶지?"